文春文庫

眠れる美女たち

上

スティーヴン・キング
オーウェン・キング
白石　朗訳

文藝春秋

サンドラ・ブランドの
思い出に捧げる。

金があっても貧しくても、
頭がよくてもわるくても、
あいも変わらぬこの浮世、
女の居場所は決まってる。
どこかの男の手のなかさ。
いったん女に生まれたら、
傷つくものと決まってる。
踏みつけられると決まってる。
嘘をつかれて
だまされて
ごみ同然に捨てられる。

——サンディー・ポージー〈ボーン・ア・ウーマン〉
(作詞：マーサ・シャープ)

いっておくけど、あんたには四角い光なんか、どうだってよくなくなくないんだけど。

——リース・マリー・デンプスター
(ドゥーリング郡女子刑務所の受刑者　#四六〇二五九七－二)

彼女は警告されていた。説明もされていた。それにもかかわらず固執しつづけた。

——アディソン・〝ミッチ〟・マコーネル連邦上院議員
(エリザベス・ウォーレン上院議員についての発言)

上巻目次

主な登場人物

【ドゥーリングの町民たち】

クリント・ノークロス……ドゥーリング女子刑務所付の精神科医
ジェイリッド・ノークロス……クリントの息子
フランク・ギアリー……動物管理官
エレイン・ギアリー……フランクの妻　別居中
ナナ・ギアリー……フランクとエレインの娘
メアリー・パク……ジェイリッドの友人
ティファニー・ジョーンズ……麻薬中毒者
エシー・ウィルコックス……ホームレス
トルーマン・メイウェザー……麻薬を密造する男　ティファニーのいとこ
ガース・フリッキンジャー……緑のメルセデスの持ち主　形成外科医
オスカー・シルヴァー……判事　愛猫家
ウィリー・バーク……山中に住む男　志願消防団員
アントン・ダブセック……プールのメンテナンス業者
マグダ・ダブセック……アントンの母
ドルー・T・バリー……損害保険会社社長
フリッツ・ミショーム……自動車整備工

【ドゥーリング警察署】
ライラ・ノークロス……………クリントの妻　ドゥーリング郡警察署長
リニー・マーズ…………………通信指令係
テリー・クームズ………………警官
ロジャー・エルウェイ…………同右
ダン・〝トリーター〟・トリート……同右
リード・バロウズ………………同右
【ドゥーリング女子刑務所】
ジャニス・コーツ………………刑務所長
ブランチ・マッキンタイア……刑務所長秘書
ロレンス・ヒックス……………副刑務所長
ヴァネッサ・ランプリー………主任刑務官
ミリー・オルスン………………刑務官
ビリー・ウェッターモア………同右
ティグ・マーフィー……………同右

ドン・ピーターズ……………………刑務官
ジャネット・ソーリー………………受刑者
エンジェル・フィッツロイ…………同右
キティ・マクデイヴィッド…………同右
リー・デンプスター…………………同右
クローディア・スティーヴンスン……同右
モーラ・ダンバートン………………同右

【その他】
ミカエラ・モーガン…………………ジャニスの娘　ニュース・アメリカ特派員
シャノン・パークス…………………クリントの旧友
シーラ・ノークロス…………………シャノンの娘
デイミアン…………………………ジャネットの夫　故人
キンズマン・ブライトリーフ………反政府武装組織〈輝ける者たち〉指導者
イーヴィ……………………………？

眠れる美女たち　上

イーヴィは蛾に笑いを誘われる。蛾はイーヴィの剝きだしの前腕にとまっていて、イーヴィは蛾の翅《はね》の茶色と灰色の波模様に人差し指をそっと滑らせる。「ハロー、おしゃれさん」そう蛾に声をかける。蛾は飛びたつ。上へ……上へ……さらに上へと舞い飛んでいき、つややかな緑の葉叢《はむら》にからめとられたひと筋の細い光に吸いこまれて消える――ちなみに葉叢があるのは、イーヴィがいる地上の木の根のあいだから六メートルほどの高さのところ。

木の幹の中央にあいている黒々とした穴から赤銅色のロープが這いでてきたかと思うと、鱗《うろこ》状の樹皮のあいだを縫って進みはじめる。当然のことだがイーヴィはこの蛇を信用していない。前にもこの蛇相手に面倒なことになった経験がある。

イーヴィの蛾やそのほか一万匹の蛾は木のてっぺんからいっせいに舞いあがって、ぱちぱち音をたてる焦茶色の雲になる。蛾の大群はうねるように空を飛び、草原の反対側にある病的な色あいをした松の二次林へむかっていく。イーヴィは立ちあがって群れのあとを追う。足を進めるたびに足もとで音をたてて茎がへし折れ、腰までの高さに伸びた草が足の素肌をくすぐる。ほとんどの木が倒れてしまっている物悲しい森にたどりつき、初めて化学物質のにおいを――アンモニア、ベンゼン、石油をはじめとする多種多様な物質、いわば小さな肉一片に刻みこまれた一万の刻み目のにおいを――とらえると、イーヴィはそれまで胸にしまっていたとは知らなかった希望を捨て去る。

イーヴィの足跡から蜘蛛《くも》の糸がこぼれるように伸び広がり、朝日にきらきらと光る。

第一部　老いぼれトライアングル

あっちの女刑務所にゃ
七十人も女がいるぞ
あそこでいっしょに暮らせれば
老いぼれトライアングルだって
ちりんちりんと鳴りそうだ
ロイヤル運河の土手ぞいで

――ブレンダン・ビーアン

第一章

1

リーはジャネットに、窓から射しいる光の四角形を観察したことがあるかとたずねた。ジャネットは見たことがないと答えた。リーは上の寝棚に、ジャネットは下の寝棚に寝ていた。いまは朝食のために監房の扉が解錠されるのを待っているところだった。いつもどおりの朝だった。

どうやらリーは四角い光の研究に余念がないらしい。リーの説明によれば、光の四角形はまず窓の反対側の壁から移動しはじめる――四角形は下へ下へ、さらに下へと移動して、ふたりのデスクの上を這いずりながら、やがて床にたどりつく。いまジャネットには問題の光の四角形がくっきりまばゆく、床のまんなかに落ちているのが見えた。

「リー」ジャネットはいった。「あたしは四角い光なんて、どうだっていいんだけど」

「いっておくけど、あんたには四角い光なんか、どうだってよくなくなくないんだけど」そういうとリーは、愉快な気分を示す鴨の鳴き声じみた声をあげた。

ジャネットはいった。「もういい。どんな意味でもなんでもいい」

同房者のリーは、またもや鳴き声じみた声をあげただけだった。

リーは問題ない。だが幼児っぽいところがある――あたりが静かだと怯《おび》えることがある。この刑務所には、クレジット詐欺《さぎ》と文書偽造と販売目的でのドラッグ所持の罪で収容されている。そういった犯罪でここにたどりついたくせに、どの犯罪もまともにこなせなかった。

ジャネットの罪状は故殺だ――二〇〇五年の冬の夜、尖ったマイナスドライバーで夫のディミアンの下腹部を刺したのだ。夫はドラッグでハイになっていたので、刺されても安楽椅子にのんびり腰かけ、みずからが失血死するにまかせていた。もちろんジャネットもハイになっていた。

「あたしは時計を見てたの」リーはいった。「時間を計ってた。あの光が窓からあの床にたどりつくのに二十二分かかってる」

「だったらギネスに電話をかけなくちゃ」ジャネットはいった。

「それでゆうべは、ミシェル・オバマといっしょにチョコレートケーキを食べてる夢を見たの。ミシェルったらぷんすか怒って、『これじゃあなたは太っちゃうでしょう、リー!』って怒鳴るんだけど、ミシェルだってケーキを食べてた」リーは鳴き声めいた笑いをあげた。「なーんてね。いまつくった嘘。ほんとに見たのは昔の教師が出てくるこんな夢。その女教師はあたしに何度も、来る教室をまちがえてるっていう。あたしはあたしで、この教室でまちがいないってくりかえす。そのうち教師は、だったらそれでいいっていって授業を少し進めるけど、でもまたあたしに来る教室をまちがえてるっていい、あたしはこの教室でまちがいないって答えて、これが何度も何度もくりかえされる。こんなに苛立《いらだ》たしいことってないくらいだった。そっちはなんの夢を見たの?」

「ええと……」ジャネットは思い出そうとしたが、無理だった。新しく飲みはじめた薬が睡眠を深くしてくれるらしい。以前はたまにデイミアンにまつわる悪夢を見た。夢のデイミアンはいつも死んで迎えた翌朝のあの姿のまま、乾いていないインクを思わせるブルーの筋が肌にいっぱいはいった姿のままだった。

以前ジャネットは医師のクリント・ノークロスに、こんな夢を見るのは罪悪感に関係していると思うかと質問した。クリントは細めた目で、〝まさか本気でいってるのか〟と語っているようにジャネットを見つめた——この目つきで見られると以前なら頭にきたが、このときにはもう慣れていた。それからクリントはジャネットに、兎《うさぎ》の耳はだらんと垂れていると思うかとたずねかえしてきた。なるほど、わかりきった質問だったか。了解。いずれにしても、あの悪夢を懐かしく思うことはなかった。

「ごめんね、リー。なにも見てなくて。見たかもしれないけど、もうぜんぶ忘れてる」

B翼棟二階の廊下のあたりから、靴底がコンクリートを打つ足音がきこえてきた。監房扉の解錠時間を控えて、刑務官が最後のチェック中らしい。

ジャネットは目を閉じた。夢をひとつ、でっちあげていた。夢のなかでは、この刑務所が廃墟になっていた。古くなった監房の壁は蔦《つた》のような蔓《つる》植物で一面すっかり覆われ、その葉が風に揺れていた。天井は歳月に蝕《むしば》まれて半分なくなり、片側の壁の上から一部が突きだしているだけになっていた。小さな蜥蜴《とかげ》のカップルが錆びついた瓦礫《がれき》の上を走っていた。蝶が宙を転がるように飛んでいた。土壌と植物の芳醇な香りが、監房のなれの果てに風味を添えていた。息子のボビーはすっかり感じいった顔でジャネットの隣に立ち、目の前の壁の穴をのぞきこんでいた。夢でジャネットは考古学者で、この廃墟を発見していたのだ。

「ねえ、やっぱり前科があるとテレビのクイズ番組には出られないかな？」

幻想がいっきょに萎《しぼ》んだ。ジャネットはうめき声を洩らした。見ているあいだはすてきな夢だった。薬を飲んでいたほうが人生はすばらしいに決まっている。薬を飲んでいれば、のんびりできる静かな場所を見つけられる。気にくわない医者でも認めるべきは認めよう——化学物質をつかえば日々の生活は向上する。ジャネットはふたたび目をあけた。

リーがジャネットをじろじろと見ていた。刑務所についていいたいことはあまりないが、リーのような女は塀のなかのほうが安全だろう。外の世界にいれば、たちまち交通量の多い車道にふらりと出ていきそうだ。あるいは、だれが見ても麻薬捜査官にしか見えない麻薬捜査官にドラッグを売りこむとか。いや、じっさいリーはそうしたのだが。

「どうかしたの？」リーがたずねた。

「なんでもない。ただパラダイスにいただけ……それだけ……なのにあんたの無駄口がパラダイスを吹き飛ばしちゃった」

「どういうこと？」

「いいの、忘れて。それで、いま考えたんだけど、前科のある人だけが参加できるクイズ番組があったっていいと思うんだ。番組名は、〈嘘でガッチリ儲けまショー〉とかなんとか」

「それ、すごくいい！　どんな仕組みのクイズ？」

ジャネットは上体を起こしてあくびをしてから、肩をすくめた。「それはこれから考えないと。そう、ルールをつくらなくちゃね」

ふたりが暮らす〝家《ホーム》〟はこれまでと変わらず、この先もずっと変わらず、いわばおわりのない世界だった——アーメン。奥行き十歩の監房。二段の簡易ベッドからドアまでは四歩。壁はつるつるのオートミール色に塗られたコンクリート。ふたりのスナップ写真や絵葉書は、壁のなかで唯一認められている部分に緑色の粘着タックで留めてあった(といっても、だれも見向きもしない)。片方の壁ぎわには小さなスチールデスクがあり、反対の壁ぎわには背の低い金属製の収納ボックスが置いてある。扉の左側には、うずくまるようにすわる必要があるスチールの便器——便器をつかうときには両名とも目をそむけあい、プライバシーが確保されているという幻想にひたる。扉には目の高さに二重強化ガラスの細長い窓があり、のぞけばB翼棟をつらぬいている短い廊下が見える。監房内はどこをとっても、なにをとっても、刑務所がそなえている滲透力の強いにおいが滲《し》みついている——汗と黴《かび》、そして消毒用のクレゾール石鹼液のにおいだ。

ジャネットは意に反して、ベッドのあいだに見える光の四角形に目をむけた。あと少しで扉に届くところだった——しかし、四角形はそれ以上先へは行かないのでは？　だれかが錠前に鍵を挿しいれるか、監視用の〈ブース〉にあるスイッチで全監房の一斉解錠がおこなわれないかぎり、光の四角形はいまのままいつまでも閉じこめられているのではないか。

「じゃ、司会者はだれにする？」リーがたずねた。「クイズ番組なら司会者がいなくちゃ。それに賞品はなに？　とっても豪華な賞品を用意しなくちゃ。細部が大事！　いろいろ細かなところを残らず決めておく必要があるね、ジャネット」

リーは肘をついて頭を支え、強くカールした脱色ブロンドの髪をくるくると指に巻きつけながらジャネットを見ていた。リーのひたいの上、髪の生えぎわに近いあたりにはグリルの焼網でつけたような傷痕がある――三本の深い平行線だ。ジャネットは傷の理由までは知らなかったが、だれがつくった傷なのかは見当がついた。男だ。父親か兄弟かボーイフレンド。あるいは、会ったこともなければ、その後は二度と会うことのなかった男か。ドゥーリング刑務所の受刑者には――簡単にいえば――人生で賞品を勝ち得た者はほとんどいない。ただし、ろくでもない男たちにひっかかった前歴には事欠かなかった。

そんななかでできることは？　自分を憐れむことだ。自分を憎むことや、自分以外の全員を憎むこともできる。ある種の洗浄剤を吸えばハイになれる。やりたいと思うことはなんでも（といっても、もちろん限定された選択肢のなかで）できる。しかし、情況は変えられない。次にぴかぴかに輝く大きな〈幸運のルーレット〉をまわせる機会がめぐってくるのは、早くても次回の仮釈放審査委員会だ。ジャネットはそのときのために、できるだけ多くの有利な材料を稼いでおきたかった。なんといっても、息子のことを考えなくてはいけない身だからだ。〈ブース〉にいる刑務官が六十四室の監房の扉をいっせいに解錠すると、腹に響く低い音が鳴りわたった。午前六時半、受刑者全員が点呼のために監房から出る時刻だった。

「わたしにはわからないな、リー。あんたも考えてよ」ジャネットはいった。「わたしも考えておくからさ。あとでまた、ふたりで意見を出しあってみようね」

そういうとジャネットは、ベッドから足をふりおろして立ちあがった。

2

刑務所から数キロ離れたノークロス家のデッキでは、プールのメンテナンスを担当しているアントンが水面に浮いた昆虫の死骸をすくう仕事の最中だった。プールは、ドクター・クリントン・ノークロスが結婚十周年の記念として妻のライラにプレゼントしたものだった。アントンを見かけたクリントが、はたしてプールは賢明なプレゼントだったのかと疑問を感じることも珍しくない。きょうの朝もクリントはおなじ疑問を感じていた。

アントンは上半身裸だった。これにはふたつの理由が考えられた。ひとつは、きょうも暑い一日になりそうなこと。もうひとつは、アントンの腹筋が岩石なみだからだ、というもの。そう、アントンは筋肉隆々だった——ロマンス小説の表紙に描かれるマッチョ男そっくりだ。アントンの腹筋を銃で撃つのなら斜めから撃ったほうがいい——そうでないと、弾丸がまっすぐ跳ね返ってきて自分がやられてしまうからだ。アントンはなにを食べているのだろう？　純粋なプロテインを山ほど食べているのか？　どんなトレーニングをしているのか？　もしやギリシア神話に出てくるアウゲイアス王の牛舎の掃除か？

アントンがちらりと上に視線をむけ、レイバンのサングラス、ウェイファーラーのきらめくレンズの陰でにっこりと微笑んだ。それから空いている手でクリントにむけて手をふった。そんなアントンを、クリントは二階にある主寝室の窓から見おろしていた。

「いやはや……」クリントは静かにひとりごちながら手をふりかえした。「勘弁してくれって」

それからクリントは窓辺を離れた。バスルームのドアを閉める――ドアの裏の姿見に、四十八歳の白人男が映っていた。コーネル大学で学士号を取得、そのあとニューヨーク大学で医学博士号を取得した。〈スターバックス〉のカフェモカのグランデを愛飲したせいで、腰まわりには〝愛の把手《ラブ・ハンドル》〟という名の贅肉がついている。ごま塩の口ひげは逞《たくま》しい樵夫《きこり》というより、むしろ落ちぶれた片足の元船長を思わせた。

自身の年齢ややわになりかけている肉体にいささかでも驚きを感じること、それ自体がクリントには皮肉に思えた。昔は見た目にこだわる男の虚栄心に――とりわけ中年男性の虚栄心に――我慢がならない性質《たち》だったし、職業上の経験を積めば積むほど、男の虚栄心への耐性はさらに薄れてきた。じっさいクリントが考える自身の医者としてのキャリアの大きな転換点は、十八年前のある出来事だった。その日、まだ若き医者だったクリントのもとを、ポール・モントピリアという名前の患者が〝性的野心の危機〟を訴えて初診に訪れたのだ。

クリントはモントピリアにたずねた。「その〝性的野心の危機〟というのは、どういう意味なんです？」

野心のある人間が求めるのは立身出世だ。しかし、だれもセックスの副社長にはなれない。なにかの婉曲語法だとしても奇妙な言葉だった。

「どういう意味かというと……」モントピリアはいくつかの説明の文句を頭のなかで比べているようだった。それから咳払いをひとつして、この説明を口にした。「いまでもやりたいんです。いまでも求めているんですよ」

クリントは答えた。「それだけなら、ことさら野心があるとはいえませんね。むしろ正常ではないかと」

精神科でレジデントとしての実習期間をおえたばかり、まだ体もやわになっていなかったクリントが診察室で患者を迎えたのは二日めで、モントピリアはようやくふたりめの患者だった（最初に担当した患者は、大学入試に不安を感じていたティーンエイジャーの少女だった。とはいえ、少女が大学進学適性試験で千五百七十点をとっていたことがすぐにわかった。クリントはすこぶるすばらしい成績だと指摘した――それ以上の治療の必要も、二回めの診察の必要もない、と。クリントは診察中のメモ書きにつかっていた黄色いレポート用紙のいちばん下に大きく《完治！》と書きつけた）。

クリントと差しむかいの位置にある合成皮革を張った安楽椅子にすわっているポール・モントピリアは、この日は白いチョッキと折り目のきっちりついたスラックスという服装だった。背中を丸めてすわり、片足のくるぶしを反対の膝に載せ、話しているあいだずっとドレスシューズをつかんでいた。クリントは、モントピリアが真っ赤なスポーツカーをこの低いオフィスビルの外にある駐車場に入れるところを見ていた。石炭産業という食物連鎖の高みで働けば、あの手の車が買えるようになるのだろう。それはそれとして悩みにやつれた浮かぬ顔を見ていると、クリントは昔の連載漫画でいつもドナルド・ダックのおじさんのスクルージ・マクダックを悩ませていた三人組のビーグル・ボーイズを連想した。

「妻にはこういわれます――いえ、それほど露骨にいうわけじゃありませんが――その……意味は明らかだと。つまり、ええと……言外の意味《サブテキスト》ですね。妻はわたしに、あれを捨てさせたがっています。そう、性的野心を捨てさせようとしてるんです」そういってモントピリアはぐいっとあごを上へむけた。

クリントはその視線を追った。天井で扇風機の羽根がまわっていた。モントピリアが性的野心を上方へ捨てたら、たちまち扇風機の羽根でずたずたにされたことだろう。

「ちょっと話をもどしましょうか。そもそも、奥さんとのあいだでその話題が出てきたのは、どんないきさつによるものだったんですか？　その話はいつはじまったんですか？」

「わたしが浮気をしたんです。あっという間にそんなことになってました。そしてローダ——というのが妻の名前ですけど——はわたしを家から蹴りだした！　ちゃんと、原因はおまえにはないと説明しましたよ——ただ、やむにやまれぬ欲求があったんだ、と。男にはその手の欲求がある、女には決して理解できない欲求があるじゃないですか」モントピリアは首をぐるぐるまわし、思うにまかせぬ苛立ちの声を洩らした。「離婚なんかしたくない！　わたしのなかには、こいつと折りあいをつけなくちゃならないのは妻のほうだと思っている部分もある。そう、わたしと折りあいをつけるのは妻のほうだ、と」

この男の寂しさや絶望は本物だし、いきなり家を追い出されたことで感じている苦痛も想像できた——スーツケースをぶらさげ、あちこち転々として暮らし、安食堂で水っぽいオムレツを食べる毎日。正式な病名としての鬱《うつ》ではないにしても深刻な問題であり、たとえいまの窮状が自業自得であるにしろ、それなりの敬意とケアが必要だろう。

モントピリアは迫《せ》りだしつつある腹をかかえこむように身を乗りだした。「率直にいいましょう。わたしはもうすぐ五十歳です、ノークロス先生。セックスの全盛期はもう過去のものだ。

その最上の時期のセックスは妻に与えました。すべてを妻に献上したんです。子供たちのおむつ替えもしました。子供たちが出場する試合やコンテストは残らず車を走らせて見にいきました し、大学の学費も用意した。結婚生活のアンケートがあれば、すべての欄に〝済〟のチェックを入れられる。だったら、どうして夫婦である種の合意に到達できないんでしょうか？　なぜわざわざ殺伐とさせたり、分断を煽ったりしなくてはならないんでしょう？」

クリントはなにも答えず、言葉の先を待った。

「先週はミランダのところに行きました。ええ、わたしが寝ていた女です。ミランダとはキッチンであれをしました。寝室でもやりました。シャワーを浴びながら三回めもできそうな勢いだった。最高に幸せな気分でしたよ。エンドルフィンの効果でね！　それから家に帰り、家族ですてきな夕食をとり、食後はスクラブルで遊んで、全員が大満足しました！　これのどこに問題があるんですか？　結局は問題をでっちあげているんじゃないですか。どうしてわたしにはわずかな自由も認められない？　それのどこが高望みですか？　そんなに法外な要求ですかね？」

それから数秒間、ふたりとも黙っていた。モントピリアはクリントを見つめていた。クリントの頭のなかには、体裁のいい言葉がいくつもオタマジャクシのように泳ぎまわっていた。そこから言葉をつかまえるのは容易だったが、クリントはあえてなにもいわずに黙っていた。

モントピリアの背後の壁に、額装したホックニーの絵が立てかけてあった。妻のライラが、診察室の雰囲気を〝あたたかくするために〟とプレゼントしてくれたのだ。きょう、このあとにでも壁にかけるつもりだった。絵の横には医学書を詰めた箱がいくつかあり、どれも半分ほどは中身を出してある。

若き医師だったクリントは、気がつくとだれかがこの男を助けてやる必要があると考えていた。それも、やはりここのように上品で静かな部屋で力になってやるべきだ、と。しかし、だからといってその人物がクリントン・R・ノークロス医学博士である必要はないのでは？　なんといっても自分は猛烈な努力の末にようやく医者になったのだし、大学の学費を用意されたことはなかった。自分は苦境のなかで育ち、自分の金で道を切りひらいてきた——ときには金以外のものも犠牲にした。ここまでたどりつくには、妻には一度も話さなかったばかりか、今後も話すつもりのないこともしてきた。そんなあれやこれやのすべては、いまこの男を助けるためだったのか？　性的野心をかかえこんでいるポール・モントピリアという男を治療するためだったというのか？

謝罪の意のにじむ控えめな渋面のせいで、モントピリアの幅広の顔に皺《しわ》が刻まれていた。

「これはこれは。なんでもいってください。わたしのやっていることはまちがっている——そうでしょう？」

「いえいえ、立派にやっておられると思いますよ」クリントはいった。そしてそれから三十分のあいだ、意識して疑念をすべて棚上げにした。ふたりはすべてを広げて整理した。欲望と欲求のちがいについて話しあった。またモントピリア夫人と、夫人の平凡きわまりない（というのはあくまでもモントピリアの意見だが）寝室での好みについても話しあった。それどころかふたりは寄り道をして、思春期初期におけるポール・モントピリアの性的体験について、驚くほどあけすけに語りあったりもした——思春期のモントピリアは、弟の鰐《わに》のぬいぐるみの口をマスターベーションに利用していたという。

クリントは自身の職業上の義務にしたがって、これまで自傷行為を考えたことがあるかとモントピリアに質問した（答えはノー）。役割が逆転したら、モントピリアはどう感じるだろうかとも質問した（その場合、妻には〝自分の義務を果たせ〟と告げると主張した）。五年後の自分がどこにいると思うかとも質問した（白いチョッキを着た男が泣きはじめたのはこの時点だった）。

診療セッションのモントピリアは、早くも次回のセッションが楽しみになってきたと話した。モントピリアが診療室から出ていくなり、クリントは受付係に電話をかけて、これから自分あてに電話がかかってきたら、すべて隣町メイロックの精神分析医を紹介するようにと命じた。

いつまでつづけるのか？　受付係はたずねた。

「地獄で雪が降ったという報告があるまでだ」クリントは答えた。窓から外を見ると、モントピリアが真っ赤なスポーツカーをいったんバックさせ、駐車場から走り去っていくのが見えた──この男とは二度と会うことはなかった。

クリントは次に妻のライラに電話をかけた。

「こんにちは、ドクター・ノークロス」ライラの声を耳にしてクリントが感じた気分は、世間の人が〝自分たちのハートが歌っている〟というときに感じる気分──あるいは感じているはずの気分──とおなじものだった。ライラは、医者になって二日めはどうだったかと質問してきた。

「アメリカでいちばん自分のことを知らない男が診察にやってきたよ」クリントは答えた。

たでしょうね」

「あら、ほんとに？　まさかうちの父がそこに行ったの？　ホックニーの絵を見て首をひねっ

妻のライラは頭の回転の速い女だった——あたたかな性格に見あうほど頭の回転が速く、強情な性格に見あうくらい頭の回転が速かった。しかし、クリントの意表を突きつづけてもいた。自分にはそれが必要なのだろう——クリントはそう思っていた。大多数の男に必要なことだ、と。

「笑えるね」クリントは電話でそう答えた。「でも、きいてほしい話がある。前に、刑務所に空いているポストがあると話していたね。あの話はだれから教えてもらったんだい？」

一、二秒の沈黙——妻がこの質問の言外の意味に思いをめぐらせていたらしい。それから妻のライラは、クリントの質問に質問で応じてきた。「クリント、ひょっとしてわたしに話しておくべきことがあるんじゃなくて？」

個人開業医の地位を捨てて公的機関づきの医者になるという自分の決断にライラが失望するかもしれないという思いは、一瞬たりとも頭をよぎらなかった。そんなはずはないと頭から決めてかかっていた。

ライラが妻で本当によかった、と。

3

鼻の下の白髪まじりの無精ひげに電動シェーバーの刃を当てるには顔の肉を上へ引っ張らなくてはならず、そのためクリントは『ノートルダム・ド・パリ』に出てくる鐘つき男のカジモドそっくりの顔になった。左の鼻の穴から、雪のように白い鼻毛が一本飛びだしていた。〈アントン・ザ・プールガイ〉ならどんなバーベルでもジャグリングの軽業をこなせるだろうが、男ならだれでもいずれ鼻毛に白髪が出てくる。耳の穴の毛もまたしかり。クリントは白い鼻毛をなんとかひと思いに引き抜いた。

　これまでアントンのような体だったためしはない。たとえハイスクール時代でさえ。あのころは裁判所に独立を認めてもらって、ひとり暮らしをしながら、陸上競技にあけくれていた。あのころはいまよりもほっそりとしたスリムな体形で、腹筋こそ浮いていなかったが、息子のジェイリッドとおなじく、腹はぺったんこだった。記憶のなかのポール・モントピリアは、きょうの朝クリントが鏡で見た自分よりも太っていた。しかし、自分はほかのだれよりも、モントピリアに似ているように思えた。いまあの男、ポール・モントピリアはどこにいるのか？　危機はそのあと解決したのか？　おそらく。時間はあらゆる傷《ウーンド》を癒《ヒール》す。もちろん、どこかのおどけ者がいったように、時間はあらゆる踵《ヒール》を傷《ウーンド》つけもするのだ。

　クリントにとって妻以外とのセックスを求める気持ちは、いたって通常の範囲におさまる程度——いいかえるなら健全であり、自分で充分に意識し、さらに幻想に基づくもの——だった。モントピリアとは正反対で、クリントの場合にはいかなる危機にもさらされていなかった。クリントの理解では、これはいたって正常な生活だ——愛らしい女と町ですれちがって二度見してしまうことや、ミニスカートの女性が車から降りてくるところに出くわすと無意識に視線がむいてしまうこと、クイズ番組〈ザ・プライス・イズ・ライト〉のアシスタントモデルのひとりにほぼ無意識のレベルで欲情することも。クリントの考えでは、そういったあれこれは悲しむべきことだった。悲しむべきことであり、同時にわずかながら滑稽でもあった。というのも年を重ねれば自分がいちばん好きな肉体から引き離されていくばかりで、おまけにあとまで残るのは古くからある本能（ありがたいことに野心ではない）であり、夕食を食べおわってから長い時間がたつのに、まだしつこく残っている調理中のにおいのようなものだ。まさか、自分を基準にしてほかの男たちを裁いているのか？　そんなことはない。自分は男という種族の一員であるにすぎない。真の謎でありつづけているのは女のほうだ。

クリントは鏡の自分に微笑みかけた。ひげをきれいに剃りおえた。いま自分は生き生きしている。そして、もうじき一九九九年のポール・モントピリアとおなじ年齢になる。

鏡にむかってクリントはいった。「やあ、アントン。くたばれ」

威勢のいい言葉はしょせん虚勢だが、ともあれその方向で努力だけはした。

バスルームのドアの先にある寝室から、鍵があけられる音につづいて抽斗《ひきだし》が引きあけられる音がきこえた。そのあとの〝どすん〟という音は、妻のライラがガンベルトを抽斗に投げこんだ音だ。その抽斗が閉まって施錠をするときの金属音がきこえた。ライラのため息とあくびもきこえた。

ライラが早くも眠りこんでいる場合を考えて、クリントは口をつぐんで着替えをすませ、いつもはベッドに腰かけて履く靴も、きょうは下のフロアにもっていこうと思って手にとった。

ライラが咳払いをした。「気をつかわないでも大丈夫。まだ起きてるから」

その言葉を全面的に信じていいものかどうか、クリントには判断できなかった。ライラはかろうじて制服のスラックスのいちばん上のボタンこそはずしたが、そこでばったりとベッドに倒れこんでいたからだ。それこそ毛布にもぐりこむ手間さえ省いて。

「ずいぶん疲れているようだね。わたしはすぐに出かけるよ。マウンテンのほうは片づいたのかい？」

ゆうべライラは、マウンテンレスト・ロードで事故が発生したというテキストメッセージを送ってよこした——《起きて待ってなくていいから》と添えてあった。前例がなくもなかったが、珍しいことだった。そこでクリントは息子のジェイリッドとステーキを焼いて食べ、デッキでクラフトビールの〈アンカースチーム〉を二本飲んだ。

「トレーラーの連結がはずれたの。ペット……なんとかっていう会社の。チェーンストアかな？　それでトレーラーが横転して道路を完全にふさいじゃった。おかげで、猫のトイレ砂やドッグフードが道じゅうに散らばっちゃって。結局はブルドーザーを出動させ、道路から全部押しだして片づけるしかなくて……」

「それはまた災難だったね」クリントは体をかがめて、妻の頰にキスをした。「そうだ。いっしょにジョギングをはじめるかい？」

ついさっき思いつき、思いつくなり気持ちが高揚してきたことだった。自分の体が壊れてきたり肉が増えたりするのはとめられないが、少なくとも抵抗して戦うことは可能だ。

ライラは右目をあけた——カーテンを引いた薄暗い寝室で淡いグリーンの瞳がのぞいた。

「けさは勘弁して」

「かまわんよ」クリントはいい、そのあとも妻がお返しのキスをしてくるかもしれないと上体をかがめたままでいた。しかしライラは、いい一日を祈るといい、ジェイリッドにゴミ出しを忘れないよう念を押してくれといっただけだった。右目がぐるりとまわって瞼《まぶた》が閉じられた。淡いグリーンが一瞬だけ光って……消えた。

4

小屋には、耐えきれないほどの悪臭がこもっていた。

素肌にざらざらした鳥肌がたち、イーヴィは吐き気をこらえなくてはならなかった。悪臭には、焼け焦げた化学物質と古い枯葉の燃えたにおい、腐った食べ物のにおいが入りまじっていた。

イーヴィの髪の毛に一匹の蛾がとまって、その場に身を落ち着け、安心させるような搏動《はくどう》を頭皮に送ってきた。イーヴィは息を深く吸わないことを心がけながら周囲を見まわした。

プレハブの小屋は覚醒剤《メス》の密造工場として建てられたものだった。部屋の中央にはガスコンロがあり、黄色くなったホースで二本の白いガスボンベとつながっていた。壁ぎわのカウンターにはトレイや水差し、開封済みの〈ジップロック〉の箱、試験管やコルク片、数えきれないほどのマッチの燃えかす、ボウル部分が焦げた吸引用のワンヒッターパイプがならび、水道のシンクがあった。このシンクから出ているホースが、戸外では網の下にもぐっていた。ここへはいるために、イーヴィは網を引き剝がさなくてはならなかった。床には空き瓶や潰れた空き缶が転がっている。見るからにがたついているローンチェアは、背もたれにレーシングドライバーのデイル・アーンハート・ジュニアのロゴがはいった品だ。部屋の片隅にはグレイのチェックのシャツが丸めて捨ててあった。

イーヴィはごわごわのシャツをふって広げ、汚れを少しでも落とそうとしてから袖を通した。シャツの裾は尻をすっかり隠して太腿にまで届いた。このシャツをつい最近まで所有していたのは、行儀のわるい人物だった。胸のあたりにできているカリフォルニア州に似た形の染みは、その行儀のわるい人物がマヨネーズを好んでいたことを証言していた。

イーヴィはガスボンベの横にしゃがみこみ、黄ばんだホースを引き抜くと、それぞれのボンベのバルブを一センチ弱まわした。

戸外へ引き返したイーヴィは網を背後で閉じると、いったん足をとめて新鮮な空気を深々と吸いこんだ。

木が生い茂った土手を百メートルほど進んでいくと、一軒のトレーラーハウスに行きあたった。家の前は砂利の敷かれた庭で、トラックと二台の乗用車がとめてあった。洗濯物を干すロープには色褪せた数枚のショーツとデニムジャケットにならんで、はらわたを抜かれた兎が三羽、吊りさげてあった――そのうち一羽からはまだ血がしたたっていた。トレーラーハウスの煙突から薪の煙が立ち昇っていた。

痩せた森を抜けて草原を横切り、来た道を引き返す。〈大樹〉はもう見えなかった。けれどもイーヴィはひとりではなかった――蛾の大群が小屋の屋根をすっかり覆い、しじゅう羽ばたいては動きまわっていた。

イーヴィは土手を降りはじめた。枯木の小枝が足を刺し、岩が踵をざっくり切った。それでも大股の歩調を崩さない。傷がすばやく治る体質だった。洗濯物のロープの前で足をとめて耳をすます。男の笑い声がきこえた。電源のはいっているテレビの音。それから身のまわりのごく狭い範囲の土中で、土壌を豊かなものにしつつある一万匹のミミズの音。

いまだに血をしたたらせている兎が、イーヴィにむけて曇った目をぎょろりと動かした。イーヴィはなにがあったのかとたずねた。

「男が三人、女がひとり」兎は答えた。蝿が一匹、ぼろぼろになって黒ずんだ兎の唇から飛び立ち、ぶんぶん羽音をたてて周囲を飛びまわったあげく、力なく垂れた片耳の穴にもぐりこんでいった。兎の耳の穴で蝿がせわしなく飛んでいる音がイーヴィにもきこえた。蝿を責める気にはなれなかった——蝿は蝿で自分のやるべきことをやっているだけだ——しかし、兎は気の毒だ。兎にこんな悲惨な運命がふさわしいとはいえなかった。イーヴィはあらゆる動物を愛しているが、なかでも好きなのは小動物だ。草原を駆けめぐり、森の倒木をぴょんと跳び越える動物、かよわい翼をそなえた動物、ちょこまか臆病に走りまわる動物。

イーヴィは死にかけている兎の頭をうしろから手で包みこむと、黒いかさぶたに覆われた兎の唇を自分の唇に近づけた。

「ありがとう」イーヴィはそうささやいて、兎を静かにさせた。

5

アパラチア地方のこの近辺に住むことに利点があるとすれば、夫婦がともに公務員でも、その給料でそこそこまともな家が買えることだ。ノークロス家の住まいはおなじような一軒家がならぶ住宅造成地にある、寝室三部屋を擁するモダンな様式の家だった。見てくれがよくて広々としていて、グロテスクには見えない。キャッチボールのできる広さの芝生があり、緑ゆたかな季節には青々と茂った草木や丘、葉叢の景色を楽しむことができた。この住宅造成地のわずかなマイナス面としては、販売価格を割り引いていても、それなりに魅力のある家々のほぼ半数が買手のつかないままの空家だという点があげられた。丘のてっぺんにあるモデルハウスだけは例外だった——いつも掃除されてぴかぴかで、家具調度もそろっている。ライラは、メタンフェタミンの常用者がモデルハウスに押し入ってドラッグ工場に改造するのも時間の問題だと気を揉んでいた。クリントはライラに、心配するな、わたしは郡警察署長と知りあいだぞ、といった。知りあいどころか、定期的に会っているくらいだ、と。

(「あら、署長は老け専女子だっけ？」その会話のとき、ライラは目をぱちぱちさせながらクリントの腰に体を押しつけた)

ノークロス家の二階には夫婦がつかう主寝室とジェイリッドの部屋があり、三部屋めの寝室は夫婦が自宅での仕事場につかっていた。一階にはたっぷりとスペースをとったオープンキッチンがあり、バー形式のカウンターで家族室と区切られている。家族室の右側にある閉ざされたフランス窓の先は、めったにつかわれないダイニングルームになっていた。

クリントはキッチンカウンターを前にすわってコーヒーを飲み、iPadでオンラインのニューヨークタイムズ紙を読んでいた。北朝鮮で大地震が発生したが、死傷者数は不明とのこと。北朝鮮政府は、〝わが国の優秀な建設技術のおかげ〟で被害は最小限だと発表したが、埃《ほこり》まみれの遺体や瓦礫を携帯電話で撮影した画像がいくつも流れていた。アラビア海のアデン湾では海上石油掘削施設が火事で炎上中。原因はおそらく破壊工作と見られているが、犯行声明はどこからも出されていない。周辺諸国のいずれも、野球で遊んでいて人家のガラス窓を割ってしまい、ふりかえりもせず一目散に走って逃げ帰る少年たちとおなじ真似を外交の場で演じていた。ニューメキシコ州の砂漠では、キンズマン・ブライトリーフ（旧名はスコット・デイヴィッド・ウィンステッド・ジュニア）率いる武装集団とFBIとのにらみあいが四十四日めを迎えていた。この集団は納税を拒み、憲法の遵守《じゅんしゅ》をも拒み、大量に所持している自動火器の引きわたしも拒んでいた。まわりの人々はクリントが精神分析医だとわかると、よく政治家や有名人の名前をあげて、彼らにはどんな精神障害があるのか診断してほしい、といってきた。いつもは返答を辞退するが、この瞬間にかぎっては喜んでリモート診察の結果を述べたい気分だった――キンズマン・ブライトリーフという男は、一種の解離障害をわずらっている、と。

一面の下のほうに、両腕で乳児を抱きかかえ、うつろな顔つきでアパラチア山地風の小屋の前に立っている女性の写真が掲載されていた。見出しには《石炭地方の癌《がん》》とあった。これを見てクリントは、五年前に起こった地元の川への汚染物質の流出事故を思い出した。あのときは復旧のため、水道が一週間にわたって断水した。いまはなにも問題はないという話になっているが、クリントとその家族はそれ以来ずっと飲料水には水道水をつかわず、ペットボトルの水を利用していた。

顔に日ざしのぬくもりが感じられた。クリントはプールのあるデッキの端よりもさらに先、庭の奥にある二本の大きな楡《にれ》の木に目をむけた。この楡の木を見ると、いつも兄弟たちや姉妹たち、夫たち、妻たちに考えがおよんだ――地中ではそういった人々の根が、ほどけないくらい絡《から》みあっているにちがいない。さらに遠くを見れば、天空に突きあげたこぶしのような深緑色の山々が見えている。雲は、澄みわたった青空というフライパンで溶かされているように見える。鳥が歌いながら空を飛んでいた。残念なことに、この土地の自然のすばらしさは人間にとって宝の持ち腐れといえる。これも、昔のおどけ者がクリントにきかせた言葉だった。

といっても、自分にとっては宝の持ち腐れではないと考えたかった。そもそも、これほどの景観をわがものにできるとは予想外だった。世の中には幸運に恵まれる人もいれば、不運を背負いこまされる人もいるが、そういった謎をすっきり解き明かせるまでに、自分はどれだけ老けこみ、どれだけやわにならなくてはいけないのだろうか。

「やあ、父さん。世界はどんな感じ？　なにかいいことがあった？」

窓から室内に顔をむけると、息子のジェイリッドがバックパックのジッパーを閉めながらキッチンにふらりとはいってくるところだった。

「ちょっと待ってくれ――」いいながらクリントは電子版の新聞のページをめくった。石油流出事故だの武装組織だの癌だのの話題とともに、息子を学校へ送りだしたくはなかった。ああ、これがいい。「物理学者たちは、この宇宙は永遠につづくかもしれないという理論を構築しているとのことだ」

ジェイリッドはスナック類の棚をあさり、エナジーバーの〈ニュートリバー〉を見つけてポケットに突っこんだ。「それっていいことだと思う？　それがどういう意味なのか説明できる？」

クリントは一瞬考えこみ、息子のジェイリッドが自分をからかっているのだと気がついた。

「おまえがなにをしていたかはわかってるぞ」クリントはジェイリッドに視線をむけながら、中指でまぶたをひっかいた。

「その話なら遠まわしにいう必要はないよ。弁護士と依頼人みたいに、ぼくは息子として父さんの話を秘密にする守秘義務を負ってる。だから、その話はふたりだけの秘密ってこと」ジェイリッドは自分で自分のコーヒーを入れると、そのままブラックで飲みはじめた。クリントもまだ胃が若かったころはブラックを好んでいた。

コーヒーメーカーはシンクの近くにあり、そこの窓からはデッキがよく見えた。ジェイリッドはコーヒーをひと口飲み、窓の外の光景に目をむけた。

「おっと。父さんが出勤したら母さんとアントンのふたりきりになるけど大丈夫？」

「さあ、もう出かけろ」クリントはいった。「学校へ行って学んでくるといい」

息子はすっかり大きくなった。ジェイリッドが最初に口にした単語は〝犬《ドッグ》！〟だった。それも靴の一種である〝ブロウグ〟と韻を踏むような発音でしか話せなかった。「いーぬ《ドウウグ》！　いーぬ《ドウウグ》！」という具合。ジェイリッドは人好きのする少年だった。探求心があり、善意で行動

する男の子は、やがて人好きのする青年になったが、あいかわらず探求心をそなえて善意から

行動していた。夫婦でジェイリッドに安心で安全な家を提供したからこそ、息子が日に日に自

分らしく育っていることは、クリントにとって誇りだった。クリントの少年時代にはそうでは

なかったからだ。

クリントはジェイリッドにコンドームをわたすべきかどうか迷っていた。しかし、ライラに

そんな話をしたくなかったし、息子の背中をあえて押すような真似も控えたかった。そもそも、

そんなことを考えたくなかった。ジェイリッドは、メアリーはただの友人だといいはっている

し、本人もそう信じているのかもしれない。しかしクリントは、メアリーを見るときのジェイ

リッドの目つきに気づいていた。だれかと親密に、もっともっと親密になりたいと願っている

者の目つきだった。

「リトルリーグ流のハンドシェイクだ」ジェイリッドはそういって両手を突きだしてきた。

「まだ覚えてる？」

クリントは覚えていた。両の拳をぶつけあい、それぞれが親指を突き立てたら相手の親指を

つかんで手をねじる。それからたがいの手のひらを平らにするように撫でてから、頭の上で相

手と二回つづけて手を打ちあわせる。ずいぶん久しぶりだったが、親子は完璧にこなして、と

もに声をあげて笑った。おかげで朝の空気に輝きが射した。

ジェイリッドが外に出て出発してから、クリントは息子にゴミ出しを頼むのをすっかり忘れ

ていたことに気がついた。

これも加齢の証拠のひとつだ——思い出すべきことをうっかり忘れ、忘れたいことにかぎっ

て覚えている。この言葉を口にすれば、自分も老いたおどけ者になれそうだ。この文句は枕に刺繡してもらうべきだろう。

6

刑務所の〈善行レポート〉に六十日間名前が掲載されたことで、ジャネット・ソーリーは週三日、朝八時から九時まで談話室をつかえる特権を与えられていた。現実には朝の八時から八時五十五分までだ――というのも木工作業所での六時間の刑務作業は九時開始だからだ。その六時間のあいだ、ジャネットは薄いマスクごしにニスのにおいを吸い、椅子の脚を作製しつづける。もらえる作業報奨金は一時間三ドル。この報奨金は個人口座に積み立てられ、釈放時に小切手としてわたされる（受刑者たちはこの報奨金口座のことを、ゲームの〈モノポリー〉になぞらえて〝無料駐車場《フリーパーキング》〟と呼んでいる）。製作された椅子は一七号線の反対にある売店で販売される。六十ドルで売れる椅子もあれば八十ドルの椅子もあり、刑務所は多くの椅子を売っている。売上金がどこへ行くのか、ジャネットは知らないし関心もなかった。関心があるのは、談話室をつかえるという特権のほうだった。談話室には大型テレビがあり、ボードゲームがあり、雑誌類が置いてあった。スナックとソフトドリンクの自動販売機もあった。どちらも二十五セントの硬貨しかつかえない。受刑者は二十五セント硬貨をもっていない。二十五セント硬貨は禁制品とされているからだが――キャッチ－22なみの不条理だ！――ウィンドウショッピングで目の保養くらいはできる（さらに談話室は、週のうち指定された日時に面会室にもなる。そのためジャネットの息子のボビーのようなベテラン面会者は、二十五セント硬貨をたくさん持参したほうがいいと知っていた）。

　きょうの朝ジャネットはエンジェル・フィッツロイとならんですわり、ホイーリングのテレビ局がチャンネル7で放送しているWTRFの朝のニュースを見ていた。ニュースは例によって〝ごった煮〟だった。走行中の自動車からの銃撃事件、変電所火災、モンスタートラック大競技会《ジャム》でひとりの女が他の女性客に暴行をはたらいて逮捕され、州議会ではあいかわらず新規建設が予定されている男子刑務所について侃々諤々《かんかんがくがく》の論争が継続していた——石炭を山頂除去法で採掘しつくした鉱山跡地での建設が予定されていて、設計には構造上の問題があるらしい。全国レベルでは、キンズマン・ブライトリーフ率いる武装組織への包囲戦がまだつづいていた。地球の反対側に目を転じると、北朝鮮の大地震で数千人の死者が出たと推測されており、さらにオーストラリアの医者たちが、女性だけが罹患《りかん》するらしい睡眠病の爆発的流行を報告していた。

「どうせ覚醒剤《メス》よ」エンジェル・フィッツロイがいった。スナックの自動販売機のトレイにだれかが忘れたキャンディバーの〈ツイックス〉を、少しでも長く楽しみたいのだろう、ちびちびと食べていた。

「どの話？　眠りこけている女たち？　モンスタートラック大競技会《ジャム》の女暴行犯？　それともリアリティショーに出るような男のこと？」

「全部って答えてもいいけど、あたしが考えてたのは大競技会《ジャム》の女のこと。前にあの大会のひとつに行ったことがあってさ。ちびたち以外は全員がコカインだのマリファナだのをやってたから。どう、食べない?」エンジェルは残っている〈ツイックス〉を手のひらに包んで隠し(ヴァネッサ・ランプリー刑務官がたまたま監視カメラのモニターに目をむけていた場合を想定してのこと)、ジャネットに差しだしてきた。「あそこに置き去りになってるスナックのなかじゃ、そう古びてなくてましなほうだよ」

「遠慮しとく」ジャネットは答えた。

「たまにさ、なにかを見た拍子に死にたくなるんだ」エンジェルは当たり前のような口調でいった。「ていうか、自分以外みんな死んじゃえと思うこともね。ほら、あれ見て」

そういって指さしたのは、スナックとソフトドリンクの自動販売機にはさまれた壁に新しく貼りだされたポスターだった。写っているのは砂丘……そこにひと筋の足跡がずっとつづいていて……どうやらその先、永遠につづいているようだ。この写真の下に、こんなメッセージがかかげられていた。**《チャレンジ、それはそこに到達すること》**。

「足跡の男は〝そこ〟にたどりついたかもしれない。でも、どこへ行ったの? だいたい、あそこはどこよ?」エンジェルは知りたがった。

「イラク……かな?」ジャネットはいった。「で、足跡の男は次のオアシスにいるのかも」

「まさか。どうせ心臓発作でお陀仏だよ。あのすぐ先、こっちからは見えないところでばったり倒れて、いまはもう両目が飛びでて、肌はシルクハットみたいに真っ黒になってるね」にこりともせずにいう。エンジェルは覚醒剤中毒、それも重度の中毒の国のひとりだった——樹皮を嚙み、子供の洗礼を密造酒の蒸留器のなかですませるような国の。刑務所に入れられたときの罪状は暴行だったが、ジャネットの見たところ、エンジェルはほぼあらゆる犯罪を経験ずみであってもおかしくない雰囲気だった。骨が目立つ鋭角的な顔――それこそコンクリートさえ割れそうな硬さに見える。ドゥーリング刑務所に収監されてからのかなりの期間を、C翼棟で過ごしてきた。C翼棟では、一日に認められる監房外活動はわずか二時間だけ。C翼棟、そこは筋金いりのワルの女たちの国。

「でも、イラクで心臓発作でくたばっても、肌が真っ黒になることはないと思うけど」ジャネットはいった。エンジェルは、ドクター・クリント・ノークロスがよく〝怒りの問題をかかえた〟と形容するたぐいの人物だし、そんなエンジェルに異をとなえるのは（たとえユーモアをまじえていても）まちがいかもしれない。しかし、けさのジャネットは危険な生き方をしたい気分だった。

「あたしがいいたいのは、あんなのはたわごとだってこと」エンジェルはいった。「あんたなら知ってると思うけど、ほんとの挑戦っていうのはクソなきょう一日をとにかく生き延びることだし」

「だれが貼りだしたんだと思う？　ドクター・ノークロス？」

エンジェルは鼻を鳴らした。「ノークロスならもうちょっとセンスありそう。うん、あれはコーツ所長だね。ジャアァニスのしわざ。〝やる気かきたて〟ごっこに首ったけだもん。所長室に貼ってあるポスター、見た？」

ジャネットは見たことがあった――古き良きポスターならぬ、古き良からぬポスターだった。写真に写っているのは、木の枝にしがみついている子猫。しっかりしがみついてろよ、ベイビ

――よくいうよ、まったく。ここの刑務所にいるのは、それぞれの枝から落ちてしまった子猫ばかりだ。自分の木から離れてしまった者すらいる。

テレビのニュースでは、刑務所から逃亡した受刑者の手配写真を映していた。

「なに、この男」エンジェルはいった。「こんなのにかかっちゃ、〝黒は美しい《ブラック・イズ・ビューティフル》〟っていう言葉が嘘になっちゃう」

ジャネットは黙っていた。実をいえば、いまもジャネットは残酷な目つきの男に惹かれるのだ。これについてはドクター・ノークロスとともに治療を目指してはいるが、いまのところはまだ、シャワーを浴びている女の裸の背中に、いつ針金の鞭をふるってもおかしくないような顔だちの男に引き寄せられる悪癖は身についたままだ。

「マクデイヴィッドなら、A翼棟にあるノークロスの〝子守監房〟のひとつにいるよ」エンジェルはいった。

「どこできこんできたの？」ジャネットはたずねた。キティ・マクデイヴィッドは、ジャネットお気に入りの人物のひとりだ――頭の回転が速くて元気いっぱいの女。シャバにいたときには荒くれ連中と車であちこち走りまわっていたという噂だが、その性格には本当に残忍なところはなかった――あるとすれば、自分にむける敵意だけか。過去のある時期のキティは、熱心な自傷マニアだった。いまも乳房や脇腹や太腿に傷痕が残っていた。ドクター・ノークロスが出す薬剤が効き目を発揮しているようには見えるが、定期的に鬱状態になりがちでもある。

「ありったけのニュースを耳にしたかったら、ここに早めに来ないとね。さっきの話はあの女からきいたんだ」そういってエンジェルはモーラ・ダンバートンを指さした。モーラは終身刑で収監されている中年の模範囚だ。いまはキャスターつきのカートに積んである雑誌類をテーブルにならべているところ——その作業をとびきり几帳面かつ正確に進めていた。白髪が頭のまわりに突き立って、薄膜のような光輪をつくっていた。両足は綿菓子の色をした丈夫なサポートストッキングに包まれていた。

「モーラ！」ジャネットは名前を呼んだ——ただし低い声で。面会日の子供たちと、月に一度のパーティー・ナイトのときの受刑者以外、談話室で大声を出すことは固く禁じられている。「こっちにおいでよ、ガールフレンド！」

モーラはカートを押して、ゆっくりとふたりに近づいた。「セブンティーン誌が一冊あるよ。読みたいかい？」

「本物の十七歳だったときにも読みたいなんて思わなかった」ジャネットは答えた。「で、キティがどうしたの？」

「夜の半分くらい叫んでた」モーラはいった。「あんたが気づかなかったとは驚きだね。だもんで監房から引きずりだされて注射を打たれ、A翼棟に連れてかれた。いまは眠ってる」

「叫んでたってなにを？」エンジェルはたずねた。「それともただ大声をあげてただけ？」

「〈黒い女王《ブラック・クィーン》〉が来るって叫んでたんだよ」モーラは答えた。「もうきょうにも、あの女王が来るってね」

「まさか、アレサ・フランクリンがここでコンサートをやってくれるの？」エンジェルがたずねた。「あたしが知ってる〈黒い女王《ブラック・クィーン》〉はアレサ・フランクリンだけ。〈リスペクト〉って曲、あたしにどれだけ大きな意味をもってることか」

モーラはもうその言葉に注意をむけていなかった。いまは雑誌の表紙に出ている青い目のブロンドを見つめていた。「どっちもセブンティーン誌を読みたくないんだね？　すてきなパーティードレスの写真が載ってるのに」

エンジェルは、「べつにドレスなんかいらないってば——ま、ちゃんとティアラがあれば話は別だけど」といって笑った。

「ドクター・ノークロスはもうキティを診たの？」ジャネットはいった。

「まだだね」モーラは答えた。「わたしだって昔はパーティードレスをもってた。それはもうきれいな青のふわふわドレスさ。でも亭主がアイロンで穴をあけちまった。わざとじゃない、ただの事故だ。亭主は手伝おうとしただけ。でも、だれからもアイロンのつかい方を教わってなかった。たいていの男はその手のことを学ばない。ま、うちの亭主がもう金輪際学ばないのはまちがいないね」

ジャネットもエンジェルも答えなかった。モーラ・ダンバートンが夫とふたりの子供になにをしたのかは広く知られていた。かれこれ三十年前の事件だ——しかし、ある種の犯罪は人々の記憶から決して消えはしない。

7

三年か四年前のこと——いや、五年か六年前かもしれない（というのも数字はなぜか頭から走って逃げてしまい、さまざまな目印はどれもぼやけているからだ）──ティファニー・ジョーンズはノースカロライナ州の〈Kマート〉裏の駐車場で、ひとりの男から、きみはトラブルまっしぐらだ、といわれた。過去十五年ばかりのことは霧に包まれてぼやけているが、このときのことはいまも記憶に残っている。〈Kマート〉の搬出入口のまわりでは、鷗《かもめ》がやかましく鳴きながら生ごみをつついていた。ティファニーがすわっているジープの窓ガラスには、冷たい雨の雫《しずく》が流れていた。ジープは、きみはトラブルまっしぐらだとティファニーに語った男の所有物で、男はショッピングモールの警備員だった。そしてこのときティファニーは、男にフェラチオをしたばかりだった。

なにがあったかといえば、ティファニーはデオドラントの万引き現場をこの男に見つかったのだ。そのあとふたりが合意した取引条件は、きわめて単純で、驚きの要素がかけらもないものだった――オーラルセックスと引き換えにティファニーはお咎《とが》めなしになるというものだ。男は無駄にガタイのいい馬鹿だった。突きだした腹の肉と太腿とジープのハンドルという障害をかいくぐって性器にたどりつくのは至難のわざだった。しかし、ティファニーは幾多の行為に手を染めてきたし、そのあれこれと比較すれば今回は軽い行為ですんで、長大な前歴リストに追加されることはなかったはずだった――そう、男のあの言葉さえなかったら。

「きみにとっては不愉快なひとときだったろうな」男は汗ばんだ顔に同情の渋面をのぞかせながら、鮮やかな赤い化繊のジョギングパンツを引きあげようとしていた――豚のような巨体のせいで、これ以外は穿けなかったのかもしれない。「こんなふうに、おれみたいな男のいいなりになるしかない立場に追いこまれれば、自分でもトラブルまっしぐらだとわかるんじゃないかな」

この瞬間までティファニーは、他人を虐待する者たち――いとこのトルーマン・メイウェザーのような連中――は、まわりを否定して生きているとばかり思っていた。そうでなければ、どうして彼らはそのまま前へ進めるのか？　自分の行動を完全に自覚していながら、どうすれば人を傷つけたり侮辱したりできるのか？　ところが、それが可能だとわかった――げんに、この豚みたいな警備員がそうしたではないか。本当にショックだった。そのことに目をひらかれるなり、これまでの全クソまみれ人生にすっきりと説明がついた。いまにいたるも、ティファニーはこのときの体験を乗り越えられた気がしない。

カウンターの上にとりつけてある照明器具のなかで、三、四匹の蛾がばたばたと騒いでいた。電球は切れている。それでも関係ない。トレーラーハウスには朝の光がふんだんに射しこんでいるからだ。蛾は跳ねまわり、ひらりひらりと飛び、小さな影が揺らめく。あの蛾たちはどうやって照明の内側にはいりこんだのだろう？　それはともかく……どうして自分はこんなところにたどりついてしまったのか？　十代の後期にひとしきり荒れた時期があったが、そのあとしばらくはまっとうな生活をいとなんでいたこともある。二〇〇六年にはあるビストロでウェイトレスとして働き、けっこうな額のチップを稼いでいた。シャーロッツヴィルの二間《ふたま》のアパートメントに住み、バルコニーで羊歯《しだ》を育てていた。ハイスクールのドロップアウト組にしてはいい暮らしだったといえる。週末にはよく、モリーンという名前の大きな栗毛の馬を借りて――穏やかな気質で、落ち着いた足どりの馬だった――シェナンドア川の流域にまで出かけた。ところがいまは、アパラチア山地のクソだめみたいな町のトレーラーハウス住まいで、トラブルまっしぐらの身でさえなかった――トラブルに沈みこんでいる。といってもトラブルは綿《わた》で包まれていたため、予想に反してトラブルの棘《とげ》がちくちく刺してくることはなかった。しかし、考えればトラブルの最悪の部分はまさにその点かもしれない。トラブルの奥深くにまで落ちこみ、自分の最後の一線までもが罠にとらえられ、そうなると、もはやなにもできず――〝どすん〟という音がしたかと思うと、ティファニーはいきなり床に倒れていた。カウンターのへりにぶつけた腰がずきずきと激しい痛みを訴えた。

トルーマンがだらしなくタバコをくわえたまま、ティファニーを見おろしていた。

「地球からクラック売女《ばいた》へ――きこえますか？」トルーマンはカウボーイブーツとトランクスだけの姿だった。胴体を覆っている肉はビニールラップのように、あばら骨にぴったり貼りついている。「地球からクラック売女へ」そうくりかえすと、ティファニーの顔の前でぱちんと手を叩く――行儀のわるい犬にするように。「きこえてないのか？　ほれ、だれかがドアをノックしてるぞ」

トルーマンは人間の屑そのものだ。だからティファニーのなかでもまだ生きている部分――ときおり髪の毛にブラシを通したくなったり、家族計画連盟のクリニックに所属するエレインという女、刑務所同然の中毒治療施設の順番待ちリストに名前を載せることに同意しろといってきたあの女に電話をかけたくなる部分――では、この男に科学的な驚きの感覚をいだくことがあった。トルーマンは人間の屑の見本そのもの。たまに、「トルーマンを上まわる人間の屑がいるだろうか？」と自問するが、いい勝負といえる人物さえいないも同然だ――いや、はっきりいえば公式にトルーマンを上まわる人間の屑は、ドナルド・トランプと人食い種族だけだ。

トルーマンの悪事は枚挙にいとまがない。少年のころは自分の肛門に指を突っこみ、その指を自分より幼い子供たちの鼻の穴に押しこんだ。もう少し大きくなると母親のもちものを盗むようになり、宝石類やアンティークを勝手に質屋にもっていった。そんなトルーマンはある日の午後ふらりとシャーロッツヴィルのアパートメントにやってきて、ティファニーに覚醒剤を紹介した。トルーマンの考える悪ふざけというのは、他人がぐっすり眠っているときに、裸の背中の肩胛骨《けんこうこつ》のあいだに火のついたタバコの先端を押しあてることだった。トルーマンは強姦の常習犯だったが、その罪で刑務所へ叩きこまれたことはなかった。世の中には運に恵まれる人間の屑もいる。いまその顔にはふぞろいに伸びている赤っぽい金色のひげが模様をつくり、目はやけに瞳孔が大きくなっていたが、あごを突きだした姿勢には、せせら笑うばかりで決して謝罪しない少年という昔からのこの男の特性がのぞいていた。

「早くしろ、クラック売女」

「なにを？」ティファニーはやっとのことで質問した。

「ドアに出ろといってんだよ！　ぐずぐずすんな！」トルーマンはパンチを見舞うふりをし、ティファニーはあわてて両手で顔を覆うと、まばたきで涙を払った。

「うるさいってば」ティファニーは上の空《うわそら》のままいった。いまの言葉をドクター・フリッキンジャーにきかれていないことを祈る。あの形成外科医はいまバスルームにいる。トリップで見る幻覚。いつでもティファニーをマダムと丁寧に呼び、その言葉が揶揄でないことを示すためにウィンクをしてよこす。

「おまえは歯抜けで耳が壊れたクラック売女だ」トルーマンはいった——自分もまた審美歯科

手術を推奨されそうな歯並びだという事実はまったく無視している。

トレーラーハウスの寝室からトルーマンの友人が出てきて、折り畳みテーブルの前の椅子に腰をおろすと、「クラック売女ちゃん、でんわ《フォーン》・おうち《ホーム》」と映画にひっかけたジョークを飛ばし、片方の肘をかくかく動かした。男の名前は覚えていなかったが、〈サウスパーク〉に出てくるうんち《ブーブ》キャラのタトゥーを喉仏に入れているこの男が、母親にとって超自慢の息子であればいい、と思った。

ドアにノックの音がした。今回のノックはティファニーの耳にもしっかり届いた。決意の感じられる二回連続ノックだった。

「ほっとけ！　おまえの手をわずらわせたくないんだ、ティフ。でぶっ尻《ちり》をすえたままでいやがれ」トルーマンがそういってドアをあけた。

ドアの前に立っていたのは、トルーマンのチェックのシャツを着たひとりの女だった。シャツの下には小麦色に日焼けした足が見えている。

「こりゃなんの真似だ？」トルーマンはいった。「なんの用がある？」

答えた女の声はかぼそかった。「こんにちは、旦那さん」

テーブル前の椅子に陣取っているトルーマンの友人が大声でいった。「なんだなんだ、エイボン化粧品のセールスレディかなにかか？」

「いいか、女」トルーマンは女にいった。「うちにあがりたければ歓迎する――でも、その前にまずはおれのシャツを返してもらうぞ」

トルーマンの友人がこの言葉に笑いはじめた。「こりゃびっくり仰天だ！　おい、トルー、きょうはおまえの誕生日か？」

バスルームから便器の水を流す音がきこえた。ドクター・フリッキンジャーが用をおえたのだ。

ドアの前に立っている女がいきなり片手を突きだして、トルーマンの首をつかんだ。トルーマンは空気の洩れるひいっという声を洩らした。くわえタバコがぽろりと落ちる。トルーマンは手をもちあげて女の手首をつかみ、指を食いこませた。その圧力で女の手首の肉が変色するのがティファニーにも見えたが、女は手を離さなかった。

トルーマンの頬骨のあたりに赤い斑点が浮かびはじめた。女の手首にトルーマンの爪がつくった傷から血が流れだした。それでも女は手を離そうとしない。空気の洩れる音が、さらに引き攣《つ》って口笛めいた音に変わった。トルーマンはつかっていないほうの手で、腰のベルトに差してある片刃猟刀《ボウィナイフ》の柄《え》をつかんで引き抜いた。

女はすばやく室内に足を踏み入れながら、トルーマンがナイフをつかんで刺そうとした側の前腕をつかんで動きを押さえこんだ。女はそのままトルーマンをうしろへ押しやり、トレーラーハウスの奥の壁に勢いよく叩きつけた。あっという間の出来事で、ティファニーには初対面の女の顔を確かめるひまもなかった。見えたのは肩までの長さがある乱れた黒髪がつくるスクリーンだけだ——うっすら緑の輝きを帯びているようにも見えるほど色濃い黒髪だった。

「おっと、おっと、おっとっと」トルーマンの友人はそういいながら、ペーパータオルのロールの裏から拳銃をつかみあげて椅子から立った。

トルーマンの左右の頬にできた赤い斑点は、さらに拡大して紫の雲に変わっていた。その口からは、硬木づくりの床にスニーカーのゴム底がこすれたような音が洩れていて、苦しげな渋面が、うつむいたピエロの悲しげな顔めいた表情にだんだん変わってきた。両目がぎょろりと回転する。左胸のあたりのぴんと張った皮膚が、その奥にある心臓の鼓動にあわせて動いているのがティファニーの目にとまった。女は驚くほどの怪力だ。

「おおっと」トルーマンの友人がまたおなじ言葉をくりかえした。女がトルーマンの頭部に拳の一撃を食らわせたからだ。花火そっくりの音とともに、トルーマンの鼻の骨がへし折れた。

血が細い筋になって天井にかかり、数滴の雫が照明器具の半透明のドームにぴしゃりとかかった。内側に閉じこめられている数匹の蛾がいかれたように騒ぎだし、照明器具に体当たりをくりかえす。アイスキューブのはいったグラスをまわしたときのような音がした。

ティファニーが視線を下におろすと、女がトルーマンの体をテーブルへむけて揺らしていたところだった。トルーマンの友人は立ちあがって拳銃の狙いをつけていた。石でつくったボウリングのボールを思わせる音がトレーラーハウスに響きわたった。同時にトルーマンのひたいに、不規則な形状のパズルピースが出現した。ふちがぎざぎざのハンカチのようなものが垂れて、トルーマンの目を覆った——眉毛の一部がついたままの皮膚が骨から剝がれて、ぺろんと垂れ落ちたのだ。トルーマンの力なくひらいた口もとをたちまち血潮が覆って、あごへと落ちていく。眉毛がついたまま剝がれた皮膚が、ぺちぺちと頰にあたっていた。ティファニーは自動洗車機のモップ状のスポンジがフロントガラスを洗っているところを連想した。

二発めの弾丸がトルーマンの肩を撃ちぬき、ティファニーの顔に霧のような血飛沫《ちしぶき》がかかった。すかさず女はトルーマンの死体を友人めがけて一気に押しやった。三人分の重みに耐えきれずにテーブルがくずおれた。ティファニーにはもう自分の悲鳴さえきこえなかった。

時間がジャンプした。

次に気がついたときには、ティファニーはクロゼットの隅に縮こまってレインコートをあごの下にまで引き寄せていた。くぐもった打撃音がリズミカルに響き、それにあわせてトレーラーハウスが土台の上で左右に揺れていた。その音で呼び覚まされたのは、遠い昔、シャーロッツヴィルのビストロの厨房で、シェフがハンマーで子牛肉を薄く加工していたときの音だった。いまの打撃音はあの音と似ている。ただし、こちらのほうがずっとずっと重い音だ。金属とプラスティックが弾けるような音がして、それっきり打撃音がやみ、トレーラーハウスの動きもとまった。

クロゼットの扉がノックで揺れた。

「大丈夫かい?」あの女の声だった。

「出てって!」ティファニーは叫んだ。

「バスルームにいた男なら窓から逃げてったよ。あいつのことはもう心配しなくていいんじゃないか」

「あんたはなにしてるの?」ティファニーはしゃくりあげた。体にはトルーマンの血がついている。いま死にたくはない。

女はすぐには答えなかった。答えはきくまでもなかった。ティファニーはあの女がなにをしたかを見ていた——いや、察しとれるほどは見ていたというべきか。それに音もたっぷりきいていた。

「とにかくいまは休んでて」女はいった。「休んでればいい」

数分後、ティファニーは外に通じるドアが閉じられる音を――銃声の置土産といえる耳栓でふさがれたようになった耳を通じて――ききとった気がした。

ティファニーはレインコートを体にかけて縮こまり、うめき声でトルーマンの名前を口にした。

ティファニーに麻薬のやり方を教えたのはトルーマンだった――少しずつ吸うのがこつだ――あの男はそういった。「すぐにいい気分になれるぞ」

とんだ嘘つき男だ。とんでもない悪党、とんでもない怪物だ。だったらどうして、トルーマンの死が悲しくて泣いているのか？　自分でとめられないからだ。泣きやめられればいいと思いながらも、ティファニーは涙をとめられなかった。

8

エイボン・レディではなかったエイボン・レディはトレーラーハウスをあとにして、覚醒剤密造工場へ引き返していった。一歩近づくごとにプロパンガスの臭気が強くなり、やがて鼻をつく異臭が空気をすっかり満たした。女の背後では足跡が出現していた――白く小さく繊細で、どこからともなく出現したその足跡は唐綿《とうわた》の柔毛《にこげ》でできているかのように見えた。勝手に借り受けたシャツの裾が、長い太腿のまわりでひらひら揺れていた。

女は、小屋の前の灌木《かんぼく》にひっかかっていた紙をとりあげた。紙のいちばん上に大きな青い文字で《**全商品が毎日セール価格です！**》と宣伝があった。その下には大小さまざまなモデルの冷蔵庫や食洗機、電子レンジに掃除機、ダートデビル製のハンディタイプの掃除機、ゴミ圧縮機などの商品がずらりとならんでいる。ある写真ではジーンズ姿のスリムな若い女が、ママとおなじくブロンドの娘を笑顔で見おろしていた。かわいらしい娘は両腕でプラスティックの赤ちゃん人形を抱いて、笑顔で見おろしていた。また大型テレビの画面にはフットボールの試合中の男たちや、野球の試合中の男たちが映っているものがあり、バーベキューグリルのまわりに大きなフォークや大きなトングを手にして立っている男たちが映っているものもあった。はっきり露骨に書かれているわけではないが、この無料のPR誌のメッセージは明らかだった——女は働いて家庭という巣を守り、そのあいだ男たちは殺した獲物を火で焼くのだ。

イーヴィはPR誌を丸めて筒状にすると、先端の下で左手の指をぱちんと鳴らしはじめた。指を鳴らすたびに火花が散った。三度めに指を鳴らすと、紙が燃えあがった。これでイーヴィにもバーベキューができるようになった。そこで紙の筒をもちあげて火のようすを確かめてから、小屋へ投げこんだ。それからすばやい足どりで小屋から離れ、森を突っ切って四三号線方面へ——地元住民がボールズヒル・ロードと呼びならわしている道路のほうへ——足を進めた。

「きょうは大忙し」またもや周囲を飛びまわりだした蛾たちにむかって、イーヴィはいった。「きょうはてんてこまいの大忙し」

小屋が爆発してもイーヴィはふりかえらなかったし、トタン板の一部が頭のすぐ上をかすめ飛んでいったときにも、眉一本動かさなかった。

第二章

1

ドゥーリング郡警察署は朝日をあびてまどろんでいた。三つある留置房はいずれも空っぽで、鉄格子のドアはあけはなたれ、床は拭き掃除をおえたばかり、房内には消毒薬のにおいがした。ひとつきりの取調室もおなじく無人、そしてライラ・ノークロスのオフィスも同様。通信指令係のリニー・マーズが署をひとりじめしていた。リニーのデスクのうしろの壁には、オレンジ色のつなぎを着せられたイケメン受刑者が歯を見せて笑いながら、二本のダンベルをねじりあげている写真のポスター。ポスターのアドバイスは、《**あいつらは一日も休まない――だからおまえも休むな！**》というものだ。

リニーはこの善意のアドバイスをすんなり無視するすべを身につけていた。以前ＹＷＣＡのダンスエキササイズの講座に通い、短期間だけ活発なダンスの運動をしたことがあるが、それからこっち、いわゆるトレーニングはひとつもしていなかった。が、自分の外見には自信をもっていた。いまリニーは、アイライナーの正しい引き方についてのマリ・クレール誌の記事を食い入るように読んでいた。安定したラインを描くためには、小指で頬骨のあたりを押しておく必要がある。こうすることでラインをよりコントロールできるし、目もとがうっかりひくひく動いたときの予防にもなる。記事がすすめるアイライナーの引き方は、まず中央から手をつけて目尻にむかって描きこみ、そのあと目頭から中央にむかって描いて完成させるというものだった。意中の男性との失敗できない夜のデートには、いつもより厚くドラマティックな勝負アイライナーを——

電話が鳴った。通常の電話ではなく、受話器に赤いストライプのはいっているほうの電話だった。リニーはマリ・クレール誌をおろし（あとで〈ライトエイド〉に立ち寄って、ロレアル・オパークを買うことと頭のメモに書きつけながら）受話器をとりあげた。通信指令係になってかれこれ五年、朝のこの時間にかかってくる通報電話といえば猫が木から降りられないとか愛犬がいなくなったとか、あるいは調理中のちょっとした事故といったあたり。あるいは——できれば勘弁してほしいが——幼児がなにかでのどを詰まらせたといった事故だ。銃器がらみのトラブルは決まって日没後で、たいていは酒場の〈スクイーキー・ホイール〉がらみと決まっている。

「はい、９１１。どのようなトラブルですか？」

「エイボン・レディがトルーを殺したの！」女の叫び声だった。「あの女、トルーとトルーの友だちを殺したんだってば！　友だちの名前は知らない。でもあの女はそいつのクソ頭を叩きつけてクソな壁をぶち抜いた！　またあんなものを見せられたら目がつぶれちまう！」

「マダム、９１１への通報はすべて録音されているんですよ」リニーは答えた。「いっておけば、いたずら通報は感心しませんね」

「いたずら電話じゃない！　だれがいたずらをしてるって？　ついさっきよ、どこかの知らない女がうちにふらりとやってきて、トルーを殺していったの！　トルーともうひとりの男を。もう、そこらじゅう血だらけなんだから！」

最初、呂律《ろれつ》のまわらない女の声がエイボン・レディうんぬんと話しだしたときには、リニーはこの電話が九十パーセントまではいたずらか、そうでなかったらいかれ頭の産物だと思っていた。しかしいまは、通報が本物であることを八十パーセント確信していた。電話の女はおいおい泣きながら、ほとんど理解不可能な言葉をまくしたてているし、松の仲間が鬱蒼と茂っているだけの僻地《へきち》ならではの煉瓦なみに濃い訛がある。リニーがウェストヴァージニア州カノーア郡のミンククロッシング出身でなかったら、電話の女の言葉は外国語なみにちんぷんかんぷんだっただろう。

「そちらのお名前は？」

「ティファニー・ジョーンズ——でもあたしのこたぁどうでもいい！　ふたりとも死んでて、なぜあの女があたしだけ生かしたのかが謎。でも、女がまたやってきたらどうする？」

リニーは背を丸めて乗りだし、きょうの勤務当番表に目を凝らした——だれが内勤で、だれがパトロール勤務かが書いてある。郡警察が所有するパトカーはわずか九台だが、一台か二台はいつも署の駐車場にある。ドゥーリング郡は州でもいちばん小さな郡だが、決していちばん貧乏ではない。その名誉の称号は、だれも知らない僻地にぽつんとあるような隣のマクダウエル郡のものだ。

「こちらの画面には、あなたの電話番号が表示されていませんが」

「当たり前。トルーがつかってた飛ばし携帯《バーナー》のひとつなんだから。トルーがなにか細工したんだよ。あの人はね──」言葉が途切れて雑音がきこえ、ティファニー・ジョーンズの声が電話口から遠ざかると同時に、ひときわ疳高《かんだか》くなった。「たたた大変、工場が爆発しちまった！　あの女はなんでそんなことをすんの？　た、大変、ほんと大変、どうしたら──」

いったいなんの話かとリニーがたずねようとした矢先に、ごろろと転がるような重低音がきこえてきた。それほど大きな音ではなかった──署の窓ガラスがびりびり震えることもなかった。ヴァージニア州ラングリーから飛び立ったジェット機が音速の壁を突破したときのようだった。

音はどのくらいのスピードで伝わるのだっけか？　物理の授業でその手の公式を教わったのでは？　しかしハイスクールの物理の授業はずいぶん昔の話だ。ひとつ前の人生といえるほど。

「ティファニー？　ティファニー・ジョーンズ？　まだそこにいる？」

「森に火が燃え移る前に、だれかをここへ寄越してったら！」ティファニーがわめく声があまりに大きく、リニーは思わず受話器を耳から離した。「鼻をきかせりゃ、ここに来られるよ！　煙をさがせばいい！　いまだって、もくもく空に立ちのぼってる！　ボールズヒルのほうだ──ボールクリーク・フェリーの乗り場と製材所を越えたところさ！」

「それで、さっきの話の女、あなたがエイボン・レディといっていた女は──」

ティファニーは泣きわめきながら、一方で笑い声をあげた。「警官なら、ひと目であの女のことだってわかるに決まってる！　トルーマン・メイウェザーの血を体じゅうにべったり浴びてるもん！」

「すいません、ではそちらのご住所を──」

「トレーラーに住所なんかあるもんか！　トルーには郵便なんか来ないし！　ごたくはいいから、だれかを寄越して！」

それきり、ティファニーの電話は切れた。

リニーは無人のメインオフィスを横切って、朝の日ざしのなかへ足を踏みだした。メイン・ストリートの歩道にはもう何人もの人々が出ていて、手で目もとの日ざしをさえぎりながら東をながめていた。その東の方向、ここからだと五キロ弱のあたりから、黒い煙が立ちのぼっていた。きれいにまっすぐ伸びている――ありがたいことに、リボンのようにたなびいてはいない。たしかに、アダムズ製材所のほうだった。あのあたりならよく知っている――最初は父親のピックアップトラックでいっしょにドライブしたし、後年はいまの夫といっしょにピックアップトラックでよくドライブしたあたりだ。男はいくつもの珍妙なものに心を寄せる。製材所はそのひとつのようだ。順位としては、馬鹿でかいタイヤを履かせたトラックには僅差で勝つものの、銃砲博覧会には大差で負けそうだ。

「あれはなにかね？」道の反対側にある自分の会社から出てきて歩道に立っていた、ドルー・T・バリー損害保険社のドルー・T・バリーがたずねた。

ドルー・T・バリーの両目の裏側で保険料の数字が縦並びにスクロールしていくのが、リニーの目に見えるようだった。ついでリニーはバリーにはなにも答えず署内に引き返し、まず消防署に電話をかけ（いまごろはもう電話が鳴っていることだろうが）、四号車のテリー・クームズとロジャー・エルウェイに連絡してから、ボスに電話をかけた。ただし、ボスはゆうべ病欠をとったばかりだから、この時間はまだ寝ていることだろう。

ところが、ボスのライラ・ノークロスは眠っていなかった。

以前ある雑誌を読んだときに――歯医者での歯のクリーニングを待っているあいだだったか、視力検査を待っているときだったか――平均的な人間は眠るまでに十五分から三十分の時間を必要とする、と書いてある記事に目がとまった。そこには警告も書かれていたが、ライラにはあえて警告される必要もなかった――眠るためにはリラックスした気分が必要だとあったのだ。いまライラは、リラックスとはほど遠い気分だった。ひとつには、まだ服を着ていたからだ――ただしスラックスのスナップをはずし、制服の茶色いシャツのボタンもはずしてはいた。ガンベルトもはずしていた。うしろめたい気分だった。どんな些細なことであれ、夫に嘘をつくのに慣れたためしはない。そもそも、大きな嘘をついたことは一度もなかった――きょうの朝までは。

2

《マウンテンレスト・ロードで事故発生》ゆうべライラはそんなメッセージを夫に送った。《電話はかけてこないで。めちゃくちゃになった道路のあと始末をしなくちゃならないから》おまけにきょうの朝は、さらにもっともらしい嘘を重ね、いまその言葉が茨《いばら》の棘になってちくちくと心を刺してきた。《猫のトイレ砂が道じゅうに散らばっちゃって！　ブルドーザーが必要だった！》

　本当にそんな事故があったら、ドゥーリングの週刊新聞に記事が掲載されるのでは？　とはいえ夫のクリントは新聞を読まないから、まず問題にはならないだろう。とはいえ、その手の笑えそうな事件があれば、人が話題にするはずで、それなのにだれも話題にしなかったらクリントがいぶかしく思って――

「あの男は内心でつかまりたがってたのよ」以前ライラはそうクリントにいった。ふたりでHBO製作の〈ジンクス〉というドキュメンタリー番組を見ていたときのことだ。裕福でエキセントリックなロバート・ダーストという殺人者をあつかった番組だった。ふたりが見ていたのはまだ序の口、全六回の二回めだった。「そう思ってなければ、この手のドキュメンタリー番組の取材に応じるはずがない」

　なるほどたしかにそのとおり。いまではロバート・ダーストはまたもや刑務所に逆もどりだ。そこで問題は――はたして自分はつかまりたがっているのか？

　そうでなければ、どうして最初にあんなメッセージをクリントに送ったのか？　クリントが電話をかけてくれれば、背景のコフリン・ハイスクールの体育館の騒音を――観客の応援の声、硬木の床を踏むスニーカーの音、それに響きわたるホイッスルの音を――ききつけられるはずで、そうなれば当然、いまどこにいて、なにをしているのかと質問されたに決まっているからだ、と考えていた。しかし、それだけならクリントの電話を留守番電話サービスにまわし、あとで折り返せばいいだけだったのでは？

　あのときは、そんなことを考えもしなかった――ライラは自分にいった。神経質になっていたばかりか、動顚してもいたからだ。

真実か、それとも嘘か。きょうの朝のライラは後者にかたむいていた。自分はこれまで、もつれあった蜘蛛の巣をわざと紡《つむ》いできた。それもこれもクリントを無理にでも動かし、自分の口を無理にでも割ってもらいたい一心で。すべてを解き明かす糸をひと思いに引っぱる役をクリントにやらせたい一心で。

ふっと、こんな悲しい思いが頭をかすめた。法執行機関でこれだけ長いあいだ働いてきたのに、結局は精神分析医の夫のほうがずっと優秀な犯罪者になれそうだ。クリントは秘密を守る方法を心得ている。

いまのライラの気分をいうなら、自宅にそれまでまったく気づかなかったフロアがあることに気づいたような気分というべきか。壁の傷ができていた部分をうっかり手で押してしまったら、いきなり目の前に階段があらわれたようなもの。そして秘密の廊下を進めば、すぐそこにフックがある。フックにかかっていたのはクリントのジャケットだ。ひどいショックだったし、苦痛はそれ以上につらかったが、そのいずれも恥の感覚の足もとにも及ばなかった――どうして自分は気づかずにいられたのか？　ひとたび知ってしまったら、ひとたび人生の真実に目覚めたら、どうすればあと一秒でも大声で叫ばずに生きていられるものか？　自分の夫……十五年のあいだ毎日のように話をしていた相手……自分の産んだ子供の父親……そんな男に、これまで一度も話題に出なかった娘が存在すると知ってしまったら――それでもなお悲鳴をあげなければ、のどをふり絞って激怒と悲嘆の怒号をあげなければ、いったいどんな機会にそんな声をあげるのか？　それなのに自分はクリントにいい一日を祈る言葉をかけ、ベッドに横になっただけだった。

疲労がようやく追いついてきて、悲嘆を消し去っていった。やっとのことで眠りにむかって落ちかけた――五、六時間ばかり眠れば、もう少しましに思えてくるのだろう。気分も落ち着くはずだし、クリントに話ができるようになっているかもしれない――そればかりか、クリントはライラが理解するのに手を貸してくれるかも。そもそも、それが精神分析医としてのあの人の仕事では？　人生の混乱のあれこれにすっきり筋を通すことが。だいたい、わたしがクリントに混乱をもたらしたことがあっただろうか？　道路を一面覆いつくした猫のトイレ砂。秘密の通路に落とされた猫のクソ……そしてバスケットボールのコートに落とされた猫のクソ。コートではシーラという少女が肩を落とす体勢をとり、ディフェンダーをあわてて後退させた隙に一気に進みでて、ゴールを目指した。

涙が頬をつたい落ちて、ライラはふっと息を吐いた。あと少しで眠りの国へ逃避できそうだった。

なにかに顔をくすぐられた。ひと筋の髪か、枕カバーからほつれた糸のような感触だった。ライラはそれを払いのけると、真の眠りにむけてさらに深く沈みこみ……あと一歩で真の眠りにたどりつくときに――ベッドの足側に置いてある杉材のチェストの上で、用具ベルトに差したままの携帯電話がやかましく着信音を鳴らしはじめた。

ライラは目をひらいて上体を起こし、ベッド上にすわる姿勢をとった。髪の毛だかなんだかわからないものは、まだ頬をくすぐっていた――ライラはそれを手で払った。クリント、電話があなたからだったら――

ライラは携帯を手にした。表示されていた発信者はクリントではなかった。そこには一語だけ《署》とあった。時計は七時五十七分を表示している。ライラは《応答》をタップした。

「署長？　ライラ？　起きてる？」

「いいえ、リニー。これはみんな夢よ」

「わたしの見立てだと大問題が起こったみたい」

リニーはきびきびしたプロらしい口調だったし、その部分にはライラも満点を与えるつもりだったが、言葉の端々に訛がこっそりと忍びこんでいた。〝大問題が起こったみたい〟ではなく、〝大問題が起《で》こたみたあ〟と響いたのだ。これは、リニーが真剣で、同時に不安を感じていることを示している。ライラは一気に目を丸く見開いた――そうすれば少しでも早く覚醒できるというように。

「通報電話がかかってきて、アダムズ製材所のあたりで複数の人間が殺される事件が発生した、といってよこした。通報者の女が勘ちがいをしているとか、嘘をついているとか、あるいは幻覚を見ているという可能性もないではない。でも、〝どかん〟っていう爆発音がきこえたのは事実よ。そっちではきこえなかった？」

「きこえなかった。いまわかっていることを教えて」

「通報電話を再生してもいいけど――」

「あなたの口からききたいの」

リニーは一部始終を話した。ドラッグの影響下にある女、ヒステリックな口ぶり、ふたりが殺されたという話、殺害したのはエイボン・レディ、爆発、黒煙を視認。

「で、あなたが派遣したのは――」

「四号車。テリーとロジャー。最新の無線連絡によれば、現場まであと一キロ半程度みたい」

「オーケイ。わかった」

「署長は――」

「これからそっちへ行く」

3

ドライブウェイにとめてあるパトカーまでの道のりを半分まで来たところで、アントン・ダブセックの視線に気がついた。アントンは上半身裸で、スラックスは出っぱった腰骨に（かろうじて）引っかかっているが、いまにもずり落ちそうだ。そんな〈プールガイ〉は、見た目だけなら男性ストリップクラブの〈チッペンデールズ〉が製作するカレンダー用モデルのオーディション参加者そのままだ。いまアントンは自分のヴァンのすぐ前の歩道に立って、プール掃除用の道具を運びだそうとしていた。ヴァンの側面には流麗な筆記体風のフォントで《アントン・ザ・プールガイ》と書いてあった。

「あら、なにを見てるの？」ライラはたずねた。

「すばらしき朝の光景を」アントンはいい、輝くような笑みをむけてきた――三郡地域《トライ・カウンティーズ》すべてのバーのホステスをちゃっかり魅了してきたはずの笑みだ。

服を見下ろしたライラは気がついた――シャツをスラックスに入れてこなかったし、ボタンをかけてもいなかった。着けていたのは無地の白いブラジャーで、二着あるビキニ水着のトップにくらべたら露出面積は大幅に少ない（そのうえ性的魅力も大幅に少ない）が、男と下着のあいだには特別な関係がある。ブラジャー姿の女を見ると、男は〈ダラーズ＆ダート〉の五ドルのスクラッチくじで五十ドル儲けた気分になるという。なんといっても、かつてマドンナはそれを利用して巨万の富を築いた。でも、あれはアントンが生まれる前の話かもしれない。

「いまの科白《せりふ》が効いたことはある？」ボタンをかけて裾をおさめながら、ライラはたずねた。

「これまでに？」

　笑みがさらに大きく広がった。「答えをきいたら驚きますよ」

「コークを飲みたくなったら、裏の勝手口があいてるわ。帰るときには、きちんと鍵をかけていくこと。わかった？」

「合点承知の助《ラジャー・ウィルコ》」アントンはさっと、ふざけ半分の敬礼のしぐさをした。

「ビールはだめよ。いくらあなただって、まだ時間が早すぎるもの」

「でも世界のどこかには、いま午後五時を迎えてるところもあって――」

「歌の文句はききたくない。ゆうべは長い一夜だったし、おまけにこれからしばらく寝る時間がとれそうもなくて、長い一日になりそうなの」

「これまた合点《ラジャー》。でも……そうだ、署長。わるいニュースがあります。裏の楡の木が立ち枯れ病になってるみたいだ。知りあいの樹木医の電話を教えておきましょうか？　あの木をむざむざ――」

「とりあえず、お気づかいありがとう」けさのライラは庭木のことを考える気になれなかったが、一方では災難が集中するタイミングのわるさが芸術的にさえ思えてもいた――自分がついた嘘、クリントがいっさい黙っていたこと、疲れ、火事、複数の死体、そこへもってきて庭木の病気、そのすべてが午前九時前に集中していた。これで不足しているものがあるとすれば、息子のジェイリッドが腕の骨を折るとか、その手の事故だ。そのとおりになったら、あとはもう聖ルカ教会へ行ってラファティ神父に告解を申しでるしかない。

ライラはパトカーをバックでドライブウェイから出すと、トレメイン・ストリートを東へむかった――署長でなければ違反切符を切られるところだが、途中の一時停止の標識の箇所を完全に停止せずに走り抜ける〝カリフォルニア・ストップ〟を実行したそのとき、一七号線の方向に煙が立ちのぼっているのが見えて、スロットマシンの大当たりを思わせる回転灯のスイッチを入れた。ただしサイレンは、ドゥーリングのダウンタウンを構成している三ブロックのためにとっておいた。みんなにスリルをあたえてやろうと思ったのだ。

4

ハイスクールの反対側にある交差点の信号で、フランク・ギアリーは乗っている車のハンドルにとんとんと指を叩きつけていた。シルヴァー判事の自宅へむかっているところだった。老判事は携帯でフランクに電話をかけてきた――そのときの物音から察するに、携帯をもっていることさえひと苦労のようだった。なんと、愛猫のココアちゃんが車に撥ねられたのだ。

フランクのトラックの前を、見慣れたホームレスの女がショッピングカートを押して道路を横断していた――何層とも知れない衣類をぐるぐる巻きつけているため、足はまったく見えなかった。にこやかで楽しげな顔を見せながら、なにやらひとりごとをいっている。たぶん、いくつもある人格のひとつが、ほかの人格のひとつのためにサプライズの誕生日パーティーを準備しているのだろう。正気でなくなるのもいいかもしれない――フランクはそう思うこともあった。妻のエレインはフランクが正気ではないと思っているが、その手の狂気ではない。本物の狂気だ――四六時中ひとりごとをいい、ごみ袋だの男のマネキン人形の上半身だのを積んだショッピングカートを押して徘徊《はいかい》する種類の狂気だ。

正気をなくした人たちは、どんな理由で心配するのだろうか？　正気とは無縁の理由だろう――ただしフランクが想像する狂気の世界では、おそらく単純な理由だろうと考えるのがつねだった。たとえば――牛乳とシリアルはまとめて自分の頭にぶっかけるべきか、それともまとめて郵便受けに注ぐべきか？　頭がいかれていたら、これはさぞやストレスに満ちた難問だろう。フランクにとっていまのストレスは、近づくドゥーリング郡の予算委員会における毎年恒例の削減策の件だった。わるくすれば、それでいまの仕事をなくすかもしれない。娘と会う週末にそなえて正気をたもっておくのもストレスの原因だし、エレインからいっそ正気でなくなればいいのにと期待されているとわかっていることもストレスの原因だ。妻から鵜の目鷹の目であら探しをされるのがストレスでなくて、なにがストレスか。これとくらべたら、牛乳とシリアルを頭にかけるか郵便受けに注ぐかという問題のほうが、ずっと簡単に対処できる。シリアルを頭にかけて、牛乳を郵便受けに注げばいい。ほら。これで問題は解決ずみだ。

信号が青に変わり、フランクは左折でマロイ・ストリートに車を進めた。

5

道路の反対側ではホームレスの女――緊急一時宿泊施設《シェルター》のボランティアスタッフにとってはオールド・エシー、昔々はエシー・ウィルコックス――がショッピングカートをがたがた揺らしながら、ハイスクールの駐車場をとりまく短い堤防状の芝生の道を進んでいた。ひとたび平坦な歩道にたどりつくと、今度はグラウンドと灌木の林の方向を目指す。林には温暖な季節にオールド・エシーが住む家があった。

「ぐずぐずしなさんな、お嬢ちゃんたち！」エシーは前方へ――カート上でがたがた揺れている荷物に――話しかけていたが、本人は同じ顔をした四人の小さな女の子たちという他人には見えない家族に話しかけているつもりだった。四人はカルガモの赤ちゃんのように、列をつくってエシーのあとを歩いていた。「夕食の時間までに家に帰らなくちゃね――でないと、あたしたちが夕食になっちゃうかもだ！　怖い魔女の大きなお鍋のなかでね！」

エシーはくすくす笑ったが、女の子たちはさめざめと泣いたり騒いだりしはじめた。

「あらあら、ほんとにお馬鹿なあんたたち！」エシーはいった。「あたしはふざけていっただけさ」

エシーは駐車場のへりにたどりつくと、カートを押してフットボールのグラウンドに乗りこんでいった。背後では女の子たちが明るさをとりもどしていた。お母さんさえいれば、自分たちの身にはなにも起こらないと知っている。そう、みんないい子だもの。

6

アダムズ製材所の左側で、製材されたばかりの松の羽目板を積んだ二台のパレットにはさまれてイーヴィが立っていたそのとき、郡警察のパトカーの四号車が目の前を猛然と走っていった。製材所のメインの建物の前に立っている見物人からは死角になっていたが、幹線道路からはイーヴィは丸見えだった。しかし通報に応じて現場へ急行中の警官たちは、イーヴィに目もくれなかった——いまもまだ裸の体にトルーマン・メイウェザーの血にまみれていたというのに。というのも警官たちは、かなり乾燥した森林に隣接しているとおぼしい場所から立ちのぼる煙だけに目をへばりつかせていたからだ。

テリー・クームズが身を乗りだして指さした。「あのでっかい岩、《ティファニー・ジョーンズくそビッチ》とスプレーペンキで書いてある岩が見えるか？」

「ああ」

「あの岩のすぐ先に舗装してない小道の入口があるから、そこへはいってくれ」

「いいのか？」ロジャー・エルウェイはたずねた。「煙はあそこの一キロ半ばかり先から出てるみたいだぞ」

「いや、おれを信じろ。このあたりは前にも来てる。トルー・メイウェザーがトレーラーハウス住みのフルタイムのポン引きを気取り、パートタイムでは紳士なマリファナ栽培屋をやっていたころだ。そのトルーもずいぶん出世したらしい」

四号車はタイヤを横滑りさせて小道に折れ、そこでタイヤがふたたび地面をしっかりとらえた。ロジャーは時速六十五キロで荒っぽくパトカーを走らせていた——パトカーにはしっかりしたサスペンションがそなわっていたが、それでも車体が上下に大きく揺れることもあった。道路のまんなかの盛りあがった畝《うね》状の部分には背の高い雑草が茂って、車体の下側にこすれていた。やがて煙のにおいが鼻をつくようになってきた。

テリーが無線のマイクをつかんだ。「四号車から署へ。署へ、こちら四号車」

「四号車、こちらは署」リニーが応じた。

「ロジャーがこの車を側溝に落っことさなければ、あと三分で現場到着だ」テリーがいうと、ロジャーが一瞬だけハンドルから片手を離してテリーに侮蔑の中指を突き立てた。「消防署の動きは？」

「四台の消防車全部にくわえて救急車も出動中。志願消防団も何人か出てるって。いまごろそのパトカーのすぐうしろに迫ってるはず。エイボン・レディに目を光らせてね」

「エイボン・レディね。わかった。四号車、交信おわり」

テリーがマイクをラックにもどすと同時に、パトカーががくんと大きく飛び跳ねて、ふたりは一瞬だけ宙に浮いた。それからロジャーはタイヤを横滑りさせて、パトカーを急停止させた。

道の前方には引きちぎられたトタン板の残骸やプロパンガスのボンベの残骸、プラスティックの容器や破れた紙屑が散乱し、なかにはくすぶっているものもあった。ロジャーの目が白と黒の円板をとらえた――ガスレンジの操作ダイヤルに似ていた。

もとは小屋の壁だったものが一本の枯木にもたれ、その枯木がポリネシア風松明《ティキ・トーチ》のように燃えていた。小屋の裏壁があったところに立つ二本の松も燃えていた。道路を左右からはさんでいる灌木の茂みも燃えていた。

ロジャーはトランクをあけて消火器をとりだすと、木立の下生えに白い泡を吹きかけはじめた。テリーは消火毛布を手にとり、路面で燃えている瓦礫の上でばたばたとふって火を消しはじめた。まもなく消防署の面々が到着する――だから、いまの仕事は火の封じこめだ。

ロジャーが消火器をかかえてテリーに小走りで近づいた。「こっちは空っぽだし、おまえのやってることは屁の役にも立ってない。消防車にうしろからカマを掘られないように、とっとと撤退したほうがいい。おまえはどう思う？」

「とびっきりの名案だ。メイウェザー邸《シェ・メイウェザー》のようすを見にいこう」テリーはふざけてフランス語をつかった。

ロジャーのひたいに汗が垂れた。淡い黄色の髪の毛がいささか寂しくなった平たい頭頂部にも汗が光っている。ロジャーはいぶかしげに目を細めた。「なんだ、そりゃ？」

テリーはロジャーのことが好きだったが、〈スクイーキー・ホイール〉が毎週水曜におこなっているクイズ大会ではおなじチームにいてほしくなかった。「気にするな。運転してくれ」

ロジャーは運転席にすわり、テリーは助手席側にすぐまわった。ドゥーリング消防署所属のポンプ車が、パトカーの後方四十メートル弱のカーブをまわりこんで姿を見せた。車体両側の高い側面を、道路に左右から迫る木々の枝がこすりあげていた。テリーは消防車に手をふってから、ダッシュボードの下のロックをはずしてショットガンを手にとった。用心しておくに越したことはない。

パトカーは林間のひらけた空き地にたどりついた。水槽の底に沈める丸石のような、おぞましいターコイズに塗りたくられたトレーラーハウスが、ジャックリフターを土台代わりに立っていた。玄関に通じる階段はコンクリートブロック代用。すっかり錆でぼろぼろになったフォードのF－一五〇が、ぺしゃんこになったタイヤもそのままに放置されていた。この車の荷台のゲート部分にひとりの女が腰かけていた。くすんだ髪の毛に隠れて顔は見えない。身につけているのはジーンズとホルタートップ。露出している肌の多くの部分にタトゥーがあった。テリーには、女の右前腕に書きこまれている《**LOVE**》が見てとれた。裸足に泥がへばりついていた。憔悴《しょうすい》しきったと形容できるほど痩せている。

「テリー……」ロジャーはひっと息を吸いこみ、咳払いに似ている空えずきの音を出した。「ほら、あっちだ」

そこで見えたものに、テリーは子供のころ郡の共進会《カウンティ・フェア》で遊んだ露店のゲームを思い出した。段ボールを切り抜いてつくったポパイの顔だし看板――そこからひとりの男が顔を突きだしていた。十セント払えば、色つき水の詰まったビニール袋を三つ、男めがけて投げることができた。ただし、トレーラーハウスから外に突きだしている男の頭部の下の壁を濡らしているのは色つき水ではなかった。

とてつもない倦怠感がテリーを満たした。内臓すべてがコンクリートに変わったかのように、全身がいきなり重みを増した。前にもおなじ経験をしたことがあり——おおむね、悲惨な交通事故の現場でだ——これが一過性の感情だと知ってはいた。しかし、つづいているあいだは地獄の苦しみだった。たとえばそれは、きちんとシートベルトをつけたままなのに、小さな体がまるで洗濯物の袋のように、ぱっくりと裂かれてしまっている子供を目にしたとき。あるいは——トレーラーハウスの壁から突きだしている人間の頭部、それも無理やり壁に貫通させられたせいで、頬の皮膚がべろりと剝がれている頭部を目にしたときだ。そんなとき人はいやでも、そもそもなぜこの世界がつくられたのかという疑問を感じてしまう。すばらしいことはめったに供給されず、それ以外に山ほどあるのは、どれもこれも腐臭を放つものばかりだ。

荷台のゲート部分に腰かけている女が顔をあげた。顔色はわるく、目のまわりに黒い隈《くま》があった。いったんはふたりの警官にむけて両腕を差し伸べたが、二本の腕はすぐにまた膝にぱたりと落ちた——腕が重すぎる、ひたすら重すぎてもちあげられないかのように。テリーは女に見覚えがあった。覚醒剤商売をはじめる前のトルーマン・メイウェザー子飼いの女のひとりだ。いまもまだあの女がここにいるのは、トルーマンの準恋人にでも格上げされたからかもしれない——それを格上げと呼べるのなら。

テリーはパトカーからおりた。女はするりと荷台から地面におりた——テリーがすかさず腰に腕をまわしたからよかったが、そうでなければ力なく地面に膝をついていたところだ。テリーの手のひらに触れる女の肌は冷たく、あばら骨の一本一本までの感触がありありと伝わってきた。ここまで近づいてあらためて見てみれば、タトゥーと見えたものの一部は黒い痣《あざ》だとわかった。女はテリーにしがみついて泣きはじめた。

「よしよし、もう大丈夫だ」テリーはいった。「よしよし、お嬢さん。もう大丈夫。ここでなにがあったにせよ、そいつはもうおしまいだ」

時と場合がちがえば、現場でのたったひとりの生存者を第一の容疑者だと考えたところだし、そもそもエイボン・レディがどうのこうのという話は一から十まで嘘っぱちだろう。しかし、いま両腕で支えている骨の袋みたいに痩せこけた女では、どんなにがんばっても、男の頭部をトレーラーハウスの壁に叩きつけて、そのまま壁をぶち抜くのは不可能だ。ティファニーという女がどのくらいの期間にわたって、トルーマンの覚醒剤でハイになっていたのかはわからない。しかしいまの状態から察するに、こうして世話をしてやっているだけでもこちらにドラッグの大きな影響が出そうに思える。

ロジャーが——なぜだか陽気な顔つきをのぞかせて——ふらりと近づいてきた。「あなたが警察に電話をくれたんだね？」

「うん……」

ロジャーが手帳を抜きだした。「名前は？」

「名前はティファニー・ジョーンズ」テリーがわきからいった。「まちがいないね、ティフ？」

「うん。あんたの顔には見覚えがあるよ、おまわりさん。刑務所から出てくるトルーを出迎えにいったときに会ったたね。覚えてる。親切にしてくれたから」

「で、あの男は？　だれなんだ？」ロジャーは手帳をふり動かして、壁から突きでている頭部をさし示した——見るも無残なありさまになった死体ではなく、おもしろい観光名所をさし示すような無頓着なしぐさで。あきれるほどの無頓着ぶりだ――テリーにはそれが羨ましかった。あれほどの景色でもロジャーなみに冷静に見られるようになれば、自分はもっと明るい男になれるし、もっと優秀な警官にもなれそうだ。

「名前は知らない」ティファニーは答えた。「トルーマンの友だちってだけで。あれ、いとこだったかな。先週アーカンソーからこっちに来たの。あれ、先週じゃなくて、その前の週だったかも」

道の先のほうから消防士たちの大声と派手な水音がきこえてきた。後者は水槽つきポンプ車による放水の音だろう――この山中には市の水道は通っていない。テリーが目をむけると、すでに白くなっている煙を背景に一瞬だけ宙にかかる虹が見えた。

テリーは棒切れのように細いティファニーの手首をそっととると、血走った目をのぞきこんだ。「こんな真似をした女のことを話してもらえるかな？　電話に出た警官には、これが女のしわざと話してたね？」

「トルーの友だちは女のことをエイボン・レディって呼んでたけど、あの女が化粧品のセールスレディのはずないね」ティファニーのショックの殻ごしに、うっすらと感情がのぞいた。背すじを伸ばして、こわごわと周囲を見まわす。「あの女はもういなくなった？　いなくなってよかった」

「その女の見た目は？」

ティファニーは頭を左右にふった。「覚えてない。でも、あいつったらトルーのシャツを盗んでった。シャツの下はすっぽんぽんだったと思う」

ティファニーはすっと瞼を閉じた。それから瞼がゆっくりとひらいた。テリーにはこうした体のサインの意味がわかった。最初は予想外の暴力的な出来事で心にトラウマを負う。つづいて911へのヒステリックな通報。いまは事件後のショック段階だ。くわえて種類は不明だが、どんな種類のドラッグをどれだけの期間にわたって摂取していたかという要素もある。エレベーターがあがっては、エレベーターがさがる。なにもわかっていない以上、トルーマン・メイウェザーとティファニー・ジョーンズ、それにアーカンソーから来たというトルーマンの友人が三日間ぶっつづけでパーティーをしていてもおかしくない。

「ティフ？　おれはこれからパートナーとここを見てまわるから、そのあいだパトカーにすわっていてくれるかな。うしろのシートにすわって動かないでほしい。体を休めるんだ」

「ねんねの時間だよ、お嬢ちゃん」ロジャーがにたにた笑っていった。テリーは一瞬、この田舎男のケツを蹴り飛ばしたいという抵抗できないほど強烈な欲求にかられた。

しかしテリーはそんなことをせず、ティファニーのためにパトカーのドアをあけてやっただけだった。この行為がまたべつの記憶を呼び覚ました。メアリー・ジーン・スチューキーと卒業記念のダンスパーティーに出席するために借りたレンタカーのリムジン。ふわふわの袖のついたピンクのストラップレスドレス姿のメアリー。テリーはレンタルのタキシード。あのころは自分の黄金時代だった。そのあとテリーはさまざまなものを見た――ショットガンで胸の中央に大きなクレーターを穿《うが》たれ、白目を剝きだして死んでいた愛らしい若い女、干し草の納屋で首つり自殺をした男、そして余命半年もないような、うつろな目つきの覚醒剤中毒の娼婦。

この仕事をつづけるには、おれはもう年をとりすぎた――テリーは思った。引退するべきだな。
　テリーは四十五歳だった。

7

　ライラがだれかを銃で撃ったことはなかったが、拳銃を抜いたことはこれまで五回あり、空へむけての威嚇《いかく》射撃は一度だけあった（いやはや《オイ・ヴェイ》――その一回でどれだけ多くの書類を書かされたことか）。テリーとロジャーをはじめ、青い制服姿の少人数の騎士団の面々とおなじように、ライラも郡道で発生した幾多の事故現場から人間の残骸を片づけてきた経験がある（しかも、おおむね宙にはまだアルコール臭がただよっていた）。空《くう》を切って飛んでくる品々をかわした経験もあれば、実力行使のレベルに達した家庭争議を力ずくでやめさせたこともある。心肺蘇生法《CPR》を実践したこともあれば、手足の骨折箇所に副木をあてたこともある。部下とももど も、森で迷子になっていたふたりの子供を探しあてもした。だれかに反吐を吐きかけられたことも二回ほど。そのとおり、十四年におよぶ法執行機関での仕事ではずいぶんいろいろな経験をしたが、それにしてもドゥーリング郡きっての幹線道路のセンターライン上を、フランネルのシャツ一枚の姿でふらふらと歩く全身血まみれの女に出くわしたことは一度もない。正真正銘、きょうが初めてだ。

　ライラは時速百三十キロ近いスピードで、ボールズヒルをあがりきったところだった。気がつくと、三十メートルと離れていないところを例の女が歩いていた。女は左右どっちにも避けようとはしなかった。しかしそのわずかな一瞬でも、ライラは女の顔に〝ヘッドライトに照らされて身をすくませた鹿〟めいた表情は見あたらず、冷静な観察者の表情しかないことを見てとっていた。それ以外にも気がついたことがある——とびきりの美人だ。

たとえ前夜に充分な睡眠をとっていても、時速百三十キロ前後では間に合うように車をとめるのは無理だった。代わりにライラはハンドルを右に切って、わずか数センチの間隔で路上の女をかわした——いや、完全に避けきれたわけではない。〝ばしっ〟という音がしたかと思うと、サイドミラーの角度が変わって、後方の道路ではなくライラ自身が映りこんでいた。

一方でライラは、いまやろくに操縦できない暴走物体となった一号車相手に奮闘を強いられていた。パトカーが一軒の民家の前の郵便受けを宙に撥《は》ねあげた——郵便受けの支柱がバトントワラーのバトンのように空中で回転してから地面に落ちてきた。ライラの背後で土埃が猛然と沸き立ち、重量級のパトカーが側溝のほうへ滑っていきたがっているのが感じられた。ブレーキを踏んでも無駄に思えたので、代わりにアクセルを一気に踏みこんで加速させた。パトカーが道路右側の路肩に乗りあげ、車体の下から砂利が吹き飛んだ。車体がかなりの急角度で傾いた。側溝へ落ちていけば、まずまちがいなく車体が横転したあとで回転するだろうし、そうなればジェイリッドのハイスクール卒業を母として見届けられる確率が劇的に低下してしまうだろう。

ライラは静かにハンドルを左へ切った。最初のうちは車体がずり落ちたが、つづいてしっかりタイヤが地面をとらえ、パトカーは猛然と郡道に引き返した。車がアスファルト舗装の上にもどるなり、ライラは強くブレーキを踏みこんだ。パトカーの先端がぐんと沈みこんだ。急激に減速したせいでシートベルトが深々と体に食いこみ、両目が飛びだしそうになったのが感じられた。

それからライラは焼け焦げたゴムが描く長く黒い二本のラインの終端部で、ようやくパトカーをとめた。心臓が激しい動悸を搏《う》っていた。目の前に黒い小さな点がたくさん浮かんでいた。気絶しないよう自分を鞭打って呼吸させながら、ライラはリアビューミラーをのぞいた。

女は森に逃げこんでもいなければ、ボールズヒルのてっぺんを目指して歩いてもいなかった——てっぺんまで行けば、その先にはボールクリーク・フェリーの乗り場に通じる道との分岐点がある。しかし女はさっきの場所に立ったまま、顔をうしろへむけていた。うしろをふりかえっている女の立ち姿は、シャツの裾から裸の尻が突きだしていることとあいまって奇妙にもコケティッシュに見えた。たとえるなら、画家のアルベルト・バルガスのカレンダーに描かれた半裸のピンナップガールだ。

せわしなく息をして、消費されたアドレナリンの金気《かなけ》くさい味を口に感じながら、ライラは一軒の小ぎれいなランチハウスの舗装されていないドライブウェイにバックで車を乗りこませた。乳児を両腕にかかえた女性がポーチに立っていた。ライラはスイッチを押して運転席の窓をおろした。「家のなかにもどってください、マダム。いますぐに」

この傍観者の女性が言葉に従ったのかどうかを確かめることなく、ライラはギアを前進《ドライブ》に入れ、さっきの女を目指して——途中で路面に落ちている郵便受けを慎重に迂回しながら——ボールズヒルをのぼりはじめた。ひしゃげたフロントフェンダーとタイヤがこすれて音をたてていた。

いきなり無線から声が流れだした。テリー・クームズだった。「一号車、こちら四号車。きこえるか、ライラ？　引き返してくれ。製材所を通りすぎた先のところに、ふたりの覚醒剤密造者の死体が転がっている」

ライラはマイクをつかんで、「いますぐは行けない」とだけいい、またマイクをシートに落とした。女のすぐ前でパトカーをとめ、ホルスターのストラップをはずして一号車から降り立つ。ついで警官人生で六回めに制式拳銃をホルスターから抜きだした。すらりと長い日焼けした足や高く突きでた乳房のふくらみを見ていると、ライラは朝の自宅ドライブウェイに一瞬もどっていた——それにしても、あれがわずか十五分前だなんて、そんなことがあるだろうか？《あら、なにを見てるの？》あのときそうたずねたライラに、アントンは《すばらしき朝の光景を》と答えた。

いまドゥーリング郡道のまんなかに立っている女が〝すばらしき朝の光景〟でなければ、ライラはそんな光景を目にした経験がないことになる。

「手をあげろ。いますぐ両手を頭の上まであげること」

エイボン・レディ、またの名〈すばらしき朝の光景〉は両手をあげた。

「ついさっき、自分があっけなく死んでもおかしくなかったってわかってる？」

イーヴィは微笑んだ。笑みが顔を輝かせた。

「あんまり」そう答える。「あなたこそ死んでもおかしくなかったのよ、ライラ」

8

老人の声はかすかに震えていた。「あの子を動かすのは気が進まなくてね」

猫は茶色の毛に黒い縞のある雌のキジトラで、いまは庭の芝生に横たわっていた。飼い主であるオスカー・シルヴァー判事は横にしゃがんでいた――チノパンツの膝の生地が引き延ばされている。脇腹を下にして横たわった猫は、一見したところごく普通に見えたが、右の前足だけはグロテスクなV字形になって力なく垂れていた。さらに近づくと、鮮血が両目で渦を巻いているのも見えた――血は瞳孔のまわりをとりまくように流れていた。息づかいは浅かったが――にわかには信じがたいことに――傷ついた猫科動物の本能のなせるわざか、猫は〝ごろごろ〟とのどを鳴らした。

フランクは猫の隣にしゃがんだ。それからサングラスを押しあげて頭のほうへもどすと、朝のまぶしい光に目を細くした。「お気の毒さまです、判事」

シルヴァー判事はもう泣いていなかったが、さっきまでは泣いていたらしい。できれば判事が泣くところは見たくないが、泣いていたことに驚きはなかった。人々はペットを愛している。仲間の人間には決してむけないレベルの無私の心をペットにむける人もいる。

精神分析医たちはなんと呼んでいたか？　置き換えだったか？　愛はとかく厄介だ。フランクが知っているのは、この世界で真に警戒しなくてはならないのは、犬猫さえ愛せないたぐいの人間だ、ということだけ。もちろん、自分自身にも警戒の目を光らせている必要がある。すべてを掌握しておけ。冷静さをたもて。

「こんなに早く来てくれてうれしいよ」シルヴァー判事はいった。

「仕事ですからね」フランクはいったが、これは事実ではない。この郡でたったひとりのフルタイムの動物管理官としては、死にかけている飼い猫よりも洗い熊や野犬の対策のほうが大事な仕事である。そうはいってもオスカー・シルヴァーのことは友人だと——あるいは友人に近い存在だと——考えてもいた。いまでこそ判事は腎臓をわるくして酒が飲めないが、以前はフランクといっしょに〈スクイーキー・ホイール〉でずいぶんたくさんのビールを酌《く》み交わしたものだ。フランクに離婚専門の弁護士の名前を教え、ぜひ一度会えとすすめたのもオスカー・シルヴァーだった。さらにはフランクが妻や娘を怒鳴ることがあると認めたときには（それでも、キッチンの壁を拳骨でぶち抜いた話は注意深く伏せた）、〝カウンセリングのようなもの〟を受けてもいいかもしれないと提案してくれた。

フランクは弁護士にもセラピストにも会いにいかなかった。前者についていえば、いまもまだエレインとの関係を修復できると信じていたからだ。後者についていえば、癇癪《かんしゃく》を抑えられると感じていたからだ。ただしそれは、自分が他人を（たとえば妻のエレインだが、娘のナナも含まれる）心から大切に思っていることを当の他人が理解さえすれば——という条件つきだ。

「子猫のころからずっと飼っていたんだよ」シルヴァー判事はいまそう話していた。「ガレージの裏にいたところを見つけてね。あれは……妻のオリヴィアが亡くなってすぐのころだ。馬鹿馬鹿しい話なのはわかっている。でもあのころのわたしには、これがメッセージに思えてね」

いいながらシルヴァー判事は、猫の両耳のあいだの谷間を人差し指で撫でていた。猫はまだのどを鳴らしていたが、撫でている指に顔をむけるでもなく、いっさい反応を見せなかった。血まみれの両目は緑の芝生の一点をひたすら見つめているだけだった。

「本当にそうだったのかもしれません」フランクはいった。

「この子をココアと名づけたのは孫息子でね」判事は頭を左右にふり、唇を歪めた。「忌ま忌ましいメルセデスだったよ。見たんだ。ちょうど新聞をとりに外へ出たところだった。百キロ近いスピードだったはずだ。こんな住宅街で！　ここであんなに車を飛ばす理由がなにかあるのかね？」

「ひとつもありませんよ。何色のメルセデスでした？」

そうたずねたフランクが考えていたのは、数カ月前に娘のナナからきかされた話だった。アルバイトの新聞配達でまわるルートの途中、ブライアー・ストリートをあがりきった場所にある大きなお屋敷に住んでいる男がずいぶん高級な車に乗っている、という話だった。ナナはどう話していただろうか……たしか緑のメルセデスだと話していたようだ。そしていま――

「緑だ」シルヴァー判事がいった。「緑の車だったよ」

猫がのどを鳴らす声に、うがいめいた音が混じりはじめた。脇腹の上下の動きがせわしなくなった。猫のココアは本当に苦しんでいた。

フランクはシルヴァー判事の肩に手をかけ、ぎゅっと強く握った。「すぐにすませたほうがよさそうだ」

判事はいったんは咳払いしたものの、言葉を口にする自信がなかったらしく、ただうなずいただけだった。

フランクは注射器と二本の薬剤をおさめた革ケースのジッパーをあけた。

「最初の薬はこの子をリラックスさせます」いいながら注射器の針を薬液のバイアルに刺し、中身をすべて吸いあげた。「ふたつめは、この子を眠りにつかせる薬です」

9

ここでいま語られているあれこれが起こるよりもずっと昔のあるとき、三郡地域《トライ・カウンティーズ》（マクダウエル、ブリッジャー、そしてドゥーリングの三つの郡によって構成される）の面々が、当時すでに使用されなくなっていたアッシュ・マウンテン青少年矯正施設の建物と敷地を改修し、切実に必要とされていた女性専用の刑務所をつくってくれと請願したことがある。その結果、州政府が土地と建物のための資金を出し、刑務所は施設の内装改修にいちばん多くの金を拠出した郡――ドゥーリング郡――にちなんで名づけられた。刑務所が機能しはじめたのは一九六九年で、スタッフは働き口を切実に必要としていた三郡地域《トライ・カウンティーズ》の住民がつとめた。当時ここは〝最先端の設備〟をそなえ、〝女性専用刑務所の優劣をはかる尺度〟だとまでいわれていた。建物は刑務所というよりも、郊外住宅地のハイスクールのように見えた――といっても、敷地をとりかこむ金網フェンスとその上に設置された大量のカミソリ鉄条網を無視できればの話だ。

かれこれ半世紀後のいまも、この刑務所はハイスクールに似ていた——苦境にすっかり落ちぶれ、建物の資産価値もさがる一方のハイスクールに。建物はあちこち崩れはじめていた。塗装（鉛ベースの塗料がつかわれているとの噂だ）は剝がれかけていた。配管は水漏れしていた。暖房設備はお話にならないくらい時代遅れで、冬の厳寒期になんとか摂氏十八度になるのは管理棟だけだった。夏場には、受刑者棟はオーヴンなみの暑さだった。照明はいずれも薄暗く、年代物の電気系統の配線は大災厄を待っているも同然。そのうえ刑務所の生命線ともいうべき受刑者の動向をモニターする装置は、ひと月に一回は故障して、スクリーンが真っ暗になっていた。

しかし、陸上競技のためのトラックがそなわったすばらしい運動場はあったし、体育館にはバスケットボールのコートがあった。それ以外にはミニソフトボールのダイヤモンドがあり、管理棟に隣接する場所には菜園がつくられていた。いままさに盛んに生い茂っている豆やとうもろこしの近くで、ジャニス・コーツ所長が青いプラスティックの牛乳配達箱に腰かけているのも、その菜園だった。足もとの地面にはジャニスのベージュのハンドバッグが無造作に投げ置かれている。当のジャニスはフィルターのないポールモールをふかしながら、近づくクリント・ノークロス医師の姿を見つめていた。

クリントがすばやくＩＤを提示すると（じっさいにはだれもがこの医師の顔を知っているのだからＩＤ提示は不要だが、規則は規則だ）、刑務所のメインゲートが重い音を立てながら横にすべってひらきはじめた。車をゲート内側のなにもない空間《デッド・ゾーン》にまで進め、外部へのゲートが背後で閉じるのを待つ。勤務中の刑務官——きょうの朝はミリー・オルスン——は、まずメインゲートの施錠を操作卓の緑のライトで確認してから、内側のゲートをあけた。クリントはプリウスをフェンスにそって進め、職員用駐車場へむかった。この駐車場もゲートで守られていた。ここには《**油断大敵！　車のロックを忘れずに**》と注意をうながす標識が出ていた。

二分後、クリントは所長とならんで、肩を煉瓦の壁にあずけながら朝の太陽に顔をむけていた。これにつづく会話は、キリスト教根本主義派の教会における定番の〝かけあい《コール・アンド・レスポンス》〟のようなものだった。

「おはようございます、ドクター・ノークロス」

「おはようございます、コーツ所長」

「矯正制度というすばらしい世界で、また新たな一日を過ごす準備はできてる？」

「正しい質問はこうだ——矯正制度というすばらしい世界は、このわたしと過ごす準備ができているのか？　ああ、そういう意味なら準備はできてる。そういう所長はどうなんだ？」

ジャニスは小さく肩をすくめて煙を吐いた。「おなじよ」

クリントはあごをジャニスのタバコのほうへ動かした。「てっきり禁煙したと思ってたのに」

「したわ。禁煙が大好きだから、週一回は禁煙してる。二回する週もある」

「世はなべてこともなし？」

「ええ、今朝のところは。ゆうべはメルトダウンが一件あったけど」

「答えをいうなよ。あててみせる。エンジェル・フィッツロイでは？」

「はずれ。キティ・マクデイヴィッドよ」

クリントは両眉を吊りあげた。「それは予想もしていなかった。くわしい話をききたいな」

「ルームメイトによれば――って、ルームメイトはクローディア・スティーヴンスン。ほかの受刑者たちからは――」

「〈クローディア・ザ・超ダイナマイトボディ〉と呼ばれてる」クリントはしめくくった。「乳房インプラントがたいそう自慢らしいな。クローディアがなにかのきっかけをつくった？」

含むところはないが、クリントはできればクローディアが原因であってほしかった。医者といえども人間だ。当然、ほかよりも好きなタイプもある。キティ・マクデイヴィッドはそのひとりだ。最初この刑務所に来たときのキティは悲惨な状態だった――自傷行為が習慣になり、気分がヨーヨーのように乱高下をくりかえして、強度の不安に苛《さいな》まれていた。そのころからクリントとキティは長い道のりを歩んできた。抗鬱剤が大きな効果をもたらしたが、クリントとしては自分のおこなったセラピーセッションも多少は力になったはずだと信じていたかった。クリントとおなじく、キティもアパラチア地方の児童養護制度の産物だった。顔をあわせるようになって間もないころ、キティはこんな質問を苦々しい口調でクリントに投げてきた――あんたみたいな郊外住宅地育ちの頭でっかちにも考えってものがあるのなら、家もなければ家族もいないのがどんな感じかを教えてみろ、と。

クリントは一瞬もためらわずに答えた。「きみがどんなふうに感じたかはわからない。でも、わたしは動物になった気分にさせられた。いつもなにかを狩っているか、そうでなければ狩り立てられている気分にね」

キティは目を大きく見ひらいてクリントを見つめた。「あなたも……？」

「そう、そのとおり」クリントは答えた。その真意は《わたしもおなじだよ》だった。

　このごろでは、キティは刑務所の〝服役態度良好者リスト〟の常連だったし、それ以上に重要なのはグライナー兄弟事件の公判審理で、検察側証人として証言することに同意したという点だった。前の冬、この大規模なドラッグ事件で摘発をひいたのがドゥーリングの郡警察署長のライラ・ノークロスだった。裁判の結果、ロウエルとメイナードのグライナー兄弟に実刑判決がくだされれば、キティの仮釈放が認められる公算が高くなる。仮釈放になっても、キティならそのあともうまくこなすだろうとクリントは考えていた。この世界で自分の居場所を見つけるのはあくまでも自分の仕事だが、その責任を果たすにあたっては——医療と地域社会の双方からの——援助をうけられることも、いまのキティは理解しているからだ。キティくらい気丈なら、援助を要請することも、援助を得るために戦うこともできるはずだし、いまも日一日と強い女性になっていた。

　ジャニス・コーツ所長の見方はそこまで楽観的ではなかった。そもそも受刑者を相手にするにあたっては過度な高望みを控えるのが、所長の基本姿勢だった。ひょっとしたらそれこそ、ジャニスが刑務所長という——ボス猿としての——地位にあり、クリントがしょせんこの石壁ホテルの常勤医師に甘んじている理由かもしれない。

「クローディアはキティに安眠妨害をされたと主張してる」ジャニスはいった。「最初はただの寝言だったのが、だんだん大声になって、やがて絶叫しはじめたとね。もうじき〈黒い天使《ブラック・エンジェル》〉がやってくるとかなんとか。〈黒い女王《ブラック・クイーン》〉だったかな。所内報告書に書いてある。《髪には蜘蛛の巣をいただき、指先には死を宿す》とかなんとか。なんだかよく出来たテレビドラマかなにかみたいでしょう？　ＳＦ《サイファイ》チャンネルとかの」所長は笑みものぞかせぬまま含み笑いを洩らした。「あなたなら、出典調べを大いに楽しんでくれそう」

「テレビというよりは映画っぽく思えるな」クリントはいった。「もしかしたらキティが小さいころに見た映画かも」

ジャニスはあきれたように目玉をまわした。「ほらね。ロナルド・レーガンの有名な科白《せりふ》じゃないけれど、〝おや、またその話か〟といいたい気分」

「なんだって？　所長は幼少期のトラウマを信じてないのかい？」

「わたしが信じているのは静かで落ち着いた刑務所――それだけ。刑務官たちがキティ・マクデイヴィッドをA翼棟に収容したわ。通称〝いかれ頭ランド〟にね」

「ポリコレ的には問題発言だね、コーツ所長。できれば〝奇人変人センター〟くらいの表現が望ましいかな。ところで、キティは拘束椅子にすわらされた？」必要な場合もあるとはいえ、クリントは拘束椅子をきらっていた。ちなみに拘束椅子は、スポーツカー用バケットシートを拷問道具に改造したような外見だ。

「いいえ。イエロー薬を与えたら静かになったの。具体的になんの薬かはわからないし、あまり知りたくないけど、調べたければ所内報告書に書いてあるわ」

このドゥーリング刑務所では、患者に与える薬剤が三つのレベルにわかれている。レッド薬は医師だけが処方できるもの。イエロー薬は刑務官でも投与できる薬。そしてグリーン薬は――C翼棟収容者、および最新の服役態度不良者リストに名前がある受刑者でなければ、それぞれが監房にもちこんで保管できる薬である。

「わかった」クリントはいった。

「で、いま現在、あなたのご贔屓女子のマクディヴィッドはまだ眠っていて――」

「キティはご贔屓《ひいき》女子なんかじゃない――」

「はい、以上であなたへの朝の現況報告はおしまい」ジャニスはあくびをして、タバコを煉瓦の壁にすりつけて火を消すと、その吸殻を牛乳の配達箱の下に投げこんだ――ひとたび目につかない場所に移動すれば、いつのまにか消えてくれるとでもいうように。

「わたしと話すのは退屈かな？」クリントはたずねた。

「あなたのせいじゃない。ゆうべメキシコ料理を食べたの。そのせいでしじゅうトイレに行きたくなってしまって。あの言葉は真実ね――体から出てくるものは、怪しいほど体に入れたものにそっくり」

「そいつはＴＭＩ――〝知りたくもない情報〟だ」

「お医者なんだから、こんな話も大丈夫でしょう？　どう、キティ・マクデイヴィッドのようすを見にいく？」

「午前中のうちには」

「わたしの仮説をききたい？　オーケイ、こんな仮説。キティ・マクデイヴィッドはまだ幼児だったころ、〈黒い女王〉を自称する人物に虐待されていた。あなたはどう思う？」

「それもありかな、いや、それもありかな」クリントは餌に食いつくことなく答えた。

「それもありかな」ジャニスはかぶりをふった。「どうしてあの連中の子供時代のことを穿鑿《せんさく》するの？　あの連中はいまもまだ子供なのに？　それこそ、あの連中がここへ閉じこめられた本当の理由よ――第一級幼稚行動罪ね」

この言葉をきいて、クリントはジャネット・ソーリーのことを思い出した。ジャネットは何年もエスカレートする一方だった配偶者の暴力をとめるのにマイナスドライバーをつかい、配偶者が失血死するようすをながめていた女だ。もし先に行動していなければ、夫のデイミアン・ソーリーに殺されていただろう。クリントはその点を疑ってはいなかったし、この犯行が〝幼稚行動〟だとは考えていなかった――むしろ自衛行動だ。しかしそれをジャニス・コーツ所長に話したところで、耳に入れるのを拒まれるだけだろう――その意味でジャニスは昔気質《かたぎ》のところがある。だからここはあっさりと〝かけあい《コール・アンド・レスポンス》〟をおわらせるにかぎる。

「それでは、コーツ所長。ロイヤル運河のほとりにあるこの女子刑務所で、ともにまた新たな生活の一日をはじめようではありませんか」

ジャニスはハンドバッグを手にとると立ちあがり、制服のスラックスの尻から土埃を叩いて落とした。「運河なんかないけれど、道の先にはいつだってボールクリーク・フェリーの乗り場がある。だから、ええ、きょう一日をはじめましょう」

こうしてふたりはシャツにIDをとめながら、眠り病の最初の一日へとそろって足を踏みだした。

10

マグダ・ダブセック――〈アントン・ザ・プールガイ〉という通り名で知られる町のハンサ

ムな若きプール磨き屋の母親（ちなみにアントンも事業を法人化しているため……報酬の小切手の宛名は〈アントン・ザ・プールガイ有限責任会社〉でお願いします）――は、息子と同居しているデュープレックスの居間によろよろとはいってきた。片手で杖をつかい、もう片方の手には朝の景気づけの一杯。放屁しながら安楽椅子にどさりとすわりこみ、テレビの電源を入れた。

いつもの朝なら、〈グッドデイ・ホイーリング〉の二時間めの枠を見ている時間だ。しかし、けさはニュース・アメリカを見ていた。興味のある最新ニュースがあるし――これだけでもいいことだ――そのうえニュースを報じる特派員のひとりが知りあいだというおまけがあったからだ。特派員はいまはミカエラ・モーガンと名乗っているが、以前はミカエラ・コーツといい、さらに大昔にベビーシッターとして世話をしていたマグダにとっては、昔もいまもこの先もミッキーちゃんだ。当時、母親のジャニス・コーツは街の南端にある女子刑務所のひらの刑務官にすぎなかった――夫に先立たれたシングルマザーとして、その職をうしなうまいと必死だった。それがいまではジャニスは所長、つまりはあのムショ全体のボスになって、娘のミッキーはDCを中心に活躍する全国に名の通ったニュース特派員――鋭い質問と短いスカートで有名だ。かくしてコーツ家のふたりの女は、どちらもこうやってひとかどの人物になった。マグダにとってコーツ家のふたりは誇りだった。それでもちょっとばかり寂しく思うことがあるとするならば、それはミッキーが電話も手紙もまったく寄越さないことであり、ジャニスが一度もおしゃべりに立ち寄ってくれないことだった。いや、ふたりはそれでなくても仕事で忙しい。あの母娘がどれほどのプレッシャーのなかで仕事をしているのか、マグダはわかっているふりもしなかった。

きょうの朝のニュースキャスターはジョージ・オルダースンだった。眼鏡に猫背、おまけに髪が薄くなりかけている風貌は、どう見ても大きなデスクでニュースを読みあげる二枚目アイドルでもなんでもない。むしろ葬祭場の係員だ。さらに、テレビ出演者としては残念な声のもちぬしでもある。きんきんと耳障りだ。ニュース・アメリカがFOXとCNNの後塵を拝して第三位に甘んじているのには、それなりの理由があるのだろう——マグダは思った。ミカエラが上位二局のどちらかに移籍してくれる日が待ち遠しくてたまらない。その日が来れば、もう我慢してジョージ・オルダースンを見ている必要もなくなる。

「さて、この時間はオーストラリアに端を発した最新ニュースについての続報をさらにお伝えします」オルダースンはいった。顔にはどうやら憂慮と疑念のまざりあった表情をのぞかせたかったらしいが、結果は便秘症の表情だった。

あんたはとっとと引退して、居心地のいい自宅でぞんぶんに禿げていけばいい——マグダはそう思いつつ、きょう一杯めのラム＆コークでオルダースンに乾杯した。禿頭《はげあたま》に自動車用の〈タートルワックス〉を塗りこんでぴかぴかにしたら、お願い、そのあとはもうわたしのミカエラの邪魔をしないで。

「ハワイのオアフ島の保健所関係者の報告によれば、アジア気絶病ともオーストラリア気絶インフルとも呼ばれる病気はいまなお流行し、感染が拡大の一途をたどっているとのことです。この病気が正確にどこから広がったのかはだれにもわからないようですが、これまでの感染者は女性にかぎられています。さらにわたしたちのもとには、海をわたってわが国でもこの病気が発生したとの報が飛びこんでいます。最初はカリフォルニア、次はコロラド、いまではノースとサウスの両カロライナ州です。ミカエラ・モーガンがさらにくわしくお伝えします」

「ミッキー！」マグダは歓声をあげて、またもやテレビに乾杯した（その拍子にグラスの酒をいくらかカーディガンの袖にこぼしてしまった）。いまのマグダの声にチェコ訛はかすかな痕跡程度にしか残っていない。しかし午後五時に息子のアントンが帰ってくるころには、かれこれ四十年ほども三郡地域《トライ・カウンティーズ》に住んでいる人ではなく、移民の船からつい先日降りてきたばかりの人のような話しぶりになっていることだろう。「ちっちゃいミッキー・コーツ！　あのころあたしはあんたの母さんの居間を走りまわって、あんたの裸んぼのお尻を追っかけたもんだよ。あたしもあんたも、おなかが裂けるほど大笑いしたっけね。あんたがうんちしたおしめを替えてあげたのもあたしだよ、ちっこいおかしな赤んぼちゃん――それがいまじゃ、まあ立派になって」

ミカエラ・モーガン（旧姓コーツ）はノースリーブのブラウスに、トレードマークのミニスカート姿で、くすんだ赤茶色に塗られて無計画に増築をくりかえした納屋のような建物の前に立っていた。マグダは前々からミニスカートはミッキーに有利に働いていると思っていた。どんな大物政治家でもミカエラの太腿の上のほうがちらりと目にはいれば、それだけでうっとり催眠術にかかった状態になりがちだし、そうなると、いつもは嘘ばかりならべる口からぽろりと真実がこぼれることもある。いやいや、いつもとはかぎらない――そういう場合もある、ということ。ただしミカエラの新しい鼻については、マグダは複雑な思いだった。昔の幼い少女のころの愛らしいちょこんとした団子鼻が懐かしいし、いまの先のとがったきれいな鼻のミカエラは、ある意味ではもうミカエラらしくないともいえたからだ。その一方で、目の覚めるような美女であるのもまちがいない！　いやでも目を釘づけにされる顔だ。

「わたしはいまジョージタウンの〈情愛ゆたかな手《ラヴィング・ハンズ》のホスピス〉の前に立っています。こちらでは本日の早朝、オーストラリア気絶インフルとも呼ばれる病気の最初の感染者が確認されました。こちらのホスピスにはほぼ高齢者からなる約百名の患者さんがおられまして、そのうち半分以上が女性の患者さんです。ホスピス関係者は感染発生を認めることも否定することも拒みましたが、つい数分前にこちらで働く看護助手の方からお話をうかがうことができました。男性のお話はごくごく短いものですが、憂慮を深めるものでもあります。看護助手の方は匿名を条件にインタビューに応じてくださいました。おききください」

　インタビューの映像は、その言葉どおりごく短いものだった——サウンドバイトといってもいいくらいだ。映像ではミカエラが病院の制服姿の男と話をしていた——男の顔にモザイク加工がほどこされ、声も電気的に加工されているせいで、ＳＦ映画の邪悪なエイリアンの支配者がしゃべっているようだった。

「こちらのホスピスでなにが起こっているのでしょう」ミカエラはたずねた。「教えていただけますか？」

「ほとんどの女性患者がずっと眠りつづけてて、なにをしても目を覚まさないんです」看護助手はエイリアン支配者の声でそう話した。「ハワイとおんなじですよ」

「しかし男性の患者さんは……？」

「男性患者はいつもどおりです。ちゃんと目を覚まして朝食を食べてます」

「ハワイでの症例については、いくつかの報告が寄せられています——その……眠りつづけている女性の顔に……なにかが生えてきているという報告です。こちらでの症例でもおなじ現象が見られますか？」

「それは……わたしの口からはいえません」

「そこをなんとか」ミカエラはぱちぱちとまばたきをした。「視聴者のみなさんが心配していることですし」

「いいぞっ！」マグダはしゃがれた声でいい、またもやグラスをテレビにむかってかかげて乾杯し、またしても少量の酒をカーディガンにこぼした。「セクシー路線で突っ走れ！　あんたとエッチしたいって思わせれば、男どもはなんだってしゃべるんだ！」

「なにかが生えるといっても腫瘍のようなものではありません」エイリアン支配者の声がそういった。「むしろ、肌にへばりついた綿のように見えます。さて、もう行かないと」

「あとひとつだけ、質問を——」

「もう行かなくては。とにかく……成長してます。綿みたいなものが。なんというか……気味がわるくて」

　ここでまた中継映像に切り替わった。「思わず胸騒ぎがするような内部関係者からの情報でした——もちろん真実であればの話です。そちらへマイクをお返しします、ジョージ」

　ミカエラことミッキーの顔を見られてうれしい気持ちだったが、マグダはいまの話が真実ではないことを願った。Ｙ２Ｋといわれたコンピューターの二〇〇〇年問題や重症急性呼吸器症候群《SARS》のように、ただの人騒がせな思いすごしかもしれない。しかし……なんらかの原因で女性だけがこんこんと眠りつづけるようになるばかりか、眠る女性の体からなにかが生えてくるというのは……ミッキーの科白ではないが、憂慮を深める話だ。アントンが家に帰ってきてくれれば安心できるのだが……。マグダは不平不満ばかりこぼしているわけではない――しかし話し相手がテレビだけなのも寂しかった。といっても、骨身を惜しまずに働く息子の身を案じているわけでもない。息子の起業資金を母親として貸したことは貸したが、ビジネスを軌道に乗せたのはあの子自身だ。

でもいまはとりあえず、もう一杯――といってもほんの少しだけ――飲んで、そのあと昼寝としゃれこもう。

第三章

1

ライラは女に手錠をかけ、パトカーのトランクに常備してあるスペースブランケットで女の体を覆って後部座席に押しこんだ。同時に被疑者としての権利を告げるミランダ警告の文句をそらでとなえる。いま女は口をつぐんでいた——先ほどの輝くような笑顔がいまは夢見るような淡い微笑みに変わり、ライラが上腕を強くつかんでも、力なく従っていた。逮捕手続はこれで完了し、五分とかからずに被疑者の身柄を確保できた。ライラが大股で運転席側へ引き返していくときにも、先ほどパトカーのタイヤが巻きあげた土埃がまだ完全には落ち着いていないくらいだった。

「蛾《モス》の観察者のことは〝蛾を見るもの《モス・アーズ》〟って呼ばれてる。つづりだけみると母親たち《マザーズ》とそっくり。でも発音はちがうの」

つかまえた被疑者がこの豆知識を打ち明けたのは、ライラがパトカーをUターンさせてボールズヒルをくだり、町へ帰る方向へ車をむけたときのことだった。ライラはリアビューミラーで女の目をとらえた。穏やかな声だったが、とりたてて女性的ではない。その口調にはなにかを疑問に思っているような響きもあった。女が話しかけてきたのか、それともただのひとりごとなのかは判断できなかった。

ドラッグだ――ライラは思った。PCPことフェンサイクリジンあたりだろう。麻酔薬としてもつかわれるケタミンの線もある。

「あなたはわたしの名前を知ってた」ライラはいった。「だったら、わたしはどこであなたと知りあったの？」

考えられる答えは三つだ。PTA関連（ありそうもない）。新聞。もうひとつ――過去十四年のあいだにライラが女を逮捕していたものの、忘れてしまった。このなかでは、ナンバー3がいちばん有望な答えに思えた。

「だれもがわたしを知っている」イーヴィはいった。「わたしはセクシーな女の子《イット・ガール》のようなもの」片方の肩をくいっともちあげて、あごを指で掻くと、手錠が金属音をたてた。「のようなもの。セクシー《イット》な、女の子《ガール》。わたしはわたし自身、わたし。父と息子と聖なるイヴ。軒《イーヴ》は屋根の突きでた部分。イヴは夜《イヴニング》の略。わたしたちみんながおねんねの時間。そうでしょ？　蛾《モス》を見るもの《アーズ》、わかった？　母親たち《マザーズ》そっくり」

警官がどれだけ無意味なたわごとを大量にきかせられるか、民間人にはにわかに信じられないだろう。一般の人たちは勇敢なおこないをした警察官に敬礼で賞賛を示すのが大好きだ。しかし、毎日毎日、来る日も来る日もたわごとを流しこまれてもなお耐えぬく堅忍不抜さを褒めてくれる者はいない。警察官にとって勇気はなによりも大事な性質にはちがいない。しかしライラにいわせれば、無意味なたわごとに耐えられる能力が組みこまれていることも、警官にとって同程度に重要な特質だった。

じっさいのところ、最近になってフルタイムの郡警官のポストに欠員が出たのだが、それを埋めるのがひと苦労である理由はここにある。願書を提出してきた動物管理官のフランク・ギアリーをしりぞけて、ダン・トリーターという名前の若い獣医を——法執行機関での経験がほとんどゼロだったにもかかわらず——採用した理由もここにある。ギアリーは明らかに頭もよく切れて能弁だが、実績一覧があまりにも長大すぎた——大量の書類をつくりすぎていたし、大量の罰金支払いを命じてもいた。行間から浮かびあがってきたメッセージは、断固とした対立姿勢——この志願者はちょっとした罪さえ見過ごせないタイプだ。これはあまり歓迎できなかった。

そうはいっても、ライラ率いるスタッフが犯罪と戦う傑出した警察官ぞろいというわけでもない——だからどうした、どうということはない、そう、現実世界へようこそ。手に入れられる範囲で最上の人材をあつめたら、あとはおりにふれて彼らに手を貸すように努めるだけだ。たとえばロジャー・エルウェイとテリー・クームズ。ロジャーは今世紀初頭にはウィットストック監督時代のドゥーリング・ハイスクールのフットボール部に所属していたが、そのときラインマンとして頭部に受けた打撃が不幸にも一回だけ多かったのかもしれない。テリーのほうが切れ者だが、思いどおりにならないと気力をなくして不機嫌になりがちであり、パーティーでは深酒をする。その一方、ふたりともじつに根気強い——これこそ、ライラがふたりを信頼しているところだ。おおむねは。

ライラには、胸にいだきながらも口に出さない信念があった——母親になることこそ、いつか警察官になるかもしれない者にとってはリハーサルだ、という信念だ（これは、とりわけクリントの前では口に出せない信念だった——もし口に出せば、クリントは大いに楽しんだことだろう。夫が小首をかしげ、どことなく倦んだように唇を歪める特徴的な表情をのぞかせながら、「それはおもしろい」とか「それもありかな」などとコメントするさまが目に見えるようだった）。母親族は、その性質において法執行機関の職員と共通する——乳幼児は犯罪者とおなじく往々にして喧嘩腰であり、破壊性向があるからだ。

乳幼児をもった母親として過ごす時代の初期段階を冷静さをうしなわず、また癇癪の大爆発も起こさずにうまく切り抜けられたなら、その人は成人の犯罪にも対処できるかもしれない。鍵になるのは、むやみに反応せず大人の態度をたもつことだ——そう考えているわたしが念頭に置いているのは、凶悪なふたりの男の殺人事件に関与しているかもしれない女、全身血まみれの半裸姿で、いまは毛布に覆われたこの女のことなのか、それとももっと自宅に近い人物、近いどころか、隣の枕に頭を載せて眠る男のことなのか？（時計が《00：00》に変わって体育館にサイレンが鳴りわたると、少年たちも少女たちもいっせいに歓声をあげた。最終スコア——アマチュア・スポーツ連盟所属のブリッジャー・カウンティ・ガールズが42点、アマチュア・スポーツ連盟所属のファイエット・ガールズが34点）。クリントなら、「ほう、これは興味深い。どうだ、もう少し話してくれる気になったか？」とでもいうところ。

「いまとんでもなく売行き好調の品がいっぱい」イーヴィは話しつづけていた。「洗濯乾燥機。バーベキューグリル。プラスティックの料理を食べてプラスティックのうんちをひりだす赤ちゃん。お店のどこでもお得なお買物」

「うん、わかった」ライラは、女の言葉が意味のあるものだというふりをして話しかけた。

「ところでお名前は？」

「イーヴィ」

ライラはうしろへ顔をむけた。「苗字《みょうじ》は？　苗字をいう気はある？」

イーヴィという女の頬骨はいかにも力強くまっすぐだった。淡い茶色の瞳が輝く。肌は、ライラが地中海風と名づけている色あいを帯び、その黒髪といったら。女のひたいでは、小さな血の雫がすっかり乾いていた。

「わたしに苗字が必要？」イーヴィは質問で返してきた。

ライラからすれば、この返事で動議が可決されたようなものだった——新しく知りあいになったこの女は、まぎれもなく、そして壊滅的なレベルにまでドラッグでハイになっている。

ライラは前へむきなおると、アクセルを踏んでパトカーを発進させ、同時にボタンを押して無線のマイクをラックからとりはずした。「署へ、こちら一号車。女性の身柄を確保——女性はボールズヒルの製材所周辺地域から北へ徒歩で移動中だった。かなりたくさんの血を体に浴びているので、検体採取用キットが必要ね。タイベック製の化学防護服も必要になりそう。そっちで落ちあえるように救急車の出動を要請しておいて。この女性はなにかをヤッてるから」

「はい、了解」通信指令係のリニーが答えた。「テリーからは、トレーラーハウスがぐっちゃぐっちゃのありさまだという報告がはいってる」

「はい、了解」イーヴィという女が楽しげに笑った。「ぐっちゃぐっちゃのあり、さ、ま。タオルをよぶんにもっていくこと。でも上等なタオルじゃだめよ——は・は・は。はい、了解」

「一号車、交信おわり」ライラはマイクをラックにもどし、リアビューミラーでイーヴィを一瞥した。「静かにすわっているほうが身のためよ。あなたはいま殺人容疑で逮捕されてる。笑いごとじゃないんだから」

ふたりを乗せたパトカーは町境に近づいていた。ライラは、ボールズヒル・ロードとウェストレイヴィン・ロードの交差点を仕切っている一時停止の標識前でパトカーをとめた。後者の道を進めば刑務所に行きあたる。道の反対側には、この周辺でヒッチハイカーを見かけても車をとめるなと警告する標識が立っていた。

「怪我してる？」ライラはイーヴィにたずねた。

「まだしてない」とイーヴィ。「でもでも、ほーら！　トリプルでダブル。うーん、最高」

ライラの頭のなかで、なにかが一瞬だけぴかっと光った——砂浜で小さな品がきらりと輝いたあと、寄せくる泡まじりの波にまぎれて、すぐに見えなくなってしまうのにも似ていた。

ふたたびリアビューミラーに目をむける。イーヴィは目を閉じ、シートに体をあずけていた。ハイな状態から覚めつつあるのだろうか？

「どうしたの？　吐きそう？」

「あなたも眠りにつく前に、大事な男にキスしておいたほうがいい。そう、まだチャンスがあるうちに、大事な男に〝さよなら〟のキスをしておくこと」

「それはそうだけど——」とライラがいいかけたとき、イーヴィがいきなり前へ乗りだし、さらに前後の座席をへだてる金網に顔を強く叩きつけてきた。イーヴィの頭部が当たった衝撃で金網がびりびりと音をたてて震え、ライラは反射的に身をすくませた。

「やめなさい！」ライラは怒鳴りつけたが、その言葉の直後にイーヴィは二度めの強烈な頭突きを金網に食らわせた。ライラはその顔がにやりと一瞬だけ笑みをのぞかせるのを見てとり、同時に新たな出血で歯が赤く染まっているのも見えた。つづけてイーヴィはまたしても顔を金網に叩きつけた――三度めだった。

ライラはドアに手をかけた。すぐに車外へ出て後部座席側にまわり、女が自分で自分を傷つけないよう、テイザー銃の電撃でおとなしくさせようと思ったのだ。しかし、三回めが最後だった。イーヴィは力なくシートにくずおれ、ゴールラインのテープを切った直後の走者のように、幸せそうに息をあえがせているばかりだった。口と鼻のまわりは血まみれで、ひたいの皮膚が裂けていた。

「トリプルでダブル！　うーん、最高！」イーヴィは声を張りあげた。「トリプルでダブル！　きょうは大忙しさ！」

ライラはマイクをラックから手にとってリニーに連絡した――予定変更。できるだけ早く公選弁護人を署に呼びだしておくことが必要。シルヴァー判事も署に呼ぶこと――署まで足を運んで願いをきいてくれという話に、あの老判事が納得すればの話だ。

2

狐は山桃の茂みに腹這いで身をひそめ、ショッピングカートから荷物をおろすエシーを見ていた。

もちろん狐は、この女性をエシーという名前で考えてはいなかった——いかなる名前でも考えていなかったのだ。人間のひとりというだけだ。狐はしばらく前から――月と太陽がいくたびもいくたびもめぐるあいだ――エシーを観察しており、いまではビニールシートや防水布を壁代わりにしたエシーが住む小屋を、この人間の〝狐の巣《フォックスホール》〟だと正しく認めるようになっていた。さらに狐は、半円状に几帳面にならべてあり、エシーが〝娘たち〟と呼んでいる四個の緑のガラスの塊が、当人にとって大事な品だということも理解していた。エシーが不在のとき、狐は四つのガラス塊のにおいを確かめて――命あるもののにおいはしなかった――そのあとエシーのもちものを漁った。捨てられていたスープの空き缶が数個あり、狐はすっかりきれいに舐めとったが、それ以外に値打ちものはひとつもなかった。

狐はエシーがいかなる意味でも脅威ではないことを確信していたが、なにせ長命な狐だ――どんな問題でも自信たっぷりに前進するような狐は決して長生きできない。狐が長生きをするには、まず警戒を絶やさず、好機を逃さないことが肝要で、関係がもつれるのを避けつつ、同時にできるかぎり頻繁に交尾をし、昼日中には道路を横切らず、さらに土壌が良好で柔らかい場を見つけて、できるかぎり深く巣穴を掘ることが大切だ。

狐の用心深さも、きょうの朝にかぎっては不要のようだった。エシーはまさにこの女性らしい行動を見せていた。ショッピングカートからバッグやあれやこれやの品々を降ろしおわると、ガラスの塊にむかって、母さんは少し寝るよ、と話しかけていたのだ。

「お馬鹿な真似はするんじゃないよ、娘たち」エシーはそういうと、小屋へはいっていき、引越し業者が家具の養生につかっていた毛布をマットレス代わりにして横たわった。体は小屋のなかにおさまっていたが、頭だけは光が射す外に突きでていた。

エシーが眠りにつこうとしているあいだ、狐はエシーが小屋の横の葉のあいだに置いた男のマネキンの頭部にむけて、静かに牙を剝いた。しかしマネキンの頭は反応しなかった。あれも緑のガラスとおなじで、命なき品なのかもしれない。狐は前足を嚙みながら待った。

まもなく老女の呼吸は寝息のリズムに落ち着いた——まずは深々と空気を吸いこみ、つづいて浅い口笛めいた音とともに空気が吐きだされる。狐は山桃のベッドから体を伸ばしながら起きあがると、しのびやかに小屋へむかって数歩進んだところで、マネキンの魂胆を——あるいは魂胆がないことを——疑問の余地なく確かめたくなり、先ほどよりも盛大に牙を剝きだした。マネキンはぴくりともしなかった。まちがいない、こいつは完全に死んでいる。

狐は小屋まであと数歩のところで、ぴたりと足をとめた。眠っている女の頭の上に、ふわふわとした白いものが出現していた——蜘蛛の糸を思わせる白い筋状の物質は、女の両頰から浮かびあがり、そよ風に吹かれているかのように伸び広がったのち、肌の上に落ち着いて、肌を覆いはじめた。肌を覆った筋状の物体から新たな筋がまた伸びでてきたかと思うと、たちまち女の顔を覆う仮面をつくっていく。しかも仮面はさらに周囲にむけて拡大して、頭部全体を包みこんでいった。薄暗い小屋で何匹もの蛾が飛びまわっていた。

狐はくんくん鼻を鳴らしながら、あとずさった。白い物が気にいらなかった——この白い物は明らかに生きているし、それでいて狐が慣れ親しんだものとはまるっきり異質の生き物だということが明らかだったからだ。遠く離れているにもかかわらず、白い物の臭気は強烈だったし、しかもいろいろな臭気が胸騒ぎを起こすように混ざりあっていた。悪臭のなかには血と生体組織のにおいがあり、知性と飢えの臭気があり、どこか地中の奥深く、さらに奥深いところにある、すべての〝狐の巣〟を凌駕《りょうが》するような〝狐の巣〟の要素もはらんでいた。だいたい、あの巨大な寝台で眠っているものはなんだ？　狐でないことは確実だった。

においを嗅ぐ鼻息を情けない鳴き声に変えると、狐はくるりと方向転換して早足で西へむかいはじめた。背後の木々のあいだを縫って、なにかが動く物音——何者かが近づいてくる物音——がきこえてくると、早足で歩いていた狐はいよいよ走りはじめた。

3

オスカー・シルヴァー判事が愛猫ココアを——薄くなった使い古しのバスタオルにくるんだなきがらを——埋葬するのに手を貸したあと、動物管理官のフランク・ギアリーは車で小さなブロックをふたつぶん進み、スミス・レーン五一番地の家へむかった。フランクはいまもこの家のローンを返済しつづけているが、別居しているいま、ここに住んでいるのは妻エレインと十二歳の娘ナナだけだった。

エレインは国家予算の二期前までソーシャルワーカーだったが、いまは慈善団体のグッドウィルでパートタイムで働いているほかは、二、三カ所の食料配給所やメイロックにある家族計画連盟でボランティアをしているだけだ。明るい面を見れば、ふたりは子供の保育費を捻出する必要がないといえる。放課後、娘のナナが母親のいるグッドウィルをうろついても、だれも気にしないからだ。ただし暗い面もあって、このままではせっかくの一戸建てをうしなうことになりそうだった。

フランクは気が気でなかったが、エレインにはそれほど心配しているようすはなかった。それどころか、いっさい気にかけていないようすだった。エレインは口では否定しているが、家を売るという好機に乗じて、この地域から逃げだそうと企んでいるのではないか――それも妹の住むペンシルヴェニアあたりに高飛びを狙っているのではないか――フランクはそう疑っていた。そんなことになれば、いまの〝隔週の週末〟という条件は〝隔月の週末〟に代わってしまいそうだ。

こうした面会日でないときには、フランクは相手に協力して家に近づかないよう努めていた。そのうえさらにエレインがナナを自分のところへ寄越すように手配できるなら、そのほうが好ましい。この家にまつわる記憶――不公平や挫折の感覚、そしてキッチンの壁にあいた穴――は、いまもなお生々しかった。フランクは自分がおのれの全人生からまんまと追いだされた気分だったし、人生の最良の部分を過ごしたのはスミス・レーン五一番地の家だったと思えてならなかった――そう、こざっぱりとした飾り気のないランチハウス。家の前の郵便うけには、娘が描いたアヒルのイラストがはいっていた。

それはそれとして緑のメルセデスの問題が、この家に立ち寄ることを不可避にしていた。

車をぐいと歩道に寄せながら目を走らせると、娘のナナがドライブウェイにチョークで絵を描いていた。ふつうならもっと幼い子供の遊びだと思うだろうが、娘には絵の才能があった。昨年、地元の図書館が開催したしおり《ブックマーク》デザインのコンテストで、ナナは準優勝に輝いた。ナナの作品は、雲がつくる土手の上を書物が鳥の群れのように飛んでいくというデザインだった。フランクはその作品を額におさめてオフィスに飾っていた。いつでもナナの作品をながめていた。美しい作品を見ていると、幼い娘の頭のなかで書物の群れが飛びまわるさまが想像できた。

いまナナは日ざしのなかであぐらをかき、タイヤのチューブに尻をすえていた。まわりには虹のように色どりゆたかなチョークがきれいな扇状にならべてある。絵の才能以外にも——というよりも、絵心に付随した才能かもしれないが——ナナには自分を快適にする才能もあった。ナナはなにかにつけて動きがおっとりとした、夢見がちな子供だった。その意味では、万事活発な母親よりもフランクから多くを受け継いでいるといえる——母親はおよそどんなことでも乱雑に散らかすことはなく、いつでも一刀両断に要点へ切りこむタイプだった。

フランクは乗っていたトラックの窓から身を乗りだし、ドアをノックした。「やあ、きらき《ブライ》ら《ト》お目々《アイズ》ちゃん。こっちへおいで」

ナナはいぶかしげに細めた目でフランクを見あげた。「父さん？」

「ああ、この前きいたときにはね」フランクは左右の口角を吊りあげたままにしておくべく努力して、そう答えた。「ちょっとこっちへ来てくれるかな？」

「いま？」いいながら、ナナは早くも足もとに描いた自分の絵に目を落としていた。

「そうだよ。いますぐだ」フランクは深呼吸をした。

先ほど判事の家を辞去するそのときまでは、フランクはエレインのいう〝あんな状態〟にはなっていなかった。エレインはこの言葉で、癇癪を起こしたフランクをあらわしていた。しかし、妻がなにをどう考えていようとも、フランクはめったに癇癪を起こさない。だったらきょうは？　最初のうちは問題なかった。ところがオスカー・シルヴァー判事の家の芝生を五歩ばかり歩いたそのとき、目に見えないスイッチを踏んだようなことが起こった。ときにはそんなことが起こる。ＰＴＡの会合でつい声を高めたことでエレインからしつこく文句をいわれて、壁を拳で殴って穴をあけ、ナナが泣きながら二階へ逃げていったときのように――ちなみにあのときのナナには、人がなにかを殴るのは、ほかの人を殴らないようにするためだということも理解できていなかった。あるいはフリッツ・ミショームの件だ。あのときフランクは、いささか我を忘れてしまった。その点は認める。しかし、ミショームはあんな目にあって当然だった。だれであれ、動物にあんな真似をする人間には当然の報いである。

《あの猫がうちの娘であってもおかしくなかった》判事宅の芝生を歩きながら、フランクはそう考えていた。そして――**どっかーん！**　まるで時間が一種の靴紐であり、歩いてトラックに乗りこむまでのあいだに靴紐がほどけてしまったかのようだった。というのも気がついたら自分のトラックに乗り、スミス・レーンの家を目指していたからだ――トラックに乗りこんだ記憶はいっさいなかった。ハンドルを握る両手は汗でぬるぬるし、頬は熱く火照《ほて》り、そのときもまだ頭ではあの猫が娘であってもおかしくなかったと考えていたが、じっさいには考えではなかった。それは、たとえていうならＬＥＤスクリーンの警告表示のようなものだった。

エラー　　エラー　　エラー
おれの娘　おれの娘　おれの娘

ナナは短くなった紫のチョークをオレンジと緑のチョークのあいだに、慎重な手つきで置いた。それからタイヤチューブを手で押して立ちあがると、二、三秒その場に立ったまま黄色い花柄のスカートのうしろを叩いて埃を払い、なにかを考えているような顔でチョークの粉がついた指先をこすりあわせていた。

「やあ、ハニー」フランクはそういったが、内心では絶叫したい気持ちを必死にこらえていた。それというのも、ほら、見ろ——うちの娘はあんなところに、ドライブウェイにただ立っている。どこかの酔っ払いのクソ野郎が、いつ高級車で突っこんできて轢かれてもおかしくない場所だ！

おれの娘　おれの娘　おれの娘

ナナは一歩踏みだしたが、すぐに足をとめて、また指先に目をむけた——チョークの粉が落ちないのが不満らしい。

「ナナ！」フランクは、あいかわらず運転席からセンターコンソール上に身を乗りだし、助手席の窓から顔を出した姿勢のまま声をかけ、助手席のシートをばんばんと叩いた。「早くこっちへ来るんだ」

ナナは雷鳴で夢から目覚めたかのように、いきなりぐいっと顔をあげると、早足で近づいてきた。ひらいた助手席のドアにナナがたどりつくなり、フランクは娘のTシャツの前をつかんで体を引き寄せようとした。

「ちょっと！　Tシャツが伸びちゃう！」ナナはいった。

「気にするな」フランクはいった。「いまは、おまえのTシャツなんか大きな問題じゃない。なにが大きな問題かを教えてやる。父さんの話をきけ。緑のメルセデスを走らせているのはだれだ？　緑のメルセデスがあるのはどこのうちだ？」

「なんのこと？」ナナはTシャツをつかんでいる父親の手をぐいっと押した。「なんの話をしてるの？　本気でこのTシャツを駄目にする気？」

「話をきいてなかったのか！　クソくだらないTシャツなんかどうでもいい！」口から飛びだした自分の言葉が呪わしかったが、同時にナナの目がTシャツから離れて一気に父親である自分にむけられたのを見て満足もおぼえた。やっと娘の注意を引き寄せられた。ナナは目をぱちくりさせ、息を吸った。

「よし、こうしておまえの頭が靄《もや》から出てきたから、ふたりで話をしようじゃないか。前におまえはアルバイトでまわる新聞配達ルートの途中に、緑のメルセデスに乗っている男の家があると話していたな。男の名前は？　どこの家に住んでる？」

「名前なんか覚えてないもん。ごめんなさい、父さん」ナナは下唇を噛んだ。「でも、たしか大きな旗の横の家だったと思う。塀があって。ブライアー・ストリート。丘のてっぺん」

「オーケイ」フランクはTシャツから手を離した。

ナナは動かなかった。「父さん……頭がかっかしてたのは、もうおわった？」

「頭がかっかなんかしてなかったぞ」しかしナナが無言のままだと、フランクはつづけた。「いや、たしかに。少しばかりね。でも、おまえに怒ってたわけじゃない」

ナナはフランクには目をむけようとせず、癪にさわる指先に目を落としているばかりだった。フランクはナナを愛していた。ナナこそ人生でもっとも大事な存在だった。それなのに、ときにはナナが——車でいえば——四本のタイヤすべてを地面にしっかりつけている状態だということが、なかなか信じられなくもなる。

「ありがとう」フランクの顔から火照りがすっと引いていき、肌に噴きでた汗がいくらか冷えてきた。「ほんとにありがとう、きらきらお目々《ブライトアイズ》ちゃん」

「いいの」ナナはそう答えてから、小さく一歩あとずさった。フランクの耳には、スニーカーのゴム底が歩道にこすれる音がやけに大きくきこえた。

フランクはシートにまっすぐすわりなおした。「あとひとつだけ。きょうは父さんのためだと思って、ドライブウェイから離れていてもらえるかな。お昼まででいい——父さんが調べものをすませるまでだ。というのも、このへんには車をいかれたように走らせる男がいるんだよ。だから、家のなかで紙に絵を描いていてほしい。いいね？」

ナナは下唇を嚙んでいた。「うん、わかった」

「泣いたりしないよな？」

「泣かないよ、父さん」

「それでいい。それでこそわが娘だ。じゃ、来週の週末に会おう。いいね？」

気がつくと、自分の唇が信じられないくらい乾いていた。これ以外に自分はなにをどうするべきだったのかと自分に問いかけると、裡《うち》なる声がこんな返事をよこした。

「そうはいっても、これ以外にいったいなにができたんだい？　そりゃまあ、ひょっとしたら……ってこともある……どうかな……ああ、おまえさんだって、あんなふうに正気をなくさずに話をすませられたはずじゃないのか？」

　声は愉快な心もちになっているときのフランク自身の声、ローンチェアに寝そべるようにすわり、サングラスをかけ、もしかしたらアイスティーをちびちび飲んでいる男の声だった。

「オーケイ」といってうなずいた娘のしぐさは、ロボットのようだった。

　ナナの背後の舗道に目をむける――ナナは凝った樹木の絵を描いていた。木はドライブウェイの片側にまで樹冠を大きく広げ、ねじくれた幹がドライブウェイを横切っていた。太い枝々から苔が垂れ下がり、根元には花が咲きみだれて飾りになっている。木の根は地面に潜りこんで、地底湖の輪郭にまで届いていた。

「おまえのあの絵、とってもいいじゃないか」フランクはいった。

「ありがとう、父さん」ナナはいった。

「父さんはおまえに怪我をしてほしくない、それだけだ」顔に浮かべた笑みが、われながら釘で打ちつけたもののように感じられた。

　ナナは鼻をすすりあげ、またロボットじみた動きでうなずいた。娘が涙をこらえていることがフランクには察しとれた。

「いいかい、ナナ――」フランクはいいかけたが、その先の言葉は散り散りに消えた――ふたたび裡なる声がこみあげ、娘への言葉はもう切りあげろといってきたからだ。なんでもいいから、もうなにもいうな、と。

「じゃあね、父さん」

ナナは腕を伸ばし、トラックのドアをそっと押して閉めた。くるっと身をひるがえし、ドライブウェイを走って家へむかう。地面に並べたチョークを蹴散らし、せっかく描いた木の絵を踏みつけ、緑と黒で描かれた木のてっぺん部分をぼやけさせながら。顔を伏せ、肩を震わせながら。

子供というのは――フランクはひとり思った――こちらが正しいことをしようと努めていても、それにいつも感謝できるとはかぎらないんだ。

4

クリントのデスクに、三通の夜間報告書が置いてあった。

最初の報告書は予想どおりだったが、中身には心配させられた。まず前夜勤務の刑務官のひとりが、エンジェル・フィッツロイがなにかを企んでいるのではないかと見当をつけた。消灯時間にエンジェルがその刑務官に、意味論がらみの議論を吹きかけたからだ。ドゥーリング刑務所では職員を呼ぶ場合、礼儀正しく〝先生〟と呼ぶことが義務づけられている。〝看守〟や〝牢番〟といった刑務官の同義語は認められないし、〝くそったれ〟だの〝クズ野郎〟だのといった卑語も当然ご法度《はつと》だ。そしてエンジェルはウェッターモア刑務官に、あんたは英語がわかるのかと質問した。それからエンジェルは、もちろんあんたたちは看守だといった。看守が先生になってもおかしくない。それはいい。でも先生は看守になれっこない。なぜなら看守《ガード》は読んで字のごとく守ることが仕事だからだ。看守《ガード》は受刑者たちを守っているのか？　ケーキを焼く《ベイク》のが仕事だからケーキ屋《ベイカー》では？　穴を掘る《ディグ》のが仕事だから掘り屋《ディガー》ではないのか？《わたしは当該受刑者に以下のように警告しました——もはや理性的な議論ができないところに行き着いている以上、すぐに自分で監房にもどらなければ相応の結果が待っている、と》ウエッターモアはそう書いていた。《受刑者はあきらめて監房にはいったものの、さらにこう質問してきました。規則の言葉が意味をなしていないのに、なぜ受刑者がそんな規則に従わなくてはならないのか？　受刑者の口調は脅迫的でした》

エンジェル・フィッツロイは、常勤医師のクリントがこの刑務所で真に危険な人物だと考えている数少ない受刑者のひとりだった。これまでのエンジェルとのやりとりから、社会病質者《ソシオパス》ではないかと考えてもいた。エンジェルが他者への共感をちらりとでものぞかせたためしは皆無。エンジェルの所内記録は、規則違反のエントリーで分厚くなっていた——ドラッグ、喧嘩沙汰、そして脅迫的行動。

「たとえばきみが暴行した相手の男が、その怪我が理由で死んだら、きみはどんな感情をいだくと思う？」あるグループセッションのとき、クリントはそうエンジェルにたずねた。

「えーと」エンジェルは椅子にぐったりと体を沈め、診察室の壁に両目をうろうろさまよわせながら答えた。「どう感じるっていわれても……そう、すごくいやな気分になるんじゃないかな」それからエンジェルは唇をぱちんと鳴らし、視線をホックニーの絵にじっと据えた。「ねえ、みんな。あの絵を見てみなよ。どこだか知らないけど、行ってみたくない？」

エンジェルが有罪となった暴行の中身は、たしかに陰惨なものだった——トラックむけのドライブインでひとりの男に話しかけられたが、話の内容が気にくわなかったので、男の鼻にケチャップの瓶を叩きつけて骨をへし折ったのだ。しかしエンジェルには、もっと派手なことをやらかして、何度もまんまと逃げのびてきたことを示すしるしがあった。

　あるときひとりの刑事がチャールストンから車を飛ばしてドゥーリング刑務所にクリントを訪ね、エンジェル・フィッツロイがらみで力を借りたいといってきた。なんでも、エンジェルが以前に部屋を借りていた大家が死亡した件で関連情報が欲しいという話だった。この事件はエンジェルの収監に先だつこと約二年前のものだった。エンジェルは唯一の容疑者だったが、事件とエンジェルを結びつけるものは、当時近くにいたことだけで、明らかな動機も見つからなかった。ここで肝心なのは（クリント自身もすでに知っていたように）エンジェルにはかならずしも動機を必要としていなかった前歴があったことだ。釣り銭を二十セントごまかされただけで、大爆発を起こした。チャールストンからやってきた刑事は、楽しくてたまらないといった風情で大家の遺体の状態をこう説明した。

「一見したところ、老人は階段から転げ落ちて首の骨を折ったみたいでした。でも解剖を担当した監察医がいうには、老人が死ぬ前に、だれかが体に小細工をしていたらしいんです。老人のきんたまが――監察医がどんな表現をしたか、正確には覚えてませんが、断裂とかなんとか、その手の言葉だったのかどうか……ただ、医者の言葉を一般の人にもわかる言葉でいいかえれば――〝睾丸《タマ》は二個とも基本的にはぎゅっと握り潰されていた〟というところですな」

　クリントは担当患者の秘密をやすやすとは明かさなかったし、刑事にもそう告げたが、刑事から問い合わせがあったことは後日エンジェルに話した。

どんよりとした目に疑問の色を浮かべつつ、エンジェルはこう答えた。「タマって断裂するの？」

クリントは、この日のうちにエンジェルの顔を見にいくこと、そのときは地震学にまつわる読み物を持参のこと、と頭のメモに書きこんだ。

二通めの報告書は、清掃スタッフとして働いている受刑者にまつわるものだった。この受刑者は刑務所の調理場で蛾が発生していると主張したという。ティグ・マーフィー刑務官が確かめたが、蛾の存在は確認できず、報告書には《当該受刑者は自発的に少量の尿を提供――検査の結果、ドラッグやアルコールは検出されず》と書いてあった。

このケースを翻訳すれば、真剣に仕事に打ちこむ受刑者が刑務官に頭がおかしくなりそうな思いをさせ、真剣に仕事に打ちこむ刑務官がそのお返しをするというケースに相当しようか。自分がフォローアップをして、このサイクルをさらにまわすつもりはクリントにはなかった。

そこで報告書をファイルにおさめた。

キティ・マクデイヴィッドの件は最後の報告書にあった。

ウェッターモア刑務官は、キティがわめきたてていた謎の言葉の一部を書きとめていた。《黒い天使は根から這いあがり、枝から降りてきた。天使の指はすなわち死、天使の髪はあふれそうな蜘蛛の糸、そして夢は天使の王国》

抗精神病剤のハロペリドールを投与されたのち、キティはA翼棟へ移された。

クリントは自分のオフィスをあとにすると、管理棟を通りぬけ、監房棟を擁している刑務所の東区域にはいっていった。刑務所はおおざっぱに小文字の〝t〟に似た形をしていた。中心を走っている垂直の長い線は〈ブロードウェイ〉の通り名で知られる廊下だ。これは塀の外の一七号線やウェストレイヴィン・ロードと並行に走っている。管理関係のオフィスやコミュニケーションセンター、刑務官室、スタッフ専用ラウンジ、それに教室などはすべて〈ブロードウェイ〉の西端にあつまっていた。通称〈メイン・ストリート〉と呼ばれるもう一本の廊下は、ウェストレイヴィン・ロードとは垂直に通っている。〈メイン・ストリート〉は刑務所の正面玄関からまっすぐ伸びていて、途中に刑務作業による工芸品の売店があり、各種の用具が置いてあるユーティリティ・ルームがあり、洗濯室があり、体育館がある。〈ブロードウェイ〉は〈メイン・ストリート〉を横切って東へ伸び、図書室と食堂、面会室、診療所、受刑者受入室などを抜けたのちに三棟ある監房棟にたどりつく。

監房エリアと〈ブロードウェイ〉は保安扉で隔てられていた。クリントはその扉の前で立ちどまってボタンを押し、〈ブース〉内の刑務官に監房棟へ行きたい旨を告げた。ブザーが鳴ると同時に、保安扉内部のデッドボルトが〝がちゃん〟という金属音とともに引っこんだ。クリントはドアを押しあけて先へ進んだ。

AとBとCという三つの翼棟は、ハンドスピナーを思わせる形状で配置されていた。スピナーの中央部分にあるのは〈ブース〉。抗弾仕様のガラスで備えを固めた小屋のようなかたちの建物だ。内部には刑務官たちがつかうモニターや通信機器の操作卓などがおさめてある。

この刑務所の収監者の大部分は庭やそのほかの場所で、おたがいに入り交じって暮らしているが、監房はそれぞれの受刑者がどの程度まで危険な存在になりうるかを考慮したうえで構成されていた。刑務所にある監房は全六十四室。A翼棟に十二室、C翼棟に十二室、そしてB翼棟に四十室。AとCはどちらもすべてが地上一階にあり、B翼棟は監房が二階建てになった構造だ。

A翼棟は医療棟だが、〝平静〟と考えられている受刑者でも、ここに収容されている場合もあった。〝平静〟とまではいえないが〝落ち着いている〟と分類される受刑者は――キティ・マクデイヴィッドはそのひとり――B翼棟に収容されていた。C翼棟はトラブルメーカー用の収容棟だった。

そのCはいちばん閑散とした翼棟で、現在は十二ある監房の半数が空室だった。精神能力が崩壊した受刑者や、深刻な規則違反をやらかした受刑者は、もとの監房から連れだされて、このC翼棟の〝監視房〟に収容された。ただし受刑者たちはこの監房を〝ズリネタ房〟と呼んだ。監視房の天井に監視カメラが設置され、刑務官たちが一日二十四時間ずっと受刑者の行動を見ることができるからだ。つまり、男性刑務官たちは女性受刑者をのぞき見して、大いに楽しんでいるという含みのある俗称だった。とはいえ、ここでは監視カメラは必須の設備だ。自傷や自殺といった行為をやりかねない受刑者たちが収容されているため、その予防のために動向監視の必要がある。

きょう〈ブース〉に詰めていたのは、主任刑務官のヴァネッサ・ランプリーだった。ヴァネッサは操作卓から身を乗りだして、クリントのためにドアをあけた。クリントはヴァネッサの隣席にすわると、キティ・マクデイヴィッドのようすを確かめたいので一二号監房をモニターに出してくれと頼んだ。

「ビデオテープに行きましょう！」クリントは陽気に叫んだ。

ヴァネッサが怪訝《けげん》な顔をした。

「ビデオテープに行きましょう！　ほら、ワーナー・ウルフがいつもいってた文句だよ」

ヴァネッサは肩をすくめてやりすごし、監視のために一二号監房をモニターに出した。

「スポーツニュースのキャスターだった男だぞ——知ってるだろ？」クリントはいった。

ヴァネッサはまた肩をすくめた。「ごめん。わたしが生まれる前の人かも」

クリントには馬鹿げた話に思えた——ワーナー・ウルフは伝説レベルの有名人だ。しかしクリントはその問題を払い捨て、じっとモニターを見つめはじめた。キティは胎児のポーズで体を丸め、両腕に顔を埋《うず》めていた。「異状はあるかな？」

ヴァネッサはかぶりをふった。ここには朝の七時から勤務しているが、そのあいだキティ・マクデイヴィッドはずっと眠っていた。

それをきいてもクリントは驚かなかった。ハロペリドールは効き目の強い薬だ。しかし、キティのことは心配だった——ふたりの子をもつ母親、処方箋偽造の罪で有罪判決。世界が理想的な場所だったら、キティはそもそも矯正施設に収容されなかっただろう。キティはジュニア・ハイスクール卒という学歴で、双極性障害のあるドラッグ依存症者だ。

驚きの要素があるとすれば、こうして双極性障害の症状がいまの時期にあらわれたことだった。これまでキティはずっと内向的だった。ゆうべのように荒れ狂って大声をあげたことは、過去には一回もなかった。だからクリントも、自分が処方したリチウム剤がいい方向に働いたのだとばかり思っていた。この半年間、キティはずっと穏健で、おおまかにいって楽観的な気分で過ごしていた——極端な山にまであがっていくことも、極端な谷間の深みに落ちこむこと

ことまで決めていた。それが、グライナー兄弟の公判で検察側証人として証言することまで決めていた。

ていた。勇気が必要な決意だが、それだけではない――キティ自身の大きな目標へ近づける可能性が高まるのだ。公判がおわれば、ほどなく仮釈放が得られると信じる理由がそろっていた。クリントとキティは、すでに中間施設である社会復帰訓練所の環境についても話しあっていた。自分のことをしっかり考えてくれる他人がいると初めて気づいたとき、キティがまずなにをすればいいのか。そして、子供たちにどう自己紹介をすればいいのか。そういったことすべてが、ここへ来ていきなり夢物語もいいところに思えはじめたのか？

ヴァネッサはそんなクリントの不安を読みとったにちがいない。「キティなら心配ないよ、ドク。こんなの一回かぎりだ。満月のせいかもね。なにもかも調子っぱずれになるっていうし」

がっしりした体格のベテラン刑務官のヴァネッサは、実務家肌でありながら良心的な人物でもあった――まさに、人が刑務官の管理職になってほしいと思う人物そのものだ。さらに、ヴァネッサ・ランプリーがそれなりに有名なアームレスリングの選手だという事実も決して不利にはなるまい。上腕二頭筋のせいで、グレイの制服の袖ははちきれそうだった。

「ああ、そうだ」クリントは、けさ妻のライラが口にしていた幹線道路での交通事故のことを思い出した。というのも、これまで二回ばかりヴァネッサの自宅での誕生日パーティーに出たことがあるからで、自宅は山の反対側にあった。「きょうは出勤にずいぶん遠まわりをさせられたんじゃないか？　ライラからきいたけど、トラックの事故があったらしいね。道路に散乱したがらくたを片づけるのにブルドーザーが必要だったときいたんだ」

「へえ」ヴァネッサはいった。「わたしは事故なんか見てないけど。じゃ、わたしが家を出る前に現場の片づけがおわったのかな。気になるのはウェストとリックマンよ」ジョディ・ウェストとクレア・リックマンは昼間の常勤アシスタント・ドクターで、クリントと同様の九時から五時までの勤務だった。「ふたりともまだ出勤してなくて、医療棟にだれもいないの。コーツ所長はかんかんに怒ってる。こんなことなら思いきったこと――」

「マウンテンレスト・ロードでなにも見なかったのかい？」たしかライラは、あの道路での事故だと話していなかったか？　まちがいない、ライラがあの道路の名前を口にしたことには――ほぼ――確信があった。

ヴァネッサは頭を左右にふり、「でも、その手の事故は初めてじゃない」というと、にやりと笑って、黄色くなりかけた大きな前歯をのぞかせた。「去年の秋、あの道でトラックの横転事故があったの。ひどいありさまだった。〈ペットスマート〉の輸送トラック――わかるでしょ？　積んでた猫のトイレ砂とドッグフードが道路をすっかり覆っちゃったのよ」

5

故トルーマン・メイウェザー所有のトレーラーハウスは、前回テリー・クームズが足を運んだときには、お世辞にも見てくれがいいとはいえない状態だった（そのときここへ来たのは、トルーマンの数多い〝姉妹〟のひとりを原因とする家庭争議を鎮静化させるためだった――ちなみに騒動の相手の女は、その後まもなく姿を消していた）。しかしきょうの朝、トレーラーハウスの室内は地獄のアフタヌーンティーさながらの惨状だった。まずトルーマン本人はダイニングテーブルの下に四肢を広げて横たわり、剝きだしになった胸に当人の脳みその一部が載っていた。家具（大部分は、道路ぎわのフリーマーケットや一ドル均一ショップや倒産会社の資産処分市あたりで仕入れたものだろう、とテリーは思った）がいたるところに散らばっていた。テレビは上下さかさまになって、錆だらけのシャワー室に投げこまれていた。シンクでは、トースターと絶縁テープで修繕されたスニーカーが仲よくしている。どこの壁も血で汚れていた。それにくわえて、もちろん背中を丸めた姿勢で、頭部だけがトレーラー側面の壁を突き破って外に出ている例の死体があった。ベルトを締めずに穿いているジーンズのウェストから、尻の割れ目がのぞいていた。トレーラーハウスの床に落ちていた財布から見つかった身分証によれば、アーカンソー州リトルロックのジェイコブ・パイルという男らしい。

人間の頭部を叩きつけて壁を突き破るには、どのくらいの力が必要なのだろう？　テリーは首をひねった。たしかにトレーラーハウスの壁は薄いが、それにしても……。

テリーは規則どおりにあらゆるものを撮影し、さらに署のｉＰａｄをつかって三百六十度写真も撮影した。そのあと玄関ドアのすぐ内側でいったん足をとめ、署のリニー・マーズにあてて写真証拠をデータ送信した。リニーはこのあと署長のライラ用に写真をひとそろいプリントアウトし、さらにふたつのファイルを作成するはずだ――ひとつはデータファイル、もうひとつはハードコピー。さらにテリーはライラにむけて、短いメッセージを送った。

《忙しいのは承知してるが、署長もこちらへ来たほうがいいと思う》

まだかすかだが、着実に近づいてきている物音——それは聖テレサ病院に一台きりのフル装備がととのった救急車のサイレンだった。のどを限界までひらいた《ぴーぽーっ・ぴーぽーっ》という音ではなく、どこか弱々しい《うぃーん・うぃーん・うぃーん》という感じの音だ。

ロジャー・エルウェイはくわえタバコのまま、《犯罪現場　立入禁止》の文字がある黄色いテープをまわりに張りめぐらせていた。テリーはトレーラーハウスの玄関前の階段からロジャーに声をかけた。

「犯罪現場でタバコをふかしているのをライラに見つかってみろ——まっぷたつに引き裂かれて、新しいおまえが出来るぞ」

ロジャーは口からタバコを引き抜き、初めて見るような目つきでしげしげとながめたあげく、靴の踵にこすりつけて火を消し、吸いさしをシャツのポケットにしまった。「そのライラはどこにいる？　地区検事補がもうこっちへむかっていて、ここでライラと会いたがってるぞ」

救急車が到着し、扉がさっとひらいて、ディック・バートレットとアンディ・エマースン——どちらも、テリーが以前にもともに仕事をしたことのある救急救命士——が早くも手袋をきっちりとはめた姿で、すばやく車外に降りたってきた。ひとりは担架を、もうひとりは彼らが内輪で〝救急一式〟と呼ぶ医療用品キットを運んでいた。

テリーが不満のうめきをあげた。「首席検事じゃなくて、〝補〟の字がついてる下っ端か？　ふたりも殺されたのにトップのお出ましがないとはね」

ロジャーは肩をすくめた。一方バートレットとエマースンは最初こそ急いでいたが、すぐにトレーラーハウスのそばで足をとめた——近くの壁から、男の頭部だけが突きだしている。

エマースンがいった。「われわれが誠心誠意つくしても、そこの紳士が恩恵をこうむることはなさそうだ」

バートレットはゴム手袋をした手で、壁から突きでている頭の首の部分を指さした。「この男、首にミスター・ハンキーのタトゥーをいれてるみたいだぞ」

「おいおい、そいつは〈サウスパーク〉の言葉をしゃべる大便だぞ。マジか？」エマースンはぐるりとまわって確かめにいった。「おお、ほんとだ。タトゥーがある」

「ハウディ・ホウ！」バートレットは、ミスター・ハンキーの定番の挨拶を真似た。

「はいはい」テリーは口をはさんだ。「最高に愉快だよ、おふたりさん。いつか、得意の掛けあいでユーチューバーとしてデビューするといい。だけどいまは、ここのなかにも別の死体があって、うちらのパトカーには手当てが必要そうな女が乗ってるんだ」

ロジャーは、「あの女を本気で起こしたいのか」といいながら頭を四号車へむけて動かした。後部座席の窓のガラスに、汚れたまっすぐな黒髪の一部が貼りついていた。「ハイ状態から覚めかけた女だ。どんなドラッグをヤッていたかは神さまだけが知っている、と」

バートレットとエマースンのふたりは、がらくたの散乱した前庭を横切ってパトカーに近づいた。バートレットがドアをこつこつとノックした。

「マダム？　ミス？」

反応はゼロ。バートレットは前よりも強くノックした。

「さあさあ、お目々を覚ませ、目を覚ませ」

あいかわらず反応なし。バートレットはドアハンドルをつかんで動かそうとした。しかしロックがかかっているのがわかって、テリーとロジャーをふりかえった。

「ドアロックを解除してくれ」

「うっかりしてた」ロジャーはいった。「これでよし」そういいながら電子キーの解錠ボタンを押す。ディック・バートレットが後部座席のドアを引きあけると、ティファニー・ジョーンズが汚れた洗濯物の山よろしく転がり落ちてきた。バートレットがすかさず女の体をつかんだが、そうでなければ雑草だらけの砂利に上半身がどさりと落ちていたはずだ。

エマースンがすぐに駆け寄って手を貸した。ロジャーはその場にとどまったまま、わずかにうんざりした顔を見せていた。「あの女がまんまとおれたちを騙したら、ライラが熊みたいに怒り狂うだろうな。ライラは、ほら——」

「女の顔はどこへいった？」エマースンがたずねた。ショックもあらわな声だった。「この女の顔は、いったいどこにあるんだよ？」

その言葉にテリーが動きはじめ、パトカーの横にたどりついた。ちょうどふたりの救急救命士がティファニーの体をそっと地面に横たえているところだった。テリーはつい手を伸ばして垂れ落ちているティファニーの髪をつかんだが——なぜそんなことをしたのか自分でもわからなかった——指のあいだにグリースっぽい物質がにゅるっとはみだしてきたので、あわてて手をひっこめた。手をシャツで拭う。見れば女の髪の毛は、白い薄膜状のものを突き破るようにして生えていた。顔面もおなじ物質で覆われ、かろうじて目鼻立ちが察しとれるだけだ——たとえるなら、〝ありがとう、イエスさま〟の声が根強い地方で、老婦人たちが教会用にかぶる帽子に垂らしたヴェールごしに顔を見ているような。

「こりゃいったいなんだ？」テリーはまだ手をごしごしとこすっていた。グリースのような物体は気味がわるく、ぬるぬるした感触で、触れた素肌がかすかにちくちくと痛んだ。「蜘蛛の巣か？」

ロジャーは魅惑と嫌悪が入りまじった目を大きく見ひらいて、テリーの肩ごしに女を見つめていた。「そいつは女の鼻の穴から出てきてるぞ！　いや、目からもだ！　くそ、いったいなんだ？」

救急救命士のバートレットはティファニーのあごのラインから、白い物質をひと筋つまみ、自分のシャツにこすりつけようとした。しかしテリーが見まもる前で、白い物質はティファニーの顔から離れるなり溶けたように消えてしまった。自分の指先に目を落とす。皮膚はすっかり乾いて、さらさらになっていた。ついさっき指を拭いたばかりなのに、シャツにはもうなにも残っていなかった。

エマースンはティファニーの首に横から指先をあてがっていた。「脈搏《みゃくはく》はあるな。力強くて安定した脈だ。呼吸にも問題はない。息を吐くたびにその物質が出てきて、そのあと吸いこまれてるのが見える。ＭＡＢＩＳ《メイビス》を用意しよう」

バートレットは〝救急一式〟から、応急処置用の道具がひととおり収納してあるＭＡＢＩＳ製のオレンジ色のバッグをとりだし、いったんためらってからまた手を入れて、つかい捨て手袋の箱もとりだした。まずエマースンに手袋をわたしてから、自分の手にもはめる。そのようすを見たテリーは、ティファニーの素肌を覆うあの蜘蛛の巣のような物質に触ったりするのではなかったと強く後悔していた。有毒物質だったらどうする？

ふたりはまず血圧を測定し、エマースンが結果は正常範囲だといった。それからふたりの救急救命士は、ティファニーの目もとから物質を除去してまで瞳孔チェックをするべきかどうかと話しあって、その検査を見送った――このときふたりはまだ知らなかったが、瞳孔検査をしないということの決定は、ふたりの人生で最上の決定だった。

ふたりが話しあっているあいだ、テリーはあまり愉快ではない光景を目にとめていた。蜘蛛の糸のような物質で覆われたティファニーの口が、ゆっくりと開閉をくりかえしていた。まるで空気を咀嚼《そしゃく》しているかのように。舌が白く変色していた。舌からフィラメント状の細い糸が伸びでて、プランクトンのように揺れていた。

バートレットが立ちあがった。「よし、おまえに異論がなければ、いますぐこの女を聖テレサ病院に搬送しよう。異論があるならいってくれ――まあ、とりあえず容態は安定しているようだし……」いいながらエマースンに目顔で問いかけた。エマースンはうなずいた。

「女の目を見ろよ」ロジャーがいった。「真っ白になってる。おえっ、吐きそうだ」

「いいから、この女を病院に運びこんでくれ」テリーはいった。「どのみち事情聴取は無理そうだしな」

「トレーラーハウス内のふたりの死人だが……」バートレットがいった。「ふたりの死体にも、こいつが生えてるのかい？」

「見あたらないな」テリーは答えながら、壁から突きだしている頭部を指さした。「あいつについては、あんたたちにも見えるだろう？　室内で死んでるトルーマンという男の体にも、あんなものはなかった」

「シンクには？」バートレットはたずねた。「トイレはどうだった？　シャワーは？　水まわりがどんなようすだったかが知りたい」

「シャワー室にはテレビが投げこまれてた」テリーはいった。質問への答えではなかったし、そもそも前後と無関係な言葉だったが、これ以外の返答はとっさには思いつかなかった。もうひとつの前後とは無関係な思い——〈スクイーキー・ホイール〉はもう店をあけているだろうか？　まだ早い時間だが、こんな朝なら、ビールを一、二杯飲んでも罰《ばち》はあたるまい。無残きわまるふたつの死体だの、人の顔に生える気味のわるいしろものだのを見たのだから、ビールはその埋めあわせだ。テリーはティファニー・ジョーンズに目を釘づけにされていた——ゆっくりと、しかし着実に生きながら埋葬されている女。なにに埋められているかといえば、白い霧のような物質で……正体はなんだ？　テリーは自分に鞭打ってバートレットの質問に答えた。

「いや、あの女だけだ」

そしてロジャー・エルウェイは、この場のだれもが考えていたことを口にした。「みんな、これが伝染病だったらどうするよ？」

だれも答えなかった。

テリーは目の隅でなにかが動く気配をとらえ、すかさずトレーラーハウスへ視線をもどした。屋根からいっせいに浮かびあがった群れを、最初は蝶の群れだと思った。しかし蝶なら色とりどりのはずで、こちらは地味な茶色と灰色ばかりだ。そう、蝶ではなく蛾だった。数百匹の蛾の群れだった。

6

かれこれ十年ばかり前のある暑苦しい日のこと、一本の電話が動物管理局にかかってきた。地元の聖公会教会が納屋をリフォームしたのち〝信徒センター〟に利用している建物の床下に洗い熊が住みついている、という相談だった。相談者は狂犬病を心配していた。フランクはすぐ車で現地へ行った。それからフェイスマスクと肘までの手袋を装着して元納屋の床下にもぐりこみ、懐中電灯の光をまっすぐ洗い熊にむけた。洗い熊は——健全な洗い熊の例に洩れず——一目散に走って逃げていった。これで一件落着でもおかしくなかった——狂犬病の洗い熊は深刻な問題だが、無断侵入しているだけの洗い熊はそうでもない。しかしフランクに納屋の床下の穴を見せた二十代の女性は、たまたま駐車場で開催されていた手作りパン菓子即売会からブルーの〈クールエイド〉のグラスをもってきてフランクにすすめた。粉末を水に溶かしてつくる〈クールエイド〉はおぞましかったが——やたらに薄くて甘味も足りなかった——フランクはこの飲み物を三ドル分も飲みながら、芝が黄色く枯れかけた教会の庭で過ごすことになった。というのも、大きく愛らしい笑い声をあげるこの女性と話していたかったからだ。両手を腰にあてがう女の立ち姿に、ちりちりと疼くものを感じてもいた。

「それで、あなたにはこれから義務を果たしてくれる気はあるのかしら、ミスター・ギアリー？」やがてエレインは、この女の特徴ともいえる話しぶりで——雑談の頭部をいきなり断ち落とし、話の要点にずばりと切りこむ話しぶりで——こうフランクにたずねた。「教会の床下でほかの動物を殺しているけだものの巣穴をふさいでくれたら、喜んであなたのお誘いに応じるつもり。これがわたしからの条件。あら、あなたの唇が青くなっちゃった」

フランクは役所の仕事をおえたあとでまた教会に立ち寄り、板きれを打ちつけて納屋の床下の穴をふさいだ——ごめんよ、洗い熊くん。でも人間は人間の仕事をこなさなくちゃいけないんだ。その仕事のあとでフランクは未来の妻を映画へ連れていった。

それが十二年前だ。

それでどうなった？　おれの問題なのか？　それとも結婚そのものに品質保持期限があったのか？

ずいぶん長いあいだ、フランクは自分たち夫婦が良好な関係にあると信じこんでいた。子宝にも恵まれ、一軒家も手にいれて、ふたりとも健康だった。もちろん、なにもかも全部が順調とはいえなかった。金は手に入れるそばから飛び去っていった、ナナはだれよりも勉強熱心な子供ではなかった。それにフランクはときどき……そう……さまざまなことで疲れ果て、どうにもこうにも疲れたときなどに……ある種の棘が顔を出した。しかし人間なら失敗はつきものだし、十二年という長い歳月のあいだには、おりおりに溜まったものが泉のように噴きだしもした。ただし、妻はそう見てくれなかった。八カ月前、妻のエレインは自分がどう思っているのかを正確に言葉にあらわした。

エレインがみずからの考えを明かしたのは、あの有名な〝キッチン壁パンチ事件〟のあとだった。有名な〝キッチン壁パンチ事件〟の直前、エレインはフランクにむかって、救いがたい大混乱状態にあるアフリカの一地域に住む飢えた子供たちを救うために教会が募金運動をしており、それに賛同して八百ドルを寄付した、と告げたのだ。

フランクも冷血漢ではない——人の苦しみに胸を痛める男だ。しかし金を出す余裕がなければ金を出すべきではない。他人の子供たちを救うために、自分の子供の立場を危うくするような真似は慎むべきだ。これだけでも、ずいぶんいかれた話だが——なにせこのときには、大海原の彼方から住宅ローンの全額返済日が着実に迫っていたのである——これだけであの有名な〝キッチン壁パンチ事件〟が引き起こされたのではない。事件を引き起こしたのは、つづいてエレインが口にした言葉であり、その言葉を口にしたときのエレインの表情——傲慢で、とりつくしまのない表情——だった。

《わたしが決めた——わたしのお金だから》

結婚の誓いがこの十一年のエレインにとって無意味だったかのように。やりたいことがあれば、フランクを仲間はずれにしたまま好き勝手にできるかのように。

だからフランクは壁を（エレインではなく壁を）殴った。ナナは泣きながら二階へ走って逃げていき、エレインはこう宣言した。

「そのうち、わたしたちにもキレるのね。そうなれば、あなたが殴るのは壁じゃなくなる」

それからはフランクがなにをして、なにを話しても、エレインは頑として考えを変えなかった。試験的な別居か離婚の二者択一。フランクは前者を選んだ。さらにいうならエレインの予言ははずれた。あれ以来フランクがキレたことはない。この先も。自分は強い。自分は庇護者だ。

そこからは、かなり重要な疑問が導きだされた。いったいエレインはなにを証明しようとしたのか？　おれをこんな目にあわせて、エレインになんの得がある？　いまもって解決できていない幼少期の問題か？　それとも昔ながらの珍しくもないサディズムか？

答えがどうあれ、恐ろしいほど非現実的な事態ではある。恐ろしいほど理不尽でもある。三郡地域《トライ・カウンティーズ》（それをいうなら合衆国全域のどこの郡でもおなじだが）に住むアフリカ系アメリカ人なのだから、こうして三十八歳を迎えるまでには、それなりの数の理不尽なあれこれに直面させられてきた――人種差別《レイシズム》はその種の理不尽の典型である。小学校の一年か二年でいっしょだった鉱夫の娘のことが思い出された。大きな前歯が前に飛びだして扇状に広がっているところは、ポーカーで手にしているトランプそっくり。髪をお下げにしていたが、そもそも髪が短すぎたので、ずんぐりした指にしか見えなかった。その少女がフランクの手首に指を押しつけてこういった。

「あんたの肌は腐ったものの色ね、フランク。うちのパパの爪の下にある汚れそっくり」

半分はおもしろがっているだけ、半分は感心しているだけの発言だったが、救いがたいほど愚かな発言でもあった。まだ子供だったころでも、フランクには治療不可能な愚かしさがつくるブラックホールを見わけられた。フランクは少女の言葉に驚き、あきれてものもいえなくなった。あとになって別のいくつかの側面から考えなおしたときには、怯えを感じたり怒りを感じたりしたが、その現場では驚愕に打たれただけだった。これほどまでの愚かしさは、自前の重力場をそなえる。だから周囲は、いやおうなく愚かしさに引き寄せられてしまうのだ。

しかし、エレインは愚かではなかった。エレイン以上に愚かしさから遠ざかることはできないくらいだ。

エレインも、高校卒業程度認定試験さえ通らなかったような白人の若者グループにデパートでつけまわされる気分を知っていた——バットマン気取りの白人たちは、エレインがピーナツのひと瓶でも万引きする決定的瞬間をつかまえてやろうとしていた。家族計画連盟の建物の外で抗議者から罵声を浴びせられ、エレインの名前すら知らない人々から地獄へ落ちろといわれた経験もあった。

では、エレインはなにを求めているのか？　なぜおれにここまでの苦しみを与えているのか？

あっさり消えてくれない可能性がひとつだけある——エレインには心配する正当な理由があるのではないか。

緑のメルセデスをさがすあいだも、フランクの脳裡には先ほど遠ざかっていったときのナナの姿が——几帳面にならべたチョークを蹴散らし、せっかく描いた絵を踏みつけていった娘の姿が——くりかえし見えていた。

自分が完璧ではないことくらい知っているが、同時に基本的には善人だとも知っていた。人々を助け、動物を助けている。娘を愛していて、その娘を守るためならなんでもする。妻に暴力をふるったことはただの一度もない。なにかミスをしでかしただろうか？　あの有名な〝キッチン壁パンチ事件〟はミスのひとつか？　そこまでは認めよう。法廷でそう陳述してもいい。しかし、痛めつけるのにふさわしくない相手まで痛めつけたことはないし、いまだってメルセデスの男と話をしようとしているだけだ——ちがうか？

フランクは凝った装飾がほどこされた錬鉄のゲートのあいだを抜けて、トラックを緑のメルセデスのうしろにとめた。フロントフェンダーの左半分は道路の埃で汚れていたが、右半分はぴかぴか輝くほどだった。これを走らせていた下《げ》衆《す》野郎が、どこを雑巾できれいに拭いたかはひと目でわかった。

フランクはドライブウェイと大きな白い屋敷の玄関をつなぐスレート敷きの小道を進んでいった。小道の左右は細い芝地でサッサフラスの木が植えられ、伸びた枝葉が天蓋になって通廊をつくっていた。頭上の木々の枝のなかで鳥たちがさえずりかわしていた。小道の突きあたりに玄関に通じる階段があった。階段の足もとにある石のプランターにはライラックの若木が植えられ、まもなく花が満開になろうとしていた。フランクはライラックを引っこ抜いてやりたいという衝動と戦った。階段をあがって玄関ポーチに立つ。頑丈そうなオーク材の扉には、からみあった二匹の蛇と双翼をあしらった神話の〝使者の杖〟を模した真鍮のノッカーがついていた。

フランクは、いますぐ回れ右して車で家へ帰れ、と自分に命じた。それからフランクはノッカーをつかみ、何度もつづけて金属プレートに叩きつけた。

7

ガース・フリッキンジャーがソファから体を引き離して立ちあがるには、若干の時間が必要だった。

「まあ待て、ちょっと待て」と口に出す——しかし無意味な言葉だった。ドアは分厚く、ガースの声はあまりにもしゃがれていたからだ。トルーマン・メイウェザーが所有する娯楽の殿堂のようなトレーラーハウスから自宅に帰りついてから、ガースはぶっつづけでドラッグを吸っていた。

だれかにドラッグ関係の質問をされたら、ガースはいつも質問者にこう力説した——自分はときおり気晴らしにドラッグをつかうだけのライトユーザーだ、と。しかし、きょうの朝は例外だった。はっきりいえば緊急事態だった。なじみのドラッグディーラーが住むトレーラーハウスのクソ部屋ことトイレでしょんべんを垂れていたら、薄っぺらいドアの向こう側でいきなり第三次世界大戦がおっぱじまるといった事態は毎日あるものではない。なにかが起こっていた——物が派手にぶつかる音、銃声、悲鳴。そのあと自分でもまったく理解不可能な愚かしさに支配された一瞬のあいだ、ガースはトイレのドアをあけて、なにが起こっているかを確かめてしまった。そのとき目にした光景は、そう簡単に忘れられそうもない。いや、一生忘れられないかもしれない。トレーラーハウスの部屋をはさんで反対側に、下半身裸の黒髪の女が立っていた。女はアーカンソーから来たトルーマンの友人の髪とジーンズのベルトをつかんで体をもちあげ、男の顔を何度も強く強く壁に打ちつけていた——**どすん！　どすん！　どすん！**

城塞を攻める兵器を思い浮かべればいい——巨大な丸太を前後に揺らし、城門にくりかえし叩きつけている場面を。男の頭部は血まみれ、両腕は体の横に垂れ落ち、ぼろ人形そのままに力なくぶらぶら揺れていた。

トルーマンもその場にいた――ひたいに弾丸で穴を穿たれ、床にだらしなく横たわっていた。あの珍妙な女はどうしていたか？　そら恐ろしくなるくらい落ち着きはらった顔つきだった。とりたてて関心もない仕事を淡々とこなしているだけといった表情――しかしその〝仕事〟は、ひとりの男の頭を破城槌代わりにして壁をぶち抜くことだった。ガースは静かにトイレのドアを閉めると、便器の蓋にのぼって窓から外へ這いだした。そのあと自分の車までもどると、光速で走らせて自宅へ帰ってきた。

この一件で神経がいくぶん動揺させられた。なんといっても日常茶飯事ではない。ガース・フリッキンジャー、有資格の形成外科専門医で、アメリカ形成外科学会の優良メンバーでもあるこの男は、ふだんなら冷静沈着をもってなる男だった。

いまではずいぶん気分も恢復《かいふく》した。クラックを吸ったことも助けになった。しかし、正面玄関のドアをがんがん叩くノックは歓迎できなかった。

ガースはなんとかソファをまわって反対側に出ると、居間を通り抜けた――途中で、床の一部を覆っているファストフードの箱を音をたてて踏み潰しながら。

フラットスクリーン・テレビの画面ではとびきりセクシーな美女リポーターがなにやらえらく真剣な顔つきで、ワシントンDCの老人ホームで高齢の女性たちが何人も昏睡状態に陥っている、とかいうニュースを報じていた。真剣きわまりないそのたたずまいが、セクシーさをさらに高めている。胸はAカップだな――ガースは思った――しかし体格からすれば、Bカップのほうがいい。

「どうして女性だけなのでしょうか？」テレビ画面のリポーターは疑問を声に出していた。

「最初のうちわたしたちは、高齢者や乳幼児が体力的に弱いからではないかと考えていました。しかし、いまではあらゆる年齢層の女性が――」

ガースはドアにひたいを押し当てて、平手でドアを室内から叩いた。「うるさい！　やめろ！」

「ドアをあけろ！」

野太く、怒りもあらわな声だった。ガースは残っていた体力を奮い起こして頭をもちあげ、ドアスコープから外をのぞき見た。玄関先に立っていたのは三十代なかばとおぼしきアフリカ系アメリカ人の男だった。肩はいかつく、顔はその下のすばらしい骨格をうかがわせている。男が着ているベージュの制服を見たとたん、一瞬にして脈搏が速まった――警官だ！――が、そのあとすぐに《**動物管理官**》という刺繡文字が目にとまった。

ああ、野犬捕獲係か――野犬捕獲係にしては、たしかにハンサムだが、野犬捕獲係には変わりない。いえ、うちには脱走した犬科動物はおりません、ええ、なんの問題もありませんとも。いや、本当に問題はないといえるのか？　百パーセントの断言は無理だ。もしや、トレーラーハウスにいた半裸のおっかない女の知りあいじゃないだろうな？　あの女の敵ではなく友人だというほうがましだが、やっぱりあの女を避けていたほうが、ずっとずっといいに決まっている。

「あの女にいわれて来たのか？」ガースはたずねた。「わたしならなにも見ていない。女にそう伝えろ」

「なんの話をしているのか、さっぱりわからん！　おれはおれの用事で来てる！　早くドアをあけろ！」男はまた声を張りあげた。

「どうして？」ガースはそうたずね、自分で言葉をつづけた。「いやなこった」たとえどんな事情でも。

「頼む！　あんたと話がしたいだけだ」野犬捕獲係はどうやら落ち着いた声を出そうと努めているらしい。しかしガースには男がしじゅう唇を歪めながら、怒鳴り声をあげつづけたいという欲求――そう、まぎれもなく欲求だ――と戦っていることが見てとれた。

「いまはドアをあけないぞ」ガースはいった。

「猫を車で轢いたやつがいる。そいつは緑のメルセデスを走らせていた。で、あんたも緑のメルセデスをもってる」

「かわいそうに」、とつい口にしたのは猫のことで、メルセデスのことではない。ガースは猫好きだった。ついでにいえば、フレイミン・グルーヴィーズのバンドTシャツも好きだった。いまそのTシャツは丸められて階段横の床に落ちていた。愛車のフェンダーを汚した血を拭うのにつかったのだ。トラブルはいつだってつづくと決まっている。

どすんと鈍い音がして、ドアが枠のなかで震えた。ガースはあとずさった。あの男がドアを蹴りやがった。

　ドアスコープから外をのぞくと、野犬捕獲係の首の腱が張りつめて浮きあがっていた。「おれの娘がこの丘をくだったところに住んでるんだぞ、この馬鹿！　猫じゃなくて娘だったら、どうなっていたと思う？　おまえがあの猫じゃなく、うちの娘を轢いていたかもしれないじゃないか？」

「こっちは警察を呼ぶぞ」ガースはいった。自分の耳よりも、相手の耳にはもっと説得力ゆたかな発言に響いたことを祈るばかりだ。

それからガースは居間に引っこんでソファに腰をすえ、パイプを手にとった。ドラッグをおさめた袋はコーヒーテーブルの上にあった。外からガラスの割れる音が響いてきた。つづいて金属がぶつかる音。セニョール野犬捕獲係がガースのメルセデスに破壊行為を働いているのか？　そんなことに関心はなかった——きょうのところは（どのみち保険にはいっている）。あのかわいそうなヤク中の女。ティファニーとかいう名前。身も心もぼろぼろにされていて、じつに愛らしかった。あの女も死んだのか？　トレーラーハウスを攻撃した一味（ガースはあの奇妙な女を、ギャング団の一員だと考えていた）は、ティファニーも殺したのか？　ティファニーは本当に愛らしかったが、それでも自分の問題ではないとガースはおのれにいいきかせた。変えられないものなら、くよくよ考えないほうがいい。

袋は青いビニールだったので、外に出すまでクラックは青く見えていた。このビニール袋は、トルーマン・メイウェザーなりのドラマ〈ブレイキング・バッド〉への中途半端なオマージュだったのかもしれない。しかしきょうの朝を最後に、トルーマン・メイウェザーはもう——中途半端だろうとなかろうと——どんなオマージュも示せなくなった。ガースはクラックをつまんで、パイプのカップ部分に落とした。セニョール野犬捕獲係がメルセデスになにをやっているのか知らないが、今度はアラームが鳴りはじめた——**びいっ・びいっ・びいっ**。

テレビには、まぶしいほど明るい病室の光景が映しだされていた。ふたりの女性患者が、病院のシーツをかけられて横たわっていた。どちらの女性の頭部も細い糸のようなものでつくられた繭に包みこまれていた。あごから上に蜂の巣ができて、頭をすっぽり覆われたようにも見えた。ガースは火をつけ、煙を肺いっぱいに吸いこんだまま息をとめた。

びいっ・びいっ・びいっ。

ガースには娘がいた。キャシー。いま八歳で水頭症をわずらい、ノースカロライナ州の海岸地帯にある高級医療施設で暮らしている――そよ風に潮の香りがするくらい海に近いところだ。費用はガースがすべて出している。それだけの余裕のある身だ。キャシーの身のまわりの世話は、母親のほうが当人のためにもいいだろう。さっき自分はヤク中の女のことで、自分にどういいきかせた？　ああ、そうだ――変えられないものなら、くよくよ考えないほうがいい。いうは易《やす》く、おこなうは難《かた》し。かわいそうなガース。頭を蜘蛛の巣に覆われた高齢の女たちもかわいそうだ。猫もかわいそうだ。

例の美人リポーターが歩道にあつまっている人々の前に立っていた。掛け値なしにいうが、あの女ならAカップがお似あいだ。さっきBがいいと思ったのは気の迷いだった。鼻は整形しているのか？　整形しているのなら――近くからつぶさに観察しなければ正確な判断はできないが――極上の仕事ぶりだ。鼻の先が愛らしく小さな団子鼻っぽくなっているところも、じつに自然な仕上がりだといえる。

「疾病対策センター《CDC》が以下のような声明を発表しました」リポーターはそういって、声明を読みあげた。「『いかなる場合でも患者の体から生えているものを除去しようとしてはならない』とのことです」

「いかれ頭と呼びたきゃ呼べよ」ガースはいった。「でも、そういわれると、かえって除去したくなる」

ニュースに飽き、動物管理官の男にはうんざり、車のアラームにもうんざり（ただしガースは、動物管理官の男が痾癪をほかの場所へもっていったら、すぐにアラームを切ろうと思っていた）、変えられないもののことを、くよくよ考えることにもうんざり——そこでテレビのチャンネルサーフィンをするうちに、自宅トレーニング器具の通販番組に行きあたった。なんとたった六日間で六つに割れた腹筋がつくれるという。ガースは画面に表示された窓口のフリーダイヤル番号を書きとめようとした。しかし、見つかった一本だけのペンで手のひらに数字を書こうとしても、肌には書けなかった。

第四章

1

マクダウエル、ブリッジャー、そしてドゥーリングの三つの郡をあわせた総人口は約七万二千人で、その五十五パーセントが男性、四十五パーセントが女性だ。前回の国勢調査の時点からは五千人減であり、これによって三郡地域《トライ・カウンティーズ》は公式に〝人口減少地帯〟に分類された。三つの郡にある総合病院は二軒。ひとつはマクダウエル郡にある（そのマクダウエル病院の公式サイトのコメント欄には、《売店がすばらしい！》という書きこみだけが残されている）。もうひとつのもっと大きな病院は、三つの郡のうちでも最大の人口――三万二千人――を擁するドゥーリング郡にあった。さらに三つの郡には、予約なしの患者も診察する診療所が計十軒あり、くわえて松の森林が広がる地域には二十軒ばかりの、いわゆる〝ペイン・クリニック〟が点在している。こうしたクリニックではその場で処方箋を書いてもらい、さまざまなオピオイド鎮痛薬を入手できた。かつて、この地方の鉱山の大部分が稼働していたころは不幸な事故も多かったことから、三郡地域《トライ・カウンティーズ》には〝指なし男の共和国〟という別名もあった。こんにちではこの地域は〝職なし男の共和国〟になっている。ただし、明るい面もあった。五十歳以下の男子の大多数は指をうしなう事故にもあっていないし、鉱山の落盤事故での死者はもう何十年もひとりも出ていない。

イーヴィ・不詳《ドー》（確保した被疑者が苗字を明かすことを拒んだので、ライラは書類にこう記録した）がトルーマン・メイウェザーのトレーラーハウスをたずねた日の朝、ドゥーリング郡に暮らす約一万四千人の女性たちはいつものように起きだして、それぞれの一日をはじめていた。そのほとんどが、拡大しつづけている感染症のニュースをテレビで見ていた。この病気は最初オーストラリア眠り病と呼ばれ、それが女性眠り病に変わり、いまではウォルト・ディズニーがおとぎ話を題材につくった映画〈眠れる森の美女〉のプリンセスにちなんで、オーロラ・インフルと呼ばれるようになっていた。ただし三郡地域《トライ・カウンティーズ》には、このニュースに心から怯える女性はほとんどいなかった。オーストラリアもハワイもロサンジェルスも遠い彼方の地だ。ジョージタウンの老人ホームからのミカエラ・モーガンによるレポートはそこはかとなく不安をかきたてたし、ジョージタウンのあるワシントンDCは車で一日もかからない地理的にも近い場所だったが、DCは都会である。三郡地域《トライ・カウンティーズ》の大多数の住人にとって、都会は自分たちと無関係な異世界だった。そもそもこのあたりでは、ミカエラの出ているニュース・アメリカを見る人はあまり多くない。たいていの人は〈グッドデイ・ホイーリング〉やエレン・デジェネレスの出ている番組のほうを好んでいた。

この〝神の国〟でもなにやら不穏な事態が発生したという最初の兆候は、午前八時をまわった直後にあらわれた。兆候は聖テレサ病院の出入口に、イヴェット・クインという人物の形をとって出現した。イヴェットは年代物のジープ・チェロキーを駐車場にぞんざいにとめると、双子の女の子の赤ん坊を両腕に抱きかかえて救急救命室に駆けこんできた。イヴェットの左右の乳房のふくらみのそれぞれに、繭にくるまれた小さな赤ん坊の顔が押しつけられていた。イヴェットがあげる消防車のサイレンじみた悲鳴に、医師やナースたちが走って近づいてきた。

「だれか、うちの子たちを助けて！　ふたりとも目を覚まさないの！　なにをしても起きてくれないの！」

それから間もなく、双子の赤ん坊よりはだいぶ年上だが、同様に顔を繭で包まれているティファニー・ジョーンズが運びこまれてきた。その日の午後三時には、救急救命室は満員になり、それでも患者がひきもきらずに押し寄せていた。父親たちや母親たちがそれぞれの娘たちを運びこみ、年かさの姉たちが妹たちを運びこみ、おじたちが姪《めい》っ子を運びこみ、夫たちが妻たちを運びこんできた。この日の午後、待合室のテレビが〈ジュディ判事〉や〈ドクター・フィル〉やクイズ番組を流すことはなかった。流れていたのはニュースだけだった。しかもニュースは、謎の眠り病――XX染色体をもつ者だけが感染する奇病――一色に塗りつぶされていた。眠っていたホモサピエンスの女性がいつの時点から――何時何分の何秒から――目覚めなくなり、顔を覆う物質を分泌しはじめたのかは、この先も明確な結論をくだせそうもない。ただし科学者たちは蓄積されたデータをもとに、発生時刻を東部標準時で午前七時三十七分から午前七時五十七分のあいだにまで絞りこんだ。

「わたしたちには、女性たちが目を覚ますのを待つことしかできません」ニュース・アメリカのキャスター、ジョージ・オルダースンはそういった。「そしてこれまでのところ、目を覚ました女性はひとりもいないのです。ここでミカエラ・モーガンから、さらなる情報をお伝えします」

2

ライラ・ノークロスが煉瓦づくりの四角い建物——片側はドゥーリング郡警察署、もう一方は地域行政サービスの窓口になっている——に到着したときには、すでに総員がそろって準備をととのえていた。建物前の歩道ぎわにリード・バロウズ巡査が出て、ライラが身柄を確保した被疑者の世話をするべく待機していた。

「いい子にしててよ、イーヴィ」ライラはそういいながら、パトカーのドアをあけた。「わたしはすぐもどってくるから」

「いい子にしててよ、ライラ」イーヴィはいった。「わたしはすぐもどってくるから」

それからイーヴィは笑い声をあげた。鼻血はすっかり乾燥して、ひび割れた薄膜に変わっていた。ひたいの切り傷からあふれた血が前髪を固まらせ、孔雀の扇のような飾り羽のミニチュアめいた形をつくっていた。

ライラが車から降りてリードが近づくためのスペースをつくるのと同時に、イーヴィが「トリプル・ダブル」といって、また少し笑い声をあげた。

「鑑識スタッフが例のトレーラーハウスにむかってる」リードはいった。「地区検事補とうちの六号車もね」

「よかった」ライラはそう答え、小走りで署の玄関へむかった。

トリプル・ダブル……と思うそばから、ああ、そういうことか、と思いあたった。少なくとも十ポイント、十回のアシスト、リバウンドボールをとったことが十回。ゆうべ、ライラが足を運んで観戦したバスケットボールの試合であの女の子がやったことだ。

〝あの女の子〟――ライラはそんなふうに考えていた。名前はシーラ。あの女の子の責任ではない。シーラの責任だ。この名前は第一歩……そこから先にむかって……どこへ行く？　ライラにはわからなかった。さっぱりわからなかった。

それからクリント。いったいクリントはなにを望んでいるのか？　情況を考えれば、そんなことを気にしてはならないとわかっていたが、それでも気になった。クリントはライラにとって真の謎だった。見慣れた姿が脳裡に浮かんできた――キッチンカウンター前の椅子にすわって裏庭の楡《にれ》の木立に視線を投げながら、かすかに顔をしかめ、拳の関節を親指でぼんやりと撫でているクリント。ライラはもうずいぶん前から、そんな夫にどうかしたのかという質問をしなくなっていた。考えごとをしているだけだ――クリントはいつも決まってそう答えた――考えごとをしているだけだ、と。しかし、なにを考えていたのか？　だれのことを考えていたのだろう？　それが当然出てくる疑問ではないだろうか？

こんなにも疲れて弱ったように感じられることが、ライラには信じられなかった――パトカーから正面玄関前の階段までのたかだか二十歩ばかりを歩くあいだにも、体がぐずぐずに溶けて制服から流れだし、履いている靴の上へ落ちてしまいそうに思えた。いきなり、すべてが疑問の対象になったように感じた。クリントがクリントではないとしたら、自分はいったいだれなのか？　だれであれ、だれなのか？

頭のピントをしっかりあわせておかなくては。ふたりの男が死に、ふたりを殺した犯人とおぼしき女がいま自分のパトカーの後部座席にいる――それもドラッグでハイになって、凧よりも高く舞いあがった状態だ。疲れているし、体が弱っているかもしれないが、いまはそんなことをいってはいられない。

署のメインオフィスには、オスカー・シルヴァー判事とバリー・ホールデン弁護士が立っていた。

「これはこれは、おそろいで」ライラはいった。

「やあ、署長」ふたりの声はほぼそろっていた。

シルヴァー判事は神さまよりも高齢で、体のあちこちのピンがゆるんでいたが、頭脳の働きの面では不自由はなかった。バリー・ホールデンは遺言状や契約書を作成し、保険関係の和解調停者をつとめることで（相手方はおおむねドルー・T・バリー損害保険社の悪名高き手ごわい男、ドルー・T・バリー）、自分と一家の女性陣（妻ひとり、娘四人）がかろうじて食べていけるだけの収入を得ていた。ホールデンはまた三郡地域《トライ・カウンティーズ》にざっと五、六人いる弁護士のひとりとして、輪番で公選弁護人をつとめてもいた。ホールデンは善人だ。ライラはさして時間をかけずに望みをホールデンに伝えることができた。ホールデンは弁護のための着手金を求めた。一ドルでいいという。

「リニー、一ドルある？」ライラは通信指令係にたずねた。「死刑になりうる殺人容疑二件でみずから逮捕した女のために、わたしが自分から女の弁護を依頼したら、おかしく見えちゃうでしょう？」

リニーがホールデンに一ドルを手わたした。ホールデンは現金をポケットにおさめるとシルヴァー判事にむきなおり、とっておきの法廷用の声で話しはじめた。

「ノークロス署長が先ほど身柄を確保した被疑者女性の代理を、リニーことリネット・マーズより正式依頼された弁護士として、わたしはここに要請します——かの女性……ええと、名前はなんといったかな？」

「イーヴィ。苗字はまだ不明よ。イーヴィ・ドーと呼んでちょうだい」

「では……そのイーヴィ・ドーを精神鑑定のため、ドクター・クリントン・ノークロスの管理下に留置することを要請し、また精神鑑定をドゥーリング女子刑務所内でおこなうこともあわせて要請します」

「では、そのように命じる」シルヴァー判事が心得きった口調で答えた。

「ええと……地区首席検事のジャンカーはどうするの？」リニーが自分のデスクから質問した。

「あの人にもいいたいことがあるんじゃない？」

「ジャンカーなら欠席裁定に異存あるまい」シルヴァー判事が答えた。「だいたいあの地区首席検事がわが法廷にあらわれず、おかげで無能な田舎者面《づら》をさらさずにすんだのも一度や二度ではない——そのことは断言できる。では、わたしはここにイーヴィ・ドーの身柄をただちにドゥーリング女子刑務所へ移すことを命じる。同刑務所への留置期間は、これより……四十八時間ではどうかな、ライラ？」

「九十六時間にしてください」バリー・ホールデンがいった——依頼人のためになにかしようという気になったらしい。

「わたしのほうは九十六時間で異存なしよ、判事」ライラはいった。「わたしはあの女をこれ以上の自傷行為をしないような場所に置いておきたいし、そのあいだに答えを引きだしたいだけだから」

リニーが口をひらいた。ライラにいわせれば、リニーはちょっとばかり目の上のたんこぶになりかけている。「クリントやコーツ所長は、ゲスト宿泊者が増えてもいいっていってる?」

「そっちはわたしが対処する」ライラはそう答えつつ、再度この新しい囚人について考えをめぐらせた。イーヴィ・ドー……ライラの名前を知っていたばかりか、トリプル・ダブルというバスケットボールの記録用語を口走ってもいた謎めいた女。いや、そんなことは偶然に決まっている。しかし偶然にしては歓迎できない種類の偶然であり、タイミングも最悪な偶然だ。

「とりあえずあのイーヴィっていう女をここへ連れてきて、指紋採取をすませておきましょう。そのあとリニーとわたしで女を留置房に入れて、〝郡の《カウンティ・》茶色い《ブラウン》服〟を着させておく。いまイーヴィが着ているシャツは証拠物件として整理しておく必要があるし、とにかくそのシャツ一枚しか着てないの。うしろから見たらお尻丸出しの女を刑務所へ連れていくわけにはいかないでしょ?」

「そのとおり――イーヴィ・ドーの顧問弁護士としては、そのような処遇を断じて認められないね」バリー・ホールデンがいった。

3

「さて、ジャネット――調子はどうだ？」

ジャネットはクリントの初回の一手に考えをめぐらせた。「ええと……どうかな。リーがゆうべ、ミシェル・オバマとケーキを食べる夢を見たって話してた」

ふたりは――刑務所づきの精神分析医のクリントと、患者兼受刑者のジャネットのふたりは――運動場をゆっくりと歩いてまわっていた。朝のこの時間、運動場には人けがなかった。受刑者の大多数がそれぞれの刑務作業（木工、家具製造、営繕、洗濯、清掃など）で忙しいか、高校卒業程度認定試験での合格をめざすための講座――ドゥーリング刑務所ではもっぱら〝おバカ学校〟という俗称で知られている――に出ているか、あるいは監房でごろごろして時間を無駄に過ごしているからだ。

ジャネットが着ているベージュのスモックのいちばん上には、クリント自身がサインをした〈運動場利用パス〉がピンで留めてあった。これによりクリントはジャネットの責任者になった。別にかまわない。ジャネットはクリントが好感をもっている患者兼受刑者で（ジャニス・コーツなら、〝あなたの贔屓のひとり〟などと癪にさわる言い方をするだろう）、いちばん手のかからない相手でもあった。クリントの見解では、ジャネットはここの外に属するべき人間だった――ほかの施設にいるべきだという意味ではなく、文字どおり、外部の世界を自由に歩いているべき人間という意味だ。ただし、この見解をジャネット本人に教えるつもりはなかった——そんなことをしてジャネットになんの利益がある？　ここはアパラチア山地だ。アパラチアでは殺人でフリーパスはもらえない——いくら第二級謀殺でも。クリントは、ジャネットにはデイミアン・ソーリーの死の責任がないと信じこんでいたが、その見解を他人に打ち明けるつもりはなかった。妻だけは例外かもしれないが……いや、妻にすら話さないかもしれない。最近、妻のライラは少し心ここにあらずだ。なにかに気をとられているというか。そのいい例がきょうの朝のことだ——といっても多少、睡眠不足だったせいかもしれない。それにヴァネッサ・ランプリー刑務官が話していた件……去年の秋、マウンテンレスト・ロードでペットフードを満載したトラックが横転事故を起こした件がある。数カ月の間をおいているとはいえ、まったく同一の奇妙な交通事故がこんなふうに発生する確率がどのくらいあるのか？

「ちょっと、ドクターNったら。話きいてた？　リーが話してたけど——」

「ミシェル・オバマとケーキを食べている夢を見た、と話してたんだね？　きいていたよ」

「たしかに最初はそう話してた。でも、それってあの子の作り話だった。本当に見たのは、学校の先生から、おまえはまちがった教室にいるといわれる夢なんだって。まごうかたなき不安の夢——先生ならそういいそう」

「それもありだな」これは、患者の質問の答えとして用意してある十ほどの定番返答のひとつだった。

「ねえ、先生。アメフトのトム・ブレイディ選手、ここへ慰問に来てくれるかな？　スピーチをして、ちょっとサインをしてくれるとか？」

「それもありだ」

「ほら、ブレイディなら小さなおもちゃのフットボールにもサインできるんだよね」

「いかにも」

ジャネットは足をとめた。「ね、いまわたしはなんて話した？」

クリントはちょっと考えてから――笑い声をあげた。「一本とられたな」

「けさの先生はどこにいるの？　だって先生は、そういうときにすることをしてたし。先生の私生活にずかずか踏みこんで申しわけないけど、ひょっとして家でなにかうまくいってないとか？」

胸の裡では驚きに飛びあがるような思いをしながら、クリントはもう家庭が平穏だとは心から信じられなくなったことを自分で認めた。ジャネットの不意討ちのような質問――およびジャネットの鋭い勘――がいやがうえにも不安をかきたてた。そう、ライラは嘘をついていた。マウンテンレスト・ロードでは事故などなかった――少なくともゆうべは。いまいきなり、そのことに確信がもてた。

「家庭はすべて順調そのものさ。で、わたしがなにをしているというんだね？」

ジャネットはかすかにしかめ面をつくって拳をもちあげ、反対の手の親指で拳の関節をゆっくりと撫でて往復させはじめた。「先生がこれをはじめると、ああ、先生はどこかで花でも摘んでるんだなってわかる。なんというか、そういうとき先生は昔の喧嘩のことを思い出してるみたい」

「ほう」クリントは答えた。あまりにも図星で、心穏やかでいられなかった。「昔からの癖なんだよ。さて、そろそろきみのことを話そう、ジャネット」

「わたしのお気に入りの話題でね」名案にきこえるが、じっさいにはちがうことをクリントはすでに知っていた。ジャネットに会話の主導権をもたせれば、ふたりは日ざしのもとでの一時間をリー・デンプスターとミシェル・オバマとトム・ブレイディ、および自由連想でジャネットが思いつくすべての人々の話題に費やしてしまうだろう。こと自由連想にかけてはジャネットはチャンピオンだ。

「オーケイ。それじゃ、きみはゆうべどんな夢を見た？　せっかく夢を話題にするなら、リーの夢ではなく、きみが見た夢を話題にしようじゃないか」

「覚えてない。リーにもきかれたけど、やっぱり覚えてないって答えた。たぶん、先生から新しく出された薬のせいじゃないかな」

「それでも、なにかの夢を見たはずだよ」

「ええ……たぶん……」ジャネットはクリントではなく、所内菜園のほうに視線をむけていた。

「デイミアンの夢ということはあるかな？　前はずいぶんひんぱんに、デイミアンの夢を見ていたじゃないか」

「たしかに――あの人がどんなふうに見えていたかの夢。全身が青かった。でも、もうずいぶん前から青い男の夢なんか見てない。そうだ、先生は映画の〈オーメン〉を覚えてる？　悪魔の子供が出てくる映画。あの男の子もやっぱりデイミアンっていう名前だった」

「きみにも息子さんがいたね――」

「だから？」このときジャネットはしっかりとクリントを見つめていた――それも、わずかに不信の色ののぞく目で。

「そうだね、人によっては、きみの旦那さんはきみの人生にとっての悪魔だというかもしれない。だとしたらボビーくんは——」

「悪魔の息子だっていうのね！〈オーメン2〉！」ジャネットは笑い声を高らかに響かせ、クリントに指を突きつけた。「ったく、そんなに笑える話ってないな。だって、ボビーは世界でいちばん心やさしい子だもの——きっと母方からすべてを受け継いだのね。あの子は遠くオハイオからはるばるここまで、ふた月にいっぺん、妹といっしょに会いにきてくれてる。先生も知ってるでしょう？」ジャネットはまたひとしきり笑った。フェンスで囲まれ、すべてが厳格にモニターされているこの区画ではめったに響かない種類の笑い声だったが、たとえようもなく甘い響きを帯びていた。「ね、先生、わたしがなにを考えてるかわかる？」

「ぜんぜん」クリントは答えた。「わたしは精神分析医だよ。読心術者じゃない」

「もしかしたら、これって〝転移〟の——」ジャネットはいいながら両手の人差し指と中指を立てて小刻みに動かし、キーワードを目立たせるための引用符を宙に描いた。「——古典的な症例かもしれないなって考えてる。つまり先生は、自分の息子さんが悪魔の子じゃないかと心配してるわけ」

今度はクリントが声をあげて笑う番だった。腕にとまった蚊を叩きつぶさず、さっと払いのけて命を助けるようなジェイリッドを悪魔と結びつけて考えるのは、それだけでも現実離れしている。たしかに息子のことで心配はあるが、息子がいずれ——ジャネットやリー・デンプスターやキティ・マクデイヴィッド、さらにはかちかちと時間を刻む音をたてる時限爆弾も同然のエンジェル・フィッツロイのように——鉄格子と鉄条網で囲われたところに閉じこめられるのではないかという心配ではない。だいたいジェイリッドは、ハイスクールの〈春のダンス大会〉にメアリー・パクを誘う勇気さえ奮い起こせない少年だ。

「うちのジェイリッドなら心配ないし、きみの息子さんのボビーだって問題ないんだろう？　それはそうと、このあいだ出した薬の効き目はどうかな？　きみのあの症状……きみはどう形容してたっけ……？」

「ぼけぼけ症状。あれになると、まわりの人の顔がはっきり見えないし、言葉もちゃんときこえない。でも、新しい薬を飲むようになってから、ずいぶん具合がよくなってきてる」

「口でそういっているだけじゃないだろうね？　そんなことをいうのも、きみにはわたしに正直になってほしいからだ。わたしがいつもいっている言葉は覚えてるね？」

「ＨＰＤ——正直者が得をする《オネスティ・ペイズ・ディヴァイデンズ》。それに先生にはいつだって正直に話してる。ほんとによくなってる。でも、まだたまに調子が狂う——そうなると意識がふわふわ浮かんで、ぼけぼけ症状がはじまるの」

「例外はあるかな？　落ちこんでいるときでも、声がはっきりきこえたり、姿がくっきり見えたりする相手は？　落ちこんだ状態から、きみをぐいぐいっと引っぱりあげてくれるような相手は？」

「ぐいぐいっと引っぱりあげる！　すてきな表現。ええ、ボビーにはそんな力がある。わたしがここへ来たとき、あの子は五歳。いまじゃ十二歳よ。仲間とバンドを組んでキーボードを弾いてるなんて信じられる？　おまけに歌も歌うって！」

「本当に自慢の息子さんだね」

「ええ、そのとおり。先生の息子さんもおなじくらいの年齢だったでしょう？」

患者である女性受刑者が会話の風向きを変えようとすれば、すぐにそれと察することのできるクリントは、どっちつかずの曖昧な生返事だけをした——そうすれば、いくら不可解に思えていても、息子ジェイリッドがそろそろ選挙権をもつ年齢に達するという事実を口にしないですむ。

ジャネットがクリントの肩をどんと叩いた。「息子さんにはちゃんとコンドームをもたせなきゃ駄目よ」

北側の塀の近くにそびえる、傘のような形をした監視塔から、アンプで増幅された声が響いた。「**受刑者！　身体の接触は禁止！**」

クリントは刑務官に手をふって（メガホンのせいで断言しがたかったが、茶色い制服姿でローンチェアにすわっている刑務官はあのクソ男のドン・ピーターズのようだった）問題はひとつもないことを示すと、ジャネットに話しかけた。「どうも、わたしは自分の問題をわたしのかかりつけセラピストに相談する必要があるようだね」

ジャネットは愉快そうな笑い声をあげた。

もし事情がまったく異なっていれば、ジャネット・ソーリーと友だちづきあいをしたいと思ったかもしれない——クリントの頭にそんな思いが浮かぶのも初めてではなかった。

「そうだ、ジャネット。ワーナー・ウルフという男を知ってるかい？」

「ビデオテープに行きましょう！」ジャネットは打てば響くように、即興でウルフの物真似を披露した。「どうしてそんなことを？」

鋭い質問だった。なぜ自分はこの質問をしたのだろう？　昔のスポーツキャスターがなにかに関係しているというのか？　そもそも得意なポップカルチャーの分野が（自身の体形とおなじく）いささか時代遅れだとしても、それが問題になるというのだろうか？

そしてもうひとつ、もっと大事な疑問――なぜライラは嘘をついたのか？

「なんでもない」クリントは答えた。「だれかの口からその名前が出てね。それが妙に笑える話に思えたんだ」

「ええ、父さんのお気に入りのキャスターだったし」ジャネットはいった。

「きみのお父さんね……」

携帯電話から、着信音にしている〈ヘイ・ジュード〉の一節が流れはじめた。画面に目を落とすと、妻ライラの写真が表示されていた。いま時分はぐっすり深く眠って、夢の国にいるはずのライラ。ワーナー・ウルフを覚えていても覚えていなくても不思議のないライラ。そして嘘をついたライラ。

「おっと、この電話には出ないと」クリントはジャネットにそういった。「でも手短に切りあげるよ。きみは向こうの所内菜園へ行って、雑草とりをしながら、ゆうべ見た夢を思い出せるかどうか考えていてくれ」

「プライバシーはないも同然――了解」ジャネットはそう答え、菜園のほうへ歩きはじめた。

クリントはまた北側の塀へむかって手をふり、ジャネットの動きが自分の許可によるものであることを塔の上の刑務官に伝えてから、**《応答》**をタップした。

「やあ、ライラ。どうかしたのか？」という言葉が口から流れでるそばから、これが患者の診察をはじめるにあたっての自分の決まり文句そのものであることに気づく。

「平凡な日常ってところ」ライラはいった。「覚醒剤工場での爆発事故、殺人事件で死者二名、被疑者の身柄を拘束。ちなみに被疑者の女は裸同然の姿でボールズヒルのあたりをふらふら歩いているところを、わたしが確保したの」

「おいおい、冗談だろう？」

「あいにく答えはノー」

「大変な話じゃないか。きみは無事かい？」

「純粋なアドレナリンを燃料にして動いてるだけ——でも、それ以外はいたって元気よ。でも、ちょっと助けが必要になって」

それからライラは詳細な情報を伝えはじめた。クリントは質問をはさまずに話をきいた。ジャネットは豆を植えた畝にそって雑草を抜きながら進み、そのあいだもアップタウンのハーレム川に行って溺れてやるのさ、とかなんとかいう歌を陽気に歌っていた。刑務所運動場の北端に目をむけると、ヴァネッサ・ランプリー刑務官がドン・ピーターズのすわっているローンチェアに近づき、ドンと交替してローンチェアに腰かけた。一方のドンは校長室に呼びだされた小学生のように悄然とうなだれて、管理棟のほうへのろのろと歩きだしていた。呼びだされて当然の人物がいるとすれば、はらわたと水を詰めこんだ頭陀袋《ずだぶくろ》というべきドンをおいてほかにはいなかった。

「クリント、まだそこにいる？」ライラがいった。

「ああ、いるよ。考えごとをしてただけだ」

「考えごとね」ライラはいった。「なにを考えてたの？」

「段取りだよ」ライラから質問で逆襲されたことが、クリントには不意討ちだった。まるでライラがクリントの物真似をしているようにさえ思えた。「理屈のうえでは実行可能だけど、それにはまず所長のジャニスに話を通さないと――」

「だったらそうして、お願い。わたしには二十分後にそっちに着く。ジャニスの説得が必要になったら、あなたから説得して。わたしには助けが必要なの、クリント」

「落ち着けよ。ちゃんと助けるから。自傷行為を恐れるのは当然の心理だ」クリントが見ると、ジャネットはひとつの畝の雑草を抜きおわり、次の畝を今度はクリントのほうへ引き返しながら雑草をとりはじめた。「ただ、普通だったらその女をまず聖テレサ病院へ連れていって、ひととおり検査してもらうのがいいと思うといってるだけだ。話からすると、その女は顔にかなりの怪我をしているみたいだし」

「女の顔のことは、わたしのいちばん切迫した心配ごとじゃない。この女はひとりの男の頭部を引きちぎりかけ、別の男の頭を叩きつけてトレーラーハウスの壁を突き破った。そんな女を、二十五歳のひよっこ研修医がひとりしかいない検査室に送りこめると思う？」

クリントはもう一度、なんともないのかとライラに質問したくなった。しかしいまのライラの風向きを思えば、そんな質問をすればやたらに攻撃的になるだけだろう――人は疲れて気分がささくれ立つと攻撃的になり、安全な場所にいる他者に嚙みつきはじめるものだからだ。クリントはときおり――いや、もっと頻繁に――自分が安全な立場にあることが腹立たしくてならなくなる。

「そうだね、あまりおすすめできないな」

このころになると、電話の向こうから町の物音がきこえていた。ライラが署から外へ出たのだ。「その女が危険だとかじゃないし、女の頭がいかれてるわけでもない。なんというか……ジェイリッドならスパイダーマンにひっかけて、〝ぼくのスパイディ・センスが危険を察知してるよ〟とでもいいそう」

「その口癖はあの子が七歳のころだ」

「きょう以前にあの女と会ったことはいっぺんもない――山ほど積まれた聖書にかけて誓ってもいい。それなのに、女はわたしのことを知ってた。わたしを名前で呼んだのよ」

「きみが制服のシャツを着ていたのなら――って、まちがいなく着ていたと思うけど――胸ポケットに名札がついていたはずだね」

「ええ。でも名札には《ノークロス》と苗字しか書いてないの。でも女はわたしをライラと呼んだ。もう電話を切らないと。わたしが女を連れてそっちに到着したときには、歓迎の準備はととのってるという言葉をきかせて」

「そうする」

「ありがとう」つづいてライラの咳払いがクリントの耳にきこえた。「ありがとう、ハニー」

「どういたしまして。でも、代わりにこっちからも頼みがある。お願いだから、その女をきみひとりで連れてこないでくれ。きみは疲れてるんだし」

「リード・バロウズ巡査に運転させて、わたしは助手席に乗ることにする」

「それでいい。愛してる」

車のドアをあける音がきこえた——ライラのパトカーだろう。それから、「わたしも愛してる」という言葉を最後にライラは電話を切った。

いまの口調にわずかなためらいが混じっていなかっただろうか？　しかし、いまはそのことを考えたり、つついたりする時間の余裕はない——そのうちこの問題が問題ではないと判明するまでは。それならそれでかまわなかった。

「ジャネット！」クリントは大きな声をあげ、ジャネットが顔をむけるとこうつづけた。「きょうはセッションを早めに切りあげさせてくれ。急ぎの用事ができたんだ」

4

ジャニス・コーツ所長の最大の敵は嘘八百《ブルシット》だった。たいていの人は嘘八百と親しい仲ではないし、好意をいだいてもいないだろうが、たいていの人は嘘八百を我慢して、嘘八百と折りあいをつけ、さらには自前の嘘八百をこしらえたりもする。ジャニス・タビサ・コーツ刑務所長は嘘八百をいわなかった。嘘八百とは無縁の性格だし、そんなことをしても逆効果におわるだけに決まっているからだ。基本的に刑務所は嘘八百の製造工場だ。つまりここは女性だけのドゥーリング嘘八百製造工場であり、所長の仕事は嘘八百の製造が野放図にふくれあがるのを抑えることにほかならなかった。さらに州政府からも、嘘八百の書類が大波のように押し寄せた

――書類は所長にコスト削減とサービス向上の両方を同時に求めるものばかりだ。嘘八百の洪水は裁判所からも一定のペースで押し寄せてくる――上訴をめぐって受刑者と弁護人と検察官たちがいがみあっているからで、なぜかジャニス・コーツ所長はそのどれかに決まって引きずりこまれてしまう。保健所は嘘八百の建前での抜きうち調査が大好きだ。所内送電システムの修理にやってくる電気技師たちは決まって、これでもう修理は最後になると約束する――しかし、あの連中の約束は嘘八百だ。送電システムはそのあともクラッシュしつづける。

おまけにジャニスが自宅にいるときにも、嘘八百はとどまるところを知らない。眠っているあいだにも嘘八百は積み重なっていく――吹雪のときの雪だまりのように。ただし嘘八百《ブルシット》は〝牛のクソ《ブルシット》〟、だから茶色いクソだまりができる。たとえばキティ・マクデイヴィッドが正気をなくし、ふたりのアシスタント・ドクターがぴったり足並みをそろえて、おなじ日のおなじ午前中に無断欠勤をやらかした。そんなわけでこの日ジャニスが所長室に足を踏み入れたそのときには、もう悪臭ふんぷんたる嘘八百の山が所長を待っていた。

クリント・ノークロスは腕のいい精神科医だが、この男もまたそれなりに〝牛科動物の排泄物〟を繰りだしてくる――自分の患者に特別な扱いや特殊な薬剤をもとめてくるのだ。この医師は慢性認識欠乏症だ――自分の患者であるドゥーリング女子刑務所の受刑者の大多数は嘘八百の天才であり、嘘八百の言い訳を育てあげることに心血を注いできたということを認識できず、たとえ言い訳のなかに感動的なものがあったところで、クソ八百の山をシャベルで片づけるのがジャニスだということも認識できない。

それはそれとして、女性受刑者のならべたてる嘘八百のなかには、底流に本当の理由が存在することもなくはない。ジャニス・コーツ所長は愚かでもなく無慈悲でもなかった。ドゥーリングの受刑者のかなりの部分は、なにをさておいても運に恵まれなかった女たちだ。ジャニスはそのことを知っていた。悲惨な子供時代、お話にならない夫、およそ考えられない巡《めぐ》りあわせ、心の病、その病を治すために摂取するドラッグとアルコール。そんな女たちは嘘八百の提供者であると同時に、嘘八百の犠牲者だ。とはいえ、嘘八百から一部をよりわけるのは所長としての仕事ではない。所長としての責務を情実で妥協するような真似は決して許されない。女たちはここへ来た——あとは自分が所長として女たちの世話をしなくてはならない。

それはつまり、ついさっき自分の前に出頭してきたドン・ピーターズの相手を強《し》いられるということだ。この嘘八百の最高レベルの達人は、ちょうどいま自身の最新嘘八百を披露しおわったところだった——自分は誠実な仕事一辺倒の男であり、非難は不当だ、と。

ドンが締めくくりの言葉をおえると、ジャニスは口をひらいた。「組合集会用のおためごかしはよしてちょうだい、ピーターズ。あと一件でも苦情の申立てがあったら、あなたは馘《くび》よ。ひとりの受刑者から、あなたに乳房をわしづかみにされたという申立てがあった。あなたに臀《でん》部《ぶ》をつかまれたという苦情を申したてた受刑者もいる。そして三人めは、あなたからタバコのニューポート半箱分と引き換えにフェラチオをしろといわれた、といってる。組合はあなたのために徹底的に戦いたがってて、それもひとつの選択でしょうけど、組合がそのとおりにするとも思えないわ」

小太りのドン・ピーターズ刑務官は、コーツの部屋のソファにすわって（もしや、股間のふくらみをコーツが見たがっていると勘ちがいしているのか）膝をやたらに大きく広げて腕を組んでいた。眉毛にかかっている漫画のバスター・ブラウンめいた前髪にふーっと息を吹きかけてからドンは口をひらいた。「おれはだれにも指一本触れてないよ、所長」

「辞職は恥ずかしいことではないわ」

「おれは辞めない。だいたい恥ずかしいことはひとつもやってないし！」ふだんは青白い頬が真っ赤に染まっていた。

「それはすてき。わたし個人は、自分がやった恥ずべき行為のリストがある。リストのトップ近くにあるのが、あなたの就職願書に採用のサインをしたこと。いってみればあなたは鼻クソよ——わたしの指にへばりついて、なかなか始末できないの」

ドンの唇が陰険に歪んだ。「わかってるよ、あんたはおれを怒らそうとしてる。そんな策に引っかかるもんか」

ひとついえるのは、この男が愚か者ではないということだ。それはまた、これまでだれもドンの尻尾をおさえられなかった理由でもある。この男はなにか行動するにあたって、周囲に第三者の目がない場所を選ぶ程度には抜け目がない。

「そうでしょうね」ジャニスはデスクのへりに腰かけた姿勢のまま、バッグを膝まで引っぱりあげた。「でも、そういう策に訴えるのも無理はないでしょう？」

「所長だって、あの連中が嘘つきだと知ってるだろうが。あいつらは犯罪者だ」

「セクシャルハラスメントも立派な犯罪よ。とにかく、あなたには最終警告をしたので、そのつもりで」ジャニスはそういいながら目的の品——薬用リップスティックの〈チャップスティック〉——を求めてバッグをかきまわした。「ところで、たったのタバコ半箱分？　勘弁してよ、ドン」

ティッシュペーパーとライターと処方薬の瓶、さらにｉＰｈｏｎｅと財布をバッグから出したあと、ようやく目的の品に行きあえた。バッグのなかでキャップがはずれ、スティックの先端に糸屑がへばりついていたが、ジャニスはかまわず唇に塗っていった。

ドンはもう黙りこんでいた。ジャニスはドンに目をむけた。役立たずのセクハラ野郎。こうしたセクハラ行為の目撃者として名乗り出てくる刑務官がひとりもいないのが、この男にとっては信じられないレベルの幸運だ。しかし、いま自分はこの男の首根っこを押さえた。時間ならある。それどころか、時間は刑務所の別名だ。

「なに？　これをつかいたいの？」ジャニスは〈チャップスティック〉をドンへむけて差しだした。「いらない？　だったらとっとと仕事にもどりなさい」

ドン・ピーターズが力まかせにドアを閉め、ドアはそのあとも枠のなかでびりびりと振動していた。足を引きずって受付エリアをあとにするドンのやかましい足音が耳をついた——腹の虫がおさまらない十代のガキのような歩き方だ。こうして懲戒セッションがまずまず予想どおりにおわったことで満足したジャニスは、〈チャップスティック〉を唇に塗る仕事を再開しつつ、バッグをかきまわしてキャップをさがしはじめた。

携帯がぶるぶると振動した。ジャニスはバッグを床に置き、だれもいなくなったソファへ歩み寄った。それから、最後にここに尻を据えていた人物を自分がどれほどきらっているかに思いをはせつつ、中央クッションにできている凹みの左側に腰をおろした。

「こんにちは、ママ」そう話すミカエラの声の裏から、ほかの人々の話し声もきこえた——大声もきこえたし、緊急車輛のサイレンも響いていた。

ジャニスは反射的にこみあげてきた衝動――三週間も電話一本よこさなかった娘を叱り飛ばしてやりたいという衝動――をいったんわきへおいた。「あら、どうかしたの？」

「このまま待ってて」

電話の向こうの音がくぐもったものになり、ジャニスは待った。テレビリポーターの娘とジャニスの関係は、上昇と下降をくりかえしていた。ミカエラがロースクールを中退してテレビジャーナリズムの世界（ある意味では、刑務所制度そのものに匹敵する巨大な嘘八百製造工場であり、刑務所にも負けないほど犯罪者だらけの世界かもしれない）に飛びこむと決めたとき、両者の関係は谷底に落ちた。娘が鼻の整形手術をしたときには関係がさらに下降して、しばらく海抜以下にまで沈んだ。しかしミカエラには頑固一徹なところがあって、こればかりはジャニスも次第に一目《いちもく》おくようになってきた。もしかしたら母娘は、一見して思えるほど大きくちがってはいないのかもしれない。ミカエラがよちよち歩きの幼児だったころにベビーシッターを頼んでいた地元の女性、ダフィ・マグダ・ダブセックはこんなことをいっていた。

「この子はあんたそっくりだよ、ジャニス！　ぜったいにあきらめないんだから。クッキーは一枚だけだよっていっても、この子は三枚食べることを最大目標にしちゃう。こっちがノーといえなくなるまで、にっこり笑顔を見せたり、くすくす笑ったり、お世辞をならべたりするんだから」

二年前、ミカエラはローカルニュースの枠で商品PR番組に出ているだけだった。それがいまではニュース・アメリカに所属し、しかも局内での出世ぶりは目ざましい。

「お待たせ」ミカエラが電話にもどってきた。「静かな場所をさがさなくちゃいけなくて。さっき取材陣が疾病対策センター《CDC》の敷地から追い出されたから。とにかく、いまはのんびり話してられない。ニュースを見てる？」

「もちろんCNNをね」これはジャニスお気に入りのジャブ——つかえるチャンスは決して逃がさない。

　しかしきょうのミカエラは母親のジャブを無視した。「オーロラ・インフルのことは知ってる？　眠り病ともいうけど……」

「ええ、ラジオでちょっときいたわ。ハワイやオーストラリアで眠ったきり目覚めない高齢女性たちがいるとか——」

「あれは現実のことよ。それにあらゆる女性がかかってる。高齢者も乳幼児も、若い女も中年の女も。あらゆる年齢層の女たちが眠りについたままになってる。だから結論は——ぜったい寝ちゃ駄目」

「なんですって？」どうも話がいまひとつすんなり飲みこめなかった。いまは午前十一時。そんな時間にわたしが寝るはずがあるだろうか？　いや、ミカエラは今後は一睡たりともしてはならないという意味でいっているのか。だとしても、そんなことはできっこない。二度とおしっこをするなと命令するようなものだ。「なんだか、話の意味がぜんぜんわからないけど」

「テレビのニュースをつけて。ラジオでもいい。インターネットでも」

　ありえない突飛な話が、ふたりの電話のあいだに浮かんでいた。ジャニスはほかにどういえばいいのかもわからず、「オーケイ」とだけいった。娘はまちがうことはあっても、母親に嘘をついたりはしない。嘘八百であろうとなかろうと、ミカエラ本人はいまの話を事実だと確信しているのだ。

「ついさっき、わたしが話をきいた科学者は——連邦政府機関のひとりで、わたしが信頼してる友人よ——ここのセンター内にいる。その友人の話では、太平洋沿岸標準時地域に住む女性の八十五パーセントが、もう〝アウト〟になっているらしい。でも、まだだれにも話しちゃだめ。この話がネットに流れたら、たちまち地獄のような大パニックになるに決まってるから」

「その〝アウト〟というのはどういう意味？」

「まったく目覚めないという意味。おまけに女たちは、眠りながらあるものを形成してる——繭そっくりなものを。薄膜というか、被膜というか。その繭は、一部は耳垢の成分のようで、一部は皮脂——鼻の左右にうかぶ脂ね——で、一部は体内の粘液。でも、だれにも正体がわからない物質も含まれてる。ある種の奇妙なタンパク質。剝がれてもたちまち修復されるけど、剝がそうとしちゃ駄目。これまでの例で——反応があったから。わかった？　ぜったいにその物質を肌から剝がそうとしないで」

　この最後の部分も、話のほかの部分と変わらずにまるっきり意味がわからなかったが、ミカエラはいつになく真剣な口調だった。

「母さん、きいてる？」

「ええ、ミカエラ。おまえの話はきこえてる」

　娘の口調は昂奮を——それも極度の昂奮を——あらわにしたものになっていた。「この現象がはじまったのは、アトランタがある東海岸標準時で朝七時から八時のあいだ——太平洋沿岸標準時では、早朝の四時から五時ね。これこそが、ここより西の地域の女性たちがいっせいに病気にかかった理由。つまり、わたしたちには丸一日の時間がある。ほぼ満タンの時間がね」

「満タンって……目を覚ましている時間が満タンってこと?」

「大当たり」ミカエラは荒い息を継いだ。「ええ、いかれた話だってことは自分でわかってる。でも、これは冗談でもなんでもない。なんとしても、目を覚ましたままでいなくちゃ駄目。それに母さんは、これからとっても困難な決断を迫られる立場よ。母さんの刑務所をこれからどうするのかを決めなくてはならないんだから」

「ここの刑務所を?」

「だって、そこにいる囚人たちもそのうち眠りはじめるんだもの」

「ああ、そうか……」ジャニスはいった。いきなり情況が見えてきた。少なくとも一部は。

「もう行かなくちゃ。わたしが現場で単独インタビューをとったものだから、プロデューサーが舞いあがっちゃってる。また電話できるときに電話するね」

ジャニス・コーツ所長はソファから立ちあがらなかった。視線がデスクに置いてあるフォトフレームにとまる。写真に写っているのは故アーチボルド・コーツ——手術衣を着た姿でにっこり笑い、腕には生まれたばかりの娘をかかえている。心臓病で理不尽にも三十歳という若さで世を去った——アーチボルドが死んでから、その享年に匹敵する歳月が流れた。娘に電話で愛しているという言葉をかけておけばよかった、とジャニスは悔やんだ——しかしその後悔も数秒以上はつづかなかった。なすべき仕事があった。問題に集中するまでには数秒かかったが、その答えには——刑務所内の女たちをどう処遇するのかという問題の答えには——複数の選択肢があるとは思えなかった。とにかく自分が果たせるかぎり一秒でも長く、これまでやってきたことを続行していくことが求められている――そう、秩序を維持し、嘘八百の先まわりをすることだ。

ジャニスは秘書のブランチ・マッキンタイアに、もう一度アシスタント・ドクター二名の自宅に電話をかけるよう指示した。そのあと副所長のロレンス・ヒックスに、親不知《おやしらず》抜歯後の療養休暇が短縮されたと電話で伝えろと指示した――副所長には、ただちに出勤しろと伝えること。それがすんだら、ブランチから現在勤務中のすべての刑務官に以下のように伝達する――現下の国家的情勢にかんがみて、全員が二シフトつづけて勤務するように。というのも、次のシフトに属している刑務官の面々が予定どおり出勤してくるのかどうか、ジャニスにはかなり不安に思えていたからだ。非常事態になれば、人は愛する人たちから離れたがらなくなる。

「なんですか？」ブランチはたずねた。「現下の国家的情勢って？　大統領の身になにかあったとか？　それに、全員に二倍の勤務を求める？　みんな、おもしろく思わないんじゃないですかね」

「みんなが愉快に思うかどうかはどうでもいい。ニュースをつけてごらんなさい、ブランチ」

「わたしにはわかりません。なにが起こってるんです？」

「うちの娘のいってることが正しければ、あなたもニュースを見たとたん、事情がわかるはずよ」

それからジャニス・コーツ所長は、ドクター・クリント・ノークロスをオフィスに訪ねた。そのあとふたりでキティ・マクデイヴィッドのようすを確かめるつもりだった。

5

三時限めの体育の授業のあいだ、ジェイリッド・ノークロスとメアリー・パクは校庭の屋外スタンド席にならんですわっていた。さしあたり、ふたりのテニスラケットはわきへ置かれていた。ふたりや、さらに下のほうの座席にすわっている〈おバカな二年生たち《シリー・ソフォモアズ》〉はセンターコートで展開されている試合を見学していた。ふたりともボールを打つたびにモニカ・セレシュなみのうなり声をあげている。スリムな体形のほうはカート・マクロード。筋肉質の赤毛はエリック・ブラス。

わが強敵だ——ジェイリッドは思った。

「やっぱり、やめたほうがいいように思うな」ジェイリッドはそういった。

メアリーは両眉を吊りあげて、ジェイリッドに目をむけてきた。メアリーは背が高く、（あくまでもジェイリッドの意見だが）完璧なプロポーションのもちぬしだった。髪は黒、瞳はグレイ、ほっそりと長い足は日焼けし、履いているローカットスニーカーは汚れひとつない白さだった。〝汚れひとつない〟——それこそメアリーを形容するにふさわしい最高の言葉。というか、これもジェイリッドの意見だったが。「それ、なんの話？」

わかっているくせに——ジェイリッドは思った。「きみがエリックといっしょに、アーケイド・ファイアのコンサートに行くって話さ」

「ふーん」メアリーはひとしきり考えをめぐらせる顔をのぞかせた。「だったら、あんたがエリックと行かずにすんでラッキーだったたね」

「あのさ、校外授業で〈クルーガー・ストリートおもちゃと電車の博物館《トイ・アンド・トレイン・ミュージアム》〉へ行ったときのこと覚えてる？　ほら、五年生のときの」

メアリーはにっこりと微笑み、爪をビロードっぽく青い色に塗った手で長い黒髪を梳《す》きあげた。「忘れるはずないでしょ？　ビリー・ミアーズがしょうもない文句をインクで腕に書きこんでたおかげで、みんなあやうく入館できなくなるところだったんだから。結局コルビー先生はビリーだけをバスに居残りさせたっけ——そう、言葉につかえがちな運転手とふたりっきりで」

エリックがボールを高く投げあげて爪先立ちになったかと思うと、あわやネットをかすめるかと思えるぎりぎりのラインで強烈なサーブを打ちこんだ。カートは打ちかえそうともせずに跳びすさった。エリックは、フィラデルフィア美術館の正面階段にあるロッキー像もどきに両腕を高くかかげた。メアリーが拍手した。エリックはメアリーに顔をむけ、ぺこりと頭をさげた。

ジェイリッドはいった。「腕に書いてあったのは《**コルビー先生はでっかいアレが大好物**》という文句で、書いたのはビリーじゃなかった。エリックだ。エリックに書かれたときにはぐっすり眠っていたし、そのあとなにもいわなかったのは、あとでエリックにこてんぱんに殴られるよりも、バスに居残りさせられるほうがずっとましだったからさ」

「で？」

「エリックはいじめっ子だ、っていうこと」

「いじめっ子だった——でしょ？　五年生なんて大昔だし」

「小枝のうちに曲げられたら、太い枝になっても曲がったままさ」そういった自分の声に、ときおり父親がつかう賢《さか》しらぶった口調とおなじ響きをききつけ、ジェイリッドは即座に発言をとり消したくなった。

　メアリーのグレイの瞳が、感心したような光をたたえてジェイリッドを見つめていた。「それ、どういう意味？」

よせ——ジェイリッドは自分にいった——ここはただ肩をすくめ、《なんでもないさ》といい、あっさり流せ。そんなふうに自分にむかって有益なアドバイスをするのは珍しくなかったが、そのたびにきまって口がアドバイスを打ち負かしてしまう。いまもそうなった。

「人間はずっと変わらないって意味さ」

「でも変わる人だっているわ。うちの父さんは前は浴びるようにお酒を飲んでたけど、いまは飲んでない。ＡＡの会合にも出席してるし」ＡＡとは〈無名のアルコール依存症者たち《アルコホーリクス・アノニマス》〉のことだ。

「たしかに、変わる人間もいるよ。きみのお父さんがそのひとりでよかったと思うし」

「ええ、そう思ってほしい」グレイの瞳はあいかわらずじっとジェイリッドを見つめていた。

「でも、たいていの人間は変わらない。考えてもみろよ。五年生のときの筋肉馬鹿たち——エリックみたいな連中——は、やっぱりいまも筋肉馬鹿じゃないか。五年生のときのきみは優等生だったし、いまだって優等生だ。五年生でトラブルつづきだった連中は、十一年生や十二年生になったいまもトラブルに巻きこまれっぱなし。あれからエリックとビリーがいっしょにいるところを見たかい？　見てない？　ほら、これで証明おわりだ」

エリックがサーブしたボールを今回カートは打ちかえしたが、ボールには力がなかった。エリックはすでにネットに覆いかぶさらんばかりに近づいていた。エリックが――明らかにネットから身を乗りだす反則を犯して――打ち返したボールは、カートのベルトのバックルに命中した。

「やめろよ、この野郎！」カートが叫んだ。「おれだって、そのうち子供が欲しくなるかもしれないんだぞ」

「子供はやめとけ」エリックはいった。「早くボールをとってこいよ。おれのラッキーボールだ。とってこい、ポチ」

転がったボールがぶつかってとまった金網フェンスにむかってカートがふくれ面で歩いていくあいだ、エリックはまたメアリーに顔をむけてお辞儀をした。メアリーはお返しに百ワットの笑顔を見せた。そのあとジェイリッドに顔をむけたときにも笑みはまだ残っていたが、ワット数はそれとわかるほど減っていた。

「わたしを守ろうとしてくれる気持ちはすっごくうれしい。でも、わたしはもうちっちゃな女の子じゃない。だいたいコンサートに行くだけよ――一生ずっと添い遂げるとか、そんな話じゃない」

「だったら……」

「だったら――なに？」メアリーの顔にもう笑みは残っていなかった。

あいつには気をつけろ——ジェイリッドはそういいたかった。ビリーの腕に卑猥《ひわい》な文句を書いたのは、エリックにとってはまだ他愛ないいたずらだったからだ。小学校レベル。ハイスクールでは、ぼくが話題にしたくないようなロッカールームでの所業のあれこれがある。なぜ話したくないかといえば、ひとつにはぼくが一回だって、やめさせようとしなかったからだ。ただ見ていただけだったからだ。

これも自分への有益なアドバイスだった。だが口という裏切り者がせっかくのアドバイスをむげにするより先に、メアリーはすわったまま体をまわして、校舎のほうへ視線をむけた。そちらでなにか動く気配があって、目が引き寄せられたらしい——次の瞬間、ジェイリッドにもそれが見えた。体育館の屋根から、茶色い毛布がふんわりと浮かびあがっていくところだった。毛布は、それまで教職員用駐車場を囲むオークの木にとまって休んでいた鴉《からす》たちが怯えていっせいに飛び立つほど大きかった。

土埃だろうか——ジェイリッドは思ったが、茶色いものは散り散りになることもなく、そのまま急角度に傾いて向きを変え、北にむかって飛びはじめた。動物の群れが見せる行動様式だ——しかし、群れをつくっているのは鳥ではなかった。ひとつひとつは雀よりも、もっとずっと小さかった。

「蛾の集団飛行《エクリプス》よ！」メアリーが大きな声をあげた。「すごい！　こんなの初めて！」

「あんなふうに蛾がいっぱいあつまって飛んでいるところを、そう呼ぶの？　エクリプスって？」

「そう！　蛾が群れをつくるなんて、だれか知ってた？　だいたい、たいていの蛾は昼間を蝶に譲っているの。蛾は夜行性。というか、いつもならね」

「なんでそんなことを知ってる？」

「八年生のときの理科の自由研究のテーマが蛾だったの――いまの英語では蛾《モス》だけど古英語では〝モット〟といって、これはいまでいう〝蛆虫《マゴット》〟の意味でもある。蛾をテーマにしたのは父さんにいわれたから――わたしが前から蛾を怖がっていたから。まだ小さな子供だったころ、だれかにいわれたの――蛾の翅についている粉が目にはいると、目が見えなくなるぞって。でも父さんは、そんなのはただの迷信だといい、理科の自由研究で蛾のことを調べたら、蛾と親しくなれるかもしれないといってくれた。それに蝶々は昆虫界の美しき女王で、いつだって着飾って舞踏会へ行くけれど、かわいそうな蛾は、いってみれば家にひとり残されるシンデレラみたいなものだ、とも話してた。あのころの父さんはまだお酒を飲んでたけど、それでもこの話はおもしろかったな」

　メアリーのグレイの瞳が小ゆるぎもせずにジェイリッドを見つめ、反論するならしてみろと挑発していた。

「うん、クールだね」ジェイリッドはいった。「で、どうなった？」

「どうなったって……なにが？」

「蛾と親しくなれた？」

「本当に親しくなれたとはいえないけど、おもしろいことがいっぱいわかった。蝶は休むときに翅を背中であわせて閉じる。蛾は翅で体を守る。蛾には翅棘《しきょく》がある――前後の二枚の翅をつなぐ棘のこと。蝶にはこれがない。蝶は硬い蛹《さなぎ》をつくる。一方、蛾は繭をつくる――柔らかくて、すべすべした繭を」

「よお！」と声をかけてきたのはケント・デイリーだった。もつれあう灌木の茂みがある荒れ地のほうから、その手前にあるソフトボール用のグラウンドを自転車で横切って近づいてくるところだ。背中にバックパックを背負い、テニスのラケットを肩にかけていた。

「ノークロス！　パク！　鳥の群れがいっせいに飛びたったのを見てたか？」

「あれは鳥じゃなくて蛾の群れだぞ」ジェイリッドは答えた。「蛾には翅棘《フレンニュルム》がある。ちなみに複数だと〝フレンニュラ〟だ」

「はあ？」

「なんでもない。そっちはなにしてるんだ？　きょうは学校がある日だぞ」

「ママに代わってゴミ出しの仕事があってね」

「ずいぶんゴミがたくさんあったのね。だってもう三時限めだもん」

ケントはメアリーににたりと笑いかけ、センターコートで試合中のエリックとカートに目をむけると、自転車を芝生の上に倒した。「おまえはすわってろ、カート。たとえ愛犬の命がかかっていても、おまえじゃエリックのサーブは打ちかえせないって」

カートはコートの自分の側をケントに譲った。道楽者のケントは、遅刻理由の説明のために職員室に行かなくてはならないことを、なんとも思っていないようすだった。エリックがサーブした。いま到着したばかりのケントがまっすぐエリックめがけてボールを打ち返したのを見て、ジェイリッドは胸のすく思いだった。

「古代アステカ人は、黒い蛾は不運の予兆だと信じてたの」メアリーはいった。眼下で進行中のテニスの試合には、もうすっかり興味をなくしていた。「このあたりでもずっと田舎の谷あいに住む人たちは、家のなかを白い蛾が飛ぶのは近々だれかが死ぬしるしだといまでも信じてるし」

「きみは科学者ならぬ蛾学者《ががくしゃ》だね。メアリー」

　メアリーはトロンボーンめいた悲しげな声を洩らした。

「待てよ——きみは生まれてこのかた、田舎の谷あいになんか行ったこともないだろうが。さては、ちょっと怖い話を即興ででっちあげたな。でも、上出来のお話だったね」

「ちがう、でっちあげてないし！　本で読んだの」

　メアリーはジェイリッドの肩を拳骨で殴った。それなりに痛かったが、ジェイリッドは痛くないふりをした。

「さっきのは茶色い蛾だったね」ジェイリッドはいった。「茶色い蛾はなんの前兆？」

「うん、それがおもしろいところ」メアリーはいった。「先住民のブラックフット族の言いつたえでは、茶色い蛾は眠りと夢をもたらすんですって」

6

　ジェイリッドはロッカールームのいちばん奥のベンチに腰かけて着替えをしていた。〈おバカ《シリー・》な二年生たち《ソフォモアズ》〉の面々は早々に退散していた——みんな、濡れタオルでひっぱたかれたくないのだ。エリックとその一味は、この濡れタオルのいたずらでも有名だった。いや、この場合は有名ではなく悪名というべきか。きみは翅棘《フレンニユラム》といい、ぼくは翅棘《フレンニユルム》という——ジェイリッドはガーシュウィンの有名な歌にひっかけてそう考えながら、スニーカーを履いた——そんなの全部なしにしようぜ！

シャワースペースではエリックとカートとケントが奇声をあげ、湯を撥ね散らかしながら、いつもながらの機知に富む文句の応酬にはげんでいた——おまえなんかクソ、母ちゃんとファックしろ、いわれなくてもやってるぞ、このカマ野郎、おれの金玉かじっとけ、おまえの妹は超ドブス、あいつはちょうど生理中……などなど。とことんうんざりだ。それでもここから逃げられるようになるまでは、まだハイスクール生活がたっぷり残されている。

シャワーの水がとまった。エリックをはじめとする三人は濡れた足から水しぶきを散らしながら、自分たち専用スペースだと思いこんでいるロッカールームの一区画へむかっていった——上級生徒専用だぜ、あしからず。おかげでジェイリッドだけは、ほんの一瞬とはいえ、三人の剝きだしの尻を見せつけられる羽目になった。次の瞬間、彼らは角を曲がって見えなくなった。ジェイリッドに文句はなかった。自分のテニスソックスのにおいを鼻で確かめ、顔をしかめてジムバッグに押しこみ、ジッパーを閉めた。

「そういや学校に来る途中、オールド・エシーを見かけたぞ」ケントがそんな話をしていた。

カート。「あのホームレスのばあさんか？　いつもショッピングカートを押してる？」

「ああ。あやうくばあさんを自転車で轢きかけたばかりか、ばあさんが住んでるクソ穴に突っこみそうになっちまった」

「だれかが、あのホームレスをあそこから立ち退かせるべきだよな」カートがいった。

「あのばあさん、ゆうべ隠してた安ワインを全部飲んだのかな」ケントがいった。「ぐっすり眠ったままだったよ。おまけに寝ているあいだ、なにかに顔を突っこんだみたいだった。顔にべったりと蜘蛛の巣っぽいものがへばりついてんだよ。気味のわるいしろもんでさ。エシーが息をするのにあわせて、ひらひら動いてた。だから大声で呼びかけてみた。『おおい、エシー、どうした？　なにがあった？　え、この歯抜けの腐ればばあ？』ってね。でも答えはなかった。死んだみたいに寝てるだけだった」

カートがいった。「手っとり早く女を眠らせる魔法の薬があればいい——そうすりゃ、おだてて口説くような手間なしに一発ヤレるじゃん」

「その手の薬ならもうあるぞ——ルーフィーだ」エリックが挙げたのはロヒプノール、俗にデートレイプ・ドラッグと呼ばれる薬だ。

三人がけたたましく馬鹿笑いをあげるあいだ、ジェイリッドは思った——あんな男がメアリーをアーケイド・ファイアのコンサートに連れていくんだ。そう、いまあそこにいるあの男が。

「おまけに」ケントが話していた。「あのホームレス女、自分が寝ている谷間みたいなところに、ありとあらゆるがらくたを溜めこんでる。デパートに置いてあるようなマネキンの上半身だけとか。おれはどんな相手でもファックできるよ——でも、へべれけになって酔いつぶれ、蜘蛛の巣だらけになっているホームレス女はどうかって？　きっぱり無理だと一線を引かせてもらう。ぶっとい一線をね」

「おれの一線は、いまのところ破線どまりかな」カートの声には一縷《いちる》の望みにすがるような響きが混じっていた。「八方ふさがり望みなし。いまのおれなら、〈ウォーキング・デッド〉のゾンビともヤレるね」

「ゾンビ相手なら、もうヤッただろうが」エリックがいった。「ほれ、ハリエット・ダヴェンポートと」

またしても原始時代じみた馬鹿笑い。なんで、ぼくはこんな会話をきいているんだろう？ ジェイリッドは自問し、また答えが頭に浮かんだ。メアリーがあの変態トリオのひとりとコンサートに行く予定だからだ。メアリーはエリックの真の姿をまったく知らない。それに屋外スタンドでのさっきの会話のあとでは、いまさら教えても信じてもらえるはずはない。

「いくらおまえだって、あのホームレスとは無理だ」ケントがいった。「でも、愉快な見ものではある。学校帰りに寄ってみよう。どんなようすかを確かめるために」

「放課後を待たなくたっていいだろ」エリックがいった。「六限の授業を自主休講にしちまえばいい」

三人が互いに手を叩きあって約束をかわすあいだ、肉と肉がぶつかる音が響いていた。ジェイリッドはジムバッグをつかんでロッカールームをあとにした。

そのあと昼休みになってから、フランキー・ジョンスンがジェイリッドの隣にやってきて椅子にすわり、こんな話をきかせてくれた――これまでオーストラリアとハワイだけで見つかっていた女だけがかかる奇妙な眠り病が、とうとうワシントンDCやヴァージニア州のリッチモンドや、ここからもあまり遠くないウェストヴァージニア州マーティンスバーグでも確認されたという。話をきいたジェイリッドは、オールド・エシーにまつわるケントの話をちらりと思い出し――あのホームレス女性の顔が蜘蛛の巣に覆われていたという話だ――すぐに、そんなわけがないと却下した。ここでそんなことが起こるものか。このドゥーリングの町では、一度だっておもしろいことが起こったためしはない。

「なんでも、いまじゃオーロラ病って名前がついてるらしいぞ」フランキーはいった。「ところでおまえの食べてるのはチキンサラダか？　旨いか？　おれのと交換しないか？」

第五章

1

A翼棟の一二号監房には、シングルの簡易ベッドとスチール製のトイレ、それに天井の隅にとりつけてある球体状の監視カメラ以外、なにもなかった。壁の一部が四角く塗られて絵や写真を飾れるスペースに指定されていることもなければ、デスクもなかった。ジャニス・コーツ所長は外から運んできた椅子に腰かけ、医師のクリント・ノークロスは簡易ベッドに横たわっているキティ・マクデイヴィッドを診察していた。

「それでどう?」ジャニスはたずねた。

「命に別状はない。生命徴候《バイタル》はどれも問題なしだ」

クリントはしゃがんでいた姿勢から立ちあがった。それからぱちんと音をたてて医療用ゴム手袋を引き剝がし、注意深い手つきでビニール袋に捨てた。つづいて上着から小さな手帳とペンをとりだし、診察メモを書きつけはじめた。

「この物質がなにかはわからない。樹液のようにべとべとしていて、粘り気が強い。しかし、透過性があるのは明らかだ——キティがこの物質を透かして呼吸しているのだから。においがある——土壌のにおいだろうか。わずかに蠟を思わせもする。あえて言葉にすることを迫られたら一種の菌類だと答えたい。ただ、これまで見聞きした菌類のなかには、このようなふるまいを見せたものはひとつもなかった」こんなふうに現状について議論するだけでも、クリントには崩れやすい小銭の山をのぼっているも同然に思えた。「生物学者なら、サンプルを採取して顕微鏡で観察し――」

「でも、その物質を顔から剝がそうとするのは控えたほうがいいという話をきいたけど」

クリントはペンをかちりと鳴らしてペン先を引っこめ、手帳ともども上着のポケットにおさめた。「まあ、いずれにしてもわたしは生物学者じゃない。それに、見たところキティは落ち着いているようだし……」

キティの顔に生えている白いガーゼのような物質は、皮膚にぴったり貼りついていた。クリントは、死者の体をつつむ屍衣を連想した。キティの目が閉ざされていることも、瞼の下で眼球がREM睡眠を示す動きを見せていることもわかった。この物質の下でキティがなにかの夢を見ていると思うと胸騒ぎに襲われたが、その理由はクリント本人にも謎だった。

ぐったりと動かないキティの手や手首から、ガーゼ状の物質が小さな糸になって、微風に吹かれたかのようにふわりと舞いあがっては囚人服のウェスト近くに落ちて、ほかの糸とつながっていった。白い物質が広がっていくペースを考えれば、やがてこれが全身をすっぽり覆うカバーになることが予想できた。

「これって〝妖精のハンカチ〟みたいね」所長のジャニスは腕組みをしていた。動揺しているようには見えず、ただ深く考えをめぐらせているようだった。

「〝妖精のハンカチ〟？」

「草蜘蛛《くさぐも》がつくるの。朝早く、まだ朝露がおりている時間なら見つかるわ」

「ああ。あれか。たまに裏庭で目にするよ」

そのあとふたりはガーゼ状物質の小さなつるを見つめながら、ひとしきり黙っていた。被膜の下でキティの瞼が震えるように動いていた。いまキティはそこでどんな旅をしているのだろうか？　点を稼いでいる夢を見ているのか？　前にキティが、高得点よりももっといい点をとれると予想するのが大好きだと話してくれたことがある——甘美な予想だ。それとも自傷行為を夢に見ている？　あるいはロウエル・グライナーのことを夢に見ているのだろうか？　グライナーはドラッグの売人で、自分の商売の内実を明かすような証言をしたら殺してやるとキティを脅した男だ。それとも、キティの脳は蜘蛛の糸状の物質を最大の症状とするウイルス（ウイルスだとしての話）にすっかり食いつぶされて消えてしまった？　あんなふうに眼球が動いているのも、断ち切られた送電線から火花が噴きだす現象の神経版でしかないのでは？

「クソなほど不気味ね」ジャニスはいった。「いっておけば、わたしはいまの言葉を軽々しく口にしない主義よ」

ライラがこちらへむかっているのが、クリントには喜ばしかった。ふたりのあいだでなにが起こっているにせよ、妻の顔を見たかった。

「息子に電話をしなくては」クリントはいった——ひとりごと同然だった。

このフロアを担当している刑務官のランド・クイグリーが監房に顔をのぞかせた。顔を覆いつくされて、ぴくりとも動かずに横たわる女性受刑者へ一瞬だけ不安のまなざしをむけてから、ふたたび所長にむきなおり、咳払いをする。

「郡警察署長が拘束した被疑者をともなって、二十分ないし三十分後に到着の予定です」そう報告してからも、クイグリーはしばしその場にとどまって、所長にこういった。「ブランチから勤務時間を二倍にする件をききました。わたしは所長から求められるかぎり、職場にいようと思います」

「ありがたい言葉ね」ジャニス・コーツ所長はいった。

ここへ来るまでのあいだ、クリントは殺人現場にいた問題の女性について、手短に必要な情報をジャニスに伝えていた。ただし所長は娘のミカエラからきかされた話で頭がいっぱいで、この種の通常手続からの逸脱にも、いつもの所長らしくなく無関心だった。そのことにクリントは胸を撫でおろしたが、それも短時間だった。というのもジャニスがオーロラ病について知っている情報のありったけを、すぐクリントに伝えたからだ。

クリントがいまの話はジョークかという質問を発するよりも先に、ジャニスがｉＰｈｏｎｅを見せてきた。画面に表示されていたのはニューヨークタイムズ紙の一面だった。二十ポイントの大活字が《**感染拡大**》と吠えていた。対応する記事には、女性たちが睡眠中に体を覆う物質を分泌すること、そうした女性たちが目覚めないこと、西海岸などの太平洋標準時地帯では大規模な暴動が複数発生し、ロサンジェルスとサンフランシスコでは火災が発生しているとあった。ガーゼ状物質を剝がした場合によからぬ事態が発生するとはひとことも書かれていないことに、クリントは気がついた。ただの噂にすぎないからかもしれない。反対にあの話が真実であり、だからこそマスコミは全面的なパニックの導火線に火をつけるのを避けているのかもしれない。いまの時点で、真相がだれにわかるのか？

「息子さんへの電話なら、あと数分したら時間をあげる。でもね、クリント、これは本当に大問題よ。いま現在ここで勤務中の刑務官は六人、くわえてあなたとわたしがいる。オフィスにはブランチ、それから営繕スタッフのロジャー・ダンフィー。くわえて百十四人の女性受刑者がいて、新入りがひとり、こっちへむかっているところ。刑務官の大半はさっきのクイグリーのように自分たちには義務があることをしっかりわきまえているし、しばらくは頑張ってくれるはず。これについては神に感謝したい——増援スタッフがいつになれば来るのかもまったくわからないし、その人数だって見当もつかないんだから。情況はわかった？」

クリントにはわかった。

「よかった。それじゃまず手はじめに——キティのことにどう対処するべき？」

「まず疾病対策センター《CDC》に連絡して、防護服を着用したスタッフをこちらへ派遣してもらい、キティをセンターに運びこんで検査するよう依頼する——と、そうしたいところだが……」クリントはそこまでいって両手を広げ、そんな対応がまったく無意味であることを示した。「さっきの所長の話どおり、この病気が急ピッチで感染拡大しているのなら——マスコミ報道もおなじことをいっているようだが——救援スタッフの都合がつかないかぎり、救援の手は当面は期待できそうもない。そうだね？」

ジャニスはまだ腕組みをしたままだった。自分の動揺ぶりを見せまいとして気を張っているがゆえのことだろうか。そう思うと、一面で気持ちが軽くなると同時に重苦しい気分にもさせられた。

「さらにいえば、聖テレサ病院からだれかがこっちへ来て、キティを運んでいってくれるようなことも期待できない。あの病院はあの病院で、いまごろ手いっぱいのはずだもの」ジャニスはいった。

「あちこち電話で問いあわせてもいいけど、まあ、予想はそんなところだね」クリントはいった。「だから当面はキティを厳重に閉じこめて、ほかの面々から隔離しておこう。だれであれキティには近づけないし、たとえ手袋をしていてもキティには触れさせないようにする。ヴァネッサが〈ブース〉からキティを観察すればいい。なんらかの変化があれば……キティが苦しそうなようすを見せたり目覚めたりしたら、わたしたちがすぐに駆けつけよう」

「その案がよさそう」ジャニスは一匹の蛾がひらひら飛んでいる周囲の空気を手で払った。「いやな虫。どうやって、はいりこむのかしらね。まったく。さて、次の問題――ここにいる残りの面々について。どのような処遇が望ましいのか」

「どういう意味かな？」クリントはいいながら手で蛾を叩き落とそうとしたが、狙いをはずした。蛾はくるくると旋回しながら、天井に設置された蛍光灯照明へむかった。

「受刑者たちが眠りに落ちたらどうするのか……ってこと」ジャニスは手でキティ・マクデイヴィッドをさし示した。

クリントは――発熱で燃えるように熱くなっていると予想しながら――自分のひたいに指先をあてがった。同時に、いかれているにもほどがある選択問題が頭に浮かんできた。

刑務所に収監中の受刑者たちを眠らせないために、どのような方策が考えられるか。以下から適切なものを選びなさい。

（A）所内放送システムでメタリカの曲をエンドレスで流す。
（B）全受刑者にナイフを支給し、眠気を感じたら自分で自分の体を切れと命じる。
（C）全受刑者にデキセドリンを配布する。
（D）前記三項目すべてを実施する。
（E）なにもしない。

「たしかに、人を目覚めさせておける薬もないではないよ。でも、ここに収容されている女性の大多数は、すでになんらかのドラッグ依存症者じゃないかな。そんな女性たちに、覚醒剤《スピード》と変わらない薬を投与するのは安全とはいえないし、健全だともいえない。だいたい、たとえば……そう、プロビジルのような覚醒維持のための薬の処方箋を百錠単位で書くなんて、わたしにはできないな。〈ライトエイド〉の薬剤師から疑いの目をむけられるのがおちだ。単刀直入にいえば、ここにいる連中を助ける方法がわたしにはまったくわからない。できるのは可能なかぎり正常な状態を維持しつづけ、いかなるパニックも鎮める努力をし、その一方で説明や突破口の出現を期待して待ちつづけ、そのあいだは――」

クリントはつかのま口ごもり、遠まわしな言葉をつづけた――これ以外にどんな言葉をいえばいいかもわからなかったが、とことん見当はずれな言葉でもあった。

「――自然にまかせて成行きを見まもるだけだ」そういったものの、これはクリントが知っている自然とはふるまい方がちがっていた。

ジャニス・コーツ所長はため息をついた。

ふたりは廊下に出た。ジャニスはランド・クイグリー刑務官に、スタッフ全員への伝言を託した——キティ・マクデイヴィッド受刑者の体から生えている物質には、ぜったいに手を触れないこと。

2

木工作業所で働く受刑者たちは、昼食を食堂ではなく作業所がある建物でとることになっていた。天気がよければ戸外に出て、建物の日陰で食事をすることもあった。これは粋なはからいで、きょうのジャネット・ソーリーには心底ありがたかった。先ほどクリント・ノークロス医師が運動場で電話をかけているあいだに頭痛が兆しはじめていた。いまではその頭痛がかなり悪化して、スチールのポールを左のこめかみから頭の奥深く目がけて刺しこまれているような痛みになっていた。家具に塗るニスの悪臭も頭痛を軽減しなかった。外の新鮮な空気が痛みを追い払ってくれるかもしれなかった。

十二時十分前になると、ふたりの〝レッド・トップ〟——赤いトップを着た模範囚——がサンドイッチやレモネード、カップにはいったチョコレートプディングなどが載ったテーブルを運んできた。十二時ちょうどにブザーが鳴った。ジャネットはちょうど作業中だった椅子の脚を最後にもう一回ひねって、旋盤のスイッチを切った。ほかの五名ほどの受刑者たちもおなじくスイッチを切った。騒音レベルが一気に低下した。作業所にきこえているのは——まだ六月になっていないのに、ここはもう暑かった——リー・デンプスターがつかっている〈パワーヴァク〉の強力な掃除機の一定のうなり音だけになった。リーは、工作機器の最後列と壁のあいだのおがくずを掃除していた。

「掃除機を切るんだ、受刑者！」ティグ・マーフィーが怒鳴った。最近雇われた新人だった。新人の例に洩れず、ティグもやたらに怒鳴った。自分に自信がないからだ。「昼食時間だぞ！ブザーがきこえなかったのか？」

リーが口をひらいた。「先生、あとほんの少しで——」

「切れといったんだ、切れと！」

「はい、先生」

リーが〈パワーヴァク〉の電源を落とし、訪れた静けさにジャネットはほっとひと息ついた。作業用手袋の内側では手が痛み、ニスの悪臭で頭が痛んだ。いまはただ、B翼棟の七号監房へもどりたいだけだった。監房にはアスピリンがある（認可ずみのグリーン医薬品だが、一カ月にわずか十二錠という制限があった）。薬を飲んだら、B翼棟の夕食時間である六時まで眠っていられるだろう。

「両手をあげて整列だ」マーフィー刑務官が呪文をとなえる口調でいった。「両手をあげて整列。さて、おまえたちがつかっていた工具を見せてもらうぞ」

受刑者たちは整列した。ジャネットの前に立っていたリーがこっそりささやいてきた。「マーフィー刑務官って、ちょっと太り気味じゃない？」

「たぶんだけど、ミシェル・オバマとケーキでも食べてたんじゃない？」ジャネットがささやきかえすと、リーはくすくす笑った。

受刑者たちはそれぞれの工具を手にとってかかげた。手もち式の研磨機《サンダー》、スクリュードライバー、ドリル、鑿《のみ》。つかい方によっては危険な武器にもなるこの手の工具の使用は、男性受刑者たちにも許可されているのだろうか——ジャネットは思った。とりわけ危険なのはスクリュードライバー。たまたま知っているが、ドライバーがあれば人を殺せる。いまの頭痛もそんなふうに感じられていた——まるでドライバーだ。頭にぐりぐりと押しこまれるドライバー。先端が柔らかな組織をとらえて、めちゃくちゃに攪拌《かくはん》していく。

「さて、淑女諸君、きょうは〝アルフレスコ〟で食事をしようじゃないか」前にだれかが、ティグ・マーフィー刑務官はもともとハイスクールの教師だったが、学校の人員削減のあおりで失職した、と話していた。「このイタリア語の意味は——」

「屋外」ジャネットは小声でぼそりといった。「つまり、外で食事をするって意味ね」

ティグがジャネットを指さした。「おやおや、ここにはローズ奨学金をもらえそうな秀才がいるな」そういいながら薄笑いをのぞかせていたので、心からの褒め言葉とは思えなかった。

工具類は点検ののちスチールのフロアキャビネットにおさめられ、扉が施錠された。刑務作業で家具をつくっている受刑者たちはテーブルのまわりにあつまって、サンドイッチや〈デキシー〉の紙コップにはいったソフトドリンクをそれぞれ手にとり、ティグが人数を数えおわるのを待った。

「さあ、淑女諸君、すばらしき戸外の世界が待っているぞ。だれか、おれのためにハムとチーズのサンドイッチをもってきてくれないか？」

「くれてやるよ、カス男」エンジェル・フィッツロイが小さく抑えた声で吐き捨てた。ティグ・マーフィーが鋭い視線をエンジェルにむけた。エンジェルは邪気のない目でティグを見返した。ジャネットはこの刑務官が憐れに思えた。しかし、ジャネットの母親の口癖ではないが、いくら憐れに思っても食べ物を買う足しにはならない。この刑務官は三カ月くらいで辞めそうだ——ジャネットはそう読んでいた。最長でも三カ月だ。

女たちは列をつくって外へ出ると、芝生に腰をおろして建物の壁に背中をあずけた。

「なにをとってきたの？」リーがたずねた。

ジャネットはサンドイッチの中身をのぞきこんだ。「チキン」

「あたしはツナ。とっかえっこしない？」

ジャネットは自分がなにをもってきたのかにも関心はなかったし、そもそも少しも食欲がなかったので交換に応じた。それから無理をして食べた——胃になにか入れれば、頭痛が少しでも軽くなるかもしれないと思ったからだ。レモネードを飲んだが、いつもより苦く感じた。しかし、そのあとリーがチョコレートプディングのカップをもってきたときには、頭を左右にふって断わった。チョコレートは片頭痛の呼び水になる。いまの頭痛が本格的な片頭痛になったら、診療所に駆けこんでゾーミッグを処方してくれと泣きつくほかはないが、それだってドクター・ノークロスがあそこにいる場合にかぎられる。ふたりのアシスタント・ドクターがともに無断欠勤しているという話は、すでに広まっていた。

刑務所のメインの建物に通じているコンクリート舗装の歩道があった。歩道には、以前にだれかが描きこんだ石蹴り遊び用の格子が、薄れかけながらもまだ残っていた。数人の女たちが立ちあがって小石を見つけ、石蹴りをはじめた。それも、たぶん小さなころにならい覚えた遊び歌を口ずさみながら。人の記憶になにが強く残っているのかは、考えればおかしなものだ、とジャネットは思った。

　それから最後に口に入れたサンドイッチを、最後に飲んだ苦いレモネードで胃に流しこみ、目を閉じた。頭痛は少しでもましになっただろうか？　たぶん。いずれにしても、昼休みはまだ十五分ほど残っている。だったら、少し昼寝もできそうだ……。

　そのとき木工作業所のある建物から、ドン・ピーターズ刑務官が――びっくり箱から飛びだすばね仕掛けの人形のように――ぴょこんと飛びだしてきた。いや、岩陰に潜んでいた邪悪なトロールのように、といったほうがいいか。ドンはまず石蹴りで遊んでいる女たちに、それから建物の外壁によりかかってすわる女たちに目を走らせ、やがてその視線をジャネットにとめた。

「ソーリー。こっちへ来い。おまえにやらせたい仕事がある」

　下衆男のドン・ピーターズ。あいつは〝おっぱい握り屋〟であり、〝尻叩き男〟だ。しかもそういった行為を実行するのは、かならず監視カメラの目が行きとどかない死角にかぎられた。ドンは所内のそうした死角スポットを知りつくしていた。おまけに口ごたえでもしようものなら、胸をわしづかみにされるだけではなく、ぎゅっとねじりあげられる羽目になる。

「いまは昼休みの食事中です、先生」ジャネットは精いっぱい愛想のいい口調を心がけた。

「おれには、もう食事をおえているように見える。さあ、とっととケツをもちあげて、こっちへ来い」

ティグ・マーフィー刑務官は心もとない顔を見せていた。しかし、女子刑務所で働くことにまつわる鉄則のひとつが、ティグの頭に叩きこまれていた。男性刑務官はどんな場合でも決して女性受刑者とふたりきりになるべからず。「ふたりでペアを組む相棒《バディ》システムだろ、ドン」ティグはそう声をかけた。

ドンの首が紅潮した。いまは元教師だかなんだかの野暮な小言をききたい気分ではない――なにせジャニス・コーツ所長からパワハラを受けたと思ったら、次はブランチ・マッキンタイアから〝現下の国家的情勢にかんがみて〟勤務時間を二倍に延長するしかないと申しわたされるという、ダブルパンチを食らった直後だ。ドンは携帯電話でニュースをチェックした。問題の〝現下の国家的情勢〟というのは、老人ホームにいる何人かの婆さんの体から茸だか菌類だかが生えたというだけの話らしい。いやはや、所長は正気をなくしたにちがいない。

「いや、この女の相棒はいらないね」ドンはいった。「この女だけでいい」

ティグ・マーフィーはこれ以上追及せずに受け流すはずだ――ジャネットは思った。年上のティグもこの場では青二才だ。しかし、この刑務官はジャネットをこんな言葉で驚かせた。

「バディシステムだぞ」と、そうくりかえしたのだ。

ドンは考えこんだ。建物の壁を背にすわっている女たちがドンをじっと見ていた。石蹴り遊びは中断されていた。女たちは四人だが、同時に目撃証人でもある。

「やっ・ほぉーっ！」エンジェルが女王さまのように手をふりながらいった。「おお、やっ・ほぉーっ！　知ってるだろ、ピーターズ先生、あたしはいつだって喜んで手助けしてやるよ」

もしやエンジェル・フィッツロイ受刑者はおれの企みを見抜いているのか。ドンの頭に、胸騒ぎを起こさせるような――馬鹿馬鹿しいかぎりの――そんな思いが浮かんできた。もちろん見抜いているわけはないし、あの女囚は毎日いつもどおり、こっちを苛立たせようとしているだけだ。いかれたエンジェルとふたりきりで五分ばかり過ごしたい気持ちはあったが、一方ではほんの一秒でもこの女に背をむけたくはなかった。

いや、エンジェルではだめだ。この場合には。

ドンはリーを指さし、「おまえだ。大型ごみ収集容器《ダンプスター》」と声をかけた。苗字にひっかけたこの洒落に、数人の女がくすくす笑った。

「正しくはデンプスターよ」リーはいささかの威厳さえこもる声でいった。

「デンプスターだろうとダンプスターだろうと、尻えくぼ《ディンプルバット》だろうとかまうもんか。よし、ふたりともこっちへ来い。いいか、おれが仕切っている日には、おなじことを二度いわせるな」それから、癪にさわるティグに目をむける。「じゃあな、お利《り》口先公《こうせんこう》」

この発言もくすくす笑いを引きだした――おべんちゃら風味の笑いだった。新顔のティグはここでは無力だし、ドン・ピーターズ刑務官の〝くそ女リスト〟に名前が載ってもいいと思う者はひとりもいなかった。やつらもまるっきりの馬鹿ってわけじゃない――ドンは思った――ここにいる女どもは。

3

ドン・ピーターズ刑務官はジャネットとリーのふたりに〈ブロードウェイ〉を四分の一ばかり歩かせ、談話室兼面会室の前で足をとめさせた。昼食時間なので部屋は無人だった。ジャネットはこの件にすこぶる不穏な気分にさせられ、ドンがドアをあけてもその場を動かずにいた。

「わたしたちになにをさせたいの？」

「はあ、その目は節穴かよ、まったく」

ジャネットの目は節穴などではなかった。だからモップが立てかけてあるモップ用バケツも見えたし、テーブルのひとつの上にもバケツが置いてあることも見えていた。このテーブルには——カップいりのプディングではなく——雑巾や掃除道具がところ狭しと置いてあった。

「いまは、いちおうあたしたちの昼休みなんだけど」リーは昂然と叛旗をひるがえしているつもりだろうが、声の震えが内心を暴露していた。「それに、あたしたちにはもう仕事があるんだよ」

ドンは唇をぐっと引いて、ずらりとならんだ歯を見せつけた。リーがすくみあがってジャネットに体を押しつけた。「お望みなら、この件をおまえの〝恨みごと一覧〟に書きこんで、あとでお世話係にチクればいい。でもいまは、とにかく部屋にはいれ。いいか、服役態度不良者リストに載りたくなければ、つべこべいうな。きょうはクソだらけの一日でね。おかげでこっちは、超特大のクソな気分だ。このお宝の分け前を食らいたくなければ、おとなしく部屋にはいったほうがいい」

ドンは右に移動して最寄りの監視カメラの視界を封じてから、リーが着ているスモックの背中をつかんで引き寄せ、スポーツブラのゴムのストラップに指先を引っかけながらリーを談話室に押しこめた。リーは足がもつれ、あわててスナックの自動販売機に手をついて転ぶのをまぬがれた。

「わかった、わかったってば！」

「わかったよ、ピーターズ先生」

「わかった——そのあとは？」

「わたしたちに無理強いしないほうがいいよ」ジャネットはいった。「いけないことなんだから」

ドンはあきれたように目をぎょろりとまわした。「そういうお言葉は、気にかけてくれる相手のためにしまっておけ。あしたは面会日だっていうのに、この部屋は豚小屋なみに汚れまくりだ」

ジャネットには、談話室が豚小屋のように汚れているとは思えなかった。掃除が行きとどいているように見えた。といっても、その点は重要ではない。制服を着た男たちが〝ここは豚小屋なみに汚い〟といえば、そう見えてくる。それこそが、小さなドゥーリング郡に存在する矯正制度の本質だ——いや、世界じゅうどこでも事情はおなじかもしれないが。

「おまえたちふたりは、この部屋を上から下まで、右から左まで、とにかくすっかりきれいに掃除するんだ。おまえたちが仕事をこなしたかどうかは、おれが確認するからな」

ドンは掃除用具がはいったバケツを指さした。

「おまえはあれをつかえ、ダンプスター。ミス〝いけないことなんだから〟はモップ担当だ。いいか、おれが床を皿代わりに食事してもいいと思うくらい、ぴっかぴかにしろ」

あんたには床を皿代わりに食事をさせたいもんだよ——ジャネットはそう思ったが、とりあえずはキャスターつきのモップバケツに近づいた。服役態度不良者リストに載りたくなかった。そんなことになったら、今度の週末の面会日にはこの部屋に来られなくなるかもしれない——せっかく妹が息子を連れてきてくれるのに。ここまではバスの長旅だ——長旅を強いられても文句ひとついわない息子のボビーをどんなに愛していることか。しかし頭痛はどんどん悪化して、いまのジャネットの望みはアスピリンと昼寝だけだった。

リーは掃除道具に目を走らせてから、一本のスプレー缶と雑巾を手にとった。

「おやおや、〈プレッジ〉のハウスクリーナーを吸いたくなったのか、ダンプスター？　鼻の穴に突っこんで、スプレーひと吹き、それでハイになりたいってか？」

「いいえ」リーは答えた。

「ハイになりたいんじゃないのか？」

「いいえ」

「いいえ——それだけか？」

「いいえ、ピーターズ先生」

リーはクリーナーをつかってテーブルを拭きはじめた。ジャネットは部屋の隅にあるシンクでモップバケツに水を入れ、モップをいったん水につけてから絞り、床を掃除しはじめた。刑務所正面に張られた金網フェンスの向こう側に、ウェストレイヴィン・ロードが見えた。道路には、あちらこちらへ旅する人々や仕事にむかう人たち、〈デニーズ〉での昼食へむかう人たち、それ以外のどこかへ行く人たちを乗せた車が行きかっていた。

「こっちへ来い、ソーリー」ドンはジャネットに声をかけた。いまドンはスナックの自動販売機とソフトドリンクの自動販売機のあいだの空間に立っていた――ここは監視カメラの死角で、受刑者たちが薬やタバコやキスをやりとりすることもある。

ジャネットは頭を左右にふって、床のモップがけをつづけた。リノリウムの床にモップの水がつくった細長い筋は、たちまち乾いていった。

「次に息子が来たとき顔を見たければ、おとなしくこっちへ来い」

ここはきっぱり断わるべきだ――ジャネットは思った。わたしにちょっかいを出すな、さもなければおまえのことを報告してやる、と。しかし、この刑務官はもうずいぶん前から巧みに逃げつづけているのではなかったか。ドンのことはだれもが知っていた。ジャニス・コーツ所長も知っているはずだ。所長は、セクハラはいっさい許さないゼロトレランス方式をとると勇ましいことをいっているが、ドンの行為はつづいていた。

ジャネットは重い足を引きずって、ふたつの自動販売機のあいだの小さな隙間まで歩き、ドンの前に立って片手にモップをもったまま顔を伏せた。

「奥へはいれ。背中を壁にくっつけろ。モップはそこへ置いたままでいい」

「こんなこと、したくありません、刑務官」いまや頭痛はさらに悪化し、ひたすらずきずき、ずきずきと疼きつづけていた。私物の小さな棚にアスピリンが置いてあるB翼棟の七号監房は、廊下のすぐ先にある。

「ここの隙間にはいらなければ、服役態度不良者リストに名前が載って面会日がおじゃんになるだけだぞ。そのあとも手をまわして、おまえの名前がぜったい不良者リストに載るようにしてやる。そうなりゃ、これまでの善行で減刑してもらった分もぜんぶおじゃんだ」

そうなったら来年の仮釈放も夢と消える――ジャネットは思った。善行による減刑も取り消され、なにもかも元の木阿弥《もくあみ》、ふりだしにもどる。

ジャネットは窮屈な思いをしてドンの横を通った。ドンがチャンスを逃さず腰を押しつけてきたので勃起が感じられた。ジャネットは奥の壁を背にして立った。ドンも隙間にはいってきた。この男の汗とアフターシェイブローションとヘアトニックのにおいがした。ジャネットのほうが背が高く、ドンの肩の上から先へ目をむけると、同房者のリーの姿が見えた。リーはテーブルを磨く手をとめていた。両目には恐怖と動揺、および怒りでもおかしくないものが満ちていた。リーが〈プレッジ〉のスプレー缶をつかんで、ゆっくりとかかげた。ジャネットは首を小さく横にふった。ドンはそのようすを見ていなかった。ズボンのジッパーをおろすのに忙しかったからだ。

リーはスプレー缶をおろし、磨く必要のなくなったテーブルを磨く作業を再開した――いや、そもそも最初から磨く必要などなかった。

「さあ、おれのせがれを握れ」ドンはいった。「一発抜かずには、やってられないね。おれの願いがわかるか？　ああ、おまえじゃなくて、コーツ所長だったらよかったのにな。あの婆さんのぺちゃんこなケツをそこの壁に押しつけてやりたいよ。それに、ああ、所長が相手なら手コキだけじゃすまさないさ、もちろん」

ジャネットが握ると、ドンは小さなあえぎを洩らした。現実的にいえば馬鹿馬鹿しいといえた。ドンのペニスは八センチにも満たない――必要に迫られないかぎり、ほかの男の目から隠しておきたいしろものだったが、それなりの硬度はあった。ジャネットにはこういった場合の心得もあった。たいていの女は知っている。男には拳銃があって、その拳銃から実弾を抜くのはこっちの役目。かくして男女はそれぞれの仕事をこなす。

「丁寧な手つきでやれよ、ったく」ドンが引き攣《つ》った声でいった。スパイスをきかせた肉の悪臭で吐息は腐っていた――燻製ソーセージの〈スリムジム〉かペパロニスティックあたりか。

「待て。片手をもちあげろ」

ジャネットがいわれたとおり手をあげると、ドンはその手に唾を吐いてきた。

「よし、これでやってくれ。タマをちょっとくすぐるのも忘れるな」

ジャネットはいわれたことを実行した。手を動かしているあいだは、男の肩の先に見える窓に視線を集中させる。十一歳のとき――養父がジャネットの体を触りはじめたとき――から身につけはじめ、のちにいまは亡き夫相手に完成させたテクニックだった。視線を固定させる目標や焦点を絞りこむ対象さえ見つければ、体から心だけをほぼ遊離させられるし、そうなればいまは唐突に魅力的に思えてきた場所を精神だけで訪問しつつ、肉体は仕事を淡々とこなしているにすぎない、と思いこむこともできた。

郡警察署長の車が刑務所の敷地の外にとまった。ジャネットが見ていると、パトカーはなにもない空間でいったん待機ののち、内側のゲートがごろごろ音をたててひらくと、敷地内に進んできた。ジャニス・コーツ所長とクリント・ノークロス医師、それにランプリー刑務官の三人が署長を出迎えるべく進みでていった。ドンが耳に吹きかけている荒い息の音は、ずっと遠くの音でしかなかった。パトカーからおりてきた警官はふたり――ひとりは運転席にすわっていた女、もうひとりは助手席にいた男。ふたりとも銃器を抜いているところを見ると、ふたりが拘束している相手はかなりの悪党のようだ――おそらくC翼棟直行あたりか。女の警官が後部座席のドアをあけると、また女が出てきた。ジャネットの目には危険人物には見えなかった。それどころか顔に痣があるとはいえ、かなりの美しさに見えた。髪の毛は背中まで流れ落ちる黒い洪水、おまけに体には充分なカーブラインがあって、いま着せられている郡刑務所の茶色い囚人服がクールに見えるほどだ。女の頭のまわりを、なにかがひらひらと飛んでいた。巨大な蚊？　それとも蛾？　ジャネットは目を凝らしたが、はっきりしなかった。一方でドン・ピーターズ刑務官のあえぎ声に上ずった響きが混ざりはじめていた。

男の警官が黒髪の女の肩を押さえて受刑者受入棟のほうへ歩かせ、そこでクリント・ノークロス医師とジャニス・コーツ所長が女を迎えた。ひとたび女が建物内に足を踏み入れれば、入所者受入手続が開始される。女が髪のまわりを飛んでいるものを手で払った――そうしながら女は大きな口をひらいて顔を空のほうへむけた。ジャネットには女が声をあげて笑っていることがわかった――まばゆいほど白く、まっすぐな女の歯が見えた。

ドンが強く体を押しつけはじめると同時に、精液がどくどくとジャネットの手のひらに吐きだされた。

ドンがあとずさって離れた。顔が紅潮していた。それからドンは、肉のついた小さな丸顔でにやにや笑いながらズボンのジッパーをあげた。

「手についたのをコークの販売機の裏側にこすりつけて落としたら、ここのクソな床のモップがけを最後までおわらせろよ」

ジャネットは手からドンの精液を拭い去り、モップのバケツをシンクのほうへ押していった。手を洗いたかったからだ。引き返すと、ドンはテーブルのひとつに腰かけてコークを飲んでいた。

「大丈夫かい?」リーが押し殺した声でたずねた。

「うん」ジャネットはやはり小声で返事をした。じっさいアスピリンを服用すれば、すぐにでも大丈夫になれるはずだ。そうなれば、過去四分間は存在さえしなくなる。ジャネットはパトカーから女が出てくるのを見ていただけ――それだけだ。過去四分間について考えることは、この先もう二度とあるまい。いまの自分に必要なのは、次の面会日にボビーの顔を見ることだけだ。

〝ぷしゅっ・ぷしゅっ〟と、クリーナーのスプレー缶が音を出していた。

そのまま三秒、四秒と貴重な静寂の時間がつづいたのち、リーがふたたび声をかけてきた。

「ね、新入りを見た?」

「うん」

「美人だった? それともあたしみたいな女?」

「美人だったよ」

「あの郡警の連中、銃を抜いてたね——見た？」

「ええ」ジャネットはドン・ピーターズ刑務官にちらりと視線をむけた。ドンは少し前にテレビの電源を入れていて、いまはなにかのニュースを食い入るように見ていた。画面には、車のハンドルにぐったりもたれている人物が映っていた。男女の別は判じがたかった——体がガーゼのようなものでくるまれていたからだ。画面の最下部に《**ニュース速報**》と表示されていたが、これにはなんの意味もない。テレビ局はリアリティ番組のスターのキム・カーダシアンが屁をこいただけでもニュース速報で報じかねない。

「あの女、なにをやらかしたんだと思う？」

ジャネットは咳払いをして、涙を押しもどした。「さっぱりわかんない」

「あんた、ほんとに大丈夫？」

ジャネットが返答するよりも先に、ドンが顔をむけずにこういってよこした。「そろそろ、ぺちゃくちゃおしゃべりはやめろ——でないと、不良者リストに名前を載せるぞ」

リーはおしゃべりをやめられないので——やめるという選択肢のない女だ——ジャネットは床にモップをかけながら、部屋のいちばん奥まで進んでいった。

テレビではミカエラ・モーガンがこう話していた。「いまのところ大統領は緊急事態宣言を拒否していますが、危機の現場に近い情報筋によれば……」

ジャネットはミカエラを頭から締めだした。さっき新入りの女囚はくるくる飛んでいる蛾にむかって手錠をかけられた両手をかかげ、蛾が手にとまると笑い声をあげていた。

ここにいると、そんな笑い声とは無縁になるんだよ、おねえちゃん——ジャネットは思った。

わたしたちみんながね。

4

アントン・ダブセックは昼食のために自宅にもどった。いつもの習慣だった。時刻はまだ十二時半だったが、アントンの物差しでは遅い昼食だった——なにせ朝の六時からずっと身を粉にして働いていたのだ。プールの維持管理について人々が理解していないのは、これがやわな人間には無理な仕事だということだ。駆り立てられているかのように仕事に打ちこむ必要がある。プール業界で成功したかったら、惰眠をむさぼりつつパンケーキ菓子のブリンツやらフェラチオやらを夢見ているようでは駄目だ。競合他社に追いつかれないためには、太陽の先まわりをして動かなくてはならない。そしてきょうはこの時間までに、七カ所のちがうプールをまわり、それぞれの清掃をすませ、水位を調節し、浄水フィルターの掃除もすませ、さらに二カ所ではポンプのガスケット交換までした。スケジュール表に残る四カ所の予約は、あとまわしにして午後遅くから夕方早めの時間帯にすませればいい。

それまでなにをするかといえば——昼食、短時間の昼寝、短時間のワークアウト、ついでにジェシカ・エルウェイを短時間だけ訪ねてもいいかもしれない。ジェシカは退屈した人妻で、このところのアントンのセックスフレンドだ。ご亭主が地元の郡警官だという事実が、情事の旨味を一段と増している。警官たちは日がな一日パトカーに尻をすえてドーナツをむしゃむしゃ食い、黒人にいやがらせをして楽しんでいる。アントンはクソったれな水を仕切る仕事で金を稼いでいる。

　アントンはキーホルダーを玄関ドア横のボウルに落としこむと、まっすぐ冷蔵庫に歩みよって自分用のシェイクをさがした。豆乳の紙パックやケールの袋やベリーの袋をあちこち動かして探したが――シェイクは見つからない。

「母さん！　母さん！」アントンは大声をあげた。「おれのシェイクはどこ？」

　答えはなかったが、居間のテレビの音はきこえた。アントンは戸口から居間に顔を突き入れた。そこで目にはいってきた証拠物件――つけっぱなしのテレビと空《から》のロックグラス――から察するに、母マグダは自分も昼寝をしようと部屋に引っこんだらしい。母親のことは愛していたが、一方では飲酒の度が過ぎていることも知っていた。母親は酔うとだらしなくなり、それに腹が立ってならなかった。アントンは、父親の死以来、住宅ローンの返済を受けついでいる。一方、母親は家屋や暮らしの面倒を見るというのが取り決めだったはず。もしいまシェイクが飲めなかったら、アントンは自分が必要としているようにはプールを支配できなくなり、ワークアウトでは自分の最大の能力を発揮できず、淑女たちの欲望に応じてジューシーなおケツに腰を激しく打ちつけることもできなくなってしまう。

「母さん！　ふざけるのもいい加減にしろよ！　ちゃんと自分の役目を果たせってば！」アントンのそんな声が家のなかに響きわたった。

　アントンはナイフやフォークなどの銀器をおさめた抽斗の下のキャビネットから専用のブレンダーをとりだすと、精いっぱい騒がしい音を立ててカウンターにどんと置き、ジャーとブレードとベースを組み立てた。つづいてジャーにたっぷりの葉物野菜とベリー類、ひとつかみのナッツ類を入れ、スプーン一杯のオーガニックバターを追加、さらに〈ミスター・リッパー・プロテイン・パウダー™〉をカップ一杯入れた。そうやってシェイクをつくっているあいだ、アントンはいつしかライラ・ノークロス署長のことを考えている自分に気づいた。年増女にしては魅力たっぷり、体はぐんと引き締まっていて――まさしく〝よだれの出そうな人妻さん〟、警官につきもののドーナッツはあんたには似あわない――おまけにアントンの軽口への反応が好ましかった。署長はおれを食べたがっているのか？　それとも、警察権力ならではの蛮行をおれに働きたがっているのか？　いずれにせよ、この件は要経過観察だ。アントンはブレンダーを最高スピードに設定し、中身が勢いよく撹拌されてぼやけていくのを見つめた。やがて中身が均一の豆の色になると、スイッチを切ってジャーをはずし、居間へ行った。

そこでテレビの画面に目をむけると――これはびっくり。大昔に遊び友だちだったミッキー・コーツが出ているじゃないか！

ミッキーことミカエラ・コーツは好きだが、いまのミッキーを見ても〈アントン・ザ・プールガイ有限責任会社〉の最高経営責任者にして最高財務責任者にしてただひとりの被雇用者であるアントンは、自分らしくないメランコリックな思いに囚われるだけだった。そもそもミッキーはおれを覚えているだろうか？　幼いころは母親がミッキーのベビーシッターをやっていた関係で、アントンはよくミッキーといっしょに過ごした。あのころミッキーがよくアントンの部屋を探険していたことは、いまでも覚えていた。アントンの抽斗をあけ、コミックブックのページを次々にめくっては、調べおえたものを脇へ投げていた。これはだれにもらったの？

なんでG・I・ジョーがいちばんのお気に入りなの？　どうして部屋にカレンダーがないの？　あなたのお父さんは電気技師なんでしょう？　いずれはお父さんに電気の配線のやりかたとかを教わるつもり？　お父さんに教わりたい？　あのころふたりはせいぜい八歳くらいのはずだが、ミッキーはアントンの伝記を書こうとしているかのようだった。しかし、それも問題ではなかった。それどころか、楽しくさえあった。ミッキーから関心をむけられると、自分が特別な存在になった気がしたからだ——それより前、ミッキーと出会う前のアントンは、とりたてて人から関心をむけられたいとも思わず、子供という立場だけに満足していた。もちろんミッキーは早くから私立学校に通い、ジュニアハイスクールにあがるころからは、めったに話もしなくなった。

大人になったいま、ミッキーが心惹かれるのはブリーフケースをさげてカフリンクスをつけているような男たちだろう——読む新聞はウォールストリート・ジャーナル、オペラの魅力をちゃんと理解し、テレビで見るのは公共放送の番組ばかりとか、その手あいだ。アントンは頭を左右にふった。ミッキーは損をしている——そう自分に納得させる。

「あらかじめ警告しておきますが、これからごらんになる映像はショッキングですし、わたしたちも真実の映像であるという裏づけをとったわけではありません」

ミッキーはドアをあけはなした中継用のヴァンの車内からレポートしていた。隣では、ヘッドセットをつけた男がノートパソコンを操作していた。ミッキーのブルーのアイシャドウが明らかに濡れている。ヴァンの車内が暑いのだろう。ミッキーの顔は、どことなく前と変わって見えた。アントンは泡の立ったシェイクをひと口でたっぷり流しこみ、ミッキーを見つめた。

「とはいえ――」ミッキーがレポートをつづけた。「オーロラ病をとりまくあらゆる情勢や、無理やり覚醒させられた睡眠者《スリーパー》たちが見せた敵対的反応を考えあわせた結果、これまでの報道内容の正確さを裏づける映像であり、それゆえ放送するという結論に達しました。これからごらんいただく映像は、〈輝ける者たち《ブライト・ワンズ》〉と称する団体が運営する動画配信サイトで公開されたもので、ニューメキシコ州ハッチ郊外にある同団体の敷地で撮影されました。みなさんもご存じのように、この武装集団は水利権をめぐって連邦政府と対立をつづけており……」

ミッキーを見られたのはうれしかったが、ニュースはアントンには退屈だった。そこでリモコンを手にとり、カートゥーン・ネットワークに切り替えた。画面ではアニメの馬と乗り手が影に追いかけられ、暗い森のなかをひた走っていた。リモコンをサイドテーブルにもどした拍子に、床に落ちていたジンの空き瓶に目がとまった。

「勘弁してくれって、母さん」アントンはシェイクをまたひと口飲んでから、居間を横切っていった。睡眠中にいきなり嘔吐したときにそなえ、母親が横向きの姿勢で寝ているかどうかを確かめなくては。自分が家にいるとき、母親にロックスターみたいな死に方をさせるわけにはいかない。

キッチンカウンターでは、アントンの携帯電話が鳥のさえずりめいた着信音を鳴らした。ジェシカ・エルウェイからのメッセージだった。ようやく赤ん坊を昼寝のために寝かしつけたので、これからマリファナをちょっと吸って裸になろうと思う……テレビやインターネットももう見ない……どこもかしこも気がふれたみたいな奇怪な話ばっかりだから。そんなわたしにつきあう気はある？　かわいそうに、ご亭主の警官は犯罪現場に縛りつけられて身動きとれないそうだ。

5

テレビで流れているニューメキシコ州で撮影された映像の主役をつとめている男が、フランク・ギアリーにはウッドストックから脱出してきた高齢の亡命者のように思えた――いかれたカルト集団のリーダーではなく、コンサート会場で〈フィッシュ・チアー／アイム・フィクシン・トゥ・ダイ・ラグ〉のコール&レスポンスのリーダーをするのがお似あいだ、と。

当の男はキンズマン・ブライトリーフと自称していた――発音しにくい名前の候補にあげられるだろうか？　白髪まじりのカールした髪が野放図に広がり、白髪まじりのカールしたひげがあり、オレンジ色の三角模様をあしらった膝まで届く肩掛け毛布《セラーペ》をまとっていた。この男が率いる〈輝ける者たち《ブライト・ワンズ》〉にまつわるニュースを春からずっと追いかけているフランクは、いまではこんな結論に達していた。この団体は擬似宗教的な見せかけや準政治的な外見をまとってはいるが、正体はでっちあげた《トランプド・アップ》口実をつかって税金を逃れようとしている連中の集団だ――〝トランプ〟の部分をことさら強調して。

〈輝ける者たち《ブライト・ワンズ》〉――連中はそう自称しているが、なんと皮肉なことだろうか。集団を構成しているのはおよそ三十人。成人男女のほかに子供が若干名おり、自分たちは独立した国家であると主張していた。納税を拒否し、子供たちを学校に通わせるのを拒否し、オートマティック銃器の引きわたしを拒否し（どうやら連中は自分たちの牧場を回転草《タンブルウイード》から守るために、その種の銃器を必要としているようだ）、さらにはこの地域唯一の川のコースを違法工事で変更し、自分たちが所有する灌木ばかりの敷地に引きこんでもいた。FBIとATF――アルコール・タバコ・火器及び爆発物取締局――が数カ月前から敷地を囲むフェンスの前に車をとめ、降伏へむけての交渉をこころみてはいるが、これまでは情勢にさしたる進展はなかった。〈輝ける者たち〉の教義が、フランクには不快でたまらなかった。宗教性という隠れ蓑《みの》をまとった自己中心主義そのものだったからだ。〈輝ける者たち〉を出発点に直線を引けば、行き着く先は際限のない予算削減であり、そのあおりでフランクの仕事はパートタイムの非正規雇用に変わるかもしれず、わるくすれば無給のボランティア仕事にならないともかぎらない。文明は献身を要求する――あるいは、お好みなら犠牲といいかえてもいい。それなくして行き着く先に待っているのは、野犬どもが街路をうろつきまわり、はてはワシントンで権力の座を占めるような日だ。どうせあの敷地には子供などいないのだから（といっても、それほど強く確信しているのでないことは認めざるをえない）、政府はとっとと敷地に踏みこんで、汚らわしいごみ同然の連中をごみにふさわしく一掃してしまえばいい――それがフランクの望みだった。

フランクは自分の小さなオフィスのデスクを前にすわっていた。オフィスは四方の壁がさまざまな大きさの飼育ケージや飼育用品をおさめた整理棚で占められているせいで、わずかな空間しか残っていなかったが、フランクは気にしなかった。これはこれでかまわない。

いまフランクはマンゴージュースをボトルからちびちび飲みつつ、ガース・フリッキンジャーの家のドアをがんがん叩いた手の側面にアイスパックをあてがってテレビを見ていた。携帯電話のライトが点滅していた——妻のエレインだ。どう対応すればいいかがわからなかったので、留守番電話サービスに接続させた。いまになればわかるが、娘のナナに強く出すぎてしまった。ひょっとすると、それなりの反撃を覚悟しておくべきか。

あの金持ち医者のお屋敷のドライブウェイにあった緑のメルセデスは、いまでは廃車同然になった。メルセデスの窓ガラスを割り、ボディに叩きつけてやったのは塗料を塗ってある舗石で、あれにはフランクの指紋がべったりついているはずだ。指紋はライラックの若木が植えてあった石のプランターにもついている——怒りが最高潮に達したとき、あの不注意きわまるクソ男の車の後部座席に投げこんだからだ。あれこそ、最初から争う余地がない明白そのものの——器物損壊という重罪の——証拠であり、家庭裁判所の判事（その全員がどうせ母親の味方をするに決まっている）なら、それだけで今後フランクが娘と会うのは満月が一回くるたびに一時間だけ、おまけに監視つきと定める裁定をくだしかねない。器物損壊という重罪は仕事面の息の根もとめるだろう。ふりかえれば明白だが、あのときは〝悪のフランク〟が介入していた。それどころか〝悪のフランク〟は乱痴気騒ぎで大いに楽しんでいた。

しかし、〝悪のフランク〟も完全な悪ではないし、まるっきり見当ちがいだったわけでもない。その証拠に、これからしばらく娘のナナはドライブウェイで安全に絵を描けるようになったではないか。もしかすると〝善のフランク〟のほうが、よりすぐれた対策をとれたかもしれない。いや、それは無理だったかもしれない。〝善のフランク〟はいささか弱腰だからだ。

「いわゆるアメリカ合衆国とやらの政府がとんだ茶番を実行しているとあっては、わたしは——いや、われわれは——ぼんやり突っ立っているつもりは断じてありません」

テレビの画面ではキンズマン・ブライトリーフが細長い長方形のテーブルを前にして演説していた。テーブルには淡いブルーのナイトガウン姿の女が横になっていた。女の顔は白い物で覆いつくされていた——一見したところ、ハロウィーンが近づくとドラッグストアにならぶ蜘蛛の巣のおもちゃに似ていた。女の胸は上下に動いていた。

「あのたわごとはいったいなんだ？」フランクは、いま自分のもとを訪れている雑種の野良犬にたずねた。雑種は顔をあげたが、すぐ眠りにもどった。陳腐な決まり文句になるが——全天候型の友として人は逆立ちしても犬には勝てない。しかり、犬には勝てない、以上おしまい。犬が作法をわきまえているというのではない——犬は環境を最大限に利用するだけだ。そして犬は人間の最上の部分を引きだす。フランクも昔はいつも犬を飼い育てていた。しかし、エレインは犬アレルギーだった——というか、そう主張していた。犬もまた、エレインのためにあきらめたもののひとつだった。それも、エレインには理解できないほど大きな損失だった。

フランクは雑種犬の両耳のあいだを撫でてやった。

「われわれは、連邦政府の工作員がわれわれの水源に工作している現場を目撃しました。われわれは知っています。彼らが化学薬品を利用し、われらが家族《ファミリー》のなかでもいちばん傷つきやすく、もっとも大切な者たち——すなわち〈輝ける者たち〉に属する女性たちに影響をおよぼしたことを。混沌と恐怖と疑惑の種をまくためにほかなりません。彼らは夜陰にまぎれて、われわれの姉妹たちを汚染した。汚染された者のひとりに、わが妻、わが愛するスザンナもいます。毒物は妻や妻以外の美しき女性たちが眠っているあいだに効果を発揮しました」

キンズマン・ブライトリーフの声がどんどん低くなり、タバコでしゃがれた〝ごろごろ〟という響きの声にまでなったが、これはこれで奇妙にも親しみのもてる声だった。人がその声を耳にして連想するのは、第一線を退いて悠々自適の引退生活を送る老人たちが、朝食のためにディナーテーブルのまわりにあつまっているところだ。

　脱税者の高僧のわきに、ふたりの若い男が控えていた——どちらもおなじように口ひげをたくわえていたが、ブライトリーフほどの威厳はなかった。肩掛け毛布《セラーペ》をまとっているところもおなじだった。全員が腰にガンベルトを締めているせいで、三人はセルジオ・レオーネ監督のマカロニウエスタン映画のエキストラにも見えた。彼らのうしろの壁には十字架にかけられたキリストの像が飾ってあった。〈輝ける者たち〉の敷地内から流される映像は、たまに横線が画面上へむかって移動していく以外はすこぶる明瞭だった。

「それも彼らが眠っているあいだに！」

「現在の〈嘘の王〉がいかに臆病か、これでみなさんにもおわかりでしょうか？　みなさんもごらんください、ホワイトハウスにいる〈嘘の王〉を。あの一味が価値あるものだとわたしたちに信じこませようとしている紙幣とかいう緑の紙切れ、あれにも王の一味である嘘つきどもの顔が印刷されています。ああ、わが隣人たちよ。隣人たち、隣人たち。さても狡猾、さても残酷、そして多くの顔また顔」

　ここでブライトリーフはいきなり歯を剝きだした——伸び放題になった作物のあいだに、いきなりのぞいた輝きのような歯。

「しかし、われわれは決して悪魔には負けません！」

　おいおい、なんだよ——フランクは思った。妻のエレインはおれには問題があると思っているが、だったらこのジェリー・ガルシアもどきの男を見るべきだ。この男の脳みその狂気含有《ナッツ》量ときたら、クリスマスのフルーツケーキもかなわない。

「ローマ総督ピラトの子孫どもが披露する隠し芸など、われわれが仕える全能の主の敵ではありません！」

「神を讃えよ」武装集団のメンバーのひとりがぼそりといった。

「そのとおりです！　神を讃えよ。イエッサー」ブライトリーフが手を打ち鳴らした。「さて、それではわが最愛の妻の顔から、この覆いをとりのぞいてみましょう」

手下のひとりがブライトリーフに、生肉用のキッチン鋏を手わたした。ブライトリーフは体をかがめ、妻の顔を覆う蜘蛛の巣のような物質を慎重に鋏《はさみ》で切りはじめた。フランクは椅子にすわったまま身を乗りだした。

なにやら一大事が発生しそうな予感がした。

6

寝室に足を踏み入れ、ベッドの上がけの下に横たわっている母マグダの顔が真っ白いマシュマロクリームのような物質で覆われているのを目にするなり、アントンは母の横に膝をつき、特製シェイクのはいったジャーをどすんとナイトスタンドに置いた。化粧用の鋏が目にとまると——おおかたｉＰｈｏｎｅのカメラを鏡代わりに眉毛を刈りそろえていたのだろう——アントンはすぐに白い物質を切り裂きはじめた。

だれかがやったのか？　母親が自分でやったのか？　なにやら奇妙きわまる事故か？　アレルギー反応？　怪しげなエステの施術がどこかで暴走したのか？　とにかくわけがわからず、薄気味わるく、それでもアントンは母親をうしないたくない一心だった。

蜘蛛の巣状の組織をひとたび切り裂くとアントンは化粧鋏を脇へ置き、切り裂いた部分からこの物質のなかへ指を突き入れた。物質はべたべたしていて、引っぱると伸びたが、そのあと丸まって粘つく白い螺旋《らせん》をつくりながら、マグダの頬から剝がれてきた。両目のまわりにひびのような皺がある母親のやつれた顔、ひとときは不気味な白い覆いの下でどろどろに溶けているにちがいないと思いこんでいた顔が無傷のまま見えてきた（ちなみにその白い物質は、アントンが毎日仕事でたずねるプールのうち、最初の二カ所ばかりの夜明けの庭で見かける〝妖精のハンカチ〟と呼ばれる蜘蛛の巣に似ていた）。母の肌は若干赤らんでいて、指で触れると温かかったが、それ以外はなにも変わっていないように見えた。

母ののどの奥から低い〝ごろごろ〟という音がきこえてきた。いびきに似ていた。瞼が動いていた。下にある眼球の動きで震えていたのだ。唇が割れ、また閉ざされた。口の片方の口角から微量の唾があふれて垂れ落ちた。

「ママ？　ママ？　ねえ、ぼくのために目を覚ましてくれる？」

いかにも、母は目を覚ましたようだった——瞼がぱちりとひらいたのだ。鮮血が瞳を曇らせて鞏膜《きょうまく》からあふれていた。母親は何度かまばたきをしてから、部屋に視線を一巡させた。

アントンは片腕を伸ばし、母親の両脇に通して上体をもちあげ、ベッドにすわる体勢をとらせた。母親ののどの奥から響く音がどんどん大きくなった——もはやいびきではなく、うなり声に近かった。

「ママ、救急車を呼んだほうがいい？　救急車に来てほしい？　それとも水を一杯もってこようか？」いくつもの質問が奔流となってあふれでてきたが、その一方でアントンはひと安心していた。母親はあいかわらず——自分の居場所を再確認しつつあるかのように——部屋を見まわしていた。

ナイトスタンドをとらえたところで、母親の目が動きをとめた——スタンドの上には、模造品のティファニーランプと特製パワーシェイクがはいっているブレンダーのジャー、それに聖書とｉＰｈｏｎｅがあった。うなり声めいた音がどんどん大きくなってきた。母親が雄叫びか絶叫の準備をしているかのようだった。まさか、母さんにはぼくが息子だともわからなくなっている？

「あれはぼくのドリンクだよ、ママ」アントンがそう話すそばから母親は手を伸ばし、シェイクのはいっているジャーをつかんだ。「わるいけど、ママにお礼をいうつもりはないよ。だって、つくるのを忘れてたもんね」

母親はジャーを大きく横にふって、アントンの側頭部に勢いよく叩きつけた。プラスティックが骨とぶつかりあって、鈍い打撃音があがった。アントンは痛みと体が濡れたことを感じ、すっかり当惑しながら、よろよろとあとずさった。がくりと両膝を床につく。体の下にあるベージュのカーペットに広がっている緑の液体に目の焦点があった。緑のなかに赤い雫《しずく》がしたたり落ちていく。えらく汚しちまったな——アントンがそう思うと同時に、母親がふたたびジャーで殴りかかってきた。今回は後頭部へのすばやい一撃だった。ジャーを打ちつけると、前よりも鋭い破壊音があがった――ブレンダーのジャーをつくっているぶあついプラスティックが割れた音だった。アントンの顔が、ベージュのカーペットのごわごわした表面に広がる緑の水たまりに突っこんでいった。息をしようとしても、吸いこめたのは血とシェイクとカーペットの繊維だけだった。カーペットから離れようと片腕を突きだしたが、体のすべてが――すばらしい筋肉がひとつ残らず――重くなって、力がはいらなかった。うしろで一頭のライオンが吠えていた。ぼくが助けにいって、母さんをライオンから逃がしてあげなくちゃ……でも、そのためには立ちあがらなくちゃならないし、自分の後頭部を見つけないことにはどうにも……。

アントンは母に逃げろと叫ぼうとした。しかし、出てきたのはうがいめいた音だけで、口のなかはカーペットでいっぱいだった。

背中に重いものがのしかかってきた。最前からの痛みに新たな痛みが重なるなかで、アントンは自分の声が母親に届くことを祈り、母親にまだ逃げるチャンスが残っていることを祈っていた。

7

飼育ケージで野良犬の一頭が吠えはじめ、ほかの二頭も吠えはじめた。フランクの足もとにいる名前のない雑種犬――フリッツ・ミショームのやつがぶち殺した犬にそっくり――が〝くーん〟と鼻を鳴らした。雑種はいま〝おすわり〟をしていた。フランクはぼんやりと背骨にそって手を這わせて犬をなだめていたが、目はテレビの画面に釘づけだった。キンズマン・ブライトリーフの横に控えていた助手のひとり――先ほど生肉用のキッチン鋏を手わたした助手ではなく、もうひとりの助手――がブライトリーフの肩に手をかけた。

「父さん、もうよしたほうがいいんじゃないかな？」

ブライトリーフは肩をそびやかして手を払った。「神がいっているぞ――光のなかへ出でよ！　スザンナよ――キンズウーマン・ブライトリーフよ。神が光のなかへ出でよといっているぞ！　光のなかへ出でよ！」

「光のなかへ出でよ！」鋏を手わたした助手が唱和し、ブライトリーフの息子も不承不承の顔で唱和しはじめた。「光のなかへ出でよ！　キンズウーマン・ブライトリーフよ、光のなかへ出でよ！」

キンズマン・ブライトリーフは妻の顔を覆っている繭に両手を差し入れながら、胴間声を張りあげた。「神が光のなかへ出でよといっているぞ！」

それからブライトリーフはぐいっと手を引いた。なにかが剝がれる音がした――その音にフランクは、マジックテープを剝がすときの音を連想した。スザンナことキンズマン・ブライトリーフ夫人の顔があらわれた。両目は閉じたままだったが、両の頰は紅潮していたし、繭の切り口からほつれた糸が呼気にあわせて揺れていた。ブライトリーフが腰をかがめ、キスをするときのように妻に顔を近づけた。

「よすんだ、やめろ」フランクはいった。テレビの音量は決して大きくなかったが、ささやき声も同然の小声だったし、このときにはケージに収容された犬たち——きょうの時点で半ダースの犬がいた——がそろって吠えていた。雑種は低く不安そうなうなりをあげていた。「相棒、それだけはやめろ」

「キンズウーマン・ブライトリーフ、目覚めよ！」

いかにも、女は目を覚ました。問題はどのように目覚めたかだ。女の両目が一気にひらいた。それからいきなり上体を起こして、夫の鼻にがぶりと嚙みついた。キンズマン・ブライトリーフが大声でわめいた。言葉は〝ピー〟という電子音でかき消されていたが、フランクはおおかた〝マザーファッカー〟という下品な罵倒だろうと見当をつけた。血飛沫《ちしぶき》が派手に飛び散った。キンズウーマン・ブライトリーフは、夫から嚙みちぎった鼻の肉の大きな塊を上下の歯でくわえたまま、ばったりと仰向けの姿勢にもどった。身にまとっているナイトガウンのボディスに鮮血が点々と染みをつくっていた。

フランクはぎくりとして体を反《そ》らした。デスクのうしろの狭い空間に置いてあるファイルキャビネットに、後頭部が音をたててぶつかった。ひとつの思いが——まったく無関係なのに明晰そのものの思いが——頭を占領していた。ネットワークのニュース専門局は〝マザーファッカー〟のような卑語は電子音でかき消すくせに、ひとりの女が夫の鼻の肉を八割ばかり嚙みちぎる現場は全アメリカ人に視聴を許すのか、という思いだった。この優先順位の決め方が、どうしようもなく見当はずれなものに思えた。

鼻の切除が実行された部屋は、上を下への大混乱になっていた。カメラに映っていない場所からいくつもの叫び声がきこえ、つづいてカメラそのものが押し倒されると、見えているのは木の床だけになった。床では飛び散った血の雫があつまりはじめていた。ついでカメラは、またミカエラ・モーガンを映しだした。ミカエラは深刻な顔をしていた。

「ここで重ねて、先ほどの映像が大変刺戟の強いものだったことをお詫びしますとともに、内容の真実性についてはいっさい確認がとれていないことを重ねて申しあげます。なお最新の情報によれば、武装集団〈輝ける者たち〉がとうとうゲートをあけ、包囲戦はおわった模様です。あるいはその事実こそ、みなさんがいましがたごらんになった映像が事実だという証明になるかもしれません」ミカエラは頭をすっきりさせるように左右にふると、耳に埋めこまれたプラスティック製品が語りかける声にききいった。「これから一時間に一度、先ほどの映像をくりかえし放送いたしますが、これは断じてセンセーショナリズムによるものではなく――」

ああ、そうだろうとも――フランクは思った。ほんとにそうみたいだ。

「――あくまでも公共性にかんがみての決定です。もしこれが現実に起こったことなら、みなさんにぜひとも伝えたいことがひとつあります――あなたの愛する人や友人があの繭のようなものに包まれてしまったとしても、絶対に除去しようとしないでください。そろそろマイクをスタジオのジョージ・オルダースンにもどします。きいた話によれば、きょうはスタジオに特別ゲストをお迎えしているとのこと。このゲストなら、目下の恐怖の現象にいくばくかの解明の光を投げかけてくれるかもしれません――」

フランクはリモコンでテレビを切った。これからどうする？　どうすればいいんだ？

フランクの狭苦しい専用オフィスでは、まだハーヴェストヒルズ動物保護センターに送られていない犬たちが、それぞれのケージのあいだをひらひら飛んでは踊っている一匹の蛾にむかって正気をうしなったように吠え哮《たけ》っていた。

フランクは左右の足のあいだにすわる雑種犬を撫でた。「大丈夫だ。なんの心配もないよ」雑種犬は静かになった。ほかになにも知らないので、フランクの言葉を信じたのだった。

8

マグダ・ダブセックは、息子アントンの死体に馬乗りになっていた。まず、緑の液体の筋がついたブレンダーのジャーの鋭い破片を横から首に突き刺して息子の息の根を完全にとめ、さらに念を入れて別の破片を耳の穴から耳道沿いに押しこめて、最終的には脳組織に破片の突端を埋めこんだ。首の刺し傷からはいまもまだ出血がつづき、ベージュのカーペットにどんどん広がる血だまりをつくりだしていた。

頬を涙がつたい落ちはじめた。マグダ自身は奇妙にも距離をたもったところにいて、涙のことをぼんやりと意識していた。あの女はなぜ泣いているか？　泣いているのがだれなのか、どこで女が泣いているのかもわからないまま、マグダはそう自問した。そういえば、わたし自身はいまどこにいるのだろう？　さっきまでテレビを見ていて、少し寝ようと思ったのでは？

いまいるのは自分の寝室ではなかった。

「ハロー？」マグダは自分を囲む暗闇にたずねかけた。暗闇のなかには、ほかの人たちが――それもたくさんの人たちが――いたし、その存在を感じとることはできたが、姿はまったく見えなかった。人々がいるのはこのあたり？　それともあっちのほう？　とにかくどこかにいる。マグダは探索の範囲を遠くまで広げていった。

ほかの人たちを見つけなくては。ここにひとりではいられない。ほかの人たちがいれば、自宅へ、息子のもとへ、アントンのところへ帰る手助けもしてもらえるかもしれない。

死体から肉体が立ちあがった。古くなった膝の関節がきしんだ。それからよろよろとベッドに近づいて、ばったり倒れこんだ。両目が閉じられた。左右の頬から新しく白い繊維が生えでてきて、ゆらゆらと揺れ、そっと肌の上に落ちていった。

それからマグダは眠った。

そのあいだ、マグダはここではない別の場所で、ほかの人たちをさがしていた。

第六章

1

暦の上では春でも、夏のように感じられる暑い日だった。この日、ドゥーリング全域で電話の呼出音が鳴りはじめていた。ニュース報道を追いかけている人たちが、まだニュースを見ていない友人や親戚にむけて、いっせいに電話をかけはじめたかのように。電話を控えた者もいた――この騒動もいずれ二〇〇〇年問題のように、しょせんコップのなかの嵐だということになるか、さもなければ〝ジョニー・デップ死去〟というインターネット上の噂話のようなもので、なんの根拠もないデマだと判明するにちがいない、と思った人たちだ。その結果、テレビよりも音楽を流すほうが好きな多くの女性たちは、いつものように乳飲み子や幼児を昼寝のために寝かしつけ、この大仕事をおわらせると、自分たちも横になった。眠るために。眠って、自分たちが住む世界以外の世界を夢見るために。

夢のなかで、それぞれの女の子たちが母親たちにくわわった。

男の子たちはくわわらなかった。夢は男の子たちのものではなかった。

そうした男の子たちが空腹を感じながら一、二時間後に目を覚まし、愛情に満ちていた母親の顔がねばねばする白い物質に包まれていることに気がつく。男の子たちは泣き叫びながら、繭に爪を立てて引き裂いていく――そしてこの行為こそが、眠れる女たちを目覚めさせた。

たとえばエルドリッジ・ストリート一七番地に住むミズ・リーアン・バロウズ。リード・バロウズ巡査の妻だ。毎日十一時前後に、二歳になる息子のゲイリーといっしょに二時間ほど昼寝をするのがリーアンの習慣だった。オーロラ病の木曜日にリーアンがとったのも、まさしくその習慣になっている行動だった。

午後二時を数分まわったころ、エルドリッジ・ストリート一九番地に住むバロウズ家の隣人で、妻に先立たれた男やもめのミスター・アルフレッド・フリーマンは、庭のへりに沿って植えたギボウシに鹿よけスプレーを撒布していた。そのとき、エルドリッジ・ストリート一七番地の家の玄関がいきなり音をたててひらいた。ミスター・フリーマンが思わず目をむけると、リーアン・バロウズがおぼつかない足どりで玄関から出てきた。リーアンは羽目板を運んでいるように、二歳の息子のゲイリーを片腕で抱きかかえていた。ゲイリーはおむつ以外は丸裸で、わんわん泣き叫び、両腕をさかんにふりたてていた。母親リーアンの顔は半透明の白い仮面にあらかた覆われていたが、その物質が一カ所だけ、片方の口角からテープ状に剝がれて、あごへ垂れ落ちていた。こんなふうに白い物質を剝がされたことでリーアンは目を覚まして意識をとりもどしたのだろうが、その意識なるものが快適からほど遠かったことが察せられた。

フリーマンは両家の敷地の境界から十メートル弱手前に立っていた――リーアンはフリーマン目がけて、まっすぐずんずん歩いてきたが、そのあいだもフリーマンはただ絶句していた。午前中もほとんど庭仕事に費やしていたせいで、フリーマンはニュースをまったく見聞きしていなかった。そんなフリーマンをショックで絶句させたのは、隣家の奥さんの表情だった――

いや、無表情というべきか。理由はさっぱりわからないが、近づくリーアンを見ながら、フリーマンはパナマ帽を脱いで胸に押し当てていた——まもなく国歌斉唱がはじまるかのように。

リーアン・バロウズは泣き叫ぶわが子をアルフレッド・フリーマンの足もとの花壇に無造作に落とすと、くるりと回れ右をし、酔っているかのように体をふらつかせつつ、来た方向へ芝生をまっすぐ引き返しはじめた。リーアンの指先から、ティッシュペーパーの切れ端めいた白く小さなものがたなびいていた。リーアンは自宅にはいってドアを閉めた。

のちにこうした現象はオーロラ病の症状のなかでも、もっとも奇妙なものとされ、どの症状よりも詳細な分析の対象になった——この症状は〝母の本能〟とか〝里子反射〟などと呼ばれていた。睡眠者《スリーパー》とそれ以外の成人との接触が暴力的なものになったという報告は最終的には数百万件にもおよび、さらには記録されていない発生例がさらに数百万件はあったと推測されるが、睡眠者とその思春期前の実子との接触が暴力的な展開になったことが確認されている例は、ほとんど存在していなかった。睡眠者たちはそれぞれの乳幼児の男の子をいちばん手近にいた人物に手わたすか、あるいは自宅の玄関先にただ出したあとで、それぞれの眠りの場へ引き返した。

「リーアン？」フリーマンは声をかけた。

ゲイリーは地面でじたばたと暴れ、泣きわめき、肉づきのいいピンクの足で枯葉をさかんに蹴っていた。「ママ！　ママ！」

アルフレッド・フリーマンは男の子を見おろし、鹿よけスプレーを撒いていたギボウシに目を移して自問した。《やはりこの子は家へもどしてやるべきでは——》

もとより子供があまり好きではない。フリーマン自身にもふたりの子供がいるが、子供たちのほうも父親があまり好きではなかった。そんな男にとって、ゲイリー・バロウズが無用の存在であるのは明らかだった。しょせんは醜いちびのテロリスト。社会への有用性があるとしても、せいぜい玩具のライフルをふりまわして〈スター・ウォーズ〉がらみの言葉をわめき散らすこと以上ではない。

顔が白いしろものに隠れていたこともあって、先ほどのリーアンには人間らしさは少しもなかった。そこでフリーマンは、せめてリーアンの夫の警官に連絡をとって責任をとってもらうまで男の子の世話をしようと決めた。

この決断がフリーマンの命を救った。〝母の本能〟にあえて異をとなえた者たちは、そのことを後悔した。オーロラ病の母親たちがどうして自身の男児を他人の手に静かに委ねたのかは不明だったが、その行為は質問の対象ではなかった。この質問を相手にぶつけて多大な損害をこうむり、それっきりなにも学べない身になった者が万単位になった。

「ごめんよ、ゲイリー」フリーマンはいった。「しばらくはアルフおじさんといっしょに過ごしてもらわなくちゃならないみたいだ」それからフリーマンは慰めようもないほど泣き叫ぶゲイリーを両腕で抱きかかえ、自宅にはいっていった。「もうちょっと静かにしてくれというのは過ぎた願いかな？」

2

新規収監者の受入手続のあいだ、クリントはイーヴィにずっと付き添っていた。ライラは立ち会わなかった。クリントとしては妻であり署長であるライラにいてほしかったし、ライラが刑務所の駐車場でパトカーからおりてくるなり力説したとはいえ、これから先きみは眠るわけにはいかなくなると妻にあらためて強調しておきたかった。とはいえすでに五、六回は注意をくりかえしていて、いまでは自分の懸念が妻の忍耐の限界を試していることにも気づいていた。それ以外にも、昨夜はどこにいたのかと妻を問い質《ただ》したくもあった。しかし、この質問は先延ばしにできなくもない。ここでの事態の展開や全世界規模で発生している事態を思うなら、そんなことは問題ではないといえる。それでもクリントの思いはくりかえし、その件に立ち返った——犬が怪我をした足をくりかえし舐めてしまうように。

イーヴィが刑務所内に連行されてからほどなく、副所長のローレことロレンス・ヒックスが到着した。ジャニス・コーツ所長はこの新収監者に関係する書類の処理をヒックス副所長にまかせ、自分は電話をかけはじめた。まず矯正局に電話で指示をあおぎ、さらに非番の刑務所職員にかたはしから電話をかけていった。

結局のところ、処理するべき仕事はあまり多くなかった。イーヴィは両手を鎖で取調べ用のデスクに繋《つな》がれてすわっていた。このときも、ライラとリニー・マーズが警察署で着せた郡の茶色い囚人服姿だった。イーヴィの顔は、ライラのパトカーの前後を仕切る金網にくりかえし叩きつけられたせいで傷が痛々しかったが、両目や雰囲気は傷と似つかわしくないほど明るかった。現住所、家族や親戚、それに既往歴にまつわる質問には、ただ沈黙が返ってきただけだった。苗字をたずねる質問に、イーヴィはこう答えた。

「そのことは考えてた。ブラックってことにしようよ。ブラックでいい。不詳《ドー》っていう苗字がいやだからじゃない――ドーはドーナツのドーだし。でもブラックのほうがいい苗字だね――黒い《ブラック》時代には。わたしの名前はイーヴィ・ブラック」

「つまり本名じゃないんだな？」歯医者から刑務所に直行してきたばかりで、いまもまだ局所《ノヴ》麻酔薬《オカイン》の効果が残っている口でヒックスはいった。

「あなたにはわたしの本名をきちんと発音できるはずがない――どれかひとつでも」

「いいから教えてみろって」ヒックスは誘った。

イーヴィは陽気な光をたたえた目で、まじまじとヒックスを見つめただけだった。

「年齢は？」ヒックスは別方向から攻めた。

ここでイーヴィの陽気な表情が翳《かげ》って、クリントには悲しみの表情と思えたものに変化した。

「わたしには年齢がないの」イーヴィはいった。しかし、直後に副所長にむけてウィンクを送った。なにやらご大層なことをしでかして、それを詫びてでもいるかのように。

ここでクリントは口をひらいた。正式な事情聴取の時間はあとでとれるはずだが、いま展開中のあれやこれや全部にもかかわらず、もう待ちきれなくなっていた。「イーヴィ、自分がどうしてここにいるのか、ちゃんと理解しているのかな？」

「神を知るため、神を愛するため、そして神に仕えるため」イーヴィは答えた。つづいてイーヴィは両手を——鎖の許す範囲で精いっぱい——高くかかげ、自身を十字架にかける真似をして笑いはじめた。これ以上は話すつもりはないらしい。

クリントは自分のオフィスへ行った——ライラがそこで待っているといっていたからだ。オフィスではライラが肩につけたマイクにしゃべっていた。ライラはマイクをつけなおすと、クリントへむけてうなずいた。「もう行かなくては。あの女を受け入れてくれてありがとう」

「外まで送っていくよ」

「あら、患者のそばに張りついていたいんじゃないの？」そう話しながらライラは早くも廊下を所内のメインドアへむかって歩きだし、さらには顔を上へむけてミリー・オルスン刑務官が見ているモニター画面に顔が映るようにした。自分が受刑者ではなく、外部の人間——という か法執行機関の人間——だと相手に見せつけるためだった。

「全裸検査とシラミ駆除に立ち会えるのは女性スタッフだけでね。あの女に服を着せおわるころを見はからって、あっちへ行くさ」

だけど、きみはそんな手順など全部知っているはずだぞ——クリントは思った。疲れはてて、そんなことも忘れているのか？　それとも、夫のわたしと話したくない？

ブザーが鳴ってドアが解錠された。ふたりは刑務所と玄関ホールのあいだにはさまれたエアロックなみの小さな部屋に、ともに足を踏み入れた。ここのあまりの狭さに、クリントはいつも閉所恐怖症的な気分にさせられた。もう一度ブザーが鳴って次のドアが解錠されると、ライラが先に立ち、ふたりとも自由な男女の世界に帰還した。

ライラが建物から外へ出る前に、クリントは妻に追いついた。「このオーロラ病はね――」

「あといっぺんでも、寝ては駄目だとあなたからいわれたら、この場で悲鳴をあげちゃうかも」ライラはこの件であくまでも愛想よく接しようと努めていた。しかし、妻が癇癪をこらえていれば、クリントにはそれとわかった。緊張のあまり口のまわりに刻まれる皺や、目の下のたるみは見逃そうと思って見逃せるものではない。ライラは夜勤にあたって、このうえなく運に恵まれないタイミングを選んでしまったといえる。いや、この事態に〝運〟などがかかわっているならの話だが。

クリントはさらにライラをパトカーまで追いかけた。リード・バロウズ巡査がパトカーの車体によりかかって、腕組みをしていた。

「きみはわたしの妻というだけじゃない。ドゥーリング郡の法執行機関の観点から見れば、きみは超重要人物《ビッグ・カフナ》だ」そういって、クリントは折りたたんだ紙をライラに差しだした。「もっていけ。なにをするよりも先に、まずこいつをたっぷり入手しておくんだ」

ライラは書類を広げた。薬の処方箋だった。「プロビジルってなんの薬?」

クリントはライラの肩に腕をかけて体を引き寄せた。これから先の会話をリード・バロウズに盗み聞きされたくなかった。「睡眠時無呼吸症候群の薬だよ」

「わたしには無縁だけど」

「ああ――ただし、その薬を飲むと眠くなくなるんだ。いいか、ふざけていっているわけじゃない。きみには起きたままでいてもらう必要がある――わたしだけではなく、町全体が目を覚ましているきみを必要としているんだ」

クリントの腕の下でライラが身をこわばらせた。「わかった」

「早めに手に入れておけ――暴動が起こる前に」

「はいはい、わかりました」クリントの指示は善意から出たものだったかもしれないが、ライラを苛立たせているのも事実だった。「あとは、わたしのいかれた頭の原因を解明してちょうだい。できるものなら」そういって、ライラは笑みをのぞかせた。「その気になれば、いつでも証拠物件の保管ロッカーを調べればいい。あそこには、小さな白い錠剤がどっさり保管されてるから」

その点は考えてもみなかった。「その情報は頭の片隅に入れておいたほうがいいな」

ライラはさっと身を引いた。「ただの冗談よ、クリント」

「いや、証拠物件に手を出せとか、そんな話をしているんじゃない。わたしはただ……その……」クリントはさっと両の手のひらをかかげた。「――頭の片隅に入れておいたほうがいいといっただけだ。この先、なにがどう転ぶかわからないからね」

ライラは疑わしげな目をクリントにむけてから、パトカーの助手席のドアを引きあけた。

「わたしより先にジェイリッドと話す機会があったら伝えておいて――わたしも夕食までには家に帰りたいけれど、その可能性はかぎりなくゼロに近い、って」

そういってライラは車に乗りこんだ。ライラが窓を完全に閉めて、エアコンの恩恵をフルに享受するようになる寸前――リード・バロウズが居合わせていたというのに、おまけに前ぶれなく現実とは思えない危険な事態が発生して、それをマスコミは現実の危機だと主張しているというのに――クリントの口から、いきなり例の質問が飛びだしそうになった。数千年も前から、男たちはこの質問をずっとたずねつづけているのだろう――《ゆうべ、きみはどこにいた?》という質問を。しかし、実際に口にしたのはこういう言葉であり、そのせいでクリントはつかのま自分が賢くなったように思った。

「ああ、そうだ。マウンテンレスト・ロードのことを覚えてるか?　まだ通行止めが解除されていないかもしれないぞ。だから、近道をしようなんて思うなよ」

ライラは眉一本動かさずに、うん・そうね・わかった、とだけ答え、片手をバイバイ代わりにひらりとふってから、刑務所と幹線道路を区切る二重ゲートへむけてパトカーを走らせはじめた。結局は賢明でいられなかったクリントは、車で走り去っていく妻を見送ることしかできなかった。

建物のなかに引き返すと、ちょうどイーヴィ・〝あなたにはわたしの本名をきちんと発音できっこない〟・ブラックが、収監者名簿用の写真を撮影されているところだった。それがすむと、ドン・ピーターズ刑務官がイーヴィの両腕に寝具をかかえさせた。

「おれにはおまえがドラッグでラリってるみたいに見えるぞ。シーツにげろを吐くなよ」

ヒックスは鋭い視線をドンにむけたが、局所麻酔薬の効き目が残っている唇を閉ざしたままにしていた。ドンにはもう一生会わなくてもいいほど食傷していたクリントは、口を閉ざしていなかった。

「無駄口を叩くな」

ドンがぐるりと頭をめぐらせた。「おれにそんな口を叩けるのか――」

「きみが希望すれば、わたしが事故報告書を書いてもいい」クリントはいった。「不適切な応答。正当な理由なし。どうなるかは、きみ次第だ」

ドンはクリントをにらみつけたが、こう質問しただけだった。「この囚人についてはあんたが責任者だ——で、どこに割り当てる？」

「A翼棟の一〇号監房」

「さあ来い、囚人」ドンはいった。「壁がクッションになった保護房だ。ツイてるな」

クリントは歩いていくふたりを見送った。イーヴィは両腕いっぱいに寝具をかかえ、ドン・ピーターズはそのすぐうしろを歩いている。ドンが前を歩くイーヴィの体に手を這わせるのではないかと、クリントは目を光らせていた。しかし、ドンは手を出さなかった。クリントが背後から見張っていることを知っていたのだ。

3

以前にもこんな疲れを感じた経験はあったはずだが、それがいつのことなのか、ライラには思い出せなかった。代わって思い出されてきたのは——よりにもよってハイスクールの保健の授業で教わったことで——長時間にわたって睡眠をとらずにいた場合の悪影響の数々だった。反射神経の働きが鈍り、判断力が低下し、注意力が減退し、怒りっぽくなる。いうまでもなく、短期記憶にも悪影響が出る——たとえばハイスクール二年生の保健の授業で教わったことは思い出せても、この次なにをするのか、きょう、いまこの瞬間なにをするはずだったのかは思い出せなくなる。

ライラは〈オリンピア・ダイナー〉(入口脇のイーゼルパネルには《**いらっしゃいませ——当店自慢のエッグパイを召しあがれ**》とある)の駐車場にパトカーを入れてエンジンを切り、外に降り立つと、時間をかけてゆっくりと深呼吸をすることで肺と血流を新鮮な酸素で満たした。これが少しは役に立った。そのあと身をかがめて運転席の窓に顔を入れ、ダッシュボードのマイクを手にとったが、やはり考えなおした——これから話すことは公共の電波に乗せたくない。ライラはマイクをもとにもどすと、用具ベルトから自分の携帯電話をとりだし、登録ずみの十あまりの短縮ダイヤルのひとつを選んで電話をかけた。

「リニー、どんな調子?」ライラは通信指令係にたずねた。

「元気そのもの。ゆうべは七時間ばかり寝たの——いつもよりちょっと長めに。だから問題なし。でも、署長のことは心配よ」

「わたしなら大丈夫。だから心配しないで——」そういいかけた言葉は、あごの骨が鳴るほどのあくびに中断された。あくびをはさむと、いま口にした言葉がいくらか馬鹿馬鹿しく思えてきたが、ライラは耐え抜いた。「ええ、わたしは元気いっぱい」

「ほんとに? 何時間ぶっつづけで起きてるの?」

「わからない。十八時間……十九時間かな」リニーの不安をなだめるために、ライラはいい添えた。「それにゆうべは、勤務中こっそり居眠りもしたから心配しないで」嘘がすんなりと口から転がり落ちてきた。嘘を戒めるおとぎ話があったはずだ——ひとつの嘘がまた別の嘘を招いているうちに、嘘つきが鸚鵡《おうむ》になってしまうというような話だ。しかし、ライラの疲れた脳みそは次の嘘をでっちあげられなかった。「とにかく、いまはわたしのことを気にしないで。顔が変なもので覆われたティファニー、トレーラーハウスから連れてきたあのティファニーはどうしたの？　救急救命隊が病院に運んだ？」

「ええ。幸い、かなり早いうちに病院に運びこんだ」リニーはそこで声を落とした。「聖テレサ病院はてんやわんやの大騒ぎよ」

「ロジャーとテリーはいまどこに？」

この質問へのリニーの答えは困惑もあらわなものだった。「ええと……ふたりともしばらく地区検事補を待ってたのね。でも、検事補はいつまでたっても姿を見せないし、ふたりとも奥さんのようすを確かめたくなって——」

「じゃ、ふたりは犯罪現場を離れたわけ？」一瞬ライラは激しい怒りを感じたが、信じられない思いを口にあらわすなり、その感情は散り散りになって消えていった。地区検事補が姿をあらわさなかったのも、ロジャーとテリーが犯罪現場を離れたのとおなじ理由かもしれない——そう、妻のようすを確かめたかったのではないか。てんやわんやの大騒ぎになっているのは聖テレサ病院だけではなかった。いたるところがそうなっていた。

「わかってる、ライラ。あなたのいいたいことはわかる。でも、ロジャーのところには女の子が生まれてて——それで——」

ほんとにロジャーの子供ならね——ライラは思った。ロジャーの妻のジェシカ・エルウェイは、ベッドからベッドへわたり歩くのが趣味だ。町の噂ではそういうことになっている。

「——テリーもすっかりパニックを起こしてしまって。ふたりは家に電話をかけたけれど、だれも出なかった。現場を離れたら署長が怒るよ、といったんだけど」

「わかった。とにかくふたりを呼びもどして。ふたりには町に三軒あるドラッグストアに行って、薬剤師に伝えてほしいことがあって――」

ピノキオ。嘘をテーマにしたおとぎ話はピノキオだ。ただしピノキオは鸚鵡になったのではなく、鼻がぐんぐん伸びて、ワンダー・ウーマン愛用のディルドもかくやという大きさになってしまった。

「ライラ？　まだそこにいる？」

しっかり考えをまとめなさい――ライラは自分を叱咤した。

「手もちの覚醒剤全般を倹約するよう、薬剤師に伝えてほしい。アデロール、デキセドリン……それから、メタンフェタミンをつかった処方薬がひとつはあったと思う。でも名前を思い出せなくて」

「メタンフェタミンの処方薬？　嘘でしょ！」

「ほんと。薬剤師ならわかるはず。もうじき、洪水みたいな勢いで処方箋が流れこんでくる。とにかく、いったいなにが進行中なのかが解明されるまでは、人々に処方する薬の量を最低限に絞ってほしいの」

「了解」

「それから話はもうひとつ――でもね、リニー、他言無用に願いたいの。証拠物件の保管室を調べて、覚醒効果のある薬物がどのくらいあるのかを確かめてくれる？　グライナー兄弟のところにガサ入れして押収したコカインやビフェタミンも含めて」

「ちょっと、それ本気でいってる？　〝ボリビアン・マーチング・パウダー〟ことコカインが二、三百グラムはあるわ！　ロウエルとメイナードの兄弟はもうじき公判にかけられる予定。その証拠物件に手出しをするなんて問題外ね——だって、それこそ永遠にも思えるほどあの兄弟を追いかけてきたんだから！」

「わたしにはなんともいえないけど、クリントからそういう考えを吹きこまれて、頭からふり払えなくなったの。とにかく、どういう薬物があるかをリストアップしておいて。いい？　だれかがドル紙幣を丸めて、粉を吸いこむようなことにはならないから」少なくとも、きょうの午後は。

「オーケイ」リニーは怖気《おじけ》づいた声でいった。

「爆発したメタンフェタミン工場のそばのトレーラーハウスには、いまだれがいるの？」

「ちょっと待って——いまガートルードに確かめてみる」リニーはオフィスのコンピューターをガートルードと呼んでいたが、ライラはその理由を知りたいとも思わなかった。「鑑識と消防署の隊員たちはもう出発してる。こんなに早く現場を離れたなんて驚き」

ライラは驚かなかった。鑑識や消防の男たちにも妻や娘がいたにちがいない。

「ええと……そうね、ＡＡＨのメンバーがまだ近くにいて、残っている小さな火を消してまわってるみたい。メンバーの顔ぶれはわからない……ここにあるのは、ＡＡＨが十一時三十三分にメイロックを出発したというメモだけ。でも、ウィリー・バークは参加してると見ていいかも。ほら、ウィリーはこうしたチャンスを決して逃がさないから」

ＡＡＨ——そのまま発音すると〝ああぁ〟と、ため息のようになる頭字語で、〈幹線道路を《アドプト・ア・》養子に《ハイウェイ》〉の略だ。これは三郡地域《トライ・カウンティーズ》で道路の清掃や植栽の整備などをボランティアでおこない、その見返りに道路の〝里親〟になった人々の組織で、メンバーの大多数がピックアップトラックを走らせる年金生活者だ。三郡地域《トライ・カウンティーズ》にとっては志願消防団にいちばん近い組織であり、山火事の頻発シーズンにはたびたび出動して、人々の役に立っていた。

「オーケイ。ありがとう」

「じゃ、これから現場に行くの？」そうたずねてきたリニーの声には、わずかながら非難がましい響きがあった。ライラは疲れていたが、言葉の裏にひそむ真意――《これだけいろんなことが同時進行で起こっているのに？》――を読みとれないほどの疲れではなかった。

「リニー、手もとに目を覚ましていられる魔法の杖があれば――信じてちょうだい、ぜったいにつかうから」

「オーケイ、署長」言葉の裏の真意は――《わたしに嚙みつかないでよ》。

「ごめんね。とにかくできることはやらなくちゃならないというだけ。アトランタの疾病《C》対策《D》センター《C》ではだれかが――何人ものだれかさんが――この眠り病の解明にとりくんでいるはず。ここドゥーリングでは二重殺人事件が発生して、わたしはその捜査を進める必要があるわけ」

なぜわたしは通信指令係にこんなことを説明しているのか？　疲れているから――それが理由だ。こうしていれば、さっき刑務所で夫のクリントがむけてきた目つきを忘れていられるからだ。こうしていれば、夫を心から気にかけていながらも、その夫のことをろくに知らないという可能性から目をそらしていられるからだ――いや、可能性ではなくて事実だ。その事実の名前はシーラ。

オーロラ——あの病気は眠り姫の名前でそう呼ばれている。もしわたしが眠ったら——ライラは思った——それでおわりになるのか？　わたしは死ぬのか？　クリントなら、死んでもおかしくないといいそうだ。死んでもおかしくない、と。

邪気のないふたりの言葉の応酬……一家の計画や食事づくりや親としての責任にまつわる肩のこらない共同作業……そして、おたがいの肉体から得られる心の休まるような快楽——そういった何度も何度もくりかえされた経験や、ふたりいっしょの日々の生活の核の部分が、いま崩壊しそうになっている。

夫クリントの笑みを思い描くと、胃がきりきりと痛んだ。ジェイリッドもおなじ笑顔のもちぬしだった。そしてシーラの笑顔も。

ライラは、クリントがひとことの相談もなく個人開業医の看板をおろしてしまったことを思い出した。クリントの診療所の設計にふたりであれだけの労力を費やし、診療所の立地だけではなく、町そのものを選ぶときにもあれだけ配慮をつくしたのに——最終的にドゥーリングを選んだのは、この地域では人口の多い町でありながら、一般診療をおこなっている精神科医院が一軒もなかったからだった。しかしクリントはふたりめの患者に腹を立て、その場ですぐに路線変更が必要だと決めてしまった。ライラはなにもいわずに従った。さまざまな努力が無駄になったことは苛立たしく、結果として一家の収入が減少するという見通しから、多くの再計算が必要になった。そもそも、ほかの条件のすべてが同等であれば、ライラは三郡地域《トライ・カウンティーズ》のような田舎ではなく都会に近いところに住みたかったが、一方ではクリントの幸せを願ってもいたので、ただ従ったのだ。ライラはプールなど欲しくはなかった。ライラはただ従った。ある日クリントはいきなり飲み水をボトルいりの水に切り替えると宣言し、冷蔵庫の半分を水のボトルで埋めた。ライラはただ従った。そしていまここにあるのはプロビジルの処方箋で、クリントはこの薬をライラが飲むべきだと決めている。おそらくライラはただ従うだろう。もしかしたら、睡眠こそがライラの本来の状態なのかもしれない。オーロラ病を受けいれているのも、それが理由なのかもしれない——眠っても、ライラにとっては大きな変化ではないからだ。そうかもしれない。そもそもだれにわかるというのか？

イーヴィは昨夜あの場にいたのだろうか？　そんなことがありうるのか？　コフリン・ハイスクールの体育館でアマチュア・スポーツ連盟所属チーム同士の試合を見ていたのだろうか？　背の高いブロンドの少女がレイアップに次ぐレイアップを披露し、ファイエットのディフェンスを鋭い刃物のように切り裂いていたあの試合を。そう考えれば、トリプル・ダブルの一件にも説明がつくのでは？

《あなたも眠りにつく前に、大事な男にキスしておいたほうがいい》

そのとおり——もしかしたら、人はこんなふうに正気をなくしていくのかもしれない。

「リニー、わたしはもう行かないと」

ライラは相手の返答を待たずに通話をおわらせ、携帯をベルトのホルスターにもどした。しかし、そこでジェイリッドのことを思い出し、また携帯を手にとる。しかし、なにを話す？　わざわざ話す必要があるか？　ジェイリッドは携帯電話でインターネットにアクセスしている——今時はだれもがそうしている。ジェイリッドならいまごろわたし以上に、いま起こっている事態をくわしく把握しているだろう。わたしの息子——そう、なにはともあれ、わたしには娘ではなく息子がいる。きょうはこれが感謝するべき事実だ。メアリーという娘さんをもつパク夫妻は、いまごろ正気をなくしているにちがいない。ライラはジェイリッドにあてて、学校からまっすぐに帰宅しろ、自分はおまえを愛している、というメッセージを送るにとどめた。

ライラは顔を空へむけ、また深々と空気を吸いこんだ。かつての不品行――大半がドラッグがらみ――の結果をほぼ十五年かけてきれいに片づけおわったいま、ライラ・ノークロスは自分の状態や地位に自信をいだいていた。その自信ゆえに――職務を果たすにあたっては自分が全力をつくすとわかってはいたものの――死亡した二名の覚醒剤密造者のために正義を勝ち取ることには個人的関心がほとんどないことも自認していた。そもそもふたりの死者は、いずれ〝人生の巨大な誘蛾灯〟におびき寄せられ、みずから感電死する運命にあったのかもしれない。

政治のこともそれなりに知っているライラは、今回の事件にはどこからも迅速な解決を望む声があがらないことを見通してもいた――パニックを誘発するオーロラ病の件があるからだ。しかしアダムズ製材所近くのトレーラーハウスこそ、イーヴィ・ドーがドゥーリング郡へのデビューを果たした場所であり、ライラはいかれ娘のイーヴィに個人的関心をいだいていた。いくらイーヴィでも、なにもない空中からいきなり落ちてきたはずがない。トレーラーハウス近くに車を乗り捨てたのでは？　車のグラブコンパートメントに所有者が記載された登録証があるのでは？　トレーラーハウスはここからわずか八キロほどだ。ひととおり見にいかない理由はない。ただし、その前にすませておくべき仕事がある。

ライラは〈オリンピア・ダイナー〉にはいっていった。店内は無人も同然で、ふたりいるウェイトレスが片隅のボックス席に陣取って、おしゃべりに興じていた。ひとりがライラに気づいて立ちあがりかけたが、ライラは手をふってウェイトレスをすわらせた。店のオーナーのガス・ヴェリーンはレジのうしろのスツールに腰をすえて、ディーン・クーンツのペーパーバックを読んでいた。背後の小型テレビは無音《ミュート》にしてある。画面の最下部を《**オーロラ禍、深刻化の一途**》というテロップが流れていった。

「その本なら読んだわ」ライラはガスが読んでいた本を指先で叩きながらいった。「犬がスクラブルの文字タイルで意思を伝えるのよ」

「おいおい、ずいぶんなネタバラシをするんだな」ガスはいった。その言葉には、ハムの肉汁をつかったレッドアイ・グレイヴィ顔負けのこってりとした訛があった。

「ごめんね。それでも楽しく読めると思う。筋立てがいいから。さて、文芸批評もおわったし、コーヒーの時間《バン》にしたいな。ブラック。特大サイズで」

ガスはBUNNのコーヒーメーカーに近づくと、テイクアウトの大型カップにコーヒーをなみなみと注いだ。もちろんブラックだ——ボディビルのチャールズ・アトラスなみにがつんと来る濃いコーヒーで、すでに世を去ったライラのアイルランド系の祖母の辛辣さを思わせる苦みをそなえているのだろう。望むところだ。ガスは熱をさえぎるボール紙製のスリーブをカップの中央あたりまではめこみ、プラスティックのふたを閉めてライラに差しだした。しかしライラが財布を出そうとすると、ガスはかぶりをふった。

「お代はいらんよ、署長」

「いいえ、払うわ」これは決して曲げてはならない規則だ——ライラは、そのあたりの事情を要約した**《満ち足りた警官は林檎を盗まない》**という文句の銘板を署のデスクに飾っていた。いったん無料でなにかをもらうようになったら、決してやめられなくなるし……いずれ、その対価を支払わされる。

ライラはカウンターに五ドル紙幣を置いた。ガスが紙幣を押し返してきた。

「あんたが警官だからじゃないよ、署長。きょうは、女性客の全員にコーヒーを無料でふるまってるんだ」ちらりとふたりのウェイトレスに目をむける。「なあ、そうだろ？」

「そうよ」ひとりが答えてライラに近づき、スカートのポケットに手を入れた。「で、こいつをコーヒーに混ぜて飲みなよ、ノークロス署長。味がよくなるわけじゃないけど、気合いを入れてくれるからさ」

見ると、〈グッディーズ〉の頭痛用粉薬のパッケージだった。ライラ自身はこの市販薬をつかったことはないが、三郡地域《トライ・カウンティーズ》では南軍の雄叫びやチーズのかかったハッシュブラウンにも匹敵する人気を誇っていることは知っていた。小袋をあけて中身をすっかり出すと、グライナー兄弟の裏の物置で見つかったコカイン入りの小袋――ビニールにくるまれて、古いトラクター用タイヤに隠してあった――とそっくりになる。グライナー兄弟をはじめ多くのドラッグディーラーがそれぞれの商品の小分けに〈グッディーズ〉をつかうのは、そんな理由からだ。しかもこの頭痛薬は、小児用便秘薬の〈ペディアラックス〉よりも安価だ。

「こいつにはカフェインが三十二ミリグラム含まれてる」もうひとりのウェイトレスがいった。「きょうはもう二袋飲んだ。だって、頭のいい連中がこのオーロラとかいう病気を治す方法を見つけるまで、眠るわけにいかないから。ぜったいにね」

4

ドゥーリング郡全体でただひとりの動物管理官という仕事に利点があるとすれば——それ以外に利点はないかもしれないが——口うるさく指図する上司がいないことにつきるだろう。理屈の上でこそフランク・ギアリーは町長と町議会に責任を負う立場だが、町長や町議会がこの目立たない建物——ほかには歴史協会とレクリエーション局と課税額査定局がはいっている——の奥にあるフランクの狭苦しいオフィスまで足を運ぶことはめったにない。フランクには文句はなかった。

フランクは犬を散歩させたあとで落ち着かせ（そのためには〈ドクター・ティムズ〉ブランドの犬用チキンチップスにまさる手段なし）、それぞれに充分な飲み水が用意してあることを確かめた。ハイスクールのボランティアであるメイジー・ウェッターモアが六時にやってきて犬たちに給餌し、ふたたび散歩に連れていく予定になっていることを確認する。まちがいない、ボードにそう書いてある。フランクはさまざまな薬品についての申し送りのメモをメイジーにあてて書き残し、オフィスに施錠して退勤した。メイジーには、ホームレスになった犬たち以上にさし迫った心配事があるかもしれないという思いがフランクの頭に浮かんだのは、ずっとあとのことだった。

フランクが考えていたのは娘のことだった。またしても。きょうの朝は娘を怯えさせてしまった。自分自身にも認めたくなかったが、怯えさせたことはまちがいない。ナナ。ナナにまつわる〝なにか〟が、頭の奥にひっかかりはじめていた。オーロラ病ではないが、オーロラ病に関係している〝なにか〟が。いったいなにが？

エレインに返事の電話をかけなくては——フランクは思った。自宅に帰ったら、すぐに電話をかけよう。

しかしエリス・ストリートに借りている四部屋の小ぶりの家に帰りついたフランクが真っ先にしたのは、冷蔵庫の中身のチェックだった。といっても、たいしたものはなかった。カップタイプのヨーグルトが二個、賞味期限切れのサラダ、〈スウィートベイビー・レイ〉のバーベキューソースの瓶、そして〈マイナーズ・ドーター・オートミール・スタウト〉のケース。これは高カロリーのビールだが、健康にいいにちがいないとフランクは勝手に思っていた——だって、オートミールがはいっているんじゃないのか？ ビールの一本に手をかけたところで、携帯が鳴りはじめた。小さなスクリーンに表示されているエレインの顔を見たとたん、できれば感じないですませたかった明晰な一瞬が訪れた——自分は〝エレインの怒り〟を（少しだけ）怖がっていて、娘は〝父の怒り〟を（ほんの少しだけだと……信じたい）怖がっている。こういった事情が家族関係の基礎の一部なりともをつくっているのか？

おれはここじゃ善人の側だ——フランクは自分にそういいきかせて電話をとった。「やあ、エレイン。すぐ折り返し電話できなくてわるかった。ちょっと急用でね。悲しい事件だよ。シルヴァー判事の飼い猫を葬らなくちゃならず、そのあとは——」

ところがエレインには、シルヴァー判事の飼い猫の話で本題を先延ばしにされるつもりは毛頭なかった――むしろフランクとすぐに本題の話をしたがっていた。おまけにこれまたいつもどおり、エレインは最初から声のボリュームをレベル10にしていた。「あなたのせいで、ナナがすごく怖がってる！　ありがたいことをしてくれたものね！」

「おいおい、落ち着けよ。おれはあの子に、絵を描くなら家のなかで描けといっただけだ。緑のメルセデスのことがあるからね」

「なんの話か、さっぱりわからないけど」

「あの子が最初に新聞配達ルートをたどったとき、大まわりしてネーデルハフトさんの家の芝生を通らなくちゃならなかったと話していたのを覚えてるかい？　フロント部分に星に似たしるしがついてる大きな緑の車が歩道に乗りあげてきたからだって？　で、きみはそのまま、ほうっておけ、とおれにいった。おれはそのとおりにした。そのままにしたんだ」

口からあふれる言葉はどんどんスピードをあげていた。自分を抑えなくては、いまに言葉をぺっぺっと吐きだすようになりそうだ。エレインには理解してもらえないが、人になんとしても言葉をきいてもらいたければ、大声を余儀なくされる場面もある。少なくともエレインが相手のときには。

「シルヴァー判事の飼い猫を撥ねたのも、フロントに星形の飾りがついた緑の大きな車だったんだよ。メルセデスだ。だいたい、ナナが危うく事故にあいかけたあのときだって、だれの車かはわかっていたんだし――」

「フランク、あのときナナは車が乗りあげたのは半ブロックも先の歩道だった、と話してたのよ！」

「ああ、そうかもしれない。でも本当はもっときわどかったのに、あの子がおれたちを怖がらせまいとして嘘をいったのかもしれない。せっかくもらった新聞配達の仕事を、おれたちにとりあげられるんじゃないかと心配して。いいから黙って話をきけ、いいな？　おれはそのままにした。問題のメルセデスを近所で何度も何度も見かけていたのに、そのままにしたんだ」

　これまで何度、この話をくりかえしただろうか？　この話をしていると、ナナがくりかえし歌っていて、しまいには頭がおかしくなるにちがいないとフランクが思うまでになったあの歌、〈アナと雪の女王〉の歌を連想するのはどうしてか？　いまもビールの缶を力いっぱい握りしめるうちに、缶の側面が凹んでいた。このまま握っていたら、缶がぱんと破裂しそうだった。

「でも、今回だけはそのままにしておけない。あいつがココアを轢いたとあってはね」

「だれなの――？」

「ココア！　ココア、シルヴァー判事の猫だよ！　いいか、おれの娘が轢かれてもおかしくなかったんだぞ、エレイン。いや、おれたちの娘がだ！　長い話を簡単にいえば、問題のメルセデスは丘のてっぺんに住んでいるガース・フリッキンジャーの車だった」

「お医者の？」エレインは興味をひかれた声になった。ようやくだ。

「そう、そいつ。やつと話をしたが、なにがあったと思う？　あの医者、ドラッグでハイになっていやがった。断言していい。まともに話もできないくらいだったからね」

「警察にあの人のことを通報すればよかったのに、わざわざ自宅を訪ねたりしたの？　あのときナナの学校にまで行って担任を怒鳴ったときみたいに？　そう、あなたの娘を含めて生徒全員が、頭のいかれた人そっくりに叫び散らすあなたの声をばっちりきけるタイミングでね」

話すがいい、昔の件をどんどん引っぱり出せばいい。フランクは缶を握る手にますます力をこめながら思った。きみはいつだってそうだ。あのときも……有名な壁パンチのときも……それから、きみの父親はクソ袋も同然だとおれがいったあのときも。蒸し返せよ、ひっぱりだせよ、〝粗《あら》探し屋〟のエレイン・ギアリーのベストヒットパレードを。いずれおれが棺桶にはいれば、きみはだれかれかまわず、おれがナナの二年のときの担任を怒鳴りつけたことを話すだろうな——怒鳴ったのは、あの担任がナナの理科の自由研究を笑いものにして、教室であの子を泣かせたからだ。みんながその話に飽きたら、次はおれがミセス・フェントンから除草剤をとりあげて、あの女に薬を吹きかけた話をするんだろう？　あの女は、三輪車に乗っていたナナが除草剤を吸いこむにちがいない場所で薬を撒いていたんだ。いいとも。それで一日ご機嫌に過ごせるなら、おれを悪者に仕立てるがいいさ。でも、いまおれは声を低く冷静に抑えてる。いまはきみに、おれのスイッチを入れさせてしまう余裕がないからだ。とにかく、だれかがおれたちの娘の安全に目を光らせる必要があるし、明らかにきみはその任ではない。

「これは父親としてのおれの義務だ」大げさにきこえなかっただろうか？　どうでもいい、「猫の轢き逃げという軽罪であの医者が逮捕されるのを見たい気持ちは、これっぽっちもなかった。でも、あの男にはこの先ぜったいにナナを轢いたりしないよう釘を刺しておきたい気持ちはあった。ちょっとびびらせれば、目的を達成できるとなったら——」

「お願いだから、家族の仇を討つチャールズ・ブロンソンみたいになったとはいわないで」

「なるもんか。あの男とはいたって冷静に話をしたよ」まあ、多少は事実に近い発言ではある。フランクが冷静に対応しなかった相手はメルセデスだ。しかし、フリッキンジャーのようなやり手の医者なら、車にも充分以上の保険をかけているに決まっている。

「フランク」エレインがいった。

「なにかな？」

「どこから話せばいいかがわからない。でも、とりあえずドライブウェイで絵を描いてるナナを見たとき、あなたが口にしなかった質問のことから話そうかしら」

「なんだって？　どんな質問だ？」

「『どうして、きょうはもう学校から家に帰ってるのか？』――あなたはこの質問をするべきだった」

ナナは学校にいなかった。ずっと頭にひっかかっていたのは、そのことだったのかもしれない。

「ほら、きょうは天気がとってもよかっただろ？　だからその――まるで夏休みみたいな気になってたよ。五月だというのをすっかり忘れてた」

「あなたの頭は、そこまで見当はずれの方向にむいてたのね。あなたは娘の身の安全が心配でたまらなくなっていた……それなのに、いまは授業がある時期だってことさえ忘れていた。考えてみて？　あなたの家へ行ったとき、ナナが宿題をやっていたことに気づかなかった？　あの子がいろいろ書きこんでいるノートや、あの子が読んでいる教科書にも気がつかなかった？　ああ、神さまとその子イエスさまがわたしの証人――」

フランクはかなりの言葉でも受け止める気だったし、ある程度は多くの言葉を投げつけられるのがふさわしいとさえ認める気もあった。しかし、〝イエスさまがわたしの証人〟というたわごとは、フランクの定めた一線を越えた。〝神さまのひとりきりの息子〟は、ずっと以前に聖公会教会の床下から洗い熊を追いだしもせず、巣穴を板でふさいでもくれなかった。ナナの背に服をかけたことも、ナナの胃袋に食べ物をもたらしたこともない。エレインの背や胃袋はいうまでもない。その役割を果たしてきたのはフランクであり、魔法はいっさい関与していなかった。

「要点をきかせてくれないか、エレイン」

「あなたは自分以外の人が、いまどんなことになっているのかをまったく知らない。頭のなかにあるのは、きょう自分がなにを理由に怒ったかということだけ。ええ、フランクさまだけが物事の正しいやり方を知っているのに、そのことを理解していない人がいるということしか頭にない。だって、それがフランクさまの基本的な姿勢だから」

《我慢できる、我慢できる我慢できる我慢できるけれどもおお神よエレインよいったん本気になったきみはでっかいタイヤを履いた車も顔負けのくそビッチになりやがる》

「あの子は病気だったのかい？」

「あら、ようやくあなたも本気で心配になってきたわけね」

「病気だったのか？　いまも？　いや、顔色がよかったように見えたからいってるんだが」

「ええ、元気。わたしがあの子に学校を休ませたのはね、あの子に生理がきたから。ええ、初めての生理がね」

フランクはショックに茫然となった。

「どんなことが起こるのかは、わたしが去年のうちにすっかり説明していたけど、それでもあの子はうろたえたし、少し怖がってもいた。恥ずかしがってもいたのよ——シーツに少し血をつけてしまったから。初潮にしては重かったせいね」

「そんな……まさか……」つかのま、言葉がフランクののどを詰まらせた。その言葉を口にするには、変なところにはいった食べ物を出すように咳払いをする必要があった。「あの子が月経なんかになるはずがない。それもそうだ、まだたったの十二歳なんだぞ！」

「まさか、あの子がこの先ずっと、妖精の羽根を生やして輝くブーツを履いている小さなお姫さまのままでいるとか思ってる？」

「いいや。しかし……十二歳で？」

「わたしの初潮は十一歳だった。大事なのはその点じゃない。大事なのはこういうこと。あなたの娘は痛みに悩まされ、混乱し、気分がふさいでいた。ドライブウェイで絵を描いていたのは、そうすると決まって元気が出てくるからよ。そこへ父親がやってきた……怒りにわれを忘れ、やたらに大声を出していて——」

「大声なんか出してないぞ！」ここでついに、〈マイナーズ・ドーター〉の缶が手の力に屈した。ビールの泡が缶を握りしめているフランクの手をつたって流れ、ぴちゃぴちゃと音をたてて床に落ちていった。

「——やたらに大声を出していて、あの子のTシャツを引っぱった……あの子のお気に入りのTシャツを——」

涙がこみあげてきて目がちくちく痛み、フランクは狼狽《ろうばい》した。別居からこっち何度か涙を流したとはいえ、エレインとこうやって話している最中に泣いたことはない。フランクは心の奥深いところで恐れていた――弱みを見せたりしたらエレインがたちどころにつかみかかり、弱みを鉄梃《かなてこ》に利用してフランクの体をばっさり切り開き、心臓をむさぼり食らうのではないか、と。傷つきやすい心臓を。

「あの子の身を案じていたんだよ。わからないのか？　フリッキンジャーは酒飲みかドラッグ中毒か、あるいはその両方だ。でかい車を走らせてて、シルヴァー判事の猫を轢き殺した。だからあの子のことが心配だった。なにか行動せずにはいられなかった。いてもたってもいられなかったんだ」

「まるで、子供の安全を気づかう親は自分だけみたいな態度ね。でも、それはちがう。わたしだってあの子の安全を気づかってる――いっておけば、わたしがその点でいちばん不安なのは、あなたの存在よ」

フランクは絶句した。いまのエレインの言葉は、とっさに理解できないほど恐ろしかった。

「こんなことがつづけば、わたしたちはまた法廷に出ていき、あなたの週末のプランや面会特権について再検討をすることになりそう」

特権だと――フランクは思った。特権だと！　大声で吠えてやりたくなった。自分がどう感じていたかを正直に打ち明けたのに、こんな仕打ちをされるとは。

「いまあの子はどうしてる？」

「心配ないと思う。昼食をほとんど食べたあと、ちょっと昼寝をすると話してた」

その言葉にフランクはうしろへ倒れそうになり、凹んだビールの缶を床に落とした。ずっと頭の奥にひっかかっていたのはこれだ――ナナが学校に行かずに家でなにをしているのかにまつわる疑問ではない。フランクはナナが動揺後にどんな反応を見せるかを知っていた。あの子は眠ることで動揺を乗り越える。そして、自分はまちがいなくナナを動揺させた。

「エレイン……きょうテレビを見ていたか？」

「なんですって？」エレインはいきなりの話題の変化についてこられなかった。「ＴｉＶｏ《ティーヴォ》で〈ザ・デイリー・ショー〉の見逃した回をふたつばかり見ただけで——」

「ニュースだ、エレイン、ニュースだよ。どのチャンネルでもやってるんだ」

「いったいなんの話？ まさか、本当に頭がおか——」

「すぐにあの子を起こせ！」フランクは吠えた。「完全に眠りこんでいなかったら、叩き起こせ！ いますぐに！」

「話の意味がまったくわからない——」

しかしフランクにとっては、すべての意味がわかっていた。わかっていないほうがよかった、とも思った。

「ぐだぐだ質問せず、すぐに行け！ いますぐ起こすんだ！」

フランクは電話を切ると、玄関にむかって走りだした。

5

ジェイリッドが監視スポットに身を落ち着けたそのとき、エリックとカートとケントの三人が学校の方角から木立を歩いて近づいてきた。馬鹿笑いや冗談の応酬で、三人はじつに騒がしかった。

「どうせフェイクニュースだろ」そういったのはケントだろうか、とジェイリッドは思った。さっきロッカールームで会話が耳にはいってきたときと比べると、声にこもっている熱意も薄れているようだった。

オーロラ病にまつわる噂話が駆けめぐっていた。女子生徒たちが廊下で泣き濡れていた。泣いている男子もいた。ジェイリッドは数学の教師のひとり——口ひげをたくわえ、スナップボタンつきのカウボーイシャツを愛用し、ディベート部の顧問をしている屈強な体格の男——がさめざめと泣いている二年生たちを、きみたちは落ち着く必要があるし、夜には騒ぎもすっかりおさまっているだろう、と慰めている場面を目にした。そこへ公民の教師であるミセス・レイトンがつかつかと近づき、数学教師の洒落たシャツのスナップボタンのあいだに一本指を突き立てた。

「ずいぶん気軽にいってくれるのね」ミセス・レイトンは大声をあげた。「騒ぎのことをなにも知らないくせに！　男たちはこの病気にかからないのよ！」

不気味だった。不気味という言葉では足りないほど不気味だった。ジェイリッドはその不気味な光景に、積み重なった毒々しい紫の暗雲が稲妻で内側から閃光を発するような激しい嵐につきものの、ちりちりとした静電気の感覚に襲われた。つづいて、世界がそこまで不気味には思えなくなった——世界が世界とは関係のない場所、まったくの異世界に変わってしまって、いきなりそこへ飛ばされたような感覚だった。

そんなわけだから、ほかに精神を集中させられる対象があることにほっとした。少なくとも当座は。いまジェイリッドは単独任務の遂行中だ。〈下衆野郎どもの素顔をあばけ〉作戦とでも呼べる任務だ。

以前父親から、ショック療法――昨今では略称のECTのほうがよくつかわれる――は、意外なことに、ある種の精神疾患の患者にはそれなりに有効で、脳への緩和効果が期待できる、という話をきかされた。こんなことをする目的をメアリーに質問されたら、ジェイリッドはECTのような効果を狙ってのことだ、と答えただろう。あの連中ならそうするとジェイリッドは予想していたが、エリックと仲間たちがオールド・エシーの住まいを滅茶苦茶に荒らしたり、エシーの乳房をネタに当人たちだけは気がきいていると思いこんでいる軽口を叩きあったりしている現場の映像や音声をつきつけられれば、全校生徒は〝ショック〟を受けて、みんなを少しはましな人間にする役に立つのではないか。それだけではない――もしかしたら、ある特定の人にも〝ショック〟になり、それをきっかけにデート相手の選定に前よりも慎重になるかもしれない。

そうこうしているうちに、悪ガキ三人組は爆心地《グラウンドゼロ》へ近づいていた。

「あれがフェイクニュースだとしたら、史上最大のフェイクだね。ツイッターにもフェイスブックにも、おまけにインスタだのなんだの、あらゆるところに話が出てる。女たちが眠りこんで、眠った女たちは芋虫がつくる繭みたいなものを体から生やすってね。だいたい、蜘蛛の糸みたいなのがあの婆さんの顔から生えるっていったのはおまえだぞ」これはカート・マクロード、なんの取柄もない男だ。

ジェイリッドの携帯画面にまず姿をあらわしたのはエリックだった。エリックはオールド・エシーの縄張りの境界に沿って並べてある砂利をぴょんと飛び越えた。「エシー？　ベイビー？　ハニー？　いるのかい？　ケントがあんたの繭にもぐりこんで、体をあったためてやりたいっていってるぞ」

ジェイリッドが監視のために選んだのは、エシーの小屋から十メートルばかり離れたところにある、このあたりではいちばん濃い羊歯《しだ》の茂みのなかだった。たしかにこの茂みは外からはぎっしり隙間なく葉が茂っているように見えるが、中央あたりでは地面がほぼ剝きだしになっている。土の上にオレンジと白の毛が落ちていた。ここでキャンプをした野生動物がいるらしい。狐あたりだろう。ジェイリッドは腹這いになって、ｉＰｈｏｎｅをかまえた手を前へいっぱいに伸ばしていた。カメラの視点は葉の隙間を抜けて、自身の小屋の出入口に横たわっているオールド・エシーにむけられていた。ケントが前に話していたとおり、エシーの顔にはなにかが生えていた——以前はもしかすると蜘蛛の糸のように見えていたのかもしれないが、いまはしっかりとした材質の白い仮面のように見えている。だれもが携帯で見た多くの写真——ニュースやソーシャルメディアに掲載されている写真——とまったくおなじように見えた。

ジェイリッドに落ち着かない思いをさせているのは、まさしくその点だった——オーロラ病とやらにかかったホームレスの女性が、まったく無防備のまま横たわっている。母ライラに自分のこの行為はＥＣＴが目的だといったら、自分が連中の行動をビデオに撮影していただけで、彼らを止めようともしなかった点には、どんなことをいわれるだろうか？　ジェイリッドが組み立てた理屈がきしみだしたのは、このあたりからだった。これまで母親からは他人を守るために行動を起こせと教えられてきた——守る対象が女性であればなおさらだ、と。

エリックは小屋の出入口の前、白い物質で覆われたオールド・エシーの顔の横にしゃがみこんだ。その手には一本の棒があった。「おい、ケント？」

「なんだ？」ケントは数歩ばかり手前で足をとめていた。着ているTシャツの襟を爪でひっかき、心配そうな顔を見せている。

エリックは木の枝でエシーの仮面をつついて、すぐに引っこめた。枝の先から白っぽい物質が糸になってたなびいていた。「ケント！」

「だからなんだよ？」呼ばれたケントの声はずりあがっていた。いまにも裏返りそうなほど。

エリックは友人ケントにむかって、頭を左右にふってみせた——いかにも驚いたかのように。驚くと同時に失望したかのように。「おまえもこの女の顔に、ずいぶん派手にぶっかけたもんだな」

カートのけたたましい馬鹿笑いに、ジェイリッドは思わず身をすくめた。そのせいで、まわりの茂みの葉がわずかに音をたてた。しかし、だれも注意をむけてこなかった。

「ふざけんな、エリック！」ケントはエシーが置いた上半身だけのマネキンに足音高く歩み寄り、頭を蹴って枯葉のなかへ突き転がした。

ケントから怒りをあらわに見せつけられても、エリックはいささかもブレなかった。「そのうえ、一発出したまま乾くまで放置か？　無作法な男だよ、おまえは——こんなきれいな老婦人に顔射したままにするなんて」

カートがぶらぶらとエリックの横まで歩いていき、もっと近くからしげしげと見はじめた。

エシーを観察しながら右に左に頭を傾け、なにも考えていない風情でちろちろと唇を舐めている。そんなふうにエシーに見入っているところは、レジカウンターの前で〈ジュニア・ミンツ〉とソフトグミキャンディの〈サワーパッチ・キッズ〉のどっちを買おうかと迷っているようだった。

むかつきをともなう震えがジェイリッドの胃に到達した。三人がエシーを傷つけるような真似をしたら、なんとかしてやめさせるつもりだった。問題はやめさせる手段がないことだった。というのも敵は三人でこちらはひとりだからだし、これが善行をなすことでもなく、ソーシャルメディアをつかったECTでもなければ、まわりの人々に考えさせるための行動でもないからだ——そう、すべてはメアリーのため、自分はエリックよりすぐれた人間だとメアリーに証明するための行動だからだ……とはいえ、いまの情況をひっくるめて考えた場合、これは真実だといえるか？　自分があの三人よりもずっと優秀な人間なら、こんな真似はしていないのでは？　いまごろは行動を起こして、三人にこんな真似をやめさせようとしていたはずだ。

「この女と一発やったら五十ドルやるよ」カートがいい、ケントにむきなおった。「ふたりのどっちでもいい。この場で即金払いだ」

「好きにいってろ」ケントはいった。不機嫌な顔のまま先ほど蹴り飛ばした上半身だけのマネキンに近づくと、今度は強く踏みつけはじめた。プラスティックが砕ける〝ばき・ばき・ばき〟という音とともに、中空になっていたマネキンの胸部がぱっくりと割れた。

「百万ドル積まれてもお断わりだね」あいかわらず小屋の出入口前にしゃがんだままのエリックが、ふたりの友人たちにいった。「だけど百ドルもらえたら、ここに穴をあけて——」いいながら木の枝をおろしてエシーの右耳を叩く。「穴にしょんべんしてやる」

エシーの胸が上下に動いているのが、ジェイリッドにも見えていた。

「マジか？　百でやるっていうのか？」カートが気をそそられているのは明らかだった。しかし百ドルはそれなりに大金である。

「いや、ただの冗談さ」エリックは仲間にウィンクした。「おまえに金を出させたりはしない。ああ、無料《ただ》でやってやる」

そういうとエリックはエシーに顔を近づけ、木の枝の先端で蜘蛛の巣状の物質をさぐって耳に通じる穴をあけようとしはじめた。

ジェイリッドは行動を起こすべきだった——こうやって見ているだけ、あの三人がエシーに馬鹿な真似をするようすを記録しているだけでいいはずがない。それなら、どうして行動を起こしていない？　そんなふうに自問していたさなかに、強く握っていたｉＰｈｏｎｅが汗でぬるぬるした手から一気に滑って飛びだし——やばい！——茂みに落下して大きな音をたてた。

6

アクセルをフロアまでいっぱいに踏みこんでも、動物管理局の公用ピックアップトラックでは時速八十キロが限界だった。エンジンの調速器《ガバナー》のせいではない——このトラックが年代物だというだけのことだ。なにせ走行距離計が二巡めにはいっている。フランクはもう何回も町議会に新車購入の請願を出していたが、毎回決まって「前向きに検討することとする」という回答だった。

ハンドルに覆いかぶさるような姿勢でトラックを走らせながら、フランクはちんけな町の田舎政治家どもをハンマーで何度も叩いて、どろどろのパルプ状にする場面を夢想していた。政治家どもが命乞いをしてきたら、さて、どう応じてやろうか。やはり「前向きに検討することとする」あたりか。

いたるところに女性たちの姿があった。ひとりぼっちの女性はいなかった。三、四人のグループをつくってあつまり、話をしたり抱きあったりしていたほか、泣いている者もいた。その女性たちのだれひとり、フランク・ギアリーには目もくれなかった――一時停止も赤信号も無視してトラックを走らせていたというのに。ドラッグをキメてるときのフリッキンジャーも、こんな運転でメルセデスをぶっ飛ばしていたんだろうよ――フランクは思った。気をつけろよ、ギアリー。うっかり他人の愛猫を轢き殺しかねないぞ。いや、他人の子供もだ。

だけどナナが！　ナナが！

電話が鳴った。フランクは目をむけずに《応答》ボタンを押した。かけてきたのはエレイン。エレインはしゃくりあげて泣いていた。

「あの子は眠ってて、どんなに声をかけても起きなくて、おまけに顔がべたべたしたものですっかり覆われてるの！　蜘蛛の巣みたいな、白くてべたべたしたものに！」

フランクは街頭で抱きあっている三人の女のわきを通りすぎた。三人はテレビのセラピー番組に出演したゲストのようだった。「息はあったか？」

「ええ……ええ、息はしてる。白いものが動いてるのが見えるし……あれがふわりと浮きあがって広がっては……なんだか吸いこまれるみたいになってる……大変！　あの子の口のなかにもあるし……舌にもついてる！　爪切り鋏をとってきて、切りとってやらないと」

ひとつのイメージが頭を満たした——きわめて鮮やかで、寒気がするほど真に迫ったそのイメージのせいで、つかのま前方の街路の光景がすべて塗りつぶされてしまった——キンズウーマン・スザンナ・ブライトリーフが夫の鼻に嚙みついているイメージだった。

「よせ、エル、そんなことをしちゃいけない」

「どうして？」

世界史上でも最大の事態がいままさに進行中でありながら、ニュースではなく〈ザ・デイリー・ショー〉を見ていたとは、いったいどこまで愚かになれば気がすむ？　しかしそれこそが、ウェストヴァージニア州クラークスバーグ出身のエレイン・ギアリー（旧姓ナッティング）そのものだ。とことんエレインそのものだといわざるをえない。断定口調で人をばっさり裁くくせに、情報には疎《うと》いとは。

「あれを切りとれば眠っている者が目覚めるし、目覚めた者は狂気におかされているからだ。いや、狂気とはいえないな。狂暴になるといったほうがいい」

「まさか……そんな……ナナがもう二度と……」

ナナはすでにもうナナでさえないかもしれない……フランクは思った。あのときキンズマン・ブライトリーフが目のあたりにしたのが、当人が慣れ親しんでいたはずの心やさしくて従順な妻でなかったことだけは確実だ。

「エレイン……ハニー……いますぐテレビをつけて自分の目で確かめてくれ」

「わたしたち、どうすればいいの？」

ようやくたずねる気になったか――フランクは思った。進退きわまって逃げ場がなくなってから、やっと〝ああ、フランク、わたしたち、どうすればいいの？〟ときやがった。フランクの胸に、落胆に通じる苦い満足がこみあげてきた。

自宅のある通りだ。やっとたどりついた。ありがたや。前方に自宅が見えた。いずれはすべて丸くおさまるはず。そうとも、おれがすべてを丸くおさめてやる。

「ふたりであの子を病院に連れていこう」フランクはいった。「いまごろはこの現象も解明されているかもしれないし」

解明されていてほしかった。切実に解明されていてほしかった。なんといってもナナのことだからだ。目に入れても痛くない最愛の娘のことだからだ。

第七章

1

リー・デンプスター受刑者が血の出るほど爪を嚙みながら、ドン・ピーターズ刑務官のことを密告するべきかどうかと思い悩んでいたそのとき、ヒースロウ空港からニューヨークのジョン・F・ケネディ国際空港を目指して離陸して三時間後、ロンドンの南西にあたる大西洋上を巡航速度で飛んでいたボーイング七六七型機から航空交通管制官のもとに、機内においてなんらかの疾病《しっぺい》が発生したので、適切な対応策について助言がほしいという無線連絡があった。

「対象となっている乗客は三人で、そのうちひとりはまだ若い少女だ。三人とも、体からなにかが……正体は不明ながら……なにかが生えてきているらしい。機内にいる医者は、菌類の一種かもしれないと話してる。三人は眠っている……いや、眠っているように見える。医者はバイタルサインは正常だが、気道が――ええと――閉塞されてしまうのが心配だとも話してて、その口ぶりからすると、どうやらあれを――」

その直後に無線通信が中断された正確な理由は不明のままだ。騒がしい物音につづいて金属同士がぶつかりあい、こすれあう音がきこえて、さらに「そいつらをここへ入れるな！　早く追いだせ！」という叫び声が響き、野獣を思わせる荒々しい咆哮がつづいた。この騒乱が四分近くつづいたのち、レーダー上の七六七型機の機影がふっつりと消えた——当該機はこの瞬間、海面に墜落したものと思われた。

2

ドクター・クリントン・ノークロスは左手にノートをもち、右手でボールペンをかちかちいわせながら、大股で〈ブロードウェイ〉を歩いてイーヴィ・ブラックとの面談へむかっていた。肉体はドゥーリング刑務所内にあったが、精神はマウンテンレスト・ロードの暗闇をさまよいながら、いったいライラはなんのことで嘘をついているのだろうかと不安を覚えていた。そればかりかライラは——もしかしたら——だれかのことで嘘をついているのかもしれない。

そこから数メートル離れたB翼棟の上のフロアでは、ネル・シーガー——ドゥーリング刑務所の受刑者(#四六〇九一九八‐一)、懲役五年から十年、頒布《はんぷ》目的でのクラスB薬物所持——が二段簡易ベッドの上段で体を起こし、リモコンのボタンを親指で押してテレビを消した。テレビは画面を閉じたノートパソコンなみに薄いフラットスクリーンタイプで、ベッド上段の足側の枠に設置されていた。テレビではずっとニュースが流れていた。ネルの同房者であり、恋人としての関係が途切れては復活する間柄のシーリア・フロード——懲役一年から二年の服役期間をまだ半分以上残している受刑者(クラスD薬物所持、再犯)——は、この監房にひとつだけ置かれたスチールのデスクを前にすわって、これまでずっとニュースを見ていた。

シーリアはいった。「消してくれてありがと。こんないかれた騒ぎはもう見てられなかったからね。でさ、これからどうする？」

ネルはまたベッドに上体を倒すと、寝返りをうって横向きになり、壁の四角く塗られた場所に顔をむけた——四角いスペースには、三人いる子供たちの学校で撮影された写真がならべて貼ってあった。「ね、ダーリン、わるく思わないでほしいんだけど、これから休もうと思ってる。なんだかとっても疲れちゃって」

「ああ、そう」シーリアは即座にすべてを理解した。「うん。わかった。いい夢を見なよ、ネル」

「見られるといいけど」ネルは答えた。「愛してる。あたしの持ち物で欲しいのがあったら遠慮せずもっていきな」

「こっちも愛してるよ、ネル」シーリアはネルの肩に手をかけた。ネルはその手を一度だけそっと叩いて、体を丸めた。

ネルが静かな寝息を立てはじめると、シーリアは立ちあがってネルの顔をのぞきこんだ。同房者の顔のまわりでは、何本もの糸状の物質が渦を巻き、ふわふわと浮かんでは落ちていって何本もの糸に分裂しては、潮の流れが穏やかな場所の海草のようにゆったり揺れていた。瞼の奥でネルの目が動いていた。ネルはわたしたちのことを夢に見てるんだろうか？　ふたりでいっしょに外にいるところを……どこか……どこかの海岸で、ピクニックブランケットを広げてすわっているわたしたちを？　いや、そうではあるまい。ネルのことだから子供たちのことを夢見ているのだろう。これまでシーリアがつきあってきた恋人たちのなかで、ネルは格別に感情をあらわにするほうではなかったし、断じておしゃべり好きでもなかったが、善良な心根のもちぬしであり、子供たちのことを愛していて、いつも手紙を書き送っていた。そんなネルがいなくなれば、さぞや寂しくなるだろう。

かまうものか――シーリアは思い、自分も横になろうと心を決めた。

3

ちょうどネルがうとうとと眠りにつこうとしているとき、ドゥーリング刑務所から東へ五十キロ弱のコフリン郡裁判所では、手錠をかけられた兄弟がベンチにすわっていた。弟のロウエル・グライナーは父親のことを思い、州刑務所で過ごす三十年間よりはましに思える自殺に思いをめぐらせていた。兄のメイナード・グライナーが考えていたのは、数週間前、すなわち警察の家宅捜査を食らう直前に食べた、ぶあついバーベキュー・リブのこと。兄弟のどちらも、広大な外の世界で起こっている事態のことをひとつも知らなかった。

監視任務についていた廷吏は待たされることにうんざりしていた。「ふざけやがって。これからウェイナー判事にはっきりいってやる――やるならやるで、ぐずぐずせずに早くすませろって。おまえらみたいな人殺しの貧乏白人を一日じゅう見張ってるなんて、あんな安月給じゃ割りにあわないね」

4

シーリアが眠りの世界でネルといっしょになろうと心を決めていたそのとき――ひとりの廷吏がウェイナー判事と話しあうために会議室に足を踏み入れたそのとき――フランク・ギアリーがひとり娘を両腕で抱きかかえ、かつて住んでいた自宅前庭の芝生を全力疾走し、数歩うしろを別居中の妻が追いかけていたそのとき――こういったことすべてが同時進行で起こっていたそのとき、約三十人の市民がホワイトハウスへの襲撃を即興でくわだてていた。

男三人と女ひとりからなる先導チーム――いずれも若く、肉眼で見たかぎりは武装していなかった――がホワイトハウスのフェンスをよじのぼりはじめた。

「解毒剤をよこせ！」男のひとりがそう叫びながら、フェンスの内側の地面へ落ちていった。痩せていて、髪をポニーテールにまとめ、シカゴ・カブスのキャップをかぶっていた。

十人ほどのシークレットサーヴィスのスタッフが拳銃をかまえ、すばやく侵入者たちを包囲したが、その時点でペンシルヴェニア・アヴェニューを埋めつくしていた群衆のなかから、もっと大人数の第二波が前進してきてバリケードを力ずくで押し倒し、フェンスめがけて突き進んできた。暴徒鎮圧用装備に身を固めた警察官たちが彼らに背後から押し寄せて、フェンスから引きずりおろしはじめた。そこへ立てつづけに二発の銃声が響き、警官のひとりが体をぐらりと揺らして、力なく地面に倒れた。これをきっかけに銃声は音の壁となった。近くで催涙スプレーの缶が爆発して、灰色のガスが幕状になって歩道に広がり、走っていく人々の大半の姿を隠した。

ミカエラ・モーガン（旧姓コーツ）はそのようすを、アトランタの疾病対策センター《CDC》の筋向かいにとめたニュース・アメリカの中継ヴァン車室内のモニターで見ながら、両手をこすりあわせていた。両手はそれとわかるほど震えていた。目がむず痒くなって涙にうるんでいるのは、いましがた丸めた十ドル紙幣で操作卓から三回つづけて鼻に吸いこんだ粉末の効果だった。

画面のホワイトハウスの手前に、濃紺のワンピース姿の女性があらわれた。ミカエラの母親と同年代で、肩までの長さがある黒髪には白いものが筋になって走り、首のまわりでは真珠のネックレスが揺れていた。女性は——熱い料理の皿をもっているかのように——腕をまっすぐに伸ばして赤ん坊を支えもっていた。白い産着でくるまれた赤ん坊の頭がぐらぐら揺れていた。女はカメラに横顔を見せたまま、なめらかな足どりでそのまま歩いて、画面の端に姿を消した。

「もうちょっと吸いたい気分。いい？」ミカエラは技術スタッフのひとりにたずねた。スタッフはぶっ倒れるまで（いまの情況を思えば不適切発言といえるかもしれない）吸えといい、ミカエラにジッパーつきビニール袋を手わたした。

5

怒りに燃えて恐怖に駆り立てられた群衆がペンシルヴェニア・アヴェニュー一六〇〇番地の

白い屋敷を攻撃していたそのとき、ライラ・ノークロスはドゥーリングへむかって車を走らせていた。考えていたのはジェイリッド、つまり息子のこと、そしてシーラというあの少女のこと。シーラは、ジェイリッドからすれば腹ちがいの妹だ。自分たちは、なんともおもしろい家系図を手に入れたものではないか！　ふたりの口もと、シーラの口もととクリントの口もとは、小ざかしげに口角を吊り上げるあたりが似通っているのでは？　あの少女も父親に似て嘘つきなのか？　それもありかな。あの少女もいまのライラとおなじような疲れを感じているだろうか？　前の晩あれだけ走ったりジャンプしたりした後遺症で疲れを感じている？　そのとおりなら……それなら、自分たちにはクリントとジェイリッドの両名以外にも、共有しているものがひとつ増えることになる。

やはりすべての厄介ごとを払い捨てて、あっさり眠りにつくべきではないか——そうも思った。そのほうが簡単なのはまちがいない。数日前だったら考えもしなかったはずだ。数日前は、自分のことを意志が強くて決断力に富み、おのれをしっかりコントロールしている女性だと見ていたからだ。そもそも、自分がクリントに異をとなえた前例があるだろうか？　新しい理解のもとで改めてふりかえれば、一回もなかったように思えてきた。シーラ・ノークロスという少女、クリントの苗字をもつ少女、つまりはライラ自身とおなじ苗字の少女のことがわかったときにさえ異をとなえなかったのだ。

そんなような考えごとをしながら、ライラは交差点を曲がってパトカーをメイン・ストリートに乗り入れた。パトカーは黄褐色のコンパクトカーとすれちがったが、ライラはほとんど気にもとめなかった——コンパクトカーはライラが走ってきた方角を目指して、猛然と丘をあがっていった。

コンパクトカーを運転していた中年の女性は、母親をメイロックにある病院へ連れていこうとしていた。車の後部座席にいたのは、中年女性の高齢の父親だった——もとより慎重な行動とはずっと無縁であり、幼かった子供たちをプールに投げこむのが大好きで、三連勝単式が好きなギャンブラー、街道筋にある雑貨屋のカウンターに置いてある表面が曇ったガラス瓶から酢漬けソーセージを素手でつかみだして食べる、怖いものなしの健啖家。いまそんな父親は、車のガラスから凍りついた雪を取り除くためのアイススクレーパーで、妻の顔を覆っている蜘蛛の巣状の物質を剝がそうとしていた。

「こいつが窒息しちまうぞ！」父親は叫んだ。

「でもラジオでは剝がすなっていってるの！」中年女性はそう怒鳴り返したが、父親は万事思いどおりにしないと気のすまない男であり、妻の顔から生えた物質を切って剝がそうとしつづけていた。

6

そしてイーヴィはいたるところに遍在していた。イーヴィはくだんのボーイング七六七型機内の蠅だった——それも、ハイボールのグラスの内側を這ってくだっていく蠅。その蠅が底に残ったウィスキーとコークの混合物に足をつけた瞬間、旅客機の機首が大西洋の海面に激突した。ネル・シーガーとシーリア・フロードがいる刑務所の監房の天井で、蛍光灯の照明の周囲をひらひら飛んでいる蛾もイーヴィだった。イーヴィはまたコフリンの裁判所も訪問中だった——このときには一匹の鼠の黒く輝く目を借りて、会議室の片隅にある空調のダクトの金網ごしに室内のようすを見ていた。ホワイトハウスの芝生では一匹の蟻になって、死んでいるティーンエイジャーの少女が流した血、まだ温かい血のなかを歩いていた。そしてジェイリッド・ノークロスが追跡者から走って逃げようとしていた森のなかでは、イーヴィはジェイリッドの靴の下のみみずだった——目が見えず、体がたくさんの節にわかれたみみずは、土にもぐろうとしていた。

イーヴィはいたるところをめぐっていた。

第八章

1

木立のあいだを走って逃げるジェイリッドの脳裡《のうり》に、一年生のときの陸上部での記憶がよみがえってきた。顧問のドライフォート先生はジェイリッドを〝期待の新人〟と評した。「きみのためにトレーニングのプランをつくったぞ――ぴかぴか輝くメダルを片っぱしから獲得することも計画に織りこみずみだ」ドライフォート顧問はそう話した。シーズンのおわりには、ジェイリッドは地区大会の八千メートル走のレースで出場者十五人中、五位になった――一年生としては立派な成績だった。しかしジェイリッドは、そのあとドライフォート顧問のプランを台なしにした。陸上部を辞めて、卒業記念アルバムの製作委員会に参加したのである。

自分にとって最後になったレースの一秒一秒を思い返して味わっているうちに、ジェイリッドは肺が新しくなったように感じ、自分の走るペースをとりもどしたばかりか、自身の体がそなえた力が愛おしく思えてきた。陸上部を辞めたのは、卒業記念アルバムの製作委員会にメアリーがいたからだ。メアリーは二年生になって販売流通担当部の部長に指名され、副部長を必要としていた。ジェイリッドの陸上競技への熱意は即座に廃棄された。ぼくを副部長にしてくれ――ジェイリッドはメアリーにいった。

「いいけど、条件がふたつある」メアリーはそういってから説明した。「ひとつ。わたしが死んだら——きょう学校のカフェテリアで正体不明の肉のホットポケットを食べたから、いつ死んでもおかしくないからだけど——あなたは後継の部長としてわたしの仕事をすべて引き継いだうえ、卒業の年にはアルバムの一ページを割いて、わたしの追悼特集を組むこと。そのページに載せるわたしの写真は、まちがってもママが選んだダサい写真にならないよう、ちゃんと見張っていること」

「わかった」ジェイリッドはそう答えて、思った——ああ、ぼくはほんとにきみを愛してるよ。自分が若すぎることは知っていた。メアリーが若すぎることも知っていた。でも、自分ではどうしようもないではないか。メアリーはとても美しく、最高に有能——おまけにどんな仕事でもなんなくこなし、ストレスや緊張に悩まされるようすをいっさい見せていなかった。「で、ふたつめの条件とは?」

「ふたつめの条件は——」メアリーはジェイリッドの頭を両手でつかむと、前後左右にゆさぶりはじめた。「**わたしがボスだっていうこと!**」

ジェイリッドの立場からすれば、この条件で問題はなかった。

そしていまジェイリッドのスニーカーの靴底がひらべったい石をとらえた。石は地面から浮きあがっていて不安定だった——あいにく、こちらは問題そのものだった。いや、じっさいかなりの大問題といえた。というのも体がぐらりと揺れると同時に、鋭い痛みが右膝を突き刺してきたからだ。ジェイリッドは小さな悲鳴じみた声をあげ、左足でみずからを前方に押しだした。そのあいだも陸上競技の練習で教わった呼吸法に意識を集中し、肘を動かしつづけた。

背後でエリックがいかずちのような大声をあげていた。「おれたちはおまえと話をしたいだけだぞ！」

「逃げるなんて腰抜けのやることだ！」こちらはカートの声だ。

雨水の浸食でできた小さな谷へ降りていった拍子に、ジェイリッドは痛む膝の関節がずるりと回転するのを感じ、さらには自身の激しい脈の音とスニーカーが枯葉を踏みしだく音の下から、〝ぴしっ〟という小さな音がきこえた気がした。前方には学校の裏手を通っているマロリー・ストリートが見えていた。その道路を走っている黄色い車が木々の隙間に見え隠れしていた。小さな谷の底にたどりついたその瞬間、ジェイリッドは右膝をひねってしまった。体験したことのない激痛が襲ってきた。真っ赤に燃える焼却炉に手を突っこんだような痛み——ただし痛いのは、体の外側ではなく内側だった。ジェイリッドは棘だらけの小枝をつかんで、よろめく体を引きあげ、小さな谷の反対側の斜面をのぼった。

一瞬だったが、背後の空気が乱される気配が伝わってきた——たとえるなら、だれかの手が頭の皮のすぐ上をさっと通過していったかのような感覚だった。その直後、エリックの罵声と複数の人間の体がもつれあう騒がしい物音がつづいた。彼らは小さな谷を見逃してしまい、そこに転がり落ちていったのだ。道路まではあと五、六メートル。車のエンジンの轟音が早くもきこえてきた。よし、逃げきれる！

一気に突き進んで道路との距離を詰めながら、ジェイリッドはかつて陸上競技中に感じたあの多幸感がよみがえってくるのを感じていた。肺に吸いこんだ空気がいきなり体を運ぶ力に変わり、ひねった膝の痛みをひとときき忘れさせてくれた。

路肩にたどりついたその瞬間、だれかが肩に手をかけてきたせいで体のバランスが崩れた。そのまま倒れこみかけたが、ジェイリッドはからくも樺の木をつかんで体を支えた。

「その携帯をよこせ、ノークロス」そういったケントの顔は怒りで鮮やかに紅潮し、ひたいのニキビ地域《ゾーン》は紫色に変わっていた。両目はうるんでいる。「おれたちは冗談をいいあっていただけ、それだけさ」

「お断わりだ」ジェイリッドは答えた。携帯を地面から拾った記憶はなかったが、ともあれ携帯は手のなかにあった。傷めた膝が腫れあがって巨大になったように感じられた。

「ふざけんな」ケントがいった。「わたせ」

残るふたりも体を立てなおし、走って近づいてきた——あとわずか数メートルのところにまで。

「おまえたちは、あの女の人の耳に小便をするって話してたじゃないか！」ジェイリッドは大声でいった。

「おれじゃない！」ケントはいきなりあふれてきた涙をまばたきで払った。「だいたいおれには無理だ！　緊張すると膀胱が締まっちまうんだ！」

そうはいっても、残りのふたりをとめようとはしてなかったじゃないか——そういいかえしてもいい場面だったが、ジェイリッドは自分が片腕をいったんうしろへ引いてから、一気に拳を前へ突きだすのを感じた——拳は、窪みのあるケントのあごをとらえた。その衝撃でケントの歯がぶつかりあい、〝がちゃん〟という満足のいく音がきこえた。

ケントが雑草の茂みへ倒れこんでいくのと同時に、ジェイリッドは携帯をポケットに押しこめて、また走りはじめた。激しい痛みをこらえて三回跳躍して黄色いセンターラインにたどりついたジェイリッドは、加速しながら走っているヴァージニア州のナンバープレートをつけた黄褐色のコンパクトカーに手をふった。ただしジェイリッドは、ドライバーが運転席でうしろをむいていることに気づいていなかったし、いうまでもなく後部座席で進行中の事態にも気づいていなかった。後部座席では、切り裂かれた蜘蛛の巣状の物質を顔から垂らした女が、アイススクレーパーの刃を夫の胸やのどにくりかえし何度も突き立てていた——夫は蜘蛛の巣めいた物質を切り裂いて、妻の顔から剝がそうとしたのだ。しかしジェイリッドは、コンパクトカーが蛇行していることには気づいていた——車は右に左に右に左にとぎくしゃく走って、いまにもコントロール不能になりそうだった。

ジェイリッドは体がもっと小さければよかったと思いながら、体をひねって車をかわそうとした。おのれの巧みな回避テクニックを自画自賛したくなったその瞬間、コンパクトカーがジェイリッドをとらえて、その体を高く撥ねあげた。

2

「ちょっと！　わたしの〈ブース〉から手を放しなさい！」

リー・デンプスターは〈ブース〉前面の窓をがんがんと拳で叩くことで、ヴァネッサ・ランプリー刑務官の注目を惹くことに成功した。

「なんの用なの、リー？」ヴァネッサはたずねた。

「所長にとりついでよ、先生」リーは口の動きだけでも言葉が伝わるよう、ことさら大きく口を動かしていたが、その必要はなかった――防弾ガラスの窓の下に通気孔があって、リーの声はそこを通じてヴァネッサに届いていた。「ある不正行為の件で、どうしても所長に会いたいの。所長以外の人には話せない。ごめんなさい、先生。でも、こうするしかない。こうするべきなの」

ヴァネッサ・ランプリーは毅然かつ公平な刑務官という評価を確立するために、これまで多大な努力を払ってきた。ドゥーリング刑務所の監房棟の巡視をおこなうようになって十七年、そのあいだ刃物で刺されたことは一回、殴られたことは数回、蹴られた回数はそれ以上だ。のどを絞めあげられたことも、ぽたぽた雫の垂れるような糞便を投げつけられたこともあるし、数多くの方法と数多くの道具で――大半は非現実的なほど大きく、人体に危険なほど鋭利な品で――自分をファックしていろ、と勧告されたこともある。そういった経験の記憶を、アームレスリングの試合のあいだにわざと思い返しただろうか？　思い返したが、いつもではなかった――通常は重要なリーグ戦の試合に限定されていた（ヴァネッサ・ランプリーは、オハイオヴァレー矯正関係者リーグの女子A部門の選手だった）。精神のバランスが崩れたクラック依存症の受刑者がB翼棟の二階からヴァネッサの頭めがけて煉瓦を落としたときの記憶は（ちなみにその結果は頭部打撲傷と脳震盪）、なるほど、二度の優勝決定戦でヴァネッサを後押しし、〝限界を超える〟ために役立った。怒りは――正しく磨きをかければ――強力な燃料になるのだ。

ふりかえれば悔やまれる体験はあれこれあったが、ヴァネッサはみずからの権限にともなう責任をつねに忘れず意識していたし、みずから好んで刑務所に収容される者などいないことを理解してもいた。しかし、世の中には刑務所への収監が必要な者もいる。愉快なことではない——収監される者たちにとっても、またヴァネッサにとっても。だから礼節ある態度をとれなくなれば、いまよりももっと不愉快なことになるだろう——収監者たちにとっても、ヴァネッサにとっても。

リー・デンプスター受刑者にはなんの問題もないにせよ——この憐れな女性のひたいに残る大きな傷痕を見れば、順風満帆とは無縁の人生を送ってきたことが見てとれる——理不尽な要求をむけてくるのは礼節をわきまえない行為だとみなさざるをえない。いますぐ所長と一対一で会わせろといわれても、そもそもが無理な話だし、そのうえいまは疫病にかかわる緊急事態が進行中だ。

ヴァネッサにも自分なりの心配があった。ひとつは先ほどの休憩時間中にインターネットで読んだオーロラ病のあれこれにまつわる心配。もうひとつは、刑務所の全刑務官は勤務時間を二倍に延長して働くべし、という上からの命令にまつわる心配だ。隔離措置がとられたキティ・マクデイヴィッドは、モニターで見ると監房ではなく石棺に横たえられているように見えていた。ヴァネッサが自宅に電話をかけると、夫のトミーはヴァネッサが職場にとどまる必要があるのなら、自分は家にひとりでいても大丈夫だと話していた。しかし、ヴァネッサはその言葉を一秒も信じていなかった。腰に障害があるトミーは、ひとりではグリルドチーズ・サンドイッチひとつつくれない。ヴァネッサが家に帰るまでは。ガラス容器からピクルスをつまんで食べるのがせいぜいだ。これだけの重荷を背負わされてもなおヴァネッサには度をうしなうことも許されないのなら、おなじことがリー・デンプスターやそれ以外の受刑者に許されるはずがない。

「それは無理よ、リー」ヴァネッサは答えた。「視線をもっと低いところにむけなくちゃ。わたしに話すか、だれにも話さないかの二択。それなりに重要な話だったら、わたしから所長に伝える。それに、どうしてわたしの〈ブース〉に手を触れたの？　まったく。規則違反だとわかってるくせに。あれだけでも、あなたの名前を服役態度不良者リストに載せる理由になるんだから」

「先生……」ガラスの反対側にいるリーは両手をあわせて、ヴァネッサに懇願していた。「お願いです。嘘じゃありません。とても忌まわしい出来事があって……忌まわしくて、とても見過ごせないほど……あなたは女性です……どうかわかってください」リーは組んだ両手を宙にふりあげた。「あなたは女性、女性です。わかりますね？」

ヴァネッサ・ランプリーは〈ブース〉前の一段高くなったコンクリートの台に立っている受刑者を――自分たちにはX染色体以外にも共通点があるといいたげに、なにかを必死に訴えている受刑者を――見つめた。「リー、あなたはいま規則の一線を越えようとしてる。冗談でもなんでもないのよ」

「あたしだって、ごほうび欲しさに嘘いってるんじゃない！　どうか信じてください。ドン・ピーターズのこと、それも深刻なことなんです。所長に知っておいてもらわなくては」

ピーターズ刑務官。

ヴァネッサは立派な右の上腕二頭筋をさすった――なにかを深く考える必要に迫られたときの癖だった。その二の腕には《**あんたのプライド**》という文字が刻まれた墓石のタトゥーがある。墓石の文字の下には、伸ばした片腕のイラストもあった。これまでにヴァネッサが打ち負かしてきた相手すべてをあらわすシンボルだ――拳をテーブルに押し倒し、ありがとうございますと試合の礼を述べた相手すべて。ヴァネッサとのアームレスリングを最初から避ける男は大勢いる。負けて恥ずかしい思いをしたくないからだ。そんな男たちは肩が腱炎《けんえん》を起こしたとか肘を傷めているとか、とにかく口実をでっちあげる。〈嘘でガッチリ儲けまショー〉というのはおもしろい表現だが、その手の男たちにうってつけにも思えた。そしてドン・ピーターズ刑務官は、まさに〈嘘でガッチリ儲けまショー〉的なタイプだ。

「ハイスクールのときに野球のピッチングで肘を壊したんだが、それがなけりゃ、おまえなんかあっさり負かしてたはずだぞ、ランプリー」仲間たちみんなで〈スクイーキー・ホイール〉でビールを飲んでいたときに、あのちびの間抜けがそうヴァネッサにいったことがある。

「うん、きっとそうなるね」ヴァネッサはそう答えた。

リーの大きな秘密というのも、しょせんは駄法螺《だぼら》なのかもしれない。それでもやはり……ドン・ピーターズとなると……。あの刑務官については、これまでにも苦情がどっさり寄せられていた。それも、女性でなくては理解できないかもしれない種類の苦情が。

ヴァネッサは手もとにあったことさえ忘れていたコーヒーカップをとりあげた。中身はすっかり冷めていた。オーケイ、リー・デンプスターを所長のところへ案内するくらいならできなくもない。ヴァネッサ・ランプリーが軟弱な刑務官になりさがったからではなく、コーヒーのお代わりが必要だからだ。なんといっても、いまは勤務時間が無期限延長になっていることだし。

「わかったわ、受刑者。今回にかぎって認める。わたしにとってはまちがいかもしれないけど、あなたの頼みをきくことにする。あなたがよくよく考えたうえでのことだといいけれど」

「考えましたよ、先生。あたしだって考えて考えて考えたんだから」

ヴァネッサはブザーでティグ・マーフィーを呼びだし、〈ブース〉勤務を少しのあいだ替わってくれと告げた。自分は十分間の休憩をとるから、といって。

3

壁がクッションになった保護房の外で、ドン・ピーターズ刑務官は壁にもたれて携帯の画面をスクロールしていた。唇が歪み、なにかに困惑しているような渋面をつくっていた。

「お邪魔をして申しわけないが――」クリントは監房の扉にむけて、あごを動かした。「――ここにいる人物から話をきく必要があってね」

「ああ、邪魔なんてことはないよ、ドク」ドンはクリックで電話の画面を暗くすると、〝おれとあんたは仲よしダチ同士〟という笑みをのぞかせた――ただしふたりとも知っていたが、この笑みが本物なら、メイロックの蚤《のみ》の市で売られているティファニーランプも本物ということになる。

ふたりのどちらもが真実だと知っていることが、あとふたつあった。その一——刑務官が昼間の勤務中に私物の携帯電話をつかうのは服務規定違反であること。その二——クリントが何カ月も前から、ドン・ピーターズの異動か解雇を強く求めつづけていること。これまで四人の受刑者が、医師であるクリントにセクハラ被害を訴えていた。しかしいずれもクリントの診察室での発言にとどまり、クリントには医師としての秘密保持義務があった。四人全員が、自分の発言を記録に残すことを拒んだ。報復を恐れてのことだった。ここにいる女性受刑者の大半は、報復で痛い目にあった経験が多々あった——塀の内側でそういった目にあった者もいれば、塀の外側でさらに多くの痛い目にあった者もいた。

「じゃ、キティ・マクデイヴィッドはあれに感染したんだな？　ほら、ニュースでいってるあれに？　いまここで、おれが心配しなくちゃいけない理由があるかな？　なにを見ても、この病気になるのは女だけだと書いてあるけど、ほら、あんたは医者だしね」

クリント自身がジャニス・コーツ所長に予言したように、五、六回電話をかけてもアトランタの疾病対策センター《CDC》には通じなかった——きこえてくるのは話し中の音だけだった。「わたしもきみ以上にくわしい知識があるわけじゃないよ。でも、答えはイエスだ。わたしが知っているかぎり、これまでこのウイルス——だかなんだか、とにかく病気の原因になっているもの——に男性が感染した例はひとつもないようだ。さて、ここに収監されている人物と話す必要があってね」

「ああ、わかったわかった」ドンはいった。

それからドンは上下ふたつの錠前を解錠し、マイクのボタンを押すと、「こちらピーターズ刑務官。これよりドクターをA翼棟一〇号監房に入れる、以上」といって、ドアを広くあけた。

ドンはすぐにはクリントに道をあけず、そのままの位置に立ったまま、奥の壁ぎわに置いてある発泡スチロール素材の簡易ベッドに腰かけている収監者に指をつきつけた。「おれはすぐここにいる。だから、ドクに妙な真似をしようなんて馬鹿なことは考えるだけ無駄だぞ。いいな？　わかったか？　おまえ相手に手荒いことはしたくないが、必要とあらばやむをえん。わかったな？」

イーヴィはドンに目もくれなかった。注意を自分の髪の毛にむけているばかりだった――指で髪を梳《す》きあげては、もつれた箇所をいじくっている。「わかってる。ご丁寧な説明、どうもありがと。お母さんはあなたのことを誇りに思ってるはずよ、ピーターズ先生」

ドンは監房の出入口に立ったまま、自分はからかわれているのだろうかと頭をひねっていた。母親はもちろん自分のことを誇りに思っている。息子はこうして、犯罪との戦争の最前線で尽力しているのだから。

ドンが疑問の答えを出せずにいるうちに、クリントはその肩をぽんと叩いた。「ありがとう、ドン。あとはわたしが引き継ぐ」

4

「ミズ・ブラック？　イーヴィ？　わたしはドクター・ノークロス――この矯正施設の精神科

の医務官だ。さて、会話ができる程度に落ち着いた気分か？　大事なことなんだ——きみの頭がいまどこをむいていて、いまどんな気分なのか、まわりでなにが起こっているのかを理解しているかどうか、そしてきみには質問したいことや心配事があるかどうか、そういったことがね」

「けっこう。おしゃべりしましょ。昔からある伝統的な会話のボールを転がしましょう」

「いまの気分は？」

「とてもいい気分。でも、この場所のにおいは好きになれない。ある種の化学物質の臭気が混ざってる。わたしは新鮮な空気が好きなタイプ。〈大自然《ネイチャー》ガール〉と呼んでくれてもいい。そよ風が好き。お日さまが好き。足もとに感じる大地が好き。はい、ここで空高く舞いあがるようなヴァイオリンでBGMを入れてね」

「わかるよ。刑務所にいると息がつまるように感じるからね。自分が刑務所にいることはわかっているね？　ここはドゥーリングという町にある女性専用の矯正施設だ。ただしきみは有罪判決を受けたわけではないし、いかなる罪状でも告発されてはいない——きみ自身の安全確保のために収監されているだけだ。ここまでの話はわかったかな？」

「うん」イーヴィは、あごが胸にくっつくほどうなだれると、小さな囁《ささや》き声でつづけた。「でも、あの男。ピーターズ刑務官。あの男のことを知ってるんでしょう？」

「あの男のなにを知っているんだ？」

「あの男は自分のものではないものに手を出してる」

「なんでそんな話をする？　どんなものに手を出してるんだ？」

「わたしはただ会話のボールを転がしているだけ。それがあなたの望みだと思ったからよ、ドクター・ノークロス。あのね、あなたの仕事のやり方をあれこれ指図する気はないんだけど、ほんとならあなたはわたしのうしろ、わたしから見えない場所にすわるはずじゃなかった？」

「いや。それは精神分析医だ。さあ、話題をもとにもどして——」

「これまでに解答が示された前例のない大いなる疑問、女性の魂をかれこれ三十年にわたって研究してきたこのわたしにも答えが見つからずじまいだった疑問がある。それは『女はなにを望んでいるのか？』だ」

「そう、フロイトだ。精神分析の先駆けだね。フロイトのことをどこかで読んだのかい？」

「もしあなたが女たちに質問して、もし女たちが正直に答えたなら、ほとんどの女たちはその質問に〝昼寝したい〟って答えるな。どんな服にでもあわせられるイヤリングも欲しがるかも——って、そんなイヤリングはありっこない。それはともかく、きょうはお得な特売セールがあるよ、ドク。焼け残り品の特価セール。おまけにわたしは一台のトレーラーハウスを知ってる。ちょっとガタがきてるけど——壁に小さな穴がひとつあいてて、修理でふさぐ必要がありそう——あそこなら無料で手に入れられるかも。つまりそれが条件」

「いろいろな声がきこえるのかい？」

「正確にはちがう。声というよりも——シグナルかな」

「そのシグナルはどんな音？」

「ハミングみたいな音」

「メロディみたいな？」

「蛾みたいな。ききとるには特別な耳が必要ね」

「で、わたしには蛾のハミングをききとれる正しい耳がないというんだね？」

「ええ、あいにくあなたにはそんな耳がない」

「パトカーの車内で、自分で自分を傷つけたことは覚えているかな？ きみは車内で前後の座席を仕切っている金網に、くりかえし自分の顔を叩きつけていた。なぜあんなことをした？」

「うん、覚えてる。わたしがあんなことをしたのは刑務所へ行きたかったから。この刑務所へ」

「それは興味深い。どうして？」

「あなたに会うために」

「お世辞か」

「でも、そんなものはなんの役にも立たない。そう、お世辞は」

「署長の話だと、きみは署長の名前を知っていたんだってね。名前を知っていたのは、前に逮捕されたことがあったから？ どうか思い出してくれ。きみが生まれ育ちや経歴について、ほんの少しでも思い出してくれれば、ずいぶん助けになるからだよ。もし逮捕歴があれば、そこから親戚なり友人なりを割りだせるかもしれない。そうだ、きみは弁護士をつけることもできるぞ——どう思う？」

「署長はあなたの妻」

「どうして知ってる？」

「あなたは妻にさよならのキスをした？」

「どういう意味だ？」

イーヴィ・ブラックと名乗った女は身を乗りだし、食い入るような目でクリントを見つめた。

「キス：接吻行為には――容易には信じがたいとわかってはいるが――百四十七の別個の筋肉の運動が必要とされる。さよなら：別れの挨拶。これ以上の説明が必要？」

クリントはあっけにとられた。この女の精神は本当に本当に乱れていて、発言はまともになったり調子っぱずれになったりする。たとえるなら女の頭脳は眼科診察用の椅子が脳神経を形成したようなもので、一連のちかちか明滅するレンズを通じて世界を見ているのかもしれない。

「いや、もう説明はいらないよ。わたしがきみの質問に答えたら、きみも話をしてくれるか？」

「了解」

「答えはイエス。妻にさよならのキスをしたよ」

「あら、すてき。あなたはだんだん年をとって、かつてのような〝男〟じゃなくなってる。それはわかる。おおかた、ときおり心に疑いがきざしてるんでしょうね。『自分にはまだできるのか？　それだけのパワーがある雄猿なのか？』ってね。それでもあなたは奥さんへの欲望をなくしてはいない。すてき。それにいまではいい薬もある。『お医者さんに相談しましょう』ってね。同情する。ほんと。わたしにだってわかる。男にとって加齢がしんどいなら、いい話を教えてあげる――女にとっても楽なピクニックなんかじゃない。おっぱいが垂れ下がった女は、人類の半分から見えない存在になってしまうんだもの」

「じゃ、わたしが質問する番だ。きみはどうしてわたしの妻のことを知っている？　どうしてわたしのことを知っているんだね？」

「どっちも見当はずれの質問ね。でもあなたのために、正しい質問に答えてあげる。正しい質問は、『ゆうべライラはどこにいたのか？』よ。そして答えは――マウンテンレスト・ロードじゃない。ドゥーリングでもない。奥さんはあなたのことを知ってしまったのよ、クリント。で、いまは眠くなってきてる。あら、大変」

「妻がわたしのなにを知ったというんだ？　隠し事はなにもないぞ」

「あなたは本気でそう信じてる。それくらい、巧みに隠してきたっていうことね。あとはライラにたずねるといい」

クリントは立ちあがった。監房は暑く、体が汗でべたべたしていた。このやりとりをつづけても、成果はいっさいあがらないだろう――受刑者との最初の顔あわせにおける自己紹介がてらのこうした会話は、全キャリアを通じて例外なく成果のあがらないものにおわった。イーヴィは統合失調症だ――そうにちがいない。統合失調症の患者のなかには、合図や手がかりをじつに巧みに拾いあげる者がいる。しかしイーヴィは恐ろしいまでに反応が迅速で、これはクリントが診てきた統合失調症の患者にはまったく見られない特徴だった。

そもそもイーヴィはマウンテンレスト・ロードのことをどうやって知ったのだろう？

「まさかとは思うけど、きみが昨夜たまたまマウンテンレスト・ロードにいたなんてことはあるのか？」クリントはたずねた。

「それもありかな」イーヴィは答えた。「それ、も、あり、か、な」

「ありがとう。近いうちにまた話すことになるよ」

「もちろん、また話をするはず。その機会が楽しみよ」

会話のあいだ、イーヴィは一貫してクリントに揺るぎない視線をむけていた——これも、クリントが診た統合失調症の患者たちには見られないことだった。しかし、いまはまた無作為に髪を引っぱる行動を再開していた。髪を強く下へ引き、もつれた結び目にうなり声を洩らす——つづいて、髪がちぎれる音が耳につくほど大きく響いて結び目がほどけた。

「あら、ドクター・ノークロス——」

「なにかな？」

「息子さんが怪我をした。お気の毒」

第九章

1

消火活動用の黄色い防火服を丸めて枕代わりにして、プラタナスの木陰で横になり、わずかな煙をあげるパイプを色褪せたワークシャツの胸に置いて微睡《まどろ》む〈幹線道路を養子に《アドプト・ア・ハイウェイ》〉のメンバー、ウィリー・バークの姿は、それだけで一幅《いっぷく》の絵だった。公有林で魚や鳥獣を密猟したり、生産量はわずかながら度数の高い密造酒をつくったりしていることで有名なウィリー、魚や鳥獣の密猟の罪や密造酒製造の罪で逮捕された前歴がないことでも名が通っているウィリーは、ここウェストヴァージニア州のモットーであるラテン語の文句――おおざっぱに訳せば《山国の民はつねに自由である》――を完璧に地でいく人物だといえる。当年七十五歳。首のまわりでは白髪まじりのひげがふわふわと動き、すぐ横の地面には、フエルトに擬似餌《ルアー》をふたつほど引っかけた薄汚い〈ケイスン〉のバケットハットが置いてあった。自分以外のだれかが数多くの犯罪行為を理由にウィリーを逮捕しようとしても……それが人生だと思うだけだ。しかし、ライラは見て見ぬふりをしていた。ウィリーは無報酬で町の多くの仕事に協力している善人だ。ひとりいた姉をアルツハイマー病で亡くしたが、ウィリーは姉が他界するまで介護をつづけていた。消防署がひらくチキンディナーの会にウィリーと姉がいっしょに来ている姿は、ライラにも見慣れたものだった。姉がどんより濁った目でうつろに宙を見つめていても、ウィリーはいろいろな話題で明るく姉に話しかけつづけ、そのあいだもチキンを小さく切り分けては、ひと口ずつ姉に食べさせていた。

いまライラは眠っているウィリーのすぐそばに立ち、瞼の裏で眼球が動いているようすを見おろしていた。全世界規模で起こっている危機的事態にも午後のひとときを邪魔されずにいる人間が少なくともひとりはいるとわかると、ライラの気分が明るくなった。あとは、近くにある木の一本の根元で横になり、自分もひと寝入りできればいいのだが。

もちろんそんなことができるはずもなく、ライラはウィリーのゴム長靴をつついた。「ミスター・リップ・ヴァン・ウィンクル。奥さんから失踪人捜索願いが出されてるわ。あなたがもう何十年も行方不明のままだって」

ウィリーの瞼がひらいた。二、三度まばたきをしてから、胸に載せたパイプを手にとって、上体を起こす。「やあ、署長」

「なんの夢を見てたの？　山火事を起こしている夢？」

「ガキのころからパイプを胸において寝てるんだ。いったんこつを身につけさえすれば安全そのものさ。いっておけば、おれが夢で見ていたのは新車のピックアップトラックだね」

ウィリーが走らせているのはヴェトナム戦争時代から乗っている錆だらけの恐竜めいたぽんこつで、いまはトルーマン・メイウェザーのトレーラーハウス前に広がる砂利敷きの空き地にとめてあった。ライラはトラックのうしろにパトカーをとめていた。

「で、ここはどうだったの？」ライラは、周囲の森や警察の黄色いテープに囲まれているトレーラーハウスなどへむけてあごを動かしながらたずねた。「火をぜんぶ消し止めたの？　あなたがひとりで？」

「おれたちは爆発したメタンフェタミン工場に放水したよ。飛び散った破片なんかにも水をかけた。ずいぶん瓦礫が飛んでたな。ここがそれほど乾燥していなかったのが不幸中のなんとやらだ。でも、このにおいが消えるにはしばらくかかりそうだ。ほかの連中はみんな引きあげていったよ。おれは、現場保全だのなんだので残ったほうがいいと思ってね」ウィリーはうめき声を洩らしながら立ちあがった。「あのトレーラーハウスの壁にボウリングのボールくらいの穴があいてるが、その理由をきいておいたほうがいいかな？」

「いいえ」ライラは答えた。「きけば悪夢を見るから。もう行っていいわ、ウィリー。火が燃え広がらないようにしてくれてありがとう」

ライラは靴で砂利を踏みしだきながらトレーラーハウスに近づいていった。側面の壁にあいた穴のまわりを彩《いろど》る血液が黒ずみ、いまでは蝦茶色《えびちゃいろ》になっていた。焼け跡の焦げくさい臭気と爆発で発生したオゾンの香りの裏側には、放置されたまま直射日光で焼きあげられつつある生体組織の、つんと鼻をついて吐き気を催させる悪臭がかすかに感じられた。警察が現場保全のために張ったテープをくぐる前に、ライラはハンカチをとりだして広げ、鼻と口を覆った。

「ようし、わかった」ウィリーがいった。「引きあげるよ。もう三時をまわってるな。小腹が空いてるんだ。ああ、ひとつ話し忘れてた。あっちの工場があったところの奥、あのあたりでなにやら化学反応が進んでるみたいだ。おれにはその程度までしか見当がつかないがね」

いますぐにも帰るような口ぶりでいながら、ウィリーには急いで帰るようすはなかった。シャツの胸ポケットから出した刻みタバコをパイプに詰めなおしている。

「それってどういうこと？」

「森のなかを見ればいい。地面もだ。見た目はまるで〝妖精のハンカチ〟って呼ばれるたぐいの蜘蛛の巣そっくりだが、ねばねばしてやがる。ねっとりしてる。〝妖精のハンカチ〟だったら、ああはならない」

「なるほど」ライラはそういったが、ウィリーがなにを話しているのかはさっぱりわからなかった。「もちろん、〝妖精のハンカチ〟はそんな感じじゃない。それでね、ウィリー。ここで起こった殺人事件にからんで、警察はある人物の身柄を拘束してて――」

「ああ、知ってる。話は警察無線スキャナーできいた。ひとりの女が男ふたりを殺して、トレーラーハウスを滅茶苦茶に荒らしたなんて話はあっさり信じられないが、ま、女がどんどん強くなってるご時世だ――おっと、これはおれの個人的な意見だぞ。とにかく、どんどこどんどこ強くなってる。ほら、あのロンダ・ラウジーがいい例じゃないか」

ライラにはロンダ・ラウジーという人物にも心当たりがまったくなかった。地元の知りあいで度外れた怪力のもちぬしの女性といえば、知っているのはヴァネッサ・ランプリーだけだ。ヴァネッサは刑務官として刑務所で働くかたわら、アームレスリングの大会に出場して刑務所の給料を補っている。

「あなたはこのへんの地理にくわしい――」

「ま、たなごころを指すがごとくってほどじゃないが、この近辺なら、それなりにくわしいさ」ウィリーは同意の言葉を口にしながら、ニコチンで黄ばんだ親指で新しい刻みタバコをパイプに押しこんだ。

「例の女だけど、ここまで来るにはなんらかの移動手段があったはずなの——ずっと歩いてきたとは考えられないし。どう、女が車をとめられそうな場所の心当たりはある？　道路からはずれたところで？」

ウィリーはパイプの刻みタバコにマッチで火をつけながら考えこんだ。「そうだな……知ってるか？　あそこから八百メートルばかり行った先にアパラチア電力会社の送電線が通ってる」いいながらメタンフェタミン工場の先に見えている山を指さす。「ずっと先、ブリッジャー郡までつづいてるんだ。四輪駆動車があればペニーワース・レーンから山にはいって、切り通しにたどりつけるかも。ただ、おれなら自腹で買った車でそんなことをするのはごめんだね」ウィリーは太陽を見あげた。「おっと、そろそろ行く時間だ。いまから急いで消防署にもどれば、〈ドクター・フィル〉の放送時間に間にあいそうだ」

2

トレーラーハウス内部を調べても、テリー・クームズとロジャー・エルウェイのふたりが写真撮影を忘れていた品はひとつも見つからなかったし、イーヴィ・ブラックが現場にいたことを示すために役立つ品も見つからなかった。ハンドバッグも財布もなかった。

荒らされたトレーラーハウス内部をうろうろしているうちに、幹線道路のほうへ降りていくウィリーのピックアップトラックの苦しげなエンジン音がきこえてきた。ライラはトレーラーハウス前の残骸が散乱している砂利を横切り、黄色いテープの下をくぐって、ふたたびメタンフェタミン工場へむかった。

八百メートルばかり行った先——ウィリーはそういっていた。あたりに草木が鬱蒼と茂っているせいで、いまライラが立っている場所（立っているだけではなく、化学物質の悪臭がまだかなり強烈で、マスクをもってくればよかったと思ってもいる場所）からは高圧線の鉄塔は見えなかったが、三郡地域《トライ・カウンティーズ》のこのあたりの民家や商業施設に高電圧の電気を供給する電線から出る絶え間ない〝ぶうぅぅん〟という音は耳についた。こういった鉄塔の近くの住人たちは、これが癌の原因になると主張していたし、ライラもこの主張にはそれなりの根拠となる証拠もあるという話を新聞で読んだことがあった。だったら、露天採掘の鉱山から出る泥滓《でいし》や採掘で出た汚水のため池による地下水汚染はどうなのか？　癌の原因はそのどれかひとつなのかもしれない。あるいは毒物のごった煮のようなもの、人間が製造した種々のスパイスが混ぜあわされたものから、癌や肺疾患や慢性頭痛といった風味ゆたかな病気が生まれたのだろうか？

そしていま、また新しい病気が生まれた。なにがこの病をもたらしたのだろうか？　もし全世界規模で感染しているのなら、炭鉱の廃棄物が原因とは考えられない。

ライラは〝ぶうぅぅん〟という音のほうへ歩きはじめたが、十歩も進まないうちに最初の〝妖精のハンカチ〟が目にとまり、ウィリーが話していたことが即座に理解できた。〝妖精のハンカチ〟は蜘蛛の巣におりた朝露がきらきら光っているもので、おおむね朝のうちに見かけられるものだ。ライラは地面に片膝をついてしゃがみ、白い薄膜にむけて手を伸ばしかけたが、考えなおして手を引っこめた。代わりに小枝を拾って、薄膜をつついてみる。細い糸状のものが小枝の先端にへばりついたが、そのまま蒸発したか溶けて枝に吸いこまれてしまったように見えた。もちろん、そんなことがあるはずはない。疲れた目の錯覚だ。それ以外に説明は考えられない。

ライラは眠りに落ちた女たちがつくっているという繭のことを思い、この〝妖精のハンカチ〟もおなじ物質だということがありうるだろうかと思った。ライラのように疲れている女の目にも明らかなことがひとつだけあった——これが足跡に似ているということだ。

「少なくとも、わたしの目にはそう見える」ライラは声に出していうと、ベルトから携帯を抜きだして写真を撮影した。

最初のハンカチの先にも別のハンカチがあり、さらにその先でも見つかった。もはや疑いはなかった。これは足跡のようなものだ——この足跡をつけた人物はメタンフェタミン工場とトレーラーハウスを目ざして、ここを歩いていたのだ。白い蜘蛛の巣状の物質はそれ以外にも木の幹にもへばりついていて、それぞれがどことなく人の手のような形をつくっていた——ここを歩いた者が通りがかりに手で幹に触れたか、体を休めるため、あるいはまわりの音に耳をそばだてるために足をとめて寄りかかったように見えた。そもそも、これはいったいなんなのか? この蜘蛛の巣めいた足跡や手形を森に残したのがイーヴィ・ブラックなら、どうしてわたしのパトカー車内にはこの物質がまったく残されていないのか?

ライラは足跡をたどって斜面をのぼり、狭い谷間めいたところへくだっていった——ウィリー・バークのような地元民が〝窪《くぼ》〟とか〝谷あい〟と呼びならわす地形だ。そのあとまた別の丘をあがる。ここまで来ると木々の間隔が狭くなってきた──矮性《わいせい》の小さな松の仲間が空間と日光を争っていた。蜘蛛の巣状の物質がからまっている枝もちらほら目についた。ライラは携帯でさらに数枚の写真を撮影すると、高圧線の鉄塔とまばゆい日ざしを目ざして先へ進んだ。頭を低くして、垂れさがった枝の下をくぐりぬけ、森のなかの空き地へと足を踏み入れて……ライラはただ目をみはった。つかのま、あまりの驚きにそれまで感じていた疲労のすべてが吹き消されていた。

これは本当の景色じゃない──ライラは思った。わたしはいつのまにか寝入ってしまったんだ……パトカーの車内かもしれないし……トルーマン・メイウェザーのトレーラーハウスの内部かもしれず……それで夢を見ているのかもしれない。そうに決まっている。こんなところは三郡地域《トライ・カウンティーズ》のどこにもないし、そもそもロッキー山脈の東にはこんなところはないに決まっている。それどころか、いまの時代のこの地球のどこをさがしても、こんな場所はひとつも存在していないはずだ。

ライラは空き地のへりで足をとめたまま凍りつき、首を反らして、ずっと上を見あげていた。ライラのまわりでは蛾の群れが舞い飛んでいた──茶色の蛾が夕方近い日ざしを浴びて虹色の輝きをはなつ金色に変わったように見えていた。

以前にどこかで、地球上でいちばん高い木といっても──たしかセコイアだった──せいぜい百二十メートルを若干下回る程度だという話を読んだことがあった。空き地の中央に生えている木はどう見てもそれより大きく、セコイアでもなかった。ライラがこれまで見てきたどんな木ともちがっていた。比較のために思い出せるいちばん似ている木といえば、クリントとハネムーンで訪れたプエルトリコで見たバンヤンの木だろうか。これは……このしろものは……巨大なねじくれた根の塊を土台としてそびえていた。根は、直径がいちばん太いもので六メートル、いや九メートルはありそうだ。幹は数十本の細い幹がからみあって形成され、そこから羊歯のような葉をつけている大きな枝が伸びていた。この木はそれ自身が光を発しているかのようで、オーラにつつまれていた。おそらくそれは西に傾きつつある太陽の光が、幹のねじくれた部分にある隙間から洩れてくることでつくられる幻想なのだろう。しかし……。

それだけではなく、このすべてが幻想なのではないか？　樹木はこんなふうに百五十メートル以上の高さにまで成長することはない。万が一、この木が——現実の存在であれば——それだけの高さに成長していれば、メイウェザーのトレーラーハウスからも見えていたはずだ。テリーとロジャーのふたりにも見えていたはずだ。ウィリーにも見えていたはずだ。

ずっと上のほうの羊歯っぽい葉がつくる雲といったようすの葉叢から、いきなり爆発するような勢いで鳥の群れが空へ飛び立った。鳥は緑色で、最初ライラは鸚鵡かと思ったが、それにしては小さすぎた。群れは西へ飛びながら——驚いたことに鴨や雁のように——V字形の隊列をつくり、やがて見えなくなった。

ライラは肩からマイクを引き寄せ、親指でボタンを押しこむと、通信指令係のリニーを呼びだそうとした。きこえてきたのは一定の雑音だけだったが、なぜかそれも意外ではなかった。この驚くべき大樹の灰色の幹にできている垂直の裂け目から、赤い蛇が——ヴァネッサ・ランプリーの鍛えぬかれた上腕二頭筋よりも太く、少なくとも三メートル弱の長さがあった——ずるずると這いでてきたのを目にしたときにも、やはり驚きは感じなかった。

蛇はライラの方向にむかって、スペード形の頭をもちあげた。黒い目が冷たい関心をたたえてライラをじっと観察していた。蛇の舌が這いでてきて空気を味わい、また引っこんだ。蛇は幹にあいている裂け目をすばやく這いあがっていくと、体できれいな輪をつくって一本の大枝に巻きついた。頭が振り子のように垂れていた。奥を見通せない黒い目はあいかわらずライラに据えられ、いまでは頭から爪先までをじっくり検分していた。

大樹の裏から〝ごろごろ〟と低く響くうなり声がきこえ、一拍おいて影のなかから白い虎が姿をあらわした。緑色の目がきらきら輝いていた。さらに一羽の孔雀が、もったいぶった歩き方でライラの視界にはいってきた——かかげた頭をひょこひょこ揺らし、美麗な飾り羽を扇状に大きく広げ、一語だけのおかしな質問にもきこえる鳴き声をくりかえしあげていた——《はあっ？　はあっ？　はあっ？　はあっ？》と。そのまわりを蛾の群れが舞っていた。子供のころ、ライラの家には挿絵入りの新約聖書があった。いまくるくると飛びまわっている蛾の群れを見てライラが連想したのは、イエスがどんなときにも——かいば桶に寝かされていた赤子のときでさえ——頭にまとっているように思えていた光輪だった。

赤い蛇が大枝から這いおり、最後の三メートルほどは一気に落ちて、孔雀と虎のあいだの地面に身を落ち着けた。つづいて三種の動物は空き地のへりにたたずむライラに近づきはじめた——虎はひそやかに歩き、蛇は地面を這いずり、孔雀は鳴き声をあげながら気取ったポーズで歩いて。

ライラの心の奥底から、深い安堵の思いがこみあげてきた。そう、そのとおり。これは夢だ——まちがいなく夢。夢に決まっている。いまこの瞬間にかぎらないし、オーロラ病にかぎらない。それ以外のあれこれもすべて夢――コフリン・ハイスクールの講堂でひらかれた春のカリキュラム委員会の会合からいままでの出来事は、すべてが夢だったのだ。

ライラは目を閉じた。

3

カリキュラム委員会への参加は、もともとはクリントの発案だった(これは皮肉なことでもあった――というのも、結局クリントが自分で自分を罠にかけたような仕儀になったからだ)。発端は二〇〇七年。トライ・カウンティーズ・ヘラルド紙に、コフリンのジュニアハイスクールに子供を通わせている保護者についての記事が掲載された。この保護者は、ジュディ・ブルームの『神さま、わたしマーガレットです』を学校図書館から追放するべしと主張していた。記事には、問題の本は「忌まわしい無神論のパンフレットだ」という保護者の発言が引用されていた。ライラには信じられなかった。ジュディ・ブルームのこの作品には十三歳のときに出会って夢中になった。思春期を迎えた少女がどんなことを感じているのか、見慣れない恐ろしい都市のように大人の世界がいきなり目の前にあらわれるだけでなく、本人が望もうと望むまいと関係なく、その大人という都市の門をくぐるように求められるのがどんな体験なのか――この作品に描かれたそういったことのあれこれが、わがことのように強く胸に迫った。

「わたしが大好きな本なのに!」ライラはそういって、新聞をクリントに突きだした。

ライラはクリントをいつもの白昼の夢想から引きだすことに成功した。それまでクリントはカウンターを前にして椅子にすわり、ドアのガラス窓ごしに外の庭をぼんやり見つめ、左手の指で右手の拳の関節を軽く撫でていた。クリントは記事に目を落とした。

「残念だね、ハニー。まことに悲しいことだ。でも、この本は焼かれるしかないね。偉大なるイエスさまじきじきの命令とあっては」

「笑い事じゃないわ、クリント。この保護者がブルームの本を学校から追放したがっている理由は、まさにこの本が女の子たちに読まれなくてはならない理由でもあるのだし」

「その意見には賛成だよ。笑い事じゃないのもわかってる。それなら、どうしてきみ自身が行動を起こさない？」

こういう男だからこそ、ライラはクリントを愛したのだった——こんなふうに意欲をかきたててくれる男だからこそ。「わかった。やってみる」

新聞には生徒の保護者たちや憂慮した市民たちによって、急遽《きゅうきょ》カリキュラム委員会なる組織が設立されたと書かれていた。ライラは委員会への参加を志願した。さらに自分の主張を補強するために、優秀な警察官なら方法を心得ている作戦を実行した——自分が属する地域社会に助力を願ったのだ。ライラは自分と似たような考え方をする地元の知人を残らず訪ねてまわり、ぜひとも委員会の場にやってきて、ブルーム作品を応援してくれと頼んだ。ライラは例外的にそういったグループをつくりあげるのに絶好の立場にいたといえる。それまで何年ものあいだ、生活騒音で苦情が出れば解決し、土地の権利争いの仲介役をつとめ、スピード違反者には警告を与えて罰を科さず、良心的かつ理性的な法の番人という自分の姿を一貫して見せてきたおかげで、ライラは大勢の人々の善意をつくりだしていた。

「いったい、あの女どもは何者だ？」そもそも最初にこの騒ぎを引き起こした父親は、次のカリキュラム委員会がひらかれた場で、そう大声をあげた。なぜならあつまってきたのは残らず女性であり、ひとりの父親ではとうてい太刀打ちできない人数だったからだ。こうして『神さま、わたしマーガレットです』は救われた。作者のジュディ・ブルームからは感謝の手紙がとどいた。

その後もライラはカリキュラム委員会にとどまったが、『神さま、わたしマーガレットです』なみの論争は二度と起こらなかった。委員会のメンバーは三郡地域《トライ・カウンティーズ》のハイスクールやミドルスクールの新たな課題図書や図書館の新着図書を読んだり、地元の国語教師や司書を招いて話をきいたりした。政治的な会合というより読書会のような雰囲気だった。ライラは委員会を楽しんでいた。それに大半の読書会の例に洩れず、こちらの委員会も——たまに男性がひとりふたり顔をのぞかせることこそあれ——基本的には女たちだけのあつまりだった。

この前の月曜日の夜にも委員会があった。会合がおわってハイスクールの駐車場へ歩いていくとき、ライラはたまたまドロシー・ハーパーという年上の女性といっしょになった。ドロシーは〈第一木曜日の読書会〉というグループのメンバーであり、ライラが『神さま、わたしマーガレットです』擁護のために最初に声をかけた町の住民のひとりでもあった。

「そういえば姪御《めいご》さんのシーラのこと、さぞや誇らしく思ってるんでしょうね！」ドロシーは杖をつき、赤ん坊もはいりそうな大きい花柄のバッグを肩にかけていた。「みんなが噂してるのよ——あのぶんだと、バスケットボールで奨学金をもらってディヴィジョン1《ワン》の大学に進むにちがいないって。シーラにとってはすてきなことじゃない？」ドロシーはさらにこういい添えた。「もちろん、あなたもいまから大喜びするのは控えたいところね――あの子はまだ二年生ですもの。でも、十五歳で新聞の見出しになるような女の子はめったにいないわ」

ドロシーはなにか勘ちがいをしているのではないか――そういった言葉が舌先まで出かかった。クリントには兄弟はいないし、ライラには姪がいない。一方ドロシー・ハーパーは、人の名前が頭のなかでごっちゃになりがちな年齢である。ライラはその場ではドロシーにいい一日を願う言葉をかけるにとどめ、車で家に帰った。

ただし、ライラは警察官だ――つまり、好奇心をもつことで給料をもらっている身である。翌日の午前中、署長のデスクについていて少し手がすいたおり、ライラはドロシーの言葉を思い出し、ブラウザのファイアフォックスの検索欄に《シーラ・ノークロス》と打ちこんだ。検索結果の最上位に表示されたのは、**《コフリン、スーパー少女の活躍でタイガース決勝進出へ》**という見出しがついたスポーツ欄の記事だった。〝スーパー少女〟と称されていたのが十五歳のシーラ・ノークロスだった。つまりドロシー・ハーパーは名前を勘ちがいしていたわけではなかった。三郡地域《トライ・カウンティーズ》には、自分たち以外にもノークロスという苗字の者がいる……かもしれない。ただしライラはひとりも知らなかった。記事のいちばん最後のほうに、娘のシーラを誇りに思っている母親の名前が出ていた。母親は、娘と異なるパークスという苗字だった。シャノン・パークス。

この名前がライラの記憶倉庫の床板をきしませた。二、三年前、ジェイリッドが陸上競技をはじめたころ、なにげない会話でクリントがこの名前を口にしたことがあった――自分もおなじような年齢で陸上競技をはじめたが、きっかけはシャノン・パークスという友人の強い勧めだった、という言葉だった。そのときライラは文脈を考えにいれ、ちょっと気取ったファーストネームの男の友人だろうと勝手に思いこんだ。なぜこの話を覚えていたかといえば、めったに子供時代やティーンエイジャーだった時分のことを話さないクリントが、このときは珍しく話題にしたので印象に残っていたのだ。

クリントは少年時代を児童養護制度のもとで過ごした。そのことについて、ライラはあまりくわしく知らなかった……いや、自分はだれをごまかそうとしているのか？　なにも知らないというべきだ。知っているのは、それがつらい日々だったということだけだ。子供が実の両親から離されて養護施設に入れられるような事件の話をライラが家庭で話題にすると、クリントは無口になった。いや、落ち着かない気分になるわけではない――クリントはそういった。「思い出が甦るだけだ」と。夫婦関係においては警官であることを忘れなくてはならないと痛感したライラは、この件をそのままにした。

そのままにするのは簡単ではなかったし、ライラも穿鑿したい気分にならなかったわけではない。警察官の権限をもちいれば、あらゆる種類の裁判所記録を参照することができる。ただし、ライラはその気持ちを抑えた。だれかを愛しているのなら、その人が静かに過ごせる場所を守ってやるべきではないか。本人が足を踏み入れたくない部屋があるのなら尊重するべきでは？　それにライラは、クリントならいつの日かなにもかも、すっかり打ち明けてくれるだろうと信じてもいた。

しかし。

シーラ・ノークロス。

クリント本人が足を踏み入れたくない部屋――そしてライラがおめでたくも、いつかは自分が夫から招待されるだろうと思いこんでいた部屋――にいたのはひとりの女だった。男ではなくて女。名前はシャノン。部屋には十代の少女の写真もあった。恥ずかしそうな笑み、右の口角をにっと吊りあげるその微笑みには、ライラがよく知っている人物に通じる面影があった。それもひとりではなく、ふたりの人物――すなわち夫と息子だった。

4

そこから先は単純な二段階の捜査でこと足りた。

第一段階では法律を破った――警察官として初めての法律違反どころか、生まれてこのかた初めての違反だった。コフリン・ハイスクールの校長に連絡し、正式な令状もないままシーラ・ノークロスの学校関係の記録のコピーを求めたのである。コフリン校の校長は、『神さま、わたしマーガレットです』をめぐる上を下への大騒ぎを短期間ですっぱりおわらせてくれたことでライラに感謝していたし、ライラのほうはシーラ・ノークロス個人に関係したことではなく個人情報泥棒の捜査の一環だという口実で、校長を安心させた。校長は少しも迷わずに、記録をファックスで送ってよこした――校長もまた進んで法律を破ってもいいと思うほどライラを信頼していた。

記録を見るかぎり、シーラ・ノークロスは優秀な生徒だった。国語に強かったが、数学と理科はそれ以上の成績。成績平均値は三・八。担任は所見に、いささか尊大なところはあるが魅力的な天性のリーダーだ、と書き記していた。保護者の欄に書かれていたのは母親のシャノン・パークスの名前だけ。父親としてクリントン・ノークロスの名前が書いてあった。生まれは二〇〇二年——ジェイリッドよりも一年と少しだけ年下にあたる。

それでも、水曜日の夜におこなわれたアマチュア・スポーツ連盟に所属するチーム同士の試合を見るまでは、ライラはまだ確実ではないと自分にいいきかせていた。むろん、〝確実ではない〟は無意味な言葉だった。真実は目の前の入学時の提出書類に記されていた——それこそ、少女の顔のノークロス家の特徴をそなえた鼻にも負けないほどありありと。しかし、日々の仕事をきっちりこなす必要もあった。そしてライラは、こう自分にいいきかせた——確実に知りたければ問題の少女を……つまりシーラ・ノークロスをこの目で見る必要がある、と。傑出したポイントガードであり、いささか尊大だが魅力的な、成績平均値三・八の少女を。

ライラは自分を潜入捜査官だと思うことにした。自分がいまもなお、クリントが結婚した女のまま変わっていないことをクリントに納得させるための捜査だ、と。

「なにか考えごとで頭がよそに行ってるみたいだね」火曜の夜、クリントはライラにそういった。

「ごめんなさい。きっと、わたしが職場のだれかさんと浮気をしているせいね」ライラはそう答えた。もしもライラがいまもまだクリントが結婚した相手のまま変わっていなければ、いかにも口にしそうな答えだった。「だから、ついそっちに気をとられちゃって」

「なるほど、わかるよ」クリントは答えた。「相手はリニーじゃないかな？」

それから、クリントはライラを引き寄せてキスをした。ライラは夫にキスを返しさえした。

5

そのあとは捜査の第二段階だった——すなわち張り込み。

ライラは体育館の観覧席の高いところに腰かけて、三郡地域《トライ・カウンティーズ》のアマチュア・スポーツ連盟所属チームがウォーミングアップをしているようすをながめていた。だれがシーラ・ノークロスかはひと目でわかった。背番号34。すばやく駆けこみ、ボールをバックボードの隅でバウンドさせてレイアップシュートを決めると、声をあげて笑いながら身をひるがえす。ライラは刑事の目でシーラを見つめた。背番号34のあごはクリントゆずりではないかもしれないし、立居ふるまいもちがうかもしれないが、それがどうしたというのか？　子供はふたりの親から生まれるものだ。

ホームチームのベンチに近い最前列では、数人の大人たちが立ちあがり、試合前に流れている音楽にあわせて手拍子を打っていた。選手の親たちだ。縄目模様のニットセーターを着ているスリムな女性、あれがシャノンなのか？　それともシーラの母親は髪をブロンドに染めて、新聞少年風のヒップなキャップをかぶったあの女？　あるいはほかの女か？　ライラにはわからなかった。わかるはずがあろうか？　なんといってもいま自分は他人だらけのパーティーにひとりまぎれこんだ招かれざる客だ。人々はよく自分たちの結婚生活がどんなふうに崩壊したのかを話す。そんな人たちはよく、「現実のこととは思えなかった」と口にする。しかしライラには、この試合が現実そのものに感じられた——観衆のどよめき、体育館の独特の香り。ちがう、問題はわたし自身だ。わたしこそ、現実とは感じられない存在になっている。

ブザーが鳴った。いよいよ試合開始だ。

シーラ・ノークロスが、ハドルを組んでいる選手たちのもとに小走りで近づいた。それにつづくシーラの行動が、ライラのあらゆる疑念やあらゆる自己否認をかき消した。恐ろしくも単純で説得力に満ちていたうえ、顔かたちのどんな類似点や学校のどんな記録よりも決定的な重みをそなえた行動だった。観覧席の高いところの座席から、その場面を目撃していたライラは悟った——自分とクリントの関係は壊れた、と。

6

動物たちが近づいてくるなかで目を閉じるなり、ライラは本物の睡眠が襲いかかってくるのを感じとった。ひそやかに歩くのでも、地面を這いずるのでもなければ、気取ったポーズで歩くのでもない——睡眠は運転手がいないまま暴走する十六輪トラックの勢いで襲いかかってきた。神経がまばゆいパニックの火花を散らし、ライラは自分の顔に平手打ちを食らわせた。力いっぱい。目がぱっちりひらいた。蛇も白い虎も、やかましく鳴く孔雀もいなかった。バンヤンの木に似ていなくもない巨木もなかった。巨木がそびえていた空き地の中央に生えていたのは一本のオークの木だった。二十五メートルほどの美しい老木で、それなりに堂々としてはいたが、つまるところは普通の木だった。オークの低いところの枝に一匹の栗鼠《りす》がちょこんとすわり、横目でライラを見つめていた。

「幻覚を見てたんだ」ライラはひとりごとをいった。「最悪」

それから肩のマイクのボタンを押して、署にいる通信指令係に声をかける。

「リニー？　そこにいる？　きこえてたら返事をして」

「ええ、ここにいるわ、署長」スピーカーから流れる声はかぼそく、ひび割れてもいたが、雑音は混じっていなかった。「どのような……お望みですか？」

送電線の音――〝ぶうぅぅん〟という音――が、またはっきりときこえるようになっていた。音がいつしか消えていたことにもライラは気づいていなかった。いや、本当に音は消えたのか？　いやだ、本当に頭がごちゃごちゃになってる。

「気にしないで」ライラはリニーにいった。「もっと電波がいいところへ行ったら、またこっちから連絡する」

「ほんとに……大丈夫？」

「ええ。またすぐに」

ライラはいま一度ふりかえった。ただのオークの木だ。大きいことは大きいが、いたって普通のオークだ。ライラが頭を前へむけようとしたそのとき、またもや鮮やかな緑色の鳥が猛然とオークの木から飛び立って、沈みゆく太陽の方角へ飛んでいった。ほかの鳥たちがむかっていった方向へと。

ライラはいったん目をきつくつぶってから、がむしゃらに瞼をこじあけた。鳥は見えなかった。見えなくて当たり前だ。すべては自分の想像の産物だったのだから。

《でも足跡は？　わたしをここまで導いてくれたはず》

ライラはもう足跡や例の巨木のこと、それにあの奇妙な女や、それ以外の一切合財を気にかけるようなことはやめようと決めた。いまの自分に必要なのは、うっかり寝入ったりしないまま町に帰ること、それだけだ。そろそろドゥーリングの立派な薬局の一軒を訪ねたほうがいいのかもしれない。どんなものにも効き目がなかったら、そのときには警察の証拠品収納ロッカーがある。それからまだ……。

……まだなにがあるというのか？　たしかになにかを思いついたが、疲れの前にその思考が溶けて流れてしまった。いや、〝ほとんど〟流れてしまったといったほうがいい。思考が完全に消える寸前、ライラはその思考をつかまえていた。クヌート王。それが思考の中身だった。潮流にむかって、逆向きに流れろと命じたというイングランド王のクヌート一世。

世界には逆立ちしても不可能なことがある。

7

ライラとおなじように、息子も目を覚ましていた。いまは道路の反対側の側溝のぬかるみに横たわっていた。体が濡れていて痛みに襲われ、おまけになにかが背中にぐりぐり食いこんでいた。感触からするとビールの空き缶らしい。これだけでも災難だが、まわりをほかの連中に囲まれていた。

「ノークロス」

声をかけてきたのはエリックだった。

クソったれ野郎のエリック・ブラス。

ジェイリッドは目を閉じたままでいた。ぼくが気絶していると思えば——いや、死んでいるとさえ思うかもしれない——弱虫で腰抜けなあいつらはさっさと逃げていきそうだ。

逃げていく……かもしれない。

「ノークロス！」今回は呼びかけにつづいて、エリックがブーツで脇腹を小突いてきた。

「エリック、もう引きあげようぜ」別の国からきこえているような声。ケント・デイリー。情けない鼻声でパニック寸前のようだ。「そいつ、死んでるみたいだ」

「昏睡状態かも」カートは、これがそこまで悲劇的な結果になるはずはないと決めつけている口調だった。

「昏睡状態なもんか。芝居をしてるだけだよ」そう話すエリック自身も不安を隠せない口ぶりだった。エリックが体をかがめて顔を近づけてきた。目をつぶっていても、エリックのAXE《アックス》のコロンの香りが強くなったのはわかった。あきれたな……こいつはあのコロンの風呂にでもつかってるのか。「ノ、ノ、ノ、ノークロス！」

ジェイリッドは身じろぎせずに横たわったままだった。せめてパトカーの一台くらい通りかかってくれないものか。あとあとの釈明ではばつのわるい思いをするだろうが、ここは母親ライラのパトカーでもかまわない。しかし、ピンチにあたって騎兵隊が駆けつけるのは映画のなかだけだ。

「ノークロス、そのまま目をあけなければ、いいか、金玉を蹴っ飛ばしてやるぞ。本気で力のかぎり蹴飛ばしてやる」

ジェイリッドは目をあけた。

「それでいい」エリックはにたにた笑っていた。「いうことをきけば傷つけもしないし、痛めつけもしないさ」

ジェイリッドはすでに——体をかすっていった車とこの連中の両方から——徹底的に痛めつけられた気分だったので、無言をつらぬいた。いまは黙っているのが賢明な選択に思えた。

「いいか、おれたちはあの汚い婆さんには指一本触れちゃいない。おまえもそれほどひどい怪我をしてるようすじゃない。少なくとも、折れた足の骨がズボンから突きでてることもないしな。だから、ここはおあいこにしよう——もちろん、おまえが携帯をおれにわたせばの話だ」

ジェイリッドはかぶりをふった。

「おやおや、このクソ野郎にも困ったもんだ」エリックは情け深く大目に見てやるといいたげな口調でいった——いわばカーペットに粗相をした子犬に語りかけるような口調だ。「カート？　ケント？　こいつを押さえてろ」

「やめろよ、エリック。知らねえぞ」ケントがいった。

「おれは知ってる。こいつを押さえろ」

カートがいった。「もしこいつが……ほら……内臓損傷だかを負ってたらどうする？」

「その心配はないね。さっきの車はかすっただけだ。早くこいつを押さえこめ」

ジェイリッドは身をすくめて離れようとしたが、カートに片方の肩を、ケントに反対の肩を押さえられてしまった。全身いたるところが痛かった――なかでもひときわ痛みが強烈だったのは膝だった。そもそも、この連中相手に抵抗しても意味はない。いまジェイリッドは奇妙なほど無気力になっていた。ショックが影響力を発揮しはじめていたのかもしれない。

「携帯」エリックが指を鳴らした。「こっちにわたせ」

メアリーがいっしょにコンサートへ行こうとしているのは、この男だ。いま目の前にいるこの男だ。

「さっき森で落としたよ」

ジェイリッドはそう答えてからエリックを見あげた。涙をこらえながら――いまここで泣くのは最悪だ。

エリックはため息をつくと、地面に膝をついてしゃがみこみ、ジェイリッドのポケットをつかんだ。スラックスの右の前ポケットにｉＰｈｏｎｅの四角い形を感じとると、そのまま抜きだす。

「なんで、わざわざそこまで馬鹿者になる必要があるのかな、ノークロス？」エリックの声はいまでは苛立ちもあらわで、迷惑をこうむっているかのような響きもあった――たとえるなら《どうしておまえは、おれの一日を台なしにしてるんだ？》といいたげな。

「たしかにここには馬鹿者がいるな。でも、ぼくじゃない」ジェイリッドはそういうと強く目をしばたたいて、涙をこぼすまいと踏んばった。「おまえはあの人の耳に小便する気だったんだろう?」

「いや、そいつにはそんなつもりはなかった。あれを本気にするなんて、おまえこそ下劣な野郎だな、まったく。ただの冗談なのに」カートはいった。「ああ、男だけの内輪のジョークだよ」

ケントが気負いこんで声を張りあげた——自分たちは理性的な議論を展開しているだけであって、ジェイリッドに馬乗りになって動きを封じたりはしていないといいたげに。「そうだよ、あれは男の仲間うちのジョークだ。仲間同士でふざけあってただけさ。わかるだろ、ほら、ロッカールームにいるときみたいなもんでさ。野暮なことをいうなよ、なあ、ジェイリッド」

「この件は水に流すつもりさ」エリックがそう宣言した。話しながら、ジェイリッドのiPhoneの画面をくりかえしタップしている。「メアリーのことがあるからね。メアリーがおまえと友だちだってのは知ってる。まあ、おれとは友だち以上の関係になるだろうな。だから、これでおあいこにしよう。全員、ここから解散だ」画面のタップをおえる。「これでよし。例のビデオをクラウドから削除して、データを全消ししてやった。すっからかんだ」

側溝の地面から灰色の岩が突きだしていた。ジェイリッドにはその岩が、ずっと〝あっかんべえ・あっかんべえ〟をつづけている灰色の舌に見えた。エリックはその岩にジェイリッドのiPhoneを五回六回と叩きつけた。液晶画面が砕け、黒いプラスティックの破片が飛び散った。それから、見る影もなくなった携帯をジェイリッドの胸の上に投げ落とした。携帯はそこから滑って側溝にたまった泥水のなかへ落ちた。

「ビデオは消去したから、そこまでする必要はなかったんだが——メアリーのことはさておいても、卑怯なのぞき見をすれば、それなりにしっぺ返しを食らうってことをおまえの頭にしっかり入れておいてほしくてね」エリックは立ちあがった。「わかったか?」

ジェイリッドは無言だったが、エリックは返事がきこえたかのようにうなずいた。

「よし。もう放してやれ」

ケントとカートは立ちあがり、あとずさって離れた。ふたりとも警戒の表情を見せていた——ジェイリッドがいきなり立ちあがり、ロッキー・バルボアなみのパンチを繰りだしてきてもおかしくないと思っているかのようだった。

「これで、おたがいにこの件はおしまいだ」エリックはいった。「おれたちには、例の汚い老いぼれ婆さんに手出しするつもりはこれっぽっちもない。だから、おまえもこの件をおしまいにしたほうが身のためだ。よし、行こうぜ」

三人はジェイリッドを側溝に残して立ち去った。ジェイリッドは三人の姿が見えなくなるまで我慢した。それから腕で目を覆って泣いた。ひとしきり泣いてから上体を起こし、携帯の残骸をポケットにおさめた(その過程でまた数個の破片が落ちていった)。

ぼくは負け犬《ルーザー》だ——ジェイリッドは思った。ベックのあのヒットソングは、ぼくを念頭においてつくられたにちがいない。たしかに相手は三人でこっちはひとりだった。でも……それでもやっぱり、ぼくはとんだ負け犬《ルーザー》だ。

ジェイリッドは足を引きずって家をめざしはじめた。なぜなら、打ちのめされて傷ついたときに足をむけるべきは自分の家だからだ。

第十章

1

一九九七年以前の聖テレサ病院は醜悪きわまるコンクリートブロックづくりの建物で、病院というよりは都市圏につくられた粗悪な公共住宅団地のようだった。そののち、スペック山地やルックアウト山地における石炭採掘のための山頂除去工事に激しい抗議の声があがると、ロウバースン石炭会社はこの病院の野心的な拡張計画に資金を援助した。リベラル派の民主党員――共和党支持の有権者にとっては共産主義者とおなじグループだった――が発行している地元新聞は、この資金援助を〝口止め料も同然の金〟と呼んだ。三郡地域《トライ・カウンティーズ》の大多数の人々はあっさり歓迎した。それもそうだろう――〈ビッグビーズ理髪店〉の客の話を小耳にはさんだが、ヘリポートまであるっていうぞ！

いつものウィークデイの午後なら、ふたつある駐車場――ひとつは救急病棟の前にある狭い駐車場、もうひとつはもっと広く、一般の病院の建物前にある――は、いずれもせいぜい半分程度しか埋まらない。しかしこの日の午後、動物管理官のフランク・ギアリーが病院に通じるホスピタル・ドライブに車を乗り入れたときには、どちらの駐車場も満車で、さらに一般病院の正面玄関前のロータリーにも車が詰まっていた。トランクの蓋がぐしゃぐしゃに潰れているプリウスを見かけた——後続車のジープ・チェロキーに追突されたのだ。舗装面に散乱しているテールライトの破片が飛び散った血の雫に見えた。

フランクは一瞬もためらわなかった。エレインの愛車であるスバル・アウトバックに縁石を乗り越えさせて、そのまま（いまのところはまだ）車がとめられていない芝生に乗りこんでいった。芝生には、昔の病院のロビーで慈愛をふりまいていた聖テレサの彫像と旗竿が立っているだけだった。旗竿のてっぺんに星条旗がひるがえり、その下にウェストヴァージニア州の州旗——ふたりの鉱夫らしい男が墓石めいたものの両側に立っている構図——がかかげてあった。

こんな場合でなければ、フランクの乱暴な運転にエレインは言葉の在庫から棘のある言葉を繰りだしてきたはずだ——それもかなり鋭い棘つきの言葉を。《なにしてるのよ？　頭は大丈夫？　この車はまだローンが残ってるのに》とかなんとか。しかし、きょうは無言だった。きょうエレインは、娘のナナを両腕に抱いてそっと体を揺らしていた——まだナナが赤ん坊のころ、乳歯が生えてくるのにあわせて熱を出したときのようだった。顔を覆っているねばねばした物質が着ているTシャツにまで垂れ落ちていて（ナナのお気に入りのTシャツ、ちょっとブルーな気分のときに着るTシャツ、いまはもう永劫《えいごう》の昔に思えるが、きょうの午前中フランクが引っぱったTシャツだ）、薄汚い老いぼれ鉱夫のもつれて乱れたひげのように見えた。おぞましかった。フランクはなにをおいてもまず、娘の顔から白い物質を剝ぎとりたくてたまらなかったが、テレビで見たキンズウーマン・ブライトリーフの記憶がブレーキになった。猛スピードの車で町を横切ってくるあいだ、エレインが白い物質に触れようとしたことがあった。フランクはすかさず「触るな！」と怒鳴り、エレインはすぐ手を引っこめた。途中フランクは二回、ナナが息をしているかとエレインにたずねた。エレインは息をしていると答えた——不気味な白い膜がふいごのように膨らんだり凹んだりしているのが見えたからだ。しかしフランクには、それだけでは不足だった。運転席から右手を伸ばしてナナの胸にあてがい、自分で娘の呼吸を確かめずにいられなかった。

フランクはタイヤでちぎれた芝が跳ね飛ぶほどの急ブレーキで車をとめると、大急ぎで助手席側へまわった。エレインが先頭に立ち、ナナを抱きかかえたフランクがつづいて、家族は救急病棟を目指して走った。エレインのスラックスのサイドジッパーがあいたままで、ピンクの下着がちらりと見えていることに気づくと、フランクは胸を刺す痛みを感じた。なにもない日常の日々には、いつも完璧に服装をととのえているエレインなのに——いつものエレインは、たくしこむところはたくしこみ、引きしめるべき場所は引きしめ、生地は伸ばして皺ひとつなく、コーディネートもTPOもすべて完璧だった。

そのエレインがいきなり足をとめたので、フランクは危うく妻の背中に追突しかけた。見ると救急病棟の玄関前に大勢の人々があつまっていた。エレインは馬のいななきにも似た奇妙な声をあげた——もどかしい気持ちと怒りが入り交じって出てきた声だった。「これじゃ、いつまでたっても病院にはいれない！」

救急病棟のロビーにも、すでに限界まで人が詰めかけている光景がフランクにも見えた。その脳裡をいかれたイメージが駆け抜けていった——ブラックフライデーの大安売りにスーパーの〈ウォルマート〉へ駆けこんでいく買物客の群れのイメージだった。

「メインロビーだよ、エル。あっちのほうが広い。向こうなら病院にはいれそうだ」

エレインはすかさず方向転換をして、あやうくフランクを押し倒しそうになった。フランクはあわてて妻のあとを追った——息がわずかにあがりはじめていた。決して体が鈍《なま》っているわけではないが、ナナはこの前の身体検査のときには体重三十六キロだったが、いまではそれよりも増えているようだ。三人は病院のメインロビーにもはいれなかった。玄関前に人があつまっていなかったので、フランクは一瞬だけ希望をいだいたが、ロビーそのものは立錐《りっすい》の余地もなく人が詰めかけ、手前の玄関ホールまで行くのが精いっぱいだった。

「通してちょうだい！」エレインはそう大声を張りあげながら、ピンクのハウスドレスを着ている大柄でがっしりした女の肩を叩いた。「うちの娘なの！　娘から変なものが生えてるのよ！」

ピンクの服の女は、ラインバッカーにふさわしい肩の片方をほんの少し動かしただけだったが、エレインを後方へよろめかせるには充分だった。

「あんただけじゃないよ」女がいい、フランクはこの大柄な女の前に乳母車があることに気がついた。乗せられている子供の顔は見えなかったが、あえて見る必要はなかった。力なく広げられた両足や、ハローキティが描かれたピンクの靴下に包まれている片方の足先だけが見えれば充分だった。

人々の群れのさらに先、ずっと前のほうで、ひとりの男が大声で叫んでいた。「インターネットで治療薬だのワクチンだのの話を読んで駆けつけてきたみなさん、すみやかにお帰りください！　そのような話はすべてデマです。現時点では治療薬もワクチンも存在しません。くりかえします。**現時点では治療薬もワクチンも存在しません！**」

この発表を出迎えたのは失望のうめき声だったが、病院を立ち去ろうとするものはいなかった。フランクたちのうしろには、早くもさらなる人々が詰めかけていて玄関ホールを埋めつくそうとしていた。

エレインがふりかえった——その顔は汗に濡れ、大きく見開かれた目は半狂乱の光をたたえて涙で濡れ光っていた。「レディースクリニック！　あそこにナナを連れていきましょう！」

そういうとエレインは頭を低くし、両手を突きだして前方に立ちふさがる人々を押し、人々がつくるスクラムを力ずくでかきわけて動きだした。フランクはナナを両腕で抱きかかえて妻につづいた。ナナの片足がひとりの男の体に軽くあたった。男は、長く伸びたブロンドの髪で顔が完全に隠れている十代の少女を抱きかかえていた。

「おいおい、気をつけてくれよ」男はフランクにいった。「みんな、おたがいさまなんだから」

「そっちこそ気をつけな」フランクは険悪な声でいい、人垣を無理やりかきわけて、また外のひらけた場所へ引き返した。このときもまた回路が壊れたコンピューターのように、頭のなかに繰り返し繰り返しおなじ言葉が表示されていた。

おれの娘　おれの娘　おれの娘

なぜならいまこの瞬間、重要なのはナナだけだからだ。神のつくりし緑の地球に、ナナ以外重要なものはひとつもない。ナナが恢復《かいふく》するのなら、なんでもするつもりだった。ナナの恢復のためには命を捧げてもかまわない。それを狂気だというのなら、正気なんて捨ててやる。

エレインはひと足先に芝生を横切っていた。ひとりの女が旗竿の台に背中をあずけてしゃがみこみ、赤ん坊を胸もとに引き寄せて抱きしめたまま号泣していた。それはフランクが日頃からよく耳にしている声とそっくりだった——罠に足が一本ひっかかって骨が折れてしまった犬の鳴き声だ。女は前を通るフランクにむかって、赤ん坊をもちあげて見せた。赤ん坊のすっかり白く覆われた頭部や、その後頭部からたなびく白いフィラメント状の物質が見えた。

「お願い、助けて!」女は声を張りあげた。「お願いです、旦那さん、わたしたちを助けて!」

フランクはなにも答えなかった。その視線はエレインの背中にひたと据えられていた。いまエレインは、ホスピタル・ドライブをはさんで反対の建物群を目指していた。正面に出ている青い看板には白字で**《レディースクリニック》**とあり、さらに**《産科・婦人科。ドクター・エリン・アイゼンバーグ。ドクター・ジョリー・スラット。ドクター・ジョージア・ピーキンス》**と書いてある。玄関ドアの前には繭のようなもので包まれた家族を運んできた人々がすわっていたが、わずか数人にとどまっていた。してみると、ここへ来るのは名案だったようだ。ふだんは夫のケツを蹴り飛ばす仕事で忙しいエレインも、その仕事からひととき離れると、こうした名案をたくさん思いつく——しかし、それではなぜ人々は玄関前ですわっているのか? そこが腑《ふ》に落ちない。

「急いで!」エレインがいった。「早く来てよ、フランク!」

「これでも……急いでる……精いっぱいね」前よりもさらに激しく息を切らしながら、フランクはいった。

エレインはフランクの背後に目をむけていた。「わたしたちの動きに気づいた人がいるの!

だから追い抜かれないようにしなくちゃ！」

フランクは顔をうしろへめぐらせた。ふぞろいな形の人垣が、見捨てられたエレインのスバル・アウトバックを越えて芝生を猛然と進んで近づいてきていた。先頭集団をつくっているのは、赤ん坊か幼児を抱きかかえている人々ばかりだった。

フランクは息をあえがせながら歩道にあがって、エレインに追いついた。ナナの顔を覆い隠している〝頭巾〟が微風に揺れていた。

「なんにもならないよ」建物の壁にもたれている女がいった。見た目からも口調からも、疲れきっていることは明らかだった。女はへたりこんで両足を大きく広げ、ナナとおなじくらいの年恰好の女の子を抱き寄せていた。

「なにが？」エレインがたずねた。「それはいったいなんの話？」

フランクは玄関ドアに内側から貼りつけてある掲示に目をむけた。**《オーロラ病による緊急事態のため閉鎖》**とあった。

エレインがドアハンドルをつかんで、むなしく引っ張るのを見ながら、フランクは思った――愚かな女医どもめ。愚かで自分勝手な女医連中め。オーロラ病が引き起こした緊急事態だからこそ診療をつづけるのが医者の役目だろうが。

「ここの医者たちにも子供がいるんだろうね」幼い少女を抱いている女がいった。女の両目の下には黒い隈ができていた。「それを思うと医者たちを責められないよ」

おれは責めてやる――フランクは思った――ここの医者どもを責めて責めて責めぬいてやる。

エレインがフランクにむきなおった。「これからどうすればいい？　わたしたちどこなら行けるの？」

フランクが返事をするよりも先に、救急病棟前にいた人々がレディースクリニックにたどりついた。穀物袋をかつぐ要領で子供を——孫娘だろうか——肩にかついでいるひとりの老人がドアの前にいたエレインを荒っぽく押しのけて、自分でドアがあくかどうかを試しはじめた。

それにつづいて起こったのは、いずれ発生することが避けられない急展開の出来事だった。まず老人が裾を垂らしたシャツの下に手を入れ、ベルトから拳銃を抜き出すと、銃口をドアへむけて引金を引いた。ひらけた戸外だったとはいえ、耳がつぶれそうなほどの銃声が響いた。玄関のガラスが内側へむかって砕け散った。

「さあ、いまだれがドアを閉めてる？」老人は疳走《かんばし》って途切れがちになった声でわめいた。打ち砕かれたガラスから飛散した細片が老人のもとへ舞いもどり、頬に突き刺さった。「さあ、いまはだれがドアを閉めてやがるんだ、クソども？」

老人は拳銃をかかげて、また発砲した。人々がさあっとあとずさって離れた。コーデュロイのロンパースを着た眠れる少女を抱きかかえていた男が、建物の壁にもたれてすわっていた女が伸ばした足につまずいた。男は倒れた衝撃をやわらげようとしてとっさに両腕を前へ伸ばし、かかえていた少女を落としてしまった。眠れる少女は歩道にぶつかって鈍い音をたてた。父親はあわてて娘の横に駆け寄ったが、うっかりしたのだろう、壁を背にすわっている女の娘の顔を覆っていた〝頭巾〟を片手で引き裂いてしまった。一瞬の間《ま》さえなかった。少女は瞬時に目をぱっちり見ひらき、同時にすばやく体を起こした。その顔は憎悪と激怒がつくる悪鬼の仮面そのものだった。少女は男の片手にがぶりと嚙みつき、嚙みちぎった指をむさぼり食べ、母親の手から逃れて蛇のようにずるずる這いずって前進した——片手の親指で男の右頬を突き破ると同時に、指を左目に突き立てるためだった。

老人は身をひるがえし、うなり声をあげながら地面を這う少女に拳銃の狙いをつけた——フランクにはアンティークにさえ見える銃身の長いリボルバーだった。

「よして！」母親がそう叫んで、娘の身を守る盾になろうとした。「やめて！　うちの子を撃たないで！」

フランクは体の向きをかえてわが子を守り、片足を後方へ蹴りだして老人の股間をとらえた。老人はひいっと悲鳴をあげ、うしろへよろけた。フランクは老人の銃を遠くへ蹴り飛ばした。救急病棟からこのレディースクリニックへ押し寄せてきた群衆は、すでにあらかた四散して逃げていた。フランクに蹴られてよろけた老人は、そのままレディースクリニックの玄関ホールへ足を踏み入れ、そこでついに体のバランスを崩し、散乱しているガラスの破片のなかへばったり倒れた。老人の両手や顔から血が流れていた。老人の孫娘とおぼしき少女は、顔を伏せて地面に横たわっていた（いったいどんな顔になっているのか——フランクは思った）。

エレインがフランクの肩をつかんだ。「行きましょう！　ここはいかれてる。早く離れないと！」

フランクは妻の言葉を無視した。少女はいまもなお、先ほど不自然な眠りからうっかり少女を目覚めさせた男の顔に爪を立てつづけていた。男の右目の下の肉が切り裂かれ、いまにも眼球が飛びだしそうになっていた——目の角膜はすでに血で真っ赤だった。フランクはナナを両腕で抱いていたので、どうやっても男を助けられなかったが、そもそも男には助けなど必要ではなかった。男は片手で少女の体をつかみあげ、そのまま投げ飛ばした。

「だめ！　そんなことしないで！」少女の母親は悲鳴をあげ、あたふたと娘のあとを追った。

男はフランクをじっと見つめ、こともなげな口調でこういった。「どうやらあのガキは、おれの片目を潰して失明させたみたいだ」

これは悪夢だ――フランクは思った。悪夢にちがいない。

エレインがフランクを引っぱった。「早くここから離れなくちゃ！　フランク、すぐ逃げなくちゃだめ！」

フランクはアウトバックを目指すエレインを小走りで追った。通りすがりに、レディースクリニックの壁にもたれていた女に目をむけると、少女の顔を覆っていた〝頭巾〟が驚異的なスピードで再生しつつあることが見てとれた。少女はもう両目を閉じていた。激怒の表情は消えていた。代わって、なににも心を乱されていない穏やかな顔つきになっていた。そして次の瞬間、もう少女はそこにいなかった――白いふわふわした物質に完全に包みこまれていた。母親はそんな少女を抱きあげると、べったりと男の血がついている娘の手にキスをしはじめた。

エレインは車まであと一歩のところにたどりつき、フランクに早く来いと叫んでいた。フランクはあわてて、おぼつかない足どりで走りはじめた。

2

キッチンカウンターにたどりつくと、ジェイリッドはスツールのひとつにどさりと腰かけ、ポケットの小銭用の皿の横に母親が出しっぱなしにしたアスピリンのボトルを手にとり、水も飲まずに二錠ばかり飲んだ。カウンターには、〈プールガイ〉ことアントン・ダブセックが、裏庭の楡の木のことや樹木専門外科医の名前などを書いたメモが残されていた。ジェイリッドはメモをぽかんと見つめた。植木を相手に、この医者とやらはどんな外科手術をおこなうのか？　あまり頭がよくなさそうなアントン・ダブセックに、だれがスペリングを教え、こんなにきれいで読みやすい文字を書く方法まで教えたのか？　そもそもアントンは〈プールガイ〉だったのでは？　おまけに樹木のこともよく知っている？　この先、わがノークロス家の庭の健康状態がふたたび重要な意味をそなえることがあるとでも？　世界じゅうの女の人が眠っちゃっても、〈プールガイ〉ことアントンはプールの掃除をつづける？　ああ、くそ――つづけるに決まってる。男だって泳ぎは好きだ。

ジェイリッドは汚れたままの拳を目もとにぐりぐり押しつけ、深々と息を吸った。いま必要なのは気持ちを落ち着け、シャワーを浴びて着替えることだ。両親と話すことも必要だ。メアリーと話すことも。

家の固定電話が呼出音を鳴らしはじめた。耳慣れない奇妙な音に思えた。選挙の年こそ例外だが、この電話が鳴ることはめったにない。

ジェイリッドは受話器に手を伸ばしたが――当然のように充電スタンドから押し倒してしまった。コードレス受話器はカウンターの反対側のタイルの床に落ちた。プラスティックが割れる音とともに受話器背面のカバーがはずれ、内蔵バッテリーが床に転がった。

ジェイリッドは家具に手をかけて伝い歩きをしながら居間を横切り、肘掛け椅子の横にあるサイドテーブルにある子機をつかみあげた。

「もしもし？」

「ジェイリッドか？」

「ほかにだれがいるんだよ」ジェイリッドは安堵のうめき声をあげながら、革ばりの肘掛け椅子にすわった。「そっちはどんなようすなの、父さん？」

この質問を最後までいいおわるなり、自分がどれほど馬鹿げた質問をしてしまったのかが痛切に意識された。

「おまえこそ大丈夫なのか？　何度も携帯に電話をかけたんだぞ。なぜ出なかった？」

父クリントの声は張りつめていた。無理もない。刑務所は決して万事順調とはいえないはずだからだ。なんといっても、あそこは女性専用の刑務所だ。それもあってジェイリッドは、自分のことで父親を心配させまいと考えた。そんな結論にいたった表むきの理由は、またどんな人にも理解してもらえそうな理由だった——前代未聞の危機的情況にあって、このうえ父親に余計な重荷を背負わせてはいけない。しかしほとんど水面下に沈んでいるとはいえ、本当の理由があった——ジェイリッドは恥じていたのだ。エリック・ブラスにケツを蹴り飛ばされ、携帯を壊され、足を引きずってようやく帰宅する前には、側溝に倒れこんで泣きじゃくっていた。父親にあえて話したいことではなかった。だれであれ、他人から〝どうってことない〟と慰められたくはない。どうってことあるからだ。それに、〝いまどんな気分か？〟という質問だけはごめんだ。どんな気分か？　〝クソまみれ気分〟という表現がいちばん当たっているだろう。

「学校で階段を踏みはずしちゃってさ」ジェイリッドは咳払いをした。「うっかりよそ見しててね。で、落ちた拍子に携帯を壊しちゃって。だから父さんの電話に出られなかった。ごめん。でも、まだ保証期間中だったと思う。そのうち、自分でベライゾンの支店に出向いて——」

「怪我したのか？」

「それがさ、膝をけっこうひどくひねっちゃって」

「それだけ？ 膝以外に怪我をしたところはないのか？ 正直にいってごらん」

ひょっとして父さんはなにか知っているんだろうか？ だれかがあの場面を見ていたとしたら？ そう考えるだけで胃がきゅっと痛んだ。あのことを知っていたら父親がなにをいってよこすかも見えていた。おまえを愛してる、おまえはわるいことをひとつもしていない、と話すだろう。わるいことをしたのは、ほかの男子生徒たちだ、と。もちろん父親はジェイリッドが自分の感情とふれあっているかどうかを確かめたがるはずだ。

「当たり前だよ、膝だけさ。ぼくがそんなことで嘘つくわけないし」

「おまえを責めてるわけじゃない——ただ確かめたかっただけだ。ようやくおまえが電話に出てくれて、おまえの声がきけたのでひと安心した、それだけだよ。ひどいことが起こってる。おまえも知っているだろう？」

「うん。ニュースをきいたよ」いや、それ以上だ——ニュースをこの目で見たのだ。住まいにしている小屋にいたオールド・エシーを、その顔を覆っていた繊細な蜘蛛の糸で織りなしたような純白の仮面を。

「メアリーとは話したのか？」

「昼休みの前に話したっきりだ」それからジェイリッドは、すぐにでも連絡してみるといった。

「それがいい」父クリントは、いつになれば帰宅できるか見当もつかないし、母ライラは勤務中だといってから、おまえは家で待機しているようにとジェイリッドにいった。「いまの状態がすぐに解決されなければ、外の世界はこの先どんどん大変なことになる。だから家じゅうのドアに鍵をかけて、電話を肌身離さずもっているんだ」

「うん、わかったよ、父さん。ぼくなら心配ないって。でも、父さんはマジでこれからもそっちにいなくちゃいけないの？」この話題は危険含みだったし、単純明快な事実をいちいち指摘するのは悪趣味に思えた――〝死にかけている人は死にかけている〟と声に出していうのも同然だ。「だってほら……そこにいる囚人は全員女だよね。だから……その……囚人たちがどんどん眠っちゃうだけじゃ……ないかなって」最後の最後で声がかすれたが、父親に気づかれていないことをジェイリッドは祈った。

もうひとつの質問――《母さんはどうなの？》――が口のなかで形をとっていた。しかし、それを泣いたりせずに言葉として口から出せるとは思えなかった。

「わるいな、ジェイリッド」数秒ほどの完全な静寂をはさんでから、クリントはそういった。「まだ帰れないんだ。帰りたいのは山々だけど、スタッフの人手が足りなくてね。でも、帰れるようになったらすぐ帰る。約束だ」それから、ジェイリッドが考えていた質問を察したのだろう、クリントはこうつづけた。「母さんだって、帰れるようになればすぐに帰ってくる。おまえはそれまで安全なところで待機していろ。必要なら、すぐに父さんを電話で呼びだせ」

ジェイリッドは、のどの奥に集中しているような不安のありったけを必死になって飲みくだし、さよならの言葉をやっとの思いで口から押しだした。

それから目を閉じて、深々と息を吸った。もう泣くものか。とにかく破れて汚れた服を脱ぎ捨ててシャワーを浴びなくては。それだけでも、事態を少しは改善できるだろう。ジェイリッドは体をてこでもちあげるように立ちあがると、足をひきずって階段へむかった。戸外から、なにかがぶつかりあうリズミカルな物音が響き、つづいてブリキを叩いたような頼りない金属音もきこえてきた。

正面玄関の扉の上のほうに、はめ殺しのガラス窓があって、そこから外をのぞくと道の反対側が見えた。この通りのいちばん突きあたりに住んでいるのはミセス・ランサムという七十代の女性で、ドゥーリングの町に地域地区規制《ゾーニング》がないのをいいことに、手づくりのパンやスイーツを自宅で売っていた。淡いグリーンで統一された小ぎれいな家は、窓に吊り下げられた春の花の陽気な寄せ植えのプランターがアクセントになっている。そのミセス・ランサムがいま、ドライブウェイに出したプラスティックのローンチェアにすわってコークをちびちびと楽しんでいた。十歳か十一歳くらいの女の子――おそらくミセス・ランサムの孫娘で、ジェイリッドもこれまで何度も向かいの家で姿を見かけていた少女――が歩道にバスケットボールを打ちつけては、支柱なしでドライブウェイの横の壁にとりつけてあるゴールにシュートをはなっていた。

少女は、黒っぽい野球帽のうしろの穴から飛びだしているポニーテールを揺らし、ボールをドリブルさせながらぐるりと輪を描いたかと思うと、目に見えないディフェンダーをかわすように左右へすばやく移動してから、飛びあがって中程度のジャンプシュートをはなった。

両足の位置が決まっていなかったし、ボールを高く投げすぎていた。ボールはバックボードに当たって跳ね返った。天邪鬼《あまのじやく》なスピンがかかっていたせいだろう。ボールは隣家の庭に飛びこんでいった。隣家はこの住宅団地で初めての空家で、前庭は伸び放題の雑草と枯れ草が散らばっているだけの場所になっていた。

少女は枯れ草を踏みしだきながら、ボールをとりに進んでいった。ボールは空家の玄関ポーチのすぐ前にまで転がっていた。家は塗装も剝げてしまい、いろいろなブランドのステッカーが窓に貼りつけられたまま放置されていた。少女は足をとめて、空家を見あげていた。少女がなにを思っているのか、ジェイリッドは想像をめぐらせた。もう家族が住まなくなった家は、なんともの寂しいのか、と思っているのだろうか。あるいは不気味だと思っている？　それとも空家のなかで遊んだら――なにもないがらんとした廊下でドリブルしたら――楽しそうだと考えている？　キッチンでレイアップシュートの真似をするとか？

気がつくとジェイリッドは、父親でも母親でもいいから、一刻も早く家に帰ってきてほしいと心から願っていた。

3

リー・デンプスターの話を二回くりかえしてきいたのち――おなじ話を二回させるのは、嘘をついている受刑者の話にかならず紛れこむ矛盾点を洗いだすためだ――ジャニス・コーツ所長はこの若い女がまぎれもない真実を口にしていると結論づけて、リーを監房棟へ送りかえした。きのうの夕食でメキシコ料理相手に格闘したせいで疲れてはいたが、ジャニスは不思議にも高揚した気分だった。ようやく自分でも対処できる問題が出てきた。なんといってもあのドン・ピーターズ刑務官に解雇通知書を突きつける日を首を長くして待っていたのだし、リーの話の肝心かなめの部分を事実だと立証できれば、ついにドンの尻尾を押さえることができるからだ。

ジャニスはティグ・マーフィー刑務官を呼びだして、要望を伝えた。ティグがすぐに行動を起こそうとしなかったので、ジャニスはこういった。「なにが問題なの？　ゴム手袋をもっていけばいい。どこにあるかは知ってるでしょう？」

ティグはうなずくと、ジャニスに命じられた気の進まない鑑識仕事をこなすため、重い足を引きずって出ていった。

ジャニスは医師のクリントに電話をかけた。「二十分ばかりこっちへ来てもらえるかしら、ドク？」

「もちろん」クリントは答えた。「これから家へ帰って息子のようすを確かめようと思ってたけど、息子なら寝ていても起こせるからね」

「息子さんは昼寝をしてるの？　もしそうなら……運がいいこと」

「ああ、笑えるね。で、なにがあった？」

「きょうという徹頭徹尾めちゃくちゃな厄日に、たったひとつだけ、いいことがあったの。万事うまく進んだら、ドン・ピーターズの尻を蹴飛ばして厄介払いできる。あの男が実力行使をするとは思えない――あの手の威張り屋が腕力に訴えるのは、相手が自分よりも弱いとわかっている場面だけだもの。それでも、ドンがここに来たとき、ほかに男の人が同席してくれるのもわるくないと思って。転ばぬ先の杖というところよ」

「そういうパーティーならぜひ出席したいね」クリントはいった。

「ありがとう、ドク」

つづいてジャニスがリーからきいた話――ピーターズ刑務官がジャネット・ソーリーになにをしたかという話――をきかせると、クリントはうめき声をあげた。「あの下衆男め。だれかジャネットと話をした者はいるのか？　頼むから、だれも話をしていないといってくれ」

「ええ、だれも話してない――ある意味では不幸中のさいわいね」ジャニスは咳払いをした。「こんなに忌まわしい話なのだもの、ジャネット本人の出席は必要じゃないわ」

医師との電話をおえるかおえないかのうちに、ジャニスの電話がまた鳴った。かけてきたのは娘のミカエラだった。ミカエラは一秒の時間も無駄にしなかった。オーロラ病の初日を生きている女たちには、無駄にできる時間は一秒もなかった。

4

ニュース・アメリカで仕事をしてきた二十二カ月のあいだにミッキーことミカエラ・モーガンは、スタジオの熱いライトの光を浴びたゲストたちが答えの用意がない質問の答えに窮したり、ビデオに記録された何年も昔の暴言を無理やり正当化しようとしたりして狼狽する場面を数多く目にしてきた。その一例が、自分の昔のビデオを見せられたオクラホマ州選出の下院議員である。ビデオでこの議員は、「この手の未婚の母親は、たいてい足の筋肉が弱いんだ。だからあっさり股をひらくんだよ」と放言していた。ニュース・アメリカの日曜インタビュー番組の司会者から放言ビデオへのコメントを求められると、うろたえた議員はまわらぬ呂律でこう口走った。

「この発言は……わが竪琴《ハープ》に仰天《ジーパーズ》さまがやってくる前のものだ」

〝わが心にイエスさまがやってくる〟といいたかったにもかかわらず、ご丁寧にも〝心《ハート》〟と〝イエス《ジーザス》さま〟のふたつの単語の発音をまちがえたせいで、議員は会期がおわるまで同僚たちからずっと（一度などは点呼投票のときにも）〝ハープ先生〟と呼ばれた。

メディアが大好きなこの種の〝見ちゃったぞ決定的瞬間〟的な映像はそれなりにありふれているが、ミカエラが本当の意味での〝逆上の瞬間〟を目の当たりにしたのは、この〝オーロラ病初日〟が初めてだった。逆上したのはテレビ番組のゲストではなかった。

ミカエラはそのとき中継ヴァン車内のコンソールの前にすわっていた。技術スタッフにもらったドラッグのおかげで元気潑剌《はつらつ》、やる気満々だった。ヴァン後部の小スペースには次のゲストが控えていた——ホワイトハウスのすぐ前で催涙ガス攻撃を食らった女性たちのひとりだった。若くて愛らしい女性だった。あの女性なら視聴者に強い印象を与えられる、とミカエラは踏んだ。話しぶりが理路整然としているという理由もあったが、まだ催涙ガスの影響を生々しく宿しているのがいちばん大きな理由だった。これに先立ってミカエラは、通りを少し先へ行ったペルー大使館の前でインタビューを収録しようと考えていた。大使館の建物はいま強い直射日光を浴びていて、あの女性の赤く充血した痛々しい目を際立たせてくれるだろう。

それどころか、ここぞという位置にあの女性を立たせることができたら、血の涙を流して泣いているようにも見せられるだろう、とミカエラは思った。おぞましい考えだが、ニュース・アメリカの仕事の進め方でもある。ＦＯＸニュースに追いついて後れをとらないようにするのは生半可なことではない。

中継は四時十九分スタート、現在放送中のスタジオでのトークがおわったあとに予定されていた。櫛で整えたすだれのような髪の隙間から光る禿げ頭がのぞくジョージ・オルダースンが、エラスマス・ディポートという臨床心理学者にインタビューをしていた。

「今回のようにある病気が爆発的に大流行するといった事象ですが、世界の歴史において前例があるのでしょうか、ディポート博士？」オルダースンはたずねた。

「興味深い質問ですね」ディポートは答えた。縁なしの丸眼鏡をかけて、ツイードのスーツを着ている——スタジオのライトのもとではスーツの下は地獄以上に暑いはずだが、そこはさすがのプロ、汗をかいているようすをまったくうかがわせていなかった。

「あのちっこい気取ったおちょぼ口を見ろよ」技術スタッフがいった。「ケツの穴もあんなに小さかったら、腹にクソが溜まって爆発しかねないぞ」

ミカエラは腹をかかえて笑った。そんなふうに笑ったのはコカインの作用だったし、疲れているせいでもあったが、昔ながらの素朴な恐怖も原因だった——さしあたってはプロ意識が抑えつけているが、外へ飛びだしたがっている恐怖が。

「では、興味深いお答えを期待しましょう」オルダースンはいった。

「わたしが考えているのは一五一八年の〝舞踏のペスト《ダンシング・プレーグ》〟です」ディポートは答えた。「このときも、影響をうけたのはご婦人方だけでした」

「ご婦人方」ミカエラの背後から声がきこえた。ホワイトハウス前で抗議活動をしていた女性が、いつのまにか近づいてきてモニターをのぞいていた。「ご婦人方ですって。馬鹿いうなって」

「この大流行は、ミセス・トロフェアというひとりの女性からはじまりました。この女性はフランスのストラスブールの街頭で六昼夜も狂乱の踊りをつづけたのです」ディポートはしだいに波に乗りながら得意な話題をつづけた。「倒れるまでに、ミセス・トロフェアには多くの仲間ができていました。この熱狂的な舞踏の流行はヨーロッパ全土に広まりました。各地の都市や町で数百、いえ、数千人もの女性たちが踊りくるったのです。その大多数は心臓発作や脳卒中で、あるいは単に疲労で死にました」ディポートは心得顔の薄笑いをちらりとのぞかせた。「要は単純なヒステリーであり、やがてこの現象は終熄《しゅうそく》しました」

「つまりオーロラ病も似たようなものだとおっしゃっているんですか？　番組をごらんの方々には、にわかには信じがたいお話だと思われますが」ジョージ・オルダースンが相手を信じていない気持ちを表情や声から隠せなくなっていることが、ミカエラには喜ばしかった。いつもはただのおしゃべり屋でしかないが、オックスフォードシャツの下のどこかには、小さくとも動いているニュース屋ならではの心臓が残っているらしい。「お言葉ですが、わたしたちのもとには年齢にかかわらず数千人の女性たちが、顔や体を例の繊維状の物質――繭といってもいいでしょう——に包まれているニュース映像があります。この病気は数百万もの女性たちに影響しているのですよ」

「まずいっておきますが、現況を軽視する意図はこれっぽっちもありません」ディポートはいった。「ええ、そんな意図は露ほどもない。しかしですね、集団ヒステリーが原因で体に症状があらわれたり、肉体の形状が変化したりすることは、それほど珍しくないのです。たとえば十八世紀後期のフランダースでは、数十人の女性の体に聖痕が出現しました——両手や両足から出血が認められたのです。性的政治の問題やポリティカル・コレクトネスをいったんわきへ置くとしても、わたしはぜひここで——」

この番組〈アフタヌーン・イヴェント〉のプロデューサーであるステファニー・コッチが猛然とセットに姿をあらわしたのはこの瞬間だった。なめし革のような肌をもつ五十代のチェーンスモーカーであるステファニーは、ありとあらゆるものを目にしてきたばかりか、その大半をテレビの電波に乗せてきた女性だ。たずねられればミカエラは、ステファニーならどんなゲストのどんな調子はずれの意見にも耐えられる鎧《よろい》をまとっているはずだ、と答えただろう。しかし、どうやらその鎧にもわずかな隙間があり、丸眼鏡と気取ったおちょぼ口のドクター・ディポートはその隙間を突いたようだった。

「いったい、なんの馬鹿話をしてるわけ、このペニスもちの鼠男は？」ステファニーはそう声を張りあげた。「わたしにはふたりの孫娘がいる——で、ふたりとも全身からあの気味のわるい代物を生やして、昏睡状態になってる。それでもあなたは、なにもかも〝女のヒステリー〟だというの？」

ジョージ・オルダースンがとりなすように片手を差しだした。ステファニーは手を払いのけると、怒りの涙をはらはらと流しながら、ドクター・エラスマス・ディポートにのしかからんばかりに迫った。ディポートは椅子にすわったまま身を縮こまらせ、どこからともなく出現したこの狂乱の女戦士を見あげているばかりだった。

「世界じゅうの女たちが眠るまいと必死にがんばってる――いったん寝たら目が覚めなくなるんじゃないかって怯えてるから。それをあんたは〝女のヒステリー〟だというの？」

ミカエラも技術スタッフも、抗議活動に参加していた女も、夢中になってモニター画面を見つめていた。

「いったんコマーシャルです！」ジョージがステファニー・コッチの肩の向こうに目をむけながら叫んだ。「ひと休みしようじゃありませんか、みなさん！　ときには張りつめた雰囲気になることもある。でも、それがテレビの生放送というものですよ。ただし――」

ステファニーがくるりと身をひるがえし、カメラに映らない場所にあるコントロールルームに目をむけた。「ここでコマーシャルなんかとんでもない！　この男性優位主義者のクソ野郎を片づける方が先！」

ステファニーはつけたままだったヘッドフォンを荒々しく頭からはずし、そのヘッドフォンでディポートを殴りはじめた。ディポートが両手をかかげて頭頂部を守った隙に、ステファニーはこの男の顔にヘッドフォンを叩きつけた。鼻血が出はじめた。

「これが女のヒステリーよ！」ステファニーはわめきながら、ヘッドフォンでディポートを殴りつづけた。ドクターは鼻だけでなく口からも血を流しはじめた。「本物の女のヒステリーっていうのはね……こういうものよ、この……この……かぼちゃ頭！」

「かぼちゃ頭？」抗議活動に参加していた女性がいった。「あの女の人、ゲストの医者をかぼちゃ頭っていったの？」

ふたりの番組スタッフが駆け寄ってステファニー・コッチを押さえようとした。ふたりとステファニーが揉みあい、ディポートが血を流し、ジョージ・オルダースンが茫然と口をあけているあいだに画面からスタジオが消え、代わって喘息治療薬《シムビコート》のコマーシャルが流れはじめた。

「あー、びっくり」抗議活動の女性はいった。「いまのって最高だった」いいながら視線をずらして、「ね、それを少しもらえる？」という。視線の先にあったのは、ラミネート加工された技術スタッフ用の当日スケジュール表の上にあるコカインの小さな山だった。

「ああ、どうぞ」技術スタッフはいった。「きょうは無料ドリンクバーみたいなもんだから」

ミカエラが見ていると、女はごくわずかな量を爪に載せて吸いこんだ。

「ひゅーひゅー」女はミカエラに笑みをむけた。「これでロックする準備は万全！」

「ヴァンの奥へもどって待ってて」ミカエラはいった。「またあとで呼ぶから」

しかし、その気はなかった。百戦錬磨の強者《つわもの》であるステファニー・コッチがすっかり度を失った場面を目《ま》の当たりにしたことが、ミカエラ・コーツに新たな考えをもたらした。いま自分はこの事件をカメラのレンズごしに見ているだけではない——自分もまた事件の当事者だ。さらにいえば、いよいよどうしようもなくなって眠りについてしまうのなら、赤の他人に囲まれて眠りたくはなかった。

「ちょっと留守を頼むわ、アル」ミカエラはいった。

「ああ、いいよ」技術スタッフは答えた。「それにしても、さっきのひと幕は最高だったな。あれこそ生中継の醍醐味だね」

「ええ、最高だった」ミカエラは同意の返事をすると、外の歩道に降り立って携帯電話の電源を入れた。道路がそれほど混んでいなければ、日付の変わる真夜中前にはドゥーリングに着けるだろう。「母さん？　わたし。もう仕事をやってられない。これからそっちへ帰る」

5

午後三時十分——ドン・ピーターズの午前六時半から午後三時までの勤務時間がおわってから十分が経過していたが、ドンは〈ブース〉に腰をすえ、正気をなくした女が居眠りをしているようすを一〇号監房のモニター画面で見つめていた。女は簡易ベッドに腰かけたまま目を閉じ、上体を前かがみにしていた。ヴァネッサ・ランプリーがなにかの仕事で呼びだされ、そのあとティグ・マーフィーも呼ばれたので、いま〈ブース〉にいるのはドンひとりだった。これにも否やはなかった——できれば椅子にすわっていたい。本音をいえば、いつものようにもう家へ帰りたかったが、お偉いコーツ所長からにらまれないのが大事なら、いましばらくは職場に腰を据えていたほうが無難だ。

あの頭のいかれたクソまんこは、ふるいつきたくなるほどセクシーだ——そう認めるのにためらいはなかった。囚人服を着ていても、あの足はとんでもなく長く見えるじゃないか。

ドンはいま見ている監房に直接話しかけられるスピーカー用のボタンを押し、女に目を覚ませと声をかけようとした。しかし……そんなことをしてなんになる？　どうせ女どもはだれもがいずれは眠りこみ、顔や体にあの気味のわるいしろものを生やすようになるみたいじゃないか。もしそれが本当に実現したら、この世界はいったいどうなっちまうのか？　だけど歓迎すべき面もある――女のドライバーがいなくなれば、道路がいまより安全になる。われながら気のきいた言葉だ。ぜひともちゃんと覚えておいて、〈スクイーキー・ホイール〉で飲み仲間の男たちに披露しよう。

ドンはボタンから指を離した。ミス一〇号監房は床におろしていた足を振りあげて寝台に伸ばし、仰向けになった。好奇心をかきたてられたドンは、携帯で読んだ不気味な蜘蛛の糸状の物質が体に生える現象がどんなふうに起こるのか、それを自分の目で確かめようと待ちかまえた。

6

かつてこの刑務所には、数百匹を越える鼠が数十もの集団《コロニー》をつくって住みついていた。しかし、いま残っているのは四十四匹だけだった。目をつぶって横になったイーヴィは、ボス鼠と話をしていた。ボス鼠は年寄りの雌で、長く伸びた爪をもつファイターであり、錆びついた砥石《といし》車《ぐるま》のような思考のもちぬしだった。イーヴィの想像のなかで、雌のボス鼠は肉を削ぎ落とされたように痩せた美しい顔のもちぬしで、その顔には傷痕が格子模様をつくっていた。

「どうしてそんなに数が減ってしまったの？」イーヴィはたずねた。

「毒よ」戦士にして女王はそう告げた。「あいつらが毒を仕掛けた。ミルクみたいにいい匂いだけど、食べたら死ぬの」鼠がいるのは一〇号監房と九号監房をへだてているコンクリートブロックの壁の隙間だった。「毒餌を食べると、あたしたち鼠はのどが渇いて水を飲みにいきたがるはずだった。でもほとんどの鼠は頭が混乱して、水のありかにたどりつく前に死んだ。このあたりの壁の隙間は、あたしたちの仲間の死体でいっぱいだよ」

「もうそんなふうに苦しまなくてもよくなるよ」イーヴィはいった。「わたしが約束する。でも、あなたたちにやってほしいことがあるんだ。なかには危険な仕事もなくはない。どうかな、やってもらえる？」

イーヴィの予想どおり、危険だという言葉も女王鼠にはなんの意味もなかった。いまの地位にのぼりつめるにあたって、女王は鼠の王と戦ってきたのだ。鼠の王の前足を引きちぎったあと、すぐにとどめを刺したりせずに、王の体に尻を据えてすわりこみ、王が血を流して死んでいくさまを見物した。そして女王は、いずれ自分もおなじように死んでいくのだろうと思っていた。

「引き受けるよ」母なる鼠は答えた。「恐れることは死ぬことだからね」

イーヴィは異論をとなえずに——イーヴィが見たところ死はあくまでも死であり、充分に恐れてしかるべきものでもあった——その発言をきき流した。鼠たちは数こそ少ないが、みんな誠実だ。肩をならべて戦える面々である。「ありがとう」

「どういたしまして」女王鼠はいった。「でもね、マザー、あんたにたずねておきたいことがひとつだけある。あんたは約束を守れるかい？」

「ええ、かならず」イーヴィは答えた。

「よし、わたしたちになにをしてほしいのか、それを話しておくれ」

「いまのところはなにもない。でも、もうじきやってもらう。そのときには、わたしから声をかけるわ。いまは、これを知っておいてほしいだけ――あなたの家族はこの先も、毒のはいった餌なんか食べたくなくなる」

「ほんとかい？」

イーヴィは寝たまま体を伸ばして微笑み、それから――あいかわらず目を閉じたまま――そっと壁にキスをした。

「ほんとよ」イーヴィは答えた。

7

イーヴィという女の頭が弾かれたようにもちあがり、両目が一気にぱっちりとひらいた。女はまっすぐカメラを見ていた――そればかりか、その先にいるドン・ピーターズ刑務官をにらんでいるようにも思えた。

〈ブース〉にいたドンは、椅子にすわったままぎくりと体をのけぞらせた。女の目つきの鋭さや、目を覚ますなり自分にしっかり目のピントをあわせたようすにドンは不安を感じた。なにがどうなった？ どうやって目を覚ました？ いったん眠りに落ちた女は、そのまま蜘蛛の巣に包まれるんじゃなかったのか？ あのクソ女はおれを引っかけたのか？ もしそうだったら、女のやり口は見事だったといえる――顔は完全に表情をなくしていたし、体はぴくりとも動いていなかった。

ドンはマイクのボタンを押した。「受刑者。おまえはいま、おれがそっちを見ているカメラをにらみつけている。無礼な行為だぞ。おまえの顔に浮かんでいるのは無礼な表情だ。なにか問題でもあるのかな？」

一〇号監房の女は頭を左右にふった。「ごめんね、ピーターズ先生。わたしの顔についてはお詫びする。うん、問題なし」

「わかればいいんだよ」ドンはいった。「さっきみたいな真似は二度とするな」そういってから――「どうしておれだとわかった？」

しかしイーヴィという女は質問には答えず、「所長があなたに会いたがってるみたい」といった。その言葉が合図だったかのように、インターコムの呼出ブザーが鳴った。ドンに管理棟への出頭を求める知らせだった。

第十一章

1

ブランチ・マッキンタイアはドン・ピーターズを所長室に通し、コーツ所長は五分以内にやってくると告げた。所長秘書としてのブランチがとるべき行動ではなかったし、いつもなら考えもしなかったはずだが、きょうは刑務所内で——さらにいえば全世界規模で——発生している奇怪な事態のせいで、注意力がおろそかになっていたようだ。

所長室の片隅に置いてあるコーヒーマシンのポットからコーヒーを注ぐとき、ドンの手はふるえていた。ちなみにコーヒーマシンは、子猫の写真をあしらった**《しっかりしがみついてろよ》**という馬鹿げたポスターの真下にあった。秘書が出ていって所長室にだれもいなくなると、ドンはポットに残った黒い液体に唾を吐いた。あのクソ陰険な老いぼれコーツばあさんは、日がな一日タバコを吸ってコーヒーを飲んでいる。いっそおれが風邪をひいていて、コーヒーを介して所長に風邪を感染《うつ》してやれればよかったのだが。いっそあの女が肺癌でくたばって、おれをほっといてくれればいいのだが。

このタイミングにくわえて、一〇号監房の女の不気味な予言めいた言葉があいまって、もはやドンの頭に疑いはなかった——ジャネット・ソーリーかリー・デンプスター、あのふたりの受刑者のどちらかが密告したにちがいない。まずい。あんな真似をするのではなかった。あいつらはおれが足を滑らせるのを待ちかまえていた——で、おれは朝コーツ所長と会ったその足で、やつらの罠にうかうか踏みこんでしまったわけだ。

　もちろん、まっとうな頭をそなえた男だったら、だれもおれを責めるまい——ピーターズは思った。コーツからどれだけのプレッシャーをかけられていたかを思えば……犯罪者どものお守りをしろと命じられ、その犯罪者連中から来る日も来る日も山ほどの泣き言を押しつけられていることを思えば、思うにまかせぬ苛立ちが原因での人殺しにまだ手を染めていないことのほうが驚きだ。

　たまの息抜きに女の体をわしづかみにするのが、そんなにわるいことなのか。だいたい昔は、ウェイトレスの尻を撫でてやらなくては機嫌をそこねられたものだ。街でいい女と出会ったら口笛を吹くのが当たり前——そうでもしてやらなくては、女が自分はなんのためにおめかししたのかと首をかしげることになった。女が着飾るのは、ちょっかいを出されたいからに決まっている。そんな女どもが足なみそろえて態度を急変させたのはいつだったか？　ポリコレ一辺《いっぺん》倒《とう》のご時世では、うっかり女を褒めることさえできなくなった。ケツを撫でたり、おっぱいをねじったりするのは、まさにそれ——一種の褒め言葉ではないのか？　そんなこともわからないのは、よっぽどの馬鹿だけだ。おれが女のケツをぎゅっとつかんだら、醜い尻だからじゃない。おれが尻をつかむのは、それがいっぱしの尻だからだ。ちょっとしたおふざけ、それだけだ。

　まあ、たまには少し暴走気味になることもあったのでは？　オーケイ。ときたま、そうなるともあった。だから多少の責任はひっかぶるのにやぶさかじゃない。だいたい刑務所というのは、健全な性的欲望をそなえた女性には厳しいところだ。ふさふさの茂みがジャングル以上にどっさりあるのに、槍つかいの兵隊はひとりもいない。だから、おれに注目があつまるのは致し方のないところだ。欲望を否定するのはまちがっている。そのいい例がジャネット・ソーリーだ。あの女本人はまったく意識しちゃいないかもしれないが、心のどこかのレベルで、あの女はおれを求めていた。だから、あんなにたくさんサインを送ってきてたんだ——食堂のほうへおケツをふりふりしたり、椅子を運ぶときには両腕いっぱいに脚をかかえて舌先で唇を舐めてみせたり、あげくにうしろをふりむいて、〝早くヤッてよ〟と誘うも同然のエロ視線をむけてきた。

たしかにおれには、あの手の誘惑に屈しない義務とやらがあるにはあった——そもそも誘惑をしかけてきたのは人間の屑のような重罪人、こっちを罠にかけてトラブルに突き落とすチャンスを決して逃さないやつだった。でも、おれだってひとりの人間だ。そんなおれが正常な男性としての欲望に屈したからといって、だれがおれを責められる? そうはいっても、蚤に食われた老いぼれ駄馬みたいなコーツ所長にはいつまでたっても理解してもらえまい。

これが刑事事件になるような危険はないに決まっている——ドンはそう確信していた。法廷でクラック中毒の売女がひとり——いや、たとえクラック中毒の売女がふたりでも——証言したところで、おれの言葉のほうが重みをもつはずだ。しかし、いまの仕事をつづけられなくなる危険はある。所長からは、あとひとつでも苦情が出たらなんらかの手段に訴えると警告されていた。

ドンは室内をうろうろと歩きながら、険悪な考えをめぐらせていた――おれを標的にしたこのネガティブキャンペーンには、ひょっとしたらおれへの叶わぬ恋心をこじらせた所長の嫉妬があるのではないだろうか。以前ドンはマイケル・ダグラスとグレン・クローズが共演した映画を見た。死ぬほど恐ろしい思いをさせられた。こけにされた女が仕返しを企めば手加減などしなくなる――これは事実だ。

　ドンの思いはちらりと母親のことや、母親がドンの元彼女のグロリアに〝ドンとは結婚するな〟と釘を刺した、と打ち明けてきた件におよんだ。

「だってね、ドニー、あなたが女の子たちとどう付きあっているかは知ってるもの」というのが母親の理屈だった。この一件でドンは骨の髄まで深く傷ついた。母親を愛していたからだ――子供のころ熱を出したとき、ひたいに載せてくれた母親のひんやりした手を愛し、おまえはわたしのサンシャイン、たったひとつのサンシャインと歌ってくれた母親を愛していたからだ。そんな母親がどうして息子に害をなす？　ここから母親についてなにがいえるだろう？

他人をコントロールする女――ひとことでいえば、そういうことだ。

（電話で母親のようすを確かめておこうという思いが頭をかすめたが、そんなことは不要だと思いなおした。母親はもう立派な大人だ）

　いまのもろもろの事情からは、女どもの陰謀のにおいがぷんぷんする――誘惑という蜜の罠だ。おれが所長から呼出しを食らうことを、一〇号監房にいる頭のおかしな女が事前に知っていたんだから、この見立てでまちがいない。いや、なにも女たちがひとり残らずぐるだとまではいうまい――いくらおれでも、そこまではいわない（そんなにいかれた話があるものか）。

しかし、女たちがぐるになっていないともいえない。

ドン・ピーターズはコーツ所長のデスクのへりにもたれて尻を置いた。その拍子に、デスクの端にあった小さな革のバッグを床に落としてしまった。

ドンは体をかがめてバッグを拾いあげた。旅行に行くときに歯ブラシをおさめるようなバッグだったが、革は上質だった。ジッパーをあける。バッグの中身は、ダークレッドのネイルエナメル（邪悪な魔女だという所長の正体から人の目をそらすためのものらしい）、毛抜き、爪切り、小さな櫛、手つかずのままの制酸剤《プリロセック》のカプセルシート、それから……処方薬の瓶。

ピーターズはラベルに目を通した。ラベルには《ジャニス・コーツ　ザナックス　一〇ミリグラム錠》と抗不安薬の記載があった。

2

「ちょっと、ジャネット。こんなの信じられる？」

エンジェル・フィッツロイからそう声をかけられ、ジャネット・ソーリーは内心で緊張した。あれは現実の出来事だったのか？　ドン・ピーターズ刑務官にコークの自販機で死角になっている隅に引きこまれ、手コキで一発抜くのを強要されたことは？　頭痛はもはやただの頭痛ではなくなっていた——いまでは〝ばん・ばん・ばん〟という、立てつづけの爆発音になっていた。

いや、ちがう。エンジェルが話しているのはそのことではない。そんなはずはない。リーが他人にあの話をするわけがない——ジャネットはそう考えて、自分を安心させようとした。頭のなかでは思考が大声で叫んでいたが、頭痛が引き起こした爆発音にあらかたかき消された。一拍置いて、エンジェルがなにを話しているのか察しがついた——そのとおりならいいのだが。

「それって——眠り病のこと？」

エンジェルは監房のドアフレームをふさぐようにして立っていた。ジャネットは簡易ベッドにいた。リーはどこかに出かけている。夕方近いこの時間には翼棟のこのフロアは開放され、服役態度優良者たちは監房から出て自由に歩きまわれる。

「そうだよ、そうに決まってる」エンジェルはするりと監房にはいってくると、一脚だけの椅子を引きだした。「眠るわけにはいかないでしょ？　あたしたちみんな。ま、あたしにはそんな大変なことでもない——どっちみち、ろくに眠れないからね。子供のころから、ぐっすり熟睡とは無縁なの。眠りは死みたいなものだからさ」

オーロラ病のニュースは、ジャネットには荒唐無稽なものとしか思えなかった。女が眠っているあいだに繭をつくる？　頭痛のせいで正気がぶっ壊れてしまったのか？　シャワーを浴びたい気分だったが、刑務官と話したくはなかった。どのみち許可されるはずはない。刑務所にはどっさり規則がある。刑務官どもは——ああ、これは失礼、先生どもは——規則の権化《ごんげ》だ。あいつらの言葉には従うしかない。さもなければ、服役態度不良者リストまっしぐら。

「頭がほんとに痛いの、エンジェル。頭痛がひどくて。だから、あんないかれた話につきあってられないの」

エンジェルは長くて骨ばった鼻から、わざと音をたてて空気を吸いこんだ。「話をきいてよ、姉《ねえ》さん――」

「わたしはあなたのお姉さんじゃないし」こんなふうに冷淡なあしらいをされたエンジェルがどう反応するか、それを心配する余裕は痛みに苦しむジャネットにはなかった。

しかしエンジェルはかまわずに話をつづけていた。「そりゃ、いかれた話だけど、でも現実なんだよ。ついさっきネルとシーリアを見た。いや、ふたりのなれの果ての姿をね。ふたりとも眠りこんで……いまじゃクソくだらないクリスマスプレゼントみたいにラッピングされちゃってる。だれかが、マクデイヴィッドもおなじ目にあってると話してた。ゴーン・ベイビー・ゴーン。あたしは見たんだよ、ネルとシーリアの体からあれが生えてくるのを。あの不気味なのが、這うみたいに伸びてきた。ふたりの顔を覆っていった。まるで不気味な科学実験だった」

這うみたいに伸びてきた。ふたりの顔を覆った。

じゃ、本当のことだったんだ。エンジェルの口ぶりでそれがわかった。だからといって、それがどうしたのか。自分にはなんの意味もない。どうすることもできないのだ。ジャネットは目を閉じた――そのとたん肩に手を置かれた。見ると、エンジェルがジャネットの体を揺さぶりはじめていた。

「なによ?」

「まさか寝る気?」

「あんたに質問されたり、ポップコーンみたいに揺さぶられたりしてたら眠れたものじゃない。

もうやめて」

手が肩から離れた。「寝ちゃだめ。あたしにはあんたの力が必要だから」

「どうして？」

「あんたが正しいから。あんたは、ここにいるほかの連中とはちがう。あんたには見識ってものがある。あんたはプールにいる愚者《フール》なみにクール。これまではあんたにそう話すチャンスがなくて話せなかったけど」

「どうだっていい」

エンジェルはすぐには返事しなかった。しかしジャネットには、エンジェルがベッドの上に身を乗りだしたのが感じられた。

「これって、あんたの息子さん？」

ジャネットは目をあけた。エンジェルが見ていたのは、ベッドの横の壁にジャネットが留めたボビーの写真だった。写真のボビーは紙コップの飲み物をストローで飲み、ミッキーマウスの耳がついた帽子をかぶっていた。ボビーは惚れ惚れするほどの警戒心を顔にのぞかせている――いまにもだれかが飲み物と帽子をひったくって逃げていくのではないかと思っているような表情。写真はまだボビーが小さいころ、四歳か五歳のころのものだった。

「そうだけど」ジャネットはいった。

「クールな帽子。前からこういう帽子が欲しかった。もってる子供たちを妬んだものよ。この写真はけっこう前のみたい。いま何歳？」

「十二歳」

写真は完全に生活の底が抜けてしまう一年前、デイミアンとふたりでボビーをディズニーワールドに連れていったときのものだ。写真の少年はまだなにも知らなかった——父親が母親を殴る回数が一回だけ我慢の限界を越えてしまうことも、母親がそんな父親の太腿にドライバーを突き刺すことも、母親が第二級謀殺の罪で刑期をつとめるあいだ、叔母が自分の保護者になることも知らなかった。写真の少年は、自分が飲んでいるペプシが最高の味で自分の帽子がクールだということしか知らなかった。

「この子の名前は?」

息子のことを考えているあいだに、ジャネットの頭のなかの爆発現象はおさまってきた。

「ボビー」

「いい名前。自分でも気にいってた? ママになるってこと」そんな質問をするつもりがあるとは自分でも気づかないうちに、エンジェルはそうたずねていた。ママ。ママになるということ。それを思うと心臓の鼓動がスキップした。ただし、そのことを顔には出さなかった。エンジェルには自分だけの秘密があり、それをしっかりしまいこんでいた。

「いいママになれたためしはないけど」ジャネットはいい、自分に鞭打って上体を起こした。

「でも息子のことは愛してる。で、なんなの、エンジェル? わたしはなにをすればいいわけ?」

3

のちのちクリントは、ドン・ピーターズ刑務官が何事かを企んでいたことを事前に察しとるべきだったと考えることになる。

最初のうちドンはあまりにも落ち着き払っていたし、顔に浮かんでいた笑みは、むけられている嫌疑とあまりにも不釣りあいだった。ただし、あのときクリントは怒っていた——いまのジェイリッドとおなじ年齢だったとき以来の激しい怒りだった。たとえるなら頭のなかに一本のロープがあって、それが子供時代の忌まわしい事柄のあれこれが詰めこまれた箱をしっかりと縛っていたようだった。ロープの繊維にはいった最初の切れ目が妻ライラの嘘。オーロラ病が二番めの切れ目。イーヴィとの面談が三番め。そしてジャネットを見舞ったこの事件で、ついにロープが切れた。気がつけばクリントは、あれこれの品物をどうつかえばドンに苦痛を与えられるだろうかと考えていた。デスクの電話をつかえば鼻の骨を砕いてやれる。所長が受けた〝今年度最優秀刑務官賞〟の銘板なら、性犯罪野郎の頬に穴をあけられる。その種の暴力的思考を頭から追い払うためには多大な努力を強いられたし、そもそも精神医学の道に進んだのは、そういった感情への対処という意味が大きかった。

あのときシャノンはなんといっていただろう？　「クリント、いまのまま喧嘩をつづけていたら、いつかあなたは見事すぎる勝利をおさめてしまうことになりそう」だ。いつかは人を殺してしまうという意味であり、シャノンのその言葉は正しかった。それからほどなくして裁判所がクリントの独立を承認し、それでだれかと喧嘩をする必要がなくなった。そのあと、ハイスクールの最終学年のあいだは意識して怒りを陸上競技にふりむけるように心がけた。それもシャノンの発案だった――名案だったといってもいい。

「トレーニングしたくなったら」シャノンはいった。「あなたは走るべきね。そのほうが流血が少なくてすむし」

そしてクリントは走って昔の生活から逃げ、ジンジャーブレッドマンのように走り、そのあとメディカルスクールまで走り、結婚まで走り、父親になるまでひたむきに走った。

児童養護制度のもとで育った子供の大多数は、そこまでたどりつけない。そして児童養護制度は、機能不全を起こす確率が圧倒的に高いシステムの好例だ。ほとんどの子供たちはやがて成長しても、ドゥーリング刑務所やその先にあるライオンヘッド刑務所のような矯正施設にたどりつくのが関の山だ（ちなみに建築専門家の意見では、後者の刑務所は山上から崩落する危険があるという）。じっさい、ドゥーリング刑務所には養護制度のもとで育った女性受刑者が大勢いた。女たちはドン・ピーターズに生殺与奪の権を握られている。その点クリントは幸運だった。クリントは確率を打ち負かした。シャノンがそんなクリントを助けた。そのあと長いこと、シャノンのことは考えなかった。しかしきょうという一日は、給水本管が壊れたようなものだった――いろいろなものが水に浮かび、街路は洪水に見舞われた。大災厄の日々は、また一方で過去を思い出す日々でもあるように思えた。

4

クリントことクリントン・リチャード・ノークロスが正式に児童養護制度のもとにはいったのは一九七四年だが、のちにクリントが記録を調べたところ、それ以前にも断続的に制度の世話になっていたことがわかった。典型的な背景——十代の両親、ドラッグ、貧困、犯罪歴、そしておそらくは精神衛生上の問題。クリントの母親から事情をきいた姓名不詳のソーシャルワーカーは、こう記録している。「母親はみずからの悲しみに満ちた感情が息子に伝わってしまうことを心配している」と。

クリントには父親にまつわる記憶がいっさいないし、母親についてもごくわずかな記憶の断片があるだけだ——顔の長い若い女がクリントの両手を引っぱって自分の手に包みこみ、ぶんぶんと上下にふり動かして、お願いだから爪を嚙むのをやめてくれと頼みこんでいる場面だった。以前に妻のライラから、両親が存命だったら連絡をとりたいかとたずねられた。その気はなかった。ライラは、その気持ちは理解できるといったが、じっさいには理解していなかった。ただしクリントは、この状態で文句はなかった。ライラに理解してほしい気持ちはなかった。ライラが結婚した相手は——冷静で有能なドクター・クリントン・ノークロスは——きわめて意図的に、かつての捨てられた日々を背後に置き去ってきたのだから。

ただし、人はなにかを背後に置き去ることはできない。死かアルツハイマーがすべてを奪っていくまでは、なにひとつうしなわれない。クリントはそのことも知っていた。受刑者の診察をおこなうたびに、これが真実まちがいなしと裏書きされた——人はそれぞれの過去をネックレスのように首にかけている。しかも、にんにくでつくられたように悪臭ふんぷんたるネックレスだ。服の下に隠そうとも、おおっぴらにぶらさげようとも、なにひとつうしなわれない。何度くりかえし戦っても、賞品のミルクシェイクを勝ち取ることはできない。

　幼少期から思春期まで、クリントは半ダースばかりの里親家庭をめぐって過ごした。しかし家庭《ホーム》が安心できる場所のことなら、どこも〝わが家《ホーム》〟ではなかった。そんなクリントが結局は刑務所で働くことになったのも、意外ではないのかもしれない。刑務所に身を置くことで感じる気分は、かつて幼少期から思春期にかけて日々感じていた気分だった——いつも窒息寸前になっているような気分だ。クリントはおなじような気分になっている人々を助けたかった——それがどれほど辛《つら》いものか、その気分が人間性の核にどんなふうにへばりついてしまうかを身をもって知っていたからだ。本格的に仕事をはじめないうちから個人開業医の地位を捨てようと決めた心の中心にあったのはその思いだった。

　過ごしやすい里親家庭もあるにはあった——昨今よりも多かったくらいだが、あいにくクリントがそんな家庭に落ち着くことはなかった。クリントにいえるのは清潔な家もあったことや、そういった家には有能で出しゃばらず、州が支給する補助金を受けるに足る範囲から決して踏みださない保護者たちがいたということだ。ちなみにそんな人々は記憶に残らなかった。しかし、記憶に残らないのが最上だ。記憶に残っていない事柄ならば受け入れられる。

　最悪な里親家庭は、いずれもそれぞれの流儀で最悪だった。食べるものが充分にない家庭、部屋がどこもごみごみと狭苦しく、冬には凍える寒さになる家庭、保護者から無賃金労働を強いられる家庭、そして保護者から痛めつけられる家庭。児童養護制度のなかでいちばん痛い目にあわされるのは女児だ——あえていうまでもなく。

里親家庭での兄弟姉妹については、まったく顔を思い出せない者もいれば、鮮明に顔を覚えている者も数人いた。たとえばジェイスン——十三歳のとき、ノーブランドの排水管洗浄剤をまるまる一本飲んで自殺した男の子だ。クリントは〝生きているジェイスン〟も、柩《ひつぎ》に横たわっていた〝死んだジェイスン〟も思い出すことができた。あれはダーモットとルシールのバーテル夫妻の家で過ごしていた時分のこと。夫妻は預かっていた里子たちを、一家の住まいである瀟洒《しょうしゃ》なケープコッド・コテージには立ち入らせず、家の裏手にあった長屋のような建物に住まわせていた。床はささくれだらけのベニヤ板そのままで、断熱材のたぐいはひとつもなかった。バーテル夫妻は〈金曜夜の試合大会〉とやらを開催した。夫妻のもとに身を寄せていた五、六人の子供たちにボクシングをさせ、賞品として〈マクドナルド〉のチョコレート・ミルクシェイクを与えたのだ。クリントは一度はジェイスンと組まされて、バーテル夫妻やほかの友人たちの娯楽のために試合をした。闘技場《アリーナ》はコンクリートが崩れかけたパティオの一画で、見物人たちが周囲をとりかこんで見物したり賭けをしたりしていた。ジェイスンはおどおどしていて、体の動きものろく、勝ち目のない選手だったし、クリントはマックシェイクが欲しかった。蓋のあいた柩に横たわるジェイスンの片目の下には、数日前にクリントがつくった五セント硬貨ほどの痣がまだ残っていた。

ジェイスンが排水管洗浄剤を飲んでボクシングからの永遠の引退を果たしたあと、次にめぐってきた金曜日の試合で、クリントはまたマックシェイクを獲得した。そして、自分の行為がどんな結果を招くかを考えることもせず（少なくとも、考えた記憶はなかった）、マックシェイクをダーモット・バーテルの顔に投げつけた。その結果クリントはこてんぱんに殴られてバーテル夫妻の家を追いだされ、おまけにジェイスンは生き返らなかった。

その次に暮らした家——いや、さらにその次だったかもしれないが——では、じめじめした地下室で懐かしきマーカスといっしょに暮らすことになった。里親家庭で兄だったマーカスが描いたすばらしい漫画のことはいまでもよく覚えていた。マーカスが描く人物は鼻が体の八十パーセントを占めていた。そのため巨大な鼻に小さな手足がついているように見え、本人は自分の漫画を『鼻こそすべて』と呼んでいた。じつに上手だったし、熱心に入れこんでもいた。それがある日、学校から帰ると、マーカスはなんの説明もせずに、漫画のノートを一冊残らず捨てたとクリントに告げ、すぐに姿を消した。いまでもクリントはマーカスの漫画をありありと思い出せたが、マーカス本人の顔は忘れてしまった。

ただしシャノンは……そう、シャノンのことは思い出せる。思い出が薄れてしまわないほどの美しさだからだ。

「ねえ、わたしはシャノン。わたしと知りあいになりたくない？」

シャノンはクリントには目をむけず、そう自己紹介してきた。クリントは公園へ行く途中に、シャノンの前を通りかかったのだった。シャノンはホイーリングの児童養護施設の前で駐車中のビュイックのボンネットに腰かけて日光浴としゃれこんでいた。着ていたのはブルーのタンクトップとブラックジーンズ。太陽にまっすぐ笑顔をむけていた。「あなたはクリントでしょ？」

「ああ」クリントは答えた。

「やっぱりね。こうやって出会えたの、すてきじゃない？」シャノンはいい、クリントはまったくもって意外なことに笑い声をあげていた。何年ぶりかもわからないくらい久しぶりに、心の底から大声で笑っていたのだ。

このホイーリングの児童養護施設は、州によるクリントの児童養護制度巡回大ツアーの終着駅だった。たいていの児童にとって、この施設はドゥーリング刑務所や州立ウェストン病院のような場所への中継点になっていた。ウェストン病院は巨大なゴシック様式の精神科病院で、一九九四年に閉鎖された。二〇一七年現在、元病院の建物では幽霊ツアーがおこなわれている。父親はあの病院で最期をむかえたのだろうか？　クリントはそんなことを思った。母親は？　それからリッチーは？　ショッピングモールで進学校に通う複数の生徒に暴行され、鼻と指を三本骨折したリッチー。なぜ殴られたかといえば、リッチーが自分の紫のジャケットを笑うのは許せない、と生徒たちにいったからだ――そもそもジャケットは寄付箱のなかにあった品だった。それからマーカスは？　まさか、全員が刑務所にいるということはないだろうし、全員がもう死んでいるということもないはずだが、それでも生きて呼吸して、しかも自由の身だという者がいるとは思えなかった。幽霊ツアーの時間がおわれば、ウェストン病院の暗い廊下に彼らがそろって浮かんでいるのではないか。彼らがクリントを話題にしたことがあったのか？　彼らはいまのクリントの境遇を喜んでいるだろうか？　それとも、いまもまだクリントが生きているという事実そのものが、彼らを侮辱してはいないだろうか？

5

ホイーリングの児童養護施設は、それまで身を寄せていたいくつもの場所よりもずっと暮らしやすかった。いつもせせら笑っているような施設長――両手の親指をグレイのポリエステルのチョッキのポケットにひっかけていた――は、新顔がやってくるたびに、「さあ、州提供のおっぱいを吸って過ごす最後の一年を、大いに楽しみたまえよ、お若いの！」という言葉で歓迎した。しかし、せせら笑いの施設長はトラブルをきらっていた。逮捕されるようなことさえなければ、収容されている児童は日中自由に出入りできた。喧嘩でもファックでもドラッグの注射でも好きにやればいい。ただし、ぜったいに施設内にもちこむなよ、お若いの。

クリントもシャノンも十七歳だった。シャノンはかねてからクリントが読書を習慣にしていることに気づいていたし、晩秋の肌寒い季節でも施設をこっそり抜けだして道の先にある公園まで行って、学校の課題をしていることにも気づいていた。さらにシャノンは、クリントが施設と学校のあいだでトラブルに巻きこまれて――ときにはみずからトラブルをさがしもとめて――つくった手の切り傷にも気づいていた。そしてふたりは友だちになった。シャノンはクリントに助言をほどこした。ほとんどが有用な助言だった。

「あと一歩でやりぬけるのよ――わかってる？」シャノンはいった。「あとほんの少しだけ、気をつけて人を殺さないようにしてればいいの」シャノンはそういった。「あなたの頭脳を働かせてお金持ちにならなくちゃ」シャノンはそうもいった。シャノンは、自分にとって世界はたいした問題ではないと思っているような口ぶりで話し、クリントはそんな世界をたいした問題にしたくなった――シャノンにとって、そして自分にとって。

そしてクリントは陸上競技に転向して、喧嘩をしなくなった。これは短いバージョン。長いバージョンはシャノン――日ざしを浴びているシャノン、もっと速く走れとクリントをせっつき、奨学金の申請をしろとクリントをせっつき、本からは決して離れず、外の歩道からは離れろとクリントに忠告するシャノン。そして夜のシャノン――ラミネート加工されたトランプの一枚（スペードの女王《クィーン》）で男子フロアのドアの鍵をこっそりあけ、クリントの部屋に忍びこんでくるシャノン。

「やあ、ども」シャノンは陸上チームのユニフォーム――タンクトップと長めのショートパンツ――姿のクリントを見ると、そう声をかけた。「もしわたしが世界の支配者だったら、男の子には全員そんな感じのショートパンツを穿かせてやるのに」

シャノンはとびっきりの美人で、頭が切れて、やはり自分なりに多くの問題をかかえていて……そしてクリントは、シャノンに命を救われたのかもしれないと思っていた。

クリントはカレッジに進んだ。シャノンは進学をすすめ、クリントが（軍隊がらみの件で）迷っていると、ぜったい進学しろと強くいってきた。シャノンはいった。「馬鹿になっちゃ駄目。そのケツをカレッジまで運んでいきなさい」

やがてクリントがカレッジに進むと、ふたりの連絡は途絶えた――電話での会話は金がかさみ、手紙のやりとりは時間がかかりすぎる。大晦日にワシントンＤＣで再会を果したのは、クリントのカレッジ進学から……八年後だったか、九年後だったか。二〇〇一年？　二〇〇二年？　クリントはジョージタウンで開催されたセミナー出席のためにDCを訪れていて、泊まることにしたのは車が故障したからだった。電話でライラはクリントに、外に出て酔っ払ってもいいけれど、自暴自棄になった女へのキスだけは厳禁だ、と申しわたしてきた。どうしても必要に迫られたなら、自暴自棄になった男にキスをするのはいいが、その場合も相手はひとりに限定すること。

そしてクリントが偶然にもシャノンと再会したバーは、大学生たちで大にぎわいだった。シャノンはウェイトレスとして働いていた。

「あら、いらっしゃい」シャノンはバーカウンターの前にいたクリントの横にやってくると、そう話しかけながら尻をぶつけてきた。「昔いたところに、あんたと生き写しの男がいたよ」

ふたりはそれから長いこと抱きあい、おたがいの腕のなかでゆっくりと体を揺らしていた。疲れが顔にのぞいてはいたが、シャノンは元気そうだった。そのあと点滅するモルソン・ビールのネオンサインの下の片隅で、ほんのひととき、ふたりきりになることができた。

「で、いまはどこにいるの？」シャノンはたずねた。

「田舎暮らしだよ——三郡地域《トライ・カウンティーズ》でね。ドゥーリングという街にいる。ここからは車で一日だ。美しい街だよ」

クリントは生後四カ月のジェイリッドの写真をシャノンに見せた。

「あら、すごくかわいい。あれだけ頑張った甲斐があったとは思わない、クリント？　わたしもひとりくらい子供が欲しくなっちゃった」

シャノンの睫毛《まつげ》に涙が光っていた。ふたりのまわりで、ほかの客たちが大声で騒いでいた。まるで、もう新年になったかのようだった。

「おいおい」クリントはいった。「これでいいんだよ」

シャノンがクリントを見あげると、彼我《ひが》をへだてる歳月が一瞬にして狭まり、ふたりはまた若者にもどっていた。

「ほんとに？」シャノンはたずねた。「本当にこれでいいの、クリント？」

6

ジャニス・コーツ所長の肩の先、窓ガラスの向こう側では夕方近くの影が長く伸びて、菜園を翳らせていた——菜園では何列ものレタスが育ち、端材を利用した格子に豆類がからみついて伸びていた。話しながらジャニスは両手でコーヒーカップを包んでいた。

コーヒーカップ！　あれがあれば、まず中身をドン・ピーターズの股間にぶちまけ、空になったカップを耳に叩きつけてやれる——クリントはそう思った。

ずいぶん昔——まだシャノン・パークスと出会う前だったら、クリントはじっさいそんな挙に出たかもしれない。おまえはもう父親であり夫であり、暴力の罠に落ちこむには髪に白いものが混じりすぎた大人の男だ。もうじきタイムカードを押して退庁、妻と息子のいるわが家へ、裏庭のプールへと通じている眺めのいいガラスのドアがあるわが家へ帰れる。マックシェイクを懸けてボクシングの試合をした日々は、もはや前世にさえ思えた。それでもクリントは考えてしまった……あのカップの材質はなんなのか？　硬いタイルの床に落としても、ひび割れひとつ出来ないこともある頑丈なセラミック製か？

「話をきいても、ずいぶん落ち着いてるのね」ジャニス・コーツはいった。

ドン・ピーターズは一本指を立てて、口ひげをこすった。「いやいや、この不当解雇の件をネタに顧問弁護士がどんな手でおれを大金持ちにしてくれるかって考えていただけだよ、所長。ボートでも買おうかな。それにね、おれはどんな不当なあしらいをされても紳士たれと教わって育ってきた。ああ、おれを馘にすればいい。お好きにどうぞ——ただ、あんたには証拠がない。法廷であんたをこてんぱんに叩きのめしてやる」それからドンは、ドアのわきに立っていたクリントにちらりと視線をむけた。「具合は大丈夫か？　さっきからそこに立ったまま、ぎゅっと拳骨を握ってるな——ひょっとしてクソを我慢してるのかい、ドク？」

「くたばれ」クリントはいった。

「ほらね？　ひどい言いぐさだ」ドンはそういうと、にたりと笑い、黄ばんでコーンの色になった歯をのぞかせた。

ジャニスはいましがたカップに注ぎなおしたコーヒーをひと口飲んだ。苦かった。かまわず、もうひと口飲む。楽観的な気分だった。きょうは破滅の日だが、とりあえず娘はいま車で実家へ帰ってくる途中だし、自分はようやくドン・ピーターズを厄介払いできるところに漕ぎつけた。大便がつくる山のなかにも、たまには満足という名前の真珠がひとつふたつ輝いていることもある。

「あなたは最低最悪の下衆男よ。それなのに、いまのあなたにふさわしい扱いをされずにすんで幸運だと思うことね」そういってジャニスは、スーツのジャケットからジッパーつきのビニール袋をとりだした。ビニール袋のなかには二本の綿棒がはいっていた。「なぜかといえば、ほら、こっちにはちゃんと証拠があるから」

ドンのせせら笑いが消えていった。気丈にふるまおうとしてはいたが、うまくいっていなかった。

「あなたの体液よ、ダニーボーイ。コークの自販機から採取したの」ジャニスは不味いコーヒーをひと口でたっぷり飲むと、唇をぱちりと鳴らした。「いずれいまの騒ぎがおさまったら、わたしたちはあなたにふさわしい対処法を実行する――そうなれば、あなたは刑務所行きよ。この話にも明るい面があるとすれば、刑務所では性犯罪者が特別収容棟に入れられるから、あなたも命だけは助かりそうだということ。でも、わるい面もあって、どんなに腕のいい弁護士がついても、しばらく刑務所暮らしは免れないってこと。でも心配はご無用――あなたは仮釈放審査会でわたしと顔をあわせるんだから。わたしは審査会のメンバーなの」そういってジャニスは体をひねってインターコムへむきなおり、呼出ボタンを押して秘書を呼んだ。「ブランチ、新しいコーヒー豆をひと袋もってきてもらえる？　いまのコーヒーがひどい味なの」そこで相手の応答を少し待ち、ふたたびボタンを押し、「ブランチ？」と呼びかけ、ボタンから指を離した。「きっと用事で部屋を空けてるのね」

それからジャニスはソファにすわっているドンに注意をもどした。せせら笑いは完全に消え去っていた。ぜいぜいと荒く息をしながら、唇の裏側でせわしなく舌をうごめかせている。目の前に突きつけられたDNA証拠の意味に思いをめぐらせているにちがいない。

「さあ、いますぐ──」ジャニス・コーツ所長はいった。「──制服を返却して、刑務所から出ていって。あなたの動かぬ証拠を握っていると明かしたのは、こっちの失策だったかもしれない。でも、〝ざまあみろ〟とあなたを笑えるチャンスを逃したくなかった。とにかく頭にハンマーが落ちるまで、あなたには数日の猶予がある。いますぐ車に飛び乗ってカナダに逃げることだってできる。ひょっとすると、しばらく頭を低くしていれば、あっちの国で氷穴釣り専門の漁師になれるかも」

「罠だ！」ドンはぴょんと立ちあがった。「これは罠だ！」

クリントはもう我慢できなかった。つかつかと前へ進みでると、自分より背の低いドンの胸ぐらをつかんで壁に押しつけた。ドンはクリントの肩や顔をばたばた殴り、爪で頬を引っかいてきた。クリントは手にひときわ力をこめた。指の下でドンの血管がうねうね動き、喉仏が縮んでいくのが感じられた。きょう一日でドンが味わった信じがたい思いや苛立ちや恐怖が、指のあいだからあふれでてくるのが感じられた──グレープフルーツからジュースがあふれだすように。クリントの頭のまわりを一匹の蛾がひらひらと飛んでいた。蛾は片方のこめかみにふわりと──幽霊がキスするように──とまってから、また飛び立った。

「ドクター・ノークロス！」

クリントはドンのぶよぶよした腹部に拳を叩きこんでから、相手を離した。ドンはソファに倒れこんで転げ落ち、床に両手両足をつく姿勢になった。その口から、息ができなくなったけだものじみた声が洩れた。「ひいっ・ひいっ・ひいっ」

所長室のドアが荒っぽくひらいた。ティグ・マーフィー刑務官がテイザー銃をかまえて部屋にはいってきた。ティグの頰は汗で濡れ光り、顔には血の気がほとんどなかった。さっきティグはクリントに、自分は大丈夫だといった。しかし、大丈夫ではなかった——大丈夫なことはひとつもなかったし、大丈夫な人間はひとりもいなかった。

「ひいっ・ひいっ・ひいっ」ドンは這ってクリントから離れはじめた。蛾はクリントへの興味をなくし、いまは這っている男のまわりを飛びまわって、外へ誘導しているかのようだった。

「いまあなたを呼び出そうとしていたのよ、マーフィー刑務官」所長デスクについたままのジャニスは、何事もなかったかのように話をつづけた。「ミスター・ピーターズはもうすぐ刑務所の敷地から外に出ていくのだけれど、カーペットのへりにつまずいて転んでしまったの。立ちあがるのに手を貸してあげてくれる？　ミスター・ピーターズは私物をロッカールームに残していくって」

ジャニスはコーヒーカップをティグ・マーフィーにかかげ、一気に中身を飲み干した。

第十二章

1

「ねえ、先生。あたしが癇癪を起こしやすい性質《たち》だってことは知ってるよね？」

〈ブース〉から適切な距離をとって仁王立ちになっているエンジェル・フィッツロイ受刑者は、ヴァネッサ・ランプリー刑務官に形ばかりの質問を投げた。エンジェルの隣に立つジャネット・ソーリーは幻想をいだいていなかった——いま自分たちは困難な戦いに挑んでいる。〈ブース〉を囲むプラスティックの仕切りの反対側では、コンソール前にすわっているヴァネッサの逞《たくま》しい肩が険悪に前へ突きだしていた。いまにも仕切りを突き破っていきそうな姿勢だ。もし格闘になれば、エンジェルは小柄な体格のわりに善戦するだろうとジャネットは思った——しかし、ヴァネッサを相手に戦えるほどの能力はない。

「フィッツロイ、それは中途半端な脅迫のつもり？　きょう、世界じゅうであんなことが起こっているのに？　いい、いまでは三人の受刑者が蜘蛛の巣に包まれてて、わたしはもうとっくに退勤時間を過ぎているのにまだ仕事で、くたくたに疲れてる。それなのに、あんたはわたしを試す気？　馬鹿な考えよ——それだけは断言する」

エンジェルは両手の手のひらをかかげた。「ちがう、ちがう、そんなんじゃないって、先生。

あたしはただ、こんな場合だからこそ、自分がまったく信じらんないっていってるだけだよ？あたしの重罪歴を見ればわかる。それ以外にも尻尾をつかまれなかったヤバい罪がどっさり――まあ、あんまり詳しく話せないのはわかるだろうけど」

ジャネットはひたいに指をあてて、床に目を落とした。エンジェルが仮釈放後に国際外交の世界へ転身すると計画しているのなら、だれかが計画の手直しをしたほうがいい。

「とにかくここから出ていきな、のーたりんの役立たず」ヴァネッサがいった。

「そういわれると思ってジャネットを連れてきたんだ」エンジェルはそういうと、〝じゃじゃーん〟の掛け声とともに紹介するように片腕を伸ばした。

「おやおや、それで事情がぜんぶ変わるってわけね」

「からかわないで」かかげられたエンジェルの腕が体の横へ落ちた。仲間意識をのぞかせていた顔が生気をなくした。「からかうんじゃないわ、先生」

ジャネットは介入するならいましかない、と判断した。「ランプリー先生、申しわけございません。でも、わたしたちもトラブルを起こすつもりはないんです」

椅子から堂々と立ちあがりかけたヴァネッサは、また腰をおろした。服役態度不良者リストの上で暮らし、リストをモノポリー・ゲームのお荷物財産のようにかかえこんでいるエンジェル・フィッツロイとは異なり、ジャネット・ソーリーは友好的な態度で有名だ。それにリー・デンプスターによれば、ジャネットはあの毒蛙みたいなドン・ピーターズに性的虐待をうけたらしい。そのジャネットの話ならきいてやってもいいだろう、とヴァネッサは思った。

「で、どういうこと？」

「コーヒーを淹れたいんです。ちょっとばかり特別なコーヒーを。みんなの目をしゃきっと覚まさせておくために」

ヴァネッサは指をインターコムのボタンの上に浮かばせたまま一、二秒の時間を稼ぎ、それから当然の質問をした。「その特別というのはどういう意味？」

「普通のコーヒーよりも強いコーヒーという意味です」

「先生にも飲ませてあげる」エンジェルがそういって、気前のよさを示す笑みを見せようとした。「頭だって、すっきりきれいに澄みわたっちゃうから」

「あら、それこそいまのわたしに必要なもの！　刑務所じゅうで元気いっぱいの受刑者たちが飛び跳ねる！　そうなったらすてき！　当ててみましょうか、フィッツロイ受刑者。秘密の成分はクラックコカインね？」

「ええと……ま、正確にはちがうけど。だって、そんなものはもってないし。で、こっちにも質問させて——代わりのアイデアはある？」

ヴァネッサは、そんなものがないことを認めるしかなかった。

ジャネットが口をひらいた。「先生、このオーロラ病がらみの騒動がすぐにでも収束しないかぎり、ここに収容されている人々は動揺するでしょうね」

考えをはっきり言葉であらわしていくうちに、すべてがジャネットにも見えてきた。モーラ・ダンバートンやそのほか二名ほどの終身刑受刑者は例外だが、それ以外の面々には遠くに見える希望の光がある——刑期満了の日だ。自由になれる日。そしてオーロラ病はどこからどう見ても、そんな人々の希望を消し去ってしまうものでしかない。眠りのあとになにが訪れるのか？　そもそも眠りにおわりがあるのか？　答えを知る者はいない。その意味では天国と似ている。

「そのうちみんな不安になり……動揺が広がり……怯えるようになり……そうなったら、みなさんは……深刻な問題に直面するでしょうね」ジャネットは注意深く〝暴動〟という単語を避けたが、それこそが頭に思い描いている〝問題〟だった。「みんな、いまだって不安で、動揺して、怯えてます。あなたも話してましたね――もう三人の女があの病気で倒れてしまっている、と。

必要な材料はここのキッチンにそろってます。だから、わたしたちを通してもらえたら、あとは全部わたしたちでやります。念のためにいっておきますが、わたしはごり押しようとはしてませんし、騒ぎを起こそうともしてません。わたしのことはご存じですよね？　これまでずっと協力的でした。刑務記録もまっさらです。わたしはただ、いま感じている懸念を伝えて、あなたにひとつの提案をしているだけです」

「で、あなたのいう特別なコーヒーがそれを解決してくれるの？　なにかの促進剤みたいなものが効き目を発揮して、みんなが現状でも満ち足りた気分になれるとか？」

「いいえ、先生」ジャネットは答えた。「そうなるとは思っていません」

ヴァネッサの片手が動いて、上腕二頭筋の**《あんたのプライド》**という文字がはいった墓石のタトゥーをとらえた。指がタトゥーのラインの上を滑るにまかせる。それからヴァネッサは視線を上へむけた――〈ブース〉の仕切りよりも上にあるなにかに。

時計だ――ジャネットは見当をつけた――仕切りの上の壁に時計がかけてあると見てまずま

ちがいない。ヴァネッサ・ランプリー刑務官は朝シフトだった。朝五時か五時半に起きて車で出勤するため、夜は九時ごろベッドにはいるのだろう。監房の時計を見てきたので、いまが午後五時ごろだとはわかっている——この刑務官からすればもう遅い時間だ。

ヴァネッサは、逞しく太い首をつかって頭をめぐらせていた。その両目に黒っぽい隈があることにジャネットは気づいた。勤務時間が倍になると、そんな影響があらわれるものだ。

「ファック」ヴァネッサは毒づいた。

透明な壁は防音仕様なので刑務官の言葉はジャネットにきこえなかったが、口の動きでなんといったかは丸わかりだった。

それからヴァネッサは、ふたたびインターコムに顔を近づけた。「詳しい話をきかせてちょうだい。わたしを説得して」

「全員にわずかでも希望をいだかせることができると思います。自分はなにかの役に立っていると全員に思わせることもできます。また、すべてが爆発するのを少しでも先送りにできる効果があります」

ヴァネッサの視線がふたたび壁の上方へむけられた。議論がなおもつづき、やがて話の内容が交渉に変わって、最終的には具体的な計画の策定になった。しかし、ジャネットには、自分がすでにヴァネッサを説得ずみだとわかっていた——時計の針の進行を否定することはできないのだ。

2

所長室にいるのは、ふたたびクリントと所長のジャニスだけになった。しかし、最初のうちはふたりとも黙っていた。クリントはなんとか呼吸こそ平常にもどっていたが、心臓はあいかわらず〝どっくん・どっくん・どっくん〟と激しい搏動をくりかえしていた。このぶんだと血圧は――ちなみにこの前の健康診断では高血圧寸前と診断されていた（クリントがこの件を妻ライラに明かしていなかったのは、ただでさえ心配事の多すぎる妻にこれ以上負担をかけたくなかったからだ）――真っ赤な危険域にさしかかっているだろう。

「ありがとう」クリントはいった。

「なにを？」

「わたしをかばってくれて」

ジャニスは両のこぶしで目もとをぐりぐりと押した。クリントにはそんな所長が、予想外に時間が延びてしまった〝みんなで遊ぶ日〟から疲れて帰ってきた子供に見えた。「わたしはただ、刑務所というバスケットから腐った林檎を選り分けて処分しただけ。やらなくてはならない仕事だった。でも、こんなに人手不足では、もうだれも追いだしたりしない。当面、ほかの人にはこのままずっと残ってもらう」

《さっきはあいつを殺したかったんだよ》――そういいたくて口をひらいたが、クリントはその口を閉じた。

「でも、あえていわせてもらえば——」ジャニスはあごの関節がはずれそうなほど大きなあくびをした。「——ちょっとびっくりしたわ。ドン・ピーターズに迫ったときのあなたったら、ステロイド剤の助けを借りていた最盛期のハルク・ホーガンみたいだったから」

クリントは顔を伏せた。

「でも、これからしばらくはあなたが必要。頼りのヒックス副所長がまた行方不明なの。ヒックスがここに出てくるまでは、あなたに副所長の仕事を肩代わりしてもらう」

「ヒックスは、奥さんのようすを確かめに家へ帰ったんじゃないかな」

「わたしもそう思う。その気持ちは理解できないでもないけれど、認める気はない。ここには百人ばかりの受刑者が閉じこめられてて、わたしたちが第一に考えるべきはその女たちだもの。あなたにはしっかり仕事をつづけていてほしいし」

「そのつもりだ」

「その言葉が嘘じゃないことを願うわ。あなたがいろいろ事情のある環境の出身だというのは知ってる——人事ファイルを見たから。でも、人を絞め殺せる能力のもちぬしだなんて、ひとことも書いてなかった。といっても、未成年犯罪の記録は当然非公開ね」

クリントは自分に鞭打つようにして所長と目をあわせた。「そうです。非公開扱いですね」

「いましがた見せられたドンとのひと幕、あれはちょっと血迷っただけだといってもらえる？」

「ちょっと血迷っただけだ」

「女相手に、あんなふうに我を忘れることはないといってほしい。たとえばエンジェル・フィッツロイ相手に。ほかの女性受刑者でもおなじ。それからあの新入り。そう、不気味なイーヴィにも、そんなことはしないといって」

クリントがショックもあらわな顔になったのが答えとしては充分だったのだろう、所長はにっこりと顔をほころばせた。その笑みがまたあくびに変わると同時に、ジャニスの電話が鳴った。

「はい、所長」そう答えてから、相手の声に耳をかたむける。「ヴァネッサ？　ちゃんと動く性能のいいインターコムがあるのに、なんでわざわざ電話をかけて――？」

ジャニスはまたしばらく相手の話をきいていた。それを見ていたクリントは奇妙なことに気づいた。電話がずりあがって、ジャニスの髪の生えぎわに近づいていたのだ。ジャニスも気づいて、受話器をまた下げるのだが、少しするとまた上にずれる旅路をたどりはじめる。単純にジャニスが疲れているせいだろう。しかしただの疲れのせいともいえない雰囲気があった。ひょっとしてジャニスはデスクの抽斗に酒瓶を隠しているのだろうか……という思いがちらりと頭をよぎり、クリントはすぐその思いを払い捨てた。妻ライラとともにジャニスと外で夕食をとったことは何度もあるが、ジャニスがグラスワイン以上に強い酒を注文しているところは見たことがない。そのワインも、最後まで飲み干さないのがつねだった。

根拠もないことで、やたらにびくびくするな――クリントはおのれを叱った。とはいえ、やめるのもむずかしかった。もしコーツ所長が倒れたら、ヒックス副所長がもどるまで、ほかにだれがいるというのか？　もしヒックスがもどるなら、の話だ。刑務官のヴァネッサ・ランプリー？　それとも自分か？　どうすれば所長代理をつとめられるだろうかと考えをめぐらせながら、クリントは体の震えを抑えなくてはならなかった。

「オーケイ」ジャニスは受話器へむかっていった。耳をかたむけてから、「オ、ー、ケ、イ――そういったの。ええ、答えはイ、エ、ス。女たちの好きにさせなさい。その計画で進めて、インターコムを通じて話を広めるの。全収監者に、コーヒーのワゴンが巡回すると伝えてちょうだい」

ジャニスは通話をおわらせると、受話器を電話機本体にもどそうとしてしくじり、やりなおしを強いられた。

「ったく、もう」ジャニスはいい、笑い声をあげた。

「ジャニス、大丈夫かい？」

「ええ、これ以上はないほど大丈夫」ジャニスは答えたが舌がまわらず、〝大丈夫〟が〝だいおうぶ〟ときこえた。「いまヴァネッサにゴーサインを出したの――エンジェル・フィッツロイとジャネット・ソーリーのふたりや、そのほか数人の受刑者がキッチンでスーパーコーヒーをつくるのを許可しなさい、って。まあ、覚醒剤みたいなものね」

「な、なんだって？」

ジャニスはわざとらしいほど几帳面な口調で話していた――その口ぶりにクリントは、酔っていないふりをしている酔っ払いの口調を連想した。「ヴァネッサの話では――あ、ヴァネッサはこの話を、わが刑務所における〈ブレイキング・バッド〉のウォルター・ホワイトといえるエンジェル・フィッツロイから仕入れたんだけど――とにかく刑務所のコーヒーは豆が黒くならないライトローストだというの。これ自体はわるくない――そのほうがカフェインが多いから。でも受刑者たちは、豆をポットひとつあたりひと袋じゃなく三袋つかうつもりですって。それを何十リッチョリュもつくるって……」ジャニスは驚いた顔で唇を舐めた。「リットルというつもりだったのに。なんだか唇が痺れてるみたい」

「ほんとに？」そうたずねたものの、それがコーヒーのことなのか、はたまた唇のことなのかはクリント本人にも判然としなかった。

「ああ、そう、いちばん肝心な話をしてなかったわ。あの連中、診療所からスダフェッドをありったけもちだして、コーヒーに入れるつもりですって。あの鼻炎薬ならストックは充分ある。でもね、そのコーヒーを飲む前に受刑ちゃ──じゃない、受刑者はみんな、バターを混ぜたグレープフルーツジュースを飲まなくちゃだめ。それを飲むと、薬の成分の……プ、プ、プチョ──プソイド……エフェドリンの効き目が増すらしい。とにかくエンジェルはそういってて、やっても害になりゃにゃいって思って──」

ジャニスはいいながら立ち上がろうとして、どすんと椅子に逆もどりした。クリントは急いで駆け寄った。「ジャニス、まさか酒を飲んでたのかい？」

ジャニスはどんよりと濁った目でクリントを見つめていた。「ま、ましゃか……飲んでなんか……にゃい……。お酒で酔ったのとは、ち、ちぎゃう感じ。こ、これはむしろ……」ジャニスは目をぱちぱちさせ、《**未決／既決**》と書かれている書類用バスケットの横においてある小さな革のハンドバッグを引き寄せ、指先でバッグの外側を叩いて、なにかをさがしはじめた。

「……わたしの……く、くしゅりみたいな……。デスクの上……バッグに入れてあったの」

「なんの薬？　なにを飲んでた？」クリントは薬のボトルを目でさがしたが、デスクの上にはなかった。かがみこんで床に目を走らせる。所長室を最後に掃除した模範囚が見逃したわずかな埃が残っているだけだった。

「じゃにゃ……じゃにゃ……ああ、もうっ」ジャニスは椅子に力なくもたれてしまった。「もうだめ、ドク。このまま寝ちゃう……」

クリントはごみ箱をのぞきこんだ。あった――使用ずみの丸められたティッシュペーパーやチョコレートバーの〈マーズ〉の包装などのなかに、処方薬用の茶色いボトルが落ちていた。ラベルには《ジャニス・コーツ　ザナックス　一〇ミリグラム錠》という表示があった。ボトルには一錠も残っていなかった。

クリントはジャニスにも見えるように薬のボトルをかかげた。ついでふたりは、同時におなじ単語を口にのぼせていた――といってもジャニスの側は呂律《ろれつ》があやしくなっていた。「ピーターズ」

はた目にもわかるほど努力をして――超人的ともいえる努力だったにちがいない――ジャニスは椅子にすわったまま背すじを伸ばし、クリントの視線をしっかり自分の瞳で受けとめた。目は光をうしなっていたが、いざ言葉を口にすると、呂律のあやしさは完全に消えていた。「あいつをつかまえて、ドク。この建物から外に出る前に。つかまえたら、あの性犯罪者のカス男をC翼棟の監房に叩きこんで、鍵をどこかへ捨てちゃって」

「その前にまず所長が吐かないと」クリントはいった。「生卵を飲んで吐くんだ。すぐキッチンからもってくる――」

「もう手おくれ。このまま寝てしまいそう。ミッキーに伝えて……」ジャニスは娘ミカエラのことを話しながら目を閉じた。しかしすぐに意志の力で瞼をひらいて、「ミッキーに伝えて……あなたを愛してるって」

「ちゃんと自分でいえるよ」

ジャニスは微笑んだ。瞼がふたたび下りはじめる。「いまから、あなたがここのボスよ、クリント。とにかくヒックスがもどるまではね。あなたは……」ここで大きなため息をひとつ。「全員が眠りにちゅくまで、みんなを安全《あんじえん》に守ってちょうらい……みんなを安全《あんじえん》に……わたしちゃちを安全《あんじえん》に……」

ジャニス・コーツ所長はデスクマットの上で交差させた両腕を枕代わりに頭をあずけた。たちまち、最初の白い筋状のものがジャニスの髪のあいだや両耳や紅潮している頬の皮膚から伸びてきた。そのようすを、クリントは恐怖とともに食いいるように見つめた。

なんて速いんだ――クリントは思った。速すぎる。

クリントは急いで所長室から出た。所長秘書のブランチ・マッキンタイアにいって刑務所内に電話をかけさせ、ドン・ピーターズをここの敷地から外へ出すなという命令を広めてもらうつもりだった。しかしブランチはいなかった。デスクマットの上に、黒い〈シャーピー〉の油性マジックで文字が書きつけられた刑務所用箋が一枚あるだけだった。大きな文字で書かれたその文章を二度読んでようやく、自分が目にしている文章が錯覚ではないことが実感できた。

《読書会に出席のために外出中》

読書会？

読書会だと？

マジか。
ブランチはクソくだらない読書会なんかへ行ったのか？

クリントは正面玄関ロビーを目指して〈ブロードウェイ〉を走った。途中で何人か、ゆったりした茶色い囚人服のトップス姿で廊下をふらつく受刑者をからくもかわす。なかには驚き顔で目をむけてくる受刑者もいた。施錠されたメインドアにたどりつくと、クリントはインターコムのボタンをがんがん叩いて押しはじめた。応答したのは、あいかわらずロビーの警備ステーションで操作卓の前にすわっていたミリー・オルスン刑務官だった。「ちょっと、ドク、ボタンを壊さないで。どうかした？」

二重のガラスのさらに先へ目をむけると、ドン・ピーターズのくたびれたシボレーが内側のゲートを抜けて、なにもない空間《デッドゾーン》にいるのが見えた——とはいえ、シボレーは早くも外へ通じるメインゲートを通過しつつあった。そればかりか、ドンはずんぐりした指でＩＤカードを読取機《リーダー》にかざしてさえいた。

クリントはサイドインターコムのボタンを押してミリーにいった。「いや、もういい。忘れてくれ」

第十三章

1

街へもどるべく車を走らせていたライラ・ノークロス署長の頭に、無意味で馬鹿馬鹿しいCMソングらしき歌の一節がいきなり流れはじめた。子供のころ友だちと通りの先にまで出かけ、親に声をきかれる心配がないところまで来ると声をあわせて歌った歌だった。いまライラは暮れゆく日の光のなかで、おなじ歌をまた歌いはじめた。

「ダービータウン、ダービータウン、この街ガラスで出来ている、女の子たちは蹴っ飛ばす、みんなのおケツをびしっ・ばしっ・びしっ、みんなのおケツをびしっ・ばしっ・びしっ……」

ええと、次はなんだっけ？　ああ、思い出した。

「ダービータウン、ダービータウン、姉ちゃんのおっきなおケツがぶるるん・ぶん、ぶるるん・ぶん――」

自分の車が道路をはずれて下生えのただなかに突っこんでいることに気づいたときには、あわや手おくれになる寸前だった――そのまま進めばパトカーは急斜面に落ち、谷底に落下するまでに三回は宙返りをするはずだった。両足で思いきりブレーキを踏みこむと、パトカーは車体前部を砂利だらけの急斜面の上に突きだす形で停止した。ギアをパーキングに叩きこんだ拍子に、細い蔓のようななにかがそっと頬をかすめたのが感じとれた。蔓を引きちぎると、それが手のひらに載るなり溶けて消えていくところがかろうじて見られた。ついでライラは肩で運転席のドアをあけて、車外へ逃げようとした。しかし、締めたままのシートベルトに引きもどされただけだった。

ライラはバックルを外して外に降り立つと、深々と深呼吸をした——あたりの空気がようやく涼しくなりはじめていた。ライラは自分で自分の頬に平手打ちを食らわせた。一度……そしてもう一度。

「きわどかった……」ライラはいった。谷底では、ずっと先でボール川に流れこむ細い渓流《クリーク》が——このあたりの方言では〝クリック〟となる——くすくす笑うようなせせらぎをたてながら東へ流れていた。「いまのはきわどかったわ、ライラ・ジーン」

間一髪だった。じたばたしても、いずれは眠りに落ちるはずだということはわかっていた。眠ればあの白い糸みたいなものが肌からひとりでに生えてきて、体を覆うのだろう。しかし、せめてあと一回、愛する息子をハグしてキスをするまでは、そんなことを許すわけにいかない。命を懸けて守るべき約束だ。

ライラは運転席に引き返して無線のマイクを手にとった。「四号車、こちら一号車。応答をお願い」

最初のうちは返答がなかった。ライラが呼出をくりかえそうと思ったそのとき、テリー・クームズの声がきこえた。

「一号車、こちら四号車」しかし、その声はどことなく妙だった。風邪でもひいているかのような声。

「街のドラッグストアのチェックはおわった？」

「ああ。二軒は掠奪されてて、もう一軒はいままさに燃えてる。消防車が現場に到着してるんで延焼の心配はないな。ま、不幸中のたったひとつのさいわいだ。〈ＣＶＳ〉の薬剤師は撃ち殺されてたし、〈ライトエイド〉のほうは店内に少なくともひとりの遺体があるらしい。消防署はまだ犠牲者の正確な人数をつかんでないが」

「なんてこと……」

「残念だけどね、署長、ぜんぶ事実だ」

いいえ、ちがう、テリーは風邪でも引いたような声で話してるんじゃない。さっきまで泣いていたみたいな声というべきだ。

「テリー？　どうかしたの？　なんだか、あなたのようすが変だけど」

「自宅へ帰ったんだ」テリーは答えた。「リタがあの繭みたいなしろいものにすっぽり包まれていた。テーブルを前にして、すわったまま居眠りをしてたよ――おれがシフトをおえて家に帰ると、いつもそうやって寝てたみたいにね。十五分や二十分、ひとりだけの時間をそうやって過ごしてた。だから、きょうは眠るなと警告してたんだ。リタも寝ないと答えてくれた。それなのに、ようすを確かめようと急いで家へ帰ったら――」

テリーはいよいよ声をあげて泣きはじめた。

「だからおれは女房をベッドに寝かせて、署長からいわれたとおり、ドラッグストアのようすを調べた。ほかになにができた？　いくら娘に電話をかけても、あいつの部屋の電話にはだれも出ない。リタももっと早い時間に電話をかけてたよ――もう、くりかえし何度も何度も」

テリーとリタの娘のダイアナ・クームズは南カリフォルニア大学の新入生だ。いまダイアナの父親は、息切れを起こしたような水っぽい声を洩らしていた。

「西海岸じゃ、ほとんどの女が寝たまんま、もう二度と目を覚まさないみたいだ。できればあの子が徹夜で起きていてほしかった……ああ、勉強をしてたとか……友だちとパーティーをしてたってよかった……でも、起きてなかったって、わかったんだよ、ライラ」

「まちがいかもしれないでしょう?」

テリーはライラのこの言葉を無視した。「でもさ、女たちは呼吸をつづけてるんだよな? 大人の女も幼い女の子も、みんな呼吸しつづけているんだろ? だからさ……ひょっとしたら……」

「ロジャーはいっしょにいるの?」ライラはロジャー・エルウェイのことをたずねた。

「いや。ただあいつと話はした。あいつはあれに覆われた奥さんのジェシカを発見したんだ。頭から爪先まで。裸で寝ていたにちがいない――昔のホラー映画に出てくるミイラにそっくりだった。赤ん坊もだ。ゆりかごで寝ていた姿のまんま、テレビで放送しているのとそっくりおなじように、あれに覆われてた。それを見てロジャーは正気をなくしちまった。頭がふっ飛びそうなほどの大声で泣いたりわめいたりしてた。家から連れだそうと説得はしたんだが、あいつは首を縦にふらなかったよ」

この話にライラは理不尽な怒りをおぼえた。ライラ自身がひどく疲れていたからだろう。それでも仕事を投げだすことが許されないのなら、投げだす真似を許される人間はだれもいなくなる。

「もうじき夜が来る。そうなれば、あつめられるかぎりの警官が必要になるわ」

「だからいったとおり――」

「わたしがロジャーを連れていく。署で待ちあわせましょう、テリー。連絡のついた警官たちには、おなじく署まで来るようにいって。午後七時に」

「どうして？」

世界が坂を転げ落ちるように破滅へむかってはいても、あつまる理由を電波に載せる度胸はライラにはなかった――なにせ署で証拠品保管ロッカーをあけて、ちょっとしたドラッグパーティーをひらくつもりだからだ。それも、目をぱっちり覚まして《アッパー》くれる覚醒剤限定のパーティーだ。

「とにかく七時に来て」

「ロジャーは来ないと思うな」

「来るわ――たとえわたしがロジャーに手錠をかけるほかなくても」

それからライラは先ほど危うく落ちかけた急斜面からバックでパトカーを遠ざけ、町を目指して走りはじめた。ルーフの回転灯をともしてはいたが、交差点にさしかかるたびに一時停止を守った。まわりでこれだけのことがいっせいに展開しているいま、パトカーの赤い回転灯だけでは不充分かもしれない。ロジャー・エルウェイと妻のジェシカが住むリッチランド・レーンにさしかかるころ、忌ま忌ましい耳の寄生虫ともいうべきあのちょっとした端唄《はうた》がきこえはじめた――ダービータウン、ダービータウン、あんたの父ちゃん、あっちこっちがむず・むず・むず……。

一台のダットサンがライラのパトカーの進路をさえぎるかたちで、ゆっくりと交差点に進入してきた。パトカーの回転灯も交差点の四方全面停止信号もすべて無視している。いつもと変わらない日だったら、こんな無謀運転をする愚か者と出くわしたらケツに食らいついてやるところだ。それに、もしライラが眠気と戦っていなければ、後部ドアのバンパーステッカー――**《愛と平和と相互理解のどこがおかしいの？》**――に目をとめて、ミセス・ランサムの車だと見てとったはずだ。おなじ通りの先、空家だらけの地域からちょっとはずれたあたりに住んでいる女性だ。もし完全に目を覚ましていれば、ダットサンを運転しているのが息子のジェイリッドで、隣の助手席にすわっているのは息子が首ったけになっているメアリー・パクだと見てとれたはずだ。

しかしきょうは、いつもとはほど遠い日であり、ライラは完全に目を覚ました状態からかけ離れていた。そのためライラは、そのままリッチランド・レーンのエルウェイ家を目指してパトカーを走らせた。その家でライラは、本日続行中の悪夢の第二幕をみずから見つけることになる。

2

ライラの息子のジェイリッド・ノークロスも、忌ま忌ましい耳の寄生虫に悩まされていた。

ただしこちらの歌は、街路がガラスで出来ているダービータウンとはまったく関係がなかった。きこえていたのは《偶然《コインシデンス》、僥倖《セレンディピティ》、宿命《プリデスティネイション》、運命《フェイト》》というもの。どれかを選ぼうと、ひとつも選ぶまいと、大宇宙にとっては全部が全部おなじことかもしれない。《偶然《コインシデンス》、僥倖《セレンディピティ》、宿命《プリデスティネイション》、運《フェイト》――》

「いま赤信号を無視したよ」メアリーが隣から声をかけて、ひととき魔法を破った。「それにパトカーもいたし」

「いちいち教えてくれなくていいから」ジェイリッドはいった。いまは背をまっすぐに伸ばしてハンドルを握り、しとどの汗をかいている。心臓が激しく鼓動を搏つたびに、激痛の稲妻がまっすぐ傷めた膝へ駆け降りていった。ただし膝の屈伸はできたので、どこかの骨が折れたわけではなく、ただの捻挫だと確信できた――それでも膝は派手に腫れて痛んだ。そもそも自分は――少なくとも助手席に運転免許証の保有者がいなければ――合法的に運転できない身であり、そんな自分が警官につかまれば、ひどい目にあう。母親から耳にたこができるほど説教されていた――警察署長である自分の最悪の悪夢は、息子がなんらかの犯罪でつかまることだ……たとえ〈フェントンズ・ニュースタンド〉でキャンディバーを手にしたまま、うっかり支払いを忘れて外へ出てしまう程度でも変わらない。

「これだけは覚えておきなさい」母ライラはそういった。「わたしの最悪の悪夢が現実になったら、あなたには最悪の悪夢を味わわせてあげる」

ミセス・ランサムの孫娘のモリーが後部座席に膝立ちになって、リアウィンドウから後方に目を走らせ、「問題なしね」と報告してきた。「パトカーはそのまま行っちゃった」

ジェイリッドの緊張はわずかにほぐれたが、いまだに自分がこんな真似をしていることが信じられずにいた。両親のどちらかがまた電話をかけてくるのを家で待っていたときから、まだ三十分もたっていない。ひとしきり待ってから、メアリーに電話をかけた。ハローにつづいて三語を口に出すか出さないかのうちに、メアリーはいきなり叫びはじめた。

「いったいどこにいるの？　あなたのことを、何年もずうっとさがしつづけてたんだから！」

「ほんとに？」ひょっとすると、そう悲観したものではないのかも。相手のことを気にかけていなければ、女の子はこんなに大きな声を出さないのでは？「ぼくの携帯が壊れちゃってて」

「とにかく、すぐうちへ来て！　助けが必要なの！」

「なにが必要だって？　どうかしたのか？」

「あんただってわかってるでしょう？　なにもかもいかれてる——あんたが女の子なら」メアリーは息をついで、声を一レベル落とした。「車で〈ショップウェル〉まで連れてって。父さんがいれば父さんに頼むけど、あいにく出張でシカゴに行ってる。うちに帰ろうとはしてるけど、いまここじゃ、なんの役にも立たないし」

〈ショップウェル〉は町の大型スーパーマーケットだが、ここからは町の反対側にあたる。ジェイリッドは手もちのなかで、いちばん大人びた理知的な声を出そうとした。「〈ドゥーリング・グロサリー〉のほうが、きみの家にずっと近いじゃないか。確かに品ぞろえが最高といえないのはわかっているけど——」

「話をきく気はある？」

ジェイリッドは口をつぐんだ——メアリーの声の抑制されたヒステリーの響きが恐ろしかっ

た。

「〈ショップウェル〉じゃなくちゃ駄目なの。あそこの野菜売場にひとりの女の人がいて、その人のことはたくさんの若者に知られてる。というのも、その人が勉強の助けになるものを売ってるから」

「ひょっとして覚醒剤《スピード》のことか？」

沈黙。

「メアリー、違法薬物だぞ」

「そんなの関係ない！　母さんはいまのところ大丈夫だけど、妹がいるの。まだたった十二歳で、いつもは九時にベッドにはいる。でも、その前から眠気でゾンビみたいになるの」

それにきみもだ――ジェイリッドは思った。

「それにわたしもよ。眠りたくない。あんな繭みたいなものに包まれるのはいや。わたし……いま……怖くて怖くて死んじゃいそうなの！」

「うん、わかった」

「嘘いわないで。あんたにはわかりっこない。だって男だもん。男にはわかりっこない」メアリーは息を吸った――水っぽい音をたてて。「いい、気にしないで。なんであんたからの連絡を待ってたんだろう。もういい、エリックに頼む」

「やめろ」ジェイリッドはパニックを起こして口走った。「いまからぼくが迎えにいく」

「ほんとに？　ほんとに来てくれる？」ああ、感謝の響きだ。そのメアリーの声をきくだけで、ジェイリッドの両膝から力が抜けていった。

「行くよ」

「お父さんやお母さんは反対しない?」

「しない」ジェイリッドは答えたが、正確には事実ではなかった。両親になにも話さなければ、両親が反対するはずはない。もちろん、話せば大いに反対されるのは目に見えている——たとえ、いまこの瞬間、世界が破滅の危機に瀕していても。なにせジェイリッドは運転免許をもっていないのだから。いまごろは免許をとっていてもおかしくなかった——最初の実技試験の縦列駐車のとき、車をごみ容器にぶつけなければの話。あのときまでは、なにもかも順調だったのに。

ひょっとしてぼくはメアリーに、実技試験をパスしたように思わせてしまったんだろうか? そう、たしかにメアリーの前で試験にパスしたと話したのは事実だ。ったく! あのときは害のない些細な嘘でしかなかった。試験に落ちたなんて、あんまり馬鹿みたいだったからだ。実技試験は翌月に再受験する予定を組んでいたし、そもそも自分の車がない以上、嘘をついてもメアリーにバレる心配はないはずだった。ジェイリッドはそんな理屈をつけていた。なぜかジェイリッドは、ちかぢか運転免許試験がドゥーリング郡で最重要事項になるとは考えなかった。いや、ここにかぎらず、ほかの土地でも。

「どのくらいでここへ来られる?」メアリーがたずねた。

「十五分。長くかかっても二十分だな。とにかくぼくを待ってろ」

自分があまりにも先走ってしまったことに気がついたのは、受話器を置いて電話を切ったあとだった。運転免許証をもっていないだけではない——そもそも自分の車がないのだ。父親はプリウスに乗って刑務所に出勤してしまったし、母親のトヨタは警察署裏手の駐車場にある。交通手段の面でいうなら、ただいまノークロス家の在庫の棚は空っぽだ。となると、あとはだれかに車を借りるか、さもなければメアリーに電話をかけて、やっぱりエリックに車を出してもらってくれと伝えるかだ。二者択一の前者は現実的ではないように思えたが、きょう一日のあれこれの出来事を思うなら、後者は問題外というほかはない。

ドアベルが鳴ったのはそんなときだった。

偶然《コインシデンス》、僥倖《セレンディピティ》、宿命《プリデスティネイション》、運命《フェイト》。

3

ミセス・ランサムは背中を丸めて、病院の杖に上体をあずけていた。右足には見た目も恐ろしい金属の装具をつけていた。この女性のそんな姿を見せつけられると、ジェイリッドは——自身それなりの苦境にあるとはいえ——傷めた膝のことを深刻に考えすぎたのではないかと思わされた。

「あなたが家に帰ってきたのが見えたのよ」ミセス・ランサムはいった。「たしか……ジェイリッドといったわね？」

「ええ、そうです」ジェイリッド——たとえ沈みゆくタイタニック船上にあっても礼儀作法を忘れない少年——は、きょう林の下生えを突っ切って走ったときに傷だらけになった手をさしだした。

ミセス・ランサムは微笑んで、頭を左右にふった。「握手は遠慮しておく。関節炎だから。あたしが礼儀作法をすっ飛ばしてても大目に見てね——今夜は時間がなによりも大事みたいだから。お若いの、運転免許はもってる?」

ジェイリッドはふと、昔なにかの映画で心やさしき悪漢が口にした科白を思い出していた——《おれを縛り首にできるのは一回こっきりだ》という科白だ。「ええ、でもぼくには車がないので」

「心配ご無用。車ならうちにある。ダットサンよ——古いけれど、修理やメンテナンスは最高レベル。関節炎のせいで、このごろじゃめったに運転しないの。足にこんな装具をつけてるから、ペダル操作もむずかしくなってしまって。お客さんたちには家まで迎えにきてもらってる。みんな、文句をいったりはしてないけど——ああ、そんな話はどうでもいい。関係ない話よ。でね、ジェイリッド——あなたの力を借りたいの」

どんな頼みで力を貸してほしいといわれているのか、ジェイリッドには察しがついた。

「このごろじゃ調子が最高のときでさえ、ろくに眠れなくてね。息子と嫁が……おたがいの……溝とやらを埋める算段をしてて、そのあおりでいま孫娘を預かってるんだけど、ほとんど一睡もしてないの。いってみれば、睡眠時間については大幅に借金をしてるわけ。でも、いくら持病の痛みがひどくても……今夜あたりは借金の返済を迫られる気がする。もちろん、こんなことがなければだけど——」いいながらミセス・ランサムは杖をかかげて、眉間にあてがった。「ほんと、口に出しにくくてしょうがない。ふだんのわたしは独立独歩の人間なの。気品、を忘れない人間よ。だから、赤の他人にプライベートな問題を打ち明けたりはしない。でも、さっきあなたが帰宅するのが見えて、それで思ったの——もしかしたら……って」

「もしかしたらぼくの知りあいのなかに、あなたをしばらく眠りから遠ざけておくための助けになる品をもっている人がいるかもしれない、と考えたんですね」ジェイリッドは質問ではなく断定する口調でいった——〝偶然《コインシデンス》、僥倖《セレンディピティ》、宿命《プリデスティネイション》、運命《フェイト》〟と考えながら。

ミセス・ランサムが大きく目を見ひらいた。「そうじゃない！　ぜんぜんちがう！　そういう人の心当たりはあるし、わたしの見立てはまちがってないと思う。わたし個人は、その女の人からマリファナしか買ったことがない——関節炎や緑内障の症状をやわらげてくれるから。でも、あの女の人なら、ほかのものも売ってくれると思う。そういう薬が必要なのはわたしだけじゃない。モリーのことを考えなくちゃ。孫娘。あの子、いまはまだ蚤みたいに飛んだり跳ねたりしてるけど、夜の十時にもなれば——」

「眠気でとろとろになっちゃう——ですよね」ジェイリッドはメアリーの妹の話を思い出しながらいった。

「ええ。力を貸してもらえる？　女の人の名前はノーマ・ブラッドショウ。町の反対側にある〈ショップウェル〉の店員さん。青果売場にいるの」

4

そしていまジェイリッドは自分で自分に許可を出して車を走らせていた。未熟なハンドルテクニックでふたりの人間の命をあずかりつつ、すでに赤信号無視という交通違反を一回やらかしていた。メアリーを乗せることはわかっていた――しかし、十歳のモリー・ランサムを乗せたのは予想外だった。ジェイリッドが介助してミセス・ランサムを自宅まで送っていったときには、モリーはすでにダットサンの後部座席にすわっていて、ミセス・ランサムからも孫娘を同行させろと強くいわれた。家から外へ連れだしてやれば、〝おちびちゃんの体液を循環させつづけることができる〟というのだ。ニュース番組によれば、各地の大都市では騒乱が起こっているとのことだが、昔ながらの小さな町のドゥーリングなら、ミセス・ランサムは孫娘を心おきなく買物ツアーへ送りだせるようだった。

ジェイリッドは追加の乗客を拒める立場ではなかった。なんといっても車はミセス・ランサムのものだし、それにもかかわらずモリーの同乗を拒めば、当然の質問がさしむけられることになる――ジェイリッドくん、あなたはほんとに運転免許証をもっているの？　正直に答えても、ミセス・ランサムは車を貸してくれたかもしれない。藁をもつかみたくなるほど追いつめられているからだ。けれども、危ない橋はわたりたくなかった。

ありがたいことに、車はようやく目的地のスーパーマーケットに近づいていた。モリーはまた最初のようにきちんとシートベルトを締めてすわっていたが、とにかく度はずれたおしゃべり屋で、いまその口は絶好調だった。ここまででジェイリッドとメアリーは、モリーのいちばんの親友はオリーヴで、オリーヴは思いどおりにならないとすごく不機嫌になってしまい、それがオリーヴのスーパーパワーだけど、そんなものはだれも欲しがってないということを知らされていたほか、モリーの両親が〝コンインモンダイ〟専門のカウンセラーのところに通っていることや、祖母《ばあ》ちゃんは目と関節炎に効くといって特別な薬の煙を吸い、おまけにアメリカ《アメリカン》・の鷲《イーグル》の絵のついたタバコをどっさり吸っていることを教えられた。そもそもタバコはふだんなら体にわるいけど、祖母《ばあ》ちゃんの場合はそうじゃなくって、でもあたしはその話を外でしちゃいけないっていわれてて、それは世間の人からタバコはやっぱりよくないって思われるかもしれないからで――

「モリー」メアリーがいった。「あんたは黙ることがあるの？」

「いつも寝てるあいだは黙ってるもん」モリーは答えた。

「あんたには寝てほしくない。でも、思考がただ洩れなあんたの言葉の洪水には負けちゃいそう。ついでにいっておけば、あんたのお祖母さんが吸ってるマリファナの煙は吸わないようにしなくちゃだめ。子供には毒だから」

「わかった」モリーは胸の前で腕を組んだ。「ひとつ質問してもいい、ミス・〝上から目線〟・メアリー？」

「ええ、どうぞ」メアリーは答えた。いつもはうしろへ撫でつけられてポニーテールにまとめられている髪が、きょうは肩まで垂れ落ちていた。そんなメアリーがジェイリッドにはすばらしく美しく見えた。

「あなたたちって彼氏と彼女？」

メアリーがジェイリッドに視線を投げ、口をひらいてなにかいいかけた。しかしメアリーが言葉を発するよりも早く、ジェイリッドはハンドルから片手を放し、前方でハロゲンライトの強い光で照らされている広大な駐車場を指さした。端から端までぎっしりと車がとまっていた。

「おーい、〈ショップウェル〉」ジェイリッドは船員の呼びかけの真似をした。

5

「こんなの馬鹿げてる」メアリーはいった。

「こんなの馬鹿馬鹿げてる」モリーがいい添えた。

結局ジェイリッドは、〈ショップウェル〉の駐車場のはずれの先にある芝生に車をとめた。これも厳密には交通違反かもしれないが、駐車場が車同士をぶつけあう解体《デモリション》ダービーの会場同然になっている以上、たいした違反にはならないだろう。まだ通り抜けられる数本の車路では、何台もの車がスピードをあげて行き交い、商品を山ほど積んだショッピングカートを押している歩行者たちにクラクションを鳴らしていた。ジェイリッドたちがまわりのようすを見ているうちにも、ふたつのカートが衝突して、それぞれを押していた男たちが怒鳴りあいをはじめていた。

「モリー、きみは車に残っていたほうがいいかもな」

「いや」モリーはジェイリッドの手を握った。「置いていかないで。ふたりとも。お願い。前に一度、母さんがあたしを駐車場に置き去りにしたことがあって——」

「じゃ、いっしょにおいで」メアリーがいい、まんなかの車路を指さした。「あそこをつかっていこうよ。轢き殺される確率がいちばん低そうだし」

三人は乱雑に乗り捨てられた大量の車がつくる大混乱のなかを縫うようにして、先を急いだ。捨てられた車の一台のわきを通り抜けた直後、ダッジラムのピックアップトラックがバックで駐車スペースから出てきて、その車にぶつかった。トラックは乗用車をぐいぐいとバックで押しつづけて、自分が出ていくためのスペースをつくった。それからトラックは、へこみができたばかりの荷台のゲートを関節がはずれたあごのようにひらひらさせながら、三人の横を猛然と走りすぎていった。

〈ショップウェル〉の店内は大混乱そのものだった。人々の声が泡のように沸き立っていた。怒鳴り声もあがっていた。悲鳴やガラスの割れる音も響いていた。男たちが怒号していた。積みあげられたショッピングバスケットと数少ない残りのカートのわきで三人が足をとめて立ちすくんでいるあいだにも、スーツの上着を着てネクタイを締めた男が、〈レッドブル〉と〈ブラストO《オー》コーラ〉と〈モンスターエナジー〉を満載したカートを押しながら走って通りすぎていった。そのあとをジーンズとTシャツを着た大柄な男が、バイク用のブーツで足音高く走って追いかけていった。

「おい、ひとりじめするな！」バイク用ブーツ男が叫んだ。

「早い者勝ちだよ」スーツの上着とネクタイの男は、うしろをふりかえらずに怒鳴った。「早い者勝ちだって――」

男はそういいながら走ったままほぼ直角に曲がって、七番通路（ペットフードと紙製品）に折れようとした。しかし重量と慣性のなせるわざ、男が押していた過積載のカートは曲がりきれずに、ドッグフードのディスプレイに衝突した。ドッグフードがあたり一面に散乱した。バイク用ブーツ男がすかさずショッピングカートに食らいつき、エナジードリンクの六缶パックをつかみあげた。スーツの上着とネクタイの男がカートをとりもどそうとする。ブーツ男がスーツ男を突き飛ばし、スーツ男は床に倒れた。

ジェイリッドはメアリーに目をむけた。「青果売場はどこだ？　ここは初めてなんだよ」

「たしかあっちのほうだったと思う」メアリーは左を指さした。

ジェイリッドはモリーを背負って、スーツ男をまたぎ越えた。男は片肘をついて体を起こし、反対の手で頭をさすっていた。

「さっきの男は正気じゃないぞ」スーツ男はいった。「たかが数本のエナジードリンクのことであんな真似をするとはね」

「わかるよ」ジェイリッドはいったが、わかりきった事実はあえて指摘しなかった――スーツの上着とネクタイのこの男も、おなじエナジードリンクを確保して逃げようとしていたという事実。

「だれもかれも正気をなくしてる」男はつづけた。「まったく、なにが襲来してきたと思ってる？　ハ、ハ、ハリケーンか？　クソったれな猛吹雪かよ？」男はちらりとモリーに目をむけた。「ああ、小さな子供の前で口にしちゃいけない言葉だったな」

「いいの、気にしなくて。父さんも母さんもいっつもいってるから」モリーはそういうと、これまで以上に強い力でジェイリッドにしがみついてきた。

　スーパーの奥の壁面いっぱいを占める鮮魚と精肉のコーナーは比較的静かだったが、四番通路――ビタミン剤や健康食品とサプリメント、および鎮痛薬――は戦場だった。〈ジェネストラ〉や〈ルミデイ〉、〈ナトロール〉といったブランドのサプリメントや一般市販薬の茶色いガラス瓶をめぐって戦闘が勃発していた。陳列棚の中段はすっからかんだった。眠気覚ましの効果を謳っているサプリがならんでいたのだろう、とジェイリッドは見当をつけた。

　模様のはいった青いムームーを着た年配の女性が、早足で通路をジェイリッドたちのほうへ近づいてきた。女性はひとりの男に追いかけられていた。JT・ウィットストック――ハイスクールのフットボール・チームのコーチをつとめているほか、ジェイリッドの母親ライラが率いる警察署に所属するふたりの警官――ウィルとループのウィットストック兄弟――の父親でもある。ジェイリッドにとっては、わざわざ声をかけるほど親しくはなかったが、警察署が〝労働者の日《レイバー・デイ》〟に開催したパーティーでウィルとループが袋競走《サックレース》で優勝したあと、わずか五ドルのトロフィーをどちらが受けとるかをめぐって殴りあいの喧嘩をした場面は見ていた（部下やその家族の問題については一貫して如才なくふるまうライラは、兄弟を〝とっても若くて、とっても血気盛ん〟と評していた）。

　ムームー女は、手にしたショッピングバスケットの重みで足を引っぱられていた――バスケットはビタミンとカフェインを配合したらしい〈ビタ・カフ〉なるドリンクのボトルでいっぱいだった。コーチのウィットストックはムームー女の服の襟をむんずとつかんで、そのままうしろへ引き寄せた。女の手からバスケットがすっ飛んでドリンクのボトルが散乱し、数本がジェイリッドとメアリーとモリーの方向に転がってきた。

「よして！」女が声をあげた。「後生だからよして！　分ける！　ちゃんと分けるから——」

「残っていたボトルを残らず巻きあげたくせに」ウィットストックは険悪な声でいった。「それで分けるとはよくいうぜ。とにかく女房のために、そいつが何本か必要なんだ」

コーチとムームー女はともに床に這いつくばって、転がるボトルを追いかけはじめた。コーチはムームー女を陳列棚に突き飛ばした。衝撃でアスピリンの箱が雪崩《なだれ》のように落ちてきた。

ジェイリッドはなにも考えないまま前へ進みでていくと、ウィットストックの禿げかけた頭頂部を片足で踏みつけ、そのまま足で横へ押しやった。コーチは床にぺたんと突っ伏した。ムームー女がドリンクボトルをまたバスケットに入れはじめた。コーチはひとしきり女のうしろで動かずにいた——フットボールの三点スタンスのポーズそのままに両足をひらいて上体をかがめ、片手を床に置いていた。頭の禿げた部分に、ジェイリッドのスニーカーの靴底がうっすらと模様を残していた。コーチは一気に前へ身を躍らせ、オレンジを盗もうとする猿にも匹敵する敏捷な身ごなしで、半分までボトルがはいったバスケットをさらいとった。それからジェイリッドのすぐそばを走り抜け（同時に《きさまの顔は忘れないぞ》と語る凶悪な目でにらみつけてきた）、ついでに肩を強くぶつけてきた。たまらずジェイリッドはモリーを背負ったまま体を回転させながら床に倒れこんだ。モリーがわんわん泣きはじめた。

メアリーが近づこうとして足を踏みだした。ジェイリッドは頭を左右にふって制止した。

「ぼくたちなら大丈夫だ。それより、あの人のようすを確かめてほしい」いいながらムームー女に視線をむける。この年配の女性は、コーチが拾わなかった〈ビタ・カフ〉のボトルを拾いあつめていた。

メアリーは片膝をついてしゃがみこんだ。「なんともありませんか？」

「ええ、大丈夫みたい」年配女性は答えた。「うろたえてしまっただけ。あの人はいったいどうして……たしか奥さんがいるようなことをいってたし……娘さんもいるのかしらね。でも、わたしにだって娘がいるし」

年配女性のハンドバッグは、商品が散乱する通路の中央あたりにまで滑っていた。あたりにはかろうじて残っているサプリメントのボトルを奪いあう買物客がいたが、ハンドバッグにはだれも目もくれていない。ジェイリッドはモリーが立つのに手を貸し、ハンドバッグを女性のところまで運んだ。女性は〈ビタ・カフ〉のボトルをハンドバッグにおさめた。

「代金はつぎに来たときに払うわ」女性はそういい、メアリーに助けられて立ちあがりながら、こうつづけた。「ありがとう。この店にはいつも買物にきてるの。いまだって顔見知りの人がちらほらいる……でも、今夜のあの人たちはもう見知らぬ他人ね」

女性はハンドバッグをしっかり胸にかかえこみ、足を引きずって離れていった。

「お祖母《ばあ》ちゃんのところにもどりたい！」モリーが叫んだ。

「あんたは例の品を買ってきて」メアリーがジェイリッドにいった。「店員さんの名前はノーマ。ちりちりのブロンドの髪をおっきく膨らませてる。わたしはモリーを車まで連れていってる」

「店員さんのことは知ってるよ。ミセス・ランサムが教えてくれたからね」ジェイリッドはいった。「気をつけて」

メアリーはモリーの手をとって離れかけたが、すぐに引き返してきた。「あんたに売りたがらないようすだったら、エリック・ブラスに頼まれて店に来たって話してみて。話が通ると思うから」

メアリーはジェイリッドの目に傷心の光を見てとったにちがいない。というのも、怯える少女をかばうように体をかがめ、小走りに店の玄関を目指す前に、少しだけ顔をしかめていたからだ。

6

長くつづく青果売場の通路の中央あたりにひとりの男が立って、タバコを吸っていた。白いスラックスに白いスモックという姿で、スモックの左胸には赤い糸で《青果主任》という文字が縫い取りされていた。男は自分の勤めるスーパーをすっかり飲みこんでいる大混乱を、落ち着きはらっているとさえいえそうな顔で見わたしていた。

男は近づくジェイリッドを目にとめると、ひとつうなずき、ついさっきまでの会話を再開しただけといった感じの口調で話しかけてきた。「この騒ぎも、いずれ女たちがひとり残らず眠ればおわるね。だいたい女はトラブルを引き起こしてばかりだ。きみの目の前にいる男には、それが身にしみてわかってる。結婚という名の戦争で、もう三回も敗戦を喫しているんだから。ただ負けただけじゃない。三回とも完膚なきまでの完敗だ。結婚がヴィクスバーグの戦場だとしたら、おれは南軍だよ」

「ええと、ぼくが探してるのは――」

「ノーマ――そうなんだろう？」青果主任の男はいった。

「その人はいますか？」

「あいにくいない。手もちの商品を売り切ったといって、三十分ばかり前に引きあげた。ただし、自分用の品は確保しているらしい。でも、新鮮なブルーベリーがいくらかあるぞ。シリアルに足して食べるといい。ほら、そこに積んである」

「お気持ちだけいただきます」ジェイリッドは答えた。

「これにはいい面もある」青果主任はいった。「もうじき、どの離婚扶養料も払わなくてよくなるんだ。南部の再起だよ。われわれは負けたが叩きのめされたわけじゃない、ってな」

「なんですか、それ？」

「負けただけ、叩きのめされてはいない。フォークナーだよ。『大佐、あなたにはリンカーンの燕尾服の布きれをおもちいたします』だ。昨今の学校は、生徒になにも教えていないのかな？」

ジェイリッドはレジ待ちの行列というスクラムを避けて、スーパーの正面玄関にむかって歩きはじめた。レジのなかには無人のところもあり、買物客が商品を詰めこんだバスケットを手にして急ぎ足で通り抜けていた。

外へ出ると、バスの停留所のベンチにチェックのシャツを着た男がすわっていた。膝の上のバスケットには、〈マックスウェルハウス・コーヒー〉の缶がいくつもはいっていた。男はジェイリッドの視線に気がついた。

「妻はいま昼寝中でね。でも、もうじき目を覚ますに決まってる」

「あなたのためにも、そうなるように祈ってます」ジェイリッドはそういうと走りはじめた。

メアリーはモリーを膝に抱いて、ダットサンの助手席にすわっていた。ジェイリッドが運転席に乗りこむあいだ、メアリーはモリーを揺さぶり、大きすぎるほどの声でいった。「ほら、ジェイリッドが帰ってきた。ほら、帰ってきたよ。わたしたちの仲間のジェイリッドが」

「ハーイ、ジェイリッド」モリーはかすれた涙声でいった。

「モリーはすごーく眠くなっちゃったんだって」メアリーは先ほどとおなじ、やけに陽気な大きすぎる声でつづけた。「でも、いまは目を覚ましてる。お目々《めめ》ぱあぁぁっちり覚ましてるよね！　そうでしょ、わたしもモリーもお目々ぱっちりだよね？　そうだ、友だちのオリーヴのことをもっと教えてほしいな――話してちょうだい」

モリーはメアリーの膝から降りて後部座席へ這いこんでいった。「いまは話したくないな」

「で、買えたの？」メアリーの声は低くなっていた。低く、緊張もあらわな声。「どうだった――？」

ジェイリッドは車をスタートさせた。「店員はもういなかった。大勢の人が先回りをしたようだった。きみは運にめぐまれなかった。ミセス・ランサムも」

車はたちまち〈ショップウェル〉の駐車場をあとにした。前に割りこもうとする車もあったが、ジェイリッドは苦もなくかわしていた。とにかく動揺が激しくて運転のことを心配する余裕さえなかったせいで、これまでよりもハンドルさばきが巧みになったのかもしれない。

「もうお祖母《ばあ》ちゃんちに帰る？　お祖母ちゃんちに帰りたい」モリーがいった。

「メアリーを家に送っていったら、すぐに送ってあげるよ」ジェイリッドはいった。「メアリーは大親友のエリックに電話をかける用事があるんだよ——エリックが待っているかどうかを確かめるのにね」

こんなふうにメアリーに反撃し、自分の体を貫いて流れている恐怖というお荷物をおろすのは気分がよかった。しかし、気分がよかったのは一瞬だった。おとなげない卑怯な言葉だった。いいたくないけれども、自分の言葉をとめられないかのように思えた。

「〝待っているかどうか〟ってなんの話？」モリーが質問したが、だれも答えなかった。

パク家に到着するころには、あたりは薄暗くなっていた。ジェイリッドはミセス・ランサムのダットサンをドライブウェイに入れて駐車させた。

オーロラ病が出現してから最初の夜がしだいに闇を深めていくなかで、メアリーがジェイリッドの顔をのぞきこんだ。「ジェイリッド。わたしはもうエリックとアーケイド・ファイアのコンサートに行くつもりじゃない。デートの約束はキャンセルする気だったのに」

ジェイリッドは無言だった。メアリーは真実を打ち明けているのかもしれないし、嘘をついているのかもしれない。いまわかっているのは、エリックが地元のドラッグ売人の名前を打ち明ける程度にはメアリーと親しい間柄だ、ということだけだ。

「いまのあなたって赤ん坊みたい」メアリーがいった。

　ジェイリッドはまっすぐ前方に目をむけつづけていた。

「そっちがそのつもりならそれでいい」メアリーはいった。「わかったわ、赤ちゃん。赤ちゃんは哺乳瓶が欲しいのね。馬鹿馬鹿しい。あなたもよ」

「まるでうちのお母さんとお父さんみたいに喧嘩してる」モリーがそういって、また泣きはじめた。「もう喧嘩しないで。また彼氏と彼女にもどってよ」

　メアリーが車から降り立って一気にドアを閉め、ドライブウェイを家のほうへ歩きはじめた。

　メアリーがあと一歩で裏のポーチにたどりつくときになって、ようやくジェイリッドは大事なことに気がついた――この次会ったときには、メアリーがあの得体の知れない白い屍衣にすっぽり包まれていてもおかしくない。ジェイリッドはモリーをまっすぐ見すえて話しかけた。

「いいか、しっかり目をあけていろよ。もし眠っていたら、ぶっ飛ばしてやるからな」

　ジェイリッドは車から降りると、走ってメアリーを追いかけた。ようやく追いついたのは、メアリーがいままさに裏口のドアをあけようとしているところだった。メアリーは驚いた顔でふりかえった。頭上のライトのまわりを蛾の群れが飛んでいて、そのゆらゆら動く小さないくつもの影がメアリーの顔に斑《まだら》模様をつくっていた。

「ごめん」ジェイリッドはいった。「メアリー、ほんとにほんとにごめん。ぼく、頭がどうかしてた。もしかしたら母が車に乗ったまま、どこかで寝こんじゃっているかもしれないと思うと怖くてたまんないし、きみから頼まれた品を手に入れられなかったことも謝りたい」

「うん、わかった」メアリーは答えた。

「今夜はぜったいに寝ないでくれ。頼む、寝ないでおくれ」ジェイリッドはそういうと、両腕でメアリーを引き寄せてキスをした。そしてなによりの驚きが見舞った――メアリーがキスを返してきたのだ。それも唇をひらいて。メアリーの吐息がジェイリッドの吐息とひとつに溶けあった。

「これでしっかり目が覚めた」メアリーはいい、体を引いてジェイリッドの顔をのぞきこんだ。「さあ、あのおしゃべり赤ずきんを、お祖母さんのところまで送りとどけてあげて」

ジェイリッドは裏口に通じるステップを降りかけたところで考えなおし、すぐ引き返してメアリーにまたキスをした。

「うおー、びっくり」モリーはそんな言葉で、車にもどったジェイリッドを迎えた。「あの女の子とほんとにちゅっちゅっちゅってしてたね」

「ああ、キスしてただろう？」ジェイリッドは答えた。まだ頭がぼんやりしていた。自分の体に他人がいるような感覚だった。いまもまだメアリーの唇の感触が残り、吐息の味が残っていた。「さて、きみを家まで送っていくよ」

きょうの長く奇妙な旅路の最終行程はわずか九ブロックで、ジェイリッドはなにごともなく車を走らせ、ようやくトレメイン・ストリートにならぶ空家の前を通りすぎていった。ついで、ミセス・ランサムの家のドライブウェイに車を乗り入れる。ローンチェアにすわっている人の姿がヘッドライトに浮かびあがった――顔のない姿だった。ジェイリッドは急ブレーキを踏んだ。ぎらぎらとした光のなかにすわるミセス・ランサムは、ミイラそのものだった。

モリーが泣き叫びはじめた。ジェイリッドはヘッドライトを消してギアをバックに叩きこみ、猛然と車を走らせて自宅ドライブウェイに乗りこませた。

モリーのシートベルトをはずして車から降ろしてやると、ジェイリッドはこの少女を両腕で抱きしめた。モリーがしがみついてきた。いいことだった。すばらしい感触だった。

「心配ないよ」ジェイリッドは少女の髪を撫でながら声をかけた。髪の毛は汗に濡れてもつれ、からまりあっていた。「ぼくがついてるからね。これからいっしょに映画を見まくって、徹夜しようじゃないか」

第十四章

1

モーラ・ダンバートン――ひところは新聞の見出しをにぎわせたが、いまはすっかり忘れ去られたも同然の人物――は、B翼棟一一号監房の二段ベッドの下段に腰かけていた。過去四年間、モーラはこの監房をケイリー・ローリングズと共用していた。監房のドアはあいていた。B翼棟すべての監房のドアがあけられていた。今夜このあと、〈ブース〉からの操作でドアが閉じられて施錠されるようなことはない――モーラはそう確信していた。今夜はそんなことにはならない。壁に掛かった小型テレビがついていてチャンネルはニュース・アメリカにあわせてあったが、モーラは無音《ミュート》にしていた。いまなにが進行中かはもう知っている。ドゥーリング刑務所きっての頭の鈍い受刑者でさえ知っていた。テレビ画面下部に流れているテロップには**《国内外で暴動発生》**とあった。つづいて暴動が発生している都市の名前が流れていった。大多数はアメリカ国内の都市だった――それも当然、人はまず自分自身の土地のことを気にするものであり、遠くの土地の心配はそのあとになるからだ。しかしモーラはコルカタ、シドニー、モスクワ、ケープタウン、メキシコシティ、ムンバイ、そしてロンドンまでは画面で確認し、その時点で見るのをやめた。

考えればおかしな話だ。だいたい男どもはなににむけて暴動を起こしているのか？　暴動でなにを達成できると思っているのか？　眠りこんで目覚めなくなるのが女ではないほうの人類の残り半分だったら、はたして各地で暴動が起こるだろうか？　モーラはそう考え、おそらく起こらないと結論をだした。

モーラの膝には、ケイリーの頭が載っていた――頭は搏動にあわせて膨らんでは萎《しぼ》む白いヘルメットに包まれていた。片手はケイリーの白い手袋のはまった手を握っていたが、この物質を除去しようとはしなかった。刑務所の放送システムを通じて、これを除去しようとすれば危険を招きかねないという通達があったし、同様の警告はニュース番組でもくりかえし流されていた。白い繊条はわずかに粘り気をそなえ、ねっとりとしていたが、モーラには奥に埋もれたケイリーの指の存在を感じとることができた――ぶあついプラスティックの鞘に包まれた鉛筆のように。モーラと二十歳以上も年の離れたケイリーは、後者が凶器をつかっての暴行で実刑判決を受け、このB翼棟一一号監房に収容された直後から、ずっと恋人同士だった。年齢差はあれ、ふたりは相性抜群だった。ケイリーの多少いびつなユーモアのセンスが、モーラの皮肉な性格に合っていた。モーラの人格にはこれまで見聞きしたり、やってきたりしたあれこれがいくつもの暗い穴を穿《うが》っていたが、気立てのいいケイリーがその穴を埋めてくれた。ケイリーはダンスが上手でキスが巧み、このごろは愛の行為もあまり交わさなくなったが、いざ愛しあえば、いまもなおすばらしい時間になった。ふたりで足をからませあって横たわっているときばかりは、そこから刑務所は消え失せ、塀の外のややこしい世界も消えた。残るのは自分たちふたりだけだった。

ケイリーはまたすばらしい歌声の歌手でもあった——刑務所内でおこなわれるタレントショーでは三年連続で優勝していた。去年の十月にケイリーがロバータ・フラックのヒット曲〈愛《ザ・フ》は面影の中に《アースト・タイム・エヴァー・アイ・ソー・ユア・フェイス》〉を——アカペラで——歌ったときには、所内で涙に濡れない者はいなかったくらいだ。しかし、そういった日々はもうおわりだろう。眠りのさなかに話をする人はいる。眠りながら歌う人は——皆無ではないにしろ——ごくわずかだ。いまのケイリーでは、たとえ歌う気持ちが高まっても、歌声がくぐもってしまうはずだ。だいたい、あの薄気味わるいしろものがのどの奥にまで生えていたらどうなる？　ケイリーの肺のなかにも生えていたら？　おそらくそうなっているだろう——そんな状態にあってなお、どうやって呼吸をつづけているのかは謎だ。

モーラは片膝をもちあげ、次に反対の膝をもちあげた。一、二、一、二とその運動をくりかえして恋人の体をやさしく揺すった。「どうして眠りにつかなくちゃならなかったの、ハニー？　どうして待てなかったの？」

そこへジャネット・ソーリーとエンジェル・フィッツロイのふたりがカートを押してやってきた。カートには大きなコーヒーポットがふたつとジュースのはいったプラスティック容器がふたつ置いてあった。姿が目にとまる前から、モーラは香りでふたりが近づいてくるのを察していた。というのも、コーヒーがいかにも……苦みそのものの香りだったからだ。ふたりの受刑者を監督しているのはランド・クイグリー刑務官だった。女性の刑務官のうち、いま何人が残っているのだろうとモーラは思った。それほど多くはないだろう。つぎの勤務シフトの時間になっても、出勤してくる女性刑務官はごくわずかのはず。いや、ひとりも出てこないかもしれない。

「コーヒーはいかが、モーラ？」エンジェルがいった。「こいつを飲めば、しゃきんと目が覚めることまちがいなしだよ」

「いらない」モーラは答えた。膝をもちあげては膝をおろす。膝をもちあげては膝をおろす。おやすみ、ケイリー、あの大きな木のてっぺんで。

「ほんとに？　これを飲めば起きていられるよ。嘘なら舌嚙んで死んでやる」

「いらないってば」モーラはいった。「もう出てって」

ランドにはモーラの口調が気に食わなかった。「言葉に気をつけるんだな、受刑者」

「気をつけなかったらどうすんの？　その警棒でわたしの頭をがつんと一撃、それでわたしを眠らせる？　やってみればいい。こいつに対処するためには、そんな方法しかないのかもしれないし」

ランドは答えなかった。いかにも疲れはてた顔つきだった。この男がなぜそんなに疲れているのか、モーラには理解できなかった。いまの現象のどれひとつ、ランドの身に起こるわけはない――男はこの十字架を背負わされることはないのだ。

「じゃ、あんたは不眠症にかかってるってこと？」エンジェルがたずねた。

「うん。あなたのお仲間ね」

「ツイてる仲間だね」エンジェルはいった。

それはちがう――モーラは思った。ツイていない仲間だ。

「それはケイリー？」ジャネットが質問した。

「はずれ」モーラは答えた。「この気味のわるいものに包まれてんのは、ウーピー・クソったれ・ゴールドバーグよ」

「かわいそうに」ジャネットはいった。本心からそう思っているその顔つきに、モーラの心はあらかじめ警戒していたとおりに傷つけられた。しかし、刑務官のランドやこの若い女たちの前で泣くわけにはいかない。ぜったいに泣くものか。

「出てってといったんだけど」モーラはいった。

一行がくだらないコーヒーのカートを押して出ていくと、モーラは眠れる同房者の上にかがみこんだ——これを眠りと呼べるなら。モーラにはむしろ、おとぎ話に出てくる魔法にかけられた人のように見えた。

モーラが愛を知ったのはずいぶん年を重ねてからだったし、そもそも自分に愛が訪れたのは奇跡だとわきまえてもいた。爆弾がつくったクレーターに薔薇が咲いたようなもの。ふたりで過ごせた時間に感謝するべき——どんなグリーティングカードもどんなポップソングもそういっている。しかしケイリーの愛らしい顔をすっぽり包むグロテスクな膜に目を落とすたびに、モーラはもとよりあまり深くはなかった自分の感謝の泉が、いまでは涸《か》れはてたことを知らされるのだった。

だがモーラの目は涸れていなかった。コーヒー係とランド・クイグリー刑務官が監房を出ていくと（あとにはなにも残っていなかった——くだんの奇妙なコーヒーの残り香がしつこく立ちこめているだけだった）、モーラは涙があふれてこぼれるにまかせた。涙の粒はケイリーの頭部を包む白い物質に落ち、白い物質は涙という水分をがつがつと吸いこんだ。

まだケイリーがこの近くにいるのなら、いますぐ眠りにつけば、わたしでも追いつけるかもしれない。追いついたら、またふたりいっしょになれるのに。

しかし、それはかなわない。不眠症のせいだ。不眠症とのつきあいは、モーラが自分の家族全員をひとりずつ几帳面に殺害し、最後の仕上げとして老いたジャーマンシェパードのスラッガーを殺したあの夜からだ——犬の頭を撫でて、なだめる言葉をかけ、さらに手を舐めさせてから、ざくりとのどを切り裂いた。あれ以来、夜のあいだに二時間でも意識をなくせば幸運だった。たいていの夜は一睡もできなかったし……ドゥーリング刑務所では夜がとびきり長くもなる。しかし、ドゥーリングは場所にすぎない。あれからの歳月でモーラにとって本物の刑務所になったのは、この不眠症だった。ただし不眠症には塀はないし、なにをしても服役態度良好者リストに名前が載ることはない。

モーラは、このぶんだと自分だけがずっと起きていて、ほかの面々は眠りにつくことになりそうだと思った。刑務官と受刑者の両方が眠る。そうなれば自分がここの支配者だ。そうなっても刑務所にとどまりたいと思っていればの話。いや、どこかほかへ行きたいと思う道理があるか。大事な人が、わたしのケイリーがいつか目を覚ますかもしれない。こんな奇病なのだから、なにが起こっても不思議はない。そうではないか？

モーラはケイリーのようには歌えなかったが——それどころか音痴ですらある——そのケイリーがとても好きな歌があって、いまモーラは目に見えないオルガンのペダルを踏んでいるかのように膝を静かに上げてはおろしながら、その歌をケイリーに歌ってやっていた。モーラの夫はかつてこの歌をよくきいていて、モーラは覚えるともなしに歌詞を覚えた。前に一度、この歌を口ずさんでいるのをケイリーにきつけられたことがある。ケイリーは教えてくれとモーラにせがんだ。

「わあ、すごく下品な歌ね」ケイリーはそう感歎した。

もともとは、いかれたアイルランド人《ポテトイーター》のグループによるLPレコードに収録されていた歌だった。これで、モーラがどれだけ昔から塀のなかにいたかがわかる——夫が厖大《ぼうだい》なLPレコードのコレクションを所有していたことで。その夫はもう問題にもならなくなった。一九八四年一月七日の早朝、ミスター・ダンバートンは永遠の眠りにつかされたのだ。モーラが真っ先にナイフをつかったのは夫だ——柔らかな土にスコップを突き立てるように、まっすぐ胸を刺した。夫はすっくと背を伸ばした。その目には《なぜ？》と問いかける光が浮かんでいた。《だからよ》——それが理由だった。いっておけば、いまでもモーラは夫であれだれであれ、殺すことにためらいはなかった。いまこの瞬間にも人殺しを実行する気がまえさえあった。それでケイリーが生きかえるのなら。

「きいて、ケイリー。きいてちょうだい」

　あっちの女刑務所にゃ
　七十人も女がいるぞ
　あそこでいっしょに暮らせれば

小型テレビの画面では、どうやらラスヴェガスが燃えあがっているようだった。

老いぼれトライアングルだって
ちりんちりんと鳴りそうだ

モーラは顔を近づけると、ケイリーの顔が埋もれている白い繭にキスをした。唇に酸っぱい味が伝わってきたが、モーラは気にもかけなかった。なぜならケイリーがその下にいるからだ。愛するケイリーが。

ロイヤル運河の……土手ぞいで

モーラは体をうしろへ倒して顔を天井にむけ、目を閉じて眠りの到来を祈った。しかし、眠りはやってこなかった。

2

リッチランド・レーンはゆるやかに左へカーブし、その先の突きあたりが小さな公園になっていた。カーブをまわりこんだライラが真っ先に目をとめたのは、横倒しになって車道に転がっている二個のごみ容器だった。ふたつめに目に飛びこんできたのは、エルウェイ家の前に近隣住民たちがあつまって大声でなにかを叫んでいる光景だった。

トラックスーツを着た十代の少女が、全力疾走でライラのパトカーに駆け寄ってきた。明滅をくりかえす回転灯の光のせいで、少女の顔に浮かぶ惑乱の表情がコマ落としのように見えていた。ライラは急ブレーキを踏んで運転席のドアをあけ、拳銃をおさめたホルスターのストラップをはずした。

「早く来て！」少女が金切り声をあげた。「あの女が男の人を殺しそうなの！」

ライラは片方のごみ容器を蹴って横へどかし、ついでに二、三人の男を押しのけつつ、問題の住宅に走り寄った。男のひとりが出血している手をかかげた。

「あの女を止めようとしたんだよ。そうしたら、ふざけたことにあのクソ女、おれの手に嚙みつきやがった。まるで狂犬病の犬だぞ」

ライラはドライブウェイを奥まで進み、右手の銃を腿のわきに垂らした体勢のまま、いま目に見えている光景を理解しようとつとめた。ひとりの女が蛙を思わせる姿勢でアスファルト舗装にすわっていた。女の体はモスリンのナイトガウンに包まれているように見えた――以前は体にぴったりとあう仕立てだったらしいが、いまでは引き裂かれて無数の細いリボンになってしまったかのようだった。ドライブウェイの左右は、赤と白と青という愛国心の発露のような色で塗られた装飾煉瓦で縁どられ、女は左手でその煉瓦をひとつ、右手でも煉瓦をひとつつかんでいた。そしてその煉瓦を、すっかり血に染まったドゥーリング警察署の制服をまとった男の体に――煉瓦の角を下向きにして――くりかえし叩きつけていた。あれはロジャー・エルウェイにちがいない、とライラは思った。正式な確認には、指紋鑑定なりＤＮＡ鑑定なりが必要になりそうだ――かろうじて幅広のあごの一部こそ残っていたが、顔全体が噴火口のようにくぼんでしまい、くりかえし踏まれて潰れてしまった林檎もどきになっていたからだ。鮮血が小川のようにドライブウェイを流れ、ライラのパトカーの回転灯がストロボのように光るたびに、その血が断続的にぎらりと青い輝きを発した。

ロジャーの体にかがみこんでいる女が、歯を剥きだしてうなり声をあげた。紅潮した女の顔、ジェシカ・エルウェイの顔が――ずたずたの蜘蛛の巣状物質で隠されているとはいえ――部分的に見えていた。夫のロジャーは、この物質を妻の体から剝がそうとするという致命的なミスをおかしたにちがいない。勢いよくふりおろされる煉瓦をつかんでいるその手は、血という真紅の手袋をはめていた。

《あれはもうジェシカ・エルウェイじゃない》ライラは思った。《どう考えても、そんなはずはないでしょう？》

「やめなさい！」ライラは女にいった。「いますぐその手をとめて！」

驚いたことに、女は命令に従った。女が顔をあげた――両目があまりにも大きく見ひらかれ、顔の半分を占めているようにさえ見えた。女は左右の手に煉瓦をもったまま立ちあがった。片方の煉瓦は赤、もう一方は青。神よ、アメリカに祝福を。繭をつくっていた物質が女のあごから垂れて、そこにロジャーの歯が二本ほどへばりついているのが見えた。

「気をつけな、署長」男のひとりがいった。「あの女はどう見たって狂犬病にやられてるぞ」

「捨てろ！」ライラはグロックをかかげた。前例がないほど疲れていたが、銃をもつ腕にゆるぎはなかった。「とっとと煉瓦を捨てるんだ！」

ジェシカは片方の煉瓦を落とし、そのまま考えこむ顔つきになった。次の瞬間、女は残った煉瓦をもった手をふりあげて走りはじめた――それもライラではなく、この場をもっとよく見ようとしたのか、こっそり近づいてきた男めがけて。おまけに男は――ライラには信じられなかったが――この場の写真を撮ろうとしていた。男は携帯電話をジェシカにむけていた。ジェシカが急接近してくると、男はひいっと疳高い声をあげて身をひるがえし、肩をすぼめて頭をさげた。男の急な動きでトラックスーツの少女が突き飛ばされ、四肢をひろげて地面に倒れた。

「捨てろ捨てろ、いますぐ捨てろ！」

ジェシカの姿をした怪物は、命令を気にもとめていなかった。トラックスーツの少女の体を飛び越えると、残るひとつの煉瓦を高々とふりあげた。うしろにはだれもいない。隣人たちは全員ちりぢりに逃げていた。ライラは二回つづけて引金を引いた。ジェシカ・エルウェイの頭部が炸裂した。黄色い髪がついたままの頭皮の小片が、いくつも後方へ吹き飛んでいった。

「もういや。もういや。ほんとにもういや」倒れたままの少女の声だった。

ライラは少女に手を貸して立たせてやり、「さあ、もう家へお帰りなさい」といった。それでも少女がジェシカ・エルウェイのほうへ顔をむけようとしたので、ライラは少女の頭をまっすぐ前へむけ、一段と大きな声でいった。「さあ、みんな家へ帰って。それぞれの自宅へ！さあ、早く！」

先ほどの携帯の男がまたこっそりもどって、撮影にいいアングルを――虐殺現場をあますところなく記録できるアングルを――さがしていた。いや、一人前の男ではない。砂色の髪よりも下にのぞいているのは、まだ線が定まらない十代の顔だった。新聞の写真で見た覚えがあるし、ハイスクールの生徒だということまではわかったが、ライラには少年の名前が思い出せなかった。おそらく、なにかのスポーツのスター選手だろう。ライラは震える指を少年につきつけた。

「その携帯であそこの写真を撮ってるのなら、あんたの薄汚い口にその電話を押しこんでやるよ」

若者は——名前はカート・マクロード、エリック・ブラスの友人だ——じろりとライラをにらみ、眉を寄せた。「おや、ここは自由の国じゃないのかい?」

「あいにく今夜はそうじゃない」ライラはそういうなり、大声で怒鳴った——まわりの近隣住民はショックを受けていたが、ライラ自身にもショックだった。「もう帰りなさい! 帰って! **帰れ!**」

カートをはじめとする数名の者はこの場から離れたが、そのあいだもちらちらと後方をふりかえっていた。ライラが——ついさっき路上でライラ自身が撃ち殺した女にも負けないほど頭のいかれたライラが——空を飛んで追いかけてくるのではないかと怯えているかのように。

「これだから女を警察署長にしたのはまちがいだったんだよ!」ひとりの男が顔をうしろにめぐらせて捨て科白を吐いた。

ライラはその男に侮蔑の中指を突き立ててやりたい衝動をこらえ、歩いてパトカーに引き返した。髪のひと房が目もとに垂れ落ちてくると、ライラはパニックにも似た体の震えにとらわれながら、あわてて髪を払いのけた——あの不気味な物質がまたしても肌から生えでてきたかと錯覚したのだ。ライラはパトカーのドアによりかかって深呼吸を二、三回くりかえしてから、マイクのスイッチを入れた。

「リニー？」と、通信指令係を呼ぶ。

「はい、署長」

「どう、みんな署にあつまった？」

一拍の間があった。それからリニーは答えた。「そうね。数えたら五人になる。ループとウィルのウィットストック兄弟、エルモア・パール、ヴァーン・ラングル、それにダン・トリート。それからリード・バロウズがもうじき帰ってくるはず。奥さんが——眠りについたの。まだ二歳の息子さんのゲイリーは、近所の人に面倒を見てもらうことになりそう。気の毒に……」

ライラは計算した——自分とリニーを入れると八人の警官だ。無政府状態をなんとしても防ぎたいとなったら、いささか心もとない人数だ。ドゥーリング警察に三人いる女性巡査のだれひとり、リニーの連絡に返事をよこさなかった。その話をきいたライラは、刑務所ではどんなことになっているのだろうと思った。目を閉じるなり意識がただよいかけ、ライラは力ずくで瞼をひらいた。

リニーは緊急通報が数えきれないほど寄せられた、と話していた。リード・バロウズとおなじ立場の男——気がつくといきなり、幼い男児のひとりきりの保護者になっていた男——からの電話も、軽く十本以上あったという。

「この役立たず男たちのなかには、自分の子供にどうやって食事をさせたらいいかを教えろときいてきた人もいたくらい！　いちばんのボケ男は合衆国連邦緊急事態管理庁《FEMA》がこういった子供たちのための避難所を設立しているかどうかを質問してきた。なんでもその男の手もとには利用チケットがあって——」

「で、だれか署に来たの？」

「だれってだれ？　ＦＥＭＡのスタッフ？」

「まさか。ほかにも署に来た警官はいるかってきいたの」とはいえ、テリー・クームズは勘弁してほしい。あの男は来ていませんように。テリーが過去五年でいちばん多くパートナーを組んできた男がどんなありさまになりはてたか、それをテリーに見せたくはなかった。

「来てないみたい。いまここに来てるのは〈幹線道路を養子に《アドプト・ア・ハイウェイ》〉のメンバーで志願消防団のひとりだというお年寄りだけ。なにか自分にもできることはないか、ですって。いまは署の外でパイプをふかしてる」

　脳が疲れてショック状態にあるせいで、ライラが情報を処理するには数秒が必要だった。ウィリー・バークだ。妖精のハンカチのことを知っていて、がたがた揺れるおんぼろのフォードのピックアップトラックを走らせている男だ。

「その人の力はぜひ借りたいわ」

「あの人の？　本気？」

「ええ。で、いまわたしはリッチランド・レーン六五番地にいるの」

「それってもしかして——」

「ええ、そう。ひどいもんよ、リニー。とんでもなくひどい。ジェシカがロジャーを殺したの。ロジャーはジェシカの顔を包んでいたあれを切って剝がそうとしたみたい。で、ジェシカはロジャーを外まで追いかけて、そこで――しかも、そのあとでジェシカはひとりの若者にも煉瓦をふりかざして迫っていった。この若い男がまた人でなしでね。あきれたことにジェシカの写真を撮ろうとしてたの。ジェシカはすっかり正気をなくしてた」でも正気ってなに？　ライラは思った。「わたしはジェシカにやめろと警告した。それでもジェシカが攻撃しようとしたので発砲した。ジェシカは死亡。ほかにどうしようもなかった」

「ロジャーは……死んだの？」妻のジェシカが死んだことについてはなにもいわない。しかし、ライラには意外でもなんでもなかった。前々からリニーはロジャーを憎からず思っていた。

「ウィル・ウィットストックをここの現場によこして。そのときには、二体の遺体を病院の霊安室に運びこむことになると伝えておいて。ブルーシートを忘れずにもたせること。ほかの警官たちは署に待機させておいて。わたしもできるかぎり早くそっちへ行く。じゃね」

ライラは、いつ泣きだしてもいいように顔を伏せた。しかし涙は出てこなかった。人は疲れすぎると泣けなくなるのだろうか？　考えられないことではない。きょうという一日は、およそどんなことでもありうる日だ。

用具ベルトにおさめてある携帯電話が呼出音を鳴らした。クリントだった。

「ハロー」ライラは電話に出た。「話すタイミングとしては最上とはいえないけど」

「大丈夫なのか？」クリントはいった。「あまり大丈夫そうじゃない声だけど」

なにから話しはじめればいいだろう？　ロジャー・エルウェイと妻のジェシカが自宅の庭で死んでいることから？　すっかり廃墟になったトルーマン・メイウェザーの覚醒剤工場の裏山にある送電線の鉄塔近くで幻覚を見たこと？　シーラ・ノークロスのこと？　シャノン・パー

クスのこと？　クリントが事前に相談ひとつなく、自前のクリニックを閉院した日のことから話す？　それともふたりの結婚の誓いのことから？

「まさか眠りこんだりはしてないな？」クリントがたずねた。

「ええ、ちゃんとこうしてる」

「ジャニスは――所長の仕事から離れた。話せば長くなる。副所長のヒックスは出ていったきり帰ってこない。そんなこんなで、いまはわたしがここの責任者になったらしい」

それは災難だ――ライラはいった。進退に窮する立場であることに疑いはない。しかし、いったん多少の睡眠をとれば、クリントにも情勢が好転したように見えてくるのではないか。夫なら不可能ではない――いったん眠っても、また起きられるのだから。

それからクリントは、いったん自宅にもどって息子のようすを確かめるつもりだと話した。ジェイリッドは膝を傷めたと話していた――深刻な怪我ではないと話していたが、それでも自分の目で確かめておきたい。ライラもいったん自宅にもどってジェイリッドと会いたくないか？

「努力してみる」とは答えたものの、ライラにはいつになれば職場をはずれることができるのか、見当もつかなかった。いまわかっているのは、きょうも遅くまで仕事をすることになりそうだということだけだった。

3

「あれがきこえる?」暗闇のなか、ひとりの女がケイリー・ローリングズを見つけてくれた。女は酒くさく、しなやかな腕のもちぬしだった。マグダ——女はそう名乗った。「あれは歌でしょう?」

「ええ」きこえているのはモーラの歌声だ。モーラの歌声にはこれっぽっちも値打ちがない——音感はお話にならないお粗末さ、上にはずれて下にはずれ、おまけにきんきん声でひび割れる。そしていま、このときのケイリーにとって、その歌声は比類なく甘い響きの声だった。そんな声が歌っているのは、卑猥な空気にまつわる昔の馬鹿馬鹿しい歌だった。

ロイヤル運河の……

歌が途切れた。

「どこからきこえてくるんだろう?」

「さあ、知らない」

ケイリーに断言できるのは、歌がどこか遠い遠いところからきこえてきたことだけだった。歌声は遠く離れたドゥーリングから、はるばるここにまで届いたのか? だいたいドゥーリングはどこにある？　ここがドゥーリングでないことはまちがいない。いや、そうなのか？　容易にはわからない。いや、わかるはずがない。

闇のなかを、おだやかなそよ風が吹き抜けていた。空気は新鮮でおいしく、足もとの地面は感触からしてコンクリートでも汚れでべたつくタイルでもなく、どうやら芝のようだった。ケイリーはしゃがんで地面に手を触れさせた――たしかに芝か、あるいは膝くらいの高さにまで伸びた雑草のようだった。どこからか、かすかな鳥のさえずりがきこえた。目覚めたケイリーは、感覚が強靭になり、若がえり、充分に休息がとれた状態だった。

刑務所制度はケイリーから十二年の歳月を奪った――三十代のほとんどの歳月にくわえ、四十代の最初の約二年も奪った。そればかりか、本来ならさらに十年の歳月も奪われるはずだった。うしなわれた歳月でいちばんすばらしかったのがモーラとの出会いだ。もちろん両者の関係は、塀の外でもつづくものではなかった――刑務所でしか通用しないものだった。ある日いきなりドゥーリング刑務所から外へ押しだされるように釈放されたら、ケイリーはモーラのことを好ましく、そして感謝の念とともに思いかえし、そのまま先へ進むだろう。いくら奇妙な魅力を感じていようとも、三人の人間を殺害した犯人に愛情をもちつづけるのは無理だ。だいたいモーラは頭がいかれている。その点についてケイリーは幻想をいだいていなかった。それでもモーラは全身全霊でケイリーを愛してくれた。ケイリーは愛されることを愛していた。それだけではなく……そう、ケイリー自身も多少は頭がいかれていたのかもしれない。

刑務所以前には無鉄砲な愛など存在していなかった。実をいえばケイリーがまだ幼児だったころからいまにいたるまで、種類にかかわらず愛は存在していなかったといえる。

ある仕事《ヤマ》で――といっても、逮捕される理由になった仕事《ヤマ》ではない――ケイリーはボーイフレンドともども、時間貸しのモーテルの奥の部屋にあったドラッグショップを襲った。部屋では十代の少年がロッキングチェアにすわっていた。ロッキングチェアは高級品だった――ぴかぴかになるまで磨きこまれたその椅子は、蚤のねぐらめいたモーテルの客室とはとことん場ちがいで、いわばごみ溜めの玉座だった。椅子にすわっていた少年の片頬には、火山の噴火口のような大きな穴があいていた。穴は赤と漆黒が入り交じった、ぬらぬらと濡れ光る渦巻のように見えた――熱を帯びたその不気味な穴から、腐りかけた肉の悪臭がふわりと流れでていた。どうして頬にそんな穴があいたのか？　最初は掻き傷や擦り傷、あるいは小さな化膿した傷だったのか？　それとも、だれかに不潔な刃物で切られたことが原因か？　それとも病気か？　真相を知らなくてもいい立場、知りたくもない立場にいられることがケイリーにはありがたかった。

ケイリーは少年が十六歳くらいだろうと見当をつけた。少年は生っ白《ちろ》い腹をぽりぽりと掻きながら、ケイリーとボーイフレンドが室内をせわしなく調べ、隠されているドラッグをさがすようすをながめていた。落ち着きはらった顔で椅子にすわったまま、恐れるようすもなくケイリーたちを見ていられるとは、少年にはほかにも具合のわるいところがあるのだろうか？

ケイリーのボーイフレンドがマットレスの下から目当てのブツを見つけだして、ジャケットのポケットに押しこめ、少年にむきなおった。「おまえの顔は腐ってるぞ。自分でもわかってるのか？」

「わかってる」少年は答えた。

「そりゃいい。さて、とっととその椅子から立てよ」

少年は相手に面倒をかけなかった。椅子から立ちあがって弾力のあるマットレスに腰かけ、そのまま仰向けになって腹を掻きはじめた。ケイリーたちは金やドラッグだけでなく、その椅子も頂戴した。そんなことができたのは、ボーイフレンドがパネルトラックを走らせていたからだ。

あのころのケイリーはそんな生活を送っていた——セックス相手の男につきあって、少年がすわっていた椅子を盗む男に手を貸すような生活。しかも体が壊れた少年だ。それでどうなった？　少年にとってはまったく関係のない生活だった。少年はごろりと横になり、破壊された顔を天井にむけて腹を掻いていただけで、あとはなにもしていなかった。ドラッグですっかりラリっていたのかもしれない。どうでもいいと思っていたのか。あるいはその両方だったか。

そよ風に花の香りがした。

モーラを思うと、ケイリーの胸にちくりと痛みが走った。しかし同時に、ある直観に心を揺さぶられた。ここのほうがいい場所にちがいない……刑務所よりもいい場所、刑務所の外の世界よりもさらにいい場所だ。ここには境界が存在しないように思え、足の下には確固とした大地があった。

「あなたがだれだろうと、これだけはいわせて——わたしは怖いの」マグダがいった。「それにアントンのことも心配だし」

「怖がらないでいいの」ケイリーは答えた。「アントンならきっと大丈夫」とはいったが、アントンが何者かは知らなかったし、知りたいとも思わなかった。あたりを手さぐりしてマグダの手をさがしあてる。「鳥の歌のほうへ行かない？」

ふたりは闇のなかをじりじりと、少しずつ足を進めた――木立のなか、ゆるやかな下り坂になっているところを歩いていることが察しとれた。

そして……あそこに見えるのは、ごくごくかすかな光ではないか？　ひょっとして、空の細い裂け目から日の光が射しいっているのでは？

やがてふたりがすっかり雑草に覆いつくされたトレーラーハウスの残骸にたどりつくころには、燃える朝焼けが訪れていた。そこから、ふたりはかつての未舗装路の亡霊のような道をたどって、歳月が舗装を打ち砕いたボールズヒル・ロードに出ることができた。

第十五章

1

オールド・エシーのねぐらをあとにした狐は、まわりを囲む森をジグザグに駆け抜け、やがて植物に覆いつくされた小屋の下の湿った場所で足をとめて、体を休めた。眠って見た夢のなかでは、母狐が鼠を運んできてくれた——ところが鼠は腐って毒になっていて、それで狐は母狐が病におかされていることに気づいた。母狐の目は真っ赤に充血し、口はいびつにあいたま ま、舌がだらりと地面に垂れていた。それでようやく狐は母狐がもう死んでいること、死んでからたくさんの季節が過ぎ去ったことを思い出した。狐は背の高い草のなかに横たわっている母狐を目にした。翌日も母狐はおなじ場所に横たわったままだったが、それはもう母狐ではなかった。

「壁のなかには毒がある」死んだ母狐の口のなかで、死んだ鼠がそういった。「母ちゃん狐はいってたぞ——大地はわれらの骸《むくろ》で出来ている。おれは信じる母ちゃん狐、おまけに苦痛はおわらない。たとえ死んでも痛いんだ」

つづいて雲のような蛾の群れが、死んだ母狐と死んだ鼠の上に舞い降りてきた。

「やめてはだめ」母狐がいった。「あんたにはやるべき仕事があるんだから」

狐はぎくりとして眠りから目を覚まし、同時に激しい痛みを感じた。なにかが上から突きだしていて――釘か割れたガラスか板切れあたりだ――そこに肩を激しく打ちあててしまったのだ。あたりは夕方になりかけたところだった。

すぐ近くから雷鳴のような轟音がきこえてきた――金属と木がぶつかりあう音、激しく噴きだす蒸気の音、そして火が燃えあがるときのばりばりという音。狐は生い茂った雑草にすっかり隠れている小屋の下から駆けだし、がむしゃらに道路を目ざした。道路の反対側にはこちら側よりも大きな森が広がっているし、そちらのほうが安全であることを狐は願っていた。

路肩では一台の車が木に衝突していた。体が燃えている女が、車の前部座席から男を引きずりだしているところだった。男は悲鳴をあげていた。体が燃えている女があげていたのは犬の声だった。その声の意味が狐にはわかった。《おまえを殺すぞ・おまえを殺すぞ・おまえを殺すぞ》だ。火のついた蜘蛛の巣状物質の蔓が女の体から剝がれては、浮かんでただよっていた。

ここが思案のしどころだ。狐なりに自分に課している掟のうち最上位の掟は、《昼日《ひるひ》中《なか》に道をわたることなかれ》である。昼間のほうが走っている車が多く、そもそも車は打ち負かせないばかりか、脅したり警告したりしても立ち去ってくれない。舗装された道路を走ってぐんぐん近づいてきながら、車は声をあげる。その声に耳をかたむけるなら（そして狐はいつでも耳をかたむけている）、その声の言葉がわかる。その言葉とは――《おまえを殺してやる・おまえを殺してやる・おまえを殺してやる》だ。そうした車の声に注意を払いそこねた動物たちのまだ熱くて汁が滲みだしている死骸は、これまで幾度となく狐の美味なおやつになってくれた。

その一方で、生き延びたい狐に必要なのは危険に出会ったときには臨機応変に対処しつづける態度である。つまりいま狐に求められているのは、《おまえを殺してやる》と声をあげる車の危険と、炎に全身を包まれて《おまえを殺すぞ》と宣言している女の危険、そのふたつを天秤にかけることだ。

狐は一気に走りだした。女の横を駆け抜ける——そのときには、燃える女がはなつ熱気を背の被毛や切り傷にまざまざと感じた。燃える女は引きずりだした男の頭部を舗装路面に叩きつけはじめていたし、怒りの咆哮はさらに猛々しくなっていたが、狐が道路をわたりきって反対側の斜面をくだりはじめると、声はしだいに小さくなった。

大きな森に飛びこむと、狐は走るペースを落とした。背中の尻尾近くに負った切り傷のせいで、右のうしろ足を動かすたびに痛みが走る。夜になった。去年の落葉が狐の足の肉球に踏まれ、乾いた音をたてて割れた。小川のほとりで足をとめて水を飲む。水面で油膜が渦をつくっていたが、のどが渇いていた狐に選り好みはできなかった。小川に近い木の切り株に鷹がとまっていた。鷹は獲物の栗鼠《りす》の腹を嘴《くちばし》でつついていた。

「そいつをちょっくら分けてもらえないか?」狐は声をかけた。「おれだって、あんたの友だちになれるぞ」

「狐に友だちはいないと決まってる」鷹はいった。

図星だ。しかし、そんなことは死んでも認めるものか。「そんな話、どこの嘘つきに吹きこまれた?」

「おまえは血を流してる——わかってるのか?」鷹はいった。

狐には、鷹の妙に陽気な口調が気にくわなかった。

ついで狐は話題を変えたほうが賢明だと考えた。

「いったいなにが起こってる？　これまでとはようすがちがうぞ。この世界になにがあった？」

「この先に一本の木がある。新しい木だ。〈母なる大樹〉だ。夜明けとともに出現した。たとえようもなく美しい。そしてものすごく高い。おれは頂点をきわめてやろうと思った。木のてっぺんが見えるところまでは舞いあがれたが、そこがおれの翼の限界だった」鷹は鮮やかな赤い腸の一部を栗鼠の体から一気に引きちぎると、その腸をひと息に飲みこんだ。

ついで鷹が小首をかしげた。一瞬おいて、狐はあるにおいに鼻をひくつかせた——煙のにおいだ。ここしばらく雨の降らない乾季だった。先ほどの燃える女が道を横断したとして……その先にある茂みにほんの数歩でもはいりこめば、すべてを消し去る事態を引き起こすには充分だ。

狐はふたたび移動する必要に迫られた。息が切れた。いま狐は怯えて傷ついていた——しかし、気力までうしなったわけではなかった。

「おまえの目玉は、どこかの幸運な獣の上等なごちそうになりそうだ」鷹はそういうと、ぐったりとした栗鼠の体を鉤爪でつかんだまま、ふわりと空へ飛びたった。

2

とりたてて珍しくはなかったが、〈第一木曜日の読書会〉の会話は今月の課題書の内容から離れはじめていた。課題書はイアン・マキューアンの『贖罪』だった。この長篇の中心をなすのはふたりの恋人たちだ——ただし、ふたりは恋愛関係に落ちるか落ちないかのうちに引き裂かれてしまう。異常なほど想像力に富むブライオニーという少女が、事実に反する告発を警察におこなったためだ。

当年七十九歳、このグループでは最年長の女性政治家であるドロシー・ハーパーは、これだけの罪をおかしたブライオニーを許すことはできないと発言した。「このろくでなしの小娘のせいで、ふたりは人生を滅茶苦茶にされたのよ。あとで後悔しようとしまいと、そんなのは関係ないんじゃない？」

「きいた話だと、人間の頭脳というのはもっと年上になるまでは成長しきっていないんですって」ゲイル・コリンズがいった。「ブライオニーがあんな嘘をついたのは、まだ十二歳か十三歳のころ。そんな子を責められるものじゃないわ」

ゲイルは白ワインのグラスを両手でもっていた——両方の手のひらでワイングラスのカップ部分を包んでいる。いまはキッチンのホームバー近くの隅に置いてあるテーブルを前にしていた。

コーツ刑務所長の忠実な秘書（〝いつもは忠実な〟秘書というべきか）のブランチ・マッキンタイアがゲイルと初めて出会ったのは三十年前、秘書養成学校でのことだった。そしてこの〈第一木曜日の読書会〉の四人めのメンバーであるマーガレット・オダネルはゲイルの姉であり、ブランチの知りあいではただひとり、株式ポートフォリオを運用している女性でもあった。

「それ、だれが話してたの？」ドロシーがたずねた。「脳の成長の話」

「科学者たち」ゲイルは答えた。

「あらいやだこと《プッシュ・タッシュ》！」ドロシーはそういって、いかにも悪臭を払いのけるように片手をひらりとふり動かした（ドロシーはブランチの知りあいではただひとり、いまでも〝プッシュ・タッシュ〟という古風な言葉を口にする女性だ）。

「あら、本当よ」ブランチは刑務所の医師であるクリント・ノークロスがほとんどおなじ話をしていたところを耳にしていた――人間の脳は、その人が二十代になるまでは完全に成長しきったとはいえない、と。でも、それほど意外な事実だろうか？　ティーンエイジャーの知りあいがいれば――それをいうなら、過去にティーンエイジャーだった経験があれば――そんなことは自明ではないか。ティーンエイジャーは自分がいまなにをしているのかもわかっていない――とくに男子は。だったらティーンエイジャーにもなっていない十二歳の少女は？　話にもならない。

ドロシーは窓のそばに置いてある肘かけ椅子にすわっていた。ここはドロシーのコンドミニアムだった。マロイ・ストリートの建物の二階にある小ぎれいなユニット。スレートを思わせる色のカーペットが敷きつめられ、ベージュの壁紙は貼り替えたばかり。窓からは建物裏手に広がる森が見えた。世界がいまどんな事態になっているのかを示すものは、西のずっと遠く、ボールズヒルと一七号線のあたりに見える炎だけだった——それもずいぶん離れているせいでマッチの火にしか見えない。

「とにかく、あれは残酷なおこないよ。ブライオニーの脳みそがどんなに小さかったかなんてことに、わたしは関心がないの」

ブランチとマーガレットはならんでソファにすわっていた。コーヒーテーブルには、開栓ずみのシャブリとコルクのはまったままのピノノワールが一本ずつある。それ以外にもドロシーが焼いたクッキーの皿があり、マーガレットがもってきた錠剤のボトルも三本置いてあった。

「わたしはすごく気にいった」マーガレットがいった。「この本のすべてが気にいったわ。ドイツ空襲下のイギリスでの看護師の仕事ぶりが驚くほど詳しく書きこまれてたし。あの大戦のことも、フランスのことも、そして歩いて海岸へたどりついたところもなにもかも！　あれこそ本物の旅！　叙事詩的な旅といってもいい！　それからロマンス！　ええ、たしかにかなり刺戟的な小説だったわね」そういって頭を左右にふり、笑い声をあげる。

ブランチは体をねじってマーガレットに目をむけた——『贖罪』が気にいったという点では仲間だったが、それでも苛立ちを感じていた。マーガレットは鉄道会社で働いていたが、会社側からかなり気前のいい額のキャッシュを受けとって早期退職したのだった——世の中には癪にさわるほど幸運な者がいる。そしてマーガレット・オダネルは——特に七十歳を超えている人にしては——やたらにくすくす笑う女性で、陶器の動物に惚れこんでいて自宅の窓ぎわに何十個もならべてもいる。この前、課題書を選ぶ役になったときにマーガレットが選んだのは、針にかかった魚をいつまでもあきらめようとしない愚かな男を主人公にしたヘミングウェイの作品だった。その作品にブランチは激しい怒りを誘われた。というのも……しょせんはどうでもいい魚じゃないか！　マーガレットはあの本もロマンティックだといっていた。そんな女のくせに、いったいどうすれば早期退職で手にいれた退職金を元手に株式ポートフォリオの運用ができたのか？　これこそまさにミステリーだ。

ここでブランチは口をはさんだ。「よしてよ、マーガレット。ここにいるのはみんないい年した女ばっかり。だからセックスがらみで馬鹿なことをいうのはやめましょうね」

「あらあら、そうじゃないの。これはとっても……すばらしい作品よ。この作品を読んでからさよならができるなんて、わたしたちは幸運よ」マーガレットはひたいを手でさすり、角縁眼鏡のフレームの上からブランチを見つめた。「駄作を読んで、この世にさよならをするなんて最悪だと思わない？」

「それもそうね」ブランチは答えた。「でも、いま世界じゅうで起こっているこれが死そのものだなんて、いったいだれがいったの？　わたしたちが死ぬって、だれがそんな話を？」

この日の夜の会合は、オーロラ病が発生するよりもずっと前に決められていた——一同は第一木曜日を決して逃さなかった。仲よしの老いたる四人組は、昼間はずっとティーンエイジャーのようにメッセージを送りあっていた。行き交うメッセージでなにが話題かといえば、読書会を中止するべきかどうかということだった。とはいえ、中止に賛成という者はひとりもいなかった。第一木曜日はあくまでも第一木曜日だ。ドロシー・ハーパーは、今夜が自分の最後の夜になるのなら、友人に囲まれながら眠くなるのが正しい過ごし方だというメッセージを送った。ゲイルとマーガレットは賛成だった。ブランチも同意見だったが、わずかながら罪の意識を感じないでもなかった。この難事にあたって、ジャニス・コーツ所長を窮地に置き去りにすることになるからだ。しかし、それもブランチの権利の範囲内だ。それでなくても残業時間が大幅にかさんでいたし、州政府が残業代を出すとは思えなかった。そもそもブランチは課題本の話をしたかった。ドロシーとおなじように、ブランチも十二歳のブライオニーの邪悪さに驚かされ、さらには邪悪な子供が長じてはまったく異なる種類の成人になったことにも驚かされていた。

そして四人がドロシーの家の居間に落ち着くと、やおらマーガレットが不眠症の薬としてもつかわれるロラゼパムのボトルを三本とりだした。二年ほど前の薬だった。夫が先立ったおり、主治医が「つらい日々を乗り切る助けになれば」といって処方してくれたものだった。ただしマーガレットは一錠も飲まなかった。夫をうしなったのは悲しかったが、精神状態は問題なかった。いや、むしろ好転していたとさえいえた。というのも、冬になればドライブウェイの雪かきで夫が死んでしまうのではないかとか、危険なほど送電線に近づいた木の枝を切るために高い脚立《きゃたつ》にのぼって死んでしまうのではないか、などという心配とは無縁になったからだ。しかし薬の代金も保険でカバーされることだけを理由に、マーガレットは薬を処方してもらった。先々なにが必要になるかはわからない——それがマーガレットのモットーだった。いつ必要になるのかもわからない。そしていよいよ、この薬が必要になるときがやってきたと思えた。

「それならみんないっしょのほうがいい——わたしはそう考えていたの」マーガレットがいった。「だって、そのほうが怖くないでしょう?」

ほかの三人はこれといった異議もとなえず、それが名案だと賛成した。ドロシー・ハーパーも夫に先立たれていた。ゲイルの夫は老人介護施設にいて、昨今では自分の子供たちがだれかもわからなくなっている。また〈第一木曜日の読書会〉をつくる四人の女の子供たちについていえば、もうみんな中年のいい大人になり、それぞれアパラチアの山地から遠く離れた場所で暮らしていて、臨終の場での再会など果たせないに決まっていた。四人のなかでただひとり現役で働いているブランチは、結婚歴もなければ子供もいなかった――いま世の中がどうなっているかを考えるなら、ブランチの立場がいちばんいいのかもしれなかった。

そしていま、ブランチが口にした疑問がほかの面々の笑い声をおわらせた。

「もしかしたら、みんな蝶になって目を覚ますのかもしれなくてよ」ゲイルがいった。「ニュース番組で繭をいくつも見たけれど、なんだか芋虫がつくる繭に似ているように思えたの」

「それをいうなら、蜘蛛は巣にかかった蠅を糸でぐるぐる巻きにする。わたしの目には、あの繭が蛹《さなぎ》というよりも、蜘蛛のあれに似ているように見えたわ」

「わたしにはなんともいえない」ワインがいっぱいにたたえられていたブランチのグラスは、過去数分のあいだにすっかり空になっていた。

「わたしは天使と会いたいな」ドロシーがいった。

ほかの三人はドロシーに目をむけた。ドロシーはジョークをいっている顔ではなかった。皺の寄ったあごと口がぎゅっとすぼまって、小さな拳のようになっていた。

「だってわたし、これまでずっと善人だったんだもの。いつも親切を心がけてたね。よき妻。よき母。そしてよき友人。引退してからはボランティア活動もした。毎週月曜日には委員会の会合があるから、欠かさず車でコフリンまで出かけたものよ」

「ええ、みんな知ってるわ」マーガレットはそういって、片手をドロシーへむけて宙に伸ばした——ドロシーこそ、善良な魂の見本のような人物だった。ゲイルが同感の言葉を口にし、ブランチもつづいた。

それから四人は不眠症薬のボトルを順繰りにまわし、それぞれが二錠を手にとって服用した。教会の聖餐式めいたこの儀式がおわると、四人の友人たちはすわったまま、おたがいに顔を見つめあった。

「わたしたち、なにをしていればいいの？」ゲイルがたずねた。「待ってるだけでいい？」

「泣くのよ」マーガレットは目もとに拳をぐりぐりと押しあてる芝居をしながら、くすくす笑っていた。「泣くの、泣くの、泣くのよ！」

「クッキーをまわしてくれる？」ドロシーがいった。「わたし、ダイエットはやめることにしたの」

「わたしはまた本のことを話しあいたいわ」ブランチはいった。「ブライオニーがどう変化したかを話しあいたくて。あの子はまるで蝶々よ。それがわたしにはすてきに思えた。あの子のことを読んで、刑務所にいる女囚の何人かを思い出したわ」

ゲイルはコーヒーテーブルからピノノワールのボトルを手にとっていた。瓶の口を覆っているキャップシールを剝がし、コルク抜きを突き立てる。

そのあとゲイルが人数分の新しいグラスを用意して赤ワインをそそいでいるあいだ、ブランチは話をつづけた。「再犯率が高いことも——つまり出もどり囚人が多いということも——みんな知ってるはず。それに仮釈放の規則違反をおかしたり、昔の悪《あ》しき習慣に逆もどりしたりする人も多い。でも、なかには本当に人が変わる受刑者もいるの。人が変わって、まったく新しい人生を歩みはじめる人。ブライオニーみたいにね。それって、人間はまだ捨てたものじゃないと思わせてくれない？」

「そうね」ゲイルはいい、自分のグラスをかかげた。「新しい人生に足を踏みだせることを祝して」

3

動物管理官のフランク・ギアリーと妻のエレインは、娘ナナの部屋のドアの前をなかなか離れなかった。夜の九時をまわっていた。ふたりはベッドにナナを寝かせ、布団はかけなかった。壁には制服姿のマーチングバンドのポスターが貼られ、コルクボードにはナナが上手に描いた漫画《マンガ》のキャラクターの絵が飾ってあった。天井からは、さまざまな色に塗られた金属パイプやガラスビーズからなるウィンドチャイムが吊ってあった。エレインが整理整頓を強くいっていたため、床には衣類ひとつ、おもちゃひとつ落ちていなかった。ブラインドはきっちり閉ざしてある。ナナの頭から生えた例の物質は、頭のまわりに球状に膨らんでいた。両手に生えてきた物質も同様の形をつくっていたが、こちらはずっと小さかった。

夫婦のどちらも口に出さなかったが、一分以上も黙ったまま肩を寄せあってたたずんでいたあとで、フランクは気づいた――おれたちふたりとも、怖くて明かりを消せないんだ。

「もう少ししたら、またナナのようすを確かめに来よう」フランクはいつもの癖でエレインにそうささやいた――これまでは寝ているナナを起こさないようにいつも声を潜めていたからだが、いまフランクは反対にナナに目覚めてほしいと願っていた。

エレインはうなずいた。それからふたりは娘の部屋のあけはなしたドアの前を離れ、一階のキッチンへむかった。

エレインがテーブルを前にしてすわり、フランクはポットでコーヒーを淹れはじめた――コーヒー沸かしに水を入れ、挽いた粉を容器から移す。これまで一千回はこなしてきた仕事だが、夜のこんな時間にやった経験はない。日常の決まりきった仕事をしていると、心が落ち着いてきた。

エレインもおなじようなことを思っていたらしい。「なんだか昔みたい。具合のわるい赤ちゃんを二階に寝かしつけて、わたしたちがこうやって下に降りてきて、自分たちは正しいことをしたのかって思い悩んでる……」

フランクはコーヒーメーカーのスイッチを入れた。エレインはいつしかテーブルに両腕を載せ、そのあいだに頭をあずけていた。

「しっかり体を起こしていなくちゃだめだ」フランクは静かにいい、反対側の椅子に腰をおろした。

エレインはうなずいて上体を起こした。前髪の房がひたいにへばりつき、顔には頭部に打撃をうけたばかりの人のような、どこか気むずかしげで〝ここは・どこ・わたしは・だれ？〟といっているような表情がのぞいていた。といってもフランクは、自分のほうがましな顔つきだとも思っていなかった。

「きみのいっていることはわかるよ」フランクはいった。「おれも覚えてる。そもそも、おれたちふたりで人ひとり育てられると思いこむなんて、いったいどうやって自分たちを騙したのかと首をかしげていたっけな」

　この言葉を耳にしてエレインは満面をほころばせた。いまの自分たちがどんな状態かはともかく、ふたりはともに育児の赤ん坊期を乗り越えた——それなりに偉業といってもいいだろう。

コーヒーマシンがチャイムを鳴らした。そのあと一瞬あたりが静まりかえったように思えたが、フランクはいきなり戸外の音に気づいた。だれかが怒鳴っている声。パトカーのサイレン。車の盗難防止アラーム。フランクはとっさに耳を階段のほうへ——ナナの部屋のほうへむけていた。

　なにもきこえなかった。なにもきこえなくて当然だった——ナナはもう赤ん坊ではないし、いまはもう昔とはちがう、昔のような日々はこの先も永遠にやってこない。今夜のナナの眠り具合からすると、外でどんな騒ぎがあれば目を覚ますのか——というか、あの何層にもなっている白い繊維の下にある瞼をひらくことになるのか——見当もつかなかった。

　エレインもまた、階段のほうへ顔をむけていた。

「いまのはなに？」エレインがたずねた。

「わからん」そういってフランクは妻の目から視線をもぎ離した。「やっぱり、あのまま病院にいたほうがよかったんじゃないのか」病院から帰ってきたのがエレインのせいだといわんばかりの調子でいう。本心からそう信じているかどうかは自分でもわからなかったが、責任を分担させたかったし、いま感じている自己嫌悪の一端を妻にぶつけたくもあった。さらにいえば、自分がすべてを完璧に承知したうえでやっていることもわかっていて、それでまた自己嫌悪がつのった。それでも、言葉をとめられなかった。「おれたちは病院に残るべきだった。ナナに必要なのは医者なんだ」

「それをいうなら、だれもがお医者を必要としてるの。じきにわたしにも必要になるし」エレインは自分のカップにコーヒーをそそいだ。さらにミルクと人工甘味料の〈イークォール〉を入れてコーヒーをかきまわすあいだに、何年もの歳月が流れた。先ほどの話題はもうおわりということだろうとフランクが思いかけたそのとき、エレインが口をひらいた。「病院から引きあげようといいだしたのはわたしだから、あなたはわたしに感謝するべきよ」

「なんだって？」

「あのまま病院にいたら、あなたがなんらかの行動に出てしまいそうだった——でも、こうして病院から引きあげたことで、あなたは救われたの」

「いったいなんの話だ？」

しかし、もちろんフランクにもわかっていた。どこの夫婦にも、共通の経験から産みだされた内輪の言語や秘密の暗号がある。いまエレインは、そのうちの二語を口にした。「フリッツ・ミショーム」

エレインがスプーンをまわすたびに、柄《え》が陶器のマグカップのふちにあたった——かちっ・かちっ・かちっ。金庫のコンビネーション・ダイヤルをまわしているときのような音だった。

4

フリッツ・ミショーム。

悪評がつきまとう名前であり、フランクができれば忘れたがっている名前だが……はたしてエレインが忘れさせてくれるだろうか？　まさか。ナナの担任教師を怒鳴りつけた一件や悪名高き壁パンチ事件は、どちらもそれなりに悲惨な事件だったが、最悪の事件ならフリッツ・ミショームで決まりだ。フリッツ・ミショーム、それはエレインが進退きわまると蒸しかえし、フランクの顔に突きつける鼠の死骸だ——まさに今夜やっているように。せめてエレインが、夫婦はいまおなじ側の窮地に——ナナの味方の側に——追いつめられていると気づいてくれればましだったが、そうはならなかった。エレインはフリッツ・ミショームの件をもちだすしかなかった。鼠の死骸をふり立てるしかなかったのだ。

あのときフランクは一匹の狐を狩り立てていた。といっても森林の多い三郡地域《トライ・カウンティーズ》では、狐を狩るのは珍しいことではない。一七号線の南、女子刑務所のそばの草原で狐を見た住民がいた。狐が舌をだらんと垂らしていたのを見た住民は、もしかしたら狂犬病にかかっているかもしれないと通報してきた。フランクは怪しいものだと思ったが、狂犬病がらみの通報には真摯に対応することにしていた。給料に見あう働きを心がける動物管理官なら真摯に対応するべきだ。フランクは狐が目撃されたという倒壊しかけた納屋の近くまで車で出かけ、雑草の茂みのなかを半時間ばかり狐をさがして歩きまわった。結局見つけたのは、一九八二年型カトラスの骨だけになったような残骸だけ――ラジオのアンテナに結びつけてあるパンティーが、腐ってぼろぼろになっていた。

トラックをとめた路肩へ引き返すときには、私有地を囲むフェンスに沿って進む近道をつかった。フェンスといっても、ありあわせのがらくたの寄せあつめ。腐りかけた羽目板、車のホイールキャップや穴だらけになりはてたトタン波板がならべてあるだけで、侵入しようとする者の気を削ぐどころか、かえって好奇心をかきたてかねなかった。がらくたの隙間から敷地をのぞくと、白いペンキの剝げかけた家とその先にある薄汚れた庭が見えた。一本のオークの木の枝から、ほどけかけたロープでタイヤが吊ってあった。木の根元には、ぼろぼろになった黒い衣類が積み重ねられ、まわりを羽虫がぶんぶん飛びまわっていた。ポーチに通じる階段のそばで歩哨に立っているのは、鉄のスクラップが詰めこまれた牛乳の配達用木箱。無造作に投げられたとおぼしき灯油の缶(といっても空き缶だろう)が、野放図に伸びて茂っているブーゲンビリアの上にちょこんと帽子のように載っていた。ブーゲンビリアそのものはポーチにまで垂れ下がっていた。二階の窓ガラスが打ち砕かれたらしく、その破片が下張り用のタール紙が剝きだしになったままの屋根に散乱していた。そして新車のトヨタのピックアップトラック――ボディは太平洋のようなブルー――がワックスですっかり磨きあげられて、ドライブウェイにとめてあった。トラック後輪のまわりに散乱していたのはショットガンの薬莢《やっきょう》だった。かつては鮮やかな赤だったのだろうが、長いあいだ放置されていたらしく、色が褪《あ》せて薄いピンクになっていた。

廃屋同然の家とぴかぴか輝く新車のトラックというとりあわせは、まさしく絵に描いたような〝田舎《カントリー》〟の光景であり、フランクはあやうく笑い声をあげそうになった。それからひとりにやにやしながら歩いていったが、目で見た光景のなにが道理にはずれていたのかを頭脳が認識するまでには数秒が必要だった——さっき目にした黒い衣類の山が動いていた。動いていたのだ。

フランクは歩いてきた道を逆にたどり、がらくたフェンスの切れ目に引き返した。衣類の山に目を凝らす。衣類は呼吸していた。

それからの展開はおなじみのことのように——すなわち夢のなかの出来事のように——思えた。フェンスの下をくぐりもしていないのに、気がつくと庭を横切って歩いていたのだ。自分と木の根元の黒い塊を隔てる距離を一気にテレポートしたかのようだった。

衣類と見えたものは犬だった——ただしフランクは犬種の見当さえつけたくなかった。大きさは中程度、シェパードかもしれず若いラブラドールかもしれず、田舎では珍しくもない雑種かもしれなかった。黒い毛はあちこちむらがあって、蚤にたかられていた。毛がなくなっている部分では、剝きだしになった素肌が化膿していた。かろうじて片方だけが見える目は、漠然と頭部に似たかたちの部分に深く沈みこんだ小さな白い水たまりでしかない。しかも犬の四本の足は、体のまわりにねじれて広がっていた——四本すべてが珍妙な角度になっていることからも、骨が折れているのは明らかだった。首に鎖が巻きつけられて反対の端がオークの木に結びつけてあるのが、なんともグロテスクに見えた——こんな状態の犬がどうすれば走って逃げられるのか？　息を吸っては吐くたびに、横腹が膨らんだり萎んだりしていた。

「人の土地に無断ではいるな！」フランクの背後から声がきこえた。「いいか、こっちの銃はおまえに狙いをつけてるぞ！」

フランクは両手をかかげて体の向きを変え、フリッツ・ミショームと正面から向かいあった。もとから小柄なところへもってきて、山地民《ヒルビリー》らしいごわごわの赤い口ひげのせいでノームそっくりに見えるフリッツは、ジーンズと色褪せたTシャツ姿だった。

「だれかと思えばフランクか」フリッツは困惑した声だった。

ふたりとも〈スクイーキー・ホイール〉での顔見知りだったが、それ以上に深い知りあいではなかった。フリッツが自動車整備工だということは覚えていたし、銃が欲しいのならフリッツにいえば売ってくれるという人づての話も覚えていた。フランクにはそれが真実か嘘かはわからなかったが、フリッツとは数カ月前に何杯か酒を奢りあい、バーカウンターでならんで大学フットボールの試合をテレビで見たことはあった。そのときフリッツ——犬を拷問している怪物——は、攻撃側チームの選手がパスするか自分でボールをもって走るかを選択できるオプションプレイが好きだと表明し、自分が見たところマウンテニアーズにはプレイをやりぬいて成功を持続させるだけの力がないと考えを述べた。フランクは喜んで同意した——いずれにしても、フットボールについては不案内だったのだ。しかし試合がおわりに近づくころ、ビールですっかり出来あがったフリッツはもうオプションプレイのメリットを論じなくなり、ユダヤ人と連邦政府の問題にフランクを引きこもうとしはじめた。

「あの鉤っ鼻連中は、なんでもかんでもてめえのポケットにしまいこむんだ」フリッツはそういって顔を寄せてきた。「いや、うちの一族はドイツの出身でね。だから知ってるわけさ」

こんなふうに話題が変わったのを渡りに船と、フランクは先に店を出た。

そしていまフリッツは、狙いをつけていたライフルをおろした。「なにをしにきた？ 銃が欲しいのか？ だったら、いい銃を売ってやるよ。長いのでも短いのでも。とりあえずビールでも飲むか？」

フランクはひとことも話さなかったが、ボディランゲージがなにかしらのメッセージを伝えたらしい。というのも、フリッツが憤懣《ふんまん》やるかたない調子でこういい添えたからだ。

「あの犬が気の毒だっていいたいのかい？ ほうっておけ。あのクソ犬はネッフェに嚙みつきやがったんだ」

「なにを嚙んだって？」

「ネッフェ。ドイツ語で甥。昔覚えた単語ってのは、なかなか忘れないな。そりゃもう驚くほどで――」

フリッツ・ミショームが口から出した言葉は、それが最後になった。

フランクがいったん手を休めたとき、フリッツから奪いとって作業の大半をこなすためにつかったライフルの床尾はひび割れて、血にまみれていた。当のフリッツは庭の地面にばったり倒れたまま、フランクがくりかえしライフルの床尾を叩きつけた股間を両手で押さえていた。両目は腫れ上がった瞼にすっかり埋もれ、ふるえながら息を吐くたびに血混じりの唾も垂らしていた――その呼気にしても、フランクの行為でひびがはいったか折れたかした肋骨の下にある肺から、なんとか引きだしているありさまだった。この直後の段階では、フランクの暴行が理由でフリッツが死んでもおかしくない情況に思えた。

ひょっとするとフリッツへの暴行は、おれが自分で思っていたほど激しくなかったのかもしれない——フランクは自分にそういいきかせた。そのあと何週間も新聞の死亡記事欄に目を走らせているあいだにさえ。そのあいだ、だれもフランクを逮捕しにやってこなかった。しかし、そもそも自分に罪はない。犠牲になっていたのは小さな犬、反撃できないほど小さな犬だ。そんな動物の虐待を正当化する理由はない——いくら気性の荒々しい動物でも。たしかに人間を殺傷できる犬もいる。しかし、フリッツ・ミショームが木の根元に鎖でつないでいた憐れむべき犬にやったようなことを人間にする犬はいない。人間が残虐行為に楽しみを感じていることを犬が理解できるだろうか？　いや、ひとつも理解できないだろう。しかしフランクには理解できたし、自分がフリッツ・ミショームにとった行動については魂に一点の曇りもなかった。フリッツの妻についていうなら……そもそもフリッツのような男に妻がいるなんて、フランクに推測できたはずがあっただろうか。しかし、いまでは知っている。そう、たしかに知っている。エレインが念を押してくれたおかげで。

5

「あいつの女房？」フランクはそうたずねた。「まさかこの話をあいつの女房に知らせにいくっていうのか？　その女房とやらがDVシェルターに駆けこんでも驚かないね。フリッツ・ミショームは見下げはてたろくでなしだ」

フランクがフリッツ・ミショームを痛めつけたという噂話が町に流れはじめると、エレインは夫に噂は本当かとたずねた。フランクはうっかり真実を話すというミスをおかし、エレインはそのことを決して夫に忘れさせなかった。

いまエレインはスプーンを下に置き、コーヒーカップに口をつけた。「それについては議論しない」

「女房がようやく亭主のもとから逃げたって話ならいいのにな」フランクはいった。「だいたい女房のことは、おれにはこれっぽっちの責任もないんだ」

「あなたに乱暴されてできた傷も癒えたフリッツがようやく退院して自宅に帰ったあと、奥さんをぶん殴って半殺しの目にあわせたことも、あなたの責任ではないというの？」

「ないね。これっぽっちの責任も。おれは女房には指一本触れてない。この話は前にもしたじゃないか」

「ええ、そうね。で、奥さんが流産してしまった赤ちゃんのことは？」エレインはいった。

「それもやっぱり、あなたの責任ではないというつもり？」

フランクは歯のあいだからひゅっと音をさせて空気を吸った。赤ん坊のことは知らなかった。エレインがこの話をもちだしたのは、いまが初めてだった。夫に不意討ち攻撃を仕掛けるため、ここぞという好機が来るまでの隠し玉にしていたのだろう。なんという妻、なんという友人。

「身ごもっていたのか？　それで流産したとね。そりゃまたなんともお気の毒だ」

エレインは信じられない気持ちもあらわな目をフランクにすえた。「そんな言い方しかできないの？　なんともお気の毒？　あなたの同情心のなさには心底あきれた。いいこと、あのときあなたが警察に通報さえしていれば、こんなことはなにひとつ起こらなかったのよ。ええ、ひとつもね。フリッツ・ミショームは刑務所に入れられ、奥さんのキャンディは赤ちゃんをうしなわずにすんだはずよ」

罪悪感の罠を仕掛けるのはエレインの得意技だ。しかし、あの犬を見ていれば――フリッツのやつが犬をどんな目にあわせたかを見ていれば――エレインも不潔なものを見る目でおれを見る前に考えなおしたかもしれない。世界じゅうにいるフリッツ・ミショームの同類に罰を受けさせなくては。ドクター・フリッキンジャーもだ。

そこで、フランクの頭に一案がひらめいた。

「あのメルセデスの男を連れてきたらどうかな？　あいつだって医者だ」

「年寄り判事の飼い猫を車で轢き殺した男のこと？」

「ああ。あの男は猛スピードで車を飛ばしたことを悔やんでた。だから頼めば力を貸してくれるはずだ」

「フランク、わたしの話をまったくきいてなかったの？　あなたはいつだって正気をなくして、そのしっぺ返しを食らうんだから」

「エレイン、フリッツ・ミショームのことは忘れろ。やつの女房のことも忘れろ。おれのことも忘れろ。ナナのことだけを考えろ。あの医者なら、ナナの助けになってくれるかもしれないぞ」

それどころか、フリッキンジャーはいまごろおれに感謝しているかもしれない――おれが無理やり自宅に押し入って名医先生をめった打ちにしたりせず、代わりに車をめった打ちにしただけで勘弁してやったのだから。

サイレンの音が増えていた。一台のバイクがエンジン音を高らかに響かせながら、前の通りを走っていった。

「フランク、わたしにもそう思いたい気持ちはあるのよ」ゆっくりと慎重なエレインの口ぶりは誠実さを心がけているようにきこえたが、一方ではナナに抽斗の整理整頓がなぜ大事かとお説教をしているときとおなじ口調でもあった。「だって、あなたを愛しているから。でも、あなたがどんな人かも知ってる。だって十年もいっしょにいるんだもの。あなたは一匹の犬の件で、ひとりの男の人を殴って半殺しにした。その……フリックミューラーだかなんだか、名前は知らないけど……その人にあなたがいったいなにをするのか、わかったものじゃないわ」

「フ、フ、フリッキンジャー。名前はガース・フリッキンジャー。ド、ド、ドクター・ガース・フリッキンジャーだ」まったく、どうしてエレインはここまで馬鹿でいられるのか？　ナナを医者に診てもらおうとして、あやうく群集に踏みつぶされかけたのは――そればかりか銃で撃たれかけたのは――ついさっきではないか！

エレインは残りのコーヒーを飲み干した。「どこへも行かず、ここであの子に付き添ってあげて。自分でもわかってもいないことを、なんとか修復しようとするような真似はよして」

フランク・ギアリーは陰鬱な真実に目をひらかされた――ひとたびエレインが眠りにつけば、なにもかも簡単になる。ただし、いまのところエレインは起きている。自分もまた。

「きみはまちがってる」フランクはいった。

エレインは目をぱちくりさせて夫を見つめた。「なに？　いまなんといったの？」

「きみはいつも自分が正しいと思ってる。そのとおりの場合もある──でも、今回にかぎってはそうじゃない」

「すばらしいご高説をありがとう。さて、わたしはこれから二階にあがってナナのそばにいる。来たかったら、いっしょに来てちょうだい。でも、さっきの男を追いかけるのなら──いいえ、あなたがここ以外の場所へ行くのなら──わたしたちはもうおしまいよ」

フランクは微笑んだ。いまは爽快な気分だった。爽快な気分になれたことで心底から安堵していた。「おれたちなら、もうおわってるさ」

エレインはフランクを見つめた。

「いまのおれに大事なのはナナだ。ナナだけだよ」

6

自分のトラックまで行く途中、フランクは足をとめ、裏のポーチ横に積んである薪の山に目をむけた。自分が斧で叩き割った硬木の薪だった。おわったばかりの冬のあいだにつかった薪が、ひと巻の半分だけ残っていた。キッチンに置いてあるヨツール製の薪ストーブは、寒い季節のあいだ、人を歓迎する家庭らしい雰囲気をこの家に与えてくれる。ナナはよくストーブのそばの揺り椅子で宿題をしていた。本に顔を近づけると、髪が垂れて横顔を隠した。フランクの目には、そういうときのナナが十九世紀──男と女の問題がいまよりもずっと簡単だった時代──の少女のように見えていた。十九世紀だったら、男が妻にむかって自分がなにをするつもりかを話しても、妻は賛成するか、そうでなかったら口をつぐんで黙っているかのどちらかだった。フランクは、新しい電動芝刈機を買った父親が母親に苦情をいわれて、どんな言葉を返したかをいまでも覚えていた。《おまえは家庭を守る。おれは仕事で金を稼いで、請求書の払いをすませる。この件でなにかいいたいことがあれば、かまわん、いってみろ》

母親はなにもいわなかった。フランクの両親はそんな流儀で波風を立てない結婚生活を送っていた。ほぼ五十年間にわたって。結婚カウンセリングを受けることもなく、別居生活をすることもなく、弁護士を立てることもなかった。

薪の山には大きなブルーシートがかけてあり、斧で薪を切るための木の切り株には小さなシートがかけてあった。フランクは小さいほうのシートをもちあげ、傷だらけの切り株から手斧を引き抜いた。フリッキンジャーはどう見ても手ごわい男ではなかったが、用心しておくに越したことはない。

7

最初に寝入ったのはドロシーだった。頭がごろんと回転して顔が上をむいて口がひらき、クッキーのかすが点々と散っている義歯がわずかにずれて……それからドロシーはいびきをかきはじめた。残る三人が見まもるなか、白い糸がふわりと浮かんで肌から離れ、分裂しては浮かび、浮かんでは皮膚へ落ちていった。白い糸は、折り返して交差状に巻かれる繃帯《ほうたい》のミニチュアのように層をつくっていった。

「わたしの望みは――」マーガレットはいいかけたが、どんな望みだったのかはいざ知らず、もうひとつのことに集中できる状態ではないようだった。

「あの人、苦しんでいると思う？」ブランチはたずねた。「ああなると痛むのかしら？」

そう話す言葉が口のなかで重く感じられたが、ブランチ本人はなんの痛みも感じていなかった。

「いいえ」ゲイルがよろよろしながら立ちあがると、図書館で借りてきた『贖罪』が床に落ち、紙の乾いた音とビニールカバーのかりかりという音をたてた。それからゲイルは家具に手をついて体を支えながら部屋を横切り、ドロシーに近づいた。

このゲイルの奮闘ぶりに、ブランチはすっかり感心させられた。四人は薬だけではなくピノノワールを一本空けていたし、その大半を飲んだのはドロシーだった。刑務所の刑務官にアームレスリングの競技大会に出場した者がいる。では、ワインと薬をいっしょに飲んだあとで、椅子をひっくりかえしたり壁にぶつかったりせずに部屋を一周できるかどうかを競う大会はないのか？　ゲイルは、そんな競技の選手という天職を逃していたのかも！

ブランチはこの気持ちをゲイルに伝えたかったが、「すごい――歩きぶり――ゲイル」とだけいうのが精いっぱいだった。

ブランチが見ていると、ゲイルは早くも蜘蛛の糸のような物質の薄膜に包みこまれてしまったドロシーの耳に口を近づけていた。

「ドロシー、わたしたちの声がきこえる？　待ちあわせの場所は――」ゲイルはそこで口をつぐみ、マーガレットに問いかけた。「天国でわたしたちが知ってる場所はどこ？　ドロシーとわたしたちはどこで会えばいいの？」

しかしマーガレットは答えなかった。答えられなかった。いまではもうあの糸がマーガレットの頭にも巻きついて編み物のように重なりはじめていた。

ブランチの目が――それ自身の意志で勝手に動いているように思えた――窓をとらえて、つづいて西の炎をもとらえた。炎は先ほどよりも大きくなり、もうマッチではなく鳥の頭が燃えているように見えた。火災と戦う消防士の男たちはまだ残っているだろうが、妻や娘の世話をするのに忙しくて、火事にかまっていられないかもしれない。あの鳥の名前はなんといったっけ？　姿を炎に変えて生まれ変わる魔法の鳥、怖くて恐ろしいあの鳥の名前は？　思い出せなかった。思い出せたのは〈空の大怪獣ラドン〉という日本の昔の怪獣映画だけだった。子供のころにこの映画を見たブランチは、題名になっている巨鳥が怖くてたまらなかった。しかし、いま怖い気持ちはなかった……ただ好奇心だけがあった。

「わたしの姉をなくしたのね、わたしたち」ゲイルがいった。カーペットにへたりこみ、寝入ったドロシーの足に寄りかかっている。

「お姉さんは寝てるだけ」ブランチはいった。「お姉さんをなくしたりはしてないの」

ゲイルは髪の毛が目にかぶさるほど強くうなずいた。「ええ、ええ。あなたのいうとおりよ、ブランチ。あとはおたがいを見つけなくちゃいけないだけ。天国でおたがいにさがしあうだけ。それとも……ほら、あれ……まっとうなファクシミリ」自分の言葉にゲイルは自分で笑った。

8

最後はブランチだった。ブランチは床を這ってゲイルに近づいた。ゲイルはすでに何層もの蜘蛛の糸の膜に包まれていた。

「わたしね、恋人がいたの」ブランチはゲイルに話しかけた。「でもみんなは知らない。わたしたちはふたりの関係を――刑務所の女囚たちがつかう言葉を借りれば――秘密《ダウンロー》にしてたから。隠す必要があったの」

ゲイルが息を吐くと、その口を覆っている細い繊維が揺れ動いた。一本の細い糸が、まるでブランチをからかうように伸びてきた。

「あの人もわたしを愛してくれてたと思う……でもね……」

その先は説明しにくかった。あのころのブランチはまだ若かった。若いときには頭脳が成長しきっていない。男のこともろくに知らなかった。悲しいことに。当時、相手の男は妻のある身だった。ブランチは待った。ふたりは年をとった。ブランチはひとりの男のために、おのれの魂の最良の部分を捧げた。男は約束の美辞麗句を次々ならべたが、ひとつも守らなかった。なんという浪費か。

「いまのこれ、わたしの人生でもいちばんすてきな出来事かもしれない」たとえゲイルが起きていても、ブランチの言葉が理解できたかどうかは疑わしい――声があまりにも低く、言葉が不明瞭になっていたからだ。「だって、ようやくみんないっしょになれたんだもの……最後になって、ようやく」

もしもまだほかになにかあるのなら……ここではないどこかがあるのなら……。

その思考を最後まで完成させることなく、ブランチ・マッキンタイアは眠りにただよい落ちていった。

9

フランク・ギアリーの顔を見ても、ガース・フリッキンジャーは驚かなかった。

過去十二時間ほどぶっつづけでニュース・アメリカを見ながら、ペットのイグアナ（名前はギリス）にこそ手をつけなかったが、それ以外は家にあったものを残らず煙にして吸ったいまとなっては、なにを見ても驚かなかっただろう。たとえ死んで久しい美容整形手術の泰斗、ハロルド・ギリスがいきなりふらりと一階のキッチンに姿をあらわし、シナモン味のポップタートを焼きはじめたとしても、きょうガースがテレビで目撃した数々の怪奇現象の幅を広げるだけにおわりそうだった。

トルーマン・メイウェザーのトレーラーハウスでガースがトイレに籠《こ》もっていたあいだにいきなり発生した暴力沙汰はショックだったが、それもそれから数時間、ガースがただソファにすわってテレビから得た数々の出来事からすれば序章にすぎなかった。ホワイトハウスの外での暴動。カルト宗教指導者の鼻を嚙みちぎった女。海に消えた巨大なボーイング七六七型機。血まみれになった老人ホームの介護士たち。蜘蛛の糸状物質に包まれ、ストレッチャーに手錠で縛りつけられている高齢の女性たち。メルボルンの大火。マニラの大火。ホノルルの大火。リノ郊外の砂漠ではどうやら核に関係する政府の秘密施設があったらしく、そこでなんらかの深刻な事態が発生した――科学者たちによれば、ガイガーカウンターの数値が跳ねあがって地震計の針が大きく上下に動きっぱなしであることから、地中で連続した爆発事象があったと推測される、とのことだった。いたるところで女たちが眠りこんでは繭にくるまれ、いたるところで無知な者たちが繭を切りひらいていた。整形された一級品の鼻をもつニュース・アメリカのすばらしいリポーターは午後なかばでいなくなり、代わって唇にリングピアスをつけた、言葉につかえがちなインターンが代役に立った。こういったあれこれにガースは、どこかのトイレで見た落書きを連想していた――《重力は存在しない。地球が吸ってる《アース・ジャスト・サックス》だけ》という落書きを。

〝地球なんか最低《アース・ジャスト・サックス》〟というなら、これは本当に最低だ――内側も外側も、前もうしろも、ぐるっとまわって元どおり。メタンフェタミンでさえ助けにならなかった。いやまあ、少しは役に立ったが、本来の働きからはほど遠かった。ドアベルが鳴りはじめたときには――チャイムは〝きん・こん、かん・こん〟と鳴りつづけていた――ガースは素面《しらふ》になりかけ、やたらにあたりがまぶしく見える段階になっていた。客が来ていても、今夜はとりたててドアに出たい心境ではない。立ちあがろうという気持ちさえ起こらなかったが、やがて訪問者はドアベルをあきらめて、ドアをノックしはじめた。ノックはやがて連打になった。それも大層な熱の入れようだった！

ドアの連打がやんだ。歓迎されざる客がついにあきらめたか――とガースが思うそばから、ドアに斧が打ちつけられはじめた。斧で材木が叩き割られ、木端《こっぱ》が舞い飛ぶ。ついでドアが震えながら室内側にたわみ、錠前がいよいよ用をなさなくなると、昼間もここへ来た男が今度は手斧をもって姿をあらわした。ガースはてっきり、男が自分を殺しにきたものと思いこんだ――しかし、それもあまり残念には思えなかった。痛いことは痛いだろうが、できれば痛みに苦しむ時間は短めにお願いしたい。

美容整形は多くの人にとってはお笑い草だ。ガースにはちがう。自分の顔や体やたったひとつの肌を好きになりたいという願いの、どこが笑えるというのか。よっぽど残酷で愚かならともかく、笑える要素はひとつもない。しかし、どうやらいまではガース自身がお笑い草になったようだ。人類という種が半分になってしまったら、どんな生活が待っている？　残酷で愚かな生活だ。美女がほかの美女の写真を手にしてガースのクリニックを訪れ、「この顔そっくりに手術してもらえる？」といってよこすことは珍しくない。そして自分たちの完璧な顔をつくりかえたいと願う多くの美女たちの裏には、飽くことを知らない欲深な下衆がひそんでいる。欲深な下衆ばかりになった世界に、ガースはひとり残されたくなかった――欲深な下衆は数えきれないほど大勢いるからだ。

「まあ、そう堅苦しくしないで、こっちへ来たまえ。ちょうどニュースを見ていたところでね。どうだ、ひとりの女が男の鼻を顔から嚙みちぎったニュースは見たか？」

「ああ、見た」フランクは答えた。

「こう見えても、わたしは鼻の手術が得意なんだ。むずかしい手術ほど楽しい。しかし、そもそも手術する対象が消えてしまったら、できることはないも同然だ」

フランクはソファの隅、ガースから二、三メートル離れたところに立っていた。斧は小さかったが、斧に変わりはなかった。

「わたしを殺すつもりかい？」

「はあ？　いや、おれが来たのは——」

ふたりは大型フラットスクリーンに目を引き寄せられた。画面には火事になっているアップルストアが映っていた。店の前の歩道では、煤《すす》で顔が真っ黒になった男が茫然としたようすで小さな円を描いて歩きまわっていた——男は肩に、煙をくすぶらせている赤紫色のハンドバッグの持ち手をかけていた。店の入口の上にかかっていたアップルのシンボルマークがいきなり設置器具からはずれ、大きな音をたてて歩道に落下した。

あわただしく画面が切り替わり、視聴者の前にふたたびジョージ・オルダースンがあらわれた。顔は風に吹きっさらしになっていたような灰色、声はざらざらに掠《かす》れている。一日じゅう番組に出ずっぱりだったせいだ。

「たったいま、一本の電話がかかってきました……ええと、息子からです。わたしの自宅へ妻のようすを確かめにいってくれたのです。シャロンとわたしは結婚してから、かれこれ——」

ニュースキャスターは顔を伏せ、ピンクのネクタイの結び目を指でたどった。ネクタイにはコーヒーの染みがあった。ガースの目にはこの染みこそ、いま起こっている事態がおよそ前例のないものであることを示す不穏なシグナルに見えてならなかった。「——四十二年になります。

息子は……ティモシーはこう話していました……」

　そしてキャスターのオルダースンはしゃくりあげて泣きはじめた。フランクがサイドテーブルのリモコンを手にとり、テレビの電源を切ってオルダースンを消した。

「ドクター・フリッキンジャー、いまのあんたは、なにが起こっているのかを理解できる程度にはしらふか？」いいながらフランクはサイドテーブルの覚醒剤用パイプを指さした。

「当たり前だ」ガースは好奇心がちくりと胸を刺すのを感じた。「じゃ、本当にわたしを殺しにきたんじゃないんだな？」

　フランクは鼻梁をつまんでいた。ガースは、いま自分が見ているのは内面で真剣な自問自答を重ねている男なのではないかという印象を得ていた。

「おれが来たのは、あんたに頼みがあるからだ。頼みをきいてくれたら恨みっこなしだ。うちの娘のことだよ。いまとなっては、おれにとって大事なのは娘だけだ。その娘があれに罹《かか》っちまった。オーロラ病だ。だから、あんたにうちまで来てもらいたい——娘を診てほしいし、それから——」フランクは数回ばかり口をぱくぱくさせていたが、言葉はもう出てこないようだった。

　ガースの頭に、自身の娘キャシーにまつわる思いがふっと浮かんできた。

「それ以上はいわなくてもいい」ガースはいいながら、頭に浮かんだ思いを引き剝がし、ふわふわ浮かんで離れていくにまかせた——強い風に吹き流されるリボンの小片のような思い。

「ほんとに？　ほんとにいいのか？」

　ガースは手をさしだした。ガースの言葉はフランク・ギアリーを驚かせたかもしれないが、自分で自分に驚きはしなかった。世の中にはどうしようもないことが多すぎる。そんななかで自分にできることがあれば、ガースはいつも喜びを感じた。それに、オーロラ病とやらの実例を近くから見るのもおもしろそうだ。

「もちろん。立ちあがるのに手を貸してくれるか?」

フランクは立ちあがるガースに手を貸した。数歩ばかり進むと、ガースの足どりもしっかりしてきた。フランクはひとこと断わって、いったん横の部屋に足を踏み入れた。部屋から出てきたガースは、小さな黒いバッグと往診バッグを手にしていた。ふたりはそろって夜のなかに足を踏みだした。フランクのトラックまで歩きながら、ガースは愛車メルセデスの後部座席の左窓から突きだしているライラックの枝を手でさっと撫でたが、コメントはさし控えた。

10

燃える女が引き起こした山火事から、狐は足を引きずって離れた。しかし狐の体内には、種類の異なる炎が存在していた。炎は背中の尾に近いあたりで燃えていた。災難だった。これでは速く走ろうにも走れない。自分の血のにおいも嗅ぎとれた。自分の血のにおいが嗅ぎとれるのなら、ほかのけだものにも嗅ぎとれるということだ。

このあたりの森にはまだ数頭のクーガーが残っている。あいつらに背中や尻の血のにおいを嗅ぎつけられたら、狐は一巻のおわりだ。とはいえ、クーガーを最後に見たのはずいぶん前だ。

あれはまだ母さん狐がたっぷり乳を出していたころ、いっしょに生まれたきょうだい四匹がまだ生きていた時分だった（ちなみにもう四匹とも死んでいる。一匹は腐った水を飲んで死に、一匹は毒餌を食べて死んだ。残る一匹は夜のあいだに消えた）。しかし、野豚《ワイルドピッグ》はまだいる。狐はクーガー以上に野豚を恐れていた。農場の豚舎から脱走し、大自然のなかで繁殖した野生の豚。いまではずいぶん頭数《あたまかず》が増えている。ふだんなら狐は軽々と走って豚どもを引き離したし、多少あいつらをからかうようなことも楽しんでいた――なにせ鈍《どん》くさいやつらだ。ところが今夜はまともに走ることもできない。それどころか、このぶんだとじきに早足歩きも無理になりそうだ。

森がおわるところに金属でできた家があった。家からは人間の血と人間の死のにおいがした。家は周囲を黄色いリボンのようなもので囲まれていた。金属でできた人間の物品が、雑草の茂みや家の前の小さく砕いた石が敷かれたあたりに散乱していた。死の臭気に混じって、別のにおいも嗅ぎとれた。正確には人間のにおいではなかったが、人間のにおいに似ていた。人間の雌のにおいに。

野豚への恐怖心を押しのけつつ、狐は金属の家から離れていった。足を引きずって歩き、息が切れたときには横ざまに倒れて体を休め、痛みがひいていくのを待った。痛みがひけば先に進んだ。進まなくてはならなかった。例のにおいは風変わりで、甘いと同時に苦くもあり、抵抗できない魅力があった。このにおいをたどって進めば、安全なところへ行き着けるかもしれない。とてもありそうもない話だったが、いま狐はそんなふうに思うほど追いつめられていた。風変わりなにおいは、さらに濃くなった。このにおいには、べつの雌のにおいも混じっていた。とはいえこちらは前者より新しく、明らかに人間のものだった。狐は足をとめ、壌土《ローム》に残っているライラ・ノークロス署長の靴跡のひとつのにおいを嗅ぎ、つづいて地面で人間の裸足の形をつくっている白い物質のにおいも嗅いだ。

一羽の小鳥が翼をはためかせて、低い枝に舞いおりた。今回は鷹ではなかった。狐が見たことのない種類の鳥だった。体は緑色。鳥からも香りがただよってきた——湿気をはらんでいるような、ぴりっとした刺戟があるような香り。狐にはなんの香りなのかもわからなかった。小鳥はうぬぼれているかのように翼をふわふわ動かしていた。

「頼むから歌は控えておくれ」狐はいった。

「わかったよ」緑の小鳥は答えた。「どっちみち夜はめったに歌わないのさ。きみは血を流してるね。痛むのかい？」

狐はもう疲れていて嘘もつけなかった。「痛いよ」

「蜘蛛の巣の上で体を転がすといい。痛みがとまるはずだからさ」

「そんなことをしたら体に毒がまわるよ」狐は答えた。背中は燃えるように痛んでいたが、毒のことなら知っていた。人間はなんにでも毒を入れる。毒をつかうことこそ人間の最高の得意技だ。

「そんなことないって。この森からは毒が抜けていってる。蜘蛛の巣の上で転がってごらん」

小鳥は嘘をついているのかもしれない。しかし狐にはほかに頼るべき手段はなかった。まず横向きに倒れてから、体を転がして仰向けになる——体のにおいをごまかすため、たまに鹿の糞の上で体を転がすのとおなじ要領で。たちまち、神の恵みのようなひんやりとした感触が背中と尻をつつみこんだ。狐はもう一度体を転がしてから、一気に跳ね起き、きらきら輝く目で枝を見あげた。

「おまえはなにものだ？　どこからやってきた？」狐はたずねた。

「〈母なる大樹〉から」

「それはどこにある？」

「自分の鼻に教わって進むといいよ」緑の小鳥はそういうと、暗闇にむかって飛び去った。

狐は蜘蛛の巣状の物質で覆われた足跡をひとつ、またひとつとたどっていき、途中二回は足をとめ、足跡の上で体を転がした。そうすると体の熱が冷え、爽快な気分になり、体に力が満ちてきた。人間の雌のにおいがますます強くなり、あの風変わりなにおい、人間の雌とはいいきれないにおいのほうは、しだいに薄れてきた。ふたつのにおいは狐にこんな物語をかたった。雌とはいいきれないほうが最初にここへ来て、東へむかった――金属の家と、いま燃えている小屋のほうへだ。本物の雌はあとからやってきて、雌とは断定できないものの足跡を逆にたどることで、どこかの目的地にたどりつき、そのあと黄色いリボンのようなものに囲まれた、強烈な悪臭がただよう金属の家に引き返した……。

狐はからみあった二種のにおいをたどって藪に飛びこみ、反対側へ抜けると、今度は矮性の松の群生のあいだを通って先へ進んだ。ちぎれた蜘蛛の巣状の物質があちこちの松の枝にかかって、例の風変わりな香りを発散していた。その先にひらけた空き地があった。狐は小走りに空き地へはいっていった。やすやすと早足で進めるようになっていたし、もし野豚があらわれても、走って逃げられるどころか飛ぶように疾駆することすらできそうだった。空き地にはいると狐は地面にすわりこみ、何本もの太い木の幹を一本に束ねたような樹木を見あげた。暗い夜空に吸いこまれて、木のてっぺんは見えなかった。風も吹いていないのに、大樹の葉はひとりごとをいっているかのように、静かにそよいでいた。人間の雌とは断定できないもののにおいは、ここではほかの百ものにおいに埋もれてしまっていた。たくさんの鳥、たくさんの獣――しかし狐が知っている種類はひとつもなかった。

大樹をはさんで反対側から、一頭の猫科動物が近づいてきた。クーガーではなかった――もっと大きな動物だった。おまけに体が白い。暗闇のなかで、獣の緑色の両目がランプのように光っていた。肉食動物から逃げるという本能は狐の骨の奥まで叩きこまれていたが、いま狐は動かなかった。巨体をそなえる白い虎は着実に狐に近づいていた。虎の腹にぎっしりと生えている被毛に押されて空き地に生えている草がたわみ、さやぎの音をたてた。

虎が一メートル半にまで迫ると、狐は地面に体を横たえ、仰向けになって腹部をさらすことで恭順の意を示した。狐という動物はいくばくかのプライドをそなえているとはいえ、威厳は無用の長物だった。

「立つがよい」虎はいった。

狐は立ちあがると、おずおずと首を伸ばして、鼻先を虎の鼻に触れあわせた。

「傷はすでに癒えたのか?」虎はたずねた。

「はい」

「それでは、わたしの話をきくのだ、狐よ」

11

イーヴィ・ブラックはあてがわれた監房で横になり、瞼を閉じていた——唇には淡い笑みがのぞいていた。

「それでは、わたしの話をきくのだ、狐よ」イーヴィはいった。「おまえにやってもらいたい仕事がある」

第十六章

1

クリント・ノークロスが正面ゲートをあけるようティグ・マーフィー刑務官にインターフォンで頼みかけたそのとき、逆にロレンス・ヒックス副所長がさっと姿をあらわして、話しかけてきた。

「どこへ行くんだ、ドクター・ノークロス？」

質問ではなく責めるような口調だったが、少なくとも言葉は明瞭だった。ロレンス・ヒックスはひどいありさまだったが――禿げた頭頂部のまわりで髪が乱雑な光輪をつくり、肉のたるんだ頬には無精ひげが浮き、両目の下には黒い隈があった――朝の歯科治療でつかわれた局所《ノヴォ》麻酔薬《カイン》の効果は薄れているようだった。

「町だよ。妻と息子のようすを見にいくんだ」

「ジャニスの了解をとったか？」

クリントは一拍の間をおくことで癇癪を抑えた。ヒックスは妻をすでにオーロラ病に奪われたか、もうじき奪われるところだ――そう自分にいいきかせることも、感情を抑える助けになった。それでも、目の前のヒックスが現下の非常事態下でドゥーリング刑務所のような組織の全権限を断じて委ねたくない男だという事実は変わらなかった。以前ジャニス・コーツ所長からこんな話をきかされた。ヒックスはオクラホマ州にある学位工場のような大学の出身で、刑務所管理学で取得したのは三十単位以下、刑務所運営学にいたっては単位をまったくとっていないという。

「でも、ヒックスのお姉さんが州副知事の奥さんなの」ジャニスはそう話した。そのときはピノノワールを飲みすぎていたのかもしれない。いや、二杯しか飲んでいなかったのかもしれないが。「あとは察して。たしかにスケジュールの立案とか備品の在庫管理には長《た》けている。でもここで働きだしてから十六カ月にもなるのに、いまだに地図がないとＣ翼棟にたどりつけないんじゃないかしら。自分のオフィスから外に出たがらないし、ひと月一回は義務づけられている刑務所内巡視も一度だってやってない。ワルの女たちに怖気づいてるのね」

ところが今夜、おまえはオフィスから外に出ることになるぞ、ヒックス――クリントは思った――それだけじゃない、所内巡視もやるんだ。しっかりトランシーバーをストラップで結びつけ、三つある翼棟をまわれよ――ほかの制服族とおなじように。いまも残っている刑務官たちとおなじように。

「おれの声がきこえてるか？」ヒックスがそうたずねてきた。「所長のジャニスは、あんたの外出にＯＫを出したのかい？」

「これからきみに三つの話をする」クリントはいった。「まず第一点。本来わたしの勤務時間は午後三時までだ。つまり……」腕時計を確かめる。「……六時間前までだったことになる」

「しかし――」

「待て。次に第二点。コーツ所長はいま大きな白い繭につつまれて、ソファでぐっすりと寝ている」

ヒックスの眼鏡の分厚いレンズには拡大鏡効果があった。クリントの言葉にヒックスが大きく目を見ひらくと、目玉が眼窩から転げ落ちそうに見えた。「なんだって？」

「長い話をかいつまんで教えてやる。まずドン・ピーターズが自分の一物に足をとられて転んだ。受刑者への性的暴行の現場をとらえられたんだ。所長はドンを馘にした。しかしドンはその前に、所長が処方されていたザナックスを所長のコーヒーに溶かしていた。薬の作用で所長はたちまち眠りこんだ。そっちから質問される前にいっておけば、ドンは逃亡中だ。あとで妻のライラに会ったらドンの緊急指名手配をかけるよう頼んでみるが、優先度が高くなるとは思えない。今夜はね」

「大変だ」ヒックスは両手で髪をかきむしり、残っている髪をさらに乱した。「こりゃ……もう……大変だ」

「第三点。朝の勤務シフトにはいっていた刑務官のうち、いまも四人が残ってる。ランド・クイグリー、ミリー・オルスン、ティグ・マーフィー、それにヴァネッサ・ランプリー。きみが五人めだ。だからほかの刑務官といっしょに真夜中の巡視をおこなうことになる。ああ、それからヴァネッサは受刑者たちが〝スーパーコーヒー〟と呼んでる飲み物の仕事を、きみに手伝わせるだろうな。仕事を進めているのはジャネット・ソーリーとエンジェル・フィッツロイだ」

「なんだ、その〝スーパーコーヒー〟ってのは？　なんでフィッツロイがそんなことをしてる？　あの女は模範囚じゃないぞ！　怒りの問題をかかえてるんじゃなかったのか！　ああ、あんたの報告書を読んだよ！」

「フィッツロイは今夜は怒ってない——とにかく、これまでは。熱心に仕事をしてる。きみもそうする必要があるな。それに、いまのまま変わらなければ、あの女たちはいずれ全員眠りにつくよ。ひとり残らずだ。〝スーパーコーヒー〟があろうとなかろうと。だから、少しくらい希望をもたせたって罰《ばち》はあたらない。ヴァネッサと相談しろ。なにか問題が発生したら、ヴァネッサの指示に従えばいい」

ヒックスがクリントのジャケットをつかんだ。レンズで拡大された目がパニックの光をたたえていた。「あんたを行かせるものか！　持ち場を離れるな！」

「どうしていけない？　きみもおなじことをしたじゃないか」そういったクリントはヒックスが顔をしかめたのを見て、いまの言葉をなかったことにしたいと思った。それからヒックスの手をとり、静かにジャケットから引き離した。「きみは奥さんのようすを確かめにいった。わたしはジェイリッドとライラのようすを確かめたい。なに、ちゃんともどるよ」

「い、い、いつもどる？」

「できるかぎり早く」

「あんなやつらは全員眠っちまえばいい」ヒックスは爆発するような勢いでしゃべりだした。まるで頑是《がんぜ》ない子供だ。「泥棒も売女もドラッグをやったやつも、とにかく全員、ひとり残らずだ！　あいつらにはコーヒーなんかじゃなく睡眠薬をくれてやればいい。そうすれば一挙に問題解決だ——ちがうか？」

クリントは無言でヒックスを見つめた。

「ああ、わかった」ヒックスは本人なりに努力して、肩をまっすぐに直した。「わかる。あんたにも愛する人たちがいる。いまの話は……この話はみんな……ここにいる女どもの話だ……この刑務所は女どもで満員なんだぞ！」

いまさら、やっとその事実に気づいたか？　クリントはそう思い、ヒックスに奥さんはどんなようすだったかとたずねた。本来ならもっと早い段階でたずねておけばよかった。ただし……くそ、ヒックスがいつライラのようすをたずねたというのか？

「起きてはいたよ——とりあえずね。あいつは……」ヒックスは咳払いをして、クリントの顔から目をすっとそらした。「……覚醒剤の錠剤をもってるんだ」

「よかった。それはいい。わたしがここへもどるのは——」

「ドク」ヴァネッサ・ランプリーの声だった。本人が立っていた。インターフォンごしの声ではない。正面玄関前のロビーにいるクリントのすぐうしろに、ヴァネッサがここにいるということは、持ち場である〈ブース〉を無人にしてきたわけで——前代未聞の出来事だった。「つきあってちょうだい——見てもらいたいものがあるの」

「ヴァネッサ、それは無理だ。ジェイリッドのようすを確かめたいし、ライラとも会いたいんだから——」

なんのために？　さよならをいうだけだ——クリントは思った。その思いは不意討ちのように襲ってきた。最後になるかもしれない。ライラはあとどのくらい起きていられるだろう？　そんなに長くはなさそうだ。電話でのライラはなんとなく——上《うわ》の空のようだった。すでに一部が向こう側の世界に行っているかのように。ひとたびうと、、、、うとしはじめたら、もうこちらへ引きもどせるとは思えない。

「わかります」ヴァネッサはいった。「でも、一分もかからない。ヒックス副所長、あなたも来てほしい。これが……断言できないけど……これがすべてを変えてしまうかもしれないから」

2

「二番のモニターを見てちょうだい」一同が〈ブース〉に到着すると、ヴァネッサはいった。

二番モニターには、A翼棟の廊下が映っていた。ふたりの受刑者——ジャネット・ソーリーとエンジェル・フィッツロイ——がコーヒーワゴンを押して、通路のいちばん奥のA一〇号監房——壁がクッションになっている保護房——のほうへむかっていた。ふたりは監房にたどりつく前に足をとめ、ひときわ体が大きな受刑者と話をはじめた。なんらかの理由で、この受刑者はシラミ除去室で暮らしていた。

「いまの時点で、あの蜘蛛の巣みたいなものの繭のなかで眠りこんでいる女は少なくとも十人」ヴァネッサはいった。「いまごろは十五人に増えてるかも。大半はそれぞれの監房で眠ってるけど、談話室で三人が寝ていて、家具工場でもひとりが眠ってる。例外は……」

ヴァネッサが操作卓のボタンを押すと、A一〇号監房の房内が二番モニターに映った。新規の収監者が簡易ベッドに仰向けになって目を閉じていた。ゆっくりとした呼吸にあわせて、収監者の胸が上下動をくりかえしていた。

「例外はこの女よ」ヴァネッサはいった。その声には畏敬めいた響きがあった。「この新人は赤ん坊も同然に深く眠っているにもかかわらず、顔にはキャメイ石鹼みたいにつるんとした肌があるだけで、なにも生えてないの」

《キャメイ石鹼みたいにつるんとした肌》――クリントはその言葉でなにかを思い出したが、目にしている光景への驚きやライラを案じる気持ちにまぎれて、なにを思い出したのかを忘れてしまった。「目を閉じているからといって眠っているとはかぎらないぞ」

「いいこと、ドク。わたしはあなたよりも長くこの刑務所で仕事をしてる。受刑者が起きているか眠っているかは見ればわかるの。で、この女は眠ってる――少なくとも四十五分間は。だれかがなにかを落とすかして大きな音が響いたりすると、わずかにびくっとして、寝返りを打ってた」

「女性のようすを注意して観察していてくれ。わたしがもどったら、全面的な報告をしてほしい」狸寝入りと本当の睡眠を区別できるとヴァネッサは主張していたが、クリントは話半分にしかきいていなかった。だいたい、まだチャンスがあるうちにライラと顔をあわせなくては。あんなものが――あんなものというのは、なんであれ、ライラが嘘をついた理由のことだ――ふたりのあいだに立ちはだかったまま、ライラをうしなうのだけはいやだった。

ドアから戸外へ出て自分の車にむかう段になってようやく、先ほどヴァネッサの言葉になにを思い出したのかがわかった。ライラのパトカーに乗せられているあいだ、イーヴィ・ブラックは前後の座席をへだてる金網にくりかえし何度も顔を叩きつけていた。しかし、それからまだ何時間もたっていないのに、顔の腫れも傷もすっかり消えていた。腫れや傷のあった箇所は、〝キャメイ石鹼みたいにつるんとした肌〟だけになっていたのだ。

3

ジャネットがコーヒーワゴンを押し、その横を歩くエンジェルはコーヒーポットに蓋を叩きつけて音を出しながら、「コーヒー！　特製コーヒーだよ！　みんなを元気にさせる特別ブレンドだよ！　ぐうぐう寝ちゃうんじゃなく、ぴょんぴょん飛び跳ねたくなるコーヒーだよ！」と大声をあげていた。

A翼棟ではコーヒーを飲む者はほとんどいなかった。ほとんどの監房のドアがあけはなたれて無人になっていたからだ。

これより前にB翼棟をまわったときリー・デンプスターが見せた反応が、その後の受刑者たちの反応の予告篇になっていた。スペシャル・コーヒーはたしかにアイデアこそすばらしかったが、とても飲めたしろものではなかった。リーは顔をしかめ、味見のひと口で切りあげてカップを返してよこした。「遠慮するよ、ジャネット。飲むんならジュースにする——こっちはわたしには強すぎる」

「強いから効き目が長つづき！」エンジェルは大声で宣言した。今夜はいつもの南部訛ではなく、病的なまでに陽気なゲットー訛を採用していた。自分たちで淹れたこのスペシャル・コーヒーを、エンジェルはいったい何杯飲んだのだろうか、とジャネットは思った。見たところ、エンジェルはこのコーヒーを苦もなく飲んでいた。「これこそ元気の特効薬、だからみんなで乾杯だ！　あんたが馬鹿でなけりゃ飲め、ミイラになりたくなけりゃ飲め！」

A翼棟の受刑者のひとりがまじまじとエンジェルを見つめた。「それがラップとかいうものなら、あたしゃディスコ時代にさかのぼりたい気分だよ」

「あたしのライムをディスらないでよ！　こっちは親切でやってんの。あんたはいうよ、コーヒー飲まない、そんなあんたは脳みそない」

しかし避けられないことをこんなふうに先延ばしにするのは、はたして名案だろうか？　最初こそジャネットは名案だと思ったし、息子ボビーを思って目を覚ましもしたが、いまはまた疲れを感じはじめていたし、次の曲がり角の先に絶望がひそんでいることも感じとれた。しかも、避けられないことを大幅に先延ばしできたわけでもない。ふたりでスーパー・コーヒーのアイデアをヴァネッサ・ランプリー刑務官にもちこんだときには、刑務所内での睡眠者は三人だったが、それからいままでにも数人以上が眠りこんでいる。しかし、ジャネットはそのことを話に出さなかった。有名なエンジェルの癇癪を恐れたからではない。およそどんなものでも、議論すると考えただけでぐったり疲れてしまったからだ。ジャネットが飲んだコーヒーは三杯――いや、三杯めの残り半分は胃が飲むことを断固拒否したので、正確には二杯半――だが、それでも疲れはいっこうに抜けなかった。眠っているところを同房者のリーに起こされて、窓から射しこむ四角い形の光が床を滑るように移動していったのを見たかと質問されたのが、もう何年も昔のことに思えた。

《あたしは四角い光なんて、どうだっていいんだけど》あのときジャネットはそう答えた。

《いっておくけど、あんたには四角い光なんか、どうだってよくなくなくないんだけど》というのがリーの答えだった。いまその会話が頭のなかでくりかえし再生されていた。いかれた禅の公案みたいだった。〝どうだってよくなくなくない〟というのは意味をなさないのでは？　いや、意味があるのか？　二重否定が肯定の意味になるには、なにか特別なルールがあるのか？　もしそうだったら意味は通る。もしかしたら——

「わあ、びっくり！　手をあげな、ガールフレンド！」エンジェルが急に大声をあげて、同時にコーヒーワゴンに強く尻をぶつけてきた。おかげでワゴンがジャネットの股間にがつんとぶつかり、ひととき完全に目が覚めた。揺れるポットからコーヒーがあふれて、ピッチャーのジュースがこぼれた。

「なに？」ジャネットはたずねた。「なにがどうしたの？」

「わがホームガールのクローディア！」エンジェルは叫んだ。「やあ、ベイビー」

ふたりはA翼棟の通路を五、六メートルばかり進んだところだった。クウェル製のシラミ除去シャンプーのディスペンサー横にあるベンチに、ひとりの受刑者がだらしなく腰かけていた。名前はクローディア・スティーヴンスンだが、受刑者全員からは〈超ダイナマイト・ボディ〉という通称で知られていた（そればかりかこのニックネームは刑務官のあいだにも知れわたっていた——ただし、刑務官が受刑者の前で綽名《あだな》をつかうことはなかった）。とはいえ綽名の由来の肉体《ボディ》は、十カ月前に比べるとダイナマイトらしさが多少薄れていた。ここに収監されて以来、でんぷん質と合計数十リットルもの刑務所特製グレイヴィが固まって、十五キロばかりの肉になったのである。いまクローディアは両手を茶色い囚人服の膝にかけていた。囚人服の上半分は足もとの床でくしゃくしゃになって、XLサイズのスポーツブラがあらわになっていた。

　クローディアの乳房はいまなお驚異的な大きさだ――ジャネットは思った。

　エンジェルはポットから発泡スチロールのコップにコーヒーを注いだが、勢いこむあまり床に少しこぼしてしまった。コップをクローディアに差しだす。「さあ、こいつを飲んじゃいな、ミズ・ダイナマイト！　そっくり飲めば自慢の力が長つづき！　何時間も元気のまんまさ、お姉さん！」

　クローディアはかぶりをふり、あいかわらず床のタイルに目を落としていた。

「クローディア？」ジャネットはたずねた。「どうかしたの？」

　受刑者のなかにはクローディアを羨《うらや》む向きもあったが、ジャネットは好意をいだくと同時に、気の毒にも思っていた。クローディアは長老派教会の執事だったが、重度のドラッグ依存症の夫と長男のドラッグ代を捻出するために教会の金を横領した。夫と長男は自由の身のままだ。エンジェル、あんたのためにライムをつくってやろうか？　男は遊ぶ《メン・プレイ》、女は金を払う《ウィメン・ペイ》――ジャネットは思った。

「なんでもないよ。気力を奮い立たせようとしてるだけ」クローディアは床から目をあげなかった。

「なにをするための気力？」ジャネットはたずねた。

「あの女に頼んでみたいんだ――あんたみたいに普通に眠らせてよ、って」

エンジェルがジャネットにウィンクし、舌先を口の端からちろりとのぞかせ、片耳のあたりで指を二回まわして円を描いた。「それってだれのこと話してるの、ミズ・ダイナマイト？」「新入りだよ」クローディアはいった。「わたしにいわせりゃ、あの女は悪魔《デヴィル》だね、エンジェル」

この発言がエンジェルを喜ばせた。「悪魔《デヴィル》と天使《エンジェル》！　天使《エンジェル》と悪魔《デヴィル》！」いいながら両手で天秤をつくり、交互にあげたりさげたりしはじめた。「それこそわたしの人生だよ、ミズ・ダイナマイト」

クローディアはぼんやり話しつづけた。「あの女は魔女みたいなもんにちがいないよ——この病気が流行る前とおなじように眠れるのは、あの女だけだっていうんだから」

「話がよくわからないけど」ジャネットはいった。

ここでようやくクローディアが顔をあげた。両目の下に紫色の隈ができていた。「あの女は眠ってる——でも繭にくるまれてない。自分の目で確かめたらいいさ。どうすればそんな真似ができるのかをききだしてきてよ。欲しいなら、わたしは魂だってくれてやる覚悟だと伝えてよ。わたしはひと目だけでもマイロンに会いたいだけ。大事な息子だし、あの子にはママが必要だもの」

エンジェルはいったんクローディアに差しだしたカップのコーヒーをポットにもどすと、ジャネットにむきなおった。「ふたりでいまこの話を調べにいこうよ」

そういうと、ジャネットの同意も待たずに歩きだした。

ジャネットがコーヒーワゴンを押して追いつくと、エンジェルは監房の鉄格子を両手で握って房内をのぞきこんでいた。ドン・ピーターズに襲われていたとき、ジャネットの目にちらりと姿が見えた女は、たしかにいま手足を力なく投げだして、目を閉じ、落ち着いた呼吸を繰り返していた。黒っぽい髪が広がって、ゴージャスな扇をつくっていた。近くで見ると顔はさらに美しく、おまけに肌には汚れひとつなかった。蜘蛛の糸めいた物質がなかったのはもちろん、先刻ジャネットが見た打撲傷もすっかり消えていた。はたして、そんなことがあるのか？

もしかしたらこの女、ほんとに悪魔なのかもしれないとジャネットは思った。あるいは、わたしたちを救いに地上へやってきた天使《エンジェル》。いや、それはないだろう。天使がこんなところに舞い降りてくるものか。ここにいる天使《エンジェル》はエンジェル・フィッツロイだけだし、あいつは天使《エンジェル》どころか蝙蝠《こうもり》だ。

「起きな！」エンジェルが叫んだ。

「エンジェル？」ジャネットはためらいながらも、エンジェルの肩に手をかけた。「そういうのは、やめたほうがいいかも――」

エンジェルは肩をそびやかしてジャネットの手を払うと、監房のドアを横に滑らせようとした。しかし、ドアはロックされていた。エンジェルはコーヒーポットの蓋を手でつかみあげ、監房の鉄格子に叩きつけはじめた。言葉にあらわせないほど喧《やかま》しい音が響きわたって、ジャネットは思わず両手で耳をふさいだ。

「起きなってばよ、げろげろビッチ！　とっとと目を覚まして、クソったれコーヒーのにおいでも嗅ぎやがれ！」

寝棚に横たわっている女が目をあけた。目はアーモンドの形で、瞳は髪の毛とおなじく黒い。

女は両足を大きくふって床におろすと――収監者用のぶかぶかの服を着せられていてさえ、長く美しいことがわかる足だった――あくびをひとつした。それから両腕を大きく上へ伸ばし、さしものクローディアすら顔色をなくしそうな両の乳房のふくらみを前へ突きだした。

「仲間だ！」女は叫んだ。

それから女は裸足のまま宙を飛ぶようにして鉄格子に駆け寄り、あいだから手を伸ばして片手でエンジェルの手を、反対の手でジャネットの手をつかんだ。エンジェルは反射的に手を引っこめた。ジャネットは驚愕のあまり固まっていた。微弱な電気のようなものが新入りの手から流れだし、手をつたってジャネットの腕を駆け抜けていったような気分だった。

「エンジェル！　ここまで来てくれてすごくうれしいな！　鼠たちとも話はできるけれど、あの連中、会話能力がかぎられてるし。批評精神がまったくなくて、現実一辺倒。動物には、それぞれの種類ごとに美点がある。わたしの理解するところだと、ヘンリー・キッシンジャーは会話の相手として申し分のない人物のようね。でも、あの男の手がどれだけ血にまみれてるかを考えなくちゃ！　どっちかを選べといわれたら、キッシンジャーじゃなく鼠を選ぶ。あ、このことは新聞に書いてもぜんぜんかまわない――わたしの名前のつづりさえまちがってなければ」

「いったいなんの話をしてるの？」エンジェルがたずねた。

「ううん、なんでもない。おしゃべりでごめんね。ただ、この世界の向こう半分にある世界を訪ねていただけ。あっちこっち行き来すると、頭がしっちゃかめっちゃかになりがち。それにジャネット・ソーリーまで来てくれた！　どう、ジャネット、ボビーは元気？」

「ちょっと、なんであたしたちの名前を知ってるの?」エンジェルがたずねた。「それに眠っても、あんたの体にあの妙ちきりんなもんが生えないのはどうして?」

「わたしはイーヴィ。〈大樹〉から来た。ここっておもしろいところね、ほんとに。すごく活気がある。やることもいっぱい、見るべきものもいっぱい」

「ボビーなら元気よ」ジャネットはいった。夢の登場人物になった気分だった——いや、本当に夢のなかにいるのかもしれない。「眠りこんでしまう前に、せめてあの子にひと目だけでも——」

エンジェルがジャネットをうしろへ突き飛ばした——ジャネットがあやうく倒れかけたほどの力で。「黙ってな、ジャニー。あんたの息子には関係ないんだから」そういうと、壁がクッションになっている保護房内に手を突き入れて、イーヴィが着ているつなぎの見事なまでに盛りあがっている胸ぐらをつかんだ。「だいたい、なんであんたは起きていられる? 秘密を教えな——でなけりゃ、あんたが経験したこともないような痛みを与えてやる。あたしなら、あんたのまんことケツ穴の位置をとりかえることだってできるよ」

イーヴィは楽しげな笑い声をあげた。「それができたら医学の奇跡! そんなことされたら、トイレの使い方をまた一から教わらなくっちゃ」

エンジェルの顔が真っ赤になった。「あたしをおちょくる気? 本気? 自分が牢屋にいるから、外にいるあたしには手が出せないとたかをくってんの?」

イーヴィが自分の胸ぐらをつかんでいる両手に目を落とした。そう、視線をむけただけだった。それだけでエンジェルがぎゃっと悲鳴をあげて、あとずさった。その指先が赤くなっていた。

「あたしを焼きやがった！　このクソ女、なにか汚い手をつかってあたしの指を焼いたんだ！」

イーヴィがジャネットに顔をむけた。イーヴィの黒い目を見つめたジャネットは、そこに陽気なユーモアの光だけではなく悲しみもたたえられていることに気がついた。「問題はどうやら最初の予想より複雑だね――わかった。うん、ほんと。世の中には、世界の諸悪の根源は男だと考えてるフェミニストがいる。男に内在する攻撃性こそ問題だってね。そういう一派の考えにも一理ある。だって女は決して戦争をはじめない――とはいえ、これについてはわたしを信じてほしいけど、なかには女をめぐる戦争もあったよね。ともかく、世の中には本当に本当に邪悪な悪女もいる。そのことは否定しないよ」

「ちょっと、なんのクソみたいな話を垂れ流してるの？」

イーヴィという女はエンジェルにむきなおった。

「ドクター・ノークロスはあなたのことを疑ってる。たとえば、あなたがチャールストンで殺した大家《おおや》のことで」

「あたしはひとりも殺してないって！」しかしエンジェルの顔からは一気に血の気が失せ、一歩あとずさったその体がコーヒーワゴンにぶつかった。火傷《やけど》のように赤くなった両手はいま胸に押しつけられていた。

イーヴィはジャネットにむきなおり、低い声に自信をうかがわせる口調で話しかけた。「あの女が殺したのは五人。五人」それからエンジェルにむきなおる。「最初のうちは人殺しが趣味みたいなものだったのね？　目的地を決めずにヒッチハイクをする——ハンドバッグにナイフを入れて、あのころいつも着ていた生革のジャケットのサイドポケットに小さな三二口径を隠してた。でも、あんたのやったことはそれだけじゃないよね？」

「黙れ！　黙れ！」

イーヴィの驚くような目が、ふたたびジャネットにむけられた。声は静かだったが、ぬくもりがあった。テレビのCMに出てくる女の声だった——以前は芝生を刈ったあとの服の汚れや子供たちのズボンの汚れに悩んでいたが、この新しい洗剤がすべての問題をきれいさっぱり洗い流してくれました、と友人たちに話す声だ。

「あの女は十七歳のときに妊娠したの。大きくなったお腹はサイズの大きなぶかぶかの服で隠した。それからヒッチハイクでホイーリングまで行って——ひとつ救いがあったとすれば、この旅ではひとりも殺さなかったことだ——部屋をとった。それから生まれた赤ちゃんを——」

「**いっただろ——黙れよ！**」

ビデオモニター画面を見ていた者が、この両者の衝突に気づいていたようだ。というのも、ランド・クイグリーとミリー・オルスンの両刑務官が足音高く廊下を進んできたのだ——ランドは片手に催涙スプレーをもち、ミリーは出力を中モードに設定したテイザー銃をかまえていた。

「——シンクで溺れさせ、死んだ赤ちゃんを焼却炉に通じているごみシュートに投げ落とした」イーヴィは顔をしかめ、二度ばかりまばたきをしてから、マザー・グースの一節を静かにいい添えた。「いたちがぽんと消えてった——てなところかな」

ランドがエンジェルをとりおさえようとした。エンジェルは相手の手が触れると同時に身をひるがえしてパンチを放った。同時にコーヒーやジュースなどの一式が載ったカートをひっくりかえした。茶色い液体が――もう煮え立つほどではなかったが、それでもまだ熱かった――ミリー・オルスンの足にかかった。ミリーは熱の痛みに悲鳴をあげて、尻もちをついた。

エンジェルが完全にハルク・ホーガン・モードになって、片手でランドののどをつかみ、反対の手で催涙スプレーを力ずくで払うさまを、ジャネットは驚嘆の思いで見まもっていた。床に落ちたスプレー缶は鉄格子のあいだを抜け、壁がクッションになった保護房に転がりこんだ。イーヴィは体をかがめて缶を拾うと、ジャネットに差しだした。

「欲しくない？」

ジャネットはなにも考えずに缶をうけとった。

ミリーは茶色のコーヒーの水たまりでもがきながら、ひっくりかえったコーヒーワゴンの下から抜けだそうと悪戦苦闘していた。ランドはといえば、完全に窒息させられるのを防ごうと必死だった。エンジェルは痩せっぽちだし、ランドは体重でエンジェルを最低二十キロは上まわっているにもかかわらず、エンジェルはこの男性刑務官の体を軽々とふり動かして――口にくわえた蛇をぶんぶんふりまわす犬のようだった――コーヒーワゴンのほうへ突き飛ばした。ランドの体が、ちょうど立ちあがりかけていたミリーを直撃した。ふたりの刑務官はもつれあい、どさりという音とともに床に倒れこんだ。コーヒーのしぶきが飛び散った。エンジェルは体をひらりとまわし、クッション壁の保護房にむきあった。ほっそりした小顔のなかで目ばかりが大きくなって、ぎらぎら輝いていた。

房内のイーヴィは鉄格子の許すかぎり両腕を前へ突きだし、愛する人をさし招く恋人のようにエンジェルにむけて腕を伸ばした。エンジェルはすかさず指を鉤爪のように曲げて両腕を伸ばし、叫び声をあげながらイーヴィに駆け寄った。

その次に起こったことを見ていたのはジャネットだけだった。ふたりの刑務官はもつれあった手足を倒れたコーヒーワゴンの下から抜きだそうと悪戦苦闘をつづけ、エンジェルは激しい怒りに我を忘れていた。ジャネットにはこう考えるだけの時間があった――わたしが見ているのはただの癇癪じゃない、これはがちの精神異常の発作だ、と。ついでイーヴィが口をひらいた。それも、顔の下半分が消えてしまったように見えるほど大きく。その口から蛾の群れが――いや、群れどころか蛾の洪水が――あふれだした。大量の蛾はエンジェルの頭のまわりを飛びまわった。オキシドールで脱色して突き立てた髪につかまった蛾もいた。エンジェルは悲鳴をあげて、手で蛾を叩きはじめた。

蛾の大群はA翼棟の天井にとりつけられたケージいりの照明と、刑務所のメインの建物の方角へ飛びはじめた。エンジェルがまだ自分の髪をかきむしりながら――髪の毛につかまっていた蛾はもうほかの群れにくわわっていたが――体の向きを変えた。ジャネットは悲鳴をあげつづけているエンジェルの顔めがけて、まっすぐ催涙スプレーを放射した。

「これで、この問題がどれだけ複雑かはわかったでしょう、ジャネット」イーヴィがそういうあいだ、エンジェルは絶叫しながら顔をしゃにむに掻きむしり、ふらついて壁に体をぶつけた。

「わたしはね、そろそろ男と女の方程式をそっくり消去する頃合だなって思ってる。削除《デリート》キーを押して、すべてゼロからやりなおす。あなたはどう思う？」

「わたしの思いは息子と会いたいってことだけよ」ジャネットは答えた。「息子のボビーに会いたい」

そういうと、ジャネットは催涙スプレーの缶を落として泣きはじめた。

4

この騒ぎの一方、〈超ダイナマイト・ボディ〉ことクローディア・スティーヴンスン受刑者はシラミ除去室から出てきて、もっと静かで景色もいい場所を見つけようと思いたった。今夜のA翼棟は喧《やかま》しくてたまらない。心を乱されることが多すぎる。例のスペシャル・コーヒーがこぼれて広がり、鼻の曲がりそうな悪臭が立ちこめていた。神経が派手に乱れているとき、あんな悪魔みたいなしろものの力を利用しようとは思わない――それが常識だ。A一〇監房の女とはあとで話せばいい。クローディアは〈ブース〉の前を通りすぎて、B翼棟へ足を踏み入れた。上半身用の囚人服は先ほどの部屋に残してきた。

「受刑者！」ヴァネッサ・ランプリー刑務官は〈ブース〉から身を乗りだした。ヴァネッサはそれまでモニターで騒ぎが勃発するところを見ていた（エンジェルと、あのくだらないスーパー・コーヒー。ヴァネッサは衝撃のあまり自分を責めることも忘れていたが、最初からあんなものを許可するべきではなかった）。さらにヴァネッサは事態収拾のためにランド・クイグリーとミリー・オルスンの両刑務官を急行させた。そしていよいよ自分も駆けつけようとした矢先に、受刑者のクローディア・スティーヴンスンが通りすぎていったのだ。

　クローディアは返事をせずに、歩きつづけていた。

「なにか忘れてない？　ここは刑務所で、ストリップ劇場じゃない。あなたに話しかけてるのよ、スティーヴンスン！　どこへ行くつもり？」

　しかし、自分は本当にそんなことを気にかけているのか？　ヴァネッサは思った。いまでは多くの受刑者がふらふらと歩きまわっている――おそらく眠りこむのを防ごうとしてのことだろう。おまけに現在A翼棟の突きあたりで大騒動が起こっている。いま自分が必要とされている場所はあそこだ。

　ヴァネッサはそちらに足を運びかけたが、ミリー・オルスンが――服の前が一面コーヒーですっかり汚れていた――手をふってヴァネッサを呼びもどした。

「事態は収拾よ」ミリーがいった。「いかれ女のフィッツロイは房に閉じこめたし。もう平常に復してる」

　ヴァネッサには事態が収拾しているとは思えず、またなにひとつ平常だとも思えなかったが、その場はうなずいた。

　あたりを見まわしたが、クローディアの姿はもう見あたらなかった。ヴァネッサは〈ブース〉に引き返し、B翼棟一階の監視カメラの映像をモニターに呼びだした。ちょうどクローディアが、リー・デンプスターとジャネット・ソーリーに割り当てられているB七号監房にはいっていくところだった。ただしジャネットはまだA翼棟にいるし、リーのことはしばらく見ていない。無人になっている監房を見つけた受刑者は、けちなこそ泥同然になる（好機に恵まれた者がまず標的にするのはふたつのP——錠剤《ピル》とパンティーだ）。こうした窃盗はかならずトラブルになる。ただしヴァネッサはクローディアが——喧嘩沙汰を山ほど起こしてもおかしくない巨体のもちぬしでありながら、厄介事を起こしたことはないクローディアが——そんな真似をするとは思ってもいなかった。しかし、それでも疑うのが刑務官としてのヴァネッサの仕事だ。なにか起こるとしても、盗品をめぐる騒動ではあるまい。それ以外のなにもかもが大混乱という現状では。

手早くチェックしておこう——ヴァネッサはそう決めた。ただの勘だったが、さっきのクローディアの歩き方が気にくわなかった。顔を伏せ、髪の毛で顔を隠し、スモックの上をどこへ置いてきたかもわからない姿で。どうせ時間は一分とかからないし、立って足を伸ばすのもわるくない。血のめぐりを回復させるためだ。

5

クローディアは盗みなど考えてもいなかった。いまの望みは、短時間でも落ち着いた会話の機会をもつことだけだった。これは時間つぶしだ——A翼棟の騒ぎがおさまって、あの新入り女と話ができるようになり、自分が眠ってもこれまでどおりに目覚めるための方法をおそわるまでの時間つぶし。新入り女は方法を教えてくれないかもしれない——だが、教えてくれるかもしれない。悪魔のやることは予測できない。悪魔はかつて天使だったのだ。

リー・デンプスターは寝棚に横になって、壁に顔をむけていた。リーの髪に白いものが混じりかけていることに初めて気づいて、クローディアは憐憫《れんびん》を感じないではなかった。クローディアも同様だったが、髪は染めていた。ただし本物が入手できないときは（あるいは数少ない面会者に頼みこんでも、贔屓のブランド、ガルニエ・ニュトリッセの〈シャンパンブロンド〉を差し入れてもらえなかったときは）、キッチンの〈リアルレモン〉を拝借した。このレモンジュースでも用は足りたが、効果はあまり長つづきしなかった。

クローディアはリーの頭に手を伸ばしかけたが、小さな悲鳴とともにあわてて手を引っこめた。灰色の物質がわずかながら指にへばりついてきたからだ。細い糸はしばらくひらひらと宙をただよったのち、溶けて消えていった。

「ああ、リー」クローディアは悲しみの声をあげた。「まさかあんたまでが」

いや、まだ遅すぎることはないのかもしれない――繭の材料になる糸はまだリーの髪にほんの数本からみついているだけだ。もしかしたら神さまがまだ時間のあるうちに、わたしをB七号監房へ送りこんだのかもしれない……これはテストなのかもしれない、とクローディアは思い、リーの肩をつかんで仰向けにさせた。蜘蛛の糸めいた物質はリーの頬や、かわいそうに傷ついたひたいから螺旋をつくって生えていた。鼻の穴から伸びでている筋もあり、呼吸にあわせて揺れていた。しかし、顔はまだそこに見えていた。

全部ではないが、まだほとんど見えている。

クローディアは片手でリーの頬から糸をこそげ落としていった。片方をきれいにすると反対の頬も。口のなかから生えてきて上下の唇を閉じる糸を無視していたわけではなかった。クローディアは反対の手でリーの肩をつかみ、体を揺さぶりはじめた。

「スティーヴンスン？」通路から声がかけられた。「受刑者、そこでなにをしてる？　おまえの房ではないだろうが」

「起きて！」クローディアは大声をあげ、さらに強く揺さぶった。「起きてよ、リー！　ほんとに起きられなくなる前に！」

反応なし。

「スティーヴンスン受刑者！　おまえに話しかけてるんだぞ」

「ランプリー先生ですね」クローディアはいいながらあいかわらずリーを揺さぶり、しつこく生えてくる白い糸を掻きとっていた——糸は次から次に生えては伸び、先まわりをするのはひと苦労だった。

「わたし、リーが好き。あなたは？　あなたもおなじ気持ちでしょう、リー？」クローディアは泣きはじめた。「行っちゃわないで、リー。まだ行っちゃうには早すぎる！」

最初クローディアは、簡易ベッドのリーがこの意見に同調してくれたとばかり思った。リーがぱっちり瞼をひらいて微笑んだからだ。

「リー！」クローディアはいった。「ああ、よかった！　あたしったら、あなたがもう——」

しかしリーの微笑みはどんどん大きく広がってきて、唇がめくれあがり、やがて微笑みなどではなくなった——歯を剝きだした嘲笑の表情に変わってきた。ついでリーはがばっと上体を起こして両手でクローディアの首を絞めあげ、さらにクローディアお気に入りのイヤリング——猫の顔の形をしたプラスティック製の小さな品——の片方を嚙みちぎった。クローディアは悲鳴をあげた。リーはイヤリングを——へばりついている耳朶の小肉片ともども——吐き捨てると、クローディアののどに手をかけてきた。

小柄なリー・デンプスター」とくらべると、クローディアは体重で三十キロ以上もまさっているうえ、腕力もある。しかし、リーはもはや正気ではなかった。クローディアはかろうじてリーを押しのけた。リーの指がクローディアの首から滑り落ち、そのまま大柄な女の剝きだしの肩に爪をぎりぎりと食いこませて、血を流させた。

クローディアはよろよろと寝棚から離れ、ひらいたままの監房のドアをめざした。リーはしぶとくクローディアにしがみついて離れず、うなり、歯を立て、左右に身を激しくよじり、自分を押さえているクローディアの手をふりほどこうとした。手から逃げればもっと近くに迫り、本格的なダメージをクローディアに与えられるからだ。次の瞬間、ふたりは組みあったまま通路に出た。受刑者たちが叫んでいた。ヴァネッサ・ランプリー刑務官が大声をあげていた。そんな喧噪のすべてはもうひとつの銀河、もうひとつの宇宙で響いていた。なぜならリーの目玉が眼窩から飛びだし、リーの歯がクローディアの顔のすぐ近くでかちかちと鳴っていたからで——なんということ、クローディアの足がもつれてB翼棟の通路の床に倒れ、リーの下敷きになった。

「受刑者！」ヴァネッサが叫んでいた。「受刑者、離れなさい！」

女たちが大声をあげていた。ただしクローディアは——初めのうちこそ——声をあげなかった。大声は体力を消耗する。いかれた女——悪鬼そのもの——を押しとどめておくにはなによりも体力が必要だった。しかし、声をあげないことにも効き目はなかった。かちかち歯を鳴らすロが着実に迫っていた。リーの呼気のにおいが嗅ぎとれた。リーの垂らす唾のひと粒、ひと粒が見えた——唾の雫のなかで微小な白い繊維がひらひら踊っていた。

「受刑者、わたしは銃を抜いてる！　わたしにこれをつかわせるな！　頼む、こいつをつかわせないでくれ！」

「こいつを撃って！」だれかが叫んでいた。そのだれかが自分であることにクローディアは気づいた。自分にはまだそれなりの体力が残っていたらしい。「お願い、ラ、ン、プ、リ、ー先生！」

通路に轟音が響きわたった。リーのひたいの上のほうに大きな黒い穴が出現した——傷痕がつくる格子のまさに中央に。自分が撃たれた場所を見ようとしているかのように、目玉がぎょろりと上をむき、熱い血がクローディアの顔一面にしぶきとなって飛び散った。

最後の体力で手足を痙攣《けいれん》のように動かすことで、クローディアはようやくリーを上から押しのけた。リーの体が廊下の床に落ちて力ない音をたてた。ヴァネッサ・ランプリー刑務官は両足をひらいて踏んばり、官給品のリボルバーを両手で握って腕をまっすぐ前に突きだしていた。銃口から立ちのぼっているひと筋の硝煙を目にして、クローディアは先ほどリーの髪の毛を払ったとき指にへばりついてきた白い糸を連想した。ヴァネッサの顔は——両目の下の紫色になったたるみ以外は——血の気をなくしていた。

「リーはわたしを殺そうとしてた」クローディアは苦しい息でいった。

「知ってる」ヴァネッサは答えた。「知ってるって」

第十七章

1

町までの道のりを半分まで走ったところで、クリント・ノークロスはふとあることに思いいたり、〈オリンピア・ダイナー〉の駐車場に車を乗り入れ、《**いらっしゃいませ**——**当店自慢のエッグパイを召しあがれ**》という誘い文句が書かれたイーゼルパネルの横にとめた。それから携帯を引っぱりだし、《**ヒックス**》を検索した。あいにく電話番号は登録されていなかった。この事実こそ、クリントとドゥーリング刑務所副所長との関係をあますところなく物語るものだろう。さらに連絡先をスクロールしていくと、《**ランプリー**》が見つかった。

ヴァネッサ・ランプリー刑務官は二度めの呼出音で電話に出た。息を切らしている声だった。

「ヴァネッサ？　大丈夫か？」

「ええ。でも先生は先に帰ったせいで花火を見逃した。いいこと、ドク、わたし、人を撃ち殺す羽目になってしまって」

「なんだって？　だれを？」

「リー・デンプスター。死んだわ」それからヴァネッサは一部始終を語った。クリントはあっけにとられながら話にききいった。

「驚いたな」話がおわると、クリントはいった。「で、きみは無事なのか？」

「体には傷ひとつ負ってない。精神は調子っぱずれのずたぼろ。でも、そっちはあとで先生に精神分析してもらえばいい」そういうとヴァネッサは、なにやら家鴨《あひる》の鳴き声めいた水っぽい感じの派手な音をたてた——どうやら洟《はな》をかんでいたらしい。「話はそれだけじゃない」ヴァネッサはクリントに、エンジェル・フィッツロイとイーヴィ・ブラックのあいだで起こった暴力沙汰の一件を物語った。

「わたしは現場にいたわけじゃなくって、モニターで見ただけよ」

「いいことをしたね。クローディアのことも。きみはあの受刑者の命を救ったようじゃないか」

「リー・デンプスターにとっては、いいことなんかじゃなかった」

「ヴァン——」

「リーのことは好きだった。もし質問されていたら、リーはこの刑務所でいちばん正気をなくしそうにない受刑者だと答えてたはずよ」

「リーの遺体はいまどこに？」

「清掃用具用のクロゼット」ヴァネッサは恥じている口調だった。「ほかに保管場所を思いつけなくて」

「無理もないな」クリントはひたいをこすり、目をぎゅっとつぶった。ヴァネッサを慰めるための言葉を重ねるべきだとわかっていても、そのための言葉が出てこなかった。「エンジェルは？　エンジェル・フィッツロイはどうなった？」

「なんとジャネット・ソーリーが催涙スプレーの缶をつかんで、エンジェルの顔にスプレーを浴びせたの。ランドとミリーのふたりがエンジェルに突進して、A翼棟の監房に閉じこめた。いまエンジェルは監房の壁をがんがん叩いて、医者を呼べと要求してる。目が見えなくなったと訴えてるけど、どうせ嘘っぱちね。髪の毛に蛾がはいりこんでるとも訴えてるけど、こっちは嘘っぱちじゃないかも。刑務所内で蛾が発生しているから。ドク、あなたには刑務所に帰ってきてほしい。ヒックス副所長はメルトダウンを起こしてる。あの男はわたしに武器を差しだせといってきた──たしかに服務規定上はそうだけど、わたしは拒否したわ」

「その対応で正しかったんだよ。事態が鎮静化するまで、服務規定なんか窓からぽいっと投げ捨てていい」

「ヒックスはほんと役立たず」

わたしがそれを知らないとでも？　クリントは思った。

「たしかに前々から役立たずな男だった。でも、いまみたいな場面だと、ただの無能が危険な存在になりかねないみたい」

クリントは話を元の流れにもどした。「さっき、イーヴィがエンジェルを挑発していたと話してたね。イーヴィはなにを話してた？」

「わたしは知らないし、クイグリーとオルスンの両刑務官もきいてなかった。ジャネットなら耳にしてたかも。エンジェルの大暴れをとめたのはジャネットだから。あの女囚にはメダルを授与してもいいくらい。あなたが刑務所に帰ってきたときも、まだジャネットが眠りこんでなければ、いきさつの一部始終がききだせるかも。で、いつまでに帰ってこられる？」

「できるだけ早く」クリントは答えた。「いいかな、きみがまだ動揺してるのはわかっているが、ひとつだけ、どうしてもはっきりさせておきたいことがある。エンジェルがイーヴィに話しかけたのは、イーヴィが眠っていても例の繭にくるまれてはいなかったから――そうだね？」

「ええ、そう感じたの。わたしが見たのは、エンジェルがコーヒーポットの蓋で鉄格子をがんがん叩きながら、頭がぶっ飛びそうな大声を出していたところだけ。そのあとは別件で手いっぱいになってしまって」

「でもイーヴィは目を覚ました？」

「ええ」

「イーヴィは目を、覚ました」

「ええ。エンジェルに起こされて」

クリントはここから首尾一貫する理屈を見つけようとして、見つけられなかった。多少の睡眠をとったあとなら、もしかしたら――

そんなことを考えた自分が罪深く思え、顔が熱く火照った。いきなり突拍子もない考えが頭に降ってきた。もしやイーヴィ・ブラックは男なのでは？　妻のライラが逮捕したのは女装した男性だったのではないか？

そんなはずはない。ライラが逮捕した時点でイーヴィは丸裸だった。イーヴィの収監手続にあたった女性刑務官たちも、やはり裸のイーヴィを見ていたはずだ。それに、あれだけの打撲傷やひっかき傷が半日もたたないうちにすっかり治癒したことはどう説明すればいい？

「これからわたしが話すことを、ヒックス副所長や、いまそこにいる刑務官たち全員に伝えてほしい」クリントはようやく、そもそも最初に頭に浮かんだ考えという出発点に立ちかえった――レストランの駐車場に車をとめ、刑務所に電話をかけた理由になった考えに。

「全員に話すといっても、すぐすみそうね」ヴァネッサ・ランプリーはいった。「ビリー・ウェッターモアとスコット・ヒューズがさっき出勤してきた。これはありがたい知らせだけど、いま残っているスタッフを〝最低限人員《スケルトン・クルー》〟と呼んだら、貧弱すぎて骸骨《スケルトン》を侮辱することになりそう。ヒックスを勘定に入れても、いまいるスタッフはたった七人。先生を入れれば八人よ」

クリントはこのあからさまなヒントをきき流した。「さっき車で町へむかっている途中、頭にひらめいたんだよ。きみからさっきの話をきかされるちょっと前のことだ。イーヴィ・ブラックがほかの女性たちとはちがうという話――これをどう解釈すればいいのかはわからない。ただ、この話が刑務所外に洩れてはまずいということはわかる。話が真実でも真実ではなくてもだ。わるくすれば暴動のきっかけになりかねない。なにを話しているのかはわかってもらえるね？」

「ええと……」

いまの〝ええと……〟という反応に、クリントは不吉な予感をいだいた。「どうした？」

「それがね……」

今度の〝それがね……〟は、さらに不吉な予感をかきたてた。

「いいから話してくれ」

またしても、家鴨の鳴き声めいた水っぽい音がきこえた。「さっきA翼棟での大騒動が落ち着いたあと……ヒックスから武器を差しだせといわれて拒否したあと……当のヒックスが携帯をつかってるのを見たの。そのあと、ミリーが出勤してきたスコットとビリーに事情をひととおり話したあと、このふたりもやっぱり携帯をつかってたし」

手おくれだったか――クリントは思い、目を閉じた。たちまち、こんなおとぎ話が勝手に出来あがってきた。

昔々あるところに無名の刑務所づき精神科医がおりました。精神科医は黒ずくめの服に身を包むと、夜の戸外へ走って出ていき、州間高速道路を横切るように寝そべりました。そこへトレイルウェイズの高速路線バスがやってきて、精神科医をみじめなこの世の境遇から救いだし、おかげでみんなはいつまでもいつまでも幸せに暮らしましたとさ。いや、もしかしたら幸せじゃなかったかもしれない。でも、それはもう精神科医が頭を悩ますことではありませんでした。おしまい。

「わかった、わかった」クリントはいった。「では、こうしよう。今後はもうだれにも電話をかけないでくれ、と一同にいうんだ。やってくれるね？」

「わたし、妹のボニーに電話をかけちゃった！」ヴァネッサがいきなり告白した。「ごめんなさい、ドク。でも、なにかいいことをしたくてたまらなかった――リーを撃ち殺してしまったことの埋めあわせがしたくて！　だからボニーに、どんなに眠くなっても決して寝てはだめと話した――刑務所にいるある人物がこの病気の免疫をもっているかもしれなくて、それはつまり治療法が存在するかもしれないってことだからって！　いえ、自然に治るかもしれないってことだからって！」

クリントは目をひらいた。「きみは何時から起きっぱなしだ？」

「朝の四時よ！　馬鹿な犬に起こされた！　外に出せ、お、おしっこしたいんだよ、ってね！」めったに動じないタフなヴァネッサ・ランプリーもついに屈して、泣きはじめた。

「とにかく、そっちにいる全スタッフに今後はいっさい外部に電話をかけるなと徹底させてくれ」もう手おくれなのはほぼ確実だが、ニュースの拡散スピードを少しでも落とせるかもしれない。洩れた話を止める手段だってあるかもしれない。「妹さんにもう一度電話をかけて、さっきの話は勘ちがいだったというんだ。根も葉もない噂話をうっかり信じてしまっただけだ、と。外部に電話をかけたスタッフにも、おなじようにしろと伝えてくれ」

沈黙。

「ヴァン、まだそこにいるかい？」

「そんなことはしたくないな、ドクター・ノークロス。お言葉をかえすようだが、それが正しいことだとは思えない。ボニーはこれからも目を覚ましていると思う――夜が明けるまではね。ひと筋の希望があると信じてるから。ボニーのそんな気持ちを奪いたくない」

「きみの気持ちはわかる。でも、これはやっておくべきことなんだよ。町の人たちが大挙して刑務所に押しよせてくるような事態を望んでるのか？　それこそ、ほら、昔のフランケンシュタインものの映画で、松明《たいまつ》をかかげて城を襲撃した農民たちの大群みたいになるんだぞ」

「奥さんのようすを確かめてらっしゃい」ヴァネッサはいった。「たしか先生は、奥さんがわたしより長く起きてるって話してた。奥さんの顔をまっすぐ見ながら、それでも暗いトンネルのずっと先には、小さくても希望の光があると話さずにいられるかどうかを確かめてくるといい」

「ヴァン、話をきいて――」

しかし、ヴァネッサはもう電話を切っていた。クリントは携帯の画面の《**通話終了**》という表示を長いこと見つめていたが、やがてポケットに電話をしまって町までの残りの道を走りきった。

デンプスターが死んだ。陽気なリー・デンプスターが。信じられなかった。またヴァネッサ・ランプリーのことを思うと――クリントの指示に従わなかったとはいえ――胸が痛んだ。いや、そもそもヴァネッサが自分に従うも従わないも関係ない。しょせん、自分はただの刑務所づきの精神科医ではないか。

2

警察署前にある《**十五分以内の駐車限定**》スペースのひとつに車を入れたクリントは、ここで耳にするはずはないと思ったはずのものを耳にした。ひらいたままの正面玄関からあふれていたのは笑い声だった。

待機室にはかなりの人数の関係者がいた。ライラは通信指令係のデスクの前で、リニー・マーズとならんですわっていた。そのふたりを、五人の男性警官がゆるやかな輪をつくって囲んでいた――テリー・クームズ、リード・バロウズ、ピート・オードウェイ、エルモア・パール、ヴァーン・ラングル。警官たちの輪から離れたところに、イーヴィ・ブラックの件を短時間ながら扱った公選弁護人のバリー・ホールデンと、クリントが町でよく見かける、白いひげをたくわえた年配のウィリー・バークが立っていた。

ライラはタバコを吸っていた。タバコは八年前にやめていた——ある日、まだ幼かったジェイリッドが自分が大人になりきらないうちに、母親が肺癌で死ぬようなことになってほしくないといい、その言葉をきっかけに禁煙したのである。きょうはリニー・マーズとほかふたりの出席者もタバコを吸っていた。あたりの空気は青っぽく、いい香りに満ちていた。

「みんな、なにをしてるんだい?」クリントはたずねた。

クリントを見るなり、ライラがぱっと顔を輝かせた。それから吸っていたタバコをコーヒーカップで揉み消し、部屋を横切って走り寄ると、両腕を広げたクリントに飛びついてきた。文字どおり、飛びついてきたのだ——ライラは、クリントの太腿の裏側で左右の足首を交差させた。それから熱いキスをしてきた。これがさらなる笑い声を呼び、ホールデン弁護士は〝ほーほー〟とはやしたて、拍手もちらほらあがった。

「ああ、あなたと会えて本当にうれしい!」ライラはそういって、またクリントにキスをした。

「ジェイリッドのようすを見にいく途中だったんだ」クリントはいった。「ちょっと署に寄ってきみがいるかどうか、きみが署を離れられるかどうかを確かめようと思ってね」

「ジェイリッド!」ライラは声を高めた。「わたしたちって最高の息子を育てたと思わない? ほんと、わたしたち夫婦のいちばんの偉業ね。ふたりめの子供をつくらなかったのが自分勝手なおこないに思えることもあるくらい」

そういってライラはクリントの胸をとんとんと叩き、体を離した。笑みをたたえた口もとの上にあるライラの目を見ると、瞳孔が極端に小さくなっていた。

テリー・クームズが近づいてきた。目の縁が赤く、腫れぼったくなっている。テリーはクリントと握手をした。「ロジャーになにがあったかはもう知ってるかい？　あいつ、かみさんのラッピングを剝がそうとしやがった。馬鹿なことをしたもんだ。クリスマスまで待ってればよかったのに」テリーはいきなり高笑いの声をあげたが、やがてその声がすすり泣きに変わった。「おれの女房も行っちまった。子供とは連絡がとれない」

テリーの息は酒くさかったが、ライラの呼気はにおわなかった。ライラがなにを摂取したにしても、人を元気づける効果が酒よりもずっと強いものだろう。クリントはテリーに対抗するため、刑務所でなにがあったかを話そうかと思い、すぐにその考えを捨てた。リー・デンプスターが死んだ話は、パーティーの余興にはふさわしくない――そしてここのあつまりの雰囲気は、パーティー以外のなにものでもなかった。

「気の毒にな、テリー」

ピート・オードウェイが肩に腕をまわして、テリーを連れ去っていった。

ライラが白いひげの男を指さして夫に話しかけた。「ウィリー・バークのことは知ってるでしょう？　この人がピックアップトラックを出して、わたしがロジャーとジェシカを死体安置所に運ぶのを手伝ってくれたの。ま、死体安置所というのは〈スクイーキー・ホイール〉の冷凍庫のことだけど。病院はこのところ立入禁止になってるみたいだから。ほんと、ひっどい話よね？」ライラはくすくす笑い、両手で自分の顔をぴしゃりと打った。「ごめんなさい、自分でもとめられなくて」

「先生に会えてよかった」ウィリーがいった。「いい奥さんをおもちだね。奥さんはさぞや疲れてるだろうに、立派な仕事ぶりじゃないか」

「ありがとう」そういってから、クリントは妻に話しかけた。「どうやらきみたちは証拠品ロッカーの中身に手をつけたみたいだな」

ライラは尻ポケットからプロビジルの処方箋を出してクリントにわたした。「あいにく役に立たなかった――ほかの処方箋もね。薬局のうち二軒は早々と掠奪されていたし、〈ライトエイド〉はいまじゃ灰と炭だけになってる。町にはいってくるとき、焦げくさいにおいがしなかった？」

クリントはかぶりをふった。

「おれが思うに、おれたちはこうやって通夜をしてたわけさ」ヴァーンはいった。「あらゆる女たちもおなじことをすればいいんだが」

つかのま、その場の全員が困惑した顔を見せていた。最初にバリーが笑いはじめ、ほかの警官たちも笑いだした。つづいてウィリーとライラとリニーも笑いの輪にくわわった。一同の笑い声は神経に障るほど陽気だった。

「こうやって通夜をしてた」ライラはヴァーンの言葉の一部をくりかえして、クリントの腕をつついた。「こうやって通夜。女たちが徹夜で起きていればいい、っていう洒落《しゃれ》。わかった？」

「ああ、わかった」クリントは答えた。どうやら自分は、アリスならぬ警察関係者たちがつくる〝不思議の国〟に迷いこんだらしい。

「素面《しらふ》の者ならここにいるぞ」ウィリー・バークが手をあげていった。「たまにこっそり自作することはあってもな――」ライラにちらりとウィンクを送る。「いまのはきかなかったことにしてくれや、署長。でも、自分で口をつけることはない。これでもかれこれ四十年、一滴の酒も口にしてないんだから」

「ミスター・バークの分は、わたしが頂戴したと認めなくては」バリー・ホールデンがいった。「あれやこれやの事情にかんがみて、それこそが正しいおこないに思えたんだ」

バロウズとオードウェイ、パールとラングルという警官の面々も、自分たちは素面だと主張した。ヴァーン・ラングルにいたっては、法廷で証言しているかのように片手をかかげていた。クリントは腹が立ちはじめた。笑い声のせいだ。理解できなくもない――たしかにライラはもう三十時間以上も不眠不休をつづけているのだから、少しばかり浮かれ騒ぐ権利はあるはずだし、証拠品ロッカーの中身を利用するというのはクリント自身の思いつきだ。それでも、ここの笑い声は少しも気にいらなかった。車を走らせて町まで来るあいだ、自分はどんな事態にも心がまえができていると思いこんでいた。しかしヴァネッサがリーを射殺した話への心がまえはなかったし、酒で大騒ぎするアイルランド流通夜が郡警察署内でおこなわれているという事態への心がまえもなかった。

ライラが話をしていた。「さっきまでみんなで話してたのは、ロジャーが家庭内暴力の通報で現場に急行したときのことよ。現場の家に着いたら、その家の女が二階の窓から顔を出して、とっとと帰って死にやがれとロジャーにいったの。でもロジャーが帰りもせず死にもしないとなると、その女はバケツ一杯のペンキをロジャーの頭にぶちまけた。ロジャーったら、一カ月たってもまだ髪からペンキをこそげ落とそうとしてたっけ」

「ダッチ・ボーイ・ルンバ・レッド！」リニーが笑いながらけたたましく叫び、その拍子にくわえていたタバコを膝に落としてしまった。すぐに拾いあげたはいいが、今度は火のついている側をくわえかけ、あわてて逆にしようとする途中でまた床に落とした。これも一同の笑いを誘った。

「なにをやったんだ？」クリントはライラにたずねた。「きみとリニーはなにを？　コークか？」

「外れ——がつんと強いのは、あとの機会のためにとっておくの」リニーが答えた。

「心配はいらんぞ、署長さん。わたしが弁護人になってやる」バリーがいった。「緊急事態の準則を適用して無罪を主張しよう。アメリカじゅうをさがしても、あんたを有罪にする陪審はいないさ」

　この言葉も爆笑の発作を引きだした。

「グライナー兄弟のところのガサ入れで、〈ブルースクーターズ〉を百錠ばかり押収したの」リニーがいった。「ライラがカプセルをひとつあけて、中身の粉薬をふたりで分けて吸ったわ」

　クリントはドン・ピーターズのことを思った。最初は談話室でジャネット・ソーリーに性的サービスを強要し、そのあとジャニス・コーツ所長のコーヒーに薬を溶かしこんだ男。クリントはまた、ジャニスが承認した馬鹿げたコーヒーミックス・ドリンクのことを思った。A翼棟に収監されている奇妙な女のことを思った。クローディアの首を絞めて、喉笛を歯で嚙み裂こうとしていたリーのことを思った。さらには、あの刑務所のそれぞれの監房で泣き濡れている怯えきった受刑者たちのことを思い、ヴァネッサ・ランプリーからきかされた《そんなことはしたくないな、ドクター・ノークロス》という言葉を思った。

「効き目はあったみたいだね」クリントはいった。自分自身を抑えるためには、一心に集中する努力が必要だった。「ぱっちり目を覚ましてるようじゃないか」

ライラはクリントの両手を握った。「あなたの目にどう見えるかはわかってる——わたし、わたしたちがどう見えるかが。でも、ほかにどうしようもなかったの。薬局はみんな掠奪されてるし、スーパーマーケットでも目を覚まさせる作用が少しでもある品はとっくの昔に売切れだし。ジェイリッドが教えてくれたの。あの子と話をしたわ。あの子なら大丈夫。あなたが心配する必要はないし、それでね——」

「なるほど。少しだけでいいから、ふたりで話ができないかな？」

「ええ、もちろん」

3

ふたりはひんやりとした夜の戸外へ出ていった。クリントの鼻が灰と焦げたプラスティックの臭気をとらえた——〈ライトエイド〉で残ったのはそのふたつ、灰と悪臭だけだろうとクリントは思った。ふたりの背後では会話が再開していた。笑い声も。

「で、ジェイリッドはどうしてる？」

ライラは通学路に立つ交通指導員のように片手をかかげた。クリントを運転の荒いドライバーあつかいするように。「いまはモリーという小さな女の子のお世話係よ。ミセス・ランサムのお孫さん。ミセス・ランサムが繭に包まれてしまったので、ジェイリッドが世話を引き継いだわけ。あの子ならいまのところ大丈夫。心配する必要はないわ」

いや、息子の心配をする必要はないなんて、そんなことはいわないでくれ。あいつが十八歳になるまでは、息子のことを心配するのがわれわれふたりの仕事だぞ。ドラッグのやりすぎで、そんなことも忘れたのか？

「というか……いま以上に気を揉む必要はなさそうといったほうがいいかな」少し間をおいてから、ライラはいい添えた。

ライラは疲れきっているし、やるべき仕事が山積しているんだぞ――クリントは自分に思い起こさせた。おまけに、ひとりの女性を殺したばかりだ。そんな相手に怒っていい理由などない。それでもクリントは怒っていた。感情の前に論理はほとんど力をもたない。精神科医としてのクリントはそのことを知っていた。知っていること自体、いまこの瞬間はなんの力にもならなかった。

「もうどのくらい起きっぱなしか、自分でわかってるのかい？」

ライラは片目を閉じて暗算していた。そのせいで、クリントが好きではないライラの海賊っぽい一面がのぞいた。「たぶん……きのうの午後一時とか、そのあたりからだと思う。とすると……」頭を左右にふって、「いやだ、計算できない。心臓がすごくどきどきしてる。でも、目はぱっちり冴えてる……そういうこと。でも、ほら、あの星を見て！　すっごくきれいじゃない？」

クリントには計算できた。ざっと三十二時間だ。

「リニーがインターネットで、人間は何時間までなら眠らずにやっていけるのかを調べてた」ライラは明るい口ぶりだった。「それによれば最長記録は二百六十四時間ですって。おもしろくない？　十一日間！　記録をつくったのは、科学の実験をしていたハイスクールの男子生徒よ。でもいっておく——その記録はきっと破られる。だって世の中には断固として眠らないと決めている女たちがいるんだもの。

でも認知機能はたちまち低下するし、感情を抑制する力も減ってくる。そればかりか、マイクロ睡眠《スリープ》という現象も起こす。わたし自身もトルーマン・メイウェザーのトレーラーハウスで体験したけど、不気味だったわ——髪の毛のあいだから、白い糸の最初の一本がすっと生えてくるのがわかったの。いい面を見れば、人間が昼行性の哺乳類だってことね。ひとたび夜明けになって太陽がのぼれば、なんとか寝ないで朝を迎えた女たちはまた元気になれる。あしたの午後もなかばになれば、その元気も薄れそうだけど——」

「きみがゆうべ深夜勤務だったのが悔やまれるね」クリントはいった。そんな言葉が口から外に出ようとしていたことにクリント本人も気づかないうちに。

「ええ」ライラの口から即座に笑い声が出た。「ほんとに悔やまれる」

「いや、ちがう」クリントはいった。

「どういうこと？」

「マウンテンレスト・ロードでペットフードの輸送トラックが横転したのは本当だ。でも、その事故は一年前のことだ。となると、ゆうべはなにをしていた？　いったいどこに行っていた？」

ライラの顔は血の気をうしなって白くなっていた。しかし暗い戸外に出てきたせいだろう、瞳孔はほぼ正常な大きさにまで回復していた。「いまその件を本気で話題にしたいって思ってる？　こんなに大変なことが起こっているのに？」

ここで話をやめようと答えることもできたはずだ。しかしちょうどそのとき、署内から例の腹立たしい笑い声がきこえてきて、クリントはライラの腕をつかんだ。「話すんだ」

ライラは二の腕をつかんでいる手を見おろし、視線をクリントの顔にむけた。クリントは手を離した。

「バスケットボールの試合を見にいった」ライラはいった。「プレイを見たい女子選手がいたから。背番号34。名前はシーラ・ノークロス。母親はシャノン・パークス。さて、教えて、クリント――どっちがどっちに嘘をついていたの？」

クリントは口をひらいた――なにをいおうとしたのかは自分でもわからない――しかし、まだ言葉をひとつも口にできていないうちに、テリー・クームズが目を大きく見ひらいて、警察署から飛びだしてきた。「ああ、やばいぞ、ライラ！　とんでもなくやばい！」

ライラはクリントから顔をそむけた。「どうしたの？」

「すっかり忘れてた！　なんで忘れたりした？　ああ、もう腹が立つ！」

「忘れたってなにを？」

「プラチナム！」

「プラチナム？」

ライラはただクリントを見つめているだけだった。そんな妻の顔を見ているうちに、怒りが崩れていった。その困惑の表情から読みとれるのは、テリーがなにを話しているのかをライラがある程度までは知っていながら、どういう文脈に置いて、どういう事実関係の枠におさめればいいのかがわかっていないらしい、ということだった。ライラはそのくらい疲れているのだ。

「プラチナムだよ！　ロジャーとジェシカのあいだに生まれた女の赤ん坊！」テリーは大声で同僚警官とその家族の名前を叫んだ。「たった八カ月だっていうのに、あの子は家にひとりっきりだ。おれたちは赤んぼのことをきれいに忘れちまってた！」

「大変」ライラはいった。ライラはすばやく身をひるがえし、テリーをすぐうしろに従えて正面玄関の階段を駆けおりていった。ふたりともクリントを見もしていなかったし、クリントが名前を呼んでも、あたりを見まわしたりしなかった。クリントは階段を二段ずつ駆け降り、車に乗りこむ寸前のライラに追いついて肩をつかんだ。ライラはとても車を運転できる状態ではないし、それはテリーもおなじ。しかし、それであきらめるふたりではないこともクリントにはわかった。

「ライラ、きくんだ。赤ちゃんはまず無事だと考えていい。ひとたび繭に包まれたら、その人は安定した状態になると考えられてる――いわば生命維持装置のようなものなんだ」

ライラは肩をそびやかして、クリントの手を払った。「話はあとで。家で待ちあわせましょう」

運転席にすわっているのはテリー――ずっと酒を飲んでいたテリーだ。

「赤ちゃんについては、あんたの見立てが正しいことを祈ってるぜ、ドク」テリーはそういうと、力いっぱいドアを閉めた。

4

ジャニス・コーツ所長の娘がここ数週間つかっていたスペアタイヤが、ヴァージニア州フレデリックスバーグ近郊を走行中という、歓迎できないにもほどがある最悪のタイミングでパンクした。母親なら——母親としても刑務所長としても、最悪の事態を想定することに異常なほど執心している母親なら——いずれパンクするのは避けがたいことだったと警告していたはずだ。ミカエラは車を〈マクドナルド〉の駐車場に入れ、トイレをつかうために店内にはいっていった。

カウンター席にひとりのバイカーがすわっていた——巨体のもちぬし、上半身には《**サタンズ7**》という文字が縫いとられた革のベストを素肌にじかに着て、背中にはTEC‐9とおぼしき銃器をストラップで結わえつけていた。バイカーはカウンターの内側にいる洗い熊のような目をした娘にこう説明していた。いや、ビッグマックの代金を払うつもりはこれっぽっちもない、今夜は特別な夜だ、おれが欲しいものはすべて無料《ただ》になるのさ。ドアが閉まるときの空気の音をききつけてふりかえったバイカーが、ミカエラの姿を目にとめた。

「やあ、姉ちゃん」いかにも賞賛しているかのような目つきだった——《わるくないぞ》という感じ。「なんか見覚えがあるな」

「あら、そう？」ミカエラは足をとめずに、〈マクドナルド〉の壁に沿って突きあたりまでずんずん歩いていき、さらに裏の出入口からまた外へ出た。足早に駐車場の奥を目指し、生垣をつくる灌木の枝をかきわけて進む。生垣の反対側は、雑貨やインテリアグッズなどをあつかうチェーン店〈ホビーロビー〉の駐車場だった。店には明かりがついていて、店内に人がいるのも見えた。よりにもよってきょうという日の夜、この店で買物をせずにいられないとは、いったいどこまでスクラップづくりに精を出せば気がすむのか。

一歩足を踏みだしたところで、もっと近くにあるものに注意を引かれた。五、六メートル離れたところでカローラがアイドリングしていた。運転席を占めているのは真っ白い人影だった。

ミカエラは車に近づいていった。いうまでもなく、白い人影はひとりの女だった。頭部と両手は白い繭に包まれていた。ミカエラはコークでハイになったままだったが、もっともっとハイになりたくなった。繭に包まれた女の膝に犬の死骸が載っていた。プードルだ――タオルのように絞られた胴体がねじれたままになっていた。

あらあら、ワンちゃん。ママが駐車場でうとうと居眠りしちゃったとき、顔に生えてきた白いふわふわを舐めてとろうなんて真似をしたのがまちがいね。あんたが起こしたのなら、ママはさぞやご機嫌ななめだったはず。

ミカエラは犬の死骸をそっと芝生にまで運んだ。それから女を――運転免許証によれば名前はアーシュラ・ホイットマン＝デイヴィス――助手席まで移動させた。女をいまのまま車に乗せておくのは気に入らなかったが、もうひとつの対応――すなわち女を愛犬の死骸とならべて芝生に寝かせるという案──には心底から落ち着かないものを感じた。それだけではなく、実際上の理由もあった。アーシュラを同乗させていれば、乗員二名以上の車限定のカープールレーンを合法的に走れる。

ミカエラはカローラの運転席にすわると、州間高速道路七〇号線への進入路に車を乗り入れた。

〈マクドナルド〉の前を走って通りすぎたとき、意地のわるい考えが頭に浮かんだ。コカインを燃料に生まれた考えにはちがいなかったが、それでも神々しいまでに正しい考えに思えた。ミカエラは隣の〈モーテル6〉の駐車場をつかって方向転換をすると、また〈マクドナルド〉の駐車場に車を乗り入れた。カローラの真正面にキックスタンドでとめられていたのは、ヴィンテージタイプにも見えるハーレーダビッドソン・ソフテイルだった。リアフェンダーのテネシー州のプレートの上には、髑髏《どくろ》のステッカーが貼ってあった。髑髏の片目に《サタンズ》、反対の目には《7》とあり、さらにずらりとならんだ歯を横切るように《気をつけな》と書いてあった。

「ふんばっててね、アーシュラ」ミカエラは繭に包まれた副操縦士に声をかけ、カローラをバイクにむけてスタートさせた。

バイクに体当たりした時点でカローラのスピードはせいぜい時速十五キロ程度だったが、それでも胸のすくような衝突音があがった。バイカーの男は正面の窓に面したテーブルにすわり、食べ物を山のように積みあげたトレイを前にしていた。男がさっと顔をあげたときには、ミカエラのカローラは鋼鉄の馬というべきハーレーからバックで離れていくところだった──ただし、もう鋼鉄の馬ではなく死んだポニーにしか見えなかった。片手に秘伝のソースがしたたるビッグマックを、反対の手にマックシェイクをもった男が、店のドアを目指して走りながらにやら唇を動かしているのが見えた。背中のTEC－9が上下に揺れていた。なにをいっているのかミカエラにはわからなかったが、ユダヤ人の別れの挨拶である〝平安あれ《シャローム》〟だとは思えなかった。ミカエラは男にむかって陽気に手をふると、車をふたたび進入路へ進め、アーシュラのカローラの速度を時速百キロにまであげた。

三分後、ミカエラはまた州間高速道路にもどっていた。馬鹿笑いの声をあげてはいたが、舞いあがった幸せ気分が長つづきしないことはわかっていた。長つづきするように、また追加で一服したくもあった。

5

アーシュラのカローラには衛星ラジオがそなわっていた。ひとしきりボタンをあれこれ押していくうちに、ニュース・アメリカを受信することができた。心躍るようなニュースではなかった。副大統領の妻が関係した〝事案〟にまつわる未確認ニュースもあった――その結果、シークレットサーヴィスの面々がオブザーバトリー・サークル一番地の副大統領公邸に呼びだされたという。動物の権利を主張する活動家たちが、ワシントンの国立動物園の動物たちを解放した――カテドラル・アヴェニューで人間らしきものをがつがつ貪るライオンの姿を複数の人が目撃していた。極右保守主義者がラジオのトーク番組で、オーロラ病は神がフェミニズムにお怒りである証拠だと放言した。メジャーリーグのワシントン・ナショナルズはボルチモア・オリオールズとのインターリーグ・ゲームをキャンセルした。ミカエラはこの最後のニュースに、わかったようなわからないような気分にさせられた――選手は全員（それに審判も）男ではないのか？

助手席では、かつてはアーシュラ・ホイットマン＝デイヴィスという名前をもち、いまは脱脂綿を丸めたような頭になった生き物が州間高速道路のリズムを真似ていた。舗装がなめらかな直線コースではゆったりと体を揺らし、路面に溝があって舗装が完成していない部分にタイヤがさしかかると、小刻みにぶるぶる揺れていた。アーシュラは世界の歴史上、絶対的に最高の旅の道連れかもしれず、絶対的に最悪の道連れかもしれなかった。

以前ミカエラは、覚醒剤《クリスタル》に身を捧げているような娘とつきあっていた――この娘は冷静に精神を集中させた状態で、一点の疑いもなく心の底から、自分は光の体になれると信じていた。ひたむきで心やさしいあの娘も、いまごろ白いものにくるまれて眠っていることだろう。ミカエラは自身の父親のことを思った。懐かしく愛すべき父親。夜になってミカエラが怖がると、ベッド脇にずっとすわっていてくれた――というか、母親からそうきかされていた。（父親はミカエラが三歳のときに死んだ。だから生きている人間としての父親は記憶にない。ミカエラは――鼻を整形し、本名とはちがう苗字を名乗っているとはいえ――真実を報じるリポーターだ。だから事実を知っていた。ミカエラが熟知している父のアーチー・コーツにまつわるひとつの事実とは、父が柩に横たえられ、ドゥーリングの町にあるシェイディヒルズ墓地に埋葬され、いまもそこにいるということだ。父親が光になったということはない。それに、いずれ死後の世界で父親と再会できるという幻想にふけったりもしなかった。問題は単純だ——世界は滅びかかっていて、隣ではプードルを絞め殺して蜘蛛の糸の繭につつまれた女がゆらゆら体を揺らし、いまの望みは、ふたりとも眠ってしまう前に、数時間でも母親と過ごすことだけだ。

ウェストヴァージニア州モーガンタウンで、ミカエラはカローラにガソリンを補充しなくてはならなかった。給油を担当した若い男は詫びの言葉を口にした——クレジットカードのマシンが動かなくなってしまった、と。ミカエラは、アーシュラのハンドバッグにあった札束から代金を支払った。

店員の男は短いブロンドのひげをたくわえ、無地の白Tシャツとジーンズという服装だった。とりたてて男に魅力を感じたことのないミカエラだったが、この痩せぎすのヴァイキングのルックスは好みだった。

「ありがとう」ミカエラはいった。「まだ踏みとどまって仕事をつづけるの?」

「いえいえ」男は答えた。「ぼくのことなんかどうだっていい。ぼくの心配にはおよばないよ。で、それの使い方は知ってる?」

男がくいっと動かしたあごの先に視線をむけると、アーシュラのハンドバッグに行き着いた——ハンドバッグは繭に包まれた女の腰のところに置いてあった。バッグのファスナーがあいたままで、そこから拳銃のグリップが突きだしていた。どうやらアーシュラは犬だけではなく、銃器にも愛着があったらしい。

「ほんとはよく知らなくて」ミカエラはいった。「わたしが長距離ドライブをすると知って、ガールフレンドが貸してくれたのよ」

男はいかめしい目つきでミカエラを見つめた。「安全装置《セイフティ》は側面にある。トラブルが近づいてくるのが見えたら、忘れずにセイフティがはずれていることを確かめる。狙いをつけるのはミスター・トラブルの胴体のどまんなか——そいつの重心だ。狙いをつけたら引金を引く。反動で銃からうっかり手を離したり、銃を胸にぶっつけたりすることのないように気をつけろ。覚えてられるかい？」

「ええ」ミカエラは答えた。「重心。銃から手を離したり、胸にぶつけたりしないようにする。了解。ありがと」

そういって車を出す。ヴァイキング男の声が追いかけてきた。「なあ、あんたはテレビに出てる人だろ？」

6

金曜日の午前一時ごろ、ミカエラの車はようやくドゥーリング郊外にたどりついた。暗闇に浮かぶ刑務所の低く横に長い輪郭にむかってカローラを走らせるあいだ、山火事でもくもく立ちあがった煙がウェストレイヴィン・ロードを横切って広がっていた。煙を前にしたミカエラは、灰の悪臭を吸いこまないようにするため、片手で口を覆わずにはいられなかった。

ミカエラは刑務所のゲート前で車から降りると、赤い呼出ボタンを押した。

モーラ・ダンバートンは、B翼棟の監房で変わり果てた姿のケイリーといっしょにすわっていた。ケイリーは死んではいなかったが、世界にとっては死んだも同然だった。屍衣のなかで
ケイリーは夢を見ているのだろうか？

モーラは片手をケイリーの胸に置き、呼吸にあわせて胸がそっと上下に動くのを感じとりながら、ひらいたままのケイリーの口を縁どっている白い粘つく繊維がつくるマットが外側へ吹かれては、また吸いもどされていくのを見つめていた。わずかに粘つく物質の分厚い膜に爪を立て、そのまま切りひらいてケイリーを自由にしてやろうとしかけたことは二回あった。二回ともテレビのニュース報道を思い出して、手を引っこめた。

ドゥーリング刑務所のような閉鎖社会では、噂話と風邪の菌はたちまち広がると決まっている。しかし、一時間前にA翼棟で起こった事件は根も葉もない噂ではない。エンジェル・フィッツロイは催涙スプレーを顔に食らい、目を腫らして監房に閉じこめられた。新入りの女はクソったれ魔女だ、と大声でわめきちらしながら。

モーラにはすべてが事実でも不思議はないと思えた。とりわけ、首に痣をつくり、肩に深い切り傷を負ったクローディア・スティーヴンスンがB翼棟をこっそり抜けてやってきて、リー・デンプスターがどんなふうに自分を殺しかけたかを一同に話し、さらにはそれに先立って見聞きしたことをすっかり物語ってからはそう思えた。またクローディアは、新入りの女がジャネットとエンジェルの名前を知っていたことを話したが、それだけではなかった。新入り女はエンジェルが少なくとも五人の男を殺したうえに、新生児まで殺したことを知っていた——

そう、知っていいた！

「新入り女の名前はイーヴィ、エデンの園のイヴみたいなもの」クローディアはいった。「考えてもみな！　そのあとリーがあたしを殺そうとしたけど、あの魔女はそのことも知ってたにちがいない——ああ、ほかの連中の名前やエンジェルの赤ん坊の話を知ってたみたいに」

クローディアはだれが見ても信頼できる証人ではなかったが、話には筋が通っていた。その手のあれこれを残らず見抜けるのは、たしかに魔女だけだ。

モーラの頭のなかでふたつの話がひとつに組みあわさって、ある確信を生みだした。ひとつは、よこしまな魔女に呪いをかけられて、糸車で指を刺してしまったことで深い眠りに落ちた美しい王女のこと（モーラは糸車がどういうものか知らなかったが、刺すのだから尖っているにちがいない）。それから数えきれない歳月ののち、ある人の口づけで王女は目を覚ます。もうひとつはヘンゼルとグレーテルのお話だ。魔女に囚われてもふたりは冷静なまま、逆に魔女をかまどで焼き殺して脱出した。

物語はしょせん物語だが、数百年以上もの歳月を乗り越えて生き残ってきた物語には、ちょっとした真実の粒が隠されているはずだ。このふたつの物語に隠れている真実とはこういうことではないか——呪いは解くことができる、魔女は打ち倒すことができる。A翼棟の魔女のような女を殺しても、それでケイリーや世界じゅうの女たちが目を覚ますことはないかもしれない。その反対に、みんなが目を覚ますかもしれない。本当にそうなるかも。仮にそうならずとも、イーヴィというあの女がこの疫病となんらかの関係があることはまちがいない。そうでなくて、どうして普通に眠りにつき、普通に目を覚ますことができる？　そうでなくて、どうしてあの女は知っているはずのないことを知っているのか？

モーラはもう何十年も刑務所にいる。そのあいだにはずいぶん多くの本を読んだし、聖書を通読さえしていた。読んでいるときには、たいして意味もない紙の束としか思えなかったが――男たちは法律をつくり、女たちは〝われを生むな〟という者を生む――一読忘れがたい一節があった。出エジプト記の《魔術をつかう女を生かしおくべからず》という文章だ。

モーラの頭のなかで、ひとつの計画が形をとりつつあった。実行には、わずかな幸運が必要な計画だった。しかし刑務官の半分が無許可で休暇をとっており、いつもなら悪夢でしかない刑務所の決まりきった日課がのきなみ捨てられているような現状を考えれば、幸運もそれほど必要ではないかもしれない。エンジェル・フィッツロイには実行できなかった。だれにでも見えるように、エンジェルの怒りがすべて表面的なものだったからだ。エンジェルが現在、施錠された監房に閉じこめられているのはそれが理由だ。一方モーラの怒りの念は深く埋められた埋み火《うずびみ》――そう、灰で隠された熱く光る燠《おき》だ。だからこそモーラは、刑務所内の通行の自由がある模範囚になれたのだ。

「ちゃんともどってくるからね」モーラはケイリーの肩を叩きながら声をかけた。「あの女に殺されなければの話。あの女が本物の魔女なら、わたしを殺しかねないもの」

モーラは寝台のマットレスをもちあげ、自分で切ってつくった小さな裂け目をさぐった。その奥に手を入れて、一本の歯ブラシをとりだした。硬質プラスティックの柄の先端が研磨されて鋭く尖らせてある。歯ブラシを背中のくぼみとスラックスのウェストゴムのあいだにはさみこみ、ゆったりしたトップの裾で隠して監房から外へ出る。B翼棟の通路に出ると、いったんふりかえり、顔が見えなくなった同房者に投げキッスを送った。

7

「受刑者、そこでなにをしている？」

そう声をかけてきたのはロレンス・ヒックス副所長だった――ヒックスは規模こそ小さいが驚くほど充実した蔵書を誇る刑務所図書室の戸口に立っていた。いつもは三つぞろえのスーツとダークタイを身につけているヒックスだが、今夜はジャケットもベストも着ておらず、ネクタイは引きおろしてあって、片方の端がスラックスの前立て部分にかかっていた――萎びて役立たずになったヒックスの一物をさし示す矢印のように。

「ハロー、ミスター・ヒックス」モーラは挨拶の言葉をかけるあいだも、移動図書室用のカートにペーパーバックを積みこむ仕事をつづけていた。ヒックスに笑みをむけると、天井の蛍光灯の光に一本だけの金歯がきらりと光った。「巡回貸出をやってこようと思って」

「そんなことをするには、いささか遅い時間ではないか、受刑者」

「そうは思いません。どうやら今夜は消灯時間もないようですし」

モーラは鄭重《ていちょう》な口ぶりを崩さず、微笑みつづけていた。これが大事なこつだ――笑顔を見せて、毒にも薬にもならない人物を演じること。ここにいるのは年老いた白髪まじりのモーラ・ダンバートン。長年の刑務所内の日課にすっかり打ちのめされ、舐める必要さえあれば、どんな人物の靴でも喜んでぺろぺろ舐める。かつては怪鳥がとり憑いて何人もの人々を殺したが、いまではその怪鳥も、ずいぶん前に悪魔祓《ばら》いされたかのようだ。これこそ、世界じゅうのエンジェル・フィッツロイの同類たちが身につけられない手管だ。大事なのは、いずれ必要になる場合を想定して、備えを欠かさないことである。

ヒックスは図書室に足を踏み入れて、モーラのカートを調べはじめた。モーラはあやうくこの男に哀れを誘われかけた——顔は血の気をなくし、無精ひげの斑点が散ったあごの下の贅肉はパン生地のように垂れ、わずかに残った髪の毛は目もあてられなく乱れている。しかし、ここでヒックスに止められたら、モーラはヒックスの太った腹を突き刺すつもりだった。眠れる《スリーピング・》美女《ビューティー》はキスで救われた。そしてモーラは、削った歯ブラシという武器で大事な女を救えるかもしれない。

あたしの邪魔をするなよ、ヒックス野郎。肝臓に穴をあけられたくなかったら邪魔するな。いいかい、あたしは肝臓のありかをちゃんと知ってるんだから。

ヒックスはモーラが書架から抜きだしたペーパーバックを調べていた。ピーター・ストラウブ、クライヴ・バーカー、ジョー・ヒル。

「おいおい、ホラーばかりじゃないか」ヒックスが声を高めた。「受刑者にこの手の本を読ませるのか？」

「受刑者たちが読むのは、こういったホラーとロマンス小説だけです」モーラはそう答えたが、その先の部分——《あんたがここの刑務所の実状を少しでもわきまえてれば、知ってて当たり前のことだよ、この鼬野郎《いたち》》——は口にせず、笑みをリフレッシュさせた。「今夜、女たちの目を覚まさせてくれるものがあるのなら、それはホラー小説だと思いました。そもそも、こういった小説で描かれるのは絵空事ばかりです——どれもこれも吸血鬼とか狼男とかで。女たちはこの手のおとぎ話が好きなんです」

つかのまヒックスはためらい顔を見せていた——モーラにむかって、自分の監房へ帰っていろと命じようとしていたのかもしれない。モーラは痒いところを掻くような顔で、背中のくぼみに手を伸ばした。ヒックスのほうは膨らませた頰をすぼめて、ため息をついた。「ああ、行け。その仕事をしていれば、少なくともおまえは目を覚ましていられるし」

このときのぞかせたモーラの笑みは本物だった。「いえ、わたしの心配ならけっこうです、ミスター・ヒックス。わたしは不眠症ですから」

8

ミカエラはもうボタンをくりかえし押してはいなかった。指を固定して押しっぱなしにしていた。ガラスで囲まれた刑務所の正面側は室内から光が洩れて、駐車場には車がとまっていた。所内にはまだ起きている人がいるのだ。

「なんだ?」内部から応答してきた男の声は、あからさまに疲れをのぞかせていた——夕刻に目立ってきたひげが十時になってさらに濃くなった男の声だ。「こっちはクイグリー刑務官。とにかくボタンから指を離せ」

「わたしはミカエラ・モーガン」そう口にした一秒後。ミカエラはテレビ用の芸名がここでは意味をもたないことを思い出した。

「それで？」相手は少しも感じいっていなかった。

「昔の名前はミカエラ・コーツ。母がこちらの所長をつとめてます。お願い、母に会わせて」

「ええと……」

沈黙——インターフォンのケーブルを通じてきこえてきたのは、かすかなハム音だけだった。

ミカエラは忍耐心が尽きかけているのを感じて、背すじをまっすぐ伸ばすと、精いっぱいの力をこめてボタンを押した。「さらにいっておけば、わたしはニュース・アメリカで働いてる。あなたの前に立って顔も姿も見せれば、母と会わせてもらえる？」

「お気の毒です、ミズ・コーツ。所長は眠りにつきました」

今度はミカエラが言葉をうしなう番だった。間にあわなかったのだ。力なく金網フェンスに体をあずける。カローラのヘッドライトの光がゲート前面に反射して、腫れている目をくらませた。

「本当にお気の毒です」また声がきこえた。「お母さまはすばらしいボスでした」

「これからどうすればいいんだろう？」ミカエラはたずねた。指はもうボタンを押していなかったので、夜の闇と森から洩れてくる煙にむけられた質問でしかなかった。

いまの言葉を耳にしていたかのように、クイグリー刑務官が答えをもたらしてくれた。「町へ出るのはどうでしょう？　どこかに宿をとるといい。さもなければ……ああ、〈スクイーキー・ホイール〉が今夜はずっとバーをあけていて、あしたの夜明けまで、あるいはビールが在庫切れになるまでは営業をつづけるって話でした」

9

モーラは図書カートを押しながらB翼棟を進んでいった。ほかの魂胆を秘めていることをだれかに察しとられないよう、ゆっくりとカートを進めていく。

「本を読むかい？」受刑者がいる監房ひとつひとつに、モーラはそう声をかけていった——といっても、収監者が忌まわしい白い物質で包まれていない監房にかぎる。「さあさあ、ほんとに怖いお話を読みたくないかい？　ここにゃ九種類の風味のブギーマン話がそろってるよ」

声をかけても本を受けとる者はほとんどいなかった。大半の者はテレビのニュースを見ていた——ニュースそのものがホラー小説だった。B翼棟近くではビリー・ウェッターモア刑務官がモーラを呼びとめ、カートにならんだ本の題名に目を走らせた。この刑務官が今夜この刑務所にいるとわかっても、モーラに驚きはなかった。ビリーは、マルディグラ初日の夜を迎えたニューオーリンズなみに陽気《ゲイ》な男だったからだ。自宅に女の影があったら、そのほうがよほど驚きだっただろう。

「おれにはどれもこれもクズにしか見えないな」ビリーはいった。「さあ、とっとと先へ進んで、ここから出ていきな、モーラ」

「了解です、先生。これからA翼棟へむかいます。あっちの翼棟の女の二、三人を、ドクター・ノークロスが〈プロザック護衛チーム〉に任命してますが、いまでも本を読みたがるでしょうから」

「けっこう。しかし、くれぐれもエンジェル・フィッツロイと、通路のいちばん奥にあるクッション壁の保護房には近づかないことだ。わかったな？」

モーラは最高ににこやかな笑みを見せた。「もちろんですとも、ウェッターモア先生。ありがとうございます。本当にありがとうございます！」

新入りのあの魔女をのぞけば、A翼棟で目を覚ましている女はふたりだけだった。それ以外は、かつてキティ・マクデイヴィッドという女だった寝姿の塊があるだけだった。

「いらない」A二号監房の女がいった。「無理無理、読めない。読めない、無理無理。ここはずっと怒鳴り声がする。あたしは怒鳴り声が大きらい」

A八号監房にいたのはもうひとりの目覚めている女、エンジェルだった。エンジェルは〝あたしがいったいどうしたっていうのさ〟といいたげな腫れぼったい目をモーラにむけた。モーラが刑務官のビリーからの警告に逆らって二、三冊のペーパーバックを差しだしても、エンジェルは、「とっとと先に進みなよ、モー・モー」といっただけだった。それはいい。もうすぐ廊下の突きあたりだ。モーラは頭をめぐらせた。ビリーはこちらに背中をむけてティグ・マーフィー刑務官――女たちからは、くまのプーさんのキャラクターのようにティガーと呼ばれている――と話しこんでいた。

「モーラ……」

それはささやき声にすぎなかったが、よく通る声だった。なぜか響きをそなえていた。

新入り女の声だ。イーヴィ。イヴ。聖書では善悪の木の実を食べ、そのことで夫ともども苦痛と混乱ばかりの世界へ放逐された女。モーラは放逐のことを知っていた——きわめてくわしく知っていたといえる。なんといっても夫とふたりの子供を（いうまでもなく飼い犬のスラッガーともども）永遠の空虚へ放逐した罪で、このドゥーリング刑務所に放逐されたのだから。

イーヴィは壁がクッションになった保護房の鉄格子の扉近くに立って、モーラをじっと見つめていた。顔には微笑み。モーラがこれほどの美しい笑みを見たのは生まれて初めてだった。魔女かもしれないが、とびきりの美人だ。魔女は片手を鉄格子のあいだから突きだし、細長く優美な指の一本を動かしてモーラを招いた。モーラはカートを前へ押した。

「それ以上は進むな、受刑者！」ティグ・マーフィー刑務官の声だった。「いますぐとまれ！」

モーラは進みつづけた。

「その女をとめろ！　とめるんだ！」ティグの大声につづいて、刑務官の靴の硬い踵がタイルを打つ靴音が響いた。

モーラはカートを横へ押して床に倒し、即席のバリケードをつくった。くたびれたペーパーバックが舞い飛び、横すべりした。

「とまれ、受刑者！　とまれ！」

モーラは急ぎ足でクッション壁の保護房をめざしながら背中のくぼみに手をまわし、歯ブラシの柄を削ってつくったナイフをさっと抜きだした。魔女とも女とも知れない新入りはあいかわらず指で招いている。あたしがなにをあの女に用意しているか、あの女には見えてないんだ——モーラは思った。

モーラは歯ブラシのナイフを握ったほうの手を腰の後方へ引いた。手を一気に前へ突きだし、魔女の腹部に深々と突き立ててやる。あの女の肝臓へ。しかしイーヴィの黒々とした目に見つめられて足どりが遅くなり、やがて足が完全にとまった。黒い目にモーラが見てとったのは邪悪さではなかった――そこには冷淡な関心しかなかった。

「あの人といっしょになりたいんでしょう？」イーヴィは早口のささやき声でいった。

「ええ」モーラは答えた。「本気で、心の底からそう思ってる」

「いっしょになれるわ。でも、それにはまず眠らなくては」

「無理。不眠症だもの」

ビリーとティグが近づいていた。魔女を刺して疫病に幕を引くのなら、もう数秒しか残されていなかった。しかし、モーラには刺せなかった。初対面の女の黒い瞳がたちまちモーラをからめとり、気がつけば、その力に抵抗しようという気がまったくなくなっていた。あれは目じゃない――モーラは思った――あれは間隙《かんげき》、新しい暗黒に通じる間隙だ。

魔女はかたときもモーラから目を離さないまま、顔を鉄格子に押しつけた。「急いでわたしにキスをして。まだ時間があるうちに」

モーラはあれこれ考えなかった。削って先端を尖らせた歯ブラシを床に落として顔を鉄格子に押しつける。ふたりの唇が出会った。イヴの温かな吐息がモーラの口中に吹きこまれて、のどをくだっていった。そしてモーラは、脳の底から恵みの眠りがこみあげてくるのを感じた。子供のころとおなじだった――なんの不安もなく自分のベッドに横たわり、片腕でテディベアのフレディを抱き寄せ、反対の腕ではドラゴンのガッシーを抱き寄せていたあのころと。外を吹き荒れる冷たい風の音をきき、家のなかにいれば自分は安全で暖かくしていられるとわかりつつ、夢の国へむかっていったあのころと。

ビリー・ウェッターモアとティグ・マーフィーの両刑務官がたどりついたときには、モーラはイーヴィの監房のすぐ前に仰向けになって横たわっていた。髪のあいだから、口から、そして夢見ている目を覆う閉じた瞼の隙間から、早くも最初の細い糸が紡ぎだされていた。

第十八章

1

　フランク・ギアリーは、どうせまた妻エレインから山のようなたわごとを投げ落とされるに決まっていると思いながら帰宅したが、結局たわごとはこれっぽっちもきかされずにすむことがわかった。きょうという一日のほかのあれこれとはまったく異なり――それをいうなら将来のすべての問題とも異なり――フランクの問題だけは、勝手にすんなり解決していた。それならなぜ気分が晴れないのか？

　自宅へ帰ると、別居中の妻は右腕を娘のナナの肩にまわして、娘のベッドで眠っていた。顔を覆う繭はまだ薄かった――たとえるなら紙人形に最初にきつく巻きつける紙。しかし、完璧なコーティングにちがいはなかった。ベッドサイドのテーブルに、こんな書き置きがあった――《あなたのことを祈ってる、フランク。できたら、わたしたちのために祈ってほしい。――E》。

　フランクは書き置きをくしゃくしゃに丸めて、ベッド横のごみ箱に投げこんだ。ごみ箱の側面では、ディズニー映画に出てくる黒人プリンセスのティアナがきらめく緑のドレスに身をつつんで踊り、魔法の動物たちのパレードをうしろに従えていた。

「なんと言葉をかければいいかもわからないな」形成外科医のガース・フリッキンジャーはフランクのあとから二階へあがり、いまは背後でナナの部屋の戸口に立っていた。

「ああ」フランクはいった。「それが正しい態度だろうな」

ベッドサイドのテーブルには、ナナと両親の写真をおさめたフレームが飾ってあった。ナナはコンテストで準優勝を獲得した自作のしおり《ブックマーク》をかかげていた。ガースはフレームを手にとって、写真をしげしげと見つめた。「娘さんはきみの頰骨を受け継いでるね、ミスター・ギアリー。幸運な娘さんだ」

どう答えればいいかがわからず、フランクは黙っていた。

ガースはこの沈黙に不穏なものを感じたのか、写真のフレームを元の場所にもどした。「さて。どうする？」

ふたりはエレインをそのままベッドに残し、フランクはこの日二度めに娘を両腕で抱きかかえ、階段で一階へ運びおろした。ナナの胸が上下に動いていた――娘はここで生きている。しかし、脳死状態の患者でも鼓動はつづいている。きょうの朝のふたりの会話、ドライブウェイでナナを怒鳴りつけたあのときの会話のことは――それがいつになるかはともかく――墓場までもっていくつもりだが、あれが父娘の最後の会話になってしまう可能性は大いにあった。フランクは娘をすっかり怖がらせた。

フランクはメランコリーにとらわれた――憂鬱な気分は地面から霧のように立ちのぼり、ブーツから上の全身をむさぼってきた。そもそもドラッグびたりのこの医者に、多少なりとも役立つことができると信じる根拠はひとつもなかった。

一方でガース・フリッキンジャーは、居間の硬木づくりの床に何枚もタオルを敷いて、ナナをそこへ寝かせるようにとフランクにいった。

「ソファじゃ駄目なのか？」

「できれば天井の光がまっすぐ娘さんに当たるようにしたいんだよ、ミスター・ギアリー」

「なるほど。わかった」

ガース・フリッキンジャーはナナのすぐ横に膝をつくと、往診バッグをひらいた。目が血走っているうえ、目のふちが赤くなっているので、吸血鬼めいた風貌になっていた。赤褐色のカールした髪にふちどられた細い鼻と高く秀でて傾斜したひたいが、いささか熱にうかされた惑乱の雰囲気をつくりだしていた。それでも――この医者が多少はいかれていることを知っているフランクにさえ――ガースの口調は心をなごませてくれるものにきこえた。メルセデスを乗りまわせるほど稼いでいるのも無理はない。

「さて、いまわかっているのは？」

「娘が眠っていることはわかる」フランクは自分がとことん愚かになった気分で答えた。

「そりゃそうだが、それだけじゃない！　ニュース番組から教わったことを簡単にまとめればこうだ――繭は繊維質の物質であり、原材料になっているのは鼻汁や唾や耳垢だが、大部分は未知のタンパク質だ、ということだ。これがどのように生成されるのか？　どこから出てくるのか？　まだわかっていないし、そもそもありえない話に思えるな。通常、女性の分泌物はもっと少量だからだ――たとえば正常な女性の月経時の経血にふくまれる血液はテーブルスプーンで二杯程度だし、経血が多い場合でも、血液そのものは一カップ程度だ。さらに、いままでは女性が繭のなかで生命を維持されていることもわかってるな」

「そして繭を破られると、なかにいた女たちは狂暴化する」フランクはいった。

「そうだな」ガースはコーヒーテーブルに道具をならべはじめた——メスや手術用の鋏など。さらに黒いケースから小型の顕微鏡をとりだす。「まず最初に、娘さんの脈搏をとる——いいね？」

フランクはそれでいいと答えた。

ガースは繭につつまれたナナの手首を慎重にもちあげて、そのまま三十秒のあいだ手で支えていた。それから、またおなじように慎重な手つきで下へおろす。「安静時の脈搏は——繭をつくっている物質のせいで多少くぐもってはいるが——この年齢の健康な女性の平均値の範囲だ。さて、ミスター・ギアリー——」

「フランクと」

「わかった。では、わたしたちが知らない(ヽ)のはどんなことだ、フランク？」

その質問への答えはわかりきっていた。「こんな事態が発生した理由だね」

「理由(ヽヽ)」ガースは一度だけ拍手をした。「それだ。自然界ではあらゆる現象に目的がある。こいつの目的はなんだ？　繭はなにをたくらんでる？」そういって鋏を手にとり、音をたてて刃をひらいては閉じる。「さあ、わたしたちに尋問させてもらおう」

2

だれも話し相手がいないとき、ジャネット・ソーリーは自分に話しかけた。いや、正確にいうなら自分に同情してくれる架空の相手に話しかけた、というべきか。ドクター・クリント・ノークロスからは、これがまったく正常な行為だといわれていた。〝言葉による思考の明瞭化〟だ。今夜ジャネットが話をきかせている相手はリー・デンプスターだった——だが、リーのことは想像するしかなかった。ヴァネッサ・ランプリー刑務官に殺されたからだ。早いうちにリーがどこへ運ばれたのかをつきとめて弔意をしめすつもりだったが、いまはふたりで過ごした監房に腰をおろしているだけで充分だった。いま必要なのはそれだけだった。

「なにがあったかを話すね、リー。デイミアンがフットボールの試合中に膝の骨を折った——うん、そういうことがあったの。公園でたまたま顔をあわせた連中とはじめた試合。わたしはその場にいなかった。デイミアンは、だれも自分には指一本触れてなかったと話してた——ただ全力で走りだしただけ。クォーターバックにむかっていったんだと思う。そしたら〝ぽんっ〟ていう音がして芝生に倒れて……起きあがって歩こうとしたら足を引きずってた。前十字靱帯《ぜんじゅうじじんたい》だか後十字《こうじゅうじ》靱帯だか……いつもいつも忘れちゃうけれど、まあ、そのどっちか。膝の骨と骨のあいだのクッションの役をしているところ」

リーはいった、へえ、そう。

「そのころ、わたしたちはうまくいっていた――ただ、ふたりとも、なんの健康保険にも加入してなかった。わたしは保育所で週三十時間働いてた。デイミアンは定期的に帳簿に残らない仕事に呼ばれてたし、報酬が信じられない額だった。たとえば……時給で二十ドル。それもキャッシュ！　けちな請負業者の下働きみたいな仕事よ。その請負業者はチャールストンに住むお金持ちたち――政治家とか企業のＣＥＯとか、そういった人たち――相手に高級家具をつくってた。石炭業界の大立者とかね。荷揚げ仕事とかもたくさんやってた。暮らしぶりは上々だったわ――ハイスクール卒の学歴しかない若いカップルにしてはね。そんな自分が、わたしは誇らしかった」

リリーはいった、あんたには誇りを感じる理由がそろってた。

「いいアパートメントに入居できたし、高級ですてきな家具もそろってた。子供のころには手が届かなかったようなものばかり。デイミアンは新品同様のバイクを買ってきた。車を借りて、わたしが息子のボビーといっしょに街のあちこちを走りまわったりもした。車でディズニーのテーマパークにも行った――〈スペース・マウンテン〉に乗り、〈ホーンテッドマンション〉でも遊んで、グーフィーとハグを交わして……ひととおり遊んだわ。姉からお金を借りれば皮膚科のお医者に診てもらうこともできた。母に屋根の修理代の足しにしてとお金を送りもした。でも、健康保険にはひとつも加入しなかった。そんなとき、デイミアンが膝に大怪我をした。ベストの選択は手術だった。でも……手術を受けるには、歯を食いしばって節約に耐えなくてはならなかった。バイクを売り、車をあきらめ、一年のあいだ爪に火をともすような暮らしを送る。わたしはその気になってた。誓って本当よ。でも、デイミアンはそんなことをしたくない、っていって拒んだ。どうしても考えを変えさせられなかった。しょせんは夫の膝よ。だから、もうなにもいわなかった。男がどういうものかは知ってるでしょう？　ちょっと立ち止まって道案内を頼ることもしない。いよいよ死にそうになるまで、頑として医者に行こうとしない」

リーはいった、ほんとにそのとおり。

「『いやだね』ディミアンはそういった。『おれなら耐えぬいてみせるさ』いまなら認められるけど、わたしたちはパーティーが癖になってた。パーティー三昧《ざんまい》だった。若い連中みたいにね。エクスタシー。もちろんマリファナ。だれかがもっていればコーク。ディミアンは膝の痛みを抑えるために、隠しもっていた鎮静剤《ダウナー》を飲むようになった。ドクター・ノークロスなら、セルフメディケーションとでも呼ぶところね。わたしが頭痛もちだと知ってるでしょ？　わたしの〝ブルー・ミーニーズ〟のことよ」

リーはいった、もちろん知ってるって。

「ええ。それでね、ある晩ディミアンに頭痛で死にそうだっていうと、その手の薬をくれたの。『とりあえず試してみな』って。『それで痛いのが楽になるかどうか見てみな』って。それがきっかけで、やめられなくなった。あっという間。あっけないもんね。わかる？」

リーはいった、わかるよ。

3

ニュースを見つづけるのが耐えられなくなり、ジェイリッド・ノークロスはテレビのチャンネルをパブリックアクセス局に切り替えた。やたらに熱心すぎる女性工芸家が、ビーズ細工のフリンジのつくりかたを視聴者に教えていた。録画番組にちがいない。録画ではなく現在の女性工芸家そのままだったら、ふだんの日には会いたくないタイプだ、とジェイリッドは思った。

「さあ、みなさん、これからとびっきり美しいいいぃぃぃものをつくりましょう！」グレイの背景幕の前に置いてあるスツールにすわったまま、工芸家はぴょんぴょん飛び跳ねていた。

いまジェイリッドの仲間は、この女性工芸家だけだった。モリーはすでに眠りこんでいた。夜の一時ごろ、ジェイリッドはトイレに行きたくなって急いで用をすませた。部屋にもどると、モリーはソファで眠りこんでいた。ジェイリッドがわたした〈マウンテンデュー〉の缶をしっかり握りしめ、かわいそうな少女は顔をすでに半分ほど蜘蛛の糸のような物質で覆われていた。

そしてジェイリッド自身も革ばりの肘かけ椅子にすわったまま、二時間ばかり気絶したように眠った。疲労が内心の苦しみを押しつぶしたのだ。

つんとする刺戟臭が鼻をついて目が覚めた——スクリーンドアから異臭が忍びこみ、嗅覚が遠くの火事を探知して警告を発してきたのだ。ジェイリッドはガラスドアをきっちり閉めてから、肘かけ椅子にもどった。テレビ画面では、カメラが女性工芸家の手もとをクローズアップでとらえていた。手はビーズ細工用の針を内側から外側へ、上から下へとくりかえし動かしていた。
いまは金曜日の午前二時四十五分。時計によれば新しい一日になったはずだが、いましばらくはまだ昨日が自分たち全員をつかんで離さないように感じられた。
ジェイリッドは思いきって道の反対側にわたり、ミセス・ランサムのハンドバッグを調べて携帯電話をもってきていた。そしていまこの携帯で、メアリーにメッセージを送信した。

やあ、ジェイリッドだ。元気？

うん　でもどっかで火事なのわかる？

火事だと思うけど　どこかはわからない　お母さんはどう？　妹さんは？　きみは？

こっちはみんな元気　コーヒーをがぶ飲みしてブラウニーを焼いてる　ほら　みんなに夜明けがやってきた!!　モリーはどう？

ジェイリッドはソファで寝ているモリーに目を走らせた。さっきその寝姿に毛布をかけてやった。頭部を包む覆いは丸くて白かった。

元気にしてる　いまは〈マウンテンデュー〉を飲んでる　いまつかってるケータイはモリーのお祖母さんのだよ

メアリーはまたすぐメッセージを送るといった。ジェイリッドは注意をテレビにもどした。女性工芸家はおよそ疲れを知らないように思えた。

「さて、こんなことをいうとお気に障る方もいるでしょうが、ガラス製にはこだわりません。あれは傷がつく。プラスティック製でもまったく見劣りしない、すばらしい品がつくれるというのは、わたしの本心からの信念です」カメラは工芸家が親指と人差し指ではさんでいるピンクのビーズをアップでとらえた。「ほら、たとえ専門家でも区別はつけられそうもありません」

「すばらしいね」ジェイリッドはいった。これまでひとりごとの癖はなかったが、考えてみれば、山火事の最中に家で白い物質に全身を包まれた他人とふたりきりになったのは初めての経験だ。おまけにテレビにうつっている小さなピンクのビーズだかなんだかは、ガラスそのものに見える。「じーっにすンばらしいね」

「ジェイリッドか？　だれと話をしてるんだい？」

玄関ドアがあく物音は耳にしていなかった。ジェイリッドは弾かれたように立ちあがると、膝の痛む足を引きずって、ふらふらと四、五歩ばかり進み、父親が広げた両腕のなかに身を投げた。

父クリントと息子ジェイリッドは、キッチンと居間の境でしっかりと抱きあったまま立っていた。ふたりとも泣き濡れていた。ジェイリッドは父親になんとか説明しようとしていた——自分は小便をしにちょっと席をはずしただけだ、モリーのことはどうしようもなかった、ものすごく気がとがめてる、だけどどうしても小便が我慢できなくて、そのときにはモリーは元気そのものに見えていて、これなら大丈夫だ、これまでどおりにしゃべってて、〈マウンテンデュー〉を飲んでるんだから、と思ったんだ……。心配だらけだったが、クリントはなにも心配ないと息子に声をかけた。何度も何度もくりかえし声をかけ、父と息子はおたがいハグしあう腕にさらにさらに力をこめていき、もしかしたら——もしかしたら——ほんの二秒ばかりのあいだにかぎっては、本当に心配がひとつもなくなったのかもしれなかった。

4

ガース・フリッキンジャーがナナの手の近くから採取した小片は——小型顕微鏡のレンズごしに観察したフランクの印象では——ごく細い糸でつくられた布地に似ていた。糸の一本一本はさらに細い糸が何本も撚《よ》りあわされたものであり、その細い糸もさらに細い糸を何本も撚りあわせたものだった。

「植物由来の繊維に見えるな」医師であるガースはいった。「少なくとも、わたしの目には」

フランクはセロリの茎をへし折る場面を想像した——折った箇所から細い筋がだらりと垂れ下がっている。

ガースは白い繊維の小片を二本の指先ではさんで丸めてから、指をひらいた。白い物質は二本の指のあいだで風船ガムのように伸びた。

「粘着性だ——信じられないほどよく伸びる——成長スピードは速い——なんらかの方法で宿主の体の化学組成を変化させる——大幅に変化させる——」

そんなふうにガースがフランクに話しかけているのではなく、ひとりごとのように観察結果を述べていくあいだ、フランクは娘が〝宿主〟という単語に押しこめられたことに考えをめぐらせていた。いい気分ではなかった。

ガースがくすくす笑い、「おまえのふるまいが気にくわないよ、ミスター繊維《ファイバー》。ああ、冗談抜きだ」といって顔をしかめながら、問題の物質を顕微鏡用のスライドガラスになすりつけた。

「大丈夫かい、ドクター・フリッキンジャー？」フランクはこの外科医がいささか奇矯な性格であり、おまけにドラッグの影響下にあることを認めていた。これまでのところ、ガースは自分がなにをしているのかを充分把握しているようだった。その反面でガースは、活動能力をなくした愛娘のまわりにかなり多くの鋭利な道具類をならべてもいた。

「そりゃもう気分は最高だ。そうはいっても、ちょっと一杯やるのもやぶさかじゃないが」そういってガースは、ぴくりとも動かないナナの隣にすわりこむ姿勢にもどると、手術用の鋏の先端で鼻孔のすぐ下を掻きはじめた。「ここにいるわれらが友人のミスター・ファイバーは、矛盾をかかえこんだ御仁《ごじん》だね。菌類にはちがいないが、それにしては活動がせわしないほど活発で積極的。しかもXX染色体にしか関心をむけない。塊から切りとった小片は、なんでもなくなる。なんでもないものになる。ねばねばしたしろもの、というだけになるんだ」

フランクはひとこと断わってその場を離れると、キッチンのあちこちをさがしまわり、結局棚の最上段でベーキングパウダーとコーンミールにはさまれていた品で手を打った。グラスにそそぐと、ふたりそれぞれが二センチ半ばかり飲める分が残っていた。フランクはふたつのグラスをもって居間に引き返した。

「わが両のまなこがわたしを裏切っていないとすれば――それは料理用のシェリー酒ではあるまいか。なんとも耐乏生活を強いられるものだな」といいながらも、ガースの声には失望の響きはみじんもなかった。グラスを受けとるなり一気に中身を飲み干し、満足そうな声を出す。

「さてと、この家にマッチはあるか？　ライターでもいい」

5

「オーケイ、リー、ここから先は、あんたももう知ってる話になるよ。ちょっとした習慣がでっかい習慣になる――でっかい習慣はとんでもない金食い虫になる。デイミアンがお金もちの顧客の家で盗みを働くようになった。初回はなんとか逃げきれたけど、二度めは無理だった。逮捕されることこそなかったけど、仕事はきっぱり馘にされてしまって」

リーはいった、そんなに意外な話に思えないのはなぜかしら。

「そうでしょうね。で、次はわたしが保育所の仕事をなくした。ちょうどひどい不景気で、保育所オーナーの女の人はコストカットを余儀なくされたといってた。でも、おかしな話よ――

ほかにもふたりの女性スタッフがいて、どちらも勤続年数はわたし以下、経験もわたしより浅かったのに、そのふたりは雇いつづけていたの。わたしとふたりのちがいがなにか、あなたには見当もつかないでしょうね」

リーはいった、あら、見当くらいはつくけど、でも話をつづけて。

「残ったふたりは白人だった。あ、言い訳をしてるわけじゃない。そんなことはない。でも、どういうことかはわかるよね？　ひどい話だったわけで、さすがに少し落ちこんだ。少しじゃなくて、ずどーんと落ちこんだ。だれだって落ちこむに決まってる。そんなこんなで頭痛がないときにも薬を飲むようになったの。これを格別ひどい経験にしたのはなにか、知ってる？なにが起こりつつあるかを、わたしが理解していたってこと。なんていうか……そう……わたしはこのあたりで、まわりの人たちからいずれそうなると思われていたとおり、ろくでなしのヤク中になったわけ。そんな自分がたまらなく憎かった。貧乏な黒人として育ったことで周囲から押しつけられた運命を、そのとおり実現させてしまったという意味で」

リーはいった、ええ、つらいよね、それって。

「オーケイ、わかってもらえた。デイミアンとわたしがもってたお金なんて、そもそも長つづきするほどはなかった。長つづきしないなんて、わかりきってた。わたしたちは同い年だったけど、あの人の中身はもっと子供だったの。たいていの男って、そんなものだと思うけど、デイミアンはたいていの男よりもまだ幼かった。たとえば、うちの赤ちゃんが病気でも、ふらりと公園のフットボールの試合に出かけていっちゃう。そんなふうに出かけるのがいつものことだった。『すぐもどるよ』とか『リックの店まで行くだけさ』とか、そんなことをいって。わたしは一回も質問しなかった。質問そのものが許されない雰囲気だったから。あの人はわたしのご機嫌をとった。花束だのなんだので。お菓子とか。ショッピングモールで新品のシャツを買ってきてくれたり。少しのあいだだけは、すてきに思える品。でもディミアンのなかには、本人としてはユーモラスなつもりだけど、ぜんぜん笑えないっていう部分もあったの。たとえば……犬の散歩をしてる女の人がいるとして、その人に近づいて大声で『やあ、双子みたいなそっくりさんだ!』といったり。街をただぶらぶらしていて、反対からティーンエイジャーが近づいてくると、いきなり殴りかかるような真似をしてフェイントをかませ、相手に身をすくませたりしてた。で、『ただの冗談だ』っていうのね。それからドラッグ。ドラッグのせいで性格がわるくなったみたい。やりたい放題はあいかわらずだけど、なにかをするときの無邪気な感じがすっかりなくなってしまって。おまけに、鎖から解き放たれた犬みたいに、残酷さが好き勝手に暴れだした。『ほら、ヤクでラリってるくそビッチを見てみな』って息子に話して、とびっきりのユーモアだというみたいに大笑いする。わたしをサーカスのピエロ扱いしてるみたいに。そんなようなことばかり。その手のことをいわれて、思わず平手打ちを食らわせたことがあった。でも殴り返されただけ。だからこっちも殴り返したけど、ガラスのボウルを頭に叩きつけられて割られたわ」

リーはいった、さぞや痛かっただろうね。

「そんな目にあうのも当然だっていう思いのほうが、よっぽど心に痛かったけどね——だってほら、わたしはヤク中の顔をヤク中の亭主に殴られたんだし。そんな自分がいやでたまらなかった。いまでも床に横たわってたときのことを覚えてる。冷蔵庫の下にたまった埃のなかに五セント玉があったことや、青いガラスボウルの破片が散らばってたこと。この次はまちがいなく、社会福祉関係の人がボビーをとりあげに来るにちがいない、って思ったこと。ええ、そのとおり、その関係の人がやってきた。ひとりの警官がボビーをうちから連れだした。あの子はわたしを呼んで泣いてたっけ。あとにも先にも、あれほど胸が張り裂けそうになったことはない。でも、わたしはすっごくぶっ飛んでて、なにも感じていないも同然だった」

リーはいった、そんな悲しい話ってない。

6

十分たっても、テリー・クームズはまだエルウェイ家の隣家から出てこなかった。郵便受けに出ている苗字はゾルニック。ライラはどう対応するべきかもわからなかった。

これに先立ってふたりはエルウェイ一家の家にはいっていった。そのときは夫婦の死体があった血まみれの区域を大きく半円を描くように迂回して、玄関をくぐった。エルウェイ家の専門委員会が典型的な配慮と慎ましさを発揮してプラチナムと名づけた女の赤ちゃんは地下室にいた——全身をすっぽり包みこむほど成長した、腎臓や豆に似た形の繭のなかで、このうえなく安らかに眠っていたのだ。ライラが手をあてて繭を押すと、奥にいる赤ん坊の体の輪郭が感じとれた。この行為には滑稽なほど恐ろしいものがあった——新しいマットレスの弾力を判断しながら品定めしているようだった。しかしテリーがすすり泣きはじめ、ライラの顔に浮かんでいた笑みもたちまち干上がった。時刻は午前二時。奇病による危機の勃発以来、かれこれ二十時間になる。ライラが最後にゆっくり瞼を閉じてからは三十時間だ。ライラはくたくたに疲れはてていた。部下きっての優秀な警官であるテリーは酔っぱらって、めそめそしている。

とにかくこれがわたしたちの精いっぱい。それに、マウンテンレスト・ロードはいまも猫のトイレ砂で覆いつくされたままだ。

「ううん、それはちがう」ライラは自分で自分を訂正した。あれは数カ月前の事故だ。いや、一年前か。

「それはちがうって……なんのことだ？」テリーがたずねた。このときにはふたりはまた屋外へもどり、ロジャー・エルウェイの家の前にとめたパトカーにむかって歩いていた。

繭を両腕で抱きかかえていたライラは、目をぱちくりさせてテリーを見つめた。「わたし、ひとりごとをいってた？」

「まあね」

「ごめん」

「こっちの家はなんだかにおうな」テリーは鼻をくんくんいわせ、ゾルニック家のほうに足を踏みだした。

ライラは、どこへ行くつもりかとテリーにたずねた。

「ドアがあいてる」テリーは指さした。「真夜中なのに、家のドアがあきっぱなし。だったらチェックしなくては。すぐにもどる」

ライラは赤ん坊を抱いたままパトカーの助手席にすわった。それがついさっきのことのように思えるのに、デジタル時計の表示を見ると二時二二分だ。ここへすわったときには二時一一分だったはず。22と11はおなじ数字ではない。でも11に11を足せば22だ。これがどういうことかというと……。

ライラの頭のなかを11という数字が転がっていた。十一本の鍵、十一ドル、十一本の指、十一の願い、十一カ所のキャンプ場の十一のテント。道のまんなかに立って車に轢かれるのを待つ十一人の美女たち、十一本の木の十一本の枝にとまった十一羽の鳥——でも、忘れちゃだめ、これは普通の木であって想像上の木じゃない。

あの木はなんだったのか？ これまでのような事態がこの先もつづけば、だれかがイーヴィという女をあの木から吊るしてもおかしくない。白日に照らされているかのように、その光景がはっきりと見えた。なぜなら、この事態の出発点はあの女だからだ。あの女と例の木が出発点であり、ライラは膝に載せた繭のなかの赤ん坊のぬくもりを感じていた。赤ちゃんのシルヴァー。葵豆《あおいまめ》みたいな形の十一個の繭につつまれた十一人の赤ちゃん。

「プラチナム、プラチナム」気がつくとライラはそうくりかえしていた。この赤ん坊の馬鹿げた名前は、銀《シルヴァー》ではなくプラチナム《プラチナ》だ。シルヴァーは町の判事の名前。判事の死んだ飼い猫の名前は前にきいたかもしれないが、いまは思い出せなかった。クリントの娘の名前はシーラ・ノークロス。もちろん、クリントは認めようとしなかった。残念だった。すべてひっくるめても、それがいちばん残念だった。あれを認めようとさえしなかった、プラチナムがクリント本人の子供だということを。いや、シーラを自分の子供だと認めなかったことか。ライラの唇は干からび、パトカー車内は涼しいにもかかわらず汗が出ていた。そしてゾルニック家のドアはひらいたままだった。

7

屋内で見つけた男に手のほどこしようがあったのかどうか、テリー・クームズにはわからなかった——そもそも手をほどこそうとも思わなかった。ベッドに腰かけて両膝のあいだに両手を垂らし、何回かゆっくりと深呼吸をくりかえしただけだった。気を確かにもつ必要があった。

睡眠者《スリーパー》は床に転がっていた。頭と両手は、下半身とおなじように蜘蛛の糸状の物質がつくる繭に覆われていた。部屋の隅には、下着がからまったままのスラックスが投げ捨てられていた。女性は身長百五十センチ前後の小柄な体格らしい。壁や箪笥に飾られた写真を見たところ、おそらく七十代、あるいはそれ以上の高齢者のようだった。

男はこの女性を強姦しようとし、スラックスを脱がそうとする過程で女性の体をベッドから引きずりだして、床に降ろしたのだろう——テリーはそう推測した。

犯人の男は、そこから一、二メートルばかり離れた床に転がっていた。いや、見たところ、まだ一人前の男にもなりきっていないようだった——ティーンエイジャーらしい細身の体形だった。男のジーンズは足首まで落ちて、スニーカーにひっかかっていた。片方のスニーカーのソールの側面に、黒いマジックで《**カート・M**》と書いてあった。顔は一面真っ赤に濡れていた。口のまわりは血まじりの唾で汚れ、その唾が息のたびにかすかに動いていた。男の股間からはいまもなお血があふれ、すでにカーペット上にできている血だまりをさらに広げていた。部屋の反対側の壁も血で汚れており、その真下に生肉の塊めいたものが落ちていた。カート・Mという男のペニスと陰嚢だろう――テリーはそう思った。

カート・Mは、強姦しても女性には気づかれまいと考えたにちがいない。こういった卑劣きわまる男にとって、オーロラ病は千載一遇のビッグチャンスとしか思えなかったのだろう。強姦野郎の天国に復活祭《イースター》の朝がきたようなものだ。同類はほかにも大勢いただろう――その連中はひとり残らず、強烈なしっぺ返しに腰を抜かしているはずだ。

しかし、そういう話が広まるまでにはどのくらいかかるだろうか？　蜘蛛の糸の繭を破って女にペニスを突きたてようとすれば、女が反撃してきて殺されるという話が広まるまでには。そういった男たちが殺されるのは、テリーにはいたって当然の話に思えた。しかし、そこから想像をさらに先へ進めるのは、恐ろしいほど簡単だった――あの救世主気取りの男、しじゅうニュース番組に出てきては税金の文句ばかりいっているキンズマンなんとかいう男の同類連中が、この問題のまったく新しい解決策を思いつくかもしれない。繭に包まれた女の頭部を銃で撃つことこそ、万民の利益にかなった行動だと宣言するかもしれない。繭の女たちはいわば時限爆弾だ――彼らはそんなふうにいうだろう。そんな考えに同調する男たちもいるはずだ。〝自衛のため〟と称して自宅に溜めこんだ馬鹿馬鹿しい銃器をつかう日を思って夢精しながらも、逆に銃を突きつけてくるような武装した相手に怯《ひる》むのはもちろん、目を覚ましているだけの相手にも引金を引けない連中が大勢いて、テリーはそんな連中のことを考えていた。そういった男たちが数百万人以上もいるとは思えなかったが、これだけ長く警官稼業についていれば数千人はいてもおかしくないと信じるようになっていた。

　そうなると、なにが残る？　テリーの妻は眠りについた。妻を安全に守れるだろうか？　そのためになにをすればいい？　キャビネットの棚におさめる？　果物の砂糖煮の瓶みたいに貯蔵しておく？

　きょうの朝、娘が一回も目覚めなかったことはもうわかっていた。電話回線が混乱していたという事情は関係ない。ダイアンは大学生だ。いつだろうと眠ければ眠れる身分だ。それに娘からはすでに春学期の時間割が送られてきていて、木曜の午前中に娘がひとつも講義をとっていないことは事実として知っている。

　あの蜘蛛の巣のような膜を妻ジェシカ・エルウェイから剝がそうとしたとき、夫のロジャーは——愚かで愚かで愚かなロジャーは——実際には賢明な選択をしたといえるのではないか？　愛した相手が頭部を撃ち抜かれて死ぬのを見せつけられる前に、自分で問題を解決したのではないか？

　おれは自殺するべきなのかも——テリーは思った。

　しばらくは頭のなかにその思いを浮かばせていた。しかし、その思いが忘却の淵に沈んでいかないとなると、テリーの警戒心が目覚め、なんであっても急《せ》いてはいけないといってきた。一杯飲むか、あるいは一カプセル飲んで、あとは本気になって自力で乗り越えるしかない。実際、少しばかりの酒か薬を飲んでいるときのほうが頭がまわるではないか。そう、昔から。

　そして床ではカート・マクロード——ドゥーリング・ハイスクールの選抜テニス・チームではケント・デイリーとエリック・ブラスにつづく三番手だった生徒——がしゃっくりめいた音

を出していた。脳や心臓の不調にあたって起こるチェーンストークス呼吸がはじまったのだ。

8

テリー・クームズから途中の酒場〈スクイーキー・ホイール〉で降ろしてほしいと求められても、ライラは不快には思わなかった。いまの時点では、きわめて当然のこととしか思えなかった。

「あの家でなにを見たの、テリー？」

パトカーの助手席にすわっているテリーは、大きく指を広げた左右の手のひらで繭に包まれた赤ん坊を支えていた――熱いキャセロールを捧げもつときのように。「どこかの若いのがあの家のご婦人と――ええと――無理やり親密になろうとしてたみたいでね。いってる意味はわかるね？」

「ええ」

「そんなことをされて、ご婦人は目を覚ました。でも、おれが行ったときにはまた眠ってた。男のほうは――死んだも同然の状態だった。ま、いまごろは完全に死んでるだろうが」

「そう」ライラはいった。

ふたりを乗せたパトカーは暗い町をゆっくり走っていった。丘陵地帯の山火事が赤く見え、立ちのぼる煙は夜空よりも一段と黒く見えた。蛍光ピンクのジョギングスーツ姿の女性が庭の芝生で挙手跳躍運動《ジャンピングジャック》をやっていた。メインストリートの〈スターバックス〉の大きな窓からは、店内の大勢の客の姿が見えた——大半が女性だった。きょうばかりは例外で店を遅くまであけているのか、あるいは（こちらのほうがありそうな説明だが）大勢の客に詰めかけられ、やむなく店をあけたままにしているのか。現在時刻は二時四十四分だった。

〈スクイーキー・ホイール〉裏手の駐車場には、ライラがここで見たこともないほど多くの車がとめられていた。トラックやセダン、オートバイ、コンパクトカー、ヴァン。駐車場のいちばん奥にある雑草の生えた斜面にも、新しく駐車の列ができつつあった。

ライラはパトカーを店の裏口に寄せてとめた。裏口のドアはあけはなたれ、光と話し声とジュークボックスの大音量の音楽が店内から流れでていた。いま流れていたのは、がちゃがちゃやかましいガレージバンドの曲だった——これまでに百万回は耳にしていながら、ひと晩ぐっすり眠ったあとでも曲名が思い出せないたぐいの曲だ。ヴォーカルの声ときたら、アスファルト舗装に鉄の棒を引きずったときの音にそっくりだった。

「おまえは首をひねりながら目覚めるのさ、起きたらひとりぼっちだったとな！」歌手が大声でわめいていた。

バーのホステスがひとり、裏口ドアの横に置いてある牛乳配達用の木箱に腰かけたまま眠りこんでいた。前に投げだした足に履いたカウボーイブーツが、左右でVの形をつくっていた。テリーが助手席から降り立って、赤ん坊のプラチナムをシートに横たえ、上体をパトカーに突き入れた。ビールのネオンサインが投げかける光がテリーの右横顔にあたって肌を毒々しい緑色に染めあげ、映画に出てくる死体のように見せていた。テリーは繭ですっかり包みこまれた赤ん坊を指さした。

「この子をどこかに隠したほうがいいかもしれないな、ライラ」

「なんで？」

「考えてもみろよ。もうじき、年齢に関係なく女たちを始末しておこうって話が出てくるぞ。こうなった女たちは危険だからね。虫の居所がわるいって意味の言いまわしがあるじゃないか――ほら、〝ベッドの左側から起きあがる〟ってやつ。あれみたいなもんだ」テリーは上体を起こした。「一杯やらずにはいられないよ。じゃ、幸運を」

そういうと、ライラの部下の警官は、赤ん坊が起きてしまうと思っているかのように慎重な手つきでパトカーのドアを閉めた。

ライラが見ていると、テリーはそのまま裏口からバーにはいっていった。牛乳の木箱に腰かけたまま眠っている女には目もくれない――女のブーツはヒールを地面の砂利に突き立てて、左右の爪先はどちらも上をむいていた。

9

リー・デンプスターの遺体を安置するため、ヴァネッサ・ランプリーとティグ・マーフィーの両刑務官は清掃用の備品室の長いテーブルに載っていたがらくたを片づけた。こんな夜の夜中に遺体を郡の死体安置所まで運んでいくのは問題外だし、聖テレサ病院ではいまもまだ狂乱の騒ぎがつづいている。あしたになって情勢が多少落ち着いたら、刑務官のだれかがクルーガー・ストリートのクラウダーズ葬祭場へ運べるかもしれない。

テーブルの端近くでは、受刑者のクローディア・スティーヴンスンがパイプ椅子にすわって、のどにアイスパックを当てていた。やはり受刑者のジャネット・ソーリーが部屋にはいってきて、テーブルの頭側にあるパイプ椅子にすわった。

「ただ話につきあってくれる相手が欲しかっただけ」クローディアはいった。その声はかすれて、ささやき声程度の大きさだった。「リーはいつだって話をきくのが上手だったね」

「知ってる」ジャネットは、リーが死んでしまったいまになっても通用する話だと思いながら答えた。

「こんなことになって残念ね」ヴァネッサ・ランプリー刑務官はいった。ひらいたままのドアのところに立っている――筋肉質の体がいまは疲労と悲しみで力をなくしているように見えた。

「あんたがテイザー銃をつかえばよかったんだよ」ジャネットはそういったが、本気で責める言葉を口にすることはなかった。ジャネットもまた疲れきっていた。

「時間がなかったの」ヴァネッサはいった。

「あの女はあたしを殺そうとしてたんだ」クローディアは謝っているような声で、そうヴァネッサにいった。「あんたがだれかを責めたかったら、あたしを責めなよ。リーからあの蜘蛛の巣みたいなのを剝がそうとしたのはあたしなんだし」それから、さっきとおなじ言葉をくりかえす。「あたしは話し相手がほしかっただけ」

安らかに眠るリーの覆いを剝がされた顔は、力をうしなっているようでもあり、衝撃をうけたようでもあった。瞼は閉ざされ、口はひらいたまま。これは〝途中の表情〟だった——笑っている途中の表情、微笑みの途中の表情だ。投げ捨ててしまう写真、あるいは携帯から削除したくなる写真の顔だ。ひたいの血糊はだれかがきれいに拭ってくれていたが、弾痕は生々しく正視に耐えなかった。髪の毛のまわりには切り裂かれた蜘蛛の巣のような物質が垂れ落ちていた。ふわふわ揺れていて絹のようだった物質は、いまでは気怠《けだる》げに垂れて萎んでいる——リーその人といっしょに死んだ。リーの命がおわったのにあわせて、あの物質も成長をとめたのだ。

生きているリーを思い描こうとしても、ジャネットにはっきり思い出せたのは、きょうの朝のひとこまだけだった。《いっておくけど、あんたには四角い光なんか、どうだってよくなくなくないんだけど》

クローディアがため息を洩らした——いや、うめき声かもしれず、すすり泣きかもしれず、その三つが同時だったのかもしれない。

「ああ、もう、なんてこと……」と、苦しげにかすれた声でいう。「ほんとに悔やまれることばっかり」

ジャネットはリーの瞼を閉ざした。このほうがずっといい。そのまま指先を動かして、リーのひたいに残る小さな傷痕に触れる。だれにつけられた傷なの、リー？　だれであれ、この傷をつけた人物は、自分を憎んで自分を罰していればいい。いや、そんな男は死んでいればいい。そう、その人物はまずまちがいなく男だ。九十九パーセント。リーの瞼は、それ以外の砂色の皮膚よりも色が薄かった。

ジャネットは体をかがめて、顔をリーの耳に近づけた。「あんたに話したようなことを、ほかの人に話したことはないんだよ。ドクター・ノークロスにだって話してない。話をきいてくれてありがとう。さあ、もうぐっすりおやすみ、ハニー。お願い、もうぐっすりおやすみ」

10

火のついた蜘蛛の巣状物質の断片は、オレンジ色と黒の二色になって回転しながら宙に浮かんで花ひらいた。そう、〝燃えあがる〟という言葉ではあらわせなかった。あの物質が大きく広がっていき、もともとの燃料よりもずっとずっと大きくなっていくさまを表現する言葉は、〝花ひらく〟をおいてほかになかった。

蜘蛛の巣状物質の断片に着火するためにつかったマッチを手にもったままのガース・フリッキンジャーは、あわててあとずさって体をコーヒーテーブルにぶつけた。テーブルにならべられていた医療器具が滑り、床にそのまま落ちたものもあった。ドアの近くからこのようすを見ていたフランク・ギアリーは、あわててしゃがみこんで頭を低くし、娘ナナのもとに急いで近づいた。

炎はぐるぐる回転する輪をつくりだしていた。

フランクは全身で娘に覆いかぶさった。

ガースがもっているマッチの炎は、いよいよ指先に達していた。それでも医師はマッチをもったままだった。フランクの鼻に人間の皮膚の焼け焦げるにおいが届いた。居間の中空に浮かんでいる炎の輪の照り返しを浴びて、熱にうかされたガースの顔がばらばらになっていくように見えた——顔のそれぞれの要素が逃げたがっているようだったが、それはそれで理解できる話だった。

なぜなら、火はこんなふうに燃えるものではないからだ。火はふんわり浮かんだりしない。火はひとりでに輪をつくったりしない。

蜘蛛の巣状物質をつかってのこの最後の実験で、「なぜ?」という疑問への最終的な答えが得られた。いま起こりつつあるこの事態は地球由来のものではなく、それゆえ地球上のどんな薬でも治療不可能だ。ガースがその結論に達したことは、その顔を見ればだれにでも読みとれた。おれの顔にもおなじ結論が出ているんだろうな——フランクは思った。

火の輪が崩れて、ぶるぶる震える茶色い塊になったかと思うと、それがいきなり小刻みに激しく動く百もの小片に分離した。小片はどれも蛾——蛾はいっせいに宙に飛びだした。

蛾の群れは天井の照明器具を目指していった。ぱたぱた飛んでランプシェードに体当たりする蛾もいたし、天井の隅にぶつかる蛾も、戸口を抜けてキッチンを目指す蛾もいた。壁にかかっている絵——キリストが水の上を歩いている絵——にとまって踊り、額縁のへりに落ち着く蛾もいた。一匹の蛾が宙を飛び、ナナに覆いかぶさっているフランク近くの床にとまった。ガースは床に両手両足をつき、大あわてで反対の方向へ——正面玄関の方向へ——むかった。ひっきりなしに大声をあげ（実際には悲鳴をあげていたといったほうが近い）、冷静さは砕け散っていた。

フランクは動かなかった。ある特定の蛾に視線を集中させていた。その蛾はこれまで気づかなかった色をしていた。

蛾は床をじりじりと進んできた。フランクはこの蛾が怖かった――心底から本気で怖くてたまらなかった。相手はしょせん爪ほどの重さしかない虫、鳥の糞が命を得たような色の虫にすぎないにもかかわらず。だいたい、こんなちっぽけな虫がおれになにをする？　なにをしても不思議はない。やりたければ、あの蛾はなにをしたっていい――ナナを傷つけるようなことでなければ。

「娘に手を出すな」フランクはささやいた。こんなふうに娘を抱いていると、脈や呼吸が感じとれた。これまで世界はいつだってフランクの手からくるくるまわって逃げていった……清く正しい人間になることしか望んでいなかったのに、世界はフランクをまちがった人間、愚かな人間にしてしまった。しかし、フランクは臆病者ではない。大事な愛娘のためなら、命を投げだす覚悟はできている。「おまえがだれかを餌食にせずにいられないなら、おれを食らえ」

蛾の茶色いV字形の体にはふたつのインクの染みがある――蛾の目だ。その目がフランクの目をのぞきこんで、頭にまではいりこんできた。どのくらいのあいだ、蛾が頭の内側をぱたぱた飛びまわる気配を感じていたのか、フランクにはわからなかった。しかし蛾はそのあいだフランクの脳に何度もタッチダウンをくりかえしつつ、脳の溝という運河に鋭く尖った足の先を入れて引きずっていた――川のまんなかにある岩に立って、木の棒を水流に突き立てる少年のように。

その一方、フランクは娘を抱く腕になおも力をこめていった。「餌食にするなら、頼む、おれにしてくれ」

蛾はすばやく飛び去っていった。

11

〈超ダイナマイト・ボディ〉ことクローディア・スティーヴンスンは引きあげていった。ヴァネッサ・ランプリー刑務官はジャネットに、短時間ならひとりになっていいといった。ジャネットの話し相手として、リー・デンプスターが——あるいはリーの抜け殻かもしれないが——ここにいるからだ。リーがまだ生きているあいだに、こういった話のすべてを話しておくべきだったと思えてならなかった。

「なにがあったかというとね——午前中だったのか昼下がりだったのか、それとも宵の口だったのかはわからないけど——何日もぶっつづけてラリってたの。一歩も外に出ないで。閉じこもってたわけ。そのあいだにデイミアンが、タバコでわたしに火傷をさせた。わたしはベッドに寝てて、ふたりともわたしの剝きだしの腕を見てる。で、わたしがいう。『なにをしてるの？』って。痛みは、わたしの精神から離れた別の部屋の出来事でしかなかった。デイミアンがいうのよ、『おまえがリアルな存在かどうかを確かめたくてさ』って。いまもまだ痕が残ってる。あの人がタバコをぎゅっと強く押しつけた痕、一セントくらいの大きさの痕。だから『満足した？』ってきいた。『あたしがリアルな存在だと信じてくれた？』って。そしたらデイミアンはこういうの。『ああ。だけどおまえがリアルになったんで前より憎らしい。おまえがおれにこの膝を治させてくれていたら、ぜったいこんなふうにはならなかった。おまえはとことん根性のねじれたビッチだよ。ようやくおまえのことが、よくわかった』」

リーはいった、さぞや怖かったでしょうね。

「ええ。怖かった。だってデイミアンがこんな言葉を、それこそうれしい大ニュースを伝えるような顔でいうんだもの。そういうことがわかって、わたしにそれを伝えるのがうれしくてたまらなかったのね。なんていうか、デイミアンが深夜ラジオのトーク番組のホストで、不眠症仲間のリスナー向けに番組をやってるって感じだった。わたしたちがいるのは寝室で、カーテンは閉めっきり、何日もなにひとつ洗ってない。電気は切れてた——電気料金を払ってなかったから。それからしばらくして……って、どのくらいあとかはわかんないけど、気がつくとボビーの部屋の床にすわってた。ベッドはまだあったけど、揺り椅子とか服の箪笥とかの家具はなくなってた。デイミアンが小金欲しさに売ったから。もしかしたら、ようやく醒めてきてたのかも。ほら、タバコの火傷のせいで。でも、とにかく悲しくて、とにかく怖くて、それに——体の向きをぐるって変えられたら、このぜんぜん知らない土地に自分がいるのがわかって、家に帰る道がなくなっちゃったみたいな気分だったの」

リーはいった、その気持ちはわたしも知ってる。

「ここでスクリュードライバー登場——マイナスドライバー。揺り椅子を買っていった男が運びだすのにベース部分をはずすときにつかって、うっかり忘れていったのね。わたしにわかるのはそこまで。もとからうちにあったドライバーじゃないことはわかった。だって、そのときうちには工具なんてなかったから。家具を売り払うよりもずっと前に、デイミアンがみんな売っちゃってた。でもボビーの部屋にはドライバーが転がっていて、あたしはそれを拾う。居間に行くと、デイミアンが折り畳み椅子にすわってる。うちにはもう、それしか椅子が残ってない。デイミアンはいうの。『仕事に片をつけにきたのか？　とっととすませろ。だけどな、急いだほうがいい。ここで数秒のうちにおれを殺さなければ、おれがおまえの首を絞めあげて、そのクソ馬鹿な頭をぽんと破裂させてやるからな』って、やっぱり深夜ラジオのホストみたいな調子でしゃべるの。それからデイミアンは、うちに残っていた最後の二、三錠の薬がはいった小さな瓶をもちあげて、とびっきりのジョークのオチを披露してるみたいな声で〝じゃーん！〟っていう。それから、『やるなら、ここがうってつけだぞ。たっぷり肉があるからな』ってつづけて、ドライバーをもってるわたしの手を太腿の上のほうへ引っぱって、ドライバーの先端をジーンズに押し当てて、『どうする？　いまやらなきゃチャンスは二度とないんだぞ、ジャネット、いまやるか、二度とやらないかだ』」

リーはいった、デイミアンもそれを望んでたみたいね。

「で、望みがかなえられたわけ。あたしはドライバーをグリップのところまで深々と突き立ててやった。デイミアンは大声をあげたりしなかった。ただ大きく音をたてて息を吐いて、『おれになにをしたのか、その目でちゃんと見ろ』といっただけで、体からどんどん血が流れて、椅子も床も血だらけになってて、でもあの人、助かろうとして体を動かしたりしなかった。あの人はこういうの。『いいさ。おれが死ぬのを見てろ。楽しめ』って」

リーはいった、楽しんだの？

「まさか。まさか！　部屋の隅に縮こまってたの。どのくらいの時間そうしてたかはわからない。警察は十二時間から十四時間だったといってる。影が形を変えていくのは見てたけど、どのくらいの時間かはわからなかった。デイミアンは椅子にすわってしゃべってた。しゃべってた。いまのおれは幸せだ。最初からこうする計画だった。ああ、そうだとも、最初から公園の地面に細工をして、膝に怪我をするつもりだったんだ。なあ、最高のトリックだろ、ジャネット。そのうちデイミアンはもうしゃべらなくなった。でも、姿は見えてる。ほんとにはっきり見えてる、いまこの瞬間も。前はよく、デイミアンに謝って、許しを乞うている夢を見たっけ。そんな夢のなかではデイミアンは例の椅子にすわって、じっとわたしを見てるだけで、どんどん肌が青くなっていく。〝後の祭りの夢〟――ドクター・ノークロスがそういうの。〝謝りたくても後の祭りの夢〟だって。あの医者に一点あげたくなるよね、リー？　死人は謝罪を受けいれない。世界の歴史を見わたしても、そんな例はひとつもないよ」

リーはいった、ほんとにそのとおり。

「でもね……ああ……ハニー……ああ……リー。今度の件にかぎっては、すべてを変えられるのなら、なんだって差しだして悔いはない。ええ、あんたはひとりも殺してない。わたしが殺されていればよかった。あんたじゃなくて。このわたしが」

この言葉に、リーはなにもいわなかった。

第十九章

1

デスクにあった住所録でロレンス・ヒックスの携帯番号がわかったので、クリントは固定電話で電話をかけた。もともと副所長で、いまは所長代理をつとめているヒックスは、不可解なほどリラックスしているようすだった。もしかしたら、ヴァリアムを一、二錠口にほうりこんだのかもしれない。

「かなりの人数の女たちが……ええと……あんたなら〝受容〟とでも呼ぶ段階に達したみたいだね、ドク」

「〝受容〟は〝あきらめ〟とおなじじゃないぞ」

「ま、あんたが好きなように呼べばいい。とにかくあんたがこっちを引きあげてから、残った連中の半分以上が明かりの消えた状態になった」そう話すヒックスは満足げだった。刑務官と受刑者の人数割合が、ふたたび対処可能なレベルになったからだろう。女性刑務官がいなくなっても、それなりに充分な態勢をとれそうだ。

権力の座にある者たちは、人間の命をこんなふうに数字で考えるのではないか？　総利益とか比率とか管理難易度といった用語で。クリントは権力の座につきたいと思ったためしはない。

児童養護制度の保護下にあった子供のころは、数えきれないくらいの家庭内君主に支配されたが、おおむね幸運の力で生き延びてきた。いまの職業をえらんだのは、そういった経験がもたらす直接的な反応だったといえる。すなわち、少年時代の自分のような人々、里親家庭や施設で出会ったマーカスやジェイスンやシャノンのようなよるべなき人々を助けたいという思いのゆえだ――そしてもちろんクリント自身の母親、青ざめた不安げな顔が亡霊のように淡くかすかに記憶に残る母親のような人々をも。

ジェイリッドがクリントの肩をぎゅっとつかんできた。これまで電話での話をきいていたのだ。

「助言しておくが、前例のない書類をつくることになるね」ヒックスは話をつづけた。「収監中の受刑者を射殺したのだから、この一件は州政府の調査対象になるはずだ」

清掃用の備品室に安置されたリー・デンプスターの遺体が完全に冷えきってもいないのに、ヒックスはもう報告書の心配をしている。クリントは、自分を産んだ女性と性交渉をもつ男たちを罵《ののし》る下品な卑語をうっかり口走らないうちに電話をおわらせようと決めた。

早めにそっちへもどる――クリントはいい、それが電話の締めくくりになった。ジェイリッドがボローニャソーセージを炒めてサンドイッチをつくろうと申しでた。「父さんもおなかが空いてると思って」

「うれしいね」クリントはいった。「それこそ、いまいちばん必要な品という気がするよ」

フライパンでソーセージがじゅうじゅう音を立てて跳ねると、クリントの鼻がその芳香をとらえた。目もとに涙がこみあげたほどの芳香。いや、涙はその前から目をうるませていたのかもしれない。

《わたしもひとりくらい子供が欲しくなっちゃった》ふたりが最後に会ったあの日、シャノンは幼いジェイリッドの写真を見ながら、クリントにそういった。その言葉のとおり、シャノンは子供を産んだらしい。

シーラ——それが生まれた娘の名前だとライラが話していた——シーラ・ノークロスだ、と。ありていにいえば、この命名はクリントへの敬意《オマージュ》のようなものだ。これまで一度も捧げられたことのないレベルのオマージュ——シャノンは生まれてきた娘にクリントの姓を授けた。いまそれが問題になっているのだが、それでもなお……。これはシャノンがクリントを愛していたことを意味する。なるほど、クリントもシャノンを愛していた。ある意味では。ふたりのあいだには、余人にはぜったいに理解できない要素がいくつも存在していた。

いまクリントはあの大晦日の夜を思い出していた。あの夜、シャノンは目をうるませてこれでいいのかとたずねた。音楽が大音量で流れていた。なにもかもビールとタバコのにおいがした。クリントは返事を確実にきかせようと、シャノンの耳もとに唇を近づけた……。

いまのクリントには、ひと口かふた口食べるのがやっとだった。香りはじつに旨そうに思えたのに、胃が硬いゴムボールになったかのようだった。クリントは息子に詫びた。「食べ物のせいじゃないんだ」

「わかってる」ジェイリッドは答えた。「ぼくもあんまり食欲がないしさ」見れば息子は、自分でつくったサンドイッチをちまちまかじっているだけだった。

家のガラスドアが〝しゅうっ〟という音とともにひらき、ライラが白い荷物を抱きかかえて家にはいってきた。

2

母親を殺したはいいが、元刑務官のドン・ピーターズはそこから先へ進むのに苦労させられていた。

最初になにをするべきかは明白だった——あたりを掃除することだ。とはいえ、大変な骨折り仕事になりそうだった。母親を殺すのに、レミントンのショットガンの銃口を蜘蛛の巣状の物質で包まれた頭部にあてがって発砲するという手段を採用したからだ。この仕事そのものは悠揚迫らずこなすことができた（いや、この男なら〝悠揚迫らず〟ではなく、もっと簡単な言葉をつかったのかもしれない）。しかし、その結果あたりは手のつけようもないほど汚れてしまった。いっておけばドンは、部屋の片づけよりも部屋を汚すほうが得意だった。母親からもしじゅう指摘されていた。

それにしてもなんという汚れ方か！　血と脳みそはもちろん、蜘蛛の巣の糸がつくる繭が粉々になった細片が、ぎざぎざの巨大なメガホンの形になって壁いちめんに散乱してしまったのだ。

汚れた部屋の片づけに着手する代わりに、ドンは愛用の〈レイジーボーイ〉のリクライニングチェアに体を落ち着かせ、そもそも自分がなぜこんな行動に出たのかを思い出していた。女囚のジャネット・ソーリーがおれの顔の前で小生意気なケツをふりふりして誘惑し、こっちが手コキだけで勘弁してやったのに、それをチクるような真似をしやがったのは、おれのおふくろの責任なのか？　そうなのか？　あるいは、所長のジャニス・コーツがおれを職場から叩きだしたことの責任は？　あるいは、あの気どりくさった頭医者のノークロスの野郎が、おれに舐めた不意討ちを食らわせたことの責任？　いや、おふくろはその手のことにいっさい関係してない。それなのに車を走らせて家に帰りついたおれは、母親が眠りについているのを見てとると、ピックアップトラックからショットガンをとって屋内に引き返し、夢を見ている母親の脳みそを散弾で吹き飛ばしてやった。なんとなく夢を見ているものと決めつけたが——だれに真実がわかる？

そうとも、たしかに自分は動揺していた。そうとも、たしかに不当な対応をされた。それでも——こんなことを認めるのは癪だが——いくら動揺していて、いくら不当な対応をされたとしても、自分の母親をあっさり殺していい道理はない。これは過剰反応だ。

ドンはビールを飲み、声をあげて泣いた。自殺もまっぴら、刑務所に叩きこまれるのもごめんだった。

母親のソファに腰をおろし、胃にビールが流れこんだことで気分も落ち着いてくると、あらためて考えれば部屋の掃除はたいした問題にはならないように思えてきた。いま当局はめちゃくちゃ忙しいはずだ。いつもならとうてい逃げおおせないはずの所業でも——たとえば放火でも——オーロラ病のおかげで、やり逃げできるかもしれない。法科学にのっとった犯罪現場の鑑識作業が、いきなり二の次三の次に思えてきた。だいたい、顕微鏡だのコンピューターだので分析をしているのは女ばかりではないか。少なくともテレビのあの手のドラマでは。ドンはガス台の上に新聞紙の束を積みあげて、点火スイッチを入れた、新聞紙が燃えはじめたのを見はからって、バーベキュー用の液体燃料の容器を強くつかみ、中身をカーテンや家具にふりかけた。こうしておけば、なにもかも、あっという間に燃えはじめるだろう。

火事になった家から車で逃げるさなか、ドンはまだやるべき仕事があることを思い出した。こちらの仕事は火を熾《おこ》すことにくらべればずっとむずかしく、重要性においてはいささかも劣らなかった。生まれて初めて、きわめて厳しく自分に接することが必要だった。

女性との対人関係がおりおりにストレスに満ちたものになっていたというのが真実なら、そもそも母親との親子関係——それもきわめて初期の関係——こそが、ドンの出鼻をくじいて原因をつくったにちがいないと認めておく必要もある。さしものノークロス医師もこの見解には賛成するだろう。母親は女手ひとつでドンを育てた。母親なりに最善をつくしたと思うが、そんな母親がジャネット・ソーリーだのエンジェル・フィッツロイやジャニス・コーツといった女たちに対処するために、どんな準備をほどこしてくれたというのか？　母親はドンにグリルド・チーズサンドイッチをつくり、UFOの形をした特製ストロベリーパイを焼いた。インフルエンザにかかればジンジャーエールをもってきて、なにくれとなく看病してもくれた。ドンが十歳のときには段ボールと細長く切った黒いフエルトで黒ずくめの騎士のコスチュームをつくり、四年生全員の羨望《せんぼう》の的になった——いや、学校全体の羨望の的だった！

どれもこれも好ましい思い出だが、もしかすると母親はおれを甘やかしすぎたのかもしれない。それで人と調子をあわせがち、空気を読みがちな性格になり、そのせいで、おれがトラブルにおちいったことも一度や二度ではないのでは？　ジャネット・ソーリーが誘いをかけてきたときがその好例だ。いけないことだとわかっていながら、あの女囚につけこまれてしまった。おれは意志が弱い。女がらみでは男はみんなそうだ。そして、一部の男は——いや、大多数の男といえるかもしれないが——なんといえばいいか……その……

あまりにも寛大にすぎる！

それだ！

寛大な心というのは、母親から贈られた時限爆弾のようなものであり、母親の顔のすぐ前でその爆弾が爆発したわけだ。ここには一種の正義（苛烈きわまる正義であることは認めよう）がある。受け入れはしても、この先も諸手《もろて》をあげて歓迎することはすまい。真の悪党はジャニス・コーツ所長の同類だ。ジャニス・コーツには、ただの死では苛烈な罰だといえない。どうせならあの女に薬を盛るのではなく、じわりじわりと窒息死させてやればよかった。あるいは喉笛をかっさばき、どくどく血を流して死んでいくのを見とどければよかった。

「愛してるよ、母さん」ドンはピックアップトラックの運転席という空間にむけていった。言葉が銃弾のように跳飛するかどうかを確認しているような口調だった。ドンはおなじ言葉をさらに数回くりかえしたのち、こういい添えた。「ぼくは許してあげるよ、母さんを」

こんなふうに自分の声とふたりきりになるのが、ドン・ピーターズにはどうにも気に食わなかった。なんというか——正しいことだとは思えなかったのだ。

（「ほんとに嘘をついてないんだね、ドンちゃん？」まだドンが幼いころ、ドンが嘘をついていると思うと、母親はよくこんな言葉でたずねてきた。「お菓子の箱からとったクッキーは一枚だけだと、神さまに誓っていえる？」

（「いえるよ」当時のドンはそう答えたものだ。「神さまに誓ってそのとおり」じっさいにはそのとおりではなかったし、母親もドンの嘘を見抜いていたようだが、それでもあとは不問に付してくれた……しかし、それがどんな結果を招いたかを見るといい。聖書のホセア書には、悪事を働いて何倍もひどい目にあうことがどんな比喩で書いてあった？　そう、〝彼らは風を蒔《ま》き、つむじ風を刈り取る〟だ）

3

〈スクイーキー・ホイール〉の駐車場が満車だったので、ドンはやむなく少し先の道ばたにトラックをとめた。

店内へむかうあいだ、ドンはビールグラス片手に歩道に立って丘陵地帯で荒れ狂う大きな山火事をながめている男たちの前を通りすぎた。

「ほかにも火事が起こったって話だぞ――たしか町なかだったと思う」男のひとりがそういった。

母さんの家のことかも――ドンは思った。あの火事がご近所一帯の家を灰にしてしまうかもしれないし、何人の眠れる女たちが巻き添えで灰になるかは神のみぞ知るだ。なかにはまっとうな女もいるので痛ましいが、なに、ほとんどの女は淫乱か不感症だ。手を焼くほどホットか、さもなきゃ凍るほどクール——おまえが相手をする女はそんなところ。

ドンはバーカウンターでショットとビールを一杯ずつ受けとり、細長いテーブルの端に空いている席を見つけた。テーブルにいたのは郡警官のテリー・クームズと、前の晩もこの〈スクイーキー・ホイール〉で見かけてはいたが、名前が思い出せない黒人男だった。つかのまドンは刑務所での騒ぎを——あの根も葉もない告発とでっちあげの件を——小耳にはさんでいるかとテリーに質問しようかと思った。しかし仮に話をきいていたとしても、いまのテリーはそんな件に対処できる状態でもなければ、その気分でもなさそうだった——四分の一ばかりビールが残っているピッチャーを前にすわっているこの警官は、もう半分寝ているようなありさまだった。

「相席はお断わりかい？」バーの騒がしさに対抗して声を届かせるため、ドンは大声を張りあげるしかなかった。

ふたりの先客はかぶりをふった。

このバーは全部で百人ほどの客をいれられる広さがある。いまは午前三時だったが、それでも満員になるほどの客が詰めかけていた。女もいることはいたが、ほとんどは男の客だった。世間でなにが起こっているかを思えば、鎮静剤代わりの酒を飲みたがる女がそんなに多いとは考えられない。この場に似つかわしくないティーンエイジャーもちらほらと紛れこみ、酔いで赤らんだ顔に朦朧《もうろう》とした表情をのぞかせていた。ドンはそんな彼らを不憫に思ったが、ママといっしょがお似あいの世界じゅうの坊やたちも、これからは迅速に成長していくほかなくなるだろう。

「ひどい一日だったな」ドンはいった。こうして男たちに囲まれたことで、気分が晴れてきた。黒人男が同意の生返事をした。背が高く、かなりの肩幅があり、四十歳前後というところか、背すじをまっすぐ伸ばしてすわっていた。

「おれはいま、自分で自分に始末をつけるべきかどうかを思案してるんだ」テリー・クームズがいった。

ドンは含み笑いを洩らした。テリーはポーカーフェイスで冗談をいう達人だ。「シークレットサーヴィスがホワイトハウス前にあつまった暴徒連中のケツを蹴り飛ばしてたところは見たかい？　あの連中からすれば、クリスマス気分だったろうよ。おおっと、あれを見るといい」

テリーと黒人男は、壁にかかっているテレビの一台に視線をむけた。

画面に出ているのは、どこかの地下駐車場の防犯カメラの映像だった。カメラの位置や動画の解像度の関係で年齢や人種は見てとれなかったが、明らかに駐車場スタッフの制服を着ている女性が、ビジネススーツ姿の男性に馬乗りになっていた。女のほうは手にしたなにかの品で男の顔をくりかえし刺しているようだった。駐車場の床に黒々とした血だまりが広がり、女の顔からはまぶしいほど白いぼろきれめいたものが垂れさがっていた。きょう以前だったらテレビのニュースにこの種の映像が流れることはなかった。しかしオーロラ病が出てきて、放送局の〈報道基準と実務《スタンダーズ&プラクティシーズ》〉部門——番組が倫理コードをはじめとする基準に合致しているかどうかを審査する部門を、テレビ局ではそう呼んでいるのではなかったか——はお払い箱にされたらしい。

「どうせあの男、自分の車のキーを出してほしくて、うっかり係の女を起こしてしまったんだろうな」ドンはいった。「いやはや、この病気にかかった女は……いってみりゃ……窮極の月《P》経前《M》症候群《S》みたいなもんだな。そう思うだろ？」

テレビの画面はニュースキャスターのデスクにもどった。席は無人だった。ドンが昼間のうちに見かけたジョージ・オルダースンとかいう年寄り男はいなくなっていた。もっと若い男――トレーナーを着てヘッドフォンを装着した男――がカメラのフレーム外から顔だけ突き入れ、手をすばやくふり動かして〝とっとと出ていけ！〟といいたげなジェスチャーをした。画面が切り替わって、コメディドラマの番組CMを流しはじめた。

「なんだか素人くさい放送だな」ドンはいった。

テリーがピッチャーからじかにビールを飲んだ。あごからビールの泡が垂れ落ちた。

4

睡眠者倉庫《スリーパー・ストレージ》。

この金曜日の早朝にこれを思いついたのはライラだけではなかったが、うってつけの場所がすぐ目の前にあった。理想的なのは、出入口が人目につかないように隠されている地下室なりトンネルなりだろう。採掘をやめた廃坑も役に立ちそうだ――この地域には廃坑がたくさんある。しかし問題はそういった場所をさがしたり、しかるべき準備をととのえたりする時間がないことだった。そうなると残された選択肢は？　民家しかない。しかし自警団グループが――

どんな顔ぶれかはともかく、見さかいのつかなくなった連中が――眠れる女たちの皆殺しをたくらんだら、真っ先に調べるのは住宅だ。

《あんたの女房はどこだ？　娘っ子はどこ？　これはあんたの安全のため、みんなの安全のためだ。あんただって、自分のうちのまわりにダイナマイトを置きっぱなしにはしたくないだろ？》

しかし、いまだれも住んでいない空家、建てられてから人が住んだためしのない空家だったらどうか？　ここの通りを少し先へ行くだけで、そういった戸建て住宅がたくさんある――トレメイン・ストリートに造成された住宅団地の半分が、買手を見つけられずに空家のままではないか。ともかく、これがライラの思いついた最善の対応策だった。

これを息子のジェイリッドと夫のクリントに説明するだけで、ライラはぐったり疲れてしまった。気分がわるく、おまけにインフルエンザのかかりはじめのように全身がぞくぞくした。前に不法侵入で逮捕したドラッグ依存症者が、この手の話、つまりドラッグの効果が薄れてくるときの恐怖について語っていたのではなかったか？――「ヤクが醒めてくと気分がどん底にまで落ちてくんだ。幸せ気分が息の根をとめられるのさ」と。

クリントもジェイリッドも、すぐにはなにもいわなかった。親子三人は無言のまま居間に立ちすくんでいた。

「それは――赤ん坊？」最初にそう口をひらいたのはジェイリッドだった。

ライラは繭を息子の手にゆだねた。「そう。うちの警官だったロジャー・エルウェイの娘さん」

ジェイリッドは赤ん坊を抱き寄せた。「これからもっとひどいことになりそうだね。でも……どうなるのかはわからないけど」

ライラは手を伸ばし、ジェイリッドのこめかみの髪にそって指を走らせた。テリーの赤ん坊の抱き方は、いまにも爆発するか粉々になりそうな物を運んでいるかのようだったが、それとは異なる抱き方をしている息子を見て、ライラの心臓が鼓動を速めた。息子はまだあきらめていない。いまもまだ人間であろうと努めている。

クリントは横びらきのガラスドアを閉めて、煙の悪臭を締めだした。「本音をいえば、きみは睡眠者を隠すことに――きみの言葉を借りれば〝保護する〟ことに――あまりにもとり憑《つ》かれているといいたいが、少なくともきみにはやるべき仕事ができたね。モリーや赤ちゃんやミセス・ランサムをはじめ、このあたりで見つけた眠れる女性たちを空家に運ぶのはいいと思うな」

「丘のてっぺんにモデルハウスになっている空家があるよ」ジェイリッドがいった。「家具なんかもそろってるし」職業柄だろう、すかさず視線をむけてきた母親にむかって、ジェイリッドはつづけた。「落ち着いてよ。不法侵入なんてやってない。居間の窓から室内をのぞいただけだって」

クリントがいった。「わたしには不必要な用心だとしか思えないが、それでもあとあと後悔するよりはましだね」

ライラはうなずいた。「わたしもそう思う。だって、あなたはもうじきわたしを、そういった家に運びこむことになりそうだもの。わかってるでしょう?」

ライラは、決してクリントにショックを与えたり傷つけたりしたかったわけではなかった。言葉にしておくべき事実というだけだったし、そもそもいまのライラは言葉を飾る余裕もないほど疲れはてていた。

5

〈スクイーキー・ホイール〉の女性用トイレの便座にすわっていた男は、ロックバンドのTシャツと礼装用スラックスという服装の、やたらに目を大きく見ひらいた男だった。男は驚き顔でぽかんとミカエラを見つめた。といっても災難ばかりではなかった。男はスラックスをおろしていなかったのだ。

「ちょっと」ミカエラはいった。「ここは女性用なんだけど。そりゃ、あと数日もすれば、永遠にあんたたち男の縄張りになる。でも、あいにくまだそうじゃない」

男のTシャツにはワイドスプレッド・パニックというバンド名が書いてあった——〝広範囲《ワイド》に拡大したパニック《スプレッド・パニック》〟とはよくぞいったものだ。

「ごめん、ごめんよ。ほんのちょっと、いたかっただけさ」いいながら男は膝に置いた小さなクラッチバッグを指さした。「ロックを一服したくなったんだが、男のトイレは満員でね」男はいやそうに顔をしかめて、「おまけに男のトイレはクソくさくてたまらん。馬鹿でかいクソのにおいだ。鼻がひん曲がりそうだった。後生だから、ちょっとだけ我慢してもらえるとありがたい」男はここで声を落とした。「今夜ちょっとした魔術を見たんだ。いや、ディズニー流の魔法じゃない。忌まわしい魔術だね、あれは。ふだんのわたしは冷静な人間だが、すっかりとり乱してしまって」

ミカエラは、アーシュラから無断拝借した拳銃入りのハンドバッグから手を抜きだした。

「忌まわしい魔術？　さぞや肝が冷える思いをしたことでしょうよ。こっちは、はるばるワシントンＤＣから車を飛ばしてきたら、母親がもう眠りこんでたことがわかったところ。お名前は？」

「ガースだ。お母さんのことは気の毒に」

「ありがとう」ミカエラは答えた。「母は目の上のたんこぶみたいだったけど、好きなところもいっぱいあった。ね、クラックを少しわけてもらえる？」

「クラックじゃない。覚醒剤《メス》だ」ガースと名乗った男はクラッチバッグをあけてパイプをとりだし、ミカエラに手わたした。「でも、やっぱりこっちがよければ遠慮なくやってくれ」そういってガースが次にとりだしたのは、クラックをおさめたジップロックだった。「そういえば、あんたはニュース番組に出てる女に似てるな」

ミカエラは微笑んだ。「いろんな人によくそういわれるわ」

6

〈スクイーキー・ホイール〉の男性用トイレは壊滅的な状態で、膀胱を空にせずにいられなかった動物管理官のフランク・ギアリーは、駆り立てられるように駐車場のはずれまで足を運んだ。医師のガース・フリッキンジャーとともにあの光景——炎から蛾の群れが生まれでてきた光景——を見たあとでは、バーに出かけて酒を飲むこと以外がどれも愚行としか思えなかった。フランクはおのれの目で、まぎれもなく説明のつけられないものを目撃した。この世界にはもうひとつの側面が存在する。あの瞬間まではまったく見えなかったが、世界にはいちだんと深い層が存在していた。といっても、その深い層は、妻エレインお気に入りの神さまとやらが実在する証拠として立ちあらわれてきたのではない。蛾の群れは炎から生まれでてきた。そして炎は、宗教がらみのスペクトラムでは神のいる天国の対極の場所——つまり地獄——で人を待っているとされる。

数メートル離れたところの雑草の茂みを、だれかが踏む音がした。「あのトイレときたら、地獄のクソ溜めだな……」呂律のまわらぬ男の声が途切れた。フランクが目を凝らすと、カウボーイハットをかぶった細身の姿が浮かびあがった。

フランクはジッパーをあげると、体の向きを変えてバーへもどろうとした。ほかになにをすればいいのかもわからなかった。娘のナナと妻のエレインは自宅に残してきた——地下室にビーチタオルを敷いて寝かせ、そのあとドアを施錠してきたのだ。

しかし、男の声にフランクは思わず足をとめた。

「突拍子もない話をききたくないか？　おれの友だちに、かみさんが刑務所で働いてるやつがいる——かみさんはミリーって名前だ。そのかみさんが亭主に話したんだが、刑務所にはどうやら……ええと、一種の……ばけもんみたいのがいるらしい。どうせ、たわいもない法螺話《ほらばなし》だとは思うよ。でも……」男の小便が雑草の茂みに飛び散っていた。「そいつのかみさんがいうには、そのばけもん女は、眠りこんでもなんともないそうだ。で、そのまま目を覚ますんだと」

　フランクは話にききいっていた。「なんだって？」

　男は腰を左右にひねって動かし、自分の小便をなるべく広範囲に撒き散らすことに喜びをおぼえているようだった。「普通の人間なみに眠っては目を覚ますんだぞ。なにごともなく目を覚ます。友だちのかみさんは、そう話してたってよ」

　空で雲が位置を変えて月明かりが射した。その光で浮かびあがったのは、犬の虐待者として名高いフリッツ・ミショームの特徴のある横顔だった。いかにも山地民《ヒルビリー》らしい陰毛そっくりのもじゃもじゃの口ひげと、右の頬骨のすぐ下にある深い凹《くぼ》みの両方がありありと見えていた。ちなみに後者は、かつてフランクがライフルの銃床で、この男の面相を永久に変えたことの名残だ。

「ときに、おれはどちらさんを相手にしゃべってるんかな？」フリッツは真剣に目を細めていた。「クロンスキー、おまえか？　おまえに都合してやった四五口径の調子はどうだ、ジョニー・リー？　いやいや、そこにいるのはクロンスキーじゃないな。ちくしょう、ものが二重に見えるどころじゃない。三重に見えてやがる」

「その女は目を覚ましたのか？」フランクはたずねた。「刑務所の囚人に目を覚ました女がいるんだな？　繭で包まれたりもしないで？」

「おれがきいた話だとな。だけど、あんたは好きに考えればいい。なあ、あんたは知りあいじゃないのかな?」

フランクはその質問には答えず、バーへむかった。フリッツ・ミショームごときの相手をしている時間はなかった。考えていたのは、いまの話に出た女性——正常に眠って目を覚ますという女性——のことだけだった。

7

フランクがテリー・クームズとドン・ピーターズがいるテーブルにもどると(フランクのあとから女子用トイレに行ったガース・フリッキンジャーは、生まれ変わったように元気な足どりでやってきた)、飲み仲間たちは細長いテーブルの前に置かれた背もたれのないベンチに、さっきまでとは反対向きにすわっていた。青いシャンブレーのワークシャツとジーンズ、農具メーカーのケイス社が無料配布しているキャップという姿の男が立って、半分残っているビールのピッチャーをもったまま身ぶり手ぶりをまじえ、さかんに弁じたてていた。周囲の客たちはすっかり静かになり、神妙な面《おも》もちで男の話にきいっていた。どこかで見たような顔の男だった——地元農家の者か、長距離トラックの運転手あたりかもしれない。頰には無精ひげが浮き、歯は〈レッドマン〉の嚙みタバコのせいで変色していたが、説教師にも通じる自信に満ちた弁舌であり、一定のリズムで抑揚をくりかえす口調は、いかにも聴衆からの〝神を讃えよ”という合いの手を求めていた。演説男の隣にすわっている男については、フランクには素性が正確にわかっていた。前に男の老いた愛犬が死んだとき、次の飼い犬選びを動物保護施設《アニマルシェルター》で手伝ったことがあるからだ。たしか苗字はハウランド。メイロックのほうのコミュニティカレッジの講師だった。いまハウランドは皮肉っぽく楽しんでいる顔で、説教をつづける男を見あげていた。

「いずれこうした事態が起こることくらい予測していて当然だった！」トラック運転手／説教師の男はそう断じた。「女たちはあまりにも高くまで飛びすぎた――そして例の蠟を固めた翼をつけたあやつとおなじで、翼が溶けてしまったんだ！」

「イカロスだな」ハウランドがいった。肘あてがついた年代物のゆったりしたバーンジャケットを着ていて、胸ポケットから眼鏡が突きだしていた。

「**イ・カ・ロス**。そう、そのとおり、大正解。さて、男女平等がどこまで拡大したのかを知りたくはないかな？　百年前をふりかえるといい！　女には参政権がなかった！　スカートは足首までの長さ！　避妊の手だてもなく、中絶手術を受けたければ、どこぞの裏道の闇医者をたずねるほかはなく、しかもこれでつかまれば、**殺・人・罪**で牢屋行きだ！　それがいまじゃ、女たちは好きなときに好きな場所で赤ん坊を堕ろせるようになった！　罰あたりな家族計画連盟のおかげで、〈ケンタッキー〉でフライドチキンのバケツを買うくらい気楽に中絶手術ができるようになった――いっておけば、費用だってチキンのバケツと変わらないくらいだ。女たちは大統領選挙に立候補もできる！　米海軍特殊部隊《シールズ》にもレンジャー部隊にもはいれる！　レズビアン同士で結婚だってできる！　これがテロ行為でないのなら、いったいなにがテロ行為なのかわからんね」

　あちこちで賛同のつぶやきがあがった。フランクはそんな声をあげなかった。自分とエレインのあいだの問題は、中絶やレズビアンとはいっさい関係ないと信じていたからだ。

「そんなこんなのすべてが、たった百年のあいだの出来事だ！」トラック運転手／説教師の男は声を低めた。声を低くしても聴衆にききとれたのは、だれかがジュークボックスの電源プラグを引き抜くことでトラヴィス・トリットの歌声を臨終時の苦しげな声に変え、息の根をとめていたからだ。「だいたい女たちは、口じゃ平等を求めているだけだといいながら、あっという間に男を追い抜いたじゃないか。どんな証拠があるかを知りたいかな？」

　ここまで来ればフランクも認めざるをえなかったが、男の話はある目的地に着々と近づいていた。エレインなら、こんな男にはいっさい容赦しないだろう。それがエレインの常套手段だ。フランクは、この野暮ったい田舎者の演説に自分が引きこまれているのがわかって気分がわるくなった――それでも内容を否定はできなかった。そう感じているのはフランクだけではなかった。バーの店内にいる客の全員が、口を半びらきにして話にききいっていた。例外はハウランドひとり――この男は路上での猿まわしを見物している者そっくりに、にたにた笑っていた。

「いまでは女も男のような服を着られる――それこそが証拠だ！　百年前だったら、馬に乗るときならいざ知らず、女たちはズボン姿を死んでも他人に見られたくないと思っていたのに、いまではどこを見てもズボン姿の女たちがいるではないか！」

「ホットパンツで長い足を見せる女に、なにか含むところでもあるっていうの？」ひとりの女が声をあげ、店内が笑いに包まれた。

「あるものか！」トラック運転手／説教師の男はすかさずいいかえした。「しかし、考えてもみたまえ。男なら——根っからの男だぞ、ニューヨークのオンナ男なんかじゃなく——女のドレス姿でドゥーリングの町を歩く姿を人に見られたいなどと思うか？　まさか！　そんなことをすれば頭がいかれているといわれるだけだ！　笑いものになるだけだ！　しかし、女はどうだ？　いまでは女は男の服でも女の服でも自由に着られるようになった！　そういった女たちは、聖書に女はあらゆる面で夫に従うべしと書かれていることも忘れ、家で裁縫や料理や子供たちを産むことに専念して、決してホットパンツ姿で人前へ出るべからずということも忘れてやがる！　おまけに、それだけじゃまだ不足だという！　自分たちが優位に立たなくてはならないと！　男たちを第二位にしなくてはならないと！　そんな女たちが太陽にあまりにも近づきすぎたので、神が女たちを眠らせたのだ！」

　男は目をぱちくりさせ、ひげが突きだしている頬を片手でつるりと撫でた。いきなり自分がどこでなにをしているのかに——バーの満員の客にむかって、自論を大声でまくしたてていたことに気づいたかのようだった。

「イ・カ・ロス」男はひとこといって、いきなり腰をおろした。

「ありがとう、郵便無料配達第二地域在住のミスター・カースン・ストラザーズ」この〈スクイーキー・ホイール〉のバーテンダーにしてオーナーのパッジ・マローンがカウンターの裏側から大声をあげた。「みんな、われらが地元の名士さまだぞ——〈田舎の豪腕《カントリー・ストロング》〉の異名をもつストラザーズだ！　あいつの右フックには用心しろ。ついでにいえばカースンは、おれの元の義理の弟だ」パッジは、ロドニー・デンジャーフィールドそっくりの垂れ落ちた頬をもつコメディアン志望者だった。いつも笑えることをしゃべるわけではないが、少なくとも酒の量はごまかさない。「カースン、いまの話は考えるためのまたとない材料になってくれそうだ。いまから楽しみだよ——感謝祭のディナーの席で、いまの問題をわが妹と話しあうのがね！」

この発言に、またしても笑い声があがった。

客があちこちでそれぞれの会話をはじめる前、だれかがジュークボックスの電源を入れなおしてトラヴィス・トリットを死から復活させる前に、ハウランドが片手をあげながら立ちあがった。歴史学の教授だ——フランクは唐突に思い出した。それが仕事だと本人が話していた。新しい飼い犬には、ローマの歴史家にちなんでタキトゥスという名前をつけようとも話していた。小型愛玩犬のビション・フリーゼ種につけるには、ずいぶんご大層な名前だと思ったことをフランクは思い出した。

「友人諸君」ハウランド教授は朗々とした声で話しはじめた。「きょう一日でこれだけのことが起こったのですから、わたしたちがまだ明日《あす》のことを考えられず、さらにその先、すべての明日のことも考えられないのも、じつにもっともな話です。さて、当面のあいだ道徳や倫理やホットパンツの件はわきへ置いて、もっと現実に即したことを考えてみましょう」

いいながらハウランドは、〈カントリー・ストロング〉ことストラザーズのたくましい肩をぽんぽんと叩いた。

「こちらの紳士のお話はじつにもっともでした。女たちはある特定の分野において、男たちの上に立っています——少なくとも西欧諸国においては、その傾向が顕著です。わたしはここに、女が男の優位に立ったことには、ガードルを着けずに、あるいは髪にカーラーをつけたままスーパーの〈ウォルマート〉へ行く自由よりも、もっと重要な目的があったという意見を述べておきます。さて、この〝疫病〟が――ほかに適当な言葉が見つからず、とりあえず疫病とします――反対方向に影響するものだったらどうなっていたでしょうか？　そう、いったん眠りこんだら目覚めなくなるのが男たちだったら？」

〈スクイーキー・ホイール〉が静まりかえった。全員がハウランドを注視していた。本人は注目を浴びてうれしそうだった。その話しぶりは、へんぴな奥地の熱狂的な聖書信奉者の演説とは異なっていたが、人を魅了するものだった――決して口ごもらず、人前で話すことの経験を積んでいる。

「女たちだけになったとしても、人類を再スタートさせることは可能でしょうか？　ええ、できるに決まっています。われらがすばらしきこの国家の全域にある各施設には、何百万人もの精子が冷凍保存され、赤ん坊になる日を待っているのですから。全世界規模で見れば何億、何十億人単位になるでしょう！　そこからもたらされるのは、男女両性の赤ん坊です」

「でも、それって生まれたての男の赤ちゃんが泣きやんで、生まれて初めての眠りについても繭をつくらないという仮定に立っての話ね」とびきり美しい若い女がいった。女はガース・フリッキンジャーの隣に姿をあらわしていた。フランクはふと、トラック運転手／説教師／元ボクサーの男が先ほどの演説で、ある一点を見逃していたのではないかと思った。女は生まれながらにして男よりも見た目がいいだけではない。男よりも完成されているのではないか。

「たしかにそうです」ハウランドは同意した。「しかし、仮にそうなったとしても、女たちは何世代にもわたって命をつなぐことができます――もしかしたらオーロラ病が自然に消えていくまで。男にそれができますか？　このままもし女たちが目覚めなかったら、みなさん、五十年後の人類はどうなっているでしょうか？　百年後の人類ははたしてどうなっていることでしょう？」

ひとりの男がやかましいだみ声で騒々しくわめきはじめて、あたりの静寂が破られた。

ハウランドはその男を無視して話しつづけ、「しかし、将来の世代という問題は、そもそも存在しなくなるかもしれません」といいながら、指を一本立てた。「歴史をながめわたせば、人間にまつわるきわめて不愉快な考えが浮かびあがってきます。その考えは、先ほどこちらの紳士が熱い口調で詳しく述べたこと——女たちが男の先を行っていること——の理由を解き明かしてくれそうです。その考えとは、露骨な言い方をすればこうです。女たちは正気だが、男たちは正気じゃない」

「あほ抜かせ！」だれかが叫んだ。「いいかげんなことをいうな！」

ハウランドは眉毛一本も動かさなかった。「そうでしょうか？　オートバイを連ねる暴走族をつくったのはだれですか？　男たちだ。シカゴやデトロイトの一部地域を無法地帯につくりかえてしまったのは？　若い男たちだ。権力の座にあって戦争をはじめるのはだれか？　ヘリコプター操縦士などをつとめる若干の女たちは例外ですが、その戦争でじっさいに戦うのはだれでしょうか？　そう、男たちだ。そして、付帯的損害《コラテラルダメージ》の名のもとに苦しみを嘗《な》めさせられるのはだれか？　もっぱら女たちと子供たちです」

「そうとも！　じゃ、おケツふりふり歩いて、まわりをそそのかす真似をするのはだれなんだ？」ドン・ピーターズが叫んだ。その顔は真っ赤になって、左右の首すじには太く血管が浮いている。「教えてくれよ、物知りの学者先生――くそ忌ま忌ましい糸を陰で引いて人を操ってるのはだれなんだ？」

ちらほらと拍手喝采があがった。ミカエラは思わず目だけで天井を仰いでから、話しだそうとした。覚醒剤をたっぷりとやり、血圧が危険域に達するほど高くなっているいま、清教徒の牧師の説教なみに、六時間ほどぶっつづけで話せそうな気分だった。しかし、ミカエラが口をひらくよりも先にハウランドがまた話しはじめていた。

「真の知性による卓見を思慮深い形でいいあらわしてくださいましたね、サー。それはまた、多くの男性が主張する信念でもあります。それも、一般的に男女平等の問題について、ある種の劣等感をもつ人々が接したときなどに――」

ドンが弾かれたように立ちあがった。「人を劣等感のもちぬし呼ばわりするとは、おまえはなにさまのつもりだ？」

フランクはドンを引っぱって、すわらせた。この男をそばに置いておきたかった。さっきフリッツ・ミショームが話していたことが本当なら、このドン・ピーターズという男と話しあう必要がある。ドンはたしか刑務所で働いていたはずだとにらんでいたからだ。

「その手を離せ」ドンが険悪にうなった。

フランクは手をすべらせてドンの腋の下にあてがい、強く握った。「落ち着いたほうがいいぞ」

ドンは渋い顔をしたが、なにもいわなかった。

「ここに興味深い事実があります」ハウランドはつづけた。「十九世紀後半、ここアパラチア地方でもおこなわれていた深掘りによる採鉱作業には、クーリーと呼ばれた労働者が雇われていました。いえいえ、中国人下層労働者の苦力《クーリー》ではありません。クーリーになったのは若い男性で、十二歳くらいの少年もいました。彼らの仕事は、オーバーヒートを起こしがちな機械の近くに立っていることでした。彼らクーリーは水のはいった樽を用意していたほか、近くに谷川があればパイプで水を引いてもいました。クーリーの仕事は機械のベルトやピストンに水をかけて、冷やしつづけておくことでした。機械をクールに保つがゆえのクーリーです。そこでわたしは、歴史的に見れば女たちもクーリーと同様の役割を果たしていたのではないか、という説をとなえたいと思います——そんなことが可能な場合にかぎってのことでしょうが、女たちは最悪の行為や最大級に忌まわしい行為から男たちを引き離しておく役割を果たしていたのです」

　ハウランドは聴衆を見わたした。その顔にもう笑みはなかった。

「しかし、いまクーリーはいなくなった——あるいはいなくなりつつある情勢です。その状態で男たち——まもなく唯一の性別になる男たち——が銃や爆弾や核兵器でおたがい殺しあうまでに、どれだけの時間が残されているでしょうか？　機械がオーバーヒートして爆発するまでに残された時間はどのくらいでしょう？」

　これだけきけば、フランクには充分だった。いまのフランクにとって、人類全体の未来は関心事ではなかった。人類が救われたら、それは余禄のようなものだ。いまの関心はナナひとりにあった。あのかわいらしい顔にキスをして、お気に入りのTシャツを破りかけたことを謝罪したかった。もう二度とそんなことはしないと約束したかった。しかしナナが目を覚まさなければ、キスも謝罪も約束もできない。

「ちょっとつきあってくれ」フランクはドンに話しかけた。「外に出よう、あんたと話がしたい」

「なんの?」

フランクはドン・ピーターズにこっそり耳打ちした。「刑務所には眠りこんでも蜘蛛の糸を生やさず、そのまま普通に目覚める女がいるっていう話、あれは本当かい?」

ドンは首を伸ばして頭をめぐらせ、フランクを見つめてきた。「そうか、あんたは町の野犬捕獲屋だな?」

「いかにもそのとおり」本来は動物管理官というのだが、フランクは野犬うんぬんを不問に付した。「で、あんたはドン、刑務所で働いてる」

「ああ」ドンは答えた。「そのとおりだ。よし、話をしよう」

8

クリントとライラは裏のポーチに出た。ポーチを上から照らす照明のせいで、ふたりは舞台に出ている役者のように見えた。ふたりは〈プールガイ〉ことアントン・ダブセックが掃除で昆虫の死骸をすくいとってからまだ二十四時間もたっていないプールのほうへ視線をむけた。いまアントンはどこにいるのだろうか——クリントはぼんやりそう思った。たぶん眠っているのだろう。その気になっている若い女のことでも夢見ながら――妻との不愉快になるに決まっている会話のために、心がまえをつくるようなことはせずに。この想像のとおりなら、アントンが羨ましい。

「シーラ・ノークロスのことを話してくれ。きみがバスケットボールの試合で見たという女の子のことを」

ライラは嫌味たっぷりな笑みを返してきた――妻にそんな笑みをのぞかせる能力があるとは、クリントはついぞ知らなかった。笑みのおかげで歯がすっかり見えた。口のさらに上では、両目が――いまでは眼窩の奥に落ちくぼみ、焦茶色の隈がまわりをとりまいていたが――ぎらぎら光っていた。

「あら、なにも知らないような言いぐさね。ハニー」

心理セラピストの帽子をかぶれ――クリントは自分にいいきかせた。いまライラがドラッグでハイになって、腹を立てていることを忘れるな。人は疲れていると疑心暗鬼におちいりやすくなる。しかし、その自戒を守るのはむずかしかった。ライラの話の概略は見当がついた――ライラは、これまでクリントが話にさえきいたことのない少女を、シャノン・パークスとのあいだに生まれたクリントの娘だと思いこんでいるのだ。しかし、そんなことはありえない。ありえない話を材料に妻から責め立てられたら、そして理性の物差しでは世界のそれ以外の問題すべてのほうが重要で、かつ緊急性もあるとなったら、癇癪をこらえるのはきわめて困難だ。

「きみが知っていることを話してもらおうか。そのあとで、わたしが知っていることを話そう。ただし、ひとつの単純な事実だけは先に話す。わたしとおなじ苗字であろうとなかろうと、あの少女はわたしの娘ではないし、わたしが結婚の誓いを破ったことはない」

そこでライラが体の向きを変えて家にはいっていこうとしたので、クリントは肘をつかんで引きとめた。

「お願いだ。いますぐ話してほしい。さもないと――」

――さもないと、きみは眠りに落ちてしまい、わたしたち夫婦がこの件にきっちり片をつける機会は永遠にうしなわれてしまう。クリントはそう考えつつも、口ではこうつづけた。

「――この件ですでに出来ている以上の大きなわだかまりを残してしまいそうだ」

ライラは肩をすくめた。「そんなに大きな問題？　世の中がこんなことになってるのに」

つい数分前、クリントもおなじことを考えていた。《きみにとっては大問題なんだろう？》と言いかえしてもよかったが、クリントは口を閉ざしていた。なぜなら、この広い広い世界であれだけ多くの騒動が起こっていても、クリントにとって問題は問題だからだ。

「ね、わたしがこんなプールなんか欲しくもなんともなかったって、あなたは知ってた？」ライラがたずねた。

「なんだって？」クリントは面食らった。いまの話にプールがどう関係してくるというのか？

「母さん？　父さん？」ジェイリッドがスクリーンドアのすぐ内側に立って、夫婦の会話に耳をそばだてていた。

「ジェイリッド、おまえは家にはいっていなさい。これは母さんと父さんの――」

「いいの。あの子にも話をきかせてやって」ライラがいった。「あなたがあくまでもこの話を最後まですませたいのなら、ええ、けっこう。あの子にも、腹ちがいの妹がいることを知らせたほうがよくない？」ライラはいいながらジェイリッドにむきなおった。「あなたよりも一歳年下で、髪はおなじくブロンド。才能に恵まれたバスケットボール選手で、それはそれは愛らしい子よ。あなたが女の子だったら、あんな子になったでしょうね。だって、その子はあなたにそっくりなんだから」

「父さん？」ジェイリッドは眉を寄せていた。「母さんはいったいなに話してるの？」

クリントは降参した。こうなっては、ほかになにをするにも手おくれだ。「ライラ、わたしたちにすべて話してくれないか？　そもそもの最初から」

9

ライラは一部始終を話した。最初に話したのはカリキュラム委員会や、その委員会の会合のあとでドロシー・ハーパーから話をきかされたこと、そのときはさして重きをおいて考えなかったが、あくる日にインターネットで検索したことなどだ。検索の結果、ある記事に行きあった。記事には、クリントが以前一度だけ名前を口にしたシャノン・パークスという女性が言及されていたほか、思わず目を奪われるようなシーラ・ノークロスの写真が添えてあった……。

「ええ、あなたの双子といっても通りそうな顔だちよ、ジェイリッド」ライラはいった。

ジェイリッドはゆっくりと顔を父親にむけた。

いま親子三人はキッチンテーブルを囲んでいた。

クリントは頭を左右にふっていた。自分の顔にどんな表情が浮かんでいるのだろうかと思わずにいられない。うしろめたさを感じていたからだ。うしろめたく感じるべき事情があるかのように。ある意味では興味深い現象だった。二〇〇二年のあの夜、クリントはシャノンにこう耳打ちした。「きみにわたしが必要なら、わたしはいつもその場にいるよ」この言葉にシャノンが、「今夜、あなたが必要だといったらどうするの?」とたずねてきて、クリントはそればかりは無理な相談だ、と返した。あの夜シャノンと寝ていたら、うしろめたさを感じる理由になったことだろう。しかし現実にはシャノンの誘いを断わったのだから、問題はないはずだ。ちがうか?

そのとおりかもしれない。しかし、それならなぜシャノンとの偶然の出会いをライラに話さなかったのか? そのあたりは思い出せなかったし、十五年前の出来事の釈明を要求されているわけでもない。いってみればライラはクリントに、たかが〈マクドナルド〉のチョコレート・ミルクシェイク欲しさに、里親家族のバーテル家の裏庭でジェイスンを殴り倒したのはなぜか、という質問をぶつけているに等しい。

「話はそれだけ?」クリントはそうたずね、さらに衝動をこらえきれずにこういい添えた。「これで全部だなんていわないでくれよ、ライラ」

「おあいにくさま。これで全部よ」ライラはいった。「まさか、この期におよんでシャノン・パークスなんて知らないとでもいうつもり?」

「わたしが知っていることは、きみも知ってるじゃないか」クリントはいった。「ああ、たしかにその名前を口にしたことはある」

「うっかり口から洩れたわけね」ライラはいった。「でも、ふたりの関係はうっかりどころじゃない、もっと深いものだったのでは？」

「そう。そのとおり。わたしとシャノンは、ともに児童養護制度にからめとられていた。ひところは、おたがい助けあって沈むのをまぬがれていたといえる。そうしていなければ、片方はおろか、ふたりとも溺れてしまったかもしれない。わたしに喧嘩をやめさせたのはシャノンだ。喧嘩をやめなければ、いずれだれかを殺すことになるぞ、とね」クリントはテーブルの差しむかいにすわるライラの手をとった。「でも、会ったのはずいぶん昔の話だぞ」

ライラは手を引っこめた。「あなたが最後にシャノンと会ったのはいつ？」

「十五年前だ！」クリントは声を高めた。馬鹿馬鹿しいにもほどがある。

「シーラ・ノークロスは十五歳よ」

「ぼくのひとつ年下か……」ジェイリッドはいった。話に出た女の子が十八歳や十九歳なら生まれたのは両親の結婚より前だ。しかし、年下だとすると……。

「そしてシーラの父親の名前は――」ライラは息を荒くしていった。「――クリントン・ノークロス。入学時の提出書類にはっきりそう書いてあったし」

「その子の入学時の書類なんて、どうやって手に入れたんだ？」クリントはたずねた。「無関係な一般人がその手の個人情報書類を入手できるとは知らなかったな」

ライラはここで初めて怒り以外の表情をのぞかせた――落ち着かなげな顔つきになったのだ……そのせいだろう、他人めいたよそよそしさが薄れたように思えた。

「わたしが下劣なことをしたみたいな言いぐさね」ライラは頬を紅潮させていった。「ええ、たしかに下劣だったかも。でも、父親の名前を知らずにはいられなかった。で、それがあなたの名前だとわかった。そこまで確かめたので、バスケの試合を見にいった。ゆうべわたしがいたのはそこ……コフリン・ハイスクールの体育館で、アマチュア・スポーツ連盟の試合を観戦し、あなたの娘がバスケットボールをする姿を見てたわけ。いっておけばシーラという女の子が受け継いでいたのは、あなたの顔と名前だけじゃなくてよ」

10

ブザーが鳴りわたって、三郡地域《トライ・カウンティーズ》のアマチュア・スポーツ連盟所属チームが小走りでサイドラインへもどってきた。観客席に目を走らせてシャノンの姿をさがしていたライラは、いったんその行為をやめた。

ライラが見ていると、シーラ・ノークロスがひとりのチームメイト——自分よりも背の高い選手——にうなずきかけた。つづいてふたりの選手は凝った動きのハンドシェイクをかわした——まず拳をぶつけあい、次に親指をひっかけあってから、頭の上にあげた手を打ちあわせたのだ。

〈クールシェイク〉だった。

この瞬間だった——ライラの胸が張り裂けたのは。夫のクリントは自分を仮面で騙していた。これまでの疑念や釈然としない思いのすべてが、いきなり筋の通ったものに変わった。

〈クールシェイク〉。クリントとジェイリッドがこの流儀で握手をするのを百回は見ている。一千回か。ごつん・指ひっかけて・ぱちぱち。ライラの頭のなかに、父親と〈クールシェイク〉をするジェイリッドのスライドショーが映しだされていた——映像のジェイリッドはひとこまごとに大きく逞しくなり、髪もどんどん黒くなってきた。クリントはこのハンドシェイクを、ジェイリッドが所属するリトルリーグの選手全員に教えていた。

そして、あの女の子にも教えていたのだ。

第二十章

1

中部標準時で午前〇時前後、シカゴにある〈ストーニーズ・ビッグディッパー〉というバーで〈クリップス〉の少人数グループと、もっと人数の多い〈ブラッズ〉のメンバーたちのあいだで喧嘩騒ぎが勃発した。騒動は店からぐんぐん拡大し、やがて全市規模のギャング戦争になった。ネットのニュースメディアはこの抗争を〝黙示録的〟とか〝空前絶後〟、あるいは〝超ド級にくそビッグ〟などとさまざまに形容した。第二次シカゴ大火と呼ばれる火災を引き起こしたマッチに火をつけたのが、どこのギャング団に属するだれなのかはついぞわからなかったが、火の手はまずウェストイングルウッドにあがって、どんどん延焼していった。夜明けには、すでにシカゴの街の大半が炎につつまれていた。警察や消防の出動はないも同然だった。警官や消防士のほとんどは自宅にいて、妻や娘たちを必死に眠らせまいと努めていたり、すでに眠りに落ちた妻や娘の繭に包まれた体を見まもったりしながら、望みのない望みに胸を焦がしていた。

2

「あんたが見たものを教えてくれ」フランクはいった。いまフランクはドン・ピーターズとふたり、〈スクイーキー・ホイール〉の裏手に立っていた。店内ではようやく騒がしさが下火になりはじめていた――おそらく店長のパッジ・マローンの酒の供給が少なくなっていたからだろう。「見たままを、そっくりそのまま話してほしい」

「おれは〈ブース〉にいたんだ、いいな？　いってみれば刑務所の神経中枢みたいなところさ。刑務所には全部で五十台ばかりの監視カメラがある。で、おれが見ていたのは通称〝ソフト監《セ》房《ル》〟――壁がクッションになってる保護房だ。新しく連れてこられた女は、そこに入れられたんだ。女はイヴ・ブラックという名前だってことになってたが、本名かどうかは怪しい。あるいはただ――」

「いや、いまはそのへんの話はいい。あんたはなにを見た？」

「ああ……女は新入りがかならず着せられる赤いトップを着てて……いまにも眠ろうとしてた。で、おれは女の肌から蜘蛛の糸が生えてくるところを見たくなってね――話にはきいていても実物を見たことがなかったからだ。だけど、ぜんぜん生えてこないんだよ」ドンはフランクのシャツの袖をつかんだ。「話をきいてるか？　蜘蛛の糸が出てこなかったんだ。ただの一本も。そのころにはもう女は眠りこんでた。ただ、そのあと目を覚まして――いきなりぱっちりと目をひらきやがって——まっすぐカメラを見つめてきた。カメラごしにおれをにらんでるみたいにだ。いや、あの女はまちがいなくおれをにらんでた。いかれた話なのはわかってるが――」

「その女はほんとは寝てなかったのかも。寝たふりをしてただけだったのかも」

「あんなふうに全身の力がぬけて手足を伸ばしててもか？　そんなわけはない。おれを信じろ」

「なんでその女は刑務所に入れられた？　ダウンタウンの警察署にある留置場ではなく」

「そりゃもう、クソ溜めの鼠なみに頭がいかれてたから、それが理由さ。なにせ素手で覚醒剤の密造屋をふたりもぶち殺したんだぞ！」

「で、あんたはどうして今夜、刑務所にいないんだ？」

「二匹の腐れ鼠にまんまとハメられちまったからさ！」ドンは爆発した。「クソがおれをハメやがって、そのあげくおれを蹴りだしやがった！　所長のコーツって女と、所長といつもつるんでるあの頭医者、ほら、警察署長の亭主だ。だいたいあいつが刑務所づきの医者の職にありつけたのだって、署長の亭主だからに決まってる。どうせクソみたいな政治がらみの取引があったんだろうよ――だって、あの医者はてめえのケツとドアノブの区別もつかないようなやつだからな！」

それからドンは、無実の自分がはりつけの刑に処せられた経緯をまくしたてはじめた。しかしフランクは、ドン・ピーターズのふるまいにまつわるコーツ所長とノークロス医師の主張に関心はなかった。目下フランクの精神は熱い岩の上の蛙も同然――ひとつの考えから、また別の考えへとぴょんぴょん飛び跳ねていた。高く高く飛び跳ねていたのだ。

免疫のある女？　このドゥーリングにそんな女がいる？　とても考えられない話だが、その女がなにごともなく目を覚ましたと報告してきたのはこれでふたりめだ。患者ゼロ号が存在するのなら、その女はかならずどこかにいるはずで、それがこの町でもいいではないか。おなじような免疫保持者がアメリカ全土や世界じゅうに点々と散らばっているはずがないとは、だれもいっていないのでは？　肝心なのは、この話が真実なら、イヴ・ブラックという女が治療法を提示するかもしれないということだ。医者だったら（それこそ新しく仲間になったガース・フリッキンジャーでもいいかもしれない――ガースの頭からドラッグが抜けて素面になったらの話）、女の血を調べて、ほかの女とちがうところを見つけだすかもしれず、そこからさらに……先へ進めば……そう……

ワ、ワ、ワクチンだ！

治療法だ！

「――証拠をでっちあげられてね！　まったく、おれが亭主殺しの殺人女なんかとかかわりあいになりたいと思うはずがない――」

「ちょっと黙っててくれ」

驚いたことに、ドンは本当に黙った。酒の酔いでぎらついている目で、自分よりも大柄なフランクの顔を見あげている。

「いま、刑務所にいる看守は何人だ？」

「正式な呼び名は刑務官だけどな。いや、正確な人数はわからない。でも、どこもかしこも滅茶苦茶になってるから、数はそう多くないな。だれが出勤して、だれがいなくなったかにもよる」そういうと目を細くして計算をはじめる——見ていて心地いいものではなかった。「たぶん七人。副所長のヒックスを入れれば八人、あの頭医者を入れれば九人だが、最後のふたりは強風の日の屁ほども役に立たないね」

「所長は？」

ドンがフランクの視線からすっと目をそらした。「いまごろはもう眠りについてるはずだ」

「オーケイ。じゃ、いま勤務についている者のうち、女は何人いる？」

「おれが出てくるときにいたのは、ヴァネッサ・ランプリーとミリー・オルスンのふたりだけだった。そうそう、ブランチ・マッキンタイアという女もまだいたかもしれないな——ただ、こいつはくそコーツ所長の秘書ってだけで、いないも同然だ」

「つまりヒックスとノークロスのふたりを入れても、大した人数じゃないってことだね。郡警察署長も女だ。署長があと三時間でも町の秩序をたもっていられたら、そっちのほうが驚きだ。いや、これから三時間後にも署長がまだ起きてたら、そっちも驚きだね」

いつもの素面だったら、こんなことは心のなかで考えても決して口に出さなかったはずだ——それどころか、ドン・ピーターズのような激しやすい単細胞男に打ち明けることなどぜったいになかっただろう。

ドンは頭のなかで計算をしながら、舌先を唇に走らせていた。これもまた見ていて気持ちのいい光景ではなかった。「あんたはなにを企んでる？」

「まず、近々このドゥーリングには新しい警察署長が必要になるってこと。そして、あの刑務所から囚人をひとり外に連れだしても、それは新しい署長の権限の範囲内だろうということだ。

まだ有罪判決を受けたわけではなく、それどころか公判にかけられてもいない囚人ならなおさらだね」

「じゃ、あんたは新しい署長に名乗りをあげようっていうのか？」

「署長につぐ第二の人物はテリー・クームズだと思うな」フランクはいった。その〝第二の人物〟は目下アルコールで酩酊《めいてい》状態、酒の海に沈没する寸前だったが、フランクはあえて指摘しなかった。疲労のきわみでハイになってもいたが、ようやくフランクは口に出す言葉に注意する必要があると自戒した。

「だが署長になったクームズは、欠員補充の必要に迫られるだろうね。クームズに部下の巡査が必要になれば、おれはそこで名乗りをあげようと思ってる」

「そりゃいい」ドンはいった。「おれの名前も出してくれ。おれも仕事が必要な身分らしいからね。で、そのあとおれたちで新署長にかけあい、刑務所まで行って、例の女を連れだすことに許可をもらおうって、そういう肚《はら》じゃないのか？」

「まあね」フランクは答えた。まっとうな世界のままだったら、たとえ収容犬のケージの掃除でもドン・ピーターズのような男に頼んだりしなかったはずだ。しかし、この男には刑務所の知識がある。いずれこの男が必要になるかもしれない。「とりあえず少しばかり寝て、素面にもどったらね」

「そうこなくっちゃ。あんたに携帯の番号を教えておこう」ドンはいった。「あんたとテリーがなにを考えてるのかを教えてくれ」

ドンはペンと手帳をとりだした――これまでは刑務所で手を焼かされた腐れまんこな囚人の

名前を書きとめ、服役態度不良者リストに載せるためにつかっていた手帳だった。

3

オーロラ病の最初の発症例が報告されてからほどなくして、男性の自殺率が一気に上昇しはじめた。数字が二倍になり、そののち三倍、四倍にもなった。騒々しく死んでいく男たちがいた——ビルの屋上から飛び降りた男や口に銃を突っこんだ男だ。静かに死んでいった男たちもいた——薬を飲んだ男や、ガレージのドアをぴったりと密閉し、アイドリングさせた愛車にじっとすわっていた男だ。引退した元学校教師のエリオット・エインズリーを名乗る男が、オーストラリアのシドニーから放送されているラジオのトーク番組のスタジオに電話をかけて、これから手首を切って眠れる妻の隣に身を横たえるが、その前に自分の意図や考えを述べておきたい、と話した。

「女たちがいなくなっても生きつづけなくてはいけない理由が見つからなくてね」引退した元教師はそうディスクジョッキーに打ち明けた。「それでふと、これはテストじゃないかという思いが頭に浮かんだ——女たちへの愛や、女たちへの献身の度合いを計るテストじゃないかとね。わかってもらえるかな、相棒?」

ディスクジョッキーは、自分にはわからないと答え、さらにあんたは〝頭がイカレ腐りやがった〟と思っている、とエリオット・エインズリーにいった。しかし、おなじように〝頭がイカレ腐りやがった〃男たちは大勢いた。この種の自殺にはさまざまな名称が冠せられたが、いちばん広くもちいられたのは日本で発案された名称だった。そういった男たちは〈眠れる夫たち《スリーピング・ハズバンズ》〉だった。妻や娘たちがどこへ旅立ったのであれ、夫たちは再会を願っていた。〈むなしい希望だった。〈母なる大樹〉の向こう側への立ち入りを許された男はひとりもいなかったのだから〉

4

クリントは妻と息子の両方から見つめられているのを意識していた。ライラを見ると胸が痛み、完全な困惑の表情をのぞかせている息子のジェイリッドの顔を見れば、それ以上に胸が痛んだ。息子の顔には恐怖も見てとれた。両親の夫婦の絆――しっかりした絆に思えたために、息子が当たり前のものとしか考えていなかったもの――が、いま目の前でぼろぼろに崩れようとしている。

そしてソファには、牛乳のような色あいの繭に包まれた幼い少女が横たわっていた。少女のすぐ横の床には、洗濯物のバスケットにすんなりとおさまって乳児が眠っていた。ただし、乳児はまるっきり乳児に見えなかった。蜘蛛が先々のおやつにするために糸でぐるぐる巻きにしたものとしか見えなかったのだ。

「ごつん・指ひっかけて・ぱちぱち」ライラはいった――しかし、いまではもうその件をそれほど気にしていないような口ぶりだった。「あの女の子がそうしてるのをこの目で見たの。下手な芝居はもうやめて、クリント。嘘はやめてよ」

みんな少し寝たほうがいい――クリントは思った――なかでも睡眠が必要なのはライラだ。しかし睡眠は、この三流恋愛コメディなみの馬鹿騒ぎが解決するまでおあずけだ。解決するものならば。解決する方法があれば。最初に思いついたのは携帯電話をつかう手だった。しかしクリントの携帯は画面が小さく、いまの目的にはかなわない。

「ジェイリッド、インターネットはまだつかえるな？」

「さっきチェックしたときには」

「おまえのノートパソコンをもってきてくれ」

「なんで？」

「いいからもってきてくれ、いいな？」

「ね、ぼくにはほんとに妹がいるの？」

「答えはノーだ」

ライラの頭がいつしか前へ垂れはじめたが、いまその頭がぎくりと上へあがった。「答えはイエス」

「ノートパソコンを頼む」

ジェイリッドがいわれた品をとりにいった。ライラの頭がまた前へ垂れはじめた。クリントはライラの片頬をそっと叩き、つづいて反対の頬も叩いた。「ライラ。ライラ」

ライラはまた顔をあげた。「ちゃんと起きてる。わたしに触らないで」

「きみとリニーが飲んでいた薬はもう残ってないのか？」

ライラは胸ポケットをさぐり、コンタクトレンズのケースをとりだすと、収納スペースのひとつをあけた。中身は少量の粉末だった。ライラはちらりとクリントに目をむけた。

「強烈よ」ライラはいった。「わたし、素手であなたの目玉を抉《えぐ》りだすかも。繭があろうとなかろうと。悲しい気持ちだけど、はらわたが煮えくりかえってるから」

「その危険は引き受ける。さあ、やるんだ」

ライラは顔をケースに近づけて片方の鼻の穴を指でふさぎ、反対の鼻孔から粉末を吸いこんだ。それがすむと、大きく目をあけて背中をまっすぐに直した。「教えて、クリント。シャノン・パークスとのセックスはよかった？　わたしも自分ではいいセックス相手だと思ってたけど、あの女はよほどの床上手《とこじょうず》だったみたいね。そうでもなければ、わたしと結婚して一年かそこらしかたってないのに、大喜びで尻尾をふってあの女のところにもどるわけがないもの」

ジェイリッドが〝ぼく、会話の最後の部分はぜんぜんきいてなかったよ〟と語る渋面《じゅうめん》を見せながらもどってきて、父クリントの前にノートパソコンを置いた。そうしながら、ジェイリッドはクリントと距離を置こうとしていた。《ブルータス、おまえもか》というところ。

クリントはジェイリッドのマックの電源を入れてブラウザのファイアフォックスを立ちあげ、検索エンジンに《シーラ　ノークロス　コフリン　バスケットボール》と打ちこんだ。記事が出てきた。同時にシーラ・ノークロスという名前の少女の写真も。バスケットボールのユニフォーム姿の少女の肩から上をとらえた見事な写真だった。コートの上での激しい動きのせいで、顔は紅潮していた。その顔には笑みがのぞいていた。クリントはその顔をたっぷり三十秒ほども見つめてから、ジェイリッドにも画面が見えるようにノートパソコンをぐるりとまわした。ジェイリッドは口を真一文字に引き結び、両手をぎゅっと握りしめたまま画面を注視した。やがて、口と両手から力が抜けてきた。ジェイリッドはこれまで以上に困惑の顔でライラに目をむけた。

「母さん……似てるところがあるのかもしれないけど……ぼくにはわかんない。この子、ぼくとはまるっきり似てないし。父さんにも似てないよ」

新しく栄養を投入されたことで早くも大きく見ひらかれていたライラの目が、またいちだんと大きくなった。「ジェイリッド、お願い、そんなこといわないで。お願いだから。あなたは自分でなにを話してるかがわかってないの」

ジェイリッドはひっぱたかれたかのように顔をしかめ、クリントは——身の毛もよだつ一瞬にかぎっては——十七年連れ添った妻に鉄拳をふりあげて殴りかかりそうになった。そんなクリントを引きとめたのは、少女の写真にいま一度目をむけたことだった。なぜなら——ジェイリッドが見つけようと見つけまいと関係なく——写真の少女には、ごく淡いものであれ、似ているところがたしかに存在していたからだ。長いあごのライン、秀でたひたい、そして微笑む口もとの左右を囲んでいるえくぼ。こうした顔だちの要素のどれをとっても、クリントとは一致していない。しかし、全体として連想を誘ってもおかしくないことは見てとれた。

《あなたのえくぼが大好き》結婚当初のころ、ライラがクリントにむかってそういうことがあった。いちばん多かったのはベッドのなか、愛をかわしたあとのこと。指先でえくぼに触れながら。《男には全員、えくぼを義務づけるべきね》

いま確信したことをライラに話すこともできなくはなかった。いまでは、すべてがすっかり理解できたように思えたからだ。しかし、話す以外にも方法がひとつあるかもしれない。いまは午前四時——いつもなら三郡地域《トライ・カウンティーズ》のほぼ全員が眠っているはずの時刻だ。しかし、今夜はいつもの夜ではない。里親制度のもとにいたころからの旧友がまだ繭につつまれていなければ、電話を受けてくれるだろう。ただし問題は電話で連絡がとれるかどうかだ。最初は自分の携帯をつかおうかと思ったが、考えなおして壁かけ式の固定電話に歩みよった。受話器からは、まだ電話が通じているしるしの発信音がきこえた——よし、ここまでは順調だ。

「そんなことをして、なんのつもり？」ライラがたずねた。

クリントは質問には答えず、ただ0《ゼロ》を押した。呼出音が六回つづき、だれも応答しないのではないかと思いかけたそのとき——そうなっても、あまり意外ではなかったが——倦《う》み疲れた女性の声がきこえた。「はい？　なに？」

シェナンドア・テレコム社が電話オペレーターにこのような顧客対応を指示しているはずはないが、自動応答の音声ではなく生きた人間の声がきこえてきたことにクリントはひたすら安堵していた。「こちらはドゥーリング在住のクリントン・ノークロスといいます。じつはいま、なんとしても助けが必要な苦境にありまして」

「教えてあげる——その話は信じられないな」相手の女は音を引き延ばす話しぶりだった——ブリッジャー郡の技術屋の話し癖がそのまま飛びだしてきたような口調だった（おそらくそのとおりなのだろう）。「今夜、助けを必要としているのは女たちよ」

「わたしがなんとか連絡をとりたい相手も女性なんだ。名前はシャノン・パークス。コフリン在住だ」シャノンが自宅の電話番号を公開していればの話。独身の女は番号を非公開にする道をとりがちだ。「調べてもらえるかな?」

「それなら611に情報を問いあわせたらどう? それか、そちらのコンピューターで検索するとか」

「頼む。できることなら助けてほしい」

長い沈黙がつづいた。回線は切れていなかったが……もしやクリントと話しているあいだに、オペレーターが眠りこんでしまったのでは?

しかし、ようやくオペレーターの声がきこえた。「こちらでわかるのはコフリンのメイプル・ストリートにお住まいのS・L・パークスさんだけ。あなたが探してる女の人かしら?」

まずまちがいあるまい。クリントはメモパッドから紐で垂れている鉛筆を猛然とつかんだ──その勢いで紐がぷつんと切れた。「ありがとう、本当にありがとう。番号を教えてもらえるかな?」

オペレーターはクリントに番号を伝えて電話を切った。

「あの女に連絡がとれたって、わたしは信じない!」ライラが声を高めた。「あなたをかばって嘘をつくに決まってる!」

クリントは妻の言葉に答えず、教わった番号に電話をかけた。息をとめているひまもなかった。最初の呼出音の途中で、相手が電話をとったからだ。

「わたしならまだ起きてるわよ、アンバー」シャノン・パークスがいった。「電話をくれたのはうれしいけど──」

「いや、アンバーじゃないよ、シャン」クリントは愛称で呼びかけた。いきなり両足から力が抜け、クリントは冷蔵庫によりかかった。「クリント・ノークロスだ」

5

インターネットは輝かしい邸宅だが、その下には床が土のままになっている暗い地下室がある。そんな地下室では、フェイクニュースが茸のように成長している。おいしく食べられる茸もあれば毒をもつ茸もある。カリフォルニア州クパチーノに端を発したフェイクニュースは――絶対確実な事実だとの触れこみで報じられた――後者だった。医者を自称するひとりの男が《オーロラ病の真実》とのタイトルでフェイスブックに投稿したのは以下のような記事である。

オーロラ警告：緊急！
フィリップ・P・ヴァードルスカ（医学博士）

カイザーパーマネンテ社の医療センターに所属する生物学者と疫学者からなるグループは、オーロラ睡眠病に罹患した女性患者の体をつつむ繭が、この奇病の感染拡大の原因であると特定した。それによれば繭の物質を通過した患者の呼気が感染媒体になっていると

のこと。この感染媒体はきわめて強い伝染力をそなえている！ オーロラ病の感染拡大を防ぐ手段はただひとつ、眠れる女たちを繭もろとも焼却することだ！ いますぐ実行を！ そうすることであなたは、愛する人たちが半覚醒状態で願ってやまなかった安らかな眠りを女たちにもたらすばかりか、この悪疫の感染拡大をも防げるのだ。

いまなお目を覚ましている女たちのためにも、いますぐ焼却作戦を実行せよ！

女たちを救え!!!

カイザーパーマネンテ社はもちろん、その系列各社にも、フィリップ・P・ヴァードルスカという医師は在籍していなかった。この事実はすぐにテレビやネットに流され、同時に数十名もの錚々《そうそう》たる顔ぶれの医師たちやアトランタの疾病対策センター《CDC》からは反論が出された。東海岸地域に夜明けが訪れるころには、クパチーノからフェイクニュースが発信された件がトップで報じられるようになっていた。しかし、馬はすでに納屋からはなたれ、手遅れだった。その後の展開は、ライラ・ノークロスなら予測がつけられたはずだった。いや、現実にライラはこの事態を予測していた。二十年におよぶ警察官としてのキャリアの締めくくりにいるライラは、人々が最善の展開を願いながらも、最悪のことがらを信じてしまうことを知っていた。

夜明けの光が中西部にたどりつくころには、アメリカ全土はおろか全世界で〈ブロートーチ・ブラザーズ〉が小型発火装置《ブロートーチ》を手にして都会や町をパトロールしてまわっていた。彼らは繭に包まれて眠る女たちを引きずりだして、ごみ集積場や野原やスタジアムの芝生などにあつめて積みあげ、あかあかと燃える炎で女たちを処分した。

クリントが電話でノークロス家の現状をシャノン・パークスに説明し、さらに無言で受話器を妻ライラに差しだしていたそのときにも、〝フィリップ・P・ヴァードルスカ〟の仕事は成果をあげはじめていたのだ。

6

最初ライラはなにもいわず、夫のクリントに胡乱《うろん》な目をむけているばかりだった。クリントは妻がなにか言葉を発したかのようにうなずいてから、そっと息子の腕をとった。

「さあ、行こう。しばらく母さんをひとりにしておくんだ」

居間のテレビでは、あいかわらずパブリックアクセス局の女性工芸家がビーズ細工をつづけていた。このぶんだと、世界がおわるそのときまで細工をつづけていそうだった。しかし、ありがたいことに音は消されていた。

「父さんはあの子の父親なの？」

「いいや」クリントは答えた。「ちがうよ」

「じゃ、なんであの子はぼくたちがリトルリーグでやってた〈クールシェイク〉を知ってるわけ？」

クリントはため息をつきながらソファにすわった。ジェイリッドが隣に腰をおろす。

「この母にしてこの娘あり——そういう言葉があるようにね、シャンこと母親のシャノン・パークスもバスケットボール選手だった。といってもハイスクールのチームでもなければ、アマチュア・スポーツ連盟の選手でもなかった。試合前の壮行会で、チームの面々に番号札をとらせたり紙を張った大きな輪にダイブさせたりするチームの一員ではなかった。シャノンのスタイルはちがう。運動場や公園での即興試合にこだわっていた。それも男女混合のゲームにね」

ジェイリッドは話に夢中になっていた。「父さんも試合に出た?」

「たまに遊びでね。でもあんまり上手じゃなかった。シャノンはその気になれば父さんを軽々と追い抜けたよ。経験した試合の数が半端じゃなかったからね。ただし、シャノンは父さんを追い抜く必要なんかなかった。いつもおなじチームで戦っていたからだ」

それもあらゆる局面で——クリントは思った。おなじチームで毎日を過ごしていただけじゃない——そうやって生き延びていたのだ。生き延びることこそ、自分たちが戦って勝ち取ろうとしていた本物のミルクシェイクだった。

「〈クールシェイク〉を考えついたのはシャ、ノ、ン、なんだよ。わたしはシャノンから教わったことを、リトルリーグのコーチとして男の子たちに教えていたわけだ」

「父さんが知ってた女の子が〈シェイク〉を発明したってこと?」ジェイリッドは畏敬《いけい》の念に打たれたような口ぶりだった。シャノンが〈シェイク〉の先駆者であるだけでなく、分子生物学の分野でも先駆者だったといわんばかり。そんな口ぶりになると、ジェイリッドはえらく若く見えた。いや、じっさい若いのだが。

「ああ」

そこから先の話はジェイリッドにきかせたくなかった。話しても途方もない自慢話だと受けとられかねないが、それでもシャノンがライラに真実をありのままに打ち明けていることをクリントは願った。シャノンなら真実を話すだろう——なぜならシャノンはいま、自分もライラもあと数日以内には、それどころか数時間以内には世界から消去されかねない存在だとわかっているからだ。そんな状態になれば、真実を打ち明ける仕事が——かならずしも容易にはならないが——必要不可欠になる。

シャノンはクリントのいちばんの親友であり、恋人でもあった。ただし恋人でいたのはほんの数カ月だけ。それは事実だ。シャノンはクリントをずっと愛していた——とことん首ったけだったといっていい。いまになればわかるし、当時でさえ心の奥深いところではシャノンの愛を感じとり、自分の側におなじ気持ちがないばかりか、自分におなじ気持ちを起こさせることも無理だとわかっていたがゆえに、あえて気づかないふりをする道を選んだのだ。シャノンはクリントが必要としていた立身へのきっかけを与えてくれた。そのことではこれからもずっと恩義を感じるだろうが、だからといって生涯をシャノンと添い遂げるつもりはなく、そもそも考えたことすらなかった。あのころのふたりにあったのは、生き延びるという苛酷な課題だけだった——クリントが生き延び、シャノンが生き延びるという課題。シャノンが属していたのは、クリントが痛めつけられ、傷つけられ、壊れる寸前にまで追いこまれた世界だった。そしてそんなクリントを、シャノンはそのままの道を進むように説得した。ひとたびその道に足を踏み入れたクリントは、もう前へ進みつづけるだけだった。シャノンのほうは助けてくれる人を自力で見つけるしかなかったが、それはクリントではなかった。自分はシャノンに残酷なことをした？　身勝手だった？　そう、その両方だった。

ふたりが別れてから何年もたったころ、シャノンはひとりの男と出会って妊娠した。シャノンの娘の父親になった男は、ティーンエイジャーのシャノンが恋していた少年にちょっと似ている男だったにちがいない、とクリントは思った。そしてシャノンは、父親から似通っている点を受け継いだ赤ん坊を産んだ。

ライラがのろのろした足どりで居間にやってくると、ソファとテレビのあいだに立った。それから自分の居場所がわからないような顔で、あたりを見まわした。

クリントは「ハニー？」、ジェイリッドは「母さん？」と、ふたり同時に声をかけた。

ライラは疲れた笑みを浮かべた。「どうやらわたし、謝らなくちゃいけないことがあるみたい」

「きみが謝らなくちゃいけないのはひとつだけ——この件をもっと早く、わたしに直接相談しなかったことだ」クリントはいった。「胸にくすぶらせていたこと、それだけだ。こちらは、とにかくシャノンに連絡がついてほっとしてる。電話はまだつながったままかな？」

「いいえ」ライラは答えた。「ええと……向こうはあなたと話したがっていたけど、わたしが電話を切ったの。無作法なことをしたと思うけど、まだ嫉妬心の残り滓《かす》があって、それが心を震わせているんだと思う。だいたい、こんなことになったのも、あらかたあの女のせいよ。自分の娘にあなたの苗字をつけるなんて……」そういって頭を左右にふる。「考えなしもいいところ。ああ、それにしても疲れた」

きみは自分がわたしの苗字を名乗ることにも、その苗字を息子に与えることについても、異議をとなえなかったじゃないか――クリントはそう思った。そこに怒りがなかったといえば嘘になる。

「本当の父親は、バーでウェイトレスの仕事をしていたときに出会った男性ですって。でもシャノンが知っているのは男の名前だけで、それだって本名かどうかはわからない。シャノンが娘に話したバージョンでは、父親はあなたよ、クリント――ただし、話のなかであなたは、娘がお腹にいたあいだに交通事故で死んだことになってる。娘がそれ以上くわしく知っても、いいことはひとつもないから」

「その女の子はもう眠りについてしまった？」ジェイリッドがたずねた。

「二時間前に」ライラはいった。「シャノン・パークスがまだ起きていたのは、大親友のアンバーなんとかという人のためですって。シングルマザー仲間ね。まったく、このへんじゃシングルマザーが木の実なみにいっぱいいる。ここにかぎらず、どこでもそうでしょうけど。いいの、気にしないで。この些細《ささい》で馬鹿げた話を最後までしゃべらせて。シャノン・パークスは赤ん坊が生まれるとすぐ、心機一転をはかるためにコフリンへ引っ越した。あなたがこの近辺にいることはまったく知らなかったと話してたけど、そんな話は一秒だって信じない。だってヘラルド紙には、わたしの名前がそれこそ週一回はかならず載ってるし、あなた自身も前にいったように、この地域にはほかにノークロスという苗字の家はないんだもの。そう、あの女は知ってた――以上。あの女はきっといまでも、あなたがなにかしてくれるんじゃないかって期待してるはず。ええ、なにを賭けたっていい」ライラはあごの骨が鳴るほどの大あくびをした。

この言葉がクリントには激しい怒りに駆られるほど不当なものに思えたが、ライラには自分とシャノンが味わわされたバラエティゆたかな地獄の風味が理解できないのだ、と改めて思い起こすことで自分を抑えた。ライラは一九七〇年代のコメディドラマそのままの陽気な両親ときょうだいたちがそろった、なに不自由のない中流家庭で育った。なるほど、クリントの苗字を子供に与えた件ではシャノンの神経を疑わざるをえないが、ライラには見えていないか、あるいは見たくなくて目をそむけている点がひとつある。シャノンはここから二百四十キロしか離れていない場所に住みながら、一度もクリントに連絡をとろうとしなかった。連絡をとろうとしなかったのは、この地域にクリントが住んでいることを知らなかったからだと自分に釈明したくもあったが、ライラが指摘したように、知らなかったとはとうてい考えられなかった。

「あの〈クールシェイク〉」ライラはいった。「あの件はどうなの？」

クリントは説明した。

「うん、わかった」ライラはいった。「これにて捜査終了。じゃ、新しくコーヒーを淹れて、ひと休みしたら署にもどるわ。ったく、腹も立たないくらい疲れちゃった」

7

コーヒーを飲みおわると、ライラはジェイリッドをハグし、モリーと赤ちゃんのことを頼む、ふたりを上手に隠しておくようにといった。ジェイリッドはそうすると約束した。ライラはできるかぎりすばやくジェイリッドから離れた——ぐずぐずしていたら、ずっと離れられなくなりそうだったからだ。

クリントが玄関ホールまでライラを追ってきた。「愛してるよ、ライラ」

「わたしも愛してる」ライラは答えた。自分なりに本気の言葉だ、と思った。

「こっちは怒ってないから」クリントはいった。

「よかった」ライラはいった——〝わーい、最高〟とつづけたい気持ちを抑えつつ。

「いいかい」クリントはいった。「最後にシャノンと会ったとき——もう何年も前だけど、きみと結婚したあとだ——シャノンは寝てくれといってきた。わたしは断わった」

玄関ホールは暗かった。クリントの眼鏡のレンズが、ドアのいちばん上にある窓から射しいる光を反射していた。背後のラックにかかったコートや帽子が、決まりわるい思いをしている横一列にならんだ観客たちに見えた。

「断わったんだよ」クリントはくりかえした。

クリントがどんな返事を期待しているのか、ライラにはわからなかった——いい子ね、とでもいってほしいのか？　なにもかも、わからないことだらけだ。

ライラはクリントにキスをした。クリントがキスを返してきた。唇だけのキス、皮膚と皮膚が触れあうだけのキス。

それからライラは署に着いたら電話をかけると約束して、玄関前の階段を降りていった。しかし途中で足をとめて、夫をふりかえった。「あなたはプールについて、わたしにひとことの相談もしなかった。ひとりでどんどん話を進めて、建設業者に電話をかけてた。ある日わたしが帰ってきたら、庭に穴が掘られてた。とんだハッピーバースデイね」

「わたしは――」クリントの言葉がそこでとまった。とはいえ、どんな言葉がつづけられただろう？　きみがプールを欲しがっていると思ったんだ、とでもいう？　プールを欲しがっていたのは自分ではなかったか？

「ついでにいっておけば、個人開業医の看板をおろすと決めたときのことは？　あのときも、ひとことだって相談がなかった。たしかに、あなたはわたしにいくつか質問した。でも、わたしはてっきり論文かなにかの下調べだと思ってたの。そしたらいきなり、爆弾を落っことされた。話が全部決まってたわけ」

「あれは、わたしが自分で決めていい件だと思っていたんだ」

「ええ、そうでしょうとも」

ライラは別れぎわの挨拶に似ていなくもない流儀でひらりと手をふり、自分のパトカーへ足を進めた。

8

「ランプリー刑務官から、おまえがおれと会いたがっているときかされたよ」

イーヴィは目にもとまらぬ速さで監房の鉄格子に飛びつき、その剣幕にヒックス副所長は思わず二歩ばかりあとずさった。イーヴィは黒髪を顔のまわりで揺らしながら、輝くような笑みをのぞかせた。

「いまも目を覚ましてる女性刑務官は、もうヴァネッサ・ランプリーだけでしょう？」

「そんなことはないさ」ヒックスは答えた。「ミリーがいる。オルスン刑務官のことだ」

「いいえ。あの人は刑務所図書室で眠ってる」イーヴィは、あいかわらず美しき女王然とした笑みを崩さぬまま言葉をつづけた。たしかにイーヴィが美しいことに議論の余地はなかった。「雑誌のセブンティーンのひらいたページに突っ伏して眠ってる。オルスン刑務官が見てたのはパーティードレスのページ」

ヒックス副所長はイーヴィの発言を、はなっから歯牙にもかけなかった。この女がそんなことを知っているはずがないからだ。たしかに美しいことは事実だが、それでも壁がクッションになっている監房——ときには〝幼児のお遊戯室《ロンパールーム》〟とも呼ばれる——に幽閉されているのにはそれなりの理由がある。

「おまえの頭はしっちゃかめっちゃかになってるんだよ、受刑者。いや、おまえの気持ちを傷つけようとしていってる言葉じゃない——事実を口にしているだけだ。わるいことはいわないから寝たらどうだ？　寝れば、頭のなかの蜘蛛の巣もすっきり払えるかもしれないぞ」

「興味深いこぼれ話をひとつふたつ教えてあげるね、ヒックス副所長。あなたたちがオーロラ病といってるこの現象がはじまってから、まだ地球は一回転もしてないけど、全世界の女性の半分以上がもう眠りについてる。そろそろ七十パーセントに届こうというところ。なんでそんなに多いかって？　最初から眠っていて起きなかった女たちがいるからに決まってる。オーロラ病がはじまったとき、すでに眠ってた女たち。それから、なんとかして眠らないようにしようとして多大な努力を払いながらも、うとうとして眠りこんだ女たち。でも、それで全部じゃない。女性人口のかなりの部分が、あっさり眠りにつくことを選んだ。あなたたちの仲間のドクター・ノークロスならわかってるはずだけど、避けられないこと自体よりも、避けられない事態を前にして怯えつづけることのほうが、よっぽどつらいから。そのくらいなら、身をゆだねたほうが楽よ」

「ノークロスは精神科の医者で、体のことを知ってるまっとうな医者じゃない。あんなやつには、指のさかむけだって診てほしくないね。さて、話はそれでおしまいか？　こっちは刑務所を動かすって仕事があって、昼寝もしておきたいんだ」

「あなたの事情はとってもよくわかる。もう行ってもいい——その携帯電話をここに置いていってくれるのなら」いまではイーヴィの歯がすっかり見えていた。微笑みがひたすら大きく広がっているように見えた。あれはけだものの歯だ——ヒックスは思った。そう、この女はけだものに決まっている。覚醒剤の密造屋にやった所業を思えば、けだものというほかはない。

「どうしておれの携帯なんか欲しがる？　目に見えない自前の携帯電話をつかえばいいじゃないか？」ヒックスはそういうと、なにもない監房の片隅を指さした。笑えるといっても過言ではなかった——目の前の女が繰りだす愚かしくて調子っぱずれな話と傲慢そのものの態度が入り交じった雰囲気は。「ほら、透明携帯があそこにあるじゃないか？　通話時間も無制限なんだろう？」

「お上手ね」イーヴィはいった。「とっても愉快。さて、携帯をわたして。ドクター・ノークロスに電話をかけなくちゃいけないから」

「そいつは無理だ。じゃあな、楽しかったよ」ヒックスは帰ろうとして体の向きを変えた。

「そうあっさり帰すものですか。あなたのお仲間が許すわけない。床を見おろして」

いわれたとおり視線を床へむけたヒックスは、鼠たちが自分をとりかこんでいたことに気づかされた。少なくとも十匹の鼠たちが、大理石なみに硬そうな目でヒックスを見あげていた。胸の奥から悲鳴がこみあげてきたが、なんとか力ずくで抑えこんだ。悲鳴をあげればこの連中を刺戟するかもしれず、刺戟されればおれに襲いかかってくるかもしれない。

イーヴィはほっそりした手を鉄格子のあいだから外へ突きだし、手のひらを上にむけていた。ヒックスはもうパニック寸前だったが、それでも恐るべきことに気がついた——手のひらには皺が一本もない。完全につるつるだ。

「逃げようって考えてるでしょう？」イーヴィはいった。「もちろん逃げられないことはない。でも、そんなふうに脂肪がついてる体では、あんまり速くは走れないんじゃないかな」

鼠たちはいまや靴の上を歩きまわるようになっていた。チェック柄のドレスソックスの生地ごしに鼠のピンクの尻尾が踝《くるぶし》をくすぐって、またも悲鳴がこみあげてくるのがわかった。

「あなたは鼠にあちこち嚙まれるかもしれない。その小さなお友だちがどんな病原体をもっているか、わかったものじゃないし。さあ、携帯電話をよこしなさい」

「こんなこと、どうやったんだ？」心臓から送りだされる血流の音が耳に響いて、自分の声もろくにきこえないありさまだった。

「企業秘密」

ヒックスは震える手でベルトから携帯電話をはずすと、皺が一本もない不気味な手のひらに載せた。

「もう行っていいわ」イーヴィはいった。

ヒックスが見ている前で、イーヴィの目がまばゆい琥珀《こはく》色に変わってきた。瞳孔は黒いダイ

ヤモンド。猫の瞳孔だ。

ヒックスはおっかなびっくり足を進めた。走りまわる鼠を避けるために足を高くあげる。よ

うやく鼠たちから離れると、〈ブロードウェイ〉と安全が約束されている〈ブース〉めがけて

走りはじめた。

「上出来だったわ、ママ」イーヴィはいった。

いちばん大きな鼠がうしろ足だけで直立し、ひげをひくひくさせながら見あげてきた。「あ

の男は弱い。衰えた心臓のにおいが感じとれたよ」

母親鼠は床に四本の足をつくと、A翼棟をさらに先へ進んだところにあるシャワー室のスチ

ールのドアをめざしてせかせか走りはじめた。ほかの鼠も、校外学習の小学生のように一列に

なってつづいた。壁と床の接合面に小さな穴があいていた。コンクリートが欠けた部分を、鼠

たちが広げて出入口にしたのだ。鼠たちは穴の奥の闇に吸いこまれていった。

ヒックスの携帯はパスワード保護されていた。イーヴィは一瞬もためらわずに四桁の暗証番

号を押した。クリント・ノークロスの携帯の番号を打ちこむときにも、いちいち連絡先を参照

したりしなかった。すぐ電話に出てきたクリントは、ハローの挨拶もはぶいて話しはじめた。

「落ち着けって、ローレ。わたしはもうすぐそっちにもどるから」

「あいにく、こちらはローレ・ヒックスじゃないわ、ドクター・ノークロス。イーヴィ・ブラ

ックよ」

電話の反対側が静かになった。

「ご自宅は異状なし？　それとも、いまの情勢を考えれば異状なしといえる範囲？」

「どうしてきみがヒックスの携帯をつかってる？」

「借りたの」

「で、なんの用だ？」

「まず、あなたに伝えておきたい情報がある。付け火がはじまってる。繭に包まれた女たちが何千人も男たちの手で焼かれてる。もうじき何万人という単位になる。多くの男たちがずっと前から待ち望んでたこと」

「これまできみが男を相手にどのような体験をしてきたのかは知らないよ。まあ、さぞや不快な体験だっただろうね。しかし、きみがどう考えていようと、たいていの男たちは女たちを殺したいと思ったりしていないね」

「まあ、いずれわかること――じゃない？」

「ああ、そうだな。ほかにはなにか用があるのか？」

「あなたが選ばれし者だと伝えておくという用事」イーヴィは陽気に笑った。「あなたが〈男《ザ・》代表《マン》〉だって伝えておくね」

「話が見えないな」

「ありとあらゆる男性の代表者ってこと。わたしがありとあらゆる女性――すでに眠っている女性と起きている女性の両方――を代表してるのとおなじ。黙示録っぽく大げさに話すのは好きじゃないけど、この場合には必要ね。だってここは、世界の命運が決する場所だもの」そういうとイーヴィはテレビのメロドラマ定番の重々しいドラムサウンドを真似た。「どん・どん・どん・どおん！」

「ミズ・ブラック、きみはファンタジーに囚《とら》われてるぞ」

「いったでしょ、わたしのことはイーヴィと呼べって」

「わかったよ。いいか、イーヴィ、きみはファン――」

「あなたの住む町の男たちがわたしを求めて、ここへやってくる。それぞれの奥さんや娘さんやお母さんを甦らせることができるかと、わたしにたずねるつもりで。わたしはできると答えるつもり――だってわたし、若きジョージ・ワシントンとおなじで嘘がつけないから。男たちはわたしに女たちを甦らせろと要求し、わたしは拒む――拒まなくてはならない。すると男たちはわたしを拷問して、わたしの体を引き裂く。それでもわたしは拒みつづける。やがて男たちはわたしを殺すのよ、クリント。あなたをクリントと呼んでもいい？　ふたりの共同作業がまだはじまったばかりだとわかってるから、境界線を踏みこえたくなくて」

「好きにしろ」クリントの声は麻痺しているようだった。

「わたしが死んだら、この世界と眠りの国をつなぐ門が閉ざされてしまう。いずれ女はひとり残らず〝おやすみねんね〟状態になり、やがて男はみんな死んでしまう。そしてこの痛めつけられた世界は、長い長い、大きな大きな安堵のため息をつくことになる。そのあとは鳥たちがエッフェル塔に巣をつくり、ケープタウンの荒れた街をライオンたちが闊歩《かっぽ》して、海の水がニューヨーク・シティをすっかり飲みこんでしまう。大きなお魚さんたちは小さなお魚さんたちに、大きなお魚さんたちの夢を見るようにって教えるようになる。だってタイムズスクエアは大きくひらかれて、そこで優勢な水流に逆らって泳げる力があれば、どこの流れにも逆らって泳げるんだから」

「きみは幻覚を見てるんだな」

「あらあら、いま世界じゅうで起こっているのは幻覚だっていうの？」

イーヴィのこの発言は釣餌のようなものだったが、クリントは食いつかなかった。

「おとぎ話みたいなものだと考えてみて。わたしはうら若き乙女。でも城塞に囚われの身になって、忌まわしい牢獄に監禁されてる。あなたはわたしの王子さま、ぴかぴか輝く鎧に身を包んだ騎士。あなたはわたしを守らなくちゃならない。郡警察署に行けば武器があるのはわかってる。でも、そういった武器をつかいたがる人たちを見つけるのはもっと大変よ――あの人たちはこの事態の元凶だと信じてる怪物を武器で退治しようとして、そのさなかに死んじゃうし。でも、わたしはあなたには説得する力があると信じてる。だから――」イーヴィは笑った。

「――あなたは〈男代表《ザ・マン》〉になったの！　前からずっと〈男代表《ザ・マン》〉になりたかったんでしょう？」

この日の朝の記憶がクリントの頭をよぎっていった――〈プールガイ〉ことアントンを見て感じた苛立ちや、自分の垂れ落ちた腹を見たときのふさいだ気分。疲労困憊《こんぱい》しているにもかかわらず、ほのめかしめいたイーヴィの口調に腹が立って、クリントはなにかを殴りたくなった。

「あなたのそういう気持ちは正常よ、クリント。自分につらく当たっちゃだめ」イーヴィは同情しているかのような、やさしい声音になった。「男はだれでも〈男代表《ザ・マン》〉になりたがってる。馬を走らせて駆けつけ、イエスとかノーとか、そういうかけ声をあげるだけ。銃を抜いて町の汚れを一掃したら、また馬で去っていく。もちろん、酒場でいちばんの美女と寝たあとで。これだと中心になる問題を無視することになる。あなたたち男が硬い一物を突っこんで、がんがん腰をつかったりすれば、惑星全体が頭痛に悩まされるの」

「ほんとに、これをおわらせることができるのか？」

「奥さんにさよならのキスをした？」

「したよ」クリントは答えた。「ついさっきね。過去にはもっとすてきなキスもした……でもすてきなキスになるように努めた。妻もね」クリントは息を吸いこんだ。「なんで、わたしはこんなことをきみに話しているんだろう？」

「あなたがわたしを信じてるから。あなたが奥さんにキスをしたことを知ってるから。見てたのよ、わたし。わたし、病的な覗き魔なの。やめなくちゃいけないとわかってても、ロマンスの場面に抵抗できなくて。今夜あなたがすべてを整理して、すべてをテーブルに並べてて、わたしもほっとした。結婚生活に本物のダメージを与えるのは、どちらもが口に出さなかったことよ」

「ありがとう、ドクター・フィル」クリントはおどけて、イーヴィをテレビのトーク番組のホストになぞらえた。「では質問に答えてくれ。きみはこの事態をおわらせることができるのか？」

「ええ。でも条件がある。まずわたしを……そうね、次の火曜日の夜明けまで生かしておくこと。あ、一日か二日延びるかもしれない。はっきりしたことがわからなくて。でも、夜明けでなくてはならないの」

「それでなにが起こるんだ？　わたしが——いや、わたし、わたしたちが、きみのいうとおりにしたら？」

「物事を正常にもどせるかもしれない。みんなが同意さえすれば」

「同意さえすればいい〝みんな〟とはだれのことだ？」

「女たちに決まってるでしょ、お馬鹿さん。ドゥーリングの女たち。でも、もしわたしが死ねば、彼らがどんなに同意したって無意味になる。あれかこれか、いわれかの二者択一じゃない。両方でなくては駄目」

「きみがなにを話しているのか、さっぱり理解できないぞ！」

「いずれわかる。そのうちにね。あしたには、あなたと会えるかもしれない。そうそう、いっておけばあの件は奥さんのいうとおり。あなたは一度だって奥さんとプールの件を話しあわなかった。たしかに写真を何枚か見せはしたけど。それで充分だと思ったんでしょう？」

「イーヴィ——」

「あなたが奥さんにキスしたってきいてほっとした。すごくうれしい。奥さんのことは大好きだもの」

イーヴィは通話を切断すると、ヒックスの携帯電話を慎重な手つきで小さな棚に置いた。もともとは私物を置くための棚だが、私物はひとつもない。それから簡易ベッドに身を横たえて横向きになると、イーヴィはたちまち寝入っていた。

9

ライラは警察署へ直行するつもりだったが、ドライブウェイからバックで表通りに出て、パトカーの向きを変えたそのとき、道路をはさんで反対側の庭に置いてあるローンチェアにすわっている白いものの姿をヘッドライトがとらえた。ミセス・ランサムだ。高齢の女性を庭に置き去りにしたことでジェイリッドを責める気持ちはなかった。息子は小さな女の子の世話をしなくてはならなかった。その小さな女の子はいま二階の予備の寝室に横たわっている。ホリー？　ポリー？　ちがう、モリーだ。霧雨が降っていた。

ライラはランサム家のドライブウェイにパトカーを乗り入れてとめると、車の後部へまわった。後部座席に置いてある雑多な品々をかきまわし、ドゥーリング・ハウンドドッグズのキャップを引っぱりだす。霧雨が着実に勢いを強めて、小雨といえるまでになっていたからだ。この雨が火事を消してくれるかもしれない。そうなればありがたい。ミセス・ランサムの自宅玄関を確かめると、ドアは施錠されていなかった。ライラはローンチェアに歩み寄ると、繭にくるまれた老女を両腕でかかえあげた。ずっしりした重さにそなえて身がまえていたが、ミセス・ランサムの体重は四十キロにも届かないくらいだった。ジムではこれ以上の重さのウェイトをもちあげている。それにしても、なぜこれが重要なのだろう？　なぜ自分はこんなことをしているのだろう？

「なぜなら、これがまっとうな人のおこないだから」ライラはいった。「なぜなら、女は庭の置物なんかじゃないから」

玄関前の階段をあがりながらふと見ると、ミセス・ランサムの頭部を包む白い球から、数本の細い糸がひとりでに剝がれて飛んでいくのが見えた。糸は風に吹かれているかのように揺れていたが、じっさいには風はなかった。糸はライラを求めていた——ライラのひたいの奥で待機している眠りの海を求めていたのだ。ライラは糸を払いのけ、苦労しながら廊下をうしろむきのまま歩き、老婦人の家の居間にたどりついた。床には塗り絵の本がひらいたままになっていて、まわりには何色ものマーカーペンが散らばっていた。そういえば、あの女の子はなんという名前だった？

「モリー」ライラは白い物質に包まれた老女の体をソファへ寝かせた。「あの子の名前はモリーだった」そういってから、いったん口をつぐむ。「ちがう、過去形じゃない」

ライラはソファ用のクッションをミセス・ランサムの頭の下に差し入れると、その場をあとにした。

ミセス・ランサムの家の玄関ドアに施錠し、パトカーにもどったライラはまずエンジンをかけ、つづいてシフトレバーに手を伸ばした……が、その手がぱたりと下に落ちた。突然、警察署が無意味な目的地に思えてきた。そればかりではなく、警察署が少なく見積もっても八十キロばかりも離れているように思えてきた。パトカーを木にぶつけたりせずに（あるいは、ジョギングで眠気を追い払おうとしている女を撥ねたりもせずに）警察署までたどりつくことはできても、それにどんな意味がある？

「オフィスに行かないとしたら……どこ？」ライラは車にたずねた。「どこなの？」

ポケットからコンタクトレンズのケースをとりだした。ふたつある収納ボックスの片方――左を示す《L》の字が書いてあるところ――には、覚醒効果のある薬がまだ一錠残っている。しかし、おなじ疑問がよみがえっていた。眠気と戦うことになんの意味があるのか？　いずれは眠りに追いつかれてしまうはずだ。そうなるのは避けられない。だったらなぜ先延ばしにする？　シェイクスピアにいわせれば、眠りは〝もつれた煩《わずら》いの細糸をしっかり撚《よ》りなおしてくれる〟ものだ。少なくとも自分とクリントは、クリントがいつも目指していると宣《のたま》う美しき和解の境地に達したのだ。

「わたしって馬鹿だった」ライラはパトカーの車内にむかって告白した。「しかし、裁判長、わたしは睡眠不足による無罪を主張します」

もしあれが本当にすべてだったら、なぜわたしはもっと早い段階でクリントと対決しなかったのか？　これまでに起こった事態すべてと比べれば、あんなことは許しがたいほどちっぽけだった。穴があったらはいりたいくらいだ。

「わかりました」ライラはいった。「恐怖ゆえの無罪を主張します、裁判長」

しかし、いまのライラに恐れはなかった。疲れはてて恐れることさえできなかった。疲れはてていて、なにもかもできなくなっていた。

ライラは無線のマイクをラックからはずした。マイクでありながら、ミセス・ランサムよりも重く感じられた。そんな不気味なことがあるだろうか？

「一号車から署へ。まだそこにいるの、リニー？」

「ええ、まだちゃんといるわ」通信指令係のリニー・マーズは、また粉末にした薬の世話になっていたようだ。新鮮などんぐりの山に腰をすえた栗鼠《りす》のように陽気な口調だった。くわえてリニーは、ゆうべ八時間たっぷり睡眠をとっていた――マクダウエル郡のコフリンまで車を飛ばし、そのあと夫についてよからぬことを考えながら、夜明けまであてどもなく車を走らせたりしていなかったのだ。そして夫についていえば、結局は浮気などしていなかったことが明らかになった。でも、浮気をしている男も多いのでは？　それが、あんなふうに考えた理由だろうか？　それとも、ただの言いわけ？　たとえ事実に即していても？　インターネットを検索すれば浮気率の数字もわかるだろうか？　見つかったとして正確な数字だろうか？

シャノン・パークスはクリントに寝てほしいと頼み、クリントは断わった。なんと立派な夫だろうか。

しかし……断わるのは当然ではないのか？　約束を守り、自分に課せられた責任をまっとうすれば、それだけで人は勲章を授けてもらえるだろうか？

「ボス？　きこえる？」

「しばらくそっちへはもどれないわ」ライラはいった。「すませておきたい用事があって」

「了解。なにがあったの？」

ライラはこの質問に答えないことにした。「クリントは少し休んでから、また刑務所へもどらなくちゃいけなくて。だから、八時ごろクリントに電話をかけてもらえる？　あの人がちゃんと起きたかどうかを確かめて、刑務所へ行くついでにミセス・ランサムのようすを確かめてくれと念を押してほしい。ミセス・ランサムの世話をする必要がある。そう話せば、クリントにはわかるはずだから」

「オーケイ。モーニングコールは専門じゃないけど、仕事の幅をちょっと広げるのもわるくないね。ライラ、そっちはなんともな——」

「一号車、通信終了」

ライラはラックにマイクをもどした。東を見ると、地平線に金曜日の朝の光がのぞきはじめていた。新しい一日が夜明けとともにはじまろうとしていた。雨模様の一日になるかもしれない。昼寝にはもってこいの一日になるかもしれない。となりの座席にはライラの雑多な商売道具が散らばっていた。カメラ、クリップボード、シモンズ製の速度計測器《レーダーガン》、輪ゴムでまとめたリーフレット類、違反切符用紙が綴じこまれたノートなど。ライラは最後の品を手にとって白紙のページをひらいた。ページの最上段に大きな活字体の文字で夫の名前を書き、その下にこんな文面の手紙を書いた。

《わたしとプラチナムとミセス・ランサムとドリーを空家のひとつに運びこんでちょうだい。わたしたちを安全に守って。この状態から元にもどることはないかもしれない……でも、もどるかもしれないから》ライラはここでいったん手をとめてから考え（考えることは容易ではなかった）、《ふたりを愛してる》と書き添えた。さらにハートマークを添えて——おセンチかもしれないが、それがどうした？——最後に自分の名前を書いた。グラブコンパートメントから小さなプラスティックの容器を出してペーパークリップをとりだし、いましがた書きとめた手紙を胸ポケットにとめた。まだ幼かったころ、母親は毎週月曜日になると小さな封筒に牛乳代を入れて封をし、ちょうどこんなふうにシャツに留めてくれたものだ。ライラは覚えていなかったが、あとで母親からそうきかされた。

手紙という用事をすませると、ライラは背もたれに体をあずけて目を閉じた。ヘッドライトのない黒いエンジンのように眠りが襲いかかってきた——ああ、なんという解放感だろうか。神の恩寵のような解放感。

そしてライラの顔から最初の繊細な糸が数本生えでてきて、肌を愛撫しはじめた。

（下巻に続く）

単行本　二〇二〇年十月　文藝春秋刊

文春文庫

眠《ねむ》れる美女《びじょ》たち　上

定価はカバーに表示してあります

2023年1月10日　第1刷

著　者　スティーヴン・キング
　　　　オーウェン・キング
訳　者　白《しら》石《いし》　朗《ろう》
発行者　大沼貴之
発行所　株式会社 文藝春秋

東京都千代田区紀尾井町3-23　〒102-8008
TEL　03・3265・1211㈹
文藝春秋ホームページ　http://www.bunshun.co.jp

落丁、乱丁本は、お手数ですが小社製作部宛お送り下さい。送料小社負担でお取替致します。

印刷製本・凸版印刷

Printed in Japan
ISBN978-4-16-791992-4

（　）内は解説者。品切の節はご容赦下さい。

ペット・セマタリー　（上下）
スティーヴン・キング（深町眞理子　訳）
競争社会を逃れてメイン州の田舎に越してきた医師一家を襲う怪異。モダン・ホラーの第一人者が〝死者のよみがえり〟のテーマに真っ向から挑んだ、恐ろしくも哀切な家族愛の物語。
キ-2-4

IT　（全四冊）
スティーヴン・キング（小尾芙佐　訳）
少年の日に体験したあの恐怖の正体は何だったのか？　二十七年後、薄れた記憶の彼方に引き寄せられるように故郷の町に戻り、IT（それ）と対決せんとする七人を待ち受けるものは？
キ-2-8

シャイニング　（上下）
スティーヴン・キング（深町眞理子　訳）
コロラド山中の美しいリゾート・ホテルに、作家とその家族がひと冬の管理人として住み込んだ——。S・キューブリックによる映画化作品も有名な「幽霊屋敷」ものの金字塔。（桜庭一樹）
キ-2-31

夜がはじまるとき
スティーヴン・キング（白石　朗　他訳）
医者のもとを訪れた患者が語る鬼気迫る怪異譚「N」、猫を殺せと依頼された殺し屋を襲う恐怖の物語「魔性の猫」など全六篇収録。巨匠の贈る感涙、恐怖、昂奮をご堪能あれ。（coco）
キ-2-35

リーシーの物語　（上下）
スティーヴン・キング（白石　朗　訳）
夫の死後、悲しみに暮れるリーシー。夫の過去に秘められたあまりに痛ましい出来事とは？　永遠の愛と悲しみからの再生を描いて、著者キングが自作の中でもっとも愛するという傑作。
キ-2-44

ジョイランド
スティーヴン・キング（土屋　晃　訳）
恋人に振られた夏を遊園地でのバイトで過ごす僕。生涯の友人にも出会えた僕は、やがて過去に幽霊屋敷で殺人を犯した連続殺人鬼が近くに潜んでいることを知る。巨匠の青春ミステリー。
キ-2-48

11/22/63　（全三冊）
スティーヴン・キング（白石　朗　訳）
ケネディ大統領暗殺を阻止するために僕はタイムトンネルを抜けた…巨匠がありったけの物語を詰めこんで、「このミス」他国内ミステリーランキングを制覇した畢生の傑作。（大森　望）
キ-2-49

（　）内は解説者。品切の節はご容赦下さい。

ジェフリー・ディーヴァー（土屋　晃　訳）
青い虚空
護身術のホームページで有名な女性が惨殺された。やがて捜査線上に"フェイト"というハッカーの名が浮上。電脳犯罪担当刑事と元ハッカーのコンビがサイバースペースに容疑者を追う。

テ-11-2

ジェフリー・ディーヴァー（池田真紀子　訳）
ウォッチメイカー（上下）
残忍な殺人現場に残されたアンティーク時計。被害者候補はあと八人…尋問の天才ダンスとともに、ライムは犯人阻止に奔走する。二〇〇七年のミステリ各賞に輝いた傑作！　（児玉　清）
テ-11-17

ボストン・テラン（田口俊樹　訳）
神は銃弾
娘を誘拐し、元妻を惨殺したカルトを追え。元信者の女を相棒に、男は血みどろの追跡を開始。CWA新人賞、日本冒険小説大賞受賞、'01年度ベスト・ミステリーとなった三冠達成の名作。

テ-12-1

ボストン・テラン（田口俊樹　訳）
その犬の歩むところ
その犬の名はギヴ。傷だらけで発見されたその犬の過去に何があったのか。この世界の悲しみに立ち向かった人々のそばに寄り添った気高い犬の姿を万感の思いをこめて描く感動の物語。

テ-12-5

ボストン・テラン（田口俊樹　訳）
ひとり旅立つ少年よ
詐欺師だった父が殺された。父が奴隷解放運動の資金にと巻き上げた金を約束通り届けるため、少年は南部までの長い旅に出る。弱い者の強さを描き続ける名匠の感動作。　（杉江松恋）
テ-12-6

セバスチャン・フィツェック（酒寄進一　訳）
乗客ナンバー23の消失
乗客の失踪が相次ぐ豪華客船〈海のスルタン〉号。消えた妻子の行方を追うため、乗船した捜査官に次々に不可解な出来事が。ドイツのベストセラー作家による、閉鎖空間サスペンス。

フ-34-1

テリー・ホワイト（小菅正夫　訳）
真夜中の相棒
美青年の殺し屋ジョニーと、彼を守る相棒マック。傷を抱えて裏社会でひっそり生きる二人を復讐に燃える刑事が追う。男たちの絆を詩情ゆたかに描く暗黒小説の傑作。　（池上冬樹）
ホ-1-7

（　）内は解説者。品切の節はご容赦下さい。

ウィリアム・ボイル（鈴木美朋　訳）
わたしたちに手を出すな
ハンマーを持った冷血の殺し屋が追ってくる。逃避行をともにすることになった老婦人と孫娘と勇猛な元ポルノ女優。米ミステリー界の新鋭が女たちの絆を力強く謳った傑作。（王谷　晶）
ホ-11-1

ピエール・ルメートル（橘　明美　訳）
その女アレックス
監禁され、死を目前にした女アレックス――彼女が秘める壮絶な計画とは？「このミス」1位ほか全ミステリランキングを制覇した究極のサスペンス。あなたの予測はすべて裏切られる。
ル-6-1

ピエール・ルメートル（吉田恒雄　訳）
死のドレスを花婿に
狂気に駆られて逃亡するソフィー。かつて幸福だった聡明な女は、なぜ全てを失ったのか。悪夢の果てに明らかになる戦慄の悪意！『その女アレックス』の原点たる傑作。（千街晶之）
ル-6-2

ピエール・ルメートル（橘　明美　訳）
悲しみのイレーヌ
凄惨な連続殺人の捜査を開始したヴェルーヴェン警部は、やがて恐るべき共通点に気づく――『その女アレックス』の刑事たちを巻き込む最悪の犯罪計画とは。鬼才のデビュー作。（杉江松恋）
ル-6-3

ピエール・ルメートル（橘　明美　訳）
傷だらけのカミーユ
カミーユ警部の恋人が強盗に襲われ、重傷を負った。執拗に彼女の命を狙う強盗をカミーユは単身追う。『悲しみのイレーヌ』『その女アレックス』に続く三部作完結編。（池上冬樹）
ル-6-4

ピエール・ルメートル（橘　明美　訳）
わが母なるロージー
『その女アレックス』のカミーユ警部、ただ一度の復活。パリで爆発事件が発生。名乗り出た犯人はまだ爆弾が仕掛けてあるという。真の動機が明らかになるラスト1ページ！（吉野　仁）
ル-6-5

ピエール・ルメートル（橘　明美　訳）
監禁面接
失業中の57歳・アランがついに再就職の最終試験に残る。だがその内容は異様なものだった――。どんづまり人生の一発逆転はなるか？　ノンストップ再就職サスペンス！（諸田玲子）
ル-6-6

（　）内は解説者。品切の節はご容赦下さい。

ティム・オブライエン
村上春樹 訳
ニュークリア・エイジ
ヴェトナム戦争、テロル、反戦運動……我々は何を失い、何を得たのか？　六〇年代の夢と挫折を背負いつつ、核の時代の生を問う、いま最も注目される作家のパワフルな傑作長篇小説。
む-5-30

ティム・オブライエン
村上春樹 訳
本当の戦争の話をしよう
人を殺すということ、失った戦友、帰還の後の日々――ヴェトナム戦争で若者が見たものとは？　胸の内に「戦争」を抱えたすべての人に贈る真実の物語。鮮烈な短篇作品二十二篇収録。
む-5-31

マイケル・ギルモア
村上春樹 訳
心臓を貫かれて（上下）
みずから望んで銃殺刑に処せられた殺人犯の実弟が、兄と父、母の血ぬられた歴史、残酷な秘密を探り、哀しくも濃密な血の絆を語り尽くす。衝撃と鮮烈な感動を呼ぶノンフィクション。
む-5-32

グレイス・ペイリー
村上春樹 訳
最後の瞬間のすごく大きな変化
村上春樹訳で贈る、アメリカ文学の「伝説」、N Y・ブロンクス生れ、白髪豊かなグレイスおばあちゃんの傑作短篇集。タフでシャープで温かい、「びりびりと病みつきになる」十七篇。
む-5-34

グレイス・ペイリー
村上春樹 訳
人生のちょっとした煩《わずら》い
アメリカ文学のカリスマにして、伝説の女性作家と村上春樹のコラボレーション第二弾。タフでシャープで、しかも温かく、滋味豊かな十篇。巻末にエッセイと、村上による詳細な解題付き。
む-5-35

グレイス・ペイリー
村上春樹 訳
その日の後刻に
生涯に三冊の作品集を残したグレイス・ペイリーの村上春樹訳による最終作品集。人生の精緻なモザイクのような十七の短篇に、エッセイ、ロングインタビュー、訳者あとがき付き。
む-5-38

トルーマン・カポーティ
村上春樹 訳
誕生日の子どもたち
悪意の存在を知らず、傷つけ傷つくことから遠く隔たっていた世界。イノセント・ストーリーズ――カポーティの零した宝石のような逸品六篇を村上春樹が選り、心をこめて訳出しました。
む-5-37